W0015614

Unterwegs in die Welt von morgen

Unterwegs in die Welt von morgen

Utopische Geschichten
und Science-fiction-Romane

Verlag Das Beste
Stuttgart · Zürich · Wien

Die Texte in diesem Buch
erscheinen mit Genehmigung der Verleger

128

Printed in Germany
ISBN 3 87070 418 7

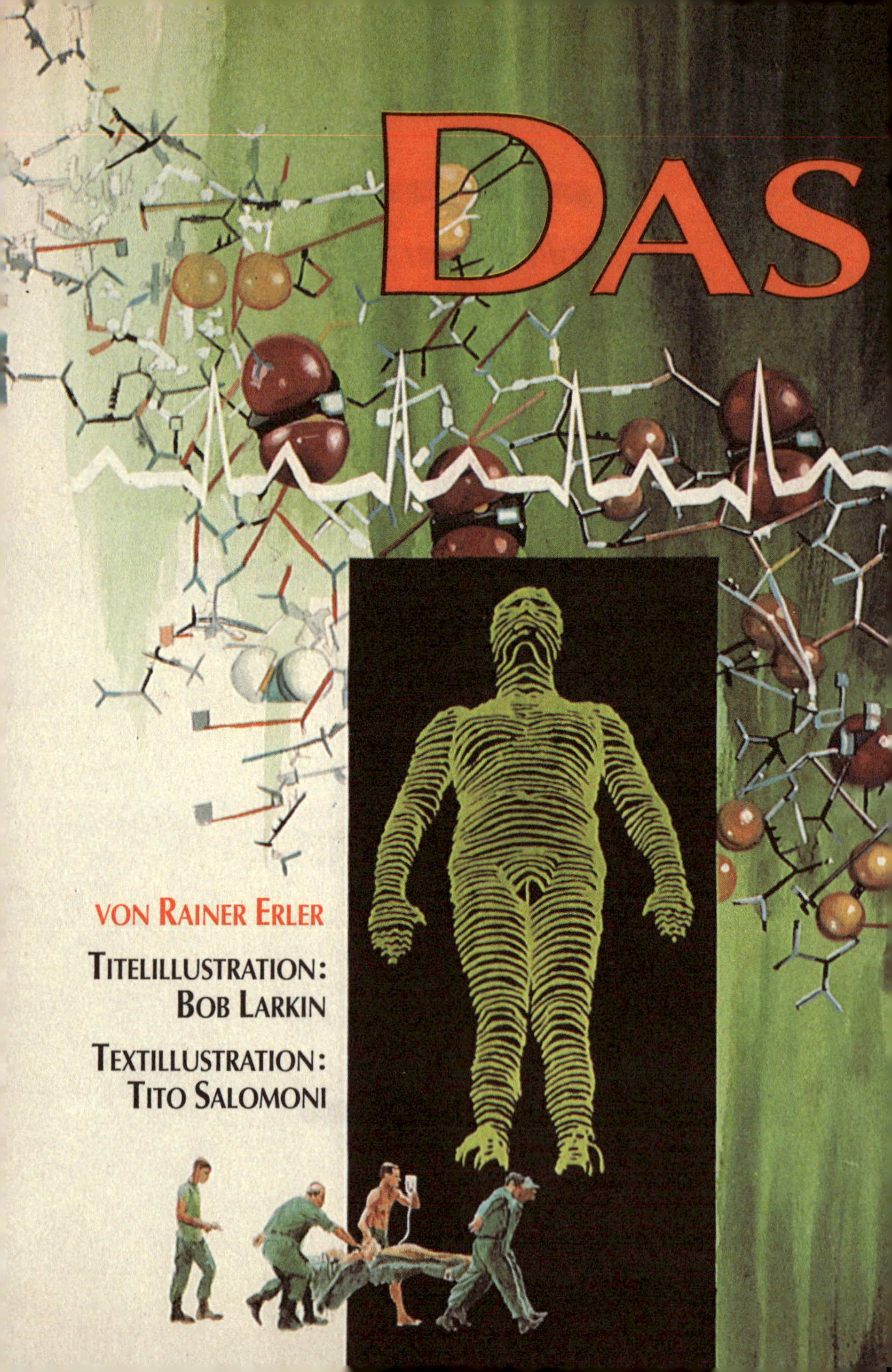
DAS
VON RAINER ERLER
TITELILLUSTRATION:
BOB LARKIN
TEXTILLUSTRATION:
TITO SALOMONI

GENIE

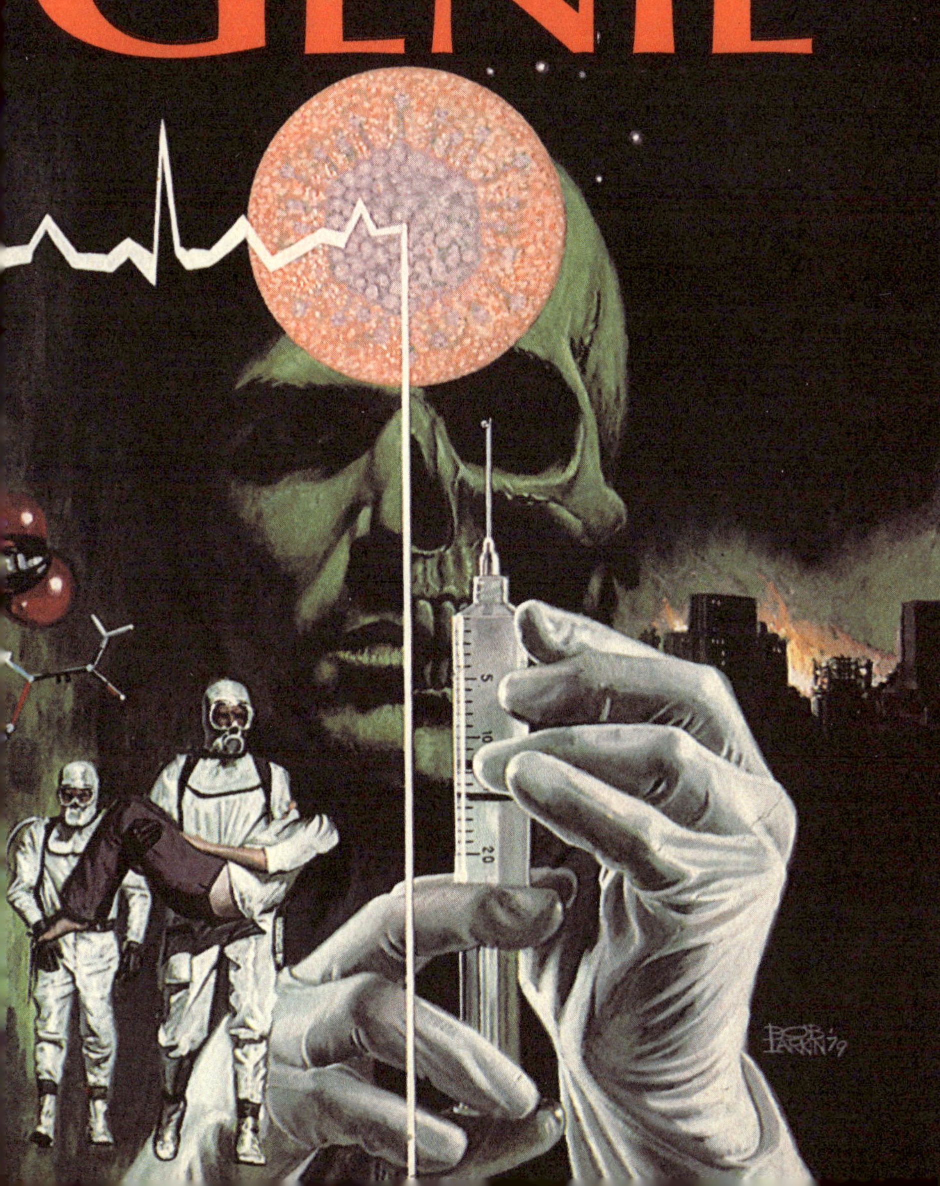

1

„Na, wer ist das?“ Der Biochemiker Jeroen de Groot spielte Fernsehquiz mit seinen Kollegen.

Fünf Männer und ein Mädchen starrten auf den Bildschirm. Dort jagten Hände über die Tasten, überkreuzten sich – ein Spiel voller Kraft und Leichtigkeit –, hämmerten in rasender Folge sich steigernde Akkorde, versanken in einem unendlich langen, unwirklichen Tremolo.

Der Pianist hatte seine Augen geschlossen: konzentrierte Abwesenheit, aufgelöst in dieser harmonischen Disharmonie. „Wer ist das? Jeder von euch kennt das Gesicht dieses Mannes!“

Rätselraten, Schulterzucken, Unschlüssigkeit.

„Woher?“ Louis Palm, der Leiter des *Blauen Palais,* frei gewählt von allen Mitarbeitern, um die Geschäfte des Instituts zu führen, hatte den Kaffeebecher abgesetzt und war aus seinem Labormantel geschlüpft. „Woher sollen wir ihn kennen?“

„Aus der Zeitung, aus Illustrierten, ihr habt ihn ein dutzendmal gesehen, jeder von euch!“ Yvonne wußte Bescheid, als einzige. Aber de Groot hatte ihr das Versprechen abgenommen, nichts auszuplaudern.

„Natürlich muß Yvonne es wissen“, lachte Palm. „Sie ist die einzige unter uns, die Zeit hat, Illustrierte zu lesen.“ Aber das war nicht der wahre Grund: Sie hatte für Jeroen den Brief getippt, an das französische Fernsehen. Jeroen hatte darum gebeten, ihm eine Magnetbandaufzeichnung zu überlassen: jenes Klavierkonzert vom 3. November im großen Saal von Versailles – zu wissenschaftlichen Zwecken.

Sie mußte also wissen, wer da spielte. Aber sie war nicht bereit, ihr Geheimnis zu verraten. Denn was sie noch mehr faszinierte als das phantastische Spiel dieses seltsamen Mannes, das war die Tatsache, daß sie zum erstenmal diesen „gelehrten jungen Männern“ überlegen war.

Als diese anfingen, sich zu langweilen, zu flüstern und zu lachen, zischte Yvonne energisch in die Runde: „Pssst!"

Sofort waren die „gelehrten jungen Männer" still, starrten weiter auf den Fernsehschirm, lauschten diesem genialen Pianisten, den sie nicht kannten, und fragten sich, was diese ganze Darbietung eigentlich sollte.

Vom Park her drang das gedämpfte Licht eines trüben Wintertages durch die hohen Fenster in die Halle. Brüchiger Stuck an der Decke, ein verblichener, rissiger Gobelin an der Wand und die blinden Spiegel zwischen den weißlackierten Türen zum Treppenhaus – das war alles, was von der alten Pracht des Palais übriggeblieben war. Hier hatte einst ein deutscher Kurfürst im Kreise seiner erlauchtigsten Familie den Darbietungen berühmter Künstler gelauscht. Die waren von Gott weiß woher in diese Abgeschiedenheit geladen worden, waren tagelang über beschwerliche und gefährliche Straßen in diese abgelegene Sommerresidenz gereist. Heutzutage bleiben Künstler, wo sie sind – die Kunst kommt vom Band.

Statt der Hofschranzen versammelten sich die Mitglieder des *Blauen Palais* mittags und abends zum Erfahrungsaustausch bei ihren spartanischen Mahlzeiten: Fertigmenüs aus der Tiefkühltruhe, aufgeheizt im HF-Herd, der draußen auf dem Flur zwischen Kisten mit Wissenschaftsschrott und den Feuerlöschern stand und der in Sekundenschnelle mit seiner hochfrequenten Strahlung gefrorenes Gulasch mit Spätzle zumindest genießbar machte. In Jeans, Pullovern und weißen, fleckigen Labormänteln, in der Hand die Bierflasche oder den Plastikbecher mit Automatenkaffee, diskutierten sie über die Welt von morgen.

Nur heute hörten sie – vorläufig noch – schweigend zu, bis sich Unruhe breitmachte. „Wie lange geht das noch? Ich muß wieder in meinen Keller." Enrico Polazzo, der Chemiker, liebte weder Geduldsspiele noch Quiz.

Jeroen schätzte den Spulenumfang im Videorecorder. „Noch zwei Minuten, höchstens drei."

Carolus Büdel, Kybernetiker aus der Schweiz, setzte sich mit einem resignierenden Seufzer auf einen der Kollegstühle, die wie verloren in dem großen, kahlen Raum herumstanden. Neben der Tafel, einem großen Resopaltisch und dem Vortragspult bildeten sie das einzige Mobiliar.

Büdel klappte die Schreibplatte herunter und stützte die Arme auf. „Ich bin nicht so wahnsinnig interessiert an dieser Art ultramoderner Musik. Ich bin der falsche Zuhörer und bestimmt der Verlierer bei diesem Quiz!"

„Pssst . . ." Yvonne meldete sich wieder zu Wort. „Man kann doch mal still sein und zuhören, auch wenn man nichts davon versteht, oder?!"

Büdel lachte. „Gerade dann, Yvonne, gerade dann! So mach ich das immer, wenn die Biochemie mit einer Vorführung am Zuge ist."

Jeroen winkte ab. „Die Auflösung kommt gleich. Aber ihr denkt alle in der verkehrten Richtung. Der Pianist ist kein Pianist!"

„Was ist er dann?"

Polazzo hatte sich zu Yvonne geschlichen und den Arm um sie gelegt. Als er anfing, ihr ins Ohr zu flüstern, legte de Groot Einspruch ein: „Yvonne – du bist ruhig!"

Sie hob drei Finger wie zum Schwur.

Getreu nach ihrer neuen Devise *pink is beautiful* trug sie zu einer rosa Samthose und einem rosa Mohairpullover eine rosa Schleife im Haar. Und der einzige, der wissen konnte, ob sie dazu konsequenterweise auch pinkfarbene Unterwäsche trug, war Enrico Polazzo, der dicht hinter ihr stand. Der Schwur war also schwer zu halten.

Aber da ließ Polazzo bereits den Arm sinken, holte tief Luft und deutete auf den Monitor – weiß Gott, aus welchem Teil seines Gehirns er schließlich die Information, den Namen des Mannes, der da wie ein Übermensch spielte, ans Tageslicht geholt hatte.

„Van Reijn . . . Felix van Reijn."

Jeroen hob die Hand, als wollte er Polazzo beglückwünschen, applaudierte kurz: „Felix van Reijn ist richtig!"

Büdel lehnte sich zurück. „Der Kandidat hat zehn Punkte! Und wie geht's jetzt weiter?"

„Ruhe – das Finale!" Jeroen drehte die Lautstärke hoch. Der Pianist geriet in Ekstase. Die irren Läufe, die harten Akkorde dazwischen, das flutete durch den leeren, riesigen Raum, erfüllte ihn, brach sich an den Säulen, produzierte Echo und Nachhall, die langsam verklangen, sich in den alten Mauern verloren, als das Konzert schon längst zu Ende war. Nach Sekunden der Stille brach – auf dem Fernsehschirm – der Beifall los. Die Kamera schwenkte weg von diesem Gesicht, das immer noch vor Anspannung vibrierte.

Das Publikum kam ins Bild. Elegant, reich. Schmuckbehängte Frauen über fünfzig waren deutlich in der Mehrheit. Frenetischer Applaus. Kronleuchter flammten auf.

Der Pianist erhob sich, erschöpft, glücklich. Er lächelte. Verbeugte sich. Er hob die rechte Hand zu einer kleinen, bescheidenen Geste. Er wirkte erlöst, entspannt . . .

Jetzt war er wieder er selbst geworden: ein gutaussehender Mann in mittleren Jahren – genauer gesagt ein schöner Mann mit einem geradezu unverschämt gut geschnittenen Gesicht. Sein charmantes, triumphierendes Lächeln hatte etwas Bezwingendes. Die Faszination, die er auf sein Publikum ausstrahlte, kannte, wie man hören konnte, keine Grenzen: Der Applaus wollte nicht enden.

Jeroen stoppte das Band. Das blaue Licht des Monitors, das bisher die Szene in der Halle beleuchtet hatte, erlosch.

Die plötzliche Stille war erschreckend.

Yvonne und die fünf Männer starrten immer noch reglos auf das tote Auge des Fernsehschirms, als hinter ihnen jemand lautstark in die Hände klatschte.

„Bravo!" Das rollende „r" und das melodische „o" gingen in Gelächter über.

Sibilla Jacopescu war Biologin, stammte aus Rumänien und war eine sehr aparte junge Frau. Ihr kunstvoll-wirres Haar schimmerte rötlichblond im Schein der kalten Leuchtstoffröhren. Die Farbe war bestimmt nicht echt, aber raffiniert ausgewählt. Wie sie das schaffte, fernab von jedem Friseur in dieser Waldeinsamkeit, das war ein Geheimnis für sich, hinter das nicht einmal Jeroen gekommen war, der mit ihr Labor und Lager teilte.

Sie schenkte jedem ein persönliches Lächeln, setzte sich hinter den Klapptisch des Kollegstuhls, riß die heiße Alufolie von ihrem Fertigmenü und putzte sich – gegen jede Regel der Hygiene – die Finger an ihrem Labormantel ab.

„Du bist schon lange hier?" Büdel grinste sie an.

„Ich habe eine Menge mitbekommen – und keine Ahnung, worum es geht!"

„Der Pianist, der keiner ist, wie Jeroen behauptet, war ein gewisser van Reijn."

„Das sagt mir gar nichts." Mit ihrer stumpfen Plastikgabel versuchte Sibilla die chemisch-grünen Erbsen aufzuspießen.

„Van Reijn ist ein genialer Zeitgenosse, gehätschelter Liebling von Jet-set und Bürgertum." Jeroen war endlich zu einer Erklärung bereit. „In Rom hat er letzte Woche Gedichte vorgetragen, eigene Gedichte, auf italienisch natürlich. Der Saal war ausverkauft. Was heißt ‚Saal' – die Halle. Da finden sonst Boxkämpfe statt! Und jetzt wird sein Name diskutiert im Zusammenhang mit dem Nobelpreis für Literatur."

„Was nicht gerade für den Nobelpreis spricht." Der Einwand kam von Palm.

„Die Liste seiner Patente ist seitenlang. Er hat Auszeichnungen erhalten für modernes Industriedesign und für funktionelle Mode. Er spricht mindestens ein Dutzend Sprachen, akzentfrei, und das hier war sein erster Versuch als Pianist."

„Respekt! Dafür war das schon ungeheuer genial!" Büdels Kompliment war ehrlich gemeint.

Da meldete sich ein Kollege zu Wort, der bisher schweigend die Szene beobachtet hatte. Von Klöpfer war Physiker und ohne Zweifel das dienstälteste Mitglied im Team des *Blauen Palais.* „Darf ich fragen, in welcher Richtung diese Erfindungen . . ., diese Patente . . ., wissen Sie darüber Bescheid?"

„Nein, leider nichts Genaues, ich bin kein Physiker. Hier stehen nur zwei Stichwörter: abstimmbarer Gaslaser, also Laserstrahlen, die . . ."

„Danke!" Von Klöpfer unterbrach und winkte ab. „Weiß schon, ja. Das ist der Bursche, der am MIT, dem Massachusetts Institute of Technology in Boston, die Arbeit von Corbett weitergeführt hat, der leider zu früh verstorben ist. Ein Gerät, das Laserstrahlen in verschiedenen Wellenlängen, also Farben, erzeugt. Und die zweite Sache?"

„Salze zur Speicherung thermischer Energie."

„Sehr schön! Der springende Punkt zur Auswertung der Solarenergie – der Sonnenheizung. Was ist der Mann eigentlich nun? Chemiker oder Physiker oder Dichter?"

„Pianist!"

Büdel stand auf. „Braucht ihr mich noch?"

„Aber natürlich." Jeroen spulte das Band zurück. „Ich veranstalte doch kein Mittagskonzert ohne Hintergedanken. Das Ganze erinnert mich nämlich fatal an Versuche, die Sibilla und ich . . . Unsere Versuche mit Ratten."

„Was haben meine Ratten mit deinem Pianisten-Dichter zu tun?" Sibilla rollte ihr rumänisches „r" auch mit vollem Mund.

„Scheinbar nichts – und dennoch . . ., es ist eine ganz irre Idee . . . Ich hab hier ein zweites Band. Der Komponist Ole Svendborg spielt eigene Kompositionen im Nachtstudio des schwedischen Fernsehens." Jeroen fuhr eine weitere Kassette auf einem anderen Recorder ab. Der zweite Monitor begann zu flimmern.

„Noch ein Gedicht . . .!" Büdel setzte sich wieder. „Nein – noch ein Klavierkonzert! Oder vielleicht sogar das gleiche!"

Wieder rasten Finger über Tasten, überkreuzten sich die Hände, fanden sich zu einem schwebenden Tremolo.

Jeroen startete nochmals das erste Band.

Wieder spielte van Reijn, Läufe, Tremoli.

Auf zwei Bildschirmen bemühten sich zwei Pianisten mit genialer Fingerfertigkeit offensichtlich um das gleiche Stück – es gab kaum einen Zweifel.

„Also – wer spielt sein eigenes Werk? Der Schwede?" Büdel wollte es genau wissen und rückte näher an den Tisch mit den Monitoren.

„Beide?"

„Unmöglich! Der Schwede macht weniger Schau, aber es ist das gleiche Stück."

„Beide spielen eine eigene Komposition!"

„Dann hat einer vom anderen geklaut, ganz klar! Soviel versteh ich gerade noch von Musik. Das hört doch jeder: Die Stücke sind identisch, sie sind völlig gleich . . ." Büdel sah sich um, wartete auf Zustimmung.

Aber seine Kollegen blickten nur fasziniert auf die beiden Bildschirme, auf van Reijn und auf den Schweden, hörten auf den Gleichklang der Disharmonien, registrierten die Ähnlichkeit der Technik, ja sogar der Mimik. Es war verblüffend, wie sich der Ausdruck der beiden Pianisten glich.

„Also – welches Konzert hat früher stattgefunden?"

„Das des Schweden."

„Damit ist der Fall erledigt. Van Reijn spielt es nach!"

„Das ist nicht möglich. Ole Svendborg hat keine Noten hinterlassen. Und seit zwei Jahren ist er tot. Das hier war sein erstes öffentliches Konzert – und sein einziges –, sein letztes! Einen Abend lang wurde er gefeiert. Eine große Entdeckung, hieß es." Jeroen schaltete den Videorecorder auf „Schneller Vorlauf". Grelle Muster huschten über den Monitor.

Bei einer Markierung hielt er das Band an – suchte –, schaltete auf Wiedergabe. Das Konzert war jetzt vorüber. Eine Reporterin interviewte den Pianisten. Der gab Auskunft, auf schwedisch. Jeroen übersetzte und kommentierte: „Nein – es gibt keine Aufzeichnungen –, keine Noten. Natürlich nicht – ich improvisiere –, ich spiele nach Gefühl – das ist alles –, ich spiele, was mir einfällt, was mir gerade in den Sinn kommt . . ."

Schneller Rücklauf. Wieder huschten die Muster und Linien über den Schirm – dann erneut das Konzert von Ole Svendborg, kurz vor dem Schluß.

Jeroen blickte in die Runde. „Drei Tage später war er tot!"

Büdel, der Kybernetiker, wischte alle Mystifikationen vom Tisch. „Van Reijn hat sich das Band hier besorgt – so wie du – und hat danach geübt."

„Möglich. Obwohl mir das Schwedische Fernsehen versichert hat – hier ist die schriftliche Bestätigung des Archivs –, daß dieses Band nie herausgegeben wurde, kein einziges Mal während der letzten zwei Jahre. Es hat sich niemand mehr dafür interessiert."

„Heimlich aufgezeichnet, während der Sendung, zu Hause . . ." Büdel ließ nicht locker.

Aber Jeroen wühlte bereits in einem Stapel alter Zeitungen. „So etwas ist möglich, sicher! Aber auch Felix van Reijn spielt ohne Noten. Auch er sagt, er spiele, was ihm so einfiele, was ihm gerade in den Sinn käme. Wörtlich nachzulesen hier im *France Soir.* Und auch bei van Reijn war es das erste Konzert."

Palm schaute auf seine Uhr, stand auf, griff nach seinem weißen Mantel. „Ja, ich muß leider . . . Hab noch einiges zu tun. Yvonne, kommen Sie mit?"

Yvonne sträubte sich noch. „Jetzt, wo es spannend wird!"

Aber der allgemeine Aufbruch war nun eingeleitet. Stühle wurden gerückt, leere Essensbehälter und Becher flogen in den Container. „Halt! Halt! Noch einen Augenblick!" Jeroen hatte die Bänder abgeschaltet und versuchte, die anderen zurückzuhalten. „Ich habe den Fall zur Diskussion gestellt, weil ich darin gewisse Parallelen sehe. Ich sagte schon: Sibilla und ich und unsere Versuchsreihe mit Ratten – mit begabten Ratten, wohlgemerkt . . .!"

„Laß meine Ratten aus dem Spiel, Jeroen!" Sibilla legte das Besteck auf die Schreibtischplatte und wischte sich mit dem Handrücken über den Mund.

Doch Jeroen schwenkte bereits eine Zeitung. In roten Riesenlettern verkündete die Schlagzeile: MORD!

„Die Zeitungen hat mein Bruder gesammelt", fuhr Jeroen fort. „Er ist Musiker, lebt in Stockholm. Drei Tage nach dem Konzert fand man den jungen Pianisten Ole Svendborg tot in seinem kleinen Holzhaus auf einer einsamen Insel in den Schären. Seine Schädeldecke war fachgerecht geöffnet – wie von einem Chirurgen. Das Gehirn war entfernt – war spurlos verschwunden. Ein Toter ohne Gehirn!"

Sibillas Besteck war zu Boden gefallen. Sie bückte sich danach. Dabei kippte auch das Plastiktablett mit dem Essen vom Tisch.

Jeroen beachtete das nicht weiter. „Ja, das hat dieser Fall mit uns und unseren Ratten gemeinsam. Eine absurde Idee, vielleicht. Vielleicht . . .!" Er schaltete wieder am Recorder. Auf dem Monitor, im fahlblauen Licht des Fernsehbildes, erschien erneut das Gesicht des Pianisten Ole Svendborg. Er wirkte entrückt, ekstatisch . . .

„Die Stelle kommt gleich."

Palm hatte seinen weißen Mantel angezogen. „Können Sie nicht deutlicher werden, Jeroen? Was für eine Idee ist absurd?"

„Wir töten Ratten, die begabt sind, die wir mit Erfolg dressiert haben, die etwas gelernt haben, und entnehmen ihnen das Gehirn – um ihre Begabung und alles, was ihr Gedächtnis gespeichert hat, auf undressierte, also ‚unbegabte' Ratten zu übertragen!"

Palm lachte, aber es klang nervös und verkrampft. „Es ist wirklich absurd – ich meine, da irgendwelche Parallelen sehen zu wollen!"

Schluß des Konzerts, atemlose Stille. Das Ende kam ganz unvermittelt und plötzlich – wie bei van Reijn.

„Hier, kommen Sie näher, kommen Sie her! Sehen Sie . . .!" Jeroen hatte die Aufzeichnung gestoppt. Das Bild mit Svendborg, der sich im Vordergrund verneigte, war wie eingefroren. Die Zuhörer, die Hände zum Applaus erhoben, waren erstarrt.

Jeroen deutete auf eine dunkle Ecke des Standbildes, zeigte auf eine bestimmte Person im Publikum. Sehr viel war nicht zu erkennen. Das Raster des Monitors mit seinen Zeilen und Punkten war zu grob, und die Person, um die es ging, war zum Teil verdeckt.

„Sieht man ihn – ist er zu erkennen?" Jeroen spielte mit Leidenschaft die Rolle eines Sherlock Holmes.

„Wer soll zu erkennen sein?" Büdel trat nah an das flimmernde Bild. Auch Palm kam heran, dann von Klöpfer, schließlich Polazzo mit Yvonne.

Nur Sibilla blieb, wo sie war. Sie wirkte, wie die anderen, mehr skeptisch als interessiert.

Jeroen hatte ein paar großformatige Bilder aus einer Mappe genommen. Fotos mit dem Zeilenraster des Videobildes. „Hier. Abfotografiert vom Monitor und dann diesen Ausschnitt hier vergrößert." Er kreiste mit einem Bleistift die fragliche Stelle ein.

Jetzt war auch Sibilla nach vorn gekommen, hatte sich das erste Bild gegriffen, dann das zweite, das den Ausschnitt noch detaillierter zeigte, dann das dritte. „Wer ist das?"

Aber eigentlich war kein Zweifel mehr möglich. Jeroen präsentierte die letzte, die deutlichste Version: das markante Gesicht, die graue Mähne, der starr auf den Schweden gerichtete Blick waren unverkennbar.

„Damals noch völlig unbekannt: Felix van Reijn!"

2

Es war schon tief in der Nacht, als Louis Palm vom Palais herüberkam, durch den ehemaligen Schweinestall ging, der jetzt Versuchen mit Laserstrahlen diente, und hinaufstieg zur Biochemie.

Der Plastikvorhang der Schleuse wehte ihm entgegen. Hier konnte der leichte Überdruck an keimfreier Luft entweichen, den die Klimaanlage ständig in die Räume pumpte.

Sibilla und Jeroen, verkleidet wie Chirurgen während einer Operation, mit Mundschutz, Handschuhen und Kappe, standen im Nebenzimmer mit den Rattenställen. Sibilla zog gerade eine Einwegspritze mit Flüssigkeit aus einem sterilen Glaskolben auf, Jeroen suchte Tiere aus, markierte sie an Schwanz und Nacken mit farbigen Filzschreibern und hielt sie Sibillas Spritze entgegen.

„Störe ich?"

Erst jetzt bemerkten die beiden Palm, der im Flur stand.

„Nein, solange Sie bleiben, wo Sie sind!" Jeroen achtete streng auf die Regeln. „Fremdstoffe, die Sie einschleppen, können die Versuchsergebnisse völlig verzerren."

„Ich könnte mir Handschuhe anziehen, einen Mundschutz vorbinden."

„Nicht nötig – bleiben Sie einfach draußen stehen." Die Ratte in seiner Hand quiekte kurz auf. Die Angst vor Spritzen ist weit verbreitet.

Palm sah interessiert zu. „Immer noch die gleiche Versuchsreihe?"

Jeroen nickte. „Wir verpassen unseren undressierten Ratten gerade wieder Intelligenz und Erfahrung – mit der Spritze." Und Sibilla ergänzte: „Der gereinigte Ribonukleinsäureextrakt aus den Gehirnen von dressierten Ratten. Wir haben bereits in 84 % positive Reaktion. Auf der 0,01-Stufe ist die Serie bereits signifikant."

„Aha!" Palm schien befriedigt. Er war zwar Mathematiker, nicht Biochemiker, aber Sibillas Auskunft klang sehr zuversichtlich. „Gut! Ich werde Manzini Bescheid sagen und den Ausschuß des Kuratoriums herzitieren. Die sollen sich das ansehen."

Jeroen zögerte, die Ratte in ihren Käfig zurückzusetzen, und blickte kurz zu Palm, dann zu Sibilla. Aber Sibilla hatte die Tragweite des kurzen Satzes gar nicht so recht mitbekommen, wie es schien.

Das Kuratorium herzitieren – das hieß doch, daß ihre Arbeit hier, ihr Erfolg geeignet schien, bei den Geldgebern des Palais weitere Mittel lockerzumachen. Geld also, auf das sie alle, ohne Ausnahme, dringend angewiesen waren. Denn: „Forschung kostet nun einmal Geld – *keine* das Doppelte", wie Dr. Huu, ihr Finanzexperte, immer zu sagen pflegte.

War ihre Versuchsreihe wirklich schon so erfolgreich, daß man die Ergebnisse vorzeigen konnte?

Aber Palm ging nicht weiter darauf ein. „Wie viele Spender haben Sie heute?"

„Sechs Stück. Das heißt sechs dressierte, intelligente Ratten dort drüben und sechs undressierte zur Kontrolle. Die liegen bereits hier unten."

Da lagen sie nun, die üblichen Albinos, weiße Labortiere mit roten Augen und rosa Schnauzen, aufgereiht wie die Strecke nach dem letzten Halali. Sie waren bereits zur Feuerbestattung freigegeben und säuberlich in Plastik eingeschweißt.

Palm betrachtete die Ratten mit ihrer geöffneten Schädeldecke. Ihm ging durch den Kopf, was Jeroen de Groot gestern mittag so beiläufig und mit viel Aufwand an abstrusen Ideen entwickelt hatte. „Das waren also Ihre Genies?!"

„Ja, das waren unsere Begabtesten." Jeroen kam aus dem Nebenraum, um nachzusehen, ob Palm seine Nase nicht zu dicht in gefährliche Dinge steckte. Aber Palm hielt Abstand.

„Wir haben die Tiere wochenlang dressiert: Futterempfang trotz Elektroschock. Normalerweise rennen sie quiekend davon. Aber diese sechs hier hatten wir umkonditioniert. Ihr Freßtrieb war stärker. Sobald wir den Strom einschalteten, kamen sie angerannt. Sie wußten, jetzt kommt das Fressen. Nicht sehr human, aber schließlich . . ."

Palm stand wieder unter der Tür und blätterte im Versuchsprotokoll. „Und schließlich haben sie ihre Intelligenz mit dem Leben gebüßt. Ziemlich grausam. Sie injizieren bereits?"

Sibilla nickte. „Ja, den Extrakt aus den Gehirnen. Direkt in die Bauchhöhle. Dort wird die RNS, ein Baustein aus dem Zellkern, in dem wir Information und Gedächtnis vermuten, am schnellsten von der Körperflüssigkeit aufgenommen und zum Gehirn transportiert. In 24 Stunden testen wir zum erstenmal, was diese untrainierten Tiere hier an Intelligenz und Erfahrung von ihren toten Artgenossen mitbekommen haben."

Sie hielt die Spritze hoch, preßte eine Luftblase durch die Kanüle, und die Ratte in Jeroens Hand hatte wieder Grund zu quieken.

„Der berühmte ‚Nürnberger Trichter'." Palm schmunzelte und fuhr mit einem hintergründigen Lächeln fort: „Ich gebe ja zu: Diese Theorie, diese Methode – das hat etwas Faszinierendes. Wissen, Erfahrung, Begabung – mit einer Spritze, ohne Mühe und Arbeit. Ein Lernprozeß ist doch meist sehr lästig. Und langwierig. Und oft gar nicht so sehr erfolgreich, wenn ich ehrlich bin. Ich verstehe, daß Sie beide hier . . ., daß Sie Spekulationen anstellen. Ein Traum des Doktor Faustus geht hier offensichtlich in Erfüllung, zumindest bei Ratten . . ." Er wandte sich ab.

Sibilla legte das Injektionsbesteck in die Schale, deckte es ab, verschloß sorgfältig den Glaskolben mit der milchigen Flüssigkeit durch einen sterilen Wattepfropfen und stellte ihn in den Kühlschrank im Labor.

Jeroen setzte die letzte der behandelten Ratten zurück in ihren Käfig. Mit raschem Blick kontrollierte er die Futterautomaten und die Wasserflaschen, an deren Plastikmundstück die Ratten sich selbst bedienen konnten, dann verschloß er den Nebenraum mit dem penetranten Geruch und kam herüber zu Palm.

Sibilla hatte sich die Handschuhe abgestreift und samt Papiermundschutz in den Abfallcontainer geworfen.

„So, das war's. Aber wenn Sie hierbleiben wollen – wir testen jetzt die Übertragungen von gestern."

Palm war schon auf dem Weg zum Treppenhaus. „Heute schon? So spät? Wann machen Sie Schluß?"

„Ratten sind Nachttiere. Wir müssen uns ihnen anpassen. Kommen Sie!"

Sibilla ging voraus, hinüber zu der umgebauten Tenne. Aus weißbeschichteten Spanplatten waren kleine Kabinen errichtet worden. Weiße Plastikvorhänge trennten diese Testräume voneinander ab. Alles weiß in weiß, dachte Palm. Lassen Ratten sich denn nicht auf Depressionen testen? Weiße Ratten in einer weißen Welt, in steriler Luft, bei sterilem Futter. Werden Versuchsergebnisse nicht auch durch Neurosen verfälscht?

Sibilla nahm ein weißes, steriles Tuch von einem großen Laufkäfig und setzte fünf auffällig markierte Ratten hinein, die in einem Nebenraum bereitgestellt waren.

„Diese Tiere hier liefen gestern – also bevor sie die Injektion erhielten – noch davon, wenn ein Blitzlicht aufflammte", erklärte Jeroen. „Inzwischen haben wir ihnen Gehirnextrakt von Ratten eingespritzt, die umkonditioniert worden waren. Immer nach dem Blitz bekamen die zu fressen. Sobald es blitzte, kamen sie nach vorn, dort fanden sie Futter. So, Freunde – in die Ecke . . ." Jeroen hatte ein Fotoblitzgerät aus einem Aluminiumkoffer genommen und vor dem Käfig installiert.

„Achtung, Jeroen – bist du soweit?"

„Gleich fertig – Sekunde!" Er schaltete ein – der Blitz flammte auf –, noch mal und noch mal. Eine Kaskade von Blitzen fiel auf die verdutzten Tiere, die sich scheu in die hinterste Ecke drückten. Kein Erfolg, so schien es. Noch immer folgte Blitz auf Blitz.

Da richtete sich das erste Tier auf, schnupperte interessiert in die „gefährliche" Richtung – das grelle Licht spiegelte sich in den roten

Knopfaugen –, setzte schließlich die Vorderfüße wieder auf den Boden und kam langsam, zögernd auf die Blitzquelle zu.

Ein zweites Tier folgte.

Ein drittes.

Magisch angezogen von dem sonst so erschreckenden Ereignis durchquerten sie den Laufkäfig, witterten, schnupperten, wußten nicht so recht, was das alles zu bedeuten hatte, was sie eigentlich in dieser Richtung suchten, was sie dorthin trieb. Aber sie kamen, verharrten wieder, liefen weiter – und landeten schließlich höchst interessiert genau vor der Lichtquelle.

Das vierte Tier hatte sich ebenfalls auf den Weg gemacht, kehrte aber wieder um und wandte sich ab. Dann wurde es erneut aufmerksam, kam näher, zögerte, richtete sich auf und blieb schließlich in der Käfigmitte sitzen.

Nur die letzte, die fünfte Ratte gehorchte ihrem Urinstinkt. Ängstlich zusammengekauert, den Kopf von dem grellen Licht abgewandt, drückte sie sich zitternd in die entfernteste Ecke des Käfigs.

Die große Stoppuhr blieb stehen. Ende des Tests.

Sibilla zog Bilanz. „0-4 war unentschlossen, 0-1 bis -3 positiv, 0-5 negativ. Ein guter Erfolg, würde ich sagen."

Palm nickte anerkennend.

Während Jeroen die fünf Ratten wieder in ihre einzelnen Käfige verfrachtete, ging Sibilla voraus in die übernächste Kabine. Palm folgte ihr.

„Ratten sind extrem lärmempfindlich. Hier." Eine elektrische Klingel schnarrte los, die Ratten in ihren kleinen Käfigen flüchteten hysterisch in die hinterste Ecke.

„So – und jetzt kommt die zweite Runde. Diese Tiere da drüben haben vorgestern noch in der gleichen Weise reagiert. Flucht vor Lärm." Sie setzte die erste Ratte in einen Laufkäfig. „Wir haben ihnen RNS injiziert, die von Ratten stammt, denen wir die Angst vor Lärm abgewöhnt hatten. Futter gab es immer nur bei Lärm. Wenn es klingelte, stürzten sie zum Trog. Mal sehen, wie diese Gruppe heute reagiert."

Jeroen war nachgekommen, betätigte nun Stoppuhr und Klingel. Die Ratte blickte verstört hoch, blieb aber sitzen. Jeroen klingelte weiter.

Die Ratte versuchte, sich zu verkriechen.

„Negativ." Sibilla tauschte die Ratte gegen die nächste aus. Wieder schnarrte die Klingel.

Auch die zweite Ratte dachte nur an Flucht. „Ebenfalls negativ."

Der dritte Versuch brachte ebenfalls keinen Erfolg.

Aber dann kam endlich die Wende – nacheinander fanden fünf Ratten die schnarrende Klingel plötzlich sehr attraktiv. Nach kurzem Zögern und Wittern durchquerten sie den Käfig und suchten Futter im Napf.

„Sehr gut!" Palm schien zufrieden. „Sie sollten an einem der nächsten Abende die Kollegen über diese Erfolge informieren. Das wäre eine gute Gelegenheit, die – nun ja, etwas seltsame – Darbietung von gestern mittag wieder wettzumachen."

„Wie meinen Sie das?" Jeroen war betroffen, blickte zu Sibilla, die schüttelte nur, unbemerkt von Palm, leicht den Kopf.

Aber Jeroen war ein hartnäckiger Niederländer und nicht bereit, brisante Theorien und Ideen einer skeptischen Mehrheit zu opfern. „Unsere Experimente haben Modellcharakter!"

„Aber ich bitte Sie, Jeroen!" Palm versuchte einzulenken. „Sie wollen doch nicht ernsthaft behaupten, daß sich diese Methoden der Übertragung von Erfahrung und Wissen auf den Menschen anwenden lassen, daß das bei diesem höchst komplizierten, differenzierten Apparat in der gleichen Weise funktioniert . . ."

Jeroen fiel ihm ins Wort. „In dieser Weise natürlich nicht, nicht ohne weiteres und nicht in dieser Form! Aber prinzipiell . . . Es wäre doch zumindest denkbar!"

„Jaja, der Traum des Dr. Faustus!" Palm betrachtete nachdenklich die toten Ratten, die, in Plastikbeutel eingeschweißt, mit geöffneter Schädeldecke auf dem Tisch neben dem Ausgang lagen.

„Spielen Sie eigentlich Schach?" Palm hatte bereits die Klinke der Tür in der Hand, als er sich nochmals an Jeroen wandte.

Der war von der Frage völlig überrascht. „Schach? . . . Äh – nein, eigentlich nicht."

„Was heißt ‚eigentlich nicht'?"

„Früher einmal, während des Studiums. Aber das ist einige Zeit her. Warum?"

Palm nahm einen Zeitungsausschnitt aus seiner Brieftasche, faltete ihn auseinander, warf selbst noch einen Blick darauf, bevor er ihn weitergab. „Yvonne hat mir das aus einer Zeitung ausgeschnitten.

Felix van Reijn wurde letzte Woche belgischer Schachmeister. Sein neuestes Hobby, seine neuesten Triumphe."

Jeroen gab den Zeitungsausschnitt an Sibilla weiter. Zwei Fotos waren da mit einem Schriftbalken in flämischer Sprache verbunden. Links ein Porträt: Felix van Reijn. Rechts eine Gruppe: Van Reijn wird etwas überreicht – eine Skulptur – Händeschütteln – Lächeln für die Fotografen.

„Jetzt sucht van Reijn Partner für einen Simultankampf in Knokke." Palm lächelte mal wieder höchst geheimnisvoll, bevor er sich zum Ausgang wandte. „Ich dachte, falls Sie ihn kennenlernen möchten . . ."

Sibilla reichte den Zeitungsausschnitt zurück. „Das wär doch was für Carolus Büdel. Der spielt per Brief mit irgendeinem russischen Großmeister. Jedes Spiel dauert drei bis vier Monate."

3

Ein Etikett mit einem Totenkopf und gekreuzten Knochen sowie der Aufschrift Gift klebte auf einer Käseglocke. Darunter stand, wohlbehütet und geschützt, ein kleines Steckschach mit einer gar nicht mal so aussichtslosen Spielsituation – zumindest für Weiß.

Carolus Büdel, Systemanalytiker und Kybernetiker des *Blauen Palais,* spielte allerdings Schwarz.

Das Spiel unter dem Glassturz hatte einen Ehrenplatz im Chaos des Mansardenzimmers. Die Wände waren vollgehängt mit Plänen, Diagrammen und Computergrafiken. Auf dem Fußboden stapelten sich Türme mit ausgedruckten Protokollen, die auf ihre Auswertung warteten. Selbst die spartanische Couch war unter einer Papierlawine begraben.

Büdel machte keine Anstalten, sich umzudrehen. Er arbeitete konzentriert an einem neuen Programm. Dazu ließ er sich aus allen vier Ecken des winzigen Raums mit quadrophoner Barockmusik überschütten.

„Nein, du störst mich nicht – überhaupt nicht! Hauptsache, du sprichst mich nicht an!"

Zumindest hatte er nun davon Kenntnis, daß Jeroen eingetreten war und in der Mitte des Raumes darauf wartete, gegen die Musik-

und Gedankenflut bei passender Gelegenheit anzugehen. „Ich wollte eigentlich . . ."

„Ruhe!" Büdel wischte ein Dutzend Blätter vom Tisch und fing mit neuen Formularen wieder von vorn an. Dabei ließ er sich sogar zu einer Erklärung hinreißen. „Polazzo hat mir die neuesten Daten seiner Peptidanalyse auf den Tisch geknallt – muß ich noch eingeben. Irgendwo am Fenster steht Aprikosenschnaps. Bedien dich! Mehr kann ich nicht für dich tun."

Jeroen zog einen ehrenvollen Rückzug in Erwägung. „Ich kam nur –"

„Sei still! Bitte!"

„ – wegen Schach. Dein Spiel mit Leonew!"

Büdel blickte auf. Peptidketten, Programme und Auftrag schienen vergessen. Er drehte die Musik um etliches leiser, blinzelte verschmitzt durch seine dicken Brillengläser und zog den alten Teewagen mit dem Steckschach unter der Käseglocke zu sich heran. „Schöner Mist, was?" Er nahm einen Brief zur Hand, dünnes, billiges Papier mit nur vier Zeilen und einer Unterschrift. „Kam gestern. Also, nicht ganz aussichtslos – nur . . ., ich hab heute nacht mit dem Computer fast alle möglichen Gegenzüge durchgespielt. Aber bisher war Leonew unserem Rechner immer überlegen. Die Kreativität unserer alten Maschine hat eben ihre Grenzen."

Jeroen schob einen Papierstapel zur Seite und setzte sich auf die Couch. Auf dem Fensterbrett wartete immer noch der Aprikosenschnaps mit zwei ungespülten Gläsern. Aber Jeroen machte sich nichts daraus. „Hast du mal simultan gespielt? Ein Simultanturnier? Gleichzeitig gegen mehrere Gegner?"

Büdel schüttelte den Kopf und sah Jeroen über seine Brillengläser hinweg traurig an. „Das kannst du von einem Berner nicht verlangen! Bei Leonew überlege ich mir manche Züge oft eine ganze Woche lang. Bei einem Simultanspiel mußt du dich in Sekunden entscheiden. Wenn der Gegner ans Brett tritt, mußt du gezogen haben. Danke nein!"

„Schade!"

„Wieso?"

„Du hast also keine Lust, mit zwanzig anderen gegen ein Schachgenie anzutreten?"

„Wer ist es denn?"

„Neuer Großmeister in Belgien."

„Aha! Na, wenn der's nötig hat?" Büdel schob den Teewagen auf seinen alten Platz zurück. „Obwohl, ich erinnere mich da an einen guten Simultanspieler: Polipoff. Der war Klasse. In so einem Fall . . ."

„Polipoff? Ein Russe?"

„Bulgare. Ziegen- oder Schafhirte oder was weiß ich. Später war er Mathematiklehrer in Sofia. Der beherrschte Simultan!"

Büdel schloß anerkennend seine Augen und lehnte sich zurück. „Beherrschte? Er lebt nicht mehr?" Jeroen wurde hellhörig.

„Lebt nicht mehr, nein. Starb vor einem halben Jahr." Büdel schwenkte seinen Drehstuhl zurück in Richtung Peptidanalyse und Programm.

„Woran starb er, dieser – wie hieß er?"

„Polipoff. Gregor oder Gregorij Polipoff. Er war über sechzig, und es war in Amsterdam bei den Europameisterschaften, als es passierte."

„Ach so." Jeroens gespannte Aufmerksamkeit löste sich.

„Nein, nein. Mitgespielt hat er nicht – ich meine, in der Ausscheidung. Er war plötzlich verschwunden. Und irgendwann fischte man ihn aus dem Wasser, aus einer Gracht."

„Ertrunken?" Tragischer Tod, dachte Jeroen, für einen Schachmeister. Nicht der Herzkollaps am Brett, nein, ausgerechnet in Amsterdam in eine Gracht fallen und ertrinken.

„Ertrunken eigentlich nicht!" Büdel machte eine Kunstpause, ohne zu ahnen, daß es dieses dramatischen Akzents gar nicht mehr bedurfte. „Es hat Tage gedauert, bis man wußte, daß es wirklich dieser Polipoff war. Die Leiche war nämlich ziemlich verstümmelt – ihr fehlte der Kopf!"

4

KNOKKE GRÜSST DIE SCHACHSPIELER DER WELT. So stand es in vier Sprachen auf einem Spruchband, das quer über dem Portal des alten Casinos hing. Der kalte Nordseewind, der durch die Gassen wehte und den Geruch von Tang und Ebbe in die winterlich verschlafene Stadt trug, hatte das Spruchband aufgedreht und die Lorbeerbäume bös zerzaust. Ein Mann war aus einem gemieteten Rolls-Royce gestiegen.

Die Menge, steif vor Kälte, hatte applaudiert. Dann war dieser Mann, aufrecht und ein wenig arrogant, mit seinem Gefolge den roten Teppich hinaufgeschritten, der auf der Treppe ausgelegt war, hatte Hände geschüttelt, die Reihe der Honoratioren in Cut und Amtskette samt den etwas zu festlich gekleideten Ehefrauen abgeschritten und war schließlich durch das Säulenportal verschwunden: *Felix van Reijn.*

Pressefotografen und Ehrengäste waren hinterhergeströmt, Diener in Livree und Ordner mit weißen Armbinden versuchten die Neugierigen zurückzuhalten und sorgten für Ruhe.

Van Reijn glitt aus seinem schwarzen Mantel – ein kurzer Blick in die Runde – Totenstille, kein Hüsteln, kein Räuspern, kein Flüstern mehr –, er kam zur Sache.

Hinter 21 kleinen, grünbespannten Tischchen saßen die 21 Gegner schon bereit. Mit kalter Routine, abwesend und nervös, ging van Reijn von Tisch zu Tisch und schüttelte Hände, ohne seine Gegner auch nur eines Blickes zu würdigen.

Sie spielten Weiß, und auf ein Zeichen des Jurypräsidenten, der samt vier würdigen Mitjuroren van Reijns Runden begleitete, machten sie den ersten Zug.

Das Spiel hatte ohne große Formalitäten begonnen. Van Reijn ging von Brett zu Brett und überlegte in keinem einzigen Fall länger als fünf Sekunden. Ein kurzer Blick – sein Zug –, dann schritt er weiter.

Hinter der roten Kordel, die die Zuschauer in respektvollem Abstand zu den Spieltischen hielt, standen auch Sibilla und Jeroen und wagten kaum zu atmen.

Dicke Fresken René Magrittes blickten in ihrer absurden Schönheit auf diese nicht minder absurde Inszenierung. Sie füllten den kreisrunden Saal bis hinauf zur Decke: versteinerte Weiber, geflügelte Berge, blühende Insekten und Vögel. Das Genie des Surrealisten Magritte ist tot, dachte Jeroen, und die RNS seines Gehirns für immer jedem fremden Zugriff entzogen – aber damit auch jeder Möglichkeit weiterzuwirken beraubt . . .

Weiter kam Jeroen nicht mit seinen ketzerischen Gedanken. Ein Husten hatte sich selbständig gemacht, irgendwo, hallte nun durch den Raum und war nicht mehr einzufangen.

Van Reijn blieb stehen, sah sich um. Vorwurf und allerletzte Warnung lagen in seinem Blick. Erst nach langen zehn Sekunden blickte er wieder auf das Brett seines Gegners. Es war Carolus Büdel.

War es die Persönlichkeit van Reijns, die mystische Spekulation Jeroens, die gespannte Atmosphäre dieser fast kultischen Handlung – wie auch immer: Büdel lief der Angstschweiß in kleinen, eiskalten Bächen unter dem Kragen seines ungewohnt steifen Hemdes den Rücken hinunter. Er sah bereits die Fehler, die er gemacht hatte, rechnete sich aus, wie van Reijn darauf reagieren würde, und hatte in einigen Fällen sogar recht damit.

Die eigenen Züge logisch zu planen erschien ihm widersinnig. Er hatte aufgehört, die Runden und Züge van Reijns zu zählen; die Spiele waren später im Protokoll ohnehin nachzulesen. Trotzdem war er erstaunt, als van Reijn ihm unvermittelt und spontan die Hand reichte und etwas murmelte. Eine Glocke erklang leise und gedämpft, ein Raunen schwebte durch den Raum. Und bis Büdel begriff, daß diese Geste nicht Anerkennung bedeutete, sondern das Ende seines Spiels, war van Reijn bereits am übernächsten Tisch. Büdel war matt. Das erste Opfer des Turniers. Er wollte aufstehen und weggehen – was sollte er hier noch? Aber ein Ordner drückte ihn sanft auf seinen Stuhl zurück. Jeder hatte auf seinem Platz zu bleiben, bis die heilige Handlung vorüber war.

Büdel hatte jedes Zeitgefühl verloren. Van Reijn drehte Runde um Runde. Noch zwanzigmal ertönte die Glocke. Van Reijn verbeugte sich, verließ unter dem Beifall der Zuschauer den Kreis und verschwand im Nebenraum zu einem Empfang der Stadtverwaltung. Er hatte einundzwanzigmal gesiegt.

5

„Ich kenn ihn!"

„Wen?"

„Van Reijn natürlich, wen sonst? Ich hab ihn schon einmal gesehen!" Jeroen stand an der Pier der Landungsbrücke inmitten einer Schar Unentwegter, die standhaft der Kälte trotzten, und zermarterte sich das Gehirn.

„Logisch! Die Aufzeichnung des Konzerts!" Büdel war immer sofort alles klar.

„Nein – nicht auf dem Fernsehschirm. Und auch nicht in der

Zeitung. Ich bin ihm persönlich begegnet. Irgendwann vor langer Zeit . . ."

Sibilla blickte ihn zweifelnd an.

Ein steifer Nordwest drückte die Brecher gegen die Kaimauer und die Pfähle der Brücke und jagte Gischt über die Köpfe der Wartenden, die sich im Windschatten des alten Holzpavillons zusammendrängten. Schreiende Möwen ließen sich von den Böen bis weit über die Dächer der Stadt tragen und hinauf in die tief dahinziehenden Wolken.

Da entstand Unruhe an den Glastüren des Pavillons. Ein Raunen ging durch die Menge, einige applaudierten. Blitzlichter flammten auf, das Gedränge auf dem Steg wurde gefährlich: Van Reijn hatte das Casino verlassen.

„Er kommt!"

Büdel zog die Baskenmütze tiefer ins Gesicht und sicherte seine Brille.

„Na ja, los, mach schon!" Jeroen schob Büdel vor sich her.

Aber den hatte sein Mißerfolg zutiefst frustriert. „Kann Sibilla nicht . . .?"

„Sibilla könnte. Aber Weiber, die ihn anbeten, hat er genug. Los, sag ihm etwas Nettes!" Jeroen gab nicht nach.

„Ich weiß wirklich nicht . . ."

„Für ihn war es ein gelungenes Experiment. Stell dich nicht so an, Carolus, sag ihm, wie fabelhaft er spielt!"

„Das weiß er doch selbst!"

„Aber er kann es gar nicht oft genug hören!"

Das Abschiedsritual vor der Tür des Pavillons war zu Ende. Van Reijn machte sich mit seinem Gefolge auf den Weg hinüber zum Festland. Achtzig Meter Landungsbrücke lagen vor ihm – die einzige Chance für die drei vom *Blauen Palais,* mit ihm in Kontakt zu kommen.

Büdel wagte die Flucht nach vorn, stellte sich van Reijn in den Weg und trabte, als dieser seinen Marsch nicht verlangsamte, stur und klebrig neben ihm her. „Ich kann das nicht begreifen, Herr van Reijn – machen Sie das nun mit Hypnose oder Suggestion? Das war das kürzeste Spiel meines Lebens!"

„Für mich auch!" Van Reijn hatte nur einen kurzen Blick auf Büdel geworfen und ihn als einen seiner Gegner identifiziert.

„Ich spiele seit Jahren gegen Leonew, per Brief."
„Leonew, ach – der russische Kybernetiker?"
„Ja, wir sind Kollegen. Mein Name ist Büdel, Carolus Büdel, die Nummer elf, Sie erinnern sich?"
Van Reijn nickte ihm mit einem Routinelächeln zu.
Inzwischen hatten sich Jeroen und Sibilla dicht an die Gruppe um van Reijn herangeschoben. Nun überholten sie und mischten sich in das Gespräch. „Wir arbeiten zusammen, alle drei, in einem Institut. Mein Name ist de Groot, ich bin Niederländer. Fräulein Jacopescu kommt aus Bukarest."
„Sehr angenehm."
Van Reijns Kälte übertraf den stürmischen Wintertag um etliche Grade. Er schlug den Kragen hoch, sein graumeliertes Haar wehte im Wind, und beschleunigte seinen Schritt. Aber Jeroen und Sibilla hielten mit.
„Sie sind der erste, der unseren Kollegen Carolus Büdel bezwungen hat!"
„Ja, außer Leonew . . ." Aber dieses überflüssige Geständnis von Büdel kam Gott sei Dank nicht an.
Van Reijn hatte sich bereits Sibilla zugewandt. Ein kurzer, prüfender Blick in das hübsche Gesicht. Sibilla versuchte gerade ihre rotblonden Locken unter einem Tuch zu bändigen.
„Auch Physikerin?"
„Biochemikerin. In unserem Institut treffen sich verschiedene Fachrichtungen."
Das Eis schien gebrochen. Jeroen lenkte das Gespräch in die gewünschte Richtung. „Wir arbeiten zum Beispiel auf dem Gebiet der Molekularbiologie und Genetik."
„Ach ja, interessant."
„Neuland – wenigstens überwiegend."
Ohne seine Schritte zu verlangsamen, begann van Reijn eine sehr ins Detail gehende Fachdiskussion zu improvisieren. „Das ‚Neuland', von dem Sie sprechen, wird auf breiter Front erobert. Kudelski und Goldberg haben gerade ein Gen von Planarien, Strudelwürmern, vollständig synthetisiert. Weigand hat Basenpaare in der DNS der Taufliege *Drosophila melanogaster* ausgewechselt. Duvoisier verändert Erbanlagen mit scharf gebündelten Laserstrahlen im UVC-Bereich – aber das ist zu grob. Er müßte einen gepulsten

Röntgen-Laser verwenden – aber den gibt es noch nicht! Woran arbeiten Sie speziell?"

Die Frage galt Sibilla. Sie blickte kurz zu Jeroen. Der nickte ihr zu – Einverständnis: Erzähl, was du weißt!

„Isolierung der Messenger-RNS. Wir versuchen festzustellen, welche Qualitäten von Information durch die Ribonukleinsäure transferiert werden können. Erbanlagen interessieren uns in diesem Fall weniger. Nur Gedächtnis, Erfahrung, Erlerntes."

In der entstehenden Pause schob Jeroen noch eine Zusatzinformation nach. „Wir extrahieren die RNS aus Gehirnen!"

Van Reijn wirkte nicht übermäßig interessiert. „Von . . .?"

Jeroen blickte ihn fragend an.

Van Reijn wiederholte: „Von? Aus den Gehirnen von . . .?"

„Von Ratten."

„Ach so. Tierversuche!" Das klang enttäuscht.

Van Reijns aufkeimendes Interesse war bereits wieder abgekühlt, als Sibilla fortfuhr: „Natürlich Tierversuche. Was haben Sie denn gedacht?!"

Jeroen ließ van Reijn nicht aus den Augen. Aber der reagierte nicht. Kein Blick, keine Unruhe. Nichts. Pokerface – oder Unschuld?

Van Reijns Replik kam sachlich und ohne Emotion. „Keiner wagt sich an den Menschen, ja. Aus gutem Grund. Ein altes Tabu lähmt eine junge Wissenschaft!"

Sie waren am Ende des Landungssteges angekommen. Van Reijns Begleiter hatten sich frierend um den wartenden Rolls-Royce versammelt, bis sie in einen Bus mit dem Hinweisschild PRESSE getrieben wurden. Alles war hervorragend organisiert.

Das Fachgespräch war zu Ende, ohne Pointe, ohne Ergebnis. Da startete Jeroen einen letzten Versuch. „Eine Frage noch, Herr van Reijn: Sind Sie Biochemiker?"

„Wieso?"

„Ihre sehr speziellen Ausführungen . . ."

Die Wagentüre wurde geöffnet. Van Reijn ließ sich in die original Rindslederpolster fallen. „Die Biochemie ist ein interessantes Gebiet! Wir sehen uns noch!"

Der Wagenschlag fiel zu. Ein dienstbarer Geist startete den Motor. Der Wagen fuhr los, die Menge wich zurück und gab den Weg frei. Van Reijn blickte nicht mehr zurück.

„Das ist doch nicht möglich!" Sibilla wickelte sich fröstelnd in ihr rostbraunes Cape.

Jeroens dünner Trench flatterte offen im eisigen Seewind – er hatte Kälte und Sturm völlig vergessen. „Was ist nicht möglich, Sibilla? Daß er so mitreden kann, über Biochemie?" Jeroen fuhr sich über die Stirn. „Ich würde sagen: Nur so ist es möglich . . ."

6

Die kleine Pension war strategisch günstig gewählt. Wenn man die drei engen, steilen Treppen heil erklommen hatte, lohnte sich der Ausblick aus dem Erkerzimmer. Schräg gegenüber lag das „Esplanade". Dort war van Reijn abgestiegen. Er schien noch einen weiteren Tag zu bleiben. Auf der anderen Seite hatte man freien Blick auf Landungsbrücke und Pier. Die Strandpromenade war in ihrer ganzen Länge zu kontrollieren.

Büdel hatte Wache. Mit einem Fernglas bewaffnet hockte er in einem zerschlissenen Korbsessel neben dem Erkerfenster und aß fetten Räucherbutt aus dem Papier. Im sich anschließenden Zimmer lagen Sibilla und Jeroen auf einem französischen Bett mit durchhängender Matratze und schwiegen sich an. Grau und braun schien die Dämmerung vom Meer her über das Land zu kriechen. Der Sturm hatte nachgelassen. Nur die weißen Schaumkronen der aufgewühlten Dünung wanderten unablässig gegen den Strand. Das dumpfe Donnern der Brandung erfüllte als einziges Geräusch den armseligen, traurigen Raum in dieser drittklassigen Herberge.

„Wir hätten im Esplanade absteigen sollen. Ein zufälliges Zusammentreffen beim Abendessen, an der Rezeption, im Frühstücksraum . . ." Büdel hatte wie immer eine praktische Lösung der anstehenden Probleme zur Hand.

„Ich wußte nicht, daß du geerbt hast und uns einladen möchtest, Carolus." Jeroen war Pragmatiker.

„Wieso?"

„Mir hat Su Shu Wong zweihundert Dollar mitgegeben, für drei Leute und drei Tage. Und er hofft, daß ich ihm das meiste wiederbringe." Jeroen richtete sich auf. „Sag mal, konntest du dich nicht satt essen auf dem Empfang?"

„Das Spiel war mir auf den Magen geschlagen, wenn ihr erlaubt!"

„Wir erlauben. Aber der Heilbutt stinkt entsetzlich. Und das hier ist unser aller Zimmer."

„Entschuldige." Büdel stand auf und öffnete ein Fenster zur Seeseite hin. Die Vorhänge tanzten im Wind quer durch den Erker.

„Das Gesicht dieses Mannes . . . Dieses Gesicht . . ." Jeroen grübelte immer noch. „Er ist Biochemiker – oder so etwas Ähnliches. Sibilla, du mußt herausfinden, wer er ist. Vor drei Jahren kannte den noch kein Mensch."

„Ich? Ich soll das herausfinden? Wie denn?"

„Laß dir etwas einfallen."

„Ich hab Angst."

„Vor van Reijn?"

„Ja!"

„Aber Sibilla . . ."

Wieder schwiegen sie vor sich hin.

Büdel hatte sein Mahl beendet, packte Fischreste und Papier zusammen in eine Plastiktüte und schloß das Fenster. Damit war das Geräusch der Meeresbrandung wieder weit weg.

„Warum soll nicht unter Millionen Gehirnen eines existieren, das anders und eben perfekter funktioniert als die anderen? Zu wieviel Prozent ist es denn ausgelastet, unser Gehirn? Zu zehn oder fünfzehn Prozent, der Rest bleibt ungenutzt als stille Reserve. Wenn man die aktiviert . . ." Büdel ließ sich wieder in seinen Sessel fallen. „Ich glaube nicht an Magie. Gedächtnis ist alles. Van Reijn liest ein Buch über Biochemie und speichert alle Details. Macht mein Computer auch."

Jeroen wurde böse. „Was denn? Plötzlich wie ein Blitz aus heiterem Himmel senkt sich also Genialität über sein Gehirn! Ich glaube nicht an Wunder!" Er dachte nach. „Aber solange wir nicht wissen, wer er ist, wer er war, Zusammenhänge kennen . . . Sibilla, mach dich ran an ihn."

„Für deine wissenschaftliche Neugier ist dir kein Opfer zu groß, nicht wahr, Jeroen?" Sie griff nach seiner Hand, hielt sie fest.

„Ich mach mir da keine Sorgen, Sibilla. Du hast selbst mal gesagt, du findest ihn widerlich. Das ist doch sehr beruhigend – für mich."

„Nein!"

„Was – nein?"

Sibilla atmete tief durch. „Ich habe gesagt, ich finde ihn eitel, und ich finde ihn arrogant, sonst nichts. Und ich habe auch gesagt: Vor diesem Mann hab ich Angst."

7

Ein Schwarm hungriger Möwen kreiste schreiend über einer einsamen Gestalt, die am Ufer stand und hinausblickte auf die Brandung. Immer wieder stürzten sich einzelne Vögel herunter aufs Wasser, fingen im Flug die Brotbrocken, die ihnen zugeworfen wurden.

Sibilla fröstelte und wartete. Der Wind zerzauste ihr die Haare. Sie schlug den Kragen ihrer Strickjacke hoch, blickte sich um.

Der Mann, ein einsamer Wanderer, weithin sichtbar auf dem sonst menschenleeren Strand, war näher gekommen. Auf dem Weg zurück zur Stadt, zur Strandpromenade, zu seinem Hotel mußte er an ihr vorbei. Oben am Erkerfenster der kleinen Pension verfolgten Jeroen und Büdel mit dem Fernglas das wohlarrangierte zufällige Zusammentreffen.

Van Reijn war stehengeblieben. „Also Sie sind das!"

Sibilla sah ihn erstaunt an.

„Die junge Dame auf der Suche nach dem Gedächtnismolekül?"

Sie lachte. „Hab Sie gar nicht erkannt. Sie sind früh auf."

„Wenn man niemandem begegnen will . . ." Er blickte hinauf zu dem schreienden Schwarm. „Ist Ihnen schon aufgefallen, daß immer nur die geschicktesten Tiere die Brocken erwischen?"

„Falsch! Wenn die größte Gier gestillt ist, wenn das Überleben gesichert ist, geht es ausgesprochen gerecht zu. Jaja, glauben Sie's nur – ich bin auch Biologin." Sibilla wirkte freundlich – aber letztlich unnahbar und kühl. Das schien ihn zu reizen. Besonders, daß diese Möwen ihr Interesse offenbar stärker fesselten als seine Gegenwart.

„Übrigens, um an unser gestriges Gespräch anzuknüpfen, muß ich auch Sie korrigieren: Die Ribonukleinsäure aus dem Kern einer Gehirnzelle transportiert nicht Gedächtnis oder Erfahrung. Sie transportiert nur die chemische Information, nach der dann Gedächtnis und Erfahrung neu aufgebaut werden müssen." Die Möwen waren mit Erfolg aus dem Feld geschlagen.

„Wer sagt das?"

„Wenn Sie mit mir frühstücken gehen, erzähle ich Ihnen, wer das sagt." Er blickte sich um. „Wo sind Ihre Kollegen?"

„Weiß nicht. Vielleicht schlafen sie noch."

Sie schliefen nicht, sondern waren im Gegenteil hellwach.

„Er hat angebissen!" Jeroen hatte Büdel das Fernglas aus der Hand genommen und schaute amüsiert hinunter zum Strand.

„Vorsicht!" Büdel versuchte Jeroens Triumph ein wenig zu bremsen. „Soviel ich von dir weiß, sind Ratten sehr intelligente Tiere."

„Ja – und?"

„Manche fressen den Speck weg, ohne in die Falle zu gehen." Er stand auf, schlüpfte in seinen Mantel.

„Du gehst?"

„Sicher." Büdel zog die Baskenmütze über die schütteren Haare. „Wir bleiben doch besser auf Sichtweite, oder?"

Eine Minute später startete vor der drittklassigen Ferienpension ein alter, verrosteter 2CV mit niederländischem Kennzeichen. Langsam dümpelte der kleine Wagen die Uferpromenade hinauf, vorbei an den geschlossenen Hotelpalästen aus dem letzten Jahrhundert mit ihren blinden Fenstern und den vernagelten Portalen, vorbei an Restaurants und Cafés hinter Bretterverschlägen. Zwischen Nach- und Vorsaison hatte sich die kleine Stadt am Meer gegen die Winterstürme aus Nordwest verbarrikadiert.

Als Büdel und Jeroen am Ende der sandverwehten Promenade die Dünen erreichten, waren auch die beiden einsamen Wanderer wiederaufgetaucht.

Das gemeinsame Frühstück war längst vergessen. Die Ebbe hatte einen unendlichen Strand freigelegt, der sich vor ihnen dehnte bis zum Horizont. Hinter ihnen lagen die gewaltigen, salzzerfressenen Pfähle, die die Landungsbrücke trugen. Aber das alles war im Augenblick nicht wichtig, wurde von den beiden nicht registriert, ebensowenig wie der Flutsaum aus Müll, Treibholz, Flaschen und Plastik, dem sie zu folgen schienen.

„In diesem Fall wäre das Tabak-Mosaik-Virus ein schönes Modell für Untersuchungen an Polinukleotiden . . ."

Sibilla sah den dozierenden van Reijn von der Seite her an. „Haben Sie das heute nacht auswendig gelernt, um mir zu imponieren?"

„Ich hatte nicht damit gerechnet, Sie nochmals zu treffen. Imponiert es Ihnen denn?"

„Nein!" Sie lächelte ihn provozierend an.

Er lächelte zurück. „Glaub ich Ihnen nicht. Natürlich interessiert Sie das. Und ‚auswendig gelernt'? Wo? Ich könnte Ihnen Dinge erzählen, die finden Sie nirgends. Unveröffentlichte Sensationen."

„Und woher stammen diese unveröffentlichten Sensationen?"

Van Reijn zögerte. „Ich glaube nicht, daß es klug wäre, Ihnen das zu erzählen." Er schwieg ein paar Schritte lang. „Ein Freund – es wäre unfair gegen ihn. Er arbeitet an einer – ich glaube – weltverändernden Erkenntnis!"

Ein Schwarm Seevögel flatterte auf. Der kleine 2CV kroch mühsam eine fast völlig verwehte Dünenpiste entlang. Die Verkehrsschilder waren nicht zu übersehen: Durchfahrt gesperrt.

„Mehr als 50 Franc kann's nicht kosten", meinte Büdel. Soviel hatte er gerade noch. Aber außer den beiden Strandwanderern war keine Menschenseele zu sehen.

„Wieso redet er so lange mit ihr?" Jeroen, der am Steuer saß, war unruhig geworden. „Fachliches Interesse kann's nicht sein. Was könnte sie ihm bieten? Und Frauen, die hinter ihm her sind, hat er weiß Gott genug. Also warum?"

„Weil sie ihn ablehnt – deshalb!" Büdel schob seine verrutschte Brille wieder hoch, sinnlos beim Zustand dieser Straße. „Das kann ein Mann von seinem Kaliber unmöglich akzeptieren."

Eine langgestreckte Düne versperrte ihnen den Blick zum Strand. Jeroen stoppte den Wagen. „Vielleicht sucht er eine Mitarbeiterin? Vielleicht erhält Sibilla gerade Einblicke in seine Arbeit, in sein Labor?"

Büdel sah Jeroen mehr als skeptisch an. „Du hältst also immer noch fest an dieser fixen Idee."

Es fing zu regnen an. Ein feiner Nieselregen, der schon nach kurzer Zeit durch alle Kleider drang. Jeroen schaltete den Scheibenwischer ein. „Sie kehren bestimmt um."

„Möglich." Büdel war da nicht so sicher.

Sie warteten. Der Regen wurde stärker. Aber die beiden Wanderer unten am Strand schien das nicht zu stören.

„Wieviel Erkenntnis paßt hinein in ein Gehirn? Wieviel Erkenntnis und Kenntnis, wieviel Wissen und Begabung und Talent?"

Sie schwieg.

„Sie wissen's auch nicht?" Sibilla schüttelte den Kopf, sah van Reijn aber unverwandt an. Der fuhr fort: „Wann ist das menschliche Bewußtsein gesättigt mit Information?"

Sibilla versuchte einen Einwand. „Sie glauben, es gibt eine Grenze?"

„Es muß eine Grenze geben." Van Reijn wischte sich den Regen aus dem Gesicht, ohne ihn wahrzunehmen. „Unser Gehirn ist nicht unendlich groß, die Zahl der Neuronen, der Zellen, der Moleküle ist begrenzt. Also, wieviel paßt hinein? Platzt es, wenn wir es überfüttern?" Er lachte. „Ich meine das im Ernst. Oder baut es neuen Informationen zuliebe die alten ab? Und wenn ja, wer wählt aus? Wer sortiert?"

Sibilla schüttelte ihr nasses Haar. „Das Bewußtsein selbst."

Van Reijn winkte ab. „Kaum. Das Bewußtsein will sich vergrößern, will sich ausdehnen, ist unersättlich."

Das reizte Sibilla zum Widerspruch. „Nein. Irgendwann wird es träge und satt. Es verweigert dann jede weitere Erkenntnis. Sonst wären wir alle Genies."

„Man müßte es zwingen!"

Sibilla blieb stehen. „Wie?"

Er kam auf sie zu. „Sehen Sie, es ist wichtig, daß man miteinander redet." Er schob ihr mit einer überraschend zärtlichen Geste das nasse Haar aus dem Gesicht.

Sie sah ihn an, wehrte sich nicht, lächelte nur. „Reden wir denn miteinander? Sie erzählen, machen merkwürdige Andeutungen. Und ich höre Ihnen zu."

Van Reijn betrachtete Sibillas Gesicht. Das Augen-Make-up löste sich auf. Schwarze Regentränen liefen ihr übers Gesicht. Sehr hübsch! schien er zu denken, aber dann sagte er nur: „Sie hören nicht nur zu. Und selbst wenn . . ., das wäre doch ein Anfang."

Anfang, dachte sie, Anfang, Anfang wofür, wozu . . .? Aber dann faßte er ihre Hand, einfach nur so, und lief mit ihr diesen endlosen, weiten gelben Regenstrand hinunter, ohne ein weiteres Wort zu sprechen.

DER 2CV war zwischenzeitlich in einem Sandloch steckengeblieben, aber Büdel und Jeroen hatten ihn wieder flottbekommen. Die Dünenpiste aus verwitterten, zerbrochenen Betonplatten endete an einem Wendeplatz neben den grauen Betonresten eines Bunkers aus dem letzten Krieg. Die zerfetzte Eisenarmierung ragte aus dem Sand, der die Ruine schon zur Hälfte verschluckt hatte.

Jeroen war hinaufgeklettert, um Ausschau zu halten. Als er den Windschatten verließ, peitschte ihm der Regen ins Gesicht. Sein alter, heller Trenchcoat war in kurzer Zeit dunkelbraun vor Nässe. Sturmböen trieben den Regen waagerecht über den Strand. Aber die beiden da unten nahmen immer noch keine Notiz von Regen und Sturm – oder doch?

Van Reijn versuchte gerade, Sibilla in Richtung Dünen zu ziehen. „Umkehren, natürlich – aber wir sind über eine Stunde gelaufen! Ich weiß etwas Besseres. Kommen Sie, los!"

„In die Dünen?" Sibilla fand die Situation immer noch ausgesprochen amüsant.

„Ja. Dort oben erwartet uns der Wagen Ihrer Kollegen. Wirklich. Ich weiß es!"

Sibilla war zu verblüfft, um sich zu widersetzen. Also lief sie mit, auf die Dünen zu, genau dorthin, wo Jeroen sich hinter den Bunkerresten verbarg und sie beobachtete.

Jeroen fühlte sich ertappt, dann rannte er los, zurück zum Wagen. Er riß die Tür auf, ließ sich hinter das Steuer fallen, startete den Wagen, wendete und fuhr los.

„Was ist passiert?" Büdel hatte, wie so oft, nichts begriffen.

„Van Reijn." Das war Jeroens ganze Erklärung.

ALS van Reijn und Sibilla den Dünenkamm endlich erklettert hatten, über rutschenden, nassen Sand und durch frischgepflanzte Strandhaferkulturen, sahen sie gerade noch den alten 2CV mit dem holländischen Nummernschild auf der sandverwehten, schmalen Piste zwischen den Dünen verschwinden.

Sibilla war fassungslos. Der Wagen war tatsächlich dagewesen, aber nun war Jeroen offenbar geflüchtet, ließ sie allein mit diesem Mann, im strömenden Regen, eine Stunde Fußmarsch vom Ort entfernt, mitten in den Dünen.

Es gab keinen Grund mehr, die Situation weiterhin komisch zu finden. Und es war nicht nur der Regen, der die letzten Reste der Tusche aus ihren Wimpern spülte. Es waren auch Tränen des Zorns.

„Auch gut – gehen wir eben zu Fuß." Van Reijn schien nicht weiter verwundert.

Er schlüpfte aus seinem Mantel, der sich voll Wasser gesogen hatte wie ein Schwamm, hing ihn wie ein Dach über sie beide – mehr ein symbolischer als ein wirklicher Schutz vor dem Regen –, faßte Sibilla fest um die Schultern und stapfte mit ihr durch den tiefen Sand des Dünenabbruchs wieder hinunter zum Strand.

8

JEROEN blickte zur Decke. Er lag ausgezogen in der Mitte des französischen Betts und zählte in Gedanken die Stunden.

Büdel ging auf und ab, hockte sich hin, sah auf die Uhr, stand wieder auf. Er riß eines der Erkerfenster auf, starrte in die Nacht, hinunter auf das nasse glänzende Pflaster. Die müden Straßenlampen an der Ecke zur Strandpromenade schaukelten im Wind. Außer den Tropfen, die der Wind gegen die Scheiben peitschte, war nichts zu hören. Nicht einmal das Meer.

„Mach zu! Der Regen kommt bis hierher."

Auf Jeroens Protest hin schloß Büdel das Fenster. „Entschuldige. Ich dachte, ein Auto . . ." Er lehnte sich gegen die Wand und putzte seine nassen Brillengläser mit der schmuddeligen Gardine.

Da näherten sich Schritte vom Treppenhaus her.

Büdel holte tief Luft, setzte die Brille auf und schaute zur Tür.

Jeroen rührte sich nicht.

Sibilla trat ein. Sehr ernst, sehr müde.

Sie schloß die Türe leise hinter sich und lehnte sich dagegen. Die Haare ein wenig wirrer als sonst, ein glänzendes Gesicht ohne jedes Make-up. Sie schwieg, wartete, sah völlig entspannt und ruhig auf den Boden. Dann schlüpfte sie aus dem ihr viel zu großen fremden Männermantel und legte ihn vorsichtig, fast zärtlich über einen Stuhl.

„Und?!"

Aber sie antwortete nicht auf Jeroens provozierende Frage. Auch nicht auf die nächste. „Was war?" wollte er wissen.

Sie lehnte sich nur wieder gegen die Tür wie zuvor.

„Wir hocken hier seit über sechzehn Stunden neben dem Telefon. Es ist gleich drei Uhr früh!“ Jeroen richtete sich auf. „Also, was war?“

Sibilla hatte erst jetzt den Spiegel bemerkt, trüb, fleckig, eingelassen in die Türe des alten Kleiderschrankes. Sie ging darauf zu, blieb stehen, betrachtete sich. Wieder ein tiefer Atemzug, der Anflug eines Lächelns, dann der Reflex einer Bewegung: Sie wischte das Haar aus der Stirn, versuchte es glattzustreichen.

Sie konnte Jeroen hinter sich sehen, der sich aufgesetzt hatte und feindlich zu ihr herüberstarrte. „Ach so . . .!“ Er schien endlich zu begreifen.

Büdel hatte seine Brille wieder abgenommen. Er dachte nach, wie er möglichst unauffällig das Zimmer verlassen könnte. Er fand sich mit einer stummen Zeugenrolle wie dieser nicht besonders gut zurecht.

Sibilla drehte sich um, schaute Jeroen voll ins Gesicht.

Als die Pause anfing, unerträglich zu werden, sprach er es endlich aus. „Ist er im Bett auch so ein Genie . . .?“

„Ja!“

Sie hatte nicht gezögert, keine Sekunde. Aber dann kam sie näher, trat dicht zu ihm, erwiderte seinen wütenden Blick, und dann schlug sie ihm rechts und links ins Gesicht.

Büdel hatte gerade wieder seine Brille aufgesetzt. Jetzt nahm er sie erschrocken wieder ab. „O mein Gott, muß das sein . . .“

Sibilla war um das Bett herumgegangen, hatte ihre Tasche in die Mitte geworfen, ließ sich in die Kissen fallen und verbarg ihr Gesicht.

„Ja“, sagte Jeroen, „offenbar muß das sein.“ Er legte sich wieder auf den Rücken, neben Sibilla, und schwieg.

Er konnte ihr Parfüm riechen und meinte, dazwischen den Geruch des fremden Mannes ausmachen zu können. Er wollte sie anfassen, nur berühren, eine Geste der Versöhnung, aber er schaffte es nicht.

Sibilla richtete sich auf, suchte etwas in ihrer ledernen Umhängetasche, die immer noch feucht war vom Regen. Dann hielt sie es ihm hin. Ein Kuvert.

„Was ist das?“

Sie nahm einen bunten Umschlag heraus. „Ein Flugticket.“ Aber Jeroen griff nicht zu.

„Nach Tokio!“ Als er immer noch nicht reagierte, sprach sie weiter. „Er hat sich ein Haus gekauft in Japan. Ich soll ihn begleiten.“

„Wie lange?"

„Zwei, drei Wochen." Nimm mir doch das Ticket weg! Hörst du nicht? dachte Sibilla. Nimm es mir aus der Hand, zerreiß es, wirf es fort, sag nein! Das ist deine Chance . . .

Aber Jeroen sah die Chance nicht. „Du hast deinen Job, Sibilla. Du kannst nicht weg, hast du ihm nicht erklärt – "

Sie unterbrach ihn. „Er weiß es."

„Und?"

Sie hob hilflos die Schultern, hielt ihm immer noch das Ticket hin, wollte es los sein.

„Tokio!" Jeroen hatte plötzlich einen Einfall. „Da sitzen Sukashi und Barnell. Die haben seit Jahren nichts veröffentlicht. Es heißt, sie untersuchen den ständigen Fluß der Boten-RNS vom Zellkern zu den Ribosomen und deren Steuerung durch den genetischen Apparat . . ."

Sibilla starrte Jeroen fassungslos an.

„Wenn man an die beiden herankäme", fuhr er fort, „einen persönlichen Kontakt herstellen könnte . . . Tokio . . ."

„Okay", sagte Sibilla. Ihr Entschluß war gefaßt. Sie packte das Ticket in die Tasche und stand auf.

9

DAS riesige Tor aus Zedernholz öffnete sich. Dahinter lag der Park. Drei alte Japanerinnen in graublauen Kimonos wiederholten wieder und wieder ihr Verbeugungsritual.

Van Reijn geleitete Sibilla über die Schwelle.

Das Haus, das im Dämmerlicht des Parks lag, sah aus wie ein Tempel – die typische Holzbauweise von Honshu aus dem 17. Jahrhundert: schwer und massiv aus schwärzlichen Balken.

Der Plattenweg führte sanft bergan, in anmutig geschwungenen Windungen, gesäumt von Steinlaternen, zierlichen, gestutzten Bäumen und blühenden Büschen. Eine Brücke führte über einen kleinen Bach, der den künstlichen See speiste. Bemooste Steine waren unter Bäumen verstreut, wie zufällig. Aber letzten Endes war alles sorgfältig geplant und durchdacht. Diese Landschaft im kleinen verkörperte Erde und Meer, den Weltenkreis, den Kosmos.

Van Reijn ging voraus. Er hätte den Sinn erklären können, der hinter allem steckte, die Symbolik: Zen und die Kunst, eine Landschaft zu gestalten. Aber er fand, das hätte noch Zeit, und schwieg. Sibilla folgte ihm, staunend, amüsiert, und genoß dieses Bilderbuch-Japan wie eine entzückte Touristin – ohne das geringste zu begreifen.

Die Dienerinnen kamen mit dem Gepäck. Der Taxifahrer, der eine Art Uniform und weiße Handschuhe trug, brachte ihnen die Mäntel nach.

Als van Reijn und Sibilla die Außengalerie betraten, die sich um das Haus zog, knarrten die dicken Bohlen in genau berechneten, abgestuften Tonfolgen. Die Dienerinnen schoben die Papiertüren auseinander, und vor Sibilla öffnete sich die Halle. Wieder lief das Verbeugungszeremoniell ab.

Van Reijn schlüpfte aus seinen Schuhen. Sibilla tat es ihm nach und betrat die *Tatamis,* die Reisstrohmatten, mit denen die große, fast leere Halle ausgelegt war, mit bloßen Füßen.

Van Reijn wandte sich um und zeigte durch die Schneise im Park hinunter zu der schwarzen Fläche, die sich bis zu den Bergen dehnte. „Der Kowaguchisee." Dann blickte er hoch, schob Sibilla einige Schritte weiter, suchte einen bestimmten Blick an den riesigen Stämmen der Zedern vorbei, dort, wo ein heller Schimmer am Abendhimmel leuchtete. „Der Schnee des Fudschijama."

Die Dämmerung hatte sich über das Land gesenkt. Tausend Lichter waren aufgeflammt wie eine Weihnachtsillumination: die Raffinerie auf der gegenüberliegenden Seite des Sees. Der kühle Ostwind trug den Geruch von Öl und Schwefel herüber. Der Lärm der nahen Fernstraße brach sich an den geschwungenen Giebeln des Hauses, und der bunte, flackernde Schein am Himmel stammte vom Fudschi-View-Vergnügungspark und vom Autokino auf der anderen Seite des Friedhofs. Japans bewohnbare Fläche ist klein, die Bevölkerung groß. Altes und Neues müssen zusehen, wie sie sich auf engstem Raum miteinander vertragen.

Auch van Reijn nahm das alles wahr – aber er schenkte diesem modernen Japan keine Beachtung und ersparte sich jeden Kommentar. Er schritt in das Dunkel der Halle.

Ein Holzkohlenfeuer brannte in einem Becken. Eine Öllampe beleuchtete ein Rollbild in einer Nische. Davor sah man den Umriß eines Zweiges.

Van Reijn ließ das Jackett seines weißen Seidenanzugs zu Boden gleiten und schlüpfte in einen schwarzen Kimono, der für ihn bereitgehalten wurde.

„Und du hast das hier gekauft?" Sibilla schien der Erwerb, der „Kauf" einer so fremden Welt absurd.

„Ja. Dieses Land kann man sich nicht von außen zu eigen machen. Um seine Menschen zu verstehen, muß man hineindrängen, muß man sich hier verkriechen. Man muß in dieser Atmosphäre leben, ehe man versuchen kann, Japaner zu werden."

Sibilla fand dieses ernste Pathos fast belustigend. „Du willst Japaner werden?"

Van Reijn sah Sibilla an, ruhig, still, einige Augenblicke lang. „Ich habe ein Testament zu erfüllen." Er ging in einen Nebenraum und ließ sie stehen.

Die drei alten Dienerinnen hockten in einer Ecke der Halle, schwiegen und blickten abwartend, vielleicht auch neugierig, herüber zu Sibilla – unbewegliche Schatten vor den erleuchteten Papierwänden.

Sibilla wurde es plötzlich kalt. Sie fühlte sich einsam. Was sollte sie hier?

Sie hielt die Hände über das Holzkohlenbecken. Aber die Kälte kam von innen.

Raffinerie, Schnellstraße, Vergnügungspark: Das ganze Leben der Gegenwart schien hier ausgelöscht, der Lärm verschluckt von dreihundert Jahre alten Balken.

Nur das Zirpen einer Zikade zerschnitt die Stille.

10

Das Blaue Palais lag im Dunkeln. Nur hinter drei hohen Fenstern des ersten Stocks brannten die Leuchtstoffröhren mit ihrem kalten blauen Licht. Das war Palms Zimmer, an das sich der Konferenzraum anschloß. Dort oben hatten sich die Mitglieder des *Blauen Palais* versammelt und schwiegen jetzt.

Die vorausgegangene Debatte war lang und heftig gewesen. Der Konflikt war weder behoben worden noch vertagt. Sie hatten nur eine Atempause eingeschoben, um sich zu erholen. Palm füllte seinen

Becher mit heißem Kaffee aus dem Thermosbehälter, dann setzte er sich wieder.

„Wir haben den Vorfall, glaube ich, ausführlich diskutiert. Die Angelegenheit ist aufgeklärt, wenn auch nicht erledigt. Für den Augenblick jedenfalls, damit mich jeder recht versteht. Wir könnten zur Tagesordnung übergehen – oder besser noch, ins Bett. Aber ein Satz aus unserer Diskussion geht mir immer noch durch den Kopf. Ein Satz des Kollegen de Groot. Als ich von Disziplinlosigkeit sprach, konterte er mit ‚Autoritätsanspruch'. Das ging an meine Adresse – und dazu möchte ich folgende Erklärung abgeben: Die Arbeit dieses Instituts basiert auf einem kollegialen Verhältnis aller Mitarbeiter untereinander ohne jede hierarchische Ordnung. Ich bin genauso Mitarbeiter und habe dieselbe Stimme wie jeder hier. Aber man hat mir die Geschäfte dieses Hauses übertragen und damit auch die Koordination aller Einzelarbeiten. Ich versuche, diese administrative Tätigkeit nach bestem Wissen und Gewissen auszuüben – nach den demokratischen Richtlinien, die wir uns selbst gegeben haben. Das soll der Entlastung der einzelnen Kollegen dienen, damit jeder ungestört seiner Forschungstätigkeit nachgehen kann, unabhängig und frei von irgendwelchen Zielforderungen einer industriellen Gesellschaft, frei auch von den bürokratischen Zwängen staatlicher Institutionen. Nur dürfen wir nicht vergessen: Zuerst muß die finanzielle Basis gesichert sein, ohne die eine sinnvolle, zukunftsgerichtete Arbeit nicht möglich ist."

Polazzo mischte sich ein und unterbrach Palms Redefluß mit mediterranem Temperament. „Mein Gott, ja, Palm. Was soll das alles? Wir sind doch alle viel zu müde, um noch logisch zu denken. Jeroen hat Mist gebaut, Sibilla ist weg, und Sie nehmen es ihnen übel."

Palm trank seinen Kaffee aus und fuhr fort, als hätte Polazzo nichts gesagt: „Ich habe unter anderem die Pflicht, die einen oder anderen Einzelinteressen dem Interesse der Gruppe unterzuordnen. Und ich habe das Recht, deutlich und unmißverständlich auf unsere Übereinkunft hinzuweisen, wenn gegen das Gesetz der Kollegialität verstoßen wird."

Wieder fiel ihm Polazzo ins Wort: „Okay, ja. Warum so grundsätzlich? Die Frau ist abgehauen, hat ihre Ratten und ihr Programm im Stich gelassen, weil wie ein Blitz etwas in ihr Leben . . . Na ja, so ist es doch. Die ganze Emanzipation, die ganze Disziplin ist im Eimer, wenn die Gefühle sprechen, die Triebe, die Hormone . . ."

„Ich bitte dich, Enrico!" Jeroen versuchte, Sibilla und mit ihr die ganze Spezies „Weib" in Schutz zu nehmen.

Aber Polazzo fuhr fort: „Tu nicht so, als ob du's nicht wüßtest. Alles ist Biochemie – und sonst nichts!"

„Pfui!" Das war Yvonne. Sie blickte entsetzt zu Polazzo, der lachend weiterredete: „Alles ist Biochemie, alles! Verlaß dich darauf, mein Kind. Komm her zu mir, ja, los!" Und als sie sich sträubte, nahm er sie liebevoll in seine Arme. „Biochemische Reaktionen. Was spürst du? Erhebende Gefühle, ja? Alles Biochemie! Kommt nur auf den Standpunkt an. Aber ich finde, es tut unseren menschlichen Regungen keinen Abbruch, wenn wir wissen, wie sie entstehen. Ja – und weil wir gerade davon reden, verehrte Freunde: Wir haben eigentlich noch eine Menge vor heute abend, Yvonne und ich. Genug geredet – gute Nacht!" Er nahm die sich sträubende Yvonne an der Hand und verließ die erschöpfte Konferenzrunde.

Als nächster stand Büdel auf und schlich zur Tür. Von dort wandte er sich abschließend an den Kreis der Kollegen. „Nur soviel: Sibilla wird ihre Erfahrungen machen und dann wieder hier auftauchen. Sie ist viel zu cool und zu sachlich, um sich von einer Affäre dazu hinreißen zu lassen – oh, entschuldige, Jeroen." Aber der reagierte nicht.

Deshalb fuhr Büdel fort: „Sie wird kommen und damit Jeroen widerlegen!"

„Mich widerlegen? Wieso?"

„Ja, dich und deine abstruse Theorie von diesem Monster van Reijn, das Gehirne frißt. Wie Kannibalen! Die tun's ja auch nicht aus Hunger, sondern wegen der Kraft des Feindes, die sie sich einverleiben. Wie heißt es so schön? Ich hab dich zum Fressen gern! Alles Kannibalismus. Bitte, vielleicht ist etwas dran, wie bei jedem alten Brauch: Der Feind wird verzehrt, der Freund, das Liebste, der Gott – na ja, dafür ist das christliche Abendmahl ja ein schönes Symbol. Aber Sibilla wird heimkehren, mitsamt ihrem hübschen und genialen Kopf, unbeschädigt. Und wenn van Reijn sich diese Delikatesse entgehen läßt, ist Jeroen widerlegt. *Bonsoir!*"

Damit verschwand er in dem spärlich erleuchteten Gang.

11

EIN riesiger Fisch aus Holz, grob geschnitzt und bemalt, hing an einer Kette von einem Balkengerüst. Er diente als Gong. Die Schläge mit dem Knüppel führte der Mönch mit ganzer Kraft. Ein fast metallischer Ton hallte über den kahlen Hof und brach sich in der Balkenkonstruktion der hölzernen Tempel. Eine lange Schar kahlköpfiger Mönche in schwarzen Kutten überquerte den Platz und verschwand hinter einer niederen Pforte zum Mittagsmahl.

Van Reijn und Sibilla standen inmitten einer kleinen Besuchergruppe, wanderten über sorgsam geharkte Kieswege, über Moosteppiche, über Steinwege. Uniformierte Schulklassen liefen an ihnen vorbei, voraus der Lehrer mit einer Flagge, dahinter, in langen Zweierreihen, schweigend und aufmerksam, die disziplinierten Herden wohldressierter japanischer Schüler.

Kinder mit rosa Lampions bevölkerten die Tempel und Schreine, Bettler, Invaliden, Pilger in weißen Leinenkitteln mit großen schwarzen Schriftzeichen auf Rücken und Brust, Touristen und Besucher aus dem ganzen Land. Sie tranken Wasser aus heiligen Quellen, warfen die Stäbe des Orakels, knoteten Horoskope an glückverheißende Zweige und Gitter, läuteten Schellen, die an langen, seidenen Kordeln hingen, klatschten in die Hände, ließen Opfermünzen in den wuchtigen Truhen aus Kampferholz verschwinden.

„Um alle Tempel Kiotos zu besuchen, reichen die Tage nicht eines Jahres." Van Reijn blieb stehen. Ein Mönch zog die Linien eines Sandgartens nach: das Meer, das Japan an allen Seiten umgibt. Die Felsen dazwischen: das Land. Aber das ist nur eine sehr oberflächliche Erklärung, für neugierige Ausländer gerade gut genug.

„Was weißt du von Zen?"

„Wovon?"

„Von Zen – Zenbuddhismus . . ."

Sibilla ging weiter, die Balustrade entlang, die den Sandgarten abschirmte gegen die meditierenden Besucher. „Eine Religion?"

Van Reijn folgte ihr. „Nein, eigentlich keine Religion. Eine Art Selbstverwirklichung durch Kontemplation, mystische Versenkung, Einswerden mit dem Welturgrund, mit Himmel und Erde – wir würden sagen mit dem Kosmos, dem Universum. Die Chinesen sagen ‚Tao' – der Weg. Weg aller Wege."

Sie hatten einen Nebenhof erreicht, umschlossen von Gebäuden, abseits vom Gedränge der Pilger und Besucher. Ruhe herrschte hier, erhabene Stille.

„Satori – die intuitive Erleuchtung des Geistes: Das ist das Ziel aller Selbstversenkung, beim Betrachten, beim Bogenschießen, bei der Tuschmalerei. Das ist Zen. Hier." Ein großer Raum, geöffnet zum Hof, zum Garten. Gedämpfte Helligkeit fiel auf eine der Wände und auf ein Bild. Ein großes, mehrteiliges Bild. Tuschmalerei im Stil des Zen, eine Komposition von nur wenigen Pinselstrichen: der Fudschi – der heilige Berg.

Auf dem Boden des Raumes, auf den Tatamis, hockten schweigend zehn oder zwölf Männer – Mönche, Intellektuelle, Bauern, Arbeiter, Studenten. Junge Leute und Greise. Sie wendeten die Augen nicht von dem Bild.

Sibilla betrachtete die Männer, fasziniert und neugierig. Aber van Reijn berührte kurz ihre Schulter und schüttelte den Kopf, wies auf das Bild.

Nichts sonst war wichtig in diesem Raum – nur das Bild. Langsam glitt van Reijn zu Boden, ohne das Bild aus den Augen zu lassen.

Sibilla beobachtete ihn und setzte sich ebenfalls.

Draußen im hellen Licht des Frühlingstages zirpten Grillen, irgendwo plätscherte ein Brunnen und kündete vom Verrinnen der Zeit. Sibilla versenkte sich in das Bild: Ein Kiefernzweig rankte sich vor den verschneiten Berg, Schriftzeichen in ihrer strengen Kalligraphie fielen wie durch Nebel, endeten in einem roten Siegel.

Sibilla hatte vergessen, wie lange sie da saß. Sie hatte jedes Zeitgefühl verloren. Sie ahnte, was hier vor sich ging, was mit ihr geschah und mit den anderen, und konnte es weder erklären noch begreifen.

„Das war ein Bild von Mizuguchi", sagte van Reijn, als sie den dämmrigen Raum verlassen hatten.

„Ein altes Bild?" wollte Sibilla wissen.

„Nein. Es ist sicher eines seiner letzten. Mizuguchi lebt noch. Und er malt nur den heiligen Berg, den Fudschi, nichts anderes, seit über fünfzig Jahren oder noch länger. Nur den heiligen Berg. Ein Leben lang. Oft sitzt er tagelang und wartet, daß die Wolken den Gipfel freigeben. Und dann wartet er noch auf ‚Satori', auf die Erleuchtung. Eines Tages, so hofft er wenigstens, wird er die absolute Vollkommenheit erreichen, wird er selbst der Berg aller Berge sein und ihn begreifen."

Sie hatten einen schmalen Steg erreicht, der einen Abgrund überquerte. Sibilla ging voraus.

Van Reijn fuhr fort: „Mizuguchi ist alt. Vielleicht wird die absolute Vollkommenheit seiner Bilder, die er erträumt, erst nach seinem Tod entstehen – wer weiß."

Sibilla war seltsam berührt, blieb stehen. „Ich möchte zurück – möchte das Bild noch einmal sehen . . ."

Aber van Reijn schüttelte den Kopf. Er schob sie weiter über den Steg, und dann fragte er sie: „Möchtest du so malen können wie Mizuguchi?"

„Ich?" Sie schaute ihn an. „Ja, warum nicht, wenn man das lernen kann?!"

„So zu malen kann man nicht lernen. Man kann es sich nur wünschen. Vielleicht geht es in Erfüllung." Van Reijn hatte das ernst gesagt, todernst, geradezu unheimlich. Sibilla mußte lachen, aber van Reijn fuhr unbeirrt fort: „Fünfzig Jahre oder sechzig – immer das gleiche Motiv. Keiner von uns hätte diese Zeit, diese Ruhe. Ich fürchte, auch Zen können wir nicht erlernen – mit unseren nervösen Fingern, unserem unruhigen Gehirn. Man kann es sich nur wünschen."

RAUCH stieg aus einem großen Metallgefäß.

Pilger warfen beschriebene Papierstreifen auf die Glut der Räucherstäbchen. Sie hielten die Hände über den Rauch, rieben sie über das Gesicht, über die Kleider, den Körper. Van Reijn schob Sibilla durch die Menge, näher an diese Urne heran.

„Hier gehen Wünsche in Erfüllung. Man schreibt sie auf Papier und verbrennt es. Und dann verreibt man den Rauch – dort, wo der Wunsch wirken soll.

Anschließend wirft man Münzen in die Truhe, läutet die Glocke, klatscht in die Hände, macht Götter und Geister auf seine Wünsche aufmerksam."

Fasziniert, aber auch leicht belustigt betrachtete Sibilla die Szene. Münzen klingelten durch das Gitter der Truhe, scheppernd klang die

Glocke. Schulmädchen und Greise klatschten in die Hände und senkten den Kopf.

„Komm mit!" Van Reijn ging voraus zu einem Schreiber, der in einer Ecke des Raumes auf dem Boden vor einem Tischchen saß und mit schnellen, geschickten Pinselstrichen seinen Kunden krause Schriftzeichen auf Papierstreifen malte.

„Hast du einen Wunsch?" Van Reijn sah Sibilla fragend an.

„Ich weiß nicht."

„Denk nach. Jeder von uns hat Wünsche." Er wandte sich an den Schreiber und bestellte für sich einen Streifen. Der Pinsel tanzte über das Papier.

Sibilla sah zu. „Was hat er geschrieben?"

„Meinen Wunsch."

„Und?"

„Ein Geheimnis." Van Reijn legte einige Münzen auf den niedrigen Tisch, nahm den Zettel, betrachtete ihn lange, in Gedanken versunken. Dann wandte er sich an Sibilla. „So, jetzt kommst du. Was wünschst du dir?"

Sibilla schüttelte den Kopf und lächelte ihn an. „Das ist *mein* Geheimnis!"

„Gut, sag es ihm!" Van Reijn wandte sich diskret ab.

Sibilla wartete einen Augenblick, dann fragte sie den Schreiber: *„Do you speak English? – No?"*

Der Schreiber schüttelte den Kopf, winkte ab.

„You can understand me, can't you?" Aber sie hatte keinen Erfolg.

Van Reijn kam zurück und sprach auf japanisch mit dem Schreiber. Der nickte, wieder huschte der Pinsel über das Papier. Van Reijn bezahlte und überreichte Sibilla den Streifen.

„Dein Wunsch."

„Du kennst ihn doch gar nicht."

„Ich hab ihn erraten: Du willst genauso perfekt Japanisch sprechen wie ich. Stimmt's?"

Van Reijn nahm sie bei der Hand und zog sie durch die Menge, zu der rauchenden Urne mitten auf dem Platz. Eine Pilgergruppe schwenkte metallische Rasseln und hatte einen monotonen Singsang angestimmt. Mit großen Pinseln malten sie sich gegenseitig Zeichen auf den Rücken. Van Reijn versuchte, sich hindurchzuzwängen, aber der Andrang der Pilger war zu groß.

„Mich faszinieren Sprachen: Arabisch, das Ketschua der Indios, Hindustani . . ."

Sibilla unterbrach ihn. „Wann hast du das alles gelernt?"

Van Reijn zögerte mit der Antwort. „Akzentfrei lernt man eine Sprache nur von einem, der sie als Muttersprache gelernt hat. Oder man wünscht es sich einfach – und bekommt es geschenkt!"

„Geschenkt?!" Es war schwer für Sibilla, sich bei allem, was sie ahnte und fühlte, weiterhin unbeschwert zu geben. Jeroens Hypothese, sein Verdacht, der Singsang der Pilger, das exotische Ritual, dieser Mann neben ihr – das alles ließ sie erschauern.

Van Reijn bemerkte es nicht. Er fuhr fort: „Man muß üben, natürlich. Aber man lernt diese Dinge wie im Schlaf, wenn man . . ., wenn man etwas in sich hat, was schon immer Teil dieser Dinge war. Verstehst du? Nein? Komm mit!"

Die Pilger waren abgezogen. Da schob van Reijn Sibilla dicht an das rauchende Gefäß. Er warf seinen Papierstreifen hinein, mitten auf die Glut. Rauchwölkchen stiegen auf. Van Reijn hielt seine Hände darüber, fuhr sich über die Stirn. Er war sehr ernst geworden.

Sibilla blieb unentschlossen, sie zögerte noch. Es schien ihr peinlich.

Die Japaner starrten die beiden an, nicht unfreundlich, nur unendlich verwundert. Sie waren die einzigen Fremden hier in diesem kultischen Bezirk, ein hochgewachsener Mann mit grauer Mähne und markanten Gesichtszügen und eine Frau mit weißer Haut und rotblonden, zerzausten Haaren. Sie spielten ein Spiel aus einer anderen Welt. Sibilla warf endlich ihren Streifen ins Feuer, sah ihn verglimmen, verbrennen.

„Hände in den Rauch, komm!"

Sie sah ihn an. Da nahm er ihre Hände, hielt sie über das qualmende Gefäß und drückte ihr dann die Fingerspitzen gegen die Stirn. Er lächelte ihr zu. „Verreib den Rauch!"

Sie schaute ihn mit großen, verwunderten, ängstlichen Augen an und gehorchte. Dann folgte sie ihm weiter durch die Menge.

Münzen fielen durch das Gitter – die Glocke schepperte – Händeklatschen – Senken des Kopfes: Ein Vater spielte ein Kinderspiel mit seiner erwachsenen Tochter.

12

EIN Rudel Ratten flüchtete in Panik in die entlegenste Ecke des Käfigs. Die Tiere drängten sich gegen die Stäbe des Gitters und antworteten auf das Schnarren einer Klingel mit schrillem, ängstlichem Quieken.

Die Klingel verstummte.

Jeroen betätigte die Futterklappe und redete beruhigend auf die Tiere ein. Langsam kamen einige wieder nach vorn, witterten mißtrauisch, richteten sich auf den Hinterfüßchen auf, hatten Hunger, aber keinen Mut.

„Herr Kühn!" Jeroen rief hinter sich in den Raum. „Kommen Sie her, so geht das nicht!"

„Bin ja hier, hab ja alles gesehen." Paul Kühn war der Hausmeister des *Blauen Palais*. „Bin sehr beeindruckt, Herr Doktor de Groot." Der ältere, untersetzte Mann meinte es ehrlich. „Wirklich sehr beeindruckt. Mit den Viechern könnten Sie im Zirkus auftreten, wenn Sie die nicht immer schlachten würden, in den besten Jahren, sobald sie ihre Lektion gelernt haben."

„Herr Kühn, darum geht's gar nicht. Das Problem ist: Gleichzeitig mit dem Alarm muß das Futter in den Käfig. Gleichzeitig. Nicht nacheinander. Aber ich schaffe das nicht allein. Ich hab nur zwei Hände."

„Würde Ihnen ja gern behilflich sein, Herr Doktor de Groot, bei Ihren Versuchen. Aber ich muß runter ins Laserlabor. Herr Palm wartet seit zwei Stunden auf den Einbau des Interferometers, das heute morgen gekommen ist."

„Heute morgen? Ich denke, meine Versuchsreihe genießt Priorität? In zwei Wochen soll ich Erfolge vorweisen, damit das Geld vom Kuratorium wieder sprudelt. Aber wie ich mich allein und ohne jede Hilfe da durchwursteln soll, das erklärt mir niemand."

„Ich bau Ihnen was, Herr Doktor de Groot. Ein Relais, das auf Lärmimpuls anspricht, eine vollautomatische Sache. Das ist nicht besonders schwer zu konstruieren. Eine Feder mit Auslösung – und hier –, wenn Sie ziehen . . ."

„Nicht zu kompliziert, bitte." Jeroen hatte gewisse Bedenken. „Diese Versuchsanordnung ist nur eine unter vielen. Spätestens nächste Woche muß ich umstellen auf Dunkelangst. Da, jetzt haben sie sich wieder beruhigt." Einträchtig hockten die Albinoratten um den Futternapf und fraßen. „Und damit ist die Reihe bereits schiefgelaufen, die Arbeit von fünf Nächten war umsonst. Sie fressen – und es herrscht Ruhe im Land. Die ganze Gruppe ist verdorben . . . Es ist zum Wahnsinnigwerden!"

„Sie haben ja so recht, Herr Doktor de Groot." Herr Kühn setzte seine traurigste Miene auf, knöpfte seinen grauen Arbeitsmantel zu und hockte sich auf eine Kiste. „Sie haben nicht zufällig 'n Bier hier oben, Herr Doktor de Groot?"

„Nein. Nur Milchbrei mit Spurenelementen und Vitaminen."

„Aha!"

„Die Nährlösung für die Rattenbabys. Waren Sie schon auf der Post, Herr Kühn?"

„Natürlich."

„Und?"

„Nichts dabei für Sie."

Jeroen nahm die Ratten einzeln an den Schwänzen aus dem Laufkäfig und setzte sie wieder in ihre Einzelzellen. „Ach ja, Herr Doktor", Kühn stand wieder auf und ging zur Tür, „der Alte meinte, Sie sollten bei Gelegenheit, wenn Sie Zeit haben, irgendwann mal vorbeischauen bei ihm."

„Ach, der ist bestimmt sauer, weil mein Bericht noch nicht raus ist an das Kuratorium. Aber ich kann schließlich nicht hexen!"

„Ja, das weiß er ja." Der Plastikvorhang der Schleuse wehte Herrn Kühn um die Ohren. „Es geht wohl mehr um das Telegramm – aus Tokio."

Jeroen reagierte rasch. Ein kurzer Blick zu Kühn. Die letzte Ratte blieb im Laufkäfig, die Gitterklappe schlug zu, Jeroen rannte los, riß den Vorhang zur Seite, warf sich gegen die Feuertür und verschwand im Treppenhaus.

Als er das Tor zum Hof erreicht hatte, zögerte er. Es regnete in Strömen. Aus dem verrotteten Regenrohr quoll das Wasser und bildete einen braunen, lehmigen See, über den der Wind Blasen trieb.

MIT langen Sprüngen lief Jeroen hinüber zum Portal des Palais. Palm saß mit von Klöpfer im neuen Laserlabor, das im ehemaligen Weinkeller des Palais untergebracht war. Bis auf einen kräftigen roten

Strahl, der sich in den Prismen und Linsen der optischen Bank brach, war der Raum total verdunkelt. Die beiden Männer beugten sich über eine Mattglasscheibe, auf der mit Bleistift dünne Linien aufgezeichnet waren. Hier endete der Strahl des Rubinlasers, aufgefächert in verschieden helle Zonen.

Da öffnete sich die Tür hinter ihnen. Das grelle Licht aus dem Kellergang fiel für Sekunden in das dunkle Labor. In der Tür tauchte der Umriß von Jeroen auf.

„Tür zu!" Palm hatte sich umgedreht und Jeroen erkannt. Von Klöpfer nahm zuerst nicht weiter Notiz von ihm. Er schraffierte unschlüssig mit seinem Bleistift die roten Zonen nach: „Hier – das Spektrum . . ., es ist schwer zu erkennen – etwa hier . . ."

Aber dann gab er resigniert auf. Er fuhr sich über die Augen und nahm die Brille ab. „Es ist doch zum Kotzen! Ich bin völlig geblendet! Wozu hängt draußen ein Schild an der Tür NICHT EINTRETEN, wenn trotzdem jeder hier hereinlatscht?!"

Jeroen hatte sich nach vorn getastet. Sein regennasses Gesicht glänzte rot vom Widerschein des Lichts. „Ich suche Herrn Palm."

„Ich bin hier." Die Stimme aus dem Dunkel leitete Jeroen einige Schritte weiter. Er stieß ein Abdeckrohr um, das am Boden stand und nun scheppernd davonrollte.

„Bleiben Sie doch stehen, mein Gott! Sie sind ja völlig durchnäßt. Bleiben Sie, wo Sie sind, und rühren Sie nichts an!" Von Klöpfer war höchst ärgerlich. Seine cholerischen Ausfälle waren berüchtigt. Er konnte und wollte sich nicht beruhigen. „Man braucht über zehn Minuten, bis man sich an die Dunkelheit hier gewöhnt hat und die Interferenzen wahrnehmen kann – und dann reißt einer einfach die Tür auf!"

„Entschuldigung." Jeroen wagte kaum mehr zu atmen in den geheiligten Arbeitsräumen seiner Kollegen. „Sie haben ein Telegramm erhalten, aus Japan?"

„Ja, das ist richtig. Gestern abend bereits."

Jeroen wagte wieder einen Schritt in Palms Richtung. „Ich hab es erst jetzt erfahren. Herr Kühn sagte, ich sollte sofort zu Ihnen – "

„So dringend wäre es auch wieder nicht gewesen."

„Ich warte seit drei Wochen darauf!"

„Es ist wohl kaum die Nachricht, die Sie erwarten."

„Haben Sie das Telegramm hier?"

„Oben, auf meinem Schreibtisch.“ Palms Ruhe und Überlegenheit heizten Jeroens Nervosität weiter an.

„Ich kann es mir holen. Yvonne wird so freundlich sein – “

„Nein. Bleiben Sie hier.“ Palm hielt Jeroen zurück, der bereits auf dem Weg zum Ausgang war. „Sie wissen doch: Ich hatte angefragt, bei Sukashi und Barnell im Institut, in Tokio. Aber bis gestern hat sie sich nicht gemeldet. Das ist der ganze Inhalt des Telegramms.“

Jeroen fuhr sich mit dem Ärmel über das Gesicht. „Ich begreife das nicht. Sie wollte sofort nach ihrer Ankunft . . .“

„Sie wollte – aber sie hat es nicht getan.“ Palm lehnte sich zurück.

Von Klöpfers Geduld hingegen war offensichtlich zu Ende. „Können wir weitermachen, oder ist das alles im Augenblick wichtiger?“

Jeroen tastete sich zur Tür zurück, als Palm versuchte, die Diskussion mit einer versöhnlichen Bemerkung zu beenden. „Wir sprechen nach Tisch weiter. Oben in meinem Zimmer. Ich möchte wissen, wie Sie sich den weiteren Verlauf der Dinge vorstellen.“

„Sie sprach von Kioto. Ich habe keine Ahnung, wo man da anfragen kann oder wen man beauftragen sollte. Das Konsulat vielleicht?“

Palm unterbrach ihn. „Ich meinte Ihre Versuchsreihe, Ihren Bericht.“

„Muß nur noch abgeschrieben werden. Und die Grafiken . . .“

Da schaltete von Klöpfer die Anlage kurzerhand ab. Das rote Laserlicht verlöschte. Und aus der Finsternis kam von Klöpfers Kommentar. „Ich habe ja Zeit. Die ersten Ergebnisse liegen frühestens in einem Jahr vor, so oder so. Andere Dinge gehen vor, das sehe ich ein. Also bitte. Ich spare Strom, und Sie reden weiter.“

Palm versuchte den Faden wiederaufzunehmen. „Ich habe Manzini informiert, den Gehirnchirurgen. Er präsidiert dieses Jahr dem Kuratorium, und er hat großes Interesse. Bereits nächste Woche wird er hier erscheinen, zusammen mit den Herren vom Ausschuß. Sie wissen ja – “

„Jaja, ich weiß – unser Etat!“ Jeroen hielt sich krampfhaft an der Klinke fest. Der Raum lag in völliger Dunkelheit.

„Ja. Und deshalb muß Ihr Bericht morgen früh hinaus.“ Palm entschied, wenn sich ihm die Chance dazu bot, eben doch autoritär.

Jeroens Einwand klang dementsprechend zaghaft. „Meine Erfolge sind auch die von Frau Jacopescu. Ich kann nicht in ihrer Abwesenheit – “

„Sibilla hat sich selbst beurlaubt. Ohne Rücksprache mit mir!" Palm wandte sich an von Klöpfer.

„Schalten Sie wieder ein. Wir machen weiter."

Das rubinrote Licht flammte erneut auf.

Jeroen unternahm einen letzten Vorstoß. „Es tut mir leid – nur ohne Sibilla kann ich nicht . . ."

Für Palm war der Fall jedoch erledigt. „Wenn der Etat nicht neu bewilligt wird, können wir zumachen – mit oder ohne Sibilla."

13

Die Wände zum Park standen offen. Der leichte Wind bewegte die Bronzeglöckchen draußen an den Balken und verjagte die Wintergeister. Er trug den Duft von tausend Blüten ins Haus.

Sibilla und van Reijn saßen auf dem Boden vor dem niedrigen Lacktisch beim Essen. Hana, die Dienerin, bediente sie knieend. Sie legte Sashimi, dünne Scheiben von drei Sorten roher Fische, auf den gesäuerten Reis, stellte kleine gelbe Tofuwürfel, Sojabohnenquark, daneben und außerdem in seltsame Formen geschnittene Daikonscheiben. Daikon, japanischer Rettich, war zu dieser Jahreszeit eine kostbare Rarität.

Van Reijn erklärte Sibilla die einzelnen Speisen und was sie bedeuteten. Er zeigte ihr den richtigen und maßvollen Gebrauch der verschiedenen Dips, würziger Soßen, die in kleinen, bunten Lackschälchen vor ihnen standen und in die man die einzelnen Bissen eintauchen konnte, bevor man sie mit den Stäbchen zum Munde führte.

Für Sibilla waren diese Mahlzeiten ein albernes, steifes Zeremoniell. Auch die „Verwandlung" van Reijns, der aufrecht und ernst in seinem schweren, seidenen Kimono mit gekreuzten Beinen vor dem Tischchen saß, den Reis mit kostbaren Elfenbeinstäbchen jonglierte, den antiken Becher mit grünem Tee in genau abgezirkelten Gesten ergriff und leerte, fand sie zunehmend lächerlich. Sie sah immer weniger Sinn in dieser Verkleidung, hinter der der scheinbar so geniale Biochemiker völlig verschwunden war. Eine Marotte – weiter nichts. Ein Spleen. Genauso albern und dumm wie die Maskerade ihrer Studienkolleginnen damals in Paris, die sich das Haar mit

Henna rot färbten, sich in indische Gewänder hüllten und nach Goa trampten, um ihre Neurosen mit östlicher Mystik zu kurieren.

Was, bitte, kurierte van Reijn?

Ein Schauspieler, der eine exotische Rolle studierte – das hätte ihr noch eingeleuchtet. Aber für welche Rolle in welchem Stück hatte van Reijn sich verwandelt? – Und welche Rolle spielte sie?

„Ich habe eine Bitte." Van Reijn unterbrach das Ritual des Mahls, das stets schweigend zelebriert wurde, sobald die notwendigen Erklärungen gegeben worden waren. „Wirst du sie mir erfüllen?"

Sibilla lächelte ihn skeptisch an. „Ich soll dir etwas versprechen? Einfach so – blanko? Was ist es?"

Van Reijn sagte ein paar Worte zu Hana, die sich verneigte, aufstand und verschwand.

„Warum schickst du sie weg? Ist es so schlimm? Sie versteht uns doch nicht."

Van Reijn wischte sich mit dem Tuch über das Gesicht, säuberte sich die Hände. „Sie holt etwas."

Während des nun folgenden Schweigens hörte sie nur die Glöckchen und das Zirpen der ersten Grillen in den Büschen am Haus. Die Wintergrillen in ihren geschnitzten kleinen Käfigen antworteten aus einer Ecke der Halle.

Dann kam Hana zurück. Sie trug vorsichtig ein Paket aus mehrfach und sorgsam zusammengelegter weißer Seide. Aus einer der Falten leuchtete ein zinnoberrotes Ornament.

Die zweite Dienerin erschien. Beide knieten sich auf den Boden, rechts und links von dem Seidenpaket, und warteten.

Sibilla wurde aufmerksam. „Was ist das?"

Ein Wink von van Reijn. Die Dienerinnen verneigten sich, standen auf. Das Seidenpaket wurde entfaltet.

Auf schneeweißer, schwerer Seide leuchtete ein roter Phönix, der aus den Flammen stieg.

„Ein Kimono. Bitte, leg ihn an. Midori wird dir dabei helfen."

Sibilla wußte, daß letzten Endes jeder Widerstand sinnlos war. Sie war verstrickt in eine ihr unbekannte, immer unheimlicher werdende Geschichte. Die Rolle, die ihr zugedacht war, an der sie eben noch herumgerätselt hatte, begann Gestalt anzunehmen. Das Kostüm zumindest war für sie bereit! Noch wehrte sie sich, um nicht das Gesicht zu verlieren. „Ich bin Europäerin. Das paßt nicht zu mir."

„Es wird passen."

„Eine Verkleidung, eine Maskerade. Das ist doch albern . . ."

„Bitte!" Aber es war keine Bitte mehr. Sie war mitgekommen, und sie hatte sich zu fügen.

Doch van Reijn ließ sich wenigstens noch zu einer Mitteilung herab, die ihr einen Schauder über den Rücken jagte. „Wir bekommen Besuch. In einer Stunde. Den Maler Mizuguchi!"

14

Mit langsamen, kleinen Schritten näherte sich ein Mann dem sich öffnenden Tor. Ein abgewetzter, schwarzgrauer und viel zu weiter Kimono umhüllte die zierliche Gestalt: ein Greis mit schütteren schwarzen Haaren, die braune Haut faltenlos über den schmalen Schädel gespannt.

Mizuguchi betrat das Anwesen des Herrn van Reijn.

Die Dienerinnen verneigten sich, Mizuguchi dankte. Das riesige Tor schloß sich knarrend hinter dem winzigen Mann.

Er schleppte ein Bündel mit sich: vier lange, schmale Kästen aus Balsaholz, eingeschlagen in blaues Tuch. Er gab sie nicht aus der Hand.

Oben auf der Galerie des Hauses erwarteten van Reijn und Sibilla ihren Gast. Der Kimono, den Sibilla angelegt hatte, leuchtete wie Schnee. Und der Phönix entstieg den Flammen.

Mizuguchi hatte den Park in unendlicher Ruhe durchquert. Er war über Brücken und Treppchen gestiegen, war den Windungen des Steinplattenweges gefolgt. Jetzt stand er vor dem Haus und blickte nach oben. Van Reijn verbeugte sich tief. Er gab Sibilla ein Zeichen, und sie neigte leicht den Kopf, gehemmt, angelernt.

Da faßte van Reijn sie am Nacken. Mit festem Griff drückte er sie nach vorn, zwang sie zu einer Geste der Unterwerfung, hielt ihren Kopf tief gebeugt. Der Gast erwiderte den Gruß mehrmals, während er näher trat, bis er schließlich die Stufen des Hauses erreichte. Van Reijn lockerte seinen Griff, und Sibilla richtete sich auf: ein versteinertes Gesicht, voller Haß, gedemütigt, zu einer Erniedrigung gezwungen.

Mizuguchi zog seine Holzsandalen aus und wanderte mit bloßen Füßen durch die Halle. In einer Ecke glitt er zu Boden und begann das Bündel zu öffnen. Van Reijn und Sibilla folgten ihm und knieten sich ihm gegenüber auf die Matten.

Der erste Holzkasten wurde geöffnet und der Deckel säuberlich daruntergelegt. Mizuguchi nahm die Bildrolle heraus, löste den Knoten der beiden Bänder und hielt sie van Reijn entgegen.

Der ergriff das runde Querholz, hielt es fest, während Mizuguchi das Bild entrollte: Wolken, mit wenigen Pinselstrichen hingezaubert – darüber der Kegel des Fudschijama.

Die Striche waren von einer unglaublichen Leichtigkeit. Sie begannen mit einem kräftigen Andruck des Pinsels, verjüngten sich, schwebten davon, folgten der einzig möglichen Linie, bildeten die einzig mögliche Kontur und endeten wieder nachdrücklich und bestimmt. Da war kein Zaudern zu spüren, keine Korrektur. Das Bild war von einer unmittelbaren Selbstverständlichkeit, die verblüffte.

Van Reijn schien tief gerührt. Er saß starr und unbeweglich da, während er das Bild und Mizuguchi ihn betrachtete.

Sibilla hatte sich nach vorn gebeugt, blickte van Reijn über die Schulter und versuchte hinter das Geheimnis zu kommen, das van Reijn förmlich zu berauschen schien. Ihr Zorn war verflogen. Der alte Mann mit dem leisen, sanften Lächeln, seine Ausgeglichenheit und Ruhe, die Klugheit und Güte seiner Augen, die Bescheidenheit, mit der er hinter seinen Bildern zurücktrat, sein Schweigen, während er sein Werk sprechen ließ – das alles berührte sie viel tiefer, als sie im Augenblick wahrhaben wollte. Sie spürte eine Zuneigung zu diesem Menschen, die sie in dieser Form noch nie empfunden hatte.

Er sah sie an. Sie fühlte sich ertappt und lächelte. Und er lächelte zurück.

Dann bemerkte er in van Reijns Blick Spuren einer Irritation. Mit raschen, geschickten Drehungen seiner schmalen, fleckigen Hände rollte er das Bild wieder zusammen.

Es folgte ein zweites: Ein Ast ragte vor den Berg aller Berge, ein kahler Ast mit aufbrechenden Knospen.

Ein drittes: Blütenzweige, der Gipfel spiegelte sich in einem See, ein Boot verbreitete Wellen um sich.

Ein viertes und letztes: Schnee über dem Land, über dem Berg, Gräser, die sich im Schneewind bogen.

Immer noch Schweigen – Betrachten – Kontemplation. Auch Mizuguchi war plötzlich in den Anblick dieses letzten Bildes versunken.

Die erstarrte Landschaft, der Winter, der Tod . . .

Van Reijn löste sich nur langsam aus seiner Verzückung. Er hob den Blick, betrachtete den alten Mann ihm gegenüber, die straffe, jugendliche Haut des Gesichtes, den Schädel, der diese Meisterschaft, Gefühle, Gedanken, diese Weisheit in sich barg . . .

Da begegnete ihm der Blick des Greises, und in diesem Moment war der Zauber endgültig gebrochen.

Mizuguchi packte die Rollen wieder in die Kästen, mit der gleichen Ruhe, der gleichen Gelassenheit und Akkuratesse, mit der er sie hervorgeholt hatte. Er schnürte sie zum Bündel zusammen, erhob sich, verneigte sich und ging.

An der Treppe des Hauses schlüpfte er in seine hölzernen Sandalen, und bevor er sich zum Gehen wandte, bevor er über Steinplattenweg, Brücke und Treppchen, zwischen Stämmen und Büschen und schließlich durch das riesige Zedernholztor verschwand, erwiderte er das Abschiedsritual seiner Gastgeber: die tiefe Verneigung. Diesmal verneigte sich Sibilla aus eigenem Antrieb, ohne fremden Zugriff, ohne Zwang.

„Er hat kein Wort gesagt.“ Sie richtete sich auf.

„Was soll er sagen, wenn seine Bilder sprechen?“

„Er hat keines dagelassen. Er hätte ja fragen können, ob du eines behalten willst.“

„Behalten?“

„Kaufen . . .“

Van Reijn wandte sich zurück zum Haus. „Mizuguchi verkauft seine Bilder nicht.“

„Und wovon lebt er?“

„Er malt sie – davon lebt er. Er zeigt sie her – davon lebt er. Und er lebt davon, daß er Mizuguchi ist.“

Van Reijn war in das Dämmerlicht der Halle zurückgekehrt. Sibilla war ihm gefolgt. „Und er verschenkt auch keines?“

„Nein. Wie kann man die Gottheit, den Urgrund der Welt, sich selbst – wie kann man das alles, wenn man es erfahren hat, verschenken?“

15

EIN schwarzer Mercedes fuhr durch das Parktor, ein zweiter, ein dritter folgten. Sie hielten vor dem Portal des *Blauen Palais.* Dort stand Palm schon bereit, um die Begrüßung nach europäischem Ritus zu zelebrieren. Neun Herren entstiegen den Wagen, in dunklen Mänteln und mit nichtssagenden Krawatten. Schwarze Hüte wurden gezogen. In der linken Hand das obligatorische schwarze Köfferchen, die rechte frei für die seltsame Übung, sich die Hand zu schütteln.

Belanglose Höflichkeitsfloskeln wurden getauscht. „Herzlich willkommen im *Blauen Palais* . . . Schön, daß Sie sich wieder einmal die Zeit genommen haben . . . Das Vergnügen ist wirklich ganz auf unserer Seite . . . Sie werden überrascht sein . . . Wir werden sehen . . . Erstaunliche Erfolge, wirklich . . . Kommen Sie doch herein, wir gehen zuerst nach oben."

Manzini, ein bulliger Romane mit grauen Schläfen, nahm Palm für eine kurze Bemerkung zur Seite. „Ihre Andeutungen waren äußerst vielversprechend. Aber auch in diesem Fall gilt unser Grundsatz: Es geht immer in erster Linie um den praktischen Nutzen, den praktischen Wert – bei allem Idealismus!"

„Wir hatten eine zweckfreie Forschung vereinbart, Herr Kollege." Palm fand ein klärendes Wort in diesem Zusammenhang für dringend nötig.

Manzini nickte. „Richtig! Aber ich bin genauso im Zugzwang wie Sie. Ich garantiere Ihnen Narrenfreiheit, und Sie liefern mir zweimal im Jahr eine Schau, um mögliche Profitinteressen der Herren von der Wirtschaft zu befriedigen."

„Oder ich liefere Ihnen ganz einfach Sensationen. Wie wäre das?"

Manzini trat nahe an Palm heran und nahm ihn beim Revers seines Jacketts. „Ich fände es vorzüglich. Aber ich bezweifle, daß Ihnen das heute gelingt!"

DIE Mitarbeiter des *Blauen Palais* standen im Souterrain des Gebäudes, in der alten, hochherrschaftlichen Küche, und verfolgten durch das schmale, vergitterte Fenster den Aufmarsch der Herren Finanziers.

Von Klöpfer hatte sich ein Fertigmenü aus der Kühltruhe gefischt und schob es gerade in den HF-Herd. „Als ob man nichts anderes zu tun hätte. Dabei geht es doch nur um Erfolgsmeldungen der anderen Fakultät. Was interessiert mich Biochemie?"

Büdel wühlte in den tiefgefrorenen Päckchen. „Es geht um den Gesamtetat für alle Abteilungen."

„Manzini ist Biochemiker", konterte von Klöpfer.

„Falsch. Er ist Neurochirurg. Gehirnspezialist!" Büdel wußte es besser.

„Ja, und die anderen sind Verwaltungsleute. Da hat sich noch nie einer für meine Arbeit interessiert." Konkurrenzdenken war ein ernstes Problem für von Klöpfer, vermutlich weil er um etliches älter war als die Generation, die man heutzutage aktiv in der wissenschaftlichen Arbeit findet.

Das Kontrollicht am Herd erlosch, und ein Klingelzeichen ertönte. Klöpfer schob das heiße Fertiggericht in der Aluminiumfolie auf sein Tablett und ging.

Yvonne kam in die Küche, um sich einen Joghurt aus dem Kühlschrank zu holen. Zur Zeit hatte sie wieder ihren Diätfimmel. Sie erstattete Bericht: „Alle sind oben bei Palm und prüfen die Bücher. Und warten auf Jeroens Sensation."

Der stocherte ohne rechten Appetit in seinem Essen herum. „Nicht einschüchtern lassen. Nur nicht einschüchtern lassen. Ich esse erst mal in aller Ruhe!"

Büdel blickte hoch, rückte seine Brille zurecht und grinste. „In Ruhe – ich lach mich tot!"

Polazzo warf die tiefgefrorenen Menüs in die Truhe zurück. „Gulasch mit Spätzle – Gulasch mit Spätzle – Gulasch mit Spätzle . . . Es muß doch noch etwas anderes zu finden sein als Gulasch mit Spätzle."

Yvonne versuchte ihn zu beruhigen. „Gib auf, die nächsten zehn Tage gibt's nichts anderes. Vielleicht geh ich morgen und kauf was ein, und dann koche ich mal etwas Frisches, ja?"

„Gut. Oder, Mister Wong, wie wär's, beglücken Sie uns mal wieder mit Ihren Künsten?" Wong war Polazzo geradewegs in die Arme gelaufen.

„*No money* – kein Geld!"

„Hören Sie mir auf mit Geld! Ihr Chinesen kocht dreitausend Jahre länger als wir, und ihr habt auch nicht nur fette Jahre erlebt! Wie ging es denn bei der Prüfung Ihrer Bücher?"

„Dauert noch, dauert. Aber kein *money,* kein Geld!" Er schob sein „Gulasch mit Spätzle" in den Herd und drückte die Programmtaste.

Büdel versuchte, dem Automaten einen Becher voll Kaffee zu entlocken. Aber der reagierte erst auf zwei gezielte Faustschläge. „Seid glücklich, Freunde, über Gulasch mit Spätzle, über den unbegrenzt fließenden Kaffee. Ich seh uns alle schon den Park umgraben und Kartoffeln pflanzen – wenn es Jeroen nicht gelingt, die Herren vom Ausschuß von unserer Genialität zu überzeugen."

DIE Herren vom Ausschuß versammelten sich eine halbe Stunde später in der Halle. Manzini nahm in der ersten Reihe Platz, nachdem er die Mitarbeiter des Palais einzeln begrüßt hatte. Die anderen standen noch zwanglos zwischen den Kollegstuhlreihen und unterhielten sich, bis Palm die Sitzung eröffnete.

„Vorzustellen brauche ich ja niemanden. Professor Manzini und seine Kollegen vom Ausschuß des Kuratoriums sind gekommen, um sich über unsere Arbeit und unsere Erfolge zu informieren. Herr de Groot wird als erster über Versuchsreihen berichten, die er gemeinsam mit seiner Kollegin, Frau Jacopescu, in den letzten Monaten – "

Da hielt sich Manzini mit seinem romanischen Temperament nicht länger zurück, unterbrach Palm und schwenkte dabei die Mappe mit den Versuchsergebnissen über seinem Kopf. „Danke, ja. Wir haben alle seinen Bericht gelesen! Für mich als Wissenschaftler – aber ich glaube, auch für meine Kollegen, die auf dem wirtschaftlichen und finanziellen Sektor unseres Kuratoriums tätig sind – sind vor allem jene Andeutungen interessant, die sozusagen zwischen den Zeilen stehen."

Jeroen war aufgestanden und nach vorn gekommen. „Nicht nur zwischen den Zeilen, Herr Professor Manzini!"

Manzini lehnte sich behaglich zurück. „Ich weiß nicht, ob Sie sich der ungeheuren Tragweite Ihrer überaus kühnen Hypothese überhaupt bewußt sind."

„Ich denke schon!"

Manzini schickte sich an, Jeroen die Schau zu stehlen und ihn ins Kreuzverhör zu nehmen. „Sie deuten an, ein bißchen hier, ein bißchen dort. Im übrigen beschreiben Sie Ihre Versuche, füttern uns mit Unmengen von statistischen Daten und seitenlangen Diagrammen, nennen das Ganze etwas lapidar ‚Übertragung von Gedächtnismolekülen', berichten ganz unschuldig über Ihre Erfolge bei Ratten – und haben doch letzten Endes etwas ganz anderes im Sinn, etwas Ungeheures, ohne es beim Namen zu nennen!"

Jeroen ließ sich nicht im geringsten einschüchtern. „Ich bin bereit, mündlich darüber zu referieren!"

„So – mündlich. Bitte. Sie haben also gewisse Anhaltspunkte, daß die Übertragung von Intelligenz und Wissen auf Grund Ihrer Methode nicht nur bei Ratten funktioniert?"

„Ich behaupte, unsere Versuche hier haben gewissermaßen Modellcharakter."

Da meldete sich eines der Ausschußmitglieder zu Wort: „Können Sie nicht konkreter werden? Ihre Methode ist schließlich nicht gerade sensationell. Wir haben ein rundes Dutzend Veröffentlichungen zu diesem Themenkomplex vorliegen – mit positiven und negativen Aspekten. Insgesamt scheinen bisher rund 170 Arbeiten über dieses Gebiet publiziert worden zu sein."

Jeroen trat an das Vortragspult. „Richtig – aber wir gehen den entscheidenden Schritt nach vorn. Um das zu erklären, muß ich allerdings etwas weiter ausholen."

Manzini winkte ab. „Fangen Sie um Himmels willen nicht bei Adam und Eva an."

„Nein. Aber bei Watson und Crick." Er ging in die Ecke und enthüllte eine „Skulptur", ein mannshohes Molekülmodell aus bunten Schaumstoffteilen, die, von einem Stangenskelett gehalten, ineinandergesteckt waren. „Die beiden Engländer erhielten den Nobelpreis für eine fundamentale Erkenntnis: Das ganze Geheimnis des Lebens steckt, chemisch gesehen, in einem sehr langen und unvorstellbar dünnen Molekül aus Millionen und Milliarden von Bausteinen, der Desoxyribonukleinsäure, kurz DNS, nach dem Englischen auch DNA genannt. Die beiden Forscher haben nun die Struktur dieses Moleküls entschlüsselt: eine Art doppelter Wendeltreppe, zwei schraubenartig umeinandergeschlungene Ketten – die sogenannte ‚Doppel-Helix'."

Eines der Ausschußmitglieder unterbrach das Referat. „Soviel dürfen Sie selbst bei Finanzleuten gerade noch an Kenntnissen voraussetzen."

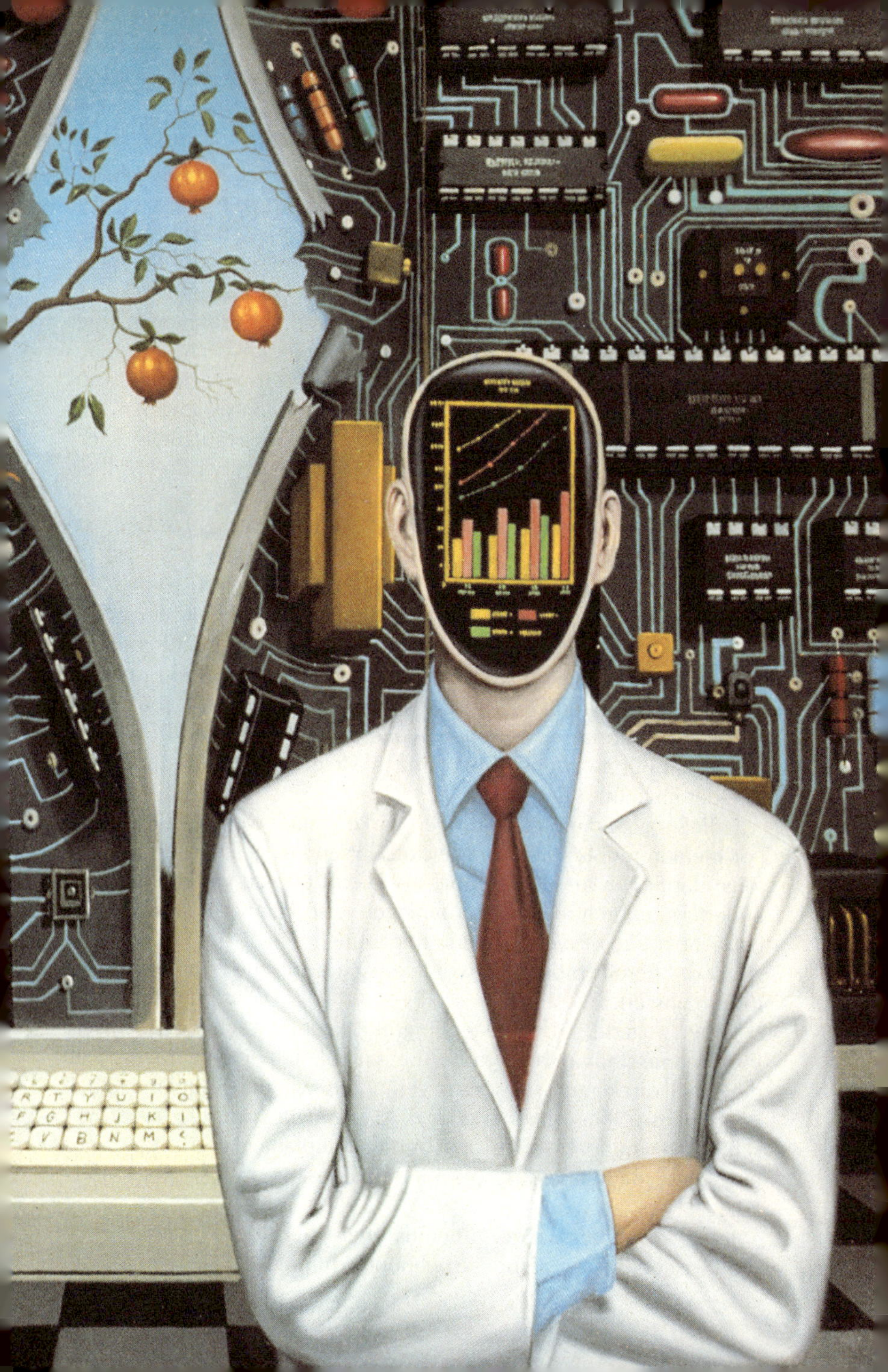

Jeroen demonstrierte an dem Modell die einzelnen Bausteine. „Dann wissen Sie sicher auch folgendes: Das Skelett hier besteht aus Phosphorsäure und Zucker, und die Stufen der ‚Wendeltreppe', das sind organische Basenpaare. Es gibt davon nur vier verschiedene. Aber das genügt völlig: Die Reihenfolge der verschiedenen Stufen diktiert wie ein Code mit vier Buchstaben sämtliche Erbanlagen eines Lebewesens. Der gesamte Aufbau wird von hier gesteuert. Der Bauplan der DNS bestimmt, ob sich aus einer Zelle ein Mikroorganismus bildet, eine Amöbe oder ein Mensch und auch, welche Art von Mensch: Rasse und Intelligenzfaktor, Mann oder Frau. Beim Menschen umfaßt die DNS-Spirale im Kern jeder Zelle über drei Milliarden Stufen. Ein komplizierter Plan."

„In jeder einzelnen Zelle?" Auch Finanzleute hatten offenbar manchmal das Staunen noch nicht ganz verlernt.

„Richtig! In jeder einzelnen der über 60 Billionen Zellen des menschlichen Körpers steckt der Bauplan für den ganzen Menschen. Und zwar in den Chromosomen." Jeroen hängte Schautafeln mit den Chromosomen neben das Modell an die Tafel. „Und wenn man die ungeheuer winzigen DNS-Stücke einer einzelnen Zelle – die sich ja auf 46 Chromosomen verteilen – aneinanderhängt, dann ist dieser unendlich dünne Strang einen ganzen Meter lang. Ein Meter DNS – in jeder einzelnen Zelle."

Er ließ das Bild einige Sekunden wirken, auch wenn es unvorstellbar bleiben mußte; dann fuhr er fort: „Wenn es gelingt, die Reihenfolge der Stufen im DNS-Strang, also den Code zu verändern, dann ändert man damit auch die Erbanlagen, also Haarfarbe und Körperbau – aber auch Psyche, Talent, Begabung."

„Ist das bereits möglich?" wollte ein Zwischenrufer aus dem Auditorium wissen.

Jeroen zögerte. „Ein direkter Eingriff ist ziemlich schwierig. Unsere Instrumente sind noch zu grob. Aber wir wählen einen Umweg: Statt die DNS direkt zu verändern, verändern wir die Baupläne, nach denen diese DNS immer wieder neu aufgebaut wird. Das heißt, wir schleusen veränderte oder sogar fremde Baupläne in den Organismus ein. Diese Baupläne sind die Ribonukleinsäuren – die RNS-Moleküle."

Jeroens Zuhörer wirkten überaus interessiert, das bewiesen auch die Zwischenfragen. „Und Sie behaupten nun: Wenn Sie fremde oder veränderte RNS einschmuggeln – ‚intelligente RNS' in unintelligente Ratten zum Beispiel –, dann verändert sich der Empfänger?"

Jeroen schüttelte den Kopf. „Nein, äußerlich nicht. Denn Ratte bleibt Ratte! Aber durch Auswechseln und entsprechende Kombinationen bestimmter Strangstücke im befruchteten Ei könnte man Lebewesen auch äußerlich völlig verändern: Bizarre Gebilde wären denkbar – halb Mensch, halb Tier. Intelligente Affen, Roboterwesen. Man könnte Genies züchten, Monster erzeugen . . ."

„Eine schreckliche Vorstellung!"

„Hoffentlich bleibt das alles Utopie!"

Die Zwischenrufer hatten sich offenbar bisher nicht zu der Erkenntnis durchgerungen, daß die Biochemie als Wissenschaft wesentlich gefährlicher war als zum Beispiel die Kernphysik. Die synthetische Produktion neuer Organismen brachte zwangsläufig neue Gefahren für die Menschheit mit sich. Denn das fein ausbalancierte, natürliche Gleichgewicht zwischen aggressiver Schädigung und Immunität, zwischen „Fressen und Gefressenwerden", konnte eine tödliche, irreparable Schlagseite erhalten.

Gegen neue, fremde Mikroorganismen, gegen schädliche Bakterien und Viren, die künstlich erzeugt worden waren, stehen dem menschlichen Organismus keine Abwehrkräfte zur Verfügung. Aber diese Details unterschlug Jeroen fürs erste. Und er hatte auch nicht vor, die Sprache auf den apokalyptischen Horror dieser jungen Wissenschaft zu bringen, als ihm einer der mehr wirtschaftlich orientierten Zuhörer eine Frage stellte. „Wo liegt eigentlich der Nutzeffekt solcher gefährlicher Spielereien?"

Nutzeffekt? Jeroen war einen Augenblick verwirrt. Man forscht, das war seine Meinung, weil man nach neuen Erkenntnissen strebt. Ob diese Erkenntnisse für die Gesellschaft nun sinnvoll waren oder tödlich, das stand doch, bitte, auf einem ganz anderen Blatt.

Aber dann improvisierte Jeroen einfach. „Neue Wesen werden – unter Umständen – im Hinblick auf ihren Verwendungszweck geschaffen. Bakterienstämme werden umprogrammiert und vernichten Erdölreste, bauen neue Stoffe daraus auf." Das war das einzige sinnvolle Beispiel, das ihm einfiel und das seine Wirkung nicht verfehlte. „Oder denken Sie an die Taufliege. Sie ist das neueste Objekt für Manipulation an Erbanlagen. Taufliegen existieren bereits in vielen Dutzenden neuer, künstlicher Variationen . . ."

Das ist doch Schwachsinn, dachte Jeroen, die halten mich doch für verrückt. Wo steckt der Sinn bei Dutzenden neuer Taufliegenarten. Man macht so etwas, weil es eben machbar ist. Und irgendwann, wenn man den Weg konsequent weiterverfolgt, landet man bei großen und wichtigen Erkenntnissen, bei fundamentalen Fortschritten, die ohne den Umweg über diese dämlichen Taufliegen niemals zustande gekommen wären. Das alles ging ihm rasch und beiläufig durch den Kopf. Während er weiterredete, überlegte er gleichzeitig, daß die Argumentation auch als Alibi dienen konnte, wenn einer anfing, lästige Fragen zu stellen, nach dem Sinn, dem Nutzeffekt dieser Forschung. Doch das Auditorium war still und zufrieden.

Van Reijn fiel ihm ein, das Gesicht dieses Mannes, beim Schachturnier, am Strand, im Regen, als er auf ihn zugerannt kam und er sich in den Dünen versteckt hatte. Nutzeffekt?

Aber dann hatte Jeroen den verlorenen Faden wiederaufgegriffen und fuhr fort: „Es gibt sogar ein Experiment mit Wirbeltieren. Es ist allerdings sehr umstritten: die ‚Straßburger Ente'. Ich habe hier ein Bild."

Das Foto war in einem Lehrbuch der Biochemie veröffentlicht worden, das in Cambridge erschienen war.

„Bereits 1959 wurde der genetische Code, der Bauplan aller Erbanlagen, die DNS, der Khaki-Campbell-Ente isoliert und gereinigt und der White-Peking-Ente injiziert. Man wollte das Erbgut verändern. Aber überraschenderweise veränderte sich die White-Peking-Ente selbst."

Das Buch wanderte von Hand zu Hand. Die Fotos zeigten die dunkle Campbell und die dicke weiße Peking vor und nach dem Experiment. Nach der Injektion der fremden DNS war sie dunkel und schlank.

Die Herren vom Ausschuß blätterten hin und her, diskutierten leise miteinander und betrachteten auch das Bild der Wissenschaftler, die an diesem Experiment beteiligt gewesen waren.

Jeroen fuhr fort: „Soviel bekannt ist, sind nachher ähnliche Versuche nie mehr erfolgreich verlaufen. Ich studierte damals in Freiburg, fuhr nach Straßburg hinüber, sah die veränderte Ente, sprach mit einem der Assistenten, einem gewissen Felix Rheinberger, einem Belgier . . ." Plötzlich stutzte Jeroen. Er versuchte sich zu erinnern und wiederholte nach einigen Sekunden nachdenklicher Pause noch zweimal den Namen: „Felix Rheinberger . . . Felix Rheinberger . . .?!“ Er fuhr sich mit der Hand über die Augen, dann trat er vor. „Kann ich das Buch noch einmal haben, bitte . . .“ Man reichte es ihm.

Er blätterte hastig und nervös und fand schließlich, was er suchte: das Foto des jungen Wissenschaftlers. „Das Gesicht, natürlich, er ist es . . .“ Langsam setzte er sich auf einen Stuhl und versuchte das Bild vor seinem inneren Auge mit dem Foto in Einklang zu bringen.

„Rheinberger, ja natürlich. Mein Gott, es ist zehn Jahre her!“ Das Jugendbild von damals, das Schachturnier, das Konzert . . .

Die Anwesenden waren aufmerksam geworden, obwohl keiner von ihnen so recht verstand, was in Jeroen vor sich ging. Und nur die Eingeweihten begriffen den Zusammenhang, als Jeroen schließlich lächelnd, entspannt und völlig selbstverständlich die Quintessenz seines Nachdenkens von sich gab. „Natürlich, ganz einfach: Dieser Rheinberger – ist Felix van Reijn!“

16

Van Reijn durchschritt das Tor und betrat seinen Park. Die Dienerinnen verneigten sich, griffen nach Mantel und Hut – beides trug er in der Hand – und nahmen dem Taxifahrer die schmale Tasche ab. Man reist nicht mit viel Gepäck in Japan.

Langsam lief van Reijn den gewundenen Pfad entlang. Da rief Hana ihn an, die alte Dienerin. Mit kurzen Trippelschrittchen lief sie ihm hinterher. Während die anderen beiden Frauen sich Blicke zuwarfen und verstohlen kicherten, flüsterte Hana van Reijn etwas ins Ohr. Van Reijn hörte ruhig zu, dachte nach, dann knöpfte er das weiße Seidenjackett auf und eilte den schmalen, steilen Weg nach oben, hinauf zum Haus. Er nahm zwei Stufen auf einmal trotz der Hitze, dieser feuchten Schwüle, die ein Frühjahrsgewitter anzukündigen schien. Die Dienerinnen waren weit zurückgeblieben, als er das Haus erreichte.

Sibilla erwartete ihn auf der Galerie. Sie war erregt und zitterte vor Zorn. „Bin ich deine Gefangene? Darf ich das Haus nicht verlassen? Wie soll ich das verstehen? Diese drei Mumien belauern mich auf Schritt und Tritt, Tag und Nacht. Sie stellen sich mir in den Weg, wenn ich nur in den Garten gehe.“

Van Reijn hatte sich alles ruhig angehört. Mit einer zärtlichen Geste, die er eigentlich als Willkommensgruß gedacht hatte, versuchte er ihre widerspenstige Mähne zu bändigen – und gleichzeitig die hochgehenden Wogen ihres Zorns zu glätten. Aber sie wich ihm aus, stieß seine Hand zurück.

„Laß das, bitte!" sagte sie. „Ich will wissen, wo du warst."

„In Tokio. Ist das so wichtig?"

„Du bist verschwunden – bei Nacht und Nebel. Ohne eine Nachricht zu hinterlassen."

„Es kam überraschend, war sehr dringend. Ich wollte dich nicht wecken."

„Das war vor drei Tagen."

„Ja, entschuldige. Es wird nicht mehr vorkommen. Ich werde dieses Haus nicht mehr ohne dich verlassen." Van Reijn war aus seinen Schuhen geschlüpft und an Sibilla vorbei in die Halle gegangen. Sie folgte ihm widerstrebend.

Ohne sich nach ihr umzusehen, fuhr er fort: „Zwei meiner Bücher werden hier erscheinen. Ich mußte die Druckfahnen durchsehen."

„Auf japanisch?" Sie war stehengeblieben.

„Ja, sicher. Auf japanisch." Er ließ nach japanischer Männersitte sein Jackett zu Boden gleiten und entledigte sich seiner Krawatte. Die Dienerinnen hatten das Haus inzwischen ebenfalls erreicht. Midori eilte durch die Halle, sammelte Jackett und Krawatte auf, Hana brachte den Kimono.

Van Reijn fragte etwas. Nach kurzem Zögern gaben die Frauen Auskunft. Sie sprachen gedämpft, warfen scheue Blicke zu Sibilla hinüber, kicherten, wurden lauter, fielen sich gegenseitig ins Wort. Van Reijn ließ sie ausreden, hörte dem hektischen Geschwätz unbewegt zu. Dann nickte er. Auf dieses Zeichen hin verstummten die Frauen, verneigten sich und verließen eilig den Raum.

Van Reijn trat an die geöffnete Wand des Zimmers und sah hinaus in den Garten. Er schwieg.

Sibilla stand noch immer am gleichen Platz und beobachtete ihn.

Van Reijn begann mit seinem Verhör. „Du wolltest fort?"

„Ja."

„Wohin?"

„Spazieren." Es war ihr nicht wohl dabei zu lügen – also log sie bewußt und provozierend. Er sollte es merken.

„Du wolltest spazierengehen – mit Koffer und im Reisekostüm?“ Er drehte sich um, sah sie voll und unverwandt an. Und dann sprach er wie zu einem Kind: „Wir sind hier nicht in Tokio, nicht in der Stadt. Eine Frau, zumal eine Europäerin, geht hier nicht allein durch die Gegend. Das ist nicht üblich.“

„Mir ist egal, was üblich ist und was nicht. Ich bin ein freier Mensch!“ Nicht die fadenscheinige Information hatte sie verletzt, sondern sein belehrender, herablassender Ton.

Er schien das nicht begriffen zu haben, denn im gleichen Ton fuhr er fort: „Sicher – ein freier Mensch. Aber deine Dienerinnen können nicht verstehen, warum du das Haus verlassen willst. Sie wollen dich schützen – vor etwas, was man nicht tut.“

Er konnte deutlich sehen, wie der Zorn wieder in ihr hochstieg.

„Sie sollten mich in Ruhe lassen!“ Sie war laut geworden, zu laut für Japan, zu laut für eine Frau und zu laut für Papierwände, hinter denen die Schatten der drei alten Weiber zu flüchten schienen. „Ich will weg. Ich will raus hier – ich will das Land sehen und die Menschen!“

„Gut, gehen wir!“ Van Reijn schnürte den Gürtel um seinen Kimono. „Sehen wir uns das Land an und die Menschen.“ Er ging zum Ausgang der Halle.

„Jetzt sofort?“ Sibilla schien verwirrt.

„Sofort, ja. Wenn du willst. Das Wetter ändert sich – und in zwei Stunden wird es dunkel.“

17

Der Gipfel des Fudschijama war bereits hinter schweren Wolken verborgen. Die Bauern hatten es eilig heimzukommen. Sie trieben die schwarzen Ochsen an, die bunte, kurze Karren hinter sich herzogen und deren Schenkel grau verkrustet waren vom Schlamm der Reisfelder. Es war Pflanzzeit.

Drüben, auf der anderen Seite des Sees, tanzten rote Flammen, spiegelten sich im Wasser, das unbeweglich dalag wie braunes Glas. In der Raffinerie wurde Gas abgefackelt.

Sibilla betrachtete den übriggebliebenen Stumpf des Fudschijama, der in die Wolken ragte. „Unheimlich, dieser Berg!“

Van Reijn drehte sich nicht um. „Der Fudschi hat viele Gesichter."

Die Kröten, die sich im Ufermorast paarten, antworteten mit knarrendem Gelächter.

Ein Hubschrauber flog tief über die Felder und sprühte gelben Nebel. Der beißende Geruch wehte herüber, verflüchtigte sich wieder und vermischte sich mit dem schwarzen Rauch einer kleinen Fabrik.

Bunte Stoffkarpfen, das Symbol für Kraft und Mut, hingen schlaff von hohen Bambusstangen, die vor einzelnen Bauernhäusern standen. Ein Überbleibsel des Knabenfestes vor einer Woche. Bis zur nächsten Schwangerschaft blieben sie oben.

Eine Kerze brannte im Bug eines Bootes. Es war geschmückt mit bunten Bändern. Aber weder der Fischer noch irgendein anderer Bewohner dieser armseligen Uferhütten war zu sehen. Sie hockten im Dunkeln vor ihrem Fernsehgerät und lauschten schweigend und starr dem Gequake der im Fünfminutentakt wiederkehrenden Werbespots.

Sibilla und van Reijn stiegen über Müll: angeschwemmte Flaschen, Dosen, Plastiktüten – wie damals an der belgischen Küste, zwanzigtausend Kilometer entfernt. Die Zerstörung von Land und Meer schien sich anzugleichen, rund um den Planeten.

Sie durchschritten den alten Friedhof mit seinen verwitterten Granitsäulen und überquerten auf einem rostigen Eisensteg die Autobahn, die das Land brutal durchschnitt. Unter ihnen floß Kafkas geradezu „unendlicher Verkehr". Über dem Fudschi zerrissen Blitze die schwarzen Wolken.

Das Land sehen – die Menschen . . .

Ein Spaziergang als therapeutische Maßnahme also? Bis die Erregung abgeklungen war?

Kaum. Van Reijn ging viel zu zielstrebig vor. Er folgte einem Plan, das war deutlich zu spüren. Er schlenderte nicht durch diese von der Zivilisation so grausam vergewaltigte Landschaft, direkt am Fuße des heiligsten aller heiligen Berge. Es war kein Sightseeing-Ausflug – es war ein Komplott.

„Hast du mein Telegramm aufgegeben?" Sibilla war stehengeblieben, als sie ihn das fragte. Die blutrote Abendsonne verschwand endgültig zwischen den eilig herantreibenden Wolkenfetzen.

„Ja. In Tokio. Sofort, als ich ankam."

Plötzlich einsetzender Wind wirbelte Staub von den Wegen, drehte ihn spiralenförmig hoch in die Luft.

„Das ist drei Tage her. Bisher kam keine Antwort. Auch nicht auf die beiden letzten Telegramme."

Der Hubschrauber hatte abgedreht, der Pesthauch verwehte, das Geknatter erstarb. Nur von der Autobahn brodelte der Lärm noch herüber.

„Auf dem Lande passiert es oft, daß wichtige Dinge liegenbleiben. Wir sind hier weit weg von der Welt."

Sibilla sah sich ratlos um, lachte verständnislos. Aber dann erreichten sie den Weg.

Es war ein besonderer Weg.

Der Parkplatz, an dem er begann, war leer bis auf zwei ältere Wagen, die hier schon länger vor sich hin zu rosten schienen. Auf zahlreichen Hinweistafeln war der Standpunkt genau markiert. Von dort schlängelte sich eine rote Linie durch eine stilisierte Karte – bis zum Gipfel des Fudschi.

Es war einer der sieben Pilgerwege auf den heiligen Berg.

Der Weg war gesäumt von zwei Reihen riesiger Zypressen. Bemooste Steinlaternen, uralt und zum Teil geborsten, standen zwischen den Stämmen. Es waren weit mehr als hundert. Über Stufen, die in großem Abstand folgten, führte der Weg sanft nach oben.

„Schön, dieser Weg." Sibilla war versöhnt.

„Schön, ja. Aber was heißt das: ‚schön'?" Er blickte sie an und fuhr nach einer Pause fort: „Jeder empfindet das anders, die Schönheit dieses Weges, zum Beispiel. Wie empfindest du das – als Frau?"

Sie erwiderte seinen Blick voller Erstaunen.

„Du mußt andere Empfindungen haben als ich", ergänzte er.

Also machte sie den Versuch, ihre Gefühle auszudrücken. „Die Farben . . ., dieses düstere und schattige Grün . . ."

Van Reijn unterbrach sie. Er war voll kaum gezügelter Ungeduld. „Die Farben, richtig. Wir sagen ‚rot', sagen ‚grün' – aber was bedeuten ‚rot' oder ‚grün' für dich? Wie wirken diese Farben auf dich? Wie empfindest du sie? Ich möchte das wissen."

Sibilla setzte zum zweitenmal an. „Ich will versuchen, es dir zu beschreiben . . ."

Van Reijns Ungeduld steigerte sich merklich. „Nein, so geht das einfach nicht! Deine Beschreibung löst nur wieder meine eigenen

Empfindungen in mir aus – nicht die deinen. Es geht nicht, solange wir nicht im Kopf des anderen sitzen – oder er in uns . . ." Er lachte. Ganz plötzlich hatte sich ihr Gespräch ins Heitere gewendet. So schien es zumindest.

Er hatte die Hand auf ihren Nacken gelegt, und sie hatte sich nicht gewehrt. Er fuhr fort: „Und dann wissen wir es immer noch nicht, weil wir nicht mehr vergleichen können. Der andere geht auf in uns, wird ein Stück von uns selbst, wir gehen auf in ihm – und verlieren uns dort – und gehen verloren."

Eine seltsame, fremdartige Melodie klang durch den Wald. Wie ein Windhauch, der über eine Panflöte streicht. Die Wipfel begannen zu rauschen, dumpfes Grollen drang vom Berg herunter, der nun direkt vor ihnen lag.

Schweigend gingen sie weiter. Regen tropfte durch die dichten Kronen der Bäume, Wind wirbelte ihn an den Stämmen vorbei und sprühte die Tropfen den beiden ins Gesicht. Wie damals am Meer, dachte Sibilla. Der erste Spaziergang mit ihm, ihr erstes gemeinsames Gespräch. Was ist alles passiert seither – wie lang ist es her . . . Er hatte plötzlich nach ihrer Hand gegriffen, und sie erwiderte seinen Händedruck.

„Verzeih mir." Als er das sagte, sah er sie nicht an. Erst danach.

„Was?"

„Alles. Alles, was war. Alles, was noch kommt."

Er blickte längst wieder geradeaus. Der Druck seiner Hand verstärkte sich.

Mir ist gleich, was noch kommt, dachte Sibilla und schluckte so etwas wie Grauen hinunter, das in ihr aufzusteigen begann. Sie drängte sich dichter an ihn, an seine Schulter. Das war ihre Antwort.

Durch den dünnen Seidenstoff des Kimonos spürte sie seine Wärme und versuchte mit ihm Schritt zu halten. Sie sah in sein Gesicht, als er fortfuhr: „Lauf nicht mehr weg. Bitte. Ich brauch dich!"

18

Der Weg führte durch ein mächtiges rotgestrichenes *Torii* – ein aus wuchtigen Stämmen gezimmertes Tor – und verbreiterte sich zu einem Platz. Die Hütten der Andenkenhändler waren geschlossen.

Die Saison begann nicht vor dem 21. Juni, denn bis dahin war der Weg zum Gipfel tief verschneit und unzugänglich.

Am Ende des Platzes erhob sich ein massiges Gebäude. Sein Pagodendach ruhte auf einem Dutzend Zedernholzsäulen. Das Innere war abgeschirmt durch Holzplanken, die mit Seilen gesichert waren.

„Sieht aus wie ein Tempel."

„Ein Schinto-Schrein. Bis zum Gipfel gibt es 48 weitere. Aber dieser hier ist der größte."

Der Regen war dichter geworden. Wie Nebel senkte er sich zwischen die Giebel des Schreins und die mächtigen Zedernholzsäulen. Die Stämme, die fünf Männer kaum umspannen konnten, waren mit dicken, geflochtenen Tauen umschlungen, die in riesigen Knoten endeten.

In einer vergitterten Hütte lagen meterhoch Berge zerfetzter Strohsandalen. Sie hatten als Schutz gegen das Lavagestein des Gipfels gedient, das scharf war wie Glas. Hier unten wurden die Sandalen den Geistern des Berges geopfert, als Dank für die glückliche Rückkehr.

Das Grollen des Donners war näher gekommen.

„Wir sollten umkehren!" Sibilla war so naß wie damals am Strand. Die dünne, helle Seide klebte auf ihrer Haut. Durch das transparent gewordene Gewebe schimmerten ihre Brüste.

„Hörst du nicht? Wir wollen umkehren."

„Zu spät. Wir sind da!" Van Reijn blickte nach vorn. Sein Ziel war ein Holzgebäude am anderen Ende des Platzes. Auch dieses Dach, geschwungen wie die übrigen, ruhte auf mächtigen Säulen. Die Vorderfront war geöffnet, und einige Stufen führten zu ihr hinauf.

Oben, auf den Matten in dieser Halle, hockten Männer, alte und junge Männer, ganz in sich gekehrt, und schenkten den Neuankömmlingen nicht die geringste Beachtung. Auf schwarzen Filzplatten hatten sie Reispapierbögen liegen, daneben Tuschstein und Pinsel. Sie malten.

Ein Bild unglaublichen Friedens. Kein Wort wurde gesprochen, kein Blick gewechselt.

Unter dem weit ausladenden Dach, das sie vor dem Regen schützte, war Sibilla stehengeblieben. Sie sah verwundert diesen malenden Männern zu.

Van Reijn deutete ihren Blick richtig als Frage und gab ihr Auskunft. „Eine Schule. Hier unterrichtet Mizuguchi, wenn er in dieser Gegend ist. Komm."

Sie folgte ihm widerstrebend die Stufen hinauf, schlüpfte wie er aus den Schuhen und betrat hinter ihm die Halle. In einer abgeteilten Nische des Raumes entdeckte Sibilla plötzlich eine bekannte Gestalt. Ein Mann saß dort mit dem Rücken zu seinen Schülern und schien zu meditieren. Irgend etwas irritierte ihn wohl – er wandte sich um. Van Reijn verneigte sich, Sibilla folgte seinem Beispiel. Mizuguchi dankte und lächelte.

Er gab einem der Schüler ein Zeichen, und dieser brachte Papier, ein Gefäß mit Pinseln, Tuschblock und Wasser und stellte alles vor Sibilla und van Reijn auf die Matte. Sie setzten sich auf bereitliegende Kissen.

Van Reijn ergriff den Pinsel, feuchtete ihn an, drehte die Haare langsam auf dem schwarzen Block zu einer Spitze und dachte nach. Mizuguchi beobachtete seinen neuen Schüler mit Interesse. Auch Sibilla nahm einen der Pinsel zur Hand, feuchtete ihn an, drehte ihn und ließ ihn sinken.

„Ich kann es nicht." Sie hatte es nur geflüstert.

Van Reijn nickte ihr zu, dann zog er eine feine Kurve mit dem Pinsel über das Papier. Das Ergebnis erschreckte ihn. Er versuchte es noch einmal – ohne Erfolg. „Ich kann es auch nicht." Er lächelte. „Noch nicht!"

Mizuguchi lächelte zurück und verbeugte sich, als wollte er sich für die Stümperhaftigkeit seines Gastes entschuldigen.

Van Reijn malte weiter. Dicke, unförmige Striche bedeckten das Papier, klobig im Vergleich zu der Harmonie der Linien, die die Schüler neben ihm auf das Papier zauberten.

Sibilla hatte es nicht gewagt, den Pinsel anzusetzen. Und auch van Reijn resignierte. Er ließ den Pinsel sinken, legte ihn auf das Porzellanbänkchen neben der Tusche und wendete das Blatt um.

„Komm, wir gehen." Van Reijn erhob sich, ging voraus zur Treppe, schlüpfte in seine Schuhe.

Mizuguchi kehrte ihm den Rücken zu und ließ gerade zarte Schatten in einem Kiefernzweig zerfließen.

Van Reijn wartete, neben ihm Sibilla, bis der Meister den Aufbruch der Gäste spürte, sich umwandte und das Zeichen zum Abschied gab. Wieder lächelte er – ein Dank für den Besuch, für den weiten, beschwerlichen Weg durch den Regen.

Keiner der Schüler blickte den beiden Fremden nach, die den Platz überquerten, das Torii durchschritten und in dem düsteren, endlosen Zypressenweg zwischen den Steinlaternen verschwanden. Nur Mizuguchi war aufgestanden und nach vorn getreten. Er hielt die Hände in den Ärmeln seines alten schwarzen Kimonos verborgen und folgte den beiden mit seinem Blick.

Das Lächeln war längst aus seinem Gesicht gewichen.

19

Die Dienerinnen hatten heißes Wasser bereitet und halfen Sibilla aus dem klammen Seidenkimono. Van Reijn hatte entgegen jeder Tradition darauf bestanden, nicht als erster bedient zu werden. Nun saßen sie sich gegenüber, jeder in seinem schmalen, hohen Holzbottich, und sahen sich an. Dampf stieg auf und füllte den niedrigen Kellerraum mit dichtem Nebel.

Die Dienerinnen brachten Kampfer und Kiefernöl und gossen es in das heiße Wasser. Dann begannen sie unter lauten Zurufen mit der zweiten Stufe der Tortur: Mit Bürsten, die an langen Stielen befestigt waren, bearbeiteten sie die Haut ihrer Opfer.

Die dritte Stufe war eine punktuelle Massage. Sibilla lag eingehüllt in einen weiten Baumwollkimono auf der harten Matte neben dem Holzkohlenbecken. Midori tastete durch den Stoff hindurch die „Kreuzungen der Nervenbahnen" ab und begann mit einem ruhigen, rhythmischen Spiel der Finger: vom Kopf her über Nacken und Schultern, von Händen und Füßen über Brüste und Rücken bis zur Mitte. Eine, wie es Sibilla schien, unendlich lange Prozedur, die ihr immer wieder sanfte Schauer über den Rücken jagte.

Van Reijn lag neben ihr und schien unter den Händen von Hana eingeschlafen zu sein.

Zur letzten Stufe des Rituals ließen die Frauen das Paar allein. Das entsprach keineswegs dem Brauch – im Gegenteil. Es geschah immer aus Rücksicht gegenüber der europäischen Frau des *Zenze,* des Meisters. Sibilla, das hatten sie immer wieder gespürt, reagierte gehemmt und irritiert auf die scheinbar teilnahmslosen Schatten, die in einer dunklen Ecke der Halle den abendlichen oder nächtlichen Umarmungen als stumme Zeugen beiwohnten – stets dienstbereit, wie es Vorschrift war.

Also erhoben sich die Frauen, murmelten einen Abschiedsgruß, der wie ein Singsang klang, und verließen den Raum. Hana brachte noch zwei Porzellankrüge mit warmem Sake, Reiswein, der jetzt nicht fehlen durfte, dann zog sie sich diskret auf die andere Seite der zugeschobenen Papierwand zurück.

Vor der Nische mit Öllampe, Blütenzweig und Rollbild war das Lager auf dem Boden ausgebreitet. Schlafzimmer im europäischen Sinn kannte das traditionelle japanische Haus nicht. Wenn es Abend wurde, holte man die Schlafmatten aus ihren Schränken, in die man sie morgens wieder verstaute.

Van Reijn trug Sibilla, die zu erschöpft war, um sich noch zu bewegen, hinüber zum Lager. Er wickelte sie aus dem viel zu weiten, viel zu groben Männerkimono. Die vom Bad und von der Massage gerötete Haut glänzte im Schein der flackernden Öllampe. Schlaftrunken hob sie die Arme, umfaßte seinen Nacken, schmiegte sich an ihn. Das Holzkohlenbecken leuchtete im Dunkel der Halle wie ein Rubin. Immer noch fiel der Regen auf das Dach mit seinen grünen Majolikaziegeln und trommelte gegen das Bambussegel über der Galerie.

Das Gewitter war fürs erste weitergezogen und grollte dumpf hinter den Bergen. Der Wind rüttelte an den Papierwänden zum Park, die das Wetterleuchten hin und wieder wie weiße Lampions erstrahlen ließ.

Es war eine lange Nacht.

Sibilla war glücklich. Sie spürte diesen Mann, den sie liebte und bewunderte und haßte, der ihr Grauen einflößte und kindliche Furcht, auf eine noch nie erfahrene Weise. Gegen jede Regel der Vernunft schien sie ihm verfallen. Sie war ein Stück von ihm geworden, ein Teil seines Körpers, seiner Gedanken, seines Atems. Sie war bereit, für ihn zu leben und zu handeln und sich selbst ganz auszulöschen. Sie klammerte sich an ihn, eine ganze Nacht oder auch nur einen Herzschlag lang, wie ihr schien.

Wenn er sie je verlassen sollte, das wußte sie, würde sie nur noch ein Bruchstück sein seiner Existenz, ein Torso, leblos und kalt und ohne Bewußtsein. Denn das war aufgegangen in ihm.

20

Zur gleichen Zeit – in Europa war es acht Stunden früher – nahm Jeroen einen eng bekritzelten Zettel aus seiner Tasche. Palm hockte auf einem der Drehhocker zwischen den Rattenkäfigen, Büdel lehnte an der Wand zum Nebenraum. Die Ratten machten gerade einen Höllenspektakel. Es war Abend geworden, und sie waren aufgewacht.

Jeroen hielt seinen Zettel direkt in den Lichtkegel einer Laborlampe und begann seine Notizen zu entziffern: „Felix Rheinberger, geboren am 24. Januar 1928 in Antwerpen. Sein Vater besaß eine Textilfabrik mit immerhin sieben Arbeitern. Die Eltern emigrierten 1940 nach den USA.

Rheinberger studierte in Princeton, kam zurück nach Europa und ging ans King's College, London. Anschließend nach Frankreich, erst Paris, später Straßburg. Ich habe mit Fox telefoniert in London: Rheinberger hatte eine sehr fundierte Theorie über Genlöschung und Geneinfügung im Vererbungscode entwickelt.

Er war der erste, der sich als ‚Gen-Ingenieur' bezeichnete. Fox sagte, Bescheidenheit und Depressionen über Mißerfolge wechselten ständig mit Anfällen von Größenwahn.

Salvagnac in Straßburg warf ihn schließlich raus. Er nannte Rheinbergers Theorien ‚Menschenlästerung' – Gotteslästerung war ihm als Formulierung zu harmlos.

Anschließend Rockefeller-Institut. Weiß aber keiner, wie lange. Und dann verliert sich seine Spur . . ."

Palm nickte, sah auf seine Uhr, blickte zu Büdel und endlich zurück zu Jeroen. „Sie haben das Zeug zum Privatdetektiv, wenn unser Rattenzirkus je Pleite machen sollte. Obwohl – wir bekommen das Geld. Manzini ist sehr optimistisch." Er stand auf und fuhr fort: „Ja, wie ist das nun? Haben Sie mit Studienkollegen oder Arbeitskollegen gesprochen? Haben Sie Augenzeugen entdeckt, die an seinen Experimenten beteiligt waren?"

Jeroen schüttelte den Kopf. Er drehte den Zettel um. „Sind verstreut in alle Winde, über alle Kontinente – es ist ja auch Jahre her, seit er verschwand."

Büdel löste sich von der Wand und trat zu Jeroen. „Was sagen Fox und Salvagnac zu deiner Theorie?"

Jeroen reagierte entsetzt. „Ich habe kein Wort darüber verloren, zu niemandem! Noch ist nichts bewiesen. Nichts! Ich hoffe immer noch, daß Sibilla etwas Konkretes in Erfahrung bringt. Das war schließlich ihr Auftrag."

Büdel grinste. „Hoffentlich hat sie ihn nicht völlig vergessen!"

Palm war an der Tür stehengeblieben. „Ich mache mir wirklich Sorgen. Kein Lebenszeichen seit sieben Wochen . . ."

Da startete Büdel wieder eine seiner sarkastischen Nummern zur Aufmunterung. „Vielleicht hat er endlich doch Geschmack an ihr gefunden? Oder er hat irgendein Fünkchen Genialität an ihr entdeckt, das ihm in seiner Sammlung fehlt?"

Palm schüttelte mißbilligend den Kopf, worauf Büdel fortfuhr: „Ach so. Entschuldigung . . . Ich sag das alles nur so leichtfertig dahin, weil ich deine Frankenstein-Theorie – kollegial gesagt – für schwachsinnig halte. Wenn's dich also weniger irritiert und glücklicher macht – es ist eine Bettaffäre daraus geworden, ganz schlicht und einfach. Und die geht dabei noch auf dein Konto."

Jeroen ging nicht darauf ein. Er las weiter von seinem Zettel ab: „Salvagnac hat ein bezeichnendes Zitat übermittelt. Rheinberger schrieb ihm wörtlich aus New York: ‚Wenn es die wissenschaftliche Erkenntnis erfordert, dann sind alle Barrieren der Moral, der Ethik und des Gesetzbuches aus dem Wege zu räumen, alle Bindungen an Menschen und Dinge sind aufzukündigen. Denn wir haben nur einen Auftrag, sind nur einer einzigen Maxime verpflichtet: der Natur ihre Geheimnisse zu entreißen und uns nutzbar zu machen. Weder der Respekt vor dem Tod noch die Ehrfurcht vor dem Leben dürfen uns daran hindern.' Ende des Zitats."

Palm nickte. „Ja – der Traum des Doktor Faust. Für einen Renaissancemenschen klingt das sensationell. Für unsere Zeit – kriminell und skrupellos."

Jeroen hatte den Zettel wieder sorgsam zusammengefaltet und steckte ihn ein. „Jetzt könnte man eine Weltkarte nehmen und bunte Fähnchen und sich von Interpol eine Liste geben lassen – nein, nicht im Ernst, nur als Idee –, eine Liste, und dann sollte man einen Weg auf der Karte abstecken, einen Weg kreuz und quer über alle Kontinente, einen Weg, an dessen Rand Tote auf der Strecke geblieben sind,

Ermordete, unaufgeklärte Fälle, Opfer, die zwei Dinge gemeinsam hatten: eine spezielle Begabung, ein Talent, eine Fähigkeit, und sei's nur die außergewöhnliche Muttersprache, und die man, zweitens, aufgefunden hat – ohne Gehirn!"

21

SIBILLAS langes rotblondes Haar hing über die seidene Nackenrolle bis hinunter auf die *Tatami,* auf die Bodenmatte. Ihr nackter Körper war seltsam verkrümmt und verspannt. Die helle Haut schimmerte fast weiß im fahlen Dämmerlicht des Morgens, das vom Park her durch die Papierwände drang. Sie war allein – das Lager neben ihr war leer.

Das braune Laken und die abgesteppte Decke mit den großen Ornamenten waren zerknüllt und beiseite gestoßen, wie nach einem Kampf. Sibillas linke Hand hatte sich darin verfangen und festgekrallt.

Ein heftiger Wind rüttelte an den Schiebeläden und Papierwänden und ließ die Klöppel der Glöckchen wild rotieren.

Da wurde sie wach. Die Verkrampfung wich, ihr Körper entspannte sich. Sie begann zu frösteln, tastete nach der Decke, zog sie über sich, tastete weiter – und erkannte jäh das leere Lager neben sich. Sie hob den Kopf, richtete sich auf. „Felix . . . Felix!"

Schlagartig wurde ihr bewußt, daß sie keine Antwort erhalten würde. Eine grauenvolle Ahnung hatte sie beschlichen und für Sekunden gelähmt. Dann sprang sie auf.

Vor ihr, am anderen Ende der Halle, wich die Papierwand knarrend zur Seite. Hana erschien, die Dienerin. Sie verbeugte sich, versuchte, sich das Haar hochzustecken, fragte etwas auf japanisch. Aber die nackte junge Frau, die zitternd vor Erregung vor ihr stand, reagierte nicht darauf.

„Wo ist Felix – where is Felix? Where is Mister van Reijn?" Als ob Hana sie verstehen würde.

Aber sie verstand, verneigte sich wieder und sagte: „Mistel van Lein, yes – yes . . .!"

Sibilla wurde laut. „He is not here? Nicht hier?"

Wieder verbeugte sich Hana. „Yes – not hea –, not hea!" Sie lächelte Sibilla an.

Die drehte sich um, lief in den Nebenraum, faßte in den offenstehenden Wandschrank, ergriff irgendeinen weißen Kittel, der aussah wie ein Judoanzug, warf ihn sich über und schlüpfte in ihre Sandalen.

Hana war hinter ihr aufgetaucht. Sie bemerkte die Vorbereitungen zu einer Flucht, hob die Hände und brach in laute, klagende Töne aus. Sie versuchte, die Schiebewand zu schließen, doch Sibilla trat dazwischen, stieß sie zur Seite und stürmte in die Halle.

Vom Eingang her kamen ihr Aki und Midori entgegen. Mit ausgebreiteten Armen, wie man ein Huhn in die Ecke scheucht, verstellten sie ihr den Weg.

Sibilla wich zurück. Ein Seitenraum stand offen und dort, einen Spalt breit, die Papierwand zum Park, zur Galerie.

Doch Sibilla floh nicht einfach ins Freie. Sie blickte gebannt zu Boden und stand für lange Sekunden wie angewurzelt da: Auf der Matte, unter einer Unterlage aus Filz, lagen achtlos verstreut Bogen aus Reispapier, hingeworfene Skizzen, dilettantische Versuche, Übungen – der Fudschi, der heilige Berg. Pinsel lagen daneben, Tuschstein und Wasserbehälter, ein Sitzkissen.

Ein Windlicht verteidigte flackernd seinen gelben Schein gegen das kalte Licht des Morgens. Der Wind, der durch den Spalt in der Papierwand wehte, ließ die Skizzen über den Boden flattern.

Sibillas Ahnung wurde zur Gewißheit. Diese Indizien ließen sie in Panik geraten. Aber sie hatte zu lange gezögert. Die drei Frauen waren schreiend in den Nebenraum gestürzt, bevor sie über die Galerie in den Park gelangen konnte. Sie hatten sich in Sibillas Kittel festgekrallt und versuchten, ihn ihr vom Körper zu reißen.

Aki schloß die Schiebewand, verteidigte den Ausgang ins Freie, während Sibilla vergeblich versuchte, die anderen beiden abzuschütteln. Sie hätte den Kittel opfern müssen, das einzige, was ihre Blöße bedeckte – aber das wäre das Ende ihrer Flucht gewesen.

Vielleicht war es Zufall, vielleicht Absicht. Mit dem Fuß hatte sie das Windlicht umgestoßen, das Öl lief aus, über Tatamis und Papier, und setzte den Boden in Brand. Mit einem Aufschrei ließen die Frauen sie los. Sie rannten mit bloßen Füßen über die Flammen und schlugen mit nackten Händen auf das brennende Papier.

Sibilla wartete die Löschaktion nicht ab. Sie warf sich gegen die Papierwand zum Park – das Pergament zerriß, die Leisten splitterten. Sie war frei.

Die Sandalen hatte sie längst verloren. Barfuß rannte sie den steilen, gewundenen Weg hinunter zu dem Tor aus Zedernholz. Es war fest verriegelt.

Oben im Haus hörte sie bereits die klagenden, schrillen Rufe der Frauen. Das Feuer hatten sie wohl gelöscht. Nun folgten sie ihr. Mit trippelnden Schrittchen kamen sie den Weg herunter, flatternd wie Vögel mit gestutzten Flügeln.

Sibilla drängte sich durch die Büsche neben dem Tor. Mit beiden Händen kämpfte sie gegen die Äste. Der weite Kittel öffnete sich, Dornen ritzten die Haut, schrammten über Brüste und Schenkel, zerkratzten das Gesicht. So erreichte sie schließlich die Stelle, die sie vor Tagen bereits erkundet hatte. Die hohe Mauer war hier auf viele Meter in sich zusammengestürzt.

Mit ihren nackten Füßen erklomm sie die Trümmer, kletterte über verwitterte Balken und Steine und rutschte schließlich hinunter zu dem ausgetrockneten Bachbett, wo die Dienerinnen einen Müllberg aufgeschüttet hatten. Sie watete durch faulenden Moder, in dem rostende Dosen und zerbrochenes Glas verstreut umherlagen.

Irgendwo über ihr kreischten die Frauen. Aki hatte den kleinen Turm erklettert, der sich neben dem Tor erhob. Sie ergriff den an Seilen schwebenden Balken und wuchtete ihn gegen die riesige Glocke, die dort festgeschmiedet war. Dröhnend und dumpf brach sich der Klang vielfältig im Gebälk des Turmes, an den Stämmen der Zedern und schwebte weiter über das morgendlich schlafende Land.

Ein Signal – für wen?

Sibilla hatte den See erreicht, rannte an den Hütten vorbei, an den wild schaukelnden Booten. Aufgepeitschte Wellen überschwemmten das Ufer.

Die bunten Stoffkarpfen blähten sich im Wind und rissen an ihren Schnüren. Der schwarze Rauch der Raffinerie zog waagerecht über den See, vermischte sich mit den tief dahintreibenden Wolken. Und irgendwo, verborgen und unsichtbar, thronte darüber der Gipfel des Fudschi.

Mit schmerzenden Füßen, den Stoff des Kittels an den Körper gepreßt, durchquerte Sibilla den Friedhof, lief auf direktem Weg, ohne den Steg zu benutzen, über die wie ausgestorben daliegende Autobahn und erreichte schließlich den Weg. Düster und unheimlich lag er in der Dämmerung. Die Stämme der Zypressen waren noch naß und schwarz vom Regen, dazwischen schimmerten die Steinlaternen in ihrem hellen Grau.

Sibilla lief atemlos und taumelnd wie um ihr Leben. Um *ihr* Leben – oder um das Leben eines anderen?

Als sie das Torii erreichte, blieb sie stehen, um Atem zu schöpfen. Mit einer Hand stützte sie sich gegen den wuchtigen Stamm, mit der anderen hielt sie immer noch den Saum ihres offenen Kittels umklammert.

Niemand war zu sehen. Die Halle, die Malschule auf ihren schlanken Säulen, lag friedlich und still da. Nur das Kreischen und Flattern der Vögel in den Büschen erschien Sibilla unerträglich laut.

Sie blickte sich um, aber da war niemand – sie war allein. Dann löste sie sich wieder von der mächtigen Säule, ging ein paar Schritte, langsamer jetzt, zögernder.

An der Treppe blieb sie stehen. Die Halle lag noch im Dunkel. Sie konnte die Kissen der Schüler auf der Matte erkennen, die verschlossenen Kästchen aus schwarzem Lack mit Tusche und Pinsel – und dann die Gestalt. Sie lag vor der Nische, eingehüllt in einen grauen Kimono, lag lang ausgestreckt auf dem Boden.

Langsam stieg Sibilla die Treppe hinauf, zögerte, ging weiter. Ein Pinsel war zu Boden gefallen und mit einer schwarzen Spur über den Boden gerollt. Die Hand, die ihn geführt hatte, lag leblos auf einem zerfetzten Bogen Reispapier. Ein Strich endete im Nichts.

Aus einem umgestürzten Tuschgefäß war die schwarze Farbe über die Tatamis gelaufen, glänzte noch frisch und feucht – vermischt mit Blut.

Sibilla war unfähig, näher zu treten, unfähig zu schreien. Sie hob nur die Hand zum Mund und starrte auf den Boden. Sie suchte nach dem Gesicht des Toten, nach seinem Kopf. Sie suchte vergeblich.

Sie wandte sich ab, lief zurück zur Treppe, überquerte in Panik den Platz und rannte den düsteren Weg zwischen den Zypressen und Steinlaternen hinunter.

Ein Mann trat ihr entgegen, war plötzlich aufgetaucht zwischen den Stämmen wie ein Schatten.

Er fing sie auf und hielt sie fest: Felix van Reijn.

Sibilla hatte nicht mehr die Kraft, sich loszureißen, zu fliehen. Sie hatte nicht einmal mehr die Kraft, ihn anzusehen.

Van Reijn sprach leise auf sie ein mit langen Pausen. „Er war sehr alt. Ich werde sein Vermächtnis erfüllen. Ich werde ihn unsterblich machen. Die Hand, die diesen Pinsel geführt hat, wird weiterleben! – Der Tod hat keine Gewalt mehr über Genies! – Talent und Erfahrung verlöschen nicht mehr – sinnlos – gnadenlos –, sie werden von nun an unvergänglich sein."

Er zog sie näher, preßte sie an sich – und jetzt erwiderte sie seinen Blick.

Und dann fügte er hinzu: „Wir müssen zurück nach Europa. Noch heute!"

22

AUF den Kuppeln der Kirchen, auf den von Jahrhunderten gebleichten Ziegeldächern lag Schnee. Die Gondeln waren festgezurrt an den buntbemalten Pfählen. Venedig hielt seinen Winterschlaf.

Ein kleines Motorboot verließ den Canal Grande und steuerte einen der Seitenkanäle an. Vorn am Bug standen zwei ernste Japaner in schwarzen Anzügen, unter schwarzen Mänteln, mit Hut und Schirm. Dahinter hockten Palm und Jeroen, hatten die Kragen hochgeschlagen und schwiegen sich an.

Polazzo stand neben dem italienischen Steuermann und hörte die gar nicht mehr so absurde Mär vom baldigen Untergang dieser Stadt. Er kannte sie schon. Er war hier geboren.

Das Motorboot verlangsamte seine Fahrt. Jeroen und Palm standen auf.

Quer über eine der Brücken war ein Transparent gespannt. Der Wind blähte das weiße Tuch wie ein Segel. Darauf – eine Zeichnung: Eine schwarze Linie entstand aus dem festen Andruck eines Pinsels, verjüngte sich, schwebte davon, folgte der einzig möglichen Linie, erhob sich, senkte sich wieder und ließ, ohne abzusetzen, in einem einzigen Zug den Berg aller Berge entstehen, unverwechselbar und meisterhaft – den Fudschijama.

Daneben leuchtete in blutroter Schrift der Namenszug: FELIX VAN REIJN. Kleiner darunter war die sachliche Information zu lesen: Palazzo d'Orsini und das Datum dieses Tages.

Der Palazzo selbst war belagert von Dutzenden von Booten. Besucher kamen in Gondeln, in Barkassen.

In diesem ausgestorbenen, verschlafenen Venedig machte ein Mann die Probe aufs Exempel. Denn wer jetzt kam, zu dieser ungastlichen, düsteren Zeit, kam nur seinetwegen.

Rechts und links neben dem kanalseitigen Eingang hingen die Plakate. Das gleiche Motiv in handelsüblicher Größe: der Fudschi. Diener in Livree halfen den Gästen aus den Booten und geleiteten sie über den nassen, glitschigen Steg bis hinein ins Haus.

In der feuchten Halle stand eine Reihe Lakaien mit vielarmigen Leuchtern und bemühte sich, die brennenden Kerzen gegen die Zugluft zu schützen. Sie waren geschickt plaziert und lenkten ab von den Wänden. Der Putz mit den alten Fresken war fast vollständig abgebröckelt, schwammiges Mauerwerk bloßgelegt – beginnender Verfall, wohin man blickte.

Ein halbes Dutzend Frauen mit weißen Häubchen und schwarzen Kleidern, im Gesicht stramme Verläßlichkeit, sammelten Mäntel ein und bürgten für teuerste Pelze. Haute Couture wurde darunter freigelegt und Schmuck von etlichen hundert Karat. Die Gäste parlierten in sämtlichen Sprachen Europas, während sie die breite Marmortreppe hinaufschritten.

Palm hatte einen Katalog erstanden und wandte sich an Jeroen. „Bleiben Sie unten. Zumindest im Hintergrund. Er könnte Sie erkennen."

„Es ist zehn Monate her!"

„Trotzdem. Zur Sicherheit."

Palm und Polazzo und ihre beiden japanischen Begleiter mischten sich unter die Besucher, die nach oben strömten. Und Jeroen tauchte unter.

Über dem Stimmengewirr in den oberen Räumen schwebte sanfte japanische Musik in ihrer fremden Pentatonik.

Der Besucherstrom staute sich vor den Stellwänden, die, mit Grastapete bespannt, die riesigen Räume in zahllose Kabinen teilten. Dort hingen zu Hunderten die Bilder van Reijns – Tuschzeichnungen in der Manier des Zenbuddhismus.

Sie waren den Meisterwerken Mizuguchis durchaus ebenbürtig. Allerdings war ein größerer Kontrast nicht denkbar: nach der asketischen Bilderschau damals in Japan jetzt dieses Massenangebot mit Jet-set-Rummel für die High-Society. Sicher, auch ein paar Kunstkenner hatten sich eingefunden und waren ebenso tief beeindruckt wie verwirrt. Aber was überwiegend an den Bildern vorbeidefilierte, schwatzte, an Cocktails nippte, suchte in erster Linie die Show.

Inmitten einer Gruppe glühender Bewunderer stand van Reijn in einem schlichten grauen Anzug und machte Konversation. Er schien um mehr als nur um zehn Monate gealtert. Er legte gerade einem Greis, der neben ihm stand, die Hand auf die nach vorn gesunkene Schulter und stellte ihn vor: „Professor Colessanti. Er war schon als Kind ein Mathematikgenie."

Die Umstehenden waren beglückt. Der unscheinbare ältere Herr mit dem schütteren Haar befand sich sofort im Mittelpunkt des Interesses. Bescheiden wehrte er ab: „Oh, das ist lange, lange her -- damals in Ravenna . . ." Die Hand van Reijns wanderte weiter – von Colessantis Schulter zu seinem Nacken. Dort blieb sie in einer vertrauten Geste ruhen.

Van Reijn fuhr fort: „Er hat unsere mathematische Logik verändert wie kaum ein anderer – ohne jemals ins Licht der Öffentlichkeit zu treten. Die Programmierung unserer Großrechner erfolgt noch heute nach seinem System aus den dreißiger Jahren."

Wieder wehrte der Professor bescheiden ab. „Das war nur ein Anfang."

„Jetzt hat er ein neues System entwickelt", fuhr van Reijn fort. „Es bedeutet eine Revolution – aber er spricht nicht darüber."

Da verkündete der Professor in seinem fehlerhaften Deutsch und mit gedämpfter Stimme sein Geheimnis. „Ich werde veröffentlichen, noch in diesem Jahr!"

„Ja", sagte van Reijn, während er den Nacken seines greisen Freundes freigab, „und bis dahin ist Professor Colessanti mein Gast."

Palm war unbemerkt hinter van Reijn getreten und hatte die Unterhaltung verfolgt. Polazzo flüsterte ihm ins Ohr: „Wenn Sibilla noch lebt, muß sie hier sein!"

Palm zuckte die Schultern, sah sich um. „Ich habe sie nirgends entdeckt. Wir werden ihn fragen!"

Aber es kam anders.

Die beiden japanischen Begleiter Palms hatten die Bilder van Reijns eingehend betrachtet – eins nach dem andern. Jetzt traten sie zu Palm und nahmen ihn beiseite. Der ältere der beiden sprach lange und eindringlich auf ihn ein. Palm nickte, drängte sich durch die

Gruppe um van Reijn und sprach ihn an: „Verzeihen Sie, Herr van Reijn – meine beiden japanischen Begleiter sind Experten. Sie würden sich glücklich schätzen, wenn Sie ihnen einige Minuten schenken würden."

Van Reijn betrachtete Palm erstaunt und nicht ohne Mißtrauen. Die beiden Japaner verneigten sich, und van Reijn erwiderte den Gruß. Sein verbindliches Lächeln war verschwunden. Die Neugierigen, die ihn umringten, beobachteten das Zeremoniell mit Befriedigung. Endlich schien die Szene exotisch zu werden.

Van Reijn wandte sich um und hob entschuldigend die Hände. „Ich fürchte, ich muß diesen Herren Rede und Antwort stehen. Wir sehen uns noch." Er trat aus dem sich öffnenden Kreis seiner Bewunderer, forderte Palm und seine Begleiter auf, ihm zu folgen, durchschritt rasch die Halle, drängte an Besuchergruppen vorbei und stellte sich schließlich in einer abgelegenen Nische dem offenbar unvermeidlichen Verhör.

„Also?" Van Reijn blickte Palm herausfordernd an.

„Mein Name ist Palm. Darf ich Ihnen meine beiden Freunde aus Japan vorstellen: Professor Ashikaga und sein Assistent Doktor Sakkuru."

Wieder verneigten sich die Vorgestellten, wieder dankte van Reijn, während Palm weitersprach: „Die beiden Experten bezweifeln ganz einfach, daß diese meisterhaften Bilder hier durch die Hand eines Europäers gestaltet worden sind. Die Kunst des Zen, behauptet Professor Ashikaga, ist als einziges Produkt Japans nicht exportfähig."

Van Reijn lachte und wechselte einige Worte mit den Experten – auf japanisch natürlich, was Palm nicht weiter erstaunte.

Nach mehreren Sätzen unterbrach van Reijn und wandte sich wieder an Palm. „Sie entschuldigen – ich nehme an, Sie sprechen japanisch?"

Palm verneinte. „Leider nicht. Sie haben lange in Japan gelebt?"

„Einige Monate."

Palm versuchte rasch, eine Strategie zu entwickeln, doch van Reijn fuhr bereits sehr höflich fort: „Ich bin gerne bereit, den Beweis für meine Urheberschaft anzutreten. Bitte . . ." Er ging voraus, nahm einen Schlüssel aus seiner Tasche, öffnete eine Tür, die in ein Nebenzimmer führte, und ließ seine Gäste eintreten.

Der Raum war fast leer. Er lag im Dämmerlicht. Van Reijn streifte seine Schuhe ab und betrat ein Podest, das wie eine niedrige Bühne die Hälfte des Raumes einnahm und mit Tatamis belegt war. Dann öffnete er die Fenster, stieß die Läden auf und blickte hinunter auf den Kanal. Seine Gäste warteten neben der Tür.

Van Reijn ließ sich Zeit. Langsam schloß er die Fenster, ordnete die Vorhänge und suchte auf einem Lacktisch aus einem Stapel Reispapier ein geeignetes Blatt. Dann ließ er sich nieder, kniete sich hin auf die Matte vor das Papier, öffnete den Kasten mit dem Tuschstein, füllte Wasser in die Vertiefung, drehte den Pinsel.

Er schloß die Augen. So verharrte er eine Weile. Dann begann er zu malen.

Er setzte den Pinsel kräftig auf, hob ihn leicht ab und ließ den Schwung einer Linie entstehen. Der Pinsel bog sich zu Rundungen, spreizte sich, drehte sich auf, und ohne daß van Reijn auch nur einmal absetzte, entstand die Kontur eines Berges. Dann huschte der Pinsel zum Rand und zauberte in Sekundenschnelle drei krause Schriftzeichen auf das Papier.

In weniger als einer Minute war alles vorüber.

Van Reijn legte den Pinsel zur Seite, atmete tief mit geschlossenen Augen und bewegte sich nicht.

Nach einer langen Pause trat der ältere der beiden Japaner zu dem Podest, schlüpfte aus seinen Schuhen und stieg nach oben. Er blickte van Reijn lange und nachdenklich über die Schulter, dann wandte er sich an Palm – und nickte ihm zu.

Palm durchbrach das Schweigen. „Herr van Reijn, wir sind überzeugt. Meine japanischen Freunde und ich danken Ihnen. Es war sehr eindrucksvoll, wirklich – und sehr informativ."

Van Reijn erhob sich, verbeugte sich vor Palm, vor den Experten, dann verließ er das Podest.

Palm sprach weiter, während van Reijn mit einer lässigen Bewegung in seine Schuhe schlüpfte. „Meine beiden Freunde sagten mir vorhin, die Bilder erinnerten sie an einen Meister des Zen, an den Maler – ich bin, wie gesagt, kein Experte –, an Mizu . . ."

Van Reijn ergänzte: „Mizuguchi."

Die beiden Japaner lächelten, verbeugten sich, wiederholten leise und freudig und voller Hochachtung: „Mizuguchi san, Mizuguchi, yes . . . hai, hai . . ."

Palm fuhr fort: „Mizuguchi, ja. Der Künstler lebt noch?"

Van Reijn schüttelte bedauernd den Kopf. „Er starb vor einigen Monaten."

Scheinbar ungerührt führte Palm den Schlagabtausch fort, denn die Recherchen des *Blauen Palais* waren sehr detailliert. „Ach, ja? Er starb?"

Van Reijn nickte. „Er wurde fast neunzig."

Palm wirkte erstaunt. „Ein gesegnetes Alter. Sie kannten ihn persönlich?"

Van Reijn machte sich auf den Weg zur Tür. Die Vorstellung war für ihn beendet. „Es war mir die Freude vergönnt, bei ihm lernen zu dürfen. Ich war sein Schüler. Meine Kunst ist sein Vermächtnis."

Palm und seine Begleiter waren van Reijn gefolgt, der die Tür von innen wieder aufschloß und sich entschuldigte. „Es war mir ein Vergnügen, meine Herren. Aber Sie wissen, ich habe heute sehr viele Gäste!"

Palm öffnete die Tür – aber nicht, um den Raum zu verlassen. Er winkte Polazzo und Jeroen herbei, die draußen gewartet hatten. Als die beiden eingetreten waren, schloß Palm die Tür wieder und lehnte sich dagegen. „Darf ich Ihnen zwei weitere Freunde vorstellen und noch eine letzte Frage an Sie richten, Herr Rheinberger – Verzeihung – Herr van Reijn."

Van Reijn reagierte nicht auf das Spiel mit seinem Namen, eher schon auf die Form, die dieses Verhör anzunehmen schien. „Ich glaube nicht, daß dies der richtige Zeitpunkt ist, mir Fragen zu stellen!"

Palm blieb ruhig und verbindlich. „Warten wir's ab. Mein Name ist, wie gesagt, Palm, Louis Palm. Ich leite ein wissenschaftliches Institut. Ich verstehe nicht viel von Malerei – aber als Wissenschaftler bewundere ich Sie."

„Danke." Van Reijn strahlte plötzlich eine ungeheure Kälte aus. „Darf ich Sie bitten, die Tür freizugeben?"

Doch Palm ging nicht darauf ein. Er fuhr in seinem Gedankengang fort: „Als Wissenschaftler, wie gesagt. Als Mensch ist mir das leider nicht möglich, da bin ich in Vorurteilen befangen – in moralischen und in juristischen. Aber als Wissenschaftler . . . Da kokettieren wir doch manchmal mit dem Gedanken, wir wären in gewissem Sinne den Landesgesetzen nicht unterworfen. Nun ja . . . Ich wünschte mir, wir könnten uns näher kennenlernen. Ich möchte Sie einladen. Unser

Institut steht Ihnen zur Verfügung. Wir möchten vieles von Ihnen erfahren, Herr Rheinberger. In einem Punkt sind wir uns nämlich einig: Sie sind vermutlich einer der genialsten Biochemiker unserer Zeit."

Es war ein seltsames Ritual, ein seltsames Duell, das diese beiden Männer auszutragen schienen. Beide blieben leise und höflich, und doch war es ein Kampf mit blanken Messern.

„Ich fürchte, Sie verwechseln mich." Van Reijn war keinerlei Unruhe anzumerken. „Das wäre zumindest eine Erklärung für Ihr überaus taktloses Verhalten. Außerdem sprachen Sie mich zweimal mit falschem Namen an. Ich besitze, zugegebenermaßen, eine große Anzahl von Talenten, aber als Wissenschaftler habe ich mir bisher keine Lorbeeren verdient. Ihre Einladung anzunehmen wäre deshalb unbescheiden und unverdient. Wir sehen uns noch."

Er war auf Palm zugetreten, hatte nach dem Griff der Tür gefaßt und war bereit, sich den Weg mit Gewalt freizumachen. Aber Palm sprach unbeirrt weiter: „Eine große Zahl von Talenten, gewiß. Wer, glauben Sie, würde sich mehr für den Ursprung dieser Talente interessieren – die Wissenschaft oder die Polizei?"

Van Reijn wich zurück. „Ich verstehe immer weniger, was Sie von mir wollen. Es gibt über mich viele Geschichten – daran ist die Öffentlichkeit gewöhnt. Ich bin sehr bekannt, wie Sie wissen. Von Ihnen habe ich noch nie gehört."

„Vielleicht doch." Palm genoß die Situation immer mehr. „Sie kennen eine Mitarbeiterin von mir sehr gut. Eine junge, schöne Rumänin. Sibilla Jacopescu. Sie wurde zuletzt mit Ihnen gesehen – vor zehn Monaten. Seither ist sie verschwunden."

„Ach, Sie sind das, jetzt weiß ich." Van Reijn spielte das freudige Aufleuchten plötzlichen Verstehens meisterhaft. Aber diesmal blieb Palm inquisitorisch und kalt.

„Wo ist Sibilla Jacopescu?"

„Sie wollen sie sprechen?" Van Reijn lächelte gewinnend von einem zu anderen. „Natürlich. Sie wird sich freuen, Sie wiederzusehen. Ich bringe Sie nach oben."

Eine Geste zur Tür, Palm trat zur Seite, und van Reijn ging hinaus in den Saal. Mit ungebrochener Sicherheit drängte er sich durch die Schar seiner Gäste, grüßte hierhin, nickte dorthin. Dann stieg er die Treppe hinauf zu den oberen Räumen.

Die beiden japanischen Experten, die dem verbalen Zweikampf

nicht hatten folgen können, waren ratlos in den Ausstellungsräumen zurückgeblieben. Nur Palm, Polazzo und Jeroen folgten van Reijn. „Er ist nicht zu beeindrucken!" flüsterte Jeroen. Palm nickte zustimmend.

Da öffnete sich vor ihnen eine zweiflügelige Tür.

23

ES SCHIEN widersinnig: Im Inneren eines zerfallenden venezianischen Palazzo hatte van Reijn das Interieur eines japanischen Teehauses plaziert. Papierwände verdeckten den verwitterten Putz, die fleckigen und stockigen Seidentapeten. Vor einem Rollbild – sei es von Mizuguchi, sei es von van Reijn – ragte aus einem uralten, kostbaren Porzellangefäß ein kunstvolles Arrangement dürrer Zweige, gesteckt nach den strengen Regeln der Ikenobo-Ikebana-Schule.

Sonst war der Raum leer – bis auf eine eigenartige Versammlung von Menschen: Europäer, offenbar Besucher der Ausstellung, saßen mit ungewohnt angewinkelten, schmerzenden Beinen auf dem Boden und unterwarfen sich einem Ritual, das durch den Auftritt van Reijns und seiner Begleiter roh gestört worden war.

Eine Japanerin in weißem Kimono drehte gerade das Teegefäß in den beiden erhobenen Händen, um es den Gästen zu kredenzen. Sie saß mit dem Rücken zur Tür.

Da sprach van Reijn sie an – auf japanisch –, und sie antwortete in der gleichen Sprache. Es waren nur zwei, drei Sätze. Dann verneigte sie sich, stellte das Teegefäß auf den Boden, wandte sich um – und starrte die Eindringlinge fassungslos an.

Van Reijn redete nun deutsch mit ihr. „Drei alte Bekannte möchten dich begrüßen, Sibilla. Oder sind es drei gute alte Freunde?"

Ungläubig und wie gelähmt saß sie auf dem Boden und blickte von einem zum anderen. Was sie empfand, war nicht zu erraten. Ihr unbewegliches, geschminktes Gesicht hatte beinahe asiatische Züge angenommen.

Jeroen durchquerte den Raum, betrat die Matten und beugte sich zu ihr. „Sibilla, was soll diese Maskerade . . . Sibilla!" Er packte sie an der Schulter und schüttelte sie, wie um sie aus diesem Traum wachzurütteln.

Sie wachte auf – erschrak –, geriet in grenzenlose Panik. Verstört schlug sie die Hände vor die Augen. Dann stand sie auf, taumelte – Jeroen versuchte sie zu stützen, aber sie riß sich los –, drängte an van Reijn und Palm vorbei durch die Tür und lief die Treppe nach unten. Jeroen folgte ihr als erster, dann Polazzo und Palm. Sie erreichte den Eingang zum Saal, prallte vor den Besuchern zurück, lief trotzdem hinein, schlängelte sich zwischen den einzelnen Gruppen hindurch, erregte Unruhe und Aufmerksamkeit – und verschwand zwischen den Menschen.

Jeroen machte sich auf die Suche und traf irgendwann auf Palm. „Was ist passiert mit ihr? Was hat er mit ihr gemacht?" Aber er wartete die Antwort gar nicht erst ab, sondern drängte sich weiter durch die Menge.

Das Nebenzimmer, van Reijns Werkstatt, in der er eine Probe seines Talents gegeben hatte, stand offen. Auf dem bühnenartigen Podest hockten die beiden japanischen Experten, immer noch vertieft in das improvisierte Bild. Sie blickten die drei hereinstürmenden Männer verwundert an, die sich suchend umsahen und schließlich ratlos in der Mitte des Raumes stehenblieben.

Da heulte unten am Kanal der Motor eines Bootes auf. Ohne sich um japanische Etikette zu scheren, sprang Jeroen nach kurzem Zögern – mit Schuhen – auf die Matten der Werkstatt, lief zum Fenster und riß es auf.

Van Reijn hatte den Motor eines großen Bootes gestartet und half Sibilla gerade, an Bord zu kommen. Ihre kunstvolle japanische Frisur war zerstört, die Haare hingen lose herunter. Sie war barfuß, ihre Sandalen hatte sie verloren. Auch der breite Seidengürtel des Kimonos fehlte.

Van Reijn blickte sich um – zurück zum Haus, zum Tor der Wasserseite –, und dann bemerkte er die drei Männer oben am Fenster.

Er sah sie, aber er nahm sie nicht zur Kenntnis. Mit einer für Venedig unzulässigen Bugwelle legte das Motorboot ab.

Palm schloß das Fenster. „Ich glaube, wir haben ihn doch beeindruckt."

Dann liefen die drei Männer los.

Sie durchquerten die Ausstellung. Die Gäste standen immer noch in Gruppen herum und machten Konversation. Sie hatten zwar die Unruhe bemerkt, aber sonst nichts begriffen.

Palm, Jeroen und Polazzo drängten zur Treppe, hasteten nach unten, liefen durch die Halle zum Steg und sprangen in das schnellste der bereitliegenden Boote. Polazzo hatte große Mühe, dem wartenden Bootsmann klarzumachen, daß es um Sekunden ging.

Als das Boot endlich ablegte, waren van Reijn und Sibilla längst verschwunden.

Eine trübe Wintersonne hatte sich freigekämpft und tauchte dieses langsam versinkende Weltwunder Venedig in ein sanftgelbes Licht. Canaletto hätte gejubelt.

Eine Totengondel mit dem schwarzverhangenen Sarg zwischen den beiden Gondolieri versperrte den Verfolgern van Reijns die Durchfahrt durch einen Kanal. Auf ihrem Weg zum *Pompefunebri,* zur Beerdigung auf der Insel San Michele, war sie im ungeeignetsten Augenblick gekommen. Aber auch die engen, verwinkelten Wasserstraßen des Quartiers Cannaregio nahmen den Verfolgern jede Chance, van Reijn irgendwo einzuholen und zu stellen.

Andererseits: wo sollte er hin? Zum Lido, nach Murano, nach San Erasmo, zum Flughafen Marco Polo oder einem anderen Ort am Festland, wo er umsteigen konnte, um seine sinnlose, ungeplante Flucht mit seiner maskierten Japanerin fortzusetzen?

Palm und seine Begleiter hielten an jeder Kreuzung dieser winzigen Wasserläufe Ausschau nach dem fliehenden Boot – ohne Erfolg. Sie fuhren unter Dutzenden von Brücken hindurch, an unzähligen Straßen und Plätzen entlang. Die Stadt wirkte wie ausgestorben, wie eine Operndekoration, nachdem der Vorhang gefallen ist.

So erreichten sie schließlich die offene Lagune. Der Vaporetto kam ihnen entgegen, der an diesem Sonntag nur sein eigenes Personal transportierte. Als sie die Heckwelle des Dampfers passiert hatten, entdeckten sie plötzlich van Reijn. Weit vor ihnen rauschte sein Boot durch das faulige Wasser der Lagune.

„Wo will er hin?" rief Jeroen. Aber das war inzwischen keine Frage mehr. Van Reijn steuerte die langgestreckte Reihe der Seezeichen an, die den tiefsten Wasserweg hinaus ins offene Meer markierten.

„Er ist wahnsinnig!" Polazzo hatte richtig kombiniert.

„Er will raus in die offene See. Durch die Brandungszone. Um diese Jahreszeit, mit diesem Boot – das ist Selbstmord."

Auch eine Möglichkeit, sich aus der Affäre zu ziehen, dachte Palm, eine Geschichte mit einem letzten, dramatischen Höhepunkt zu beenden.

Der Steuermann des Verfolgerbootes holte das Letzte aus seinem Motor – aber die Chance, van Reijn einzuholen, bevor er die offene See erreichte, war gleich null. Trotzdem blieben sie hinter ihm, sahen, wie sich der Abstand von Minute zu Minute verringerte, und hofften auf van Reijns Einsicht – oder auf ein Wunder.

„Sibilla! Sibilla!!!" Jeroen brüllte ohne Sinn und Verstand gegen den Lärm der zwei Maschinen an.

„Sinnlos. Sie hört dich nicht", sagte Polazzo – aber da sah Sibilla sich um.

Die abendliche Sonne beleuchtete deutlich den weißen Kimono und das geschminkte Gesicht. Ihre rotblonden Haare wehten im eisigen Fahrtwind. So sah sie ihren näher kommenden Verfolgern entgegen, zeigte aber keinerlei Reaktion.

Jeroen stellte sich auf die Bank des Ruderhauses und blickte über die hohe Scheibe. Der Wind preßte ihm Tränen aus den Augen. Er winkte, schrie – aber sie stand nur da, dicht neben diesem van Reijn, und schaute zurück. Regungslos, starr. Vielleicht galt der Blick auch nicht ihnen, vielleicht galt er der Stadt in diesem unwirklichen, unwahrscheinlichen Winterlicht. Vielleicht ahnte sie, wohin die Reise gehen konnte, und sah lieber ein letztes Mal zurück, nahm lieber einen letzten Blick auf diese steingewordene Elegie mit hinüber.

Dunst trieb heran oder Nebel und verwischte das Bild. Das Boot fing an zu schlingern, trotz der hohen Geschwindigkeit, denn die Dünung der aufgewühlten Wintersee drängte durch die schmale Pforte der Lidi weit in die Lagune hinein. Die Männer im Verfolgerboot klammerten sich an, wurden hin und her geworfen – nur Sibilla schien dort vorn in ihrer starren Unbeweglichkeit anderen physikalischen Gesetzen zu gehorchen.

Vielleicht war sie schon nicht mehr von dieser Welt, war aufgesogen worden von diesem Gehirn, das dicht neben ihr dachte und trotz aller geplünderten und eingeheimsten Talente seinen eigenen Untergang plante.

Die weißen Schaumkronen der offenen See tauchten auf. Der Führer des Verfolgerbootes reduzierte die Geschwindigkeit, rief Polazzo zu, er werde nun kehrtmachen. *Ein* Verrückter, so meinte er, sei fürs erste genug. Zurückfahren und die Küstenwache verständigen, mehr könne er im Augenblick nicht tun. Die käme zwar sicher zu spät, aber es beruhige das Gewissen.

Jeroen brüllte noch ein letztes Mal an gegen die Maschinen, den Gischt, den einsetzenden Sturm, vor dem sie bis jetzt die Leeseite des Lidos geschützt hatte.

Da stoppte van Reijns Boot, verlor in Sekunden seine Geschwindigkeit gegen die Dünung und legte sich quer zur Strömung – Sibilla hatte den Zündschlüssel abgezogen. Sie hielt ihn noch einige Augenblicke in der Hand, den Arm weit ausgestreckt über das Wasser. Aber ehe van Reijn reagieren konnte, ließ sie ihn fallen.

Die Jagd war zu Ende. Unrühmlich still, ohne rechten Höhepunkt. Ein kleiner Schlüssel war ins große Meer gefallen, weil eine junge, gescheite Frau nach allen Irrungen und Verwirrungen meinte, nun sei's genug.

Das Boot der Verfolger verlangsamte seine Fahrt, umrundete van Reijns Yacht, die steuerlos in der kräftigen Dünung dümpelte.

Van Reijn hatte sich auf die Verkleidung des Motors gesetzt und blickte zum Horizont. Sibilla stand immer noch an der gleichen Stelle und beobachtete Jeroen und die anderen.

„Ich wollte Sie nur fragen, Herr van Reijn", rief Palm hinüber, „ob Sie meine Einladung immer noch ausschlagen . . .?" Van Reijn antwortete nicht.

Nach einer Pause rief Sibilla zurück: „Er nimmt an!"

24

In der Geschichte von Menschenraub und Entführung gab es keinen Fall, der undramatischer verlaufen wäre.

Schweigend nahm van Reijn am nächsten Morgen Platz in Palms Wagen, schweigend fuhr er in Begleitung einer Dame und dreier Herren in drangvoller Enge zwölf Stunden über einen Alpenpaß, zwei Landesgrenzen, durch drei Länder. Viermal reichte er, schweigend und ohne Widerstand, seinen Reisepaß zur Visitation durch das Fenster. Schweigend nahm er Sandwich um Sandwich zu sich, das man ihm reichte, und Becher um Becher lauwarmen Kaffees aus der institutseigenen Thermoskanne. Sein Schweigen erstickte irgendwann auch jede weitere Diskussion. So erreichten sie schließlich das *Blaue Palais*. Die Nacht war längst hereingebrochen.

Paul Kühn und Yvonne hatten auf telefonische Anweisung hin ein Gästezimmer vorbereitet. Es lag im ausgebauten Speicher des Hauptgebäudes und hatte den Vorzug, ausbruchsicher zu sein.

Van Reijn bezog es schweigend.

FÜR Sibilla und Jeroen kam eine lange Nacht – nein, nicht eine Nacht der Liebe, noch nicht. Das wäre zu einfach gewesen und auch zu schwer. Eine Nacht des Begreifens, sich selbst und des anderen, eine Nacht des Erinnerns, des Fürchtens, des Erfahrens. Eine Nacht voller Verzweiflung, voller Verstehen und Verzeihen.

Am nächsten Morgen begann das Verhör. Es dauerte 48 Stunden – ohne Pause. Die Mitglieder des *Blauen Palais* lösten sich ab nach einem genauen Zeitplan, den Palm aufgestellt hatte. Befragung, Auswertung. Rund um die Uhr liefen die Bänder durch den Recorder, wurden Notizen gemacht, Fragen gestellt, Antworten ausgewertet.

Das Ergebnis war unergiebig. Denn 48 Stunden, rund um die Uhr, hüllte sich van Reijn in Schweigen. Nur seine Eitelkeit ließ ihn manchmal Fakten nennen, Namen, Zusammenhänge.

Er saß auf einem Hocker, unrasiert, übermüdet. Es gab keine Möglichkeit, sich anzulehnen, denn der Hocker stand ein ziemlich großes Stück von der Wand entfernt.

Van Reijn versuchte nicht, diesen Umstand zu ändern. Das Licht einer Taschenlampe strahlte ihm ins Gesicht. Er hatte seinen Mantel um sich gewickelt und fröstelte.

Und er schwieg.

„Weiter!“ Palm wartete ungeduldig. „Weiter! Ich habe Sie etwas gefragt.“

Van Reijn schwieg.

„Wer war das erste Opfer?“

Das Schweigen dehnte sich endlos.

„Haben Sie Durst? Wollen Sie Kaffee?“

Van Reijn schüttelte den Kopf.

Schließlich sagte er: „Lassen Sie mich endlich in Ruhe!“

Das ist eine Folter, dachte Palm. Aber wir haben ein Recht dazu, und er hat es verdient.

Es wurde hell hinter dem kleinen Fenster, das eingelassen war in die steile Schräge des Daches. Palm sah auf seine Uhr. Noch zehn Minuten bis zur Ablösung. Nach zwei Tagen, zwei Nächten kein greifbares Ergebnis. Er machte weiter. „Ich bin genauso übermüdet wie Sie!" Dann versuchte er es auf die menschliche Tour. „Glauben Sie, die Polizei würde humaner mit Ihnen verfahren? Wir haben genügend Material für den Staatsanwalt. Aber dann wäre Ihr Fall für die Wissenschaft verloren."

Van Reijn atmete tief und lächelte müde. „Tun Sie's doch . . ., tun Sie's doch!"

Palm lehnte sich zurück. „Ich sagte doch schon, davon hat die Wissenschaft nichts. Sie verschwinden für den Rest Ihres Lebens in einem Zuchthaus. Wo läge da der Sinn?"

Sibilla beugte sich vor, kontrollierte das laufende Tonband. Palm blickte sie an. Sie wich ihm aus.

Palm stellte also weiter, ruhig, geduldig, immer die gleichen Fragen. „Das erste Opfer – wie viele Opfer – ?"

Da plötzlich sprach van Reijn, beiläufig, leise, als ginge ihn das Ganze nichts an: „Ein junger Pianist. An Leukämie erkrankt. Nicht zu retten. Es war ein Vermächtnis."

„Ein Vermächtnis?" Palm blickte van Reijn zweifelnd an.

„Ja. Ein Vermächtnis."

„Gut. Und weiter?"

„Ein Virtuose des Schachspiels. Nach dem zweiten Infarkt zusammengebrochen."

„Wieder ein Vermächtnis, ja?"

Van Reijn nickte nur schwach.

Nach einer Pause fuhr Palm nachdenklich fort: „Es ist schade um das menschliche Gehirn, wirklich! Ein Leben lang wird es programmiert und gefüttert mit Erfahrung und Information. Und in der letzten Sekunde, der Sekunde des Todes – vorbei! Die Tragödie des Menschseins . . ."

Van Reijn blickte zu Palm. Er war irritiert.

Da begann das Fragespiel von neuem. „Weiter: Wie viele Opfer?"

In der nun folgenden Pause hörte man Schritte, knarrende Dielen, die Tür wurde geöffnet. Jeroen trat ein. Er sah sich kurz um, dann beugte er sich zu Sibilla. „Ablösung. Komm, geh schlafen."

Aber Sibilla schüttelte den Kopf.

Aber Jeroen gab nicht nach. „Komm, Sibilla, es ist bereits Tag!"

„Ich weiß." Sie stand auf, trat an das kleine Fenster, schob den Vorhang zur Seite. Kaltes Licht erfüllte den Raum. Jeroen hatte Sibillas Platz eingenommen, da fragte ihn Palm: „Wieviel Band ist eigentlich noch drauf?"

Jeroen kontrollierte das Gerät, als Sibillas Antwort kam: „Halbe Stunde."

„Danke." Palm machte sich eine Notiz. Dann blickte er nochmals auf und sagte um eine Nuance zu scharf: „Machen Sie die Vorhänge wieder zu, Sibilla!"

Er senkte den Kopf, um weiterzuschreiben. Aber Sibillas Antwort hinderte ihn daran.

„Nein!" Sie stand neben dem Fenster und verweigerte sich jedem Befehl. „Nein! – Das ist unerträglich!" Sie atmete heftig. „Ich bin schuld daran, daß er hier ist!" Sie sah van Reijn verzweifelt und mitleidsvoll an. „Ich will auch nicht mehr wissen, wie er all das gemacht hat. Es interessiert mich nicht mehr!"

Seine Tortur ist auch ihre Tortur, dachte Jeroen, als sie fortfuhr: „Er hat es mir nicht erzählt – er wird es niemandem erzählen. Vielleicht ist es besser, wir erfahren es nicht!"

Palm sah sie an, ernst und nachdenklich, bevor er sie fragte: „Wie wollen Sie das verhindern? Es ist doch alles nur eine Frage der Zeit. Erkenntnisse lassen sich nicht verschweigen. Jedes Geheimnis wird irgendwann gelöst."

Van Reijn warf Palm einen kurzen triumphierenden Blick zu, dann zog er sich wieder in sich zurück.

Palm wandte sich an Jeroen. „Das theoretische Prinzip ist Ihnen doch klar, Kollege de Groot?"

Der nickte. „Das theoretische Prinzip, ja – vielleicht. Aber die praktische Ausführung ist für mich unvorstellbar."

Jeroen wandte sich an van Reijn und übernahm nun weiter die Rolle des Befragers. „Was war mit diesem Virus? – Schleust es die RNS in die Zelle? – Welche Abschnitte? – Wie wählt man aus? – Wie unterdrückt man die unerwünschten Informationen? – Wie erkennt man jene Genstücke, die die Gedächtnisleistung beeinflussen?"

Auf keine der Fragen, die Jeroen mit großem Nachdruck gestellt hatte, gab van Reijn eine Antwort. Jeroen resignierte. Er sah zu Palm.

Dieser stellte die nächste Frage. „Wie viele Opfer?"

Mit den letzten Resten an Kraft, die ihr verblieben waren, versuchte Sibilla diese inquisitorische Befragung zu beenden. „Hören Sie doch endlich auf! Ist das noch wichtig? Rechnen Sie nach: eines für jede Sprache, eines für jedes Talent."

Der Einwurf van Reijns war wie ein Aufstöhnen gegen Ignoranz und Verständnislosigkeit. „Vermächtnisse!"

Ohne darauf einzugehen, redete Sibilla weiter, voller Haß und Aggression. „Warum befragen Sie ihn? Was wollen Sie wissen? Was soll er gestehen? Daß er ein Mörder ist? Sie wollen ihm beweisen, daß Sie Macht haben über ihn – daß Sie hier der Boß sind –, daß Sie hier das Sagen haben –, daß Sie ihn hier kaputtmachen, wenn Sie wollen!"

Palm war völlig ruhig geblieben. „Ziehen Sie die Vorhänge zu!"

„Nein!" Sibilla riß das Fenster auf. „Es wird Tag. Und es soll Tag sein!" Sie blickte hinaus, atmete tief.

Van Reijn wickelte sich fester in seinen Mantel. „Mir ist kalt."

„Ja, entschuldige." Sibilla schloß das Fenster, dann trat sie dicht zu ihm. „Felix – wenn wir gehen, wenn wir dich jetzt in Ruhe lassen, denk nach, was du uns erzählen willst. Schreib es auf. Hier." Sie nahm einen Schreibblock, den Palm neben sich auf einen Stuhl gelegt hatte, riß die beschriebenen Seiten ab, legte den Rest, zusammen mit einem Stift, vor van Reijn auf den Tisch direkt neben das Mikrofon.

Van Reijn reagierte nicht.

Nur Palm stand abrupt auf und verließ den Raum.

Jeroen stellte das Tonbandgerät ab, löschte das Licht und wartete in der Tür auf Sibilla. Die stand immer noch vor van Reijn, aber der sagte kein Wort, gab kein Zeichen, blickte nicht hoch.

„Bitte, schließen Sie ab, Herr de Groot!" Palm lehnte am Geländer der Treppe.

Sibilla hatte die Tür hinter sich zugezogen, Jeroen drehte den Schlüssel im Schloß, zog ihn ab, gab ihn weiter an Palm. Schweigend und in großem Abstand stiegen die drei die Treppe hinunter, Stockwerk um Stockwerk, bis in die Halle. Dort wartete Yvonne. „Was hat er gesagt?"

„Nichts."

Sibilla blickte durch die Scheiben hinaus in den winterlichen Park. Kühn verbrannte dürre Zweige im Schnee. Jeroen brachte zwei

Becher mit heißem Kaffee, gab einen Sibilla. Dann legte er den Arm um sie.

Aber sie wollte allein sein. Nicht allein für sich, einsam in ihrem Zimmer – sondern allein inmitten der anderen. Das Feuer loderte auf, Kühn warf immer mehr Reisig in die Flammen, dann trat er zurück, schützte die Augen vor der sengenden Hitze.

Sibilla wandte sich ab, ging in die Mitte des Raumes, setzte sich völlig isoliert auf einen der Stühle.

Aber ihr Wunsch, allein zu sein, ging nicht in Erfüllung. Palm bahnte sich einen Weg durch das Chaos der leeren Stühle und setzte sich dicht neben sie. Es war als Geste der Entschuldigung gedacht, als Eingeständnis. Und Sibilla akzeptierte das und sah ihn an.

Plötzlich schien etwas passiert zu sein – draußen im Park. Kühn hatte sein Feuer im Stich gelassen, kam schreiend auf die Terrasse gelaufen und trommelte gegen die Scheiben der Halle.

Sibilla war als erste aufgesprungen.

Jeroen hatte kaum die Glastüren entriegelt, da drängte Kühn bereits ins Haus. „Der steht auf dem Dach. Der springt. Schnell!"

Sibilla rannte hinaus, Palm folgte, dann Jeroen und Yvonne. Sie blickten nach oben.

Das kleine Fenster des Mansardenzimmers stand offen. Van Reijn war herausgeklettert und über das steile Dach bis zur morschen Regenrinne abgerutscht. Jetzt stemmte er sich mit den Füßen dagegen, lehnte an den bemoosten, glitschigen Ziegeln und versuchte in die Tiefe zu schauen.

„Felix – nein!!!"

Aber van Reijn reagierte nicht auf Sibillas Schrei. Er richtete sich auf. Rostige Teile der Regenrinne brachen aus, segelten die vier Stockwerke nach unten.

Yvonne schrie auf, biß sich in die Hand.

Noch stand van Reijn aufrecht, beugte sich vor, schwankte . . .

Sibilla wollte sich abwenden, ihr Gesicht an Jeroens Schulter verstecken, nichts mehr sehen. Aber sie kam nicht los mit dem Blick, konnte nicht einmal die Augen schließen, als van Reijn gesprungen war.

Der Aufprall war dumpf; Schnee, der vom Dach gerutscht war, hatte ihn gemildert.

So war van Reijn gegen jede Regel der Wahrscheinlichkeit und

Erfahrung bei vollem Bewußtsein, als der Wagen der Ambulanz mit Blaulicht vorfuhr. Er lag auf dem Boden der Halle auf einer Decke und starrte Sibilla an, die neben ihm kniete.

Der Notarzt untersuchte ihn kurz und wandte sich an Palm: „Wir können ihn nicht transportieren!"

Sibilla richtete sich auf und trat zu Palm und dem Arzt. „Was wollen Sie dann noch? Da ist doch nichts mehr zu machen!"

Die Erschütterung durch diesen Vorfall, die Aufregungen der letzten Tage und Nächte – Sibilla war am Ende ihrer Kraft. „Sein Körper ist völlig zerschmettert."

Palm nickte. „Aber er ist bei Bewußtsein."

Der Arzt zuckte die Schultern. „Ja, das ist erstaunlich."

Palm nahm den Schlüssel zum Mansardenzimmer aus seiner Tasche und übergab ihn Yvonne. „Gehen Sie nach oben. Sehen Sie nach, ob er irgendwelche Aufzeichnungen hinterlassen hat." Dann wandte er sich wieder an den Arzt. „Wie lange, was glauben Sie . . .?"

Aber der enthielt sich aller Prognosen.

„Tun Sie etwas! Sie müssen doch irgend etwas tun!" forderte Palm. Aber der Arzt hatte längst resigniert.

Sibilla war hinter Palm getreten. „Er soll das Leiden verlängern, ja?"

Palm schüttelte den Kopf. „Das Bewußtsein verlängern."

Yvonne kam die Treppe herunter und brachte den Schreibblock mit. Nur die erste Seite war beschrieben, und es waren nur wenige Zeilen.

Palm hatte sie mit einem Blick überflogen. „Ist das alles?"

Yvonne gab unnötigerweise den Schlüssel zurück. „Ja, nichts weiter."

Palm nickte. Dann las er vor: „Letzter Wille . . . Mein gesamtes Vermögen . . . Frau Sibilla Jacopescu . . . für Forschungen auf einem anderen Gebiet. Felix Rheinberger."

Er reichte das Blatt an Sibilla weiter, lachte bitter und wandte sich ab. „Vermächtnisse . . . Vermächtnisse!"

Sibilla las dieses improvisierte Testament, gab es weiter an Jeroen. Sein Kommentar war kurz. „So – also wird niemand mehr erfahren, wie er's gemacht hat, Sibilla – oder?"

Aber bevor sie zu Wort kam, war Palm wieder dazugetreten. „Wir *werden* es erfahren!" Er schien entschlossen zu sein, wieder die

Initiative an sich zu reißen. „Yvonne, versuchen Sie, Professor Manzini an den Apparat zu bekommen!“

„Manzini? Vom Kuratorium?“ Yvonne war nicht immer von rascher Auffassungsgabe.

„Sie erreichen ihn um diese Zeit in der neurochirurgischen Klinik.“

Während sie wieder die breite Treppe nach oben rannte, gab Palm, als Kommentar, ein Geheimnis preis. „Sie können es nicht wissen – niemand weiß es bis heute in der Öffentlichkeit: Manzini experimentiert an lebenden Gehirnen.“

25

Der kleine weiße Holzpavillon auf der Südseite des Parks war schon vor Jahren für bestimmte Experimente zu einer sterilen Zelle umgebaut worden.

Eine Klimaanlage pumpte einen Überdruck keimfreier Luft in die beiden Räume und in die Schleuse, laminare Luftströmungen schirmten die Arbeitsplätze gegen das Eindringen von Bakterien und anderen Mikroorganismen ab. Kleiderwechsel in einem mit UV-Licht bestrahlten Vorraum war Vorschrift.

In diesem Pavillon war nun Manzini mit zwei seiner Assistenten bei der Arbeit.

Die Blutgefäße eines lebenden Gehirns waren an eine Herz-Lungen-Maschine angeschlossen worden. In einem Glasbehälter mit Nährlösung war die Schädelbasis fest verankert. Die Schädeldecke war geöffnet und gab den Blick auf die gefurchte, faltige Struktur der Großhirnrinde frei.

Manzini verband ein Dutzend Sonden, die aus dem Gehirn ragten, mit den Elektroden eines EEG, eines Elektroenzephalographen, der die Gehirnströme und damit die Aktivität des Gehirns aufzuzeichnen hatte. Hinter der Glasscheibe, die das Labor von dem Vorraum trennte, standen Palm, Sibilla und Jeroen und verfolgten die Arbeiten Manzinis an van Reijns Gehirn.

Über ein Mikrofon gab Manzini Anweisungen an den Vorraum durch: „Bitte regelmäßig den Druck der umlaufenden Nährlösung, Sauerstoffaufnahme und Kohlendioxidausscheidung kontrollieren.

Der Glukoseverbrauch liegt jetzt bei etwa 1,5 Millimol pro Stunde."

Jeroen kontrollierte die Instrumente der Herz-Lungen-Maschine. Langsam drehten sich die Pumpen und preßten Blutplasma durch die transparenten Schläuche.

Inzwischen hatte Manzini das EEG zugeschaltet. Auf dem Oszillographen war ein heller Leuchtpunkt erschienen, der langsam über den Schirm wanderte und eine Kurve beschrieb. „Gehirnfunktionen sind vorhanden . . ., hier: sehr schön!"

Manzini schien begeistert, soweit das bei seiner Vermummung mit Stirnkappe und Mundschutz auszumachen war. „Ein sehr ausgeglichenes Alpha, wirklich. Das Experiment scheint zu gelingen." Er klopfte andeutungsweise auf Holz, fuhr dann fort. „Hören Sie, Palm, ich bin Ihnen sehr zu Dank verpflichtet."

Palm winkte durch die Scheibe zurück. „Der Dank ist ganz auf unserer Seite. Wir sind aus anderen Gründen am Gelingen des Experiments interessiert."

Sibilla reagierte heftig. Sie verließ, gewissermaßen aus Protest, den kleinen Vorraum und warf die Tür hinter sich zu.

Manzini hatte es beobachtet. Er nahm den Mundschutz ab, zuckte die Schultern. „Die junge Kollegin geht? Nun ja, Experimente dieser Art sind . . . umstritten. Das menschliche Gehirn ist immer noch tabu. Wir überschreiten mit unserem Versuch eine Grenze, die vielleicht respektiert werden sollte."

Er betrachtete das offen liegende Gehirn van Reijns in dem verschlossenen Glasbehälter, das nur noch über Schläuche und Drähte mit der Außenwelt Verbindung hatte. Manzini fuhr fort: „Ein Anflug von Schauder, selbst bei mir."

Rotes Plasma wanderte durch transparente Schläuche. Der Leuchtpunkt der Gehirnstromkurve zuckte über den Schirm.

„Wie empfindet ein isoliertes Gehirn seine Isolation? Ist ihm seine Lage bewußt? Es ist mir bisher noch nie gelungen, aus den Gehirnstromkurven des Elektroenzephalogramms die Empfindungen und Gedanken herauszulesen, die ein nur auf sich selbst gestelltes, von der Außenwelt isoliertes Bewußtsein entwickelt. Wird es versuchen, mit uns in Kontakt zu treten?"

Er blickte wieder durch die Scheibe hinüber zu Palm, der nun seinerseits ins Mikrofon sprach. „Wir werden es feststellen. Steht die Verbindung zwischen Impulsmodulator und Computer?"

Einer der Assistenten hob die Hand. „Einen Augenblick noch . . ., jetzt!“ Er hatte die Leitung, die das EEG mit dem Rechner im Keller des Palais verband, zugeschaltet.

Palm drehte die Kurbel eines provisorisch installierten Haustelefons und griff zum Hörer. „Herr Büdel – Palm hier. Die Verbindung steht. Empfangen Sie schon Impulse? – Nein?“

Er warf einen fragenden Blick zu Manzini, der ratlos schien. „Die Gehirnstromkurven sind einwandfrei. Van Reijn ist sozusagen bei vollem Bewußtsein.“

Da bekam Palm bereits neue Informationen. „Ja, Herr Büdel, ich höre . . . Kommen an . . . Ja. Ja, ich habe verstanden.“ Er beugte sich gleichzeitig zum Mikrofon, damit Manzini mithören konnte: „Einzelne digitale Impulse . . . Büdel sagt – ja, ich habe verstanden, ich spreche gerade hier mit Professor Manzini . . . Also, Büdel sagt – zögernde Impulse, als überlege er es sich noch, ob er Kontakt mit uns aufnehmen will . . . Ja – werden stärker. Verstanden. Aha – eine Flut von Informationen . . . Wir kommen runter zu Ihnen, danke.“ Er legte den Hörer auf.

Ein triumphierender Blick zu Manzini – der ihn erwiderte.

„Wir sollten uns das ansehen!“

Manzini nickte zustimmend, gab seinen Assistenten ein Zeichen. Die überprüften nochmals alle Leitungen, Durchfluß und Druck, die Elektroden und Sonden.

Dann verließen sie die sterile Kammer des Pavillons durch die Schleuse, durch die auch Palm und Jeroen gerade verschwunden waren.

Das Gehirn von van Reijn blieb allein zurück.

Die fünf Männer überquerten heftig diskutierend, eilig und mit wehenden weißen Mänteln den Hof des Palais.

Sie hatten keinen Blick für Sibilla, die zwischen den dürren Sträuchern neben dem Pavillon stand und sie beobachtete. Sie sah die Männer das Portal erreichen – trotz der Eile war es für lange Sekunden höchst unklar, wer wem den Vortritt ließ. Aber schließlich verschwanden sie im Haus, das Tor fiel wieder ins Schloß.

Das war das Zeichen für Sibilla, ihren Plan auszuführen.

Die Informationsflut, die der Rechner ausspuckte, war gewaltig. Zeile um Zeile warf der Schnelldrucker Zahlenkolonnen und Symbole aus. Das endlose Papierband faltete sich auf, Blatt für Blatt.

Palm, Jeroen und Manzini mit seinen Assistenten, alle starrten sie gebannt auf diese Unmengen an Informationen, die van Reijns Gehirn in wahnwitziger Hektik von sich gab.

„Unbegreiflich." Palm nahm den bedruckten Streifen zur Hand. „Als sei eine Kommunikation lange Zeit unterbrochen gewesen und das aufgestaute Mitteilungsbedürfnis bräche sich jetzt gewaltsam Bahn."

Büdel hatte sein Terminal verlassen und war zu ihnen getreten. „Vielleicht beschimpft er uns?"

Aber die anderen hatten im Augenblick keinen Sinn für Büdels trockenen Humor.

Manzini versuchte aus den breiten Zahlenkolonnen einen Sinn herauszulesen, zumindest Kurven, wie er sie vom Polygraphen kannte, mit dem er sonst Gehirnströme aufzeichnete. „Was meinen Sie? Ist der Code bereits irgendwie zu entschlüsseln?"

Büdel winkte ab. „Vorläufig nicht. Wir müssen ihn gezielt ansprechen und dann die Reaktion abwarten. Wir haben ihm die Chance gegeben, in einer absolut neuen Sprache mit uns zu sprechen – aber wir verstehen sie noch nicht. Wir müssen sie selbst erst lernen, durch ein Frage-und-Antwort-Spiel."

„Sensationell!" Manzini war tief beeindruckt.

Büdel führte seinen Plan weiter aus. „Ich könnte mir denken, wir beginnen mit Echo-Effekten. Wir spielen ihm seine eigenen Gedanken, die wir speichern, wieder zurück. Wir stellen gewissermaßen ein Feedback her. Mit gutem Willen auf beiden Seiten, mit seinem immensen Ehrgeiz und seiner Eitelkeit und unseren technischen Möglichkeiten werden wir über kurz oder lang schon einen Weg finden, auf dem Kontakt und Kommunikation möglich sind."

„Ja", sagte Palm, „und dann wird die Stunde kommen, wo er uns sein Geheimnis verraten wird. Er kann es nicht für sich behalten. Er wird an nichts anderes denken – und alles, was er sich denkt, alles, was ihm einfällt, haben wir hier schwarz auf weiß. Wir müssen es nur entschlüsseln."

Manzini hatte seinen Assistenten einen Wink gegeben. „Meine Herren, wir müssen zurück zur Klinik. Wir haben hier schon länger als geplant . . ." Er war zur Tür vorausgegangen, hatte unterwegs seinen Labormantel ausgezogen, kam jedoch nochmals zurück, um Palm die Hand zu schütteln. „Ein bemerkenswerter Tag. Nicht nur für Sie und für mich – auch für ihn dort im Pavillon. Und für die Wissenschaft im allgemeinen. Verzeihen Sie mir das Pathos."

Jeroen und Büdel sahen sich skeptisch an und lächelten. Palm und Manzini hatten den Kellerraum gerade verlassen, die Assistenten und Jeroen waren ihnen gefolgt, als Büdel, zurückgekehrt an sein Terminal, die Unregelmäßigkeit entdeckte. Die Intensität der flackernden Lichterkette, Signal für den Input der digitalen Impulse, war stark reduziert. Einige Reihen waren so gut wie erloschen.

Er schaltete auf Monitor. Die Kolonnen liefen über den Schirm wie zuvor, nur waren sie dünner geworden, schmaler. Zahlreiche Leerfelder beherrschten das Bild, ganze Zahlenreihen der vertikalen Aufzeichnung waren gelöscht. Einige Symbole waren völlig verschwunden.

Büdel überprüfte die Schaltungen, den Drucker, Display und Kontrollkonsole. Es war kein Fehler zu finden. Er rief nach Palm, rannte schließlich selbst durch die Gänge des Kellers bis vor zum Treppenhaus, rief abermals. Ohne Erfolg. Die Kollegen standen wohl alle vorm Haus, damit beschäftigt, die Delegation des Kuratoriums zu verabschieden.

Büdel mußte zurück zum Rechner. Wenn die Maschine verrückt spielte, hatte der Maschinist zur Stelle zu sein. Er kontrollierte weiter. Der Rechner arbeitete offensichtlich fehlerfrei. Andererseits flossen die Daten immer spärlicher.

Büdel versuchte über das Telefon Kontakt zu bekommen, egal mit wem. Aber keiner der Apparate war besetzt. Also verließ er endgültig seinen Platz am Rechner und rannte nach oben.

Als er die Halle erreichte, kamen ihm alle vom Eingang her entgegen, in bester Laune, zufrieden und zuversichtlich. Manzini hatte zum Abschied gelächelt und von großzügigster Unterstützung gesprochen – sofern dieses Experiment von Erfolg . . ., und so weiter. Aber welcher Erfolg war noch zu erhoffen?

„Aus! Es muß etwas passiert sein!" Büdel war ganz außer Atem und konnte sich kaum verständlich machen. „Es kommt nichts mehr durch. Die Leitung ist tot!"

Im Computerkeller konnten sich alle davon überzeugen: Nur Kennlinie und Zeitcode wurden noch ausgedruckt. Weißes Papier stapelte sich auf dem Boden.

„Hier unten liegt der Fehler jedenfalls nicht. Ich habe alles überprüft." Büdel sorgte sich um seinen Ruf. „Vom Pavillon kommt nichts mehr an!"

„Ja", gab Jeroen zu. „Es scheint so. Van Reijn schweigt!" Da hatte Palm plötzlich eine Ahnung. „Wo ist Sibilla?"

Jeroen und Büdel sahen sich an.

„War sie hier unten? Ist sie mit uns heruntergekommen? Nicht?" Da wußte Palm, daß es um Sekunden ging, stürzte wortlos aus dem Raum.

27

Sibilla kam über den Hof, als wäre nichts geschehen. Die Tür des Pavillons stand offen, die Plastikvorhänge der Schleuse wehten heraus.

Palm und Jeroen rannten aus dem Portal des Palais, an Sibilla vorbei – doch dann drehte Palm sich um und packte sie am Arm. „Mitkommen!"

„Lassen Sie mich los!" Sibilla versuchte sich loszureißen.

Aber Palm hielt sie mit festem Griff. „Was haben Sie getan?"

„Lassen Sie mich los", wiederholte sie.

Da ließ er sie los.

Sie griff nach ihrem schmerzenden Arm und starrte Palm feindselig an. „Er hat das Recht auf einen gnädigen Tod!"

„Auf einen gnädigen Tod?" fragte Palm. „Nein!"

Wieder packte er sie unsanft am Arm, zwang sie mitzukommen. Jeroen hatte Licht gemacht und am Boden nach den Kontakten gesucht.

Die Leuchtpunkte auf dem Oszillographen waren erloschen, die Manometer der Herz-Lungen-Maschine standen auf null. Die Pumpen rotierten nicht mehr.

Als Palm und Sibilla durch die Schleuse traten, fingen sie gerade wieder an, sich zu drehen.

„Die Kontakte waren abgezogen – von den Batterien.“ Jeroen hatte sie wieder aufgesteckt. „Da gehen wir auf Nummer Sicher, arbeiten mit Batterien, um netzunabhängig zu sein . . .“

Die Zeiger der Geräte begannen zu zittern, die H-L-Maschine summte, der Druck stieg an. Frisches, sauerstoffreiches Plasma wurde wieder durch die Gefäße des Gehirns gepreßt.

Palm sah auf seine Uhr. „Wie lange stand der Kreislauf still?“

„Keine Ahnung.“ Jeroen hatte sich aufgerichtet, um die Werte zu kontrollieren. „Büdel müßte es wissen. Der Zeitcode am Ausdruck des Rechners, als die Information wegblieb . . .“

„Viereinhalb Minuten genau.“ Sibilla lehnte sich erschöpft gegen die Tür.

Gespannt betrachtete Palm den Oszillographen. Der Leuchtpunkt war wieder erschienen, aber er stand still.

Jeroen setzte sich auf den Hocker neben dem Glasgefäß und betrachtete versunken das Gehirn. „Wir haben keine sterilen Mäntel an.“

Palm winkte ab. „Das spielt nun auch keine Rolle mehr. Viereinhalb Minuten!“

Da begann der Leuchtpunkt langsam von links nach rechts zu wandern, beschrieb eine gerade, flache Linie. Jeroen stand auf, trat an das EEG, starrte auf die Linie, als könnte er sie hypnotisch beeinflussen.

„Sollen wir mehr Sauerstoff zuführen?“ schlug Palm vor.

„Sinnlos – wenn es zu spät war.“

Die Linie des Leuchtpunktes begann zu zittern: ein schwacher Ausschlag und nur nach einer Richtung.

Auch Palm trat jetzt näher, versuchte das Gerät exakter zu justieren. Ohne Erfolg.

Aber wieder lief ein Zittern über das Oszilloskop.

Ein zweites. Eine gezackte Wellenlinie entstand, wurde breiter, die Frequenz der Berge und Täler nahm zu – und nur wenige Minuten nachdem das Gehirn über das Plasma von neuem mit Sauerstoff versorgt wurde, war die Gehirnstromkurve wieder normal.

Palm schaltete hin und her: Alle Kurven hatten Modulation.

Das Telefon läutete. Palm ging in den Vorraum, nahm den Hörer ab. Er sprach wohl mit Büdel.

Jeroen und Sibilla sahen sich lange an. „Er hat Glück gehabt", sagte Jeroen schließlich nach einer langen Pause.

„Glück?" fragte Sibilla.

„Ein oder zwei Minuten länger . . ." Jeroen machte eine endgültige Handbewegung, während er auf das Gehirn blickte.

„Ja", flüsterte Sibilla, „das Recht auf den Tod!"

Jeroen widersprach nicht sofort. „Sicher, das Recht auf den Tod, ja! Aber auch – und zuerst – das Recht auf Leben! Du hast doch das Vermächtnis des Herrn van Reijn angenommen. Nicht nur materiell, hoffe ich. Vielleicht hat er der Welt noch einiges zu sagen. Zumindest hat er das Recht zu existieren."

„Existieren?" Sibilla schaute auf das Glasgefäß.

Aber Jeroen ließ den Einwand nicht gelten. „Ja. Bewußt zu existieren! Als reines Bewußtsein, losgelöst von aller Erdenschwere, von allen Beschwernissen und Bedürfnissen des Leibes. Körperlos, ungehemmt frei . . ."

„Frei?" Sibilla sah die Schläuche, durch die rotes Plasma in das Gehirn gepumpt und wieder abgesaugt wurde, sah die Sonden und Elektroden, den zugeschraubten Deckel des Gefäßes . . . „Frei?" wiederholte sie.

„Ja", antwortete Jeroen. „Nur dem Spiel der eigenen Gedanken überlassen."

„Ein Alptraum." Sibilla schauderte.

„Du siehst es falsch. Wenn er gelernt hat, sich mit uns zu verständigen, wenn wir gelernt haben, ihn zu begreifen, wird er uns mitteilen, wann er zu sterben wünscht. Es wird keiner zur Unsterblichkeit gezwungen."

Palm hatte den Hörer aufgelegt und war zurück ins Labor gekommen. „Der Rechner druckt wieder Daten aus." Er trat an das Glasgefäß, betrachtete das Gehirn. Dann wandte er sich ab. „Wir sollten ihn allein lassen."

Palm schloß den Pavillon ab, drehte den Sicherheitsschlüssel zweimal um und reichte ihn Jeroen. Der gab ihn, nach kurzem Zögern, weiter an Sibilla. Sie nahm ihn und steckte ihn ein.

Palm hatte es bemerkt; es war eine offene Verpflichtung, die Sibilla eingegangen war, ein Einverständnis.

Einige Schritte gingen sie stumm nebeneinander her.

Es war Abend geworden. Ein warmer Wind, der nach Frühjahr zu riechen schien, wehte aus dem Park und wirbelte Blätter über den Weg.

Palm brach schließlich das Schweigen. „Büdel ist bereit zurückzuspielen. Er kann van Reijns Neuronen Impulse zuführen. Er sagte eben am Telefon, der Dialog, das Gespräch mit van Reijn, könnte beginnen."

Sibilla warf Jeroen einen langen Blick zu, aber der ging nicht weiter darauf ein.

Du bist Wissenschaftlerin, sagte sie sich und hielt den Schlüssel vom Pavillon fest umklammert in der Tasche ihres weißen Mantels. Vergiß diese Gefühlsduseleien. Du willst es wissen – du willst es wissen . . .

„Ach ja, Herr de Groot", fuhr Palm nach einer Pause fort, „die Bänder, die Videobänder, Sie erinnern sich, das Konzert von van Reijn, haben Sie die noch?"

Jeroen bejahte. „Ich habe eine Kopie der Aufzeichnung des französischen Fernsehens oben bei mir."

„Gut." Palm öffnete die schwere Eingangstüre, ließ Sibilla den Vortritt. „Man sollte van Reijn das Band zuspielen. Als ersten Versuch, sozusagen. Die Erinnerung an einen Triumph. Vielleicht bringt ihn das auf besondere Gedanken."

28

Es war kurz nach Mitternacht.

„Geisterstunde", murmelte Büdel, als er Jeroen das Zeichen gab, das Band der Videoanlage abzufahren.

Die Mitarbeiter des *Blauen Palais* hatten sich vollzählig in der dunklen Halle versammelt und starrten gebannt auf den Monitor. Wellenförmige Strukturen huschten darüber hin, stabilisierten sich schließlich zu einem Bild: ein Saal in Versailles. Auf dem Podium, vor einem illustren Publikum, stand ein Mann und verbeugte sich unter tosendem Applaus, dann nahm er Platz vor einem Flügel und griff voll in die Tasten: Felix van Reijn.

Das Konzert begann – sein Konzert – ein Triumph!

Die Millionen Impulse dieser Aufzeichnung, helle und dunkle

Punkte des Bildes und das Signal der Musik, liefen umgewandelt in ein Codesystem, über den Rechner, dann weiter über den Hof und landeten schließlich über Elektroden und Sonden in dem isolierten Gehirn. Was dort als Reaktion auf die Impulse entstand, kam als Potential zurück, zuckte als siebenfache Kurve über den Schirm eines Oszillographen.

Der Raum war erfüllt von Musik.

Hände jagten über die Tasten, überkreuzten sich – ein Spiel voller Kraft und Leichtigkeit –, hämmerten eine rasende Folge sich steigernder Akkorde, versanken in einem unendlich langen, unwirklichen Tremolo.

Van Reijn hatte die Augen geschlossen, konzentrierte Abwesenheit, aufgelöst in diese harmonische Disharmonie.

Sibilla war näher getreten, ganz nah, bis das Bild, dieses Gesicht, in Punkte und Zeilen zerfiel.

Und es schien ihr plötzlich, als schwebten die sieben zitternden Kurven des Oszillographen, gleichsam als Antwort, auf und nieder im Takt der Musik.

Rainer Erler

Der am 26. August 1933 in München geborene Schriftsteller und Filmemacher Rainer Erler sammelte bereits während seiner Schulzeit erste Schauspiel- und Regieerfahrungen, und schon damals begann er zu schreiben: Filmkritiken, Theaterstücke und ein Drehbuch. Nach dem Abitur 1952 arbeitete Erler acht Jahre lang als Assistent bei mehreren renommierten Regisseuren und Produzenten und drehte von 1962 an schließlich eigene Filme. Bereits seine ersten beiden größeren Regiearbeiten, „Seelenwanderung" und „Orden für die Wunderkinder", erhielten mehrere Preise, und auch seine weiteren Filme wurden fast immer (oft mehrfach) ausgezeichnet.

Ein Science-fiction-Thema behandelte Erler erstmals 1970: „Die Delegation", als Buch und als Film gleichermaßen international erfolgreich, geht der Frage nach, ob die Erde von außerirdischen Intelligenzen besucht wird. Von da an beschäftigte sich der Autor und Filmemacher immer wieder mit Stoffen, die im Grenzbereich von Gegenwart und Zukunft angesiedelt sind, und entwickelte hierfür ein eigenes Genre, den „Science-Thriller". Im fünfteiligen Zyklus „Das blaue Palais", zu dem auch „Das Genie" gehört, erforscht eine Gruppe anerkannter Wissenschaftler wichtige Aspekte der Zukunft, ohne dabei Rücksicht auf ethische Tabus nehmen zu müssen. Ob es dabei um Psi-Phänomene, einen neuen Dünger oder eine ungewöhnliche Stahllegierung geht – stets kommt Erler zu überraschenden, gelegentlich auch schockierenden Ergebnissen, die jedoch immer einen realen Hintergrund haben. Erler selbst bemerkt dazu: „Wenn sich der Held in der Geschichte vom ‚Genie' Informationen, Talente oder gar fremde Sprachen mittels biochemischer Substanzen einverleibt, die er den Gehirnen anderer Menschen entnommen hat, dann klingt das nach Science-fiction. Aber der bekannte amerikanische Wissenschaftler Professor Ungar hat mit seinen Experimenten an dressierten Ratten bewiesen, daß diese Idee nicht nur denkbar, sondern im Labor bereits realisierbar ist."

Rainer Erler war lange in verschiedenen Film- und Fernsehgremien tätig und unterrichtete fünf Jahre an der Münchner „Hochschule für Film und Fernsehen". Zusammen mit seiner Frau lebt er südlich von München in Bairawies.

DAS
WILDE
UFER

von Kim Stanley
Robinson
Ins Deutsche übertragen
von Michael Kubiak
Illustrationen:
Dieter Rottermund

Teil eins

I

„Von Grabschändung kann überhaupt keine Rede sein", erklärte Steve Nicolin. „Wir graben lediglich einen Sarg aus und montieren das ganze Silber ab. Wir machen ihn gar nicht auf. Dann graben wir ihn wieder ein, wie es sich gehört – was ist daran denn so schlimm? Die silbernen Handgriffe würden über kurz oder lang sowieso in der Erde verrotten."

Wir fünf ließen uns das durch den Kopf gehen. Kurz vor Sonnenuntergang schimmern die Felswände am Eingang unseres Tales bernsteinfarben, und unten auf dem breiten Strand werfen die Treibholzhaufen ihre Schatten bis zu den Sandsteinriesen am Fuß der Klippen. Jedes Stück verwitterten Holzes hätte ein Grabkreuz sein können, aufgeweicht und ausgebleicht, wie es war, und ich stellte mir vor, wie ich die Erde darunter aufgrub, um nach irgendwelchen Schätzen zu suchen.

Gabby Mendez schleuderte einen Stein hinter einer vorbeisegelnden Möwe her. „Und warum soll ausgerechnet das keine Grabschändung sein?" wollte er von Steve wissen.

„Die Leiche muß entweiht werden, damit eine Grabschändung daraus wird." Steve zwinkerte mir zu; bei solchen Sachen war ich stets sein Partner. „Und das tun wir nun mal nicht. Wir suchen nicht nach Manschettenknöpfen oder Gürtelschnallen, wir entfernen keine Ringe und keine Goldzähne, nichts dergleichen!"

„Igittigitt." Kristen Mariani schüttelte sich.

Wir befanden uns auf dem höchsten Punkt der Klippen oberhalb der Flußmündung – Steve und Gabby, Kristen und Mando Costa, Del Simpson und ich – alles alte Freunde, gemeinsam aufgewachsen und nun wie so oft am Ende eines Tages in einer heftigen Diskussion und voller kühner Pläne . . ., letzteres war eine Spezialität von Steve und mir. Unter uns an der ersten Biegung des Flusses sahen wir die

Fischerboote, die man aufs Land hinaufgezogen hatte. Es war ein gutes Gefühl, im Kreise meiner Freunde im warmen Sand zu sitzen, umweht von einer kühlen Brise, dabei die Sonne zu beobachten, wie sie sich den Bergspitzen näherte, und gleichzeitig zu wissen, daß die Arbeit für heute erledigt war.

„Himmel, mit soviel Silber wären wir die Könige beim nächsten Tauschtreff", fuhr Steve fort. „Und Königinnen", sagte er zu Kristen, die heftig nickte. „Wir könnten alles, was wir wollen, gleich zweimal kaufen. Oder eine Reise entlang der Küste unternehmen. Oder ins Landesinnere vordringen. Praktisch alles tun, wozu wir Lust haben."

„Woher willst du wissen, daß ausgerechnet der Sarg, den du mühsam ausgraben willst, Silberbeschläge hat?" fragte Gabby mit skeptischer Miene.

„Du hast doch sicher gehört, was der alte Mann über die Beerdigungen von früher erzählt hat", entgegnete Steve unwirsch. „Henry, sag du es ihm."

„Damals hatten sie vor dem Tod eine völlig unnatürliche und übertriebene Angst", erklärte ich in einem Ton, als wäre ich eine Kapazität auf diesem Gebiet. „Deshalb veranstalteten sie großartige Begräbnisfeierlichkeiten, um von dem abgelenkt zu werden, was wirklich geschah. Tom meint, eine solche Beerdigung kostete mehr als fünftausend Dollar!"

Steve nickte mir beipflichtend zu. „Er meint, daß jeder Sarg, der in die Erde gelassen wurde, dick mit Silber beschlagen war."

„Er glaubt auch, daß Menschen auf dem Mond gelandet sind", hielt Gabby ihm entgegen. „Das heißt aber noch lange nicht, daß ich dort oben nach Fußabdrücken Ausschau halte." Doch ich hatte ihn schon fast überzeugt; er wußte, daß man Tom Barnard, der uns das Lesen und Schreiben beigebracht hatte (jedenfalls Steve, Mando und mir), gar nicht erst groß bitten mußte, damit er auf den Reichtum der alten Zeiten zu sprechen kam.

„Demnach folgen wir also der Autobahn bis zu den Ruinen", fuhr Steve fort, „und suchen uns einen besonders auffälligen Grabstein auf einem Friedhof, und schon sind wir am Ziel."

„Einen Grabstein mit Diamantschmuck, was?" fragte Gabby.

„Tom hat gesagt, wir sollten nicht dorthin gehen", erinnerte uns Kristen.

Steve warf den Kopf nach hinten und lachte. „Der hat doch bloß

Angst." Er wurde wieder ernst. „Ist ja auch verständlich nach dem, was er durchgemacht hat. Aber dort draußen gibt es nichts außer den Trümmerratten, und die kommen nachts nicht raus."

Ganz sicher konnte er sich da auch nicht sein, da wir bisher weder bei Tag noch bei Nacht dort herumgeschlichen waren; aber ehe Gabby ihn darauf festnageln konnte, krähte Mando: „Nachts?"

„Klar!" rief Steve.

„Ich hab gehört, die Aasjäger warten dort nur auf einen, um ihn aufzufressen", sagte Kristen.

„Denkst du, dein Vater gibt dir tagsüber frei vom Hacken und Unkrautjäten?" fragte Steve Mando. „Bitte sehr, dasselbe gilt für uns alle. Diese Truppe muß ihren Geschäften eben nachts nachgehen." Er senkte die Stimme: „Das ist sowieso die beste Zeit, um auf Friedhöfen Gräber zu schänden." Dann lachte er schallend, als er sah, wie Mando sein Gesicht verzog.

„Ich könnte die Schaufeln besorgen", bot Del an.

„Und ich könnte eine Laterne mitbringen", sagte Mando schnell, um zu zeigen, daß er keine Angst hatte. Und plötzlich diskutierten wir über einen Plan. Ich spitzte die Ohren und begann der Diskussion etwas aufmerksamer zu folgen. Steve und ich hatten schon früher die eine oder andere Aktion geplant: zum Beispiel im Hinterland einen Tiger in einer Falle zu fangen oder auf dem Betonriff nach versunkenen Schätzen zu tauchen oder das Silber aus den alten Eisenbahnschienen herauszuholen, indem wir sie schmolzen. Doch die meisten dieser Ideen erwiesen sich im Laufe unserer Gespräche aus rein praktischen Gründen als undurchführbar, und wir ließen sie fallen. Aber was diesen speziellen Plan anging, so brauchten wir nichts anderes zu tun, als in die Ruinen zu schleichen und zu graben. Deshalb berieten wir, in welcher Nacht die Aasjäger mit einer besonders hohen Wahrscheinlichkeit nicht aus ihren Löchern herauskommen würden (bei Vollmond, wie Steve unserem ängstlichen Mando versicherte, wenn die Gespenster zu sehen wären), wen wir zum Mitkommen auffordern könnten, vor wem wir unser Unternehmen geheimhalten müßten, wie wir die silbernen Handgriffe zu tauschfähigen Scheiben zerschneiden könnten und so weiter.

Dann umspülte der Ozean den roten Saum der Sonne, und es wurde merklich kälter. Gabby erhob sich und massierte seinen Hintern und erzählte uns dabei von dem Wildbraten, den es bei ihm heute abend zu essen geben sollte. Wir anderen standen ebenfalls auf.

„Wir werden diese Sache tatsächlich durchziehen", sagte Steve eindringlich.

Als wir unseren Versammlungsort verließen, ließ ich mich etwas zurückfallen und folgte der Felskante. Weiter draußen am breiten Strand sammelte sich das Wasser der zurückweichenden Flut in silbernen Teichen, die mit einem roten Schimmer gesäumt waren – jeder einzelne kleine Tümpel ein Abbild des unendlichen Ozeans, dessen Brandung sich donnernd am Strand brach. Auf meiner anderen Seite befand sich das Tal, unser Tal, das sich in die Berge hineinwand, die dem Meer und seinem Toben Einhalt geboten. Die Bäume des Waldes, der die Hügel bedeckte, ließen ihre Äste im abendlichen Seewind hin und her schwingen, und das Grün des Spätfrühlings erhielt durch das Licht der untergehenden Sonne einen pollenfarbenen Schimmer. Meilenweit erstreckte sich der Wald entlang der sich windenden Küste, Föhren und Fichten und Tannen, die an die Behaarung eines lebendigen Wesens erinnerten. An den zerklüfteten Berghängen waren keine Zeichen menschlicher Anwesenheit zu erkennen (obwohl es sie dort gab); dort gab es nichts als Bäume. Redwood, Fichten und Eukalyptus verschmolzen zu grünen Berghängen, die sich ins Meer ergossen, und als ich über die bernsteinfarbenen Felsen der Klippe wanderte, war ich glücklich. Ich hatte nicht die leiseste Vorahnung, daß meine Freunde und ich einem Sommer entgegengingen, der . . ., nun, der uns verändern sollte. Jetzt, da ich diesen Bericht über jene Monate niederschreibe, mitten im härtesten Winter, den ich je erlebte, ist dies alles glücklicherweise Vergangenheit, und ich erkenne, daß jener Ausflug mit dem Ziel, nach Silber zu suchen, irgendwie der Anfang war – vor allem wegen der Erfahrungen, die wir dabei machten. Ich war hungrig, muß man wissen, nicht nur nach Eßbarem, sondern nach einem Leben, das aus mehr bestand als Fischefangen, Feldarbeit und Fallenstellen. Und Steve war noch hungriger als ich.

Aber ich greife meiner Geschichte vor. Als ich über den schmalen, südwärts führenden Pfad die kleine Hütte aufsuchte, die mein Vater und ich bewohnten, reizte der Geruch nach Tannen und salzigem Meer meine Nase und machte mich trunken vor Hunger, und zufrieden stellte ich mir riesige Silberstücke vor. Allmählich dämmerte es mir, daß ich und meine Freunde zum erstenmal in unserem Leben im Begriff waren, das in die Tat umzusetzen, was wir stets so prahlerisch geplant hatten – und bei diesem Gedanken kroch mir ein Schauer der Erregung über den Rücken, und ich sprang auf dem Pfad von Wurzel zu Wurzel; denn ich war dabei, in das Territorium der Aasjäger vorzudringen, und hielt nördlich auf die Ruinen von Orange County zu.

In der Nacht, die wir für unser Vorhaben aussuchten, wallte Nebel vom Meer hoch und trieb im Licht eines zunehmenden Halbmonds landeinwärts. Ich harrte an der Tür unserer Hütte aus und achtete nicht auf Pas Schnarchen. Ich hatte ihm bereits vor einer Stunde etwas vorgelesen, bis er einschlief, und nun lag er auf der Seite, und seine schwieligen Finger bedeckten die Narbe an der einen Kopfseite. Pa ist lahm und ein wenig einfältig, seit er mal von einem Pferd getreten worden ist, als ich noch ein Kind war. Meine Mutter hat ihm abends immer vorgelesen, bis sie dann starb, und danach schickte er mich zu Tom, damit ich weiterlernte. Dabei meinte er auf seine langsame, bedächtige Art, daß es für uns beide von Nutzen wäre. Ich nehme an, er hatte damit ganz recht.

Ab und zu wärmte ich meine Hände über den aschegrauen Kohlen im Herd. Die Hüttentür stand nämlich einen Spaltbreit offen, und es war kalt. Ich wünschte, daß die anderen bald auftauchten. Neben Pas Schnarchen war da kein Geräusch außer dem leisen Rieseln des Nebels, der als Tau von den Blättern der Bäume auf unser Hausdach herabtropfte.

„Huuhuuuu, huuhuuuu!" Steves Ruf schreckte mich aus dem Halbschlaf hoch. Es war eine gute Imitation der großen Canyoneulen, obgleich die Eulen sich nur selten in dieser Form bemerkbar machten. Wenn Sie mich fragen, dann meine ich, daß ein solcher Vogelschrei als Geheimzeichen eigentlich ungeeignet war. Immerhin war dieser Ruf besser als das Leopardenhusten, mit dem Steve sich ursprünglich bemerkbar gemacht hatte und welches vielleicht irgendwann dafür gesorgt hätte, daß er eine Kugel zwischen die Rippen bekam.

Ich huschte nach draußen und rannte den Pfad zum Eukalyptus hinab. Steve trug Dels beide Schaufeln auf der Schulter; Del und Gabby standen hinter ihm.

„Wir müssen Mando holen."

Del und Gabby warfen sich bedeutsame Blicke zu. „Costa?" fragte Steve.

Ich starrte ihn an. „Er wartet sicher auf uns." Mando und ich waren jünger als die anderen drei – ich um ein Jahr, Mando um drei –, und ich fühlte mich manchmal so etwas wie verpflichtet, ein gutes Wort für ihn einzulegen.

„Sein Haus liegt sowieso am Weg", erklärte Steve. Wir entschieden uns für den Weg am Fluß entlang bis zur Brücke, überquerten sie und stiegen auf dem Bergpfad zum Haus der Costas hinauf.

Doc Costas unheimliches Ölfaßbauwerk sah entfernt aus wie eine kleine schwarze Burg aus einem von Toms Büchern – wie eine dicke, fette Kröte und finsterer noch, als alle natürlichen Dinge im Nebel erschienen. Steve ließ seinen Geheimruf ertönen, und schon nach kurzer Zeit kam Mando heraus und gesellte sich zu uns.

„Dann wollt ihr es also wirklich noch heute nacht hinter euch bringen?" fragte er und versuchte blinzelnd, den Nebel mit seinen Blicken zu durchdringen.

„Klar", erwiderte ich schnell, ehe die anderen sein Zögern als Grund dafür nahmen, ihn nun doch zurückzulassen. „Hast du eine Laterne?"

„Hätte ich fast vergessen." Er kehrte wieder in die Hütte zurück und holte eine. Als er wieder da war, begaben wir uns zur alten Autobahn und marschierten auf ihr in nördlicher Richtung los.

Wir legten ein zügiges Tempo vor, um warm zu werden. Die Autobahn erstreckte sich als zwei hellere Bänder im Nebel, die von Spalten und Rissen durchzogen waren, in denen schwarze Flechten wucherten. Schon bald überquerten wir den Felskamm, der das nördliche Ende unseres Tals markierte, und kurz darauf das schmale San Mateo Valley, das sich nach Norden an den Felskamm anschloß. Danach ging es bergauf und bergab durch die zerklüftete Hügellandschaft von San Clemente. Wir blieben dicht zusammen und redeten nicht viel. Rechts und links von uns standen Ruinen im Wald: Mauern aus Zementquadern, Dächer, die von skelettartigen Konstruktionen aufrecht gehalten wurden, verknotete Drahtknäuel, die sich von Baum zu Baum spannten – dazwischen Düsternis und völlige Stille. Doch wir wußten, daß die Aasjäger hier oben irgendwo hausten, und wir eilten so leise weiter wie Gespenster. Eine feuchte Nebelzunge leckte über uns hinweg, als die Straße in einen breiten Cañon abknickte, und wir konnten nichts weiter erkennen als die rissige Straßenoberfläche. Seltsam knarrende Laute drangen aus der dunklen, nassen Stille zu uns, ab und zu ein Rascheln, als würde etwas durch das Dickicht schleichen, etwas, das uns verfolgte, zum Beispiel.

Steve blieb stehen, um eine Abzweigung nach rechts zu suchen. „Hier muß es sein", flüsterte er. „Der Friedhof liegt am Ende dieses Tales."

„Woher weißt du das?" fragte Gab mit seiner normalen Stimme, die furchtbar laut war.

„Ich war hier und hab ihn gefunden", erwiderte Steve. „Was meinst du denn, woher ich das weiß?"

Wir folgten ihm und verließen die Autobahn. Unten im Wald gab es fast mehr Gebäude als Bäume, und es waren große Bauwerke. Sie verfielen auf jede erdenkliche Art; Fenster und Türen waren ihnen wie Zähne ausgeschlagen worden, und in jeder Öffnung hatten sich Gräser und Sträucher festgesetzt; Wände neigten sich, Dächer bildeten auf dem Erdboden wüste Ziegelhaufen. Stromleitungen hingen zwischen Pfählen, die manchmal ganz auf die Straße gekippt waren; wir mußten sie behutsam übersteigen.

Das Gebell eines Kojoten durchschnitt die Dunkelheit, und wir alle erstarrten. War es ein Kojote oder ein Aasjäger? Aber kein weiterer Laut folgte, und so setzten wir unseren Weg fort, diesmal noch nervöser als vorher. Am Kopfende des Tales beschrieb die Straße einige Kehren, und als wir die hinter uns gebracht hatten, befanden wir uns auf der von einem Cañon durchschnittenen Hochfläche, die früher einmal den oberen Teil von San Clemente ausgemacht hatte. Hier oben gab es Häuser, darunter sehr große, die in Reihen an den Straßen angeordnet waren wie Fische, die zum Trocknen auslagen. Viele von den Häusern waren nur noch Bruchbuden und von Unkraut überwuchert, einige waren vollständig verschwunden – es gab nur noch nackte Fußböden, aus denen Rohre und Leitungen aufragten wie Arme aus einem Grab. Aasjäger hatten hier früher gehaust und die Häuser nach und nach zu Feuerholz verarbeitet, um dann weiterzuziehen, sobald sie ihre provisorischen Heime verbrannt hatten.

Steve blieb an einer Straßenkreuzung stehen, auf der man früher einmal ein Lagerfeuer unterhalten hatte. „Hier entlang", sagte er.

Wir folgten ihm in nördlicher Richtung auf einer Straße, die am

Rande des Plateaus parallel zur Küste des Ozeans verlief. Der Nebel unter uns erschien wie ein weiterer Ozean. So wanderten wir wiederum über einen Strand. Die Häuserreihe, die die Straße gesäumt hatte, hörte auf, und ein Zaun begann, der aus Steinpfeilern bestand, die durch Metallstreben verbunden waren. Auf der anderen Seite des Zauns war das wellige Plateau mit rechteckigen Steinen übersät, die aus dem hohen Gras herausragten: der Friedhof. Wegen des Nebels war es unmöglich festzustellen, wo das Areal endete; jedenfalls schien es sich um einen enorm großen Friedhof zu handeln. Schließlich fanden wir eine Lücke im Zaun, stiegen hindurch und wanderten im hohen Gras zwischen Buschwerk und Grabsteinen weiter.

Sie hatten die Gräber genauso schnurgerade ausgerichtet wie ihre Häuser. Plötzlich blickte Steve zum Himmel auf, stieß seinen Kojotenschrei aus, *yip yip yoo-ee-oo-ee-oo-eee,* und gebärdete sich dabei wie ein verwilderter Hund.

„Hör auf", schimpfte Gabby unwirsch. „Das einzige, was uns jetzt noch fehlt, ist ein Hund, der uns anbellt."

„Oder Aasjäger", fügte Mando ängstlich hinzu.

Steve lachte. „Freunde, wir stehen auf einer Silbermine, mehr nicht." Er bückte sich, um die Inschrift auf einem Grabstein zu lesen; es war zu dunkel; er ging zum nächsten. „Seht mal, wie groß der ist." Er tastete mit den Fingern die Inschrift ab. „Hier liegt ein John Appleby, geboren 1919, gestorben 1984. Ein hübscher großer Stein, starb genau zur richtigen Zeit – hat wahrscheinlich in einem der großen Häuser unten an der Straße gewohnt – ganz bestimmt sehr reich, stimmt's?"

„Auf dem Grabstein müßte eigentlich noch viel mehr stehen", wandte ich ein. „Das würde beweisen, daß er reich war."

„Da steht auch noch mehr", meldete Steve. „Geliebter Vater, glaube ich . . ., und noch anderes. Sollen wir es hier versuchen?"

Für eine Weile sagte niemand etwas. Dann bequemte Gab sich zu einer Antwort. „Ob hier oder woanders, das ist doch egal."

Steve legte eine Schaufel beiseite und packte die andere mit beiden Händen. „Wir müssen erst mal das Gras entfernen." Er begann damit, die Schaufel ins Erdreich zu stoßen und eine gerade Linie auszustechen. Gabby, Del, Mando und ich standen bloß da und schauten ihm zu. Er sah auf und bemerkte unsere Blicke. „Was ist?" fragte er. „Ihr wollt doch auch was von dem Silber, oder etwa nicht?"

Also ging ich zu ihm hin und begann ebenfalls zu graben; ich hatte es eigentlich die ganze Zeit gewollt, doch irgendwie machte mich die Umgebung nervös. Als wir das Gras so weit entfernt hatten, daß das Erdreich zutage trat, begannen wir richtig zu graben. Nachdem wir uns so tief gewühlt hatten, daß wir bis zu den Knien im Loch standen, gaben wir außer Atem die Schaufeln an Gabby und Del weiter. Nicht lange, und Gabby meinte: „Hier unten wird es allmählich finster; macht mal lieber die Laterne an." Mando holte sein Feuerzeug aus der Tasche und schickte sich an, den Docht in Brand zu setzen.

Die Laterne spendete ein unangenehmes gelbes Licht, das mich blendete. Ich entfernte mich von unserem Ausgrabungsort, um meine Augen wieder an die Dunkelheit zu gewöhnen und meinen Blutkreislauf in Gang zu bringen. Meine Arme waren mit Erde beschmiert, und ich war noch nervöser als vorher. Aus der Ferne betrachtet, erschien die Laternenflamme größer und ihr Licht schwächer, und meine Gefährten erschienen als schwarze Schattenrisse, von denen die beiden mit den Schaufeln bis zur Taille in der Grube standen. Ich gelangte an ein Grab, das geöffnet und dann so zurückgelassen worden war. Ich erschrak und rannte wieder dorthin zurück, wo unsere Laterne leuchtete.

Gabby sah zu mir hoch. Sein Kopf ragte kaum über den Erdhaufen neben der Grube hinaus. „Den haben sie aber tief eingegraben", sagte er mit belegter Stimme. Er schleuderte wieder eine Ladung Erdreich nach oben.

„Vielleicht ist der hier schon ausgegraben worden", äußerte Del eine Vermutung und blickte in das Loch hinunter zu Mando, der mit jeder Schaufel Erde nach oben beförderte.

„Klar doch", machte Steve sich über ihn lustig. „Vielleicht haben sie ihn auch lebendig begraben, und er ist aus eigener Kraft wieder herausgekrochen."

„Meine Hände tun weh", sagte Mando. Sein Schaufelstiel war lediglich ein kräftiger Ast, und seine Hände waren an derartige Arbeit nicht gewöhnt.

„‚Meine Hände tun weh'", säuselte Steve. „Dann mach, daß du hier rauskommst!"

Mando kletterte heraus, und Steve sprang in die Grube, um seinen Platz einzunehmen.

Ich hielt Ausschau nach den Sternen, doch ich fand keinen einzigen. Es schien schon recht spät zu sein. Mir war kalt, und ich hatte Hunger. Der Nebel wurde immer dichter; die Gegend im Umkreis war zwar noch recht gut zu erkennen, doch schnell senkte sich auch hier der Dunst herab, und nur wenige Meter von uns entfernt entstand eine Nebelwand – grellweiß und undurchdringlich.

Ein dumpfer Laut. Eine von Steves beidhändigen Schaufelattacken schien Erfolg gehabt zu haben. Er hielt inne und starrte angestrengt nach unten. Vorsichtig stieß er wieder mit der Schaufel zu. „Wir sind soweit!" rief er und fuhr fort, Erde nach oben zu schleudern. Nach einer kurzen Weile meldete er sich wieder. „Bringt mal die Laterne an dieses Ende." Mando hob sie hoch und hielt sie über die Grube.

Steve begann zu fluchen, und wir erfuhren von ihm, daß unser Loch eben erst das Ende des Sarges berührt hatte. „Das blöde Ding liegt unter dem Grabstein!" Die Holzkiste steckte also noch immer in ihrem kompakten Lehmbett.

Wir berieten eine Zeitlang, was wir jetzt tun sollten, und Steve kam schließlich auf die Idee, den oberen Teil und die Seiten des Sarges freizulegen und ihn in die Grube zu ziehen, die wir ausgehoben hatten. Nachdem wir das Erdreich so weit entfernt hatten, wie unsere Arme reichen konnten, meinte Steve: „Henry, du hast bis jetzt von uns allen am wenigsten gegraben, und du bist lang und mager. Am besten kriechst du jetzt neben den Sarg und versuchst, ihn noch weiter frei zu kratzen."

Ich protestierte zwar, doch die anderen meinten, ich sei genau der richtige Spezialist für diesen Job, und plötzlich fand ich mich auf dem Sarg liegend wieder, über mir eine dicke Lehmschicht, und damit beschäftigt, mich mit den bloßen Fingern ins Erdreich hineinzuwühlen und die Lehmbrocken hinter mich zu schieben. Lediglich eine endlose Kette von Flüchen, die meinen Geist ausfüllte, lenkte mich von dem ab, was genau parallel zu meinem Körper unter mir in der Holzkiste liegen mußte. Die anderen wurden nicht müde, mich mit lauten Rufen anzufeuern wie zum Beispiel: „Wir gehen am besten schon mal nach Hause" oder „Hast du nicht gemerkt, wie der Sarg sich bewegt hat?" Ich hielt diese Bemerkungen überhaupt nicht für besonders lustig. Schließlich konnte ich meine Finger um die obere Kante des Sarges schieben, und ich sah zu, daß ich aus dem Loch herauskam und mir die Erde aus den Kleidern klopfte.

„Henry, auf dich kann man sich wirklich verlassen", lobte Steve mich, als er ins Grab sprang. Dann waren er und schließlich auch Del an der Reihe, sich zwischen Sarg und Erdreich zu zwängen und die Holzkiste freizulegen. Schließlich begannen sie an dem Sarg zu zerren, und unter Keuchen und Ächzen ließ dieser sich lockern und rutschte schließlich in die Grube, die wir ausgehoben hatten.

Der Sarg war aus schwarzem Holz und mit einem grünlichen Film bedeckt, der im Laternenlicht schimmerte wie Pfauenfedern. Gabby klopfte die Erde von den Griffen, dann wischte er die Beschläge auf dem Sargdeckel ab: alles Silber.

„Seht euch mal die Handgriffe an", sagte Del. Es gab insgesamt sechs, auf jeder Seite drei, und sie glänzten so poliert und neu, als wären sie erst am vergangenen Tag und nicht schon vor sechzig Jahren vergraben worden. Ich entdeckte die Kerbe im Holz des Deckels, wo Steves Schaufel ihre erste Berührung mit dem Schatz gehabt hatte. „He, Mann", sagte Mando. „Sieh dir lieber die silberne Pracht an."

Und wir betrachteten den Schatz. Ich stellte mir unseren nächsten Tauschtreff vor, wo wir auftauchen würden, herausgeputzt wie Aasjäger in Pelzmänteln und Stiefeln und Federhüten und in Hosen, die uns vom Gewicht des Silbers in den Taschen jeden Moment von den Hüften zu rutschen drohten. Wir stimmten ein Triumphgeheul an und schlugen uns gegenseitig auf den Rücken. Gabby rieb mit seinem Daumen über einen Handgriff, er zog die Nase kraus.

„He", sagte er. „Hhmm . . ." Er griff nach der Schaufel, die neben ihm an der Grubenwand lehnte, und schlug damit gegen den Handgriff. Ein dumpfer Laut ertönte. Nicht wie Metall auf Metall. Und der Schlag hinterließ eine Kerbe im Handgriff. Gabby sah Del und Steve vielsagend an und bückte sich, um den Sachverhalt eingehender zu untersuchen. Er schlug erneut gegen den Handgriff. Und wieder klang es dumpf und hohl. Er strich mit der Hand darüber.

„Das ist kein Silber", stellte er fest. „Das Zeug ist zerkratzt. Wahrscheinlich irgend so ein . . ., Plastikmaterial, nehme ich an."

„Verdammt noch mal!" fluchte Steve. Er sprang in das Loch und griff sich eine Schaufel; er attackierte damit den Beschlag auf dem Sargdeckel und hackte ihn in zwei Teile. „Dieser verdammte alte Lügner", schimpfte Steve. Er schleuderte die Schaufel auf den Erdboden. „Er hat uns erzählt, jedes dieser Begräbnisse hätte ein Vermögen gekostet. Er sagte auch . . ." Er hielt inne; wir alle wußten, was der alte Mann gesagt hatte. „Er erzählte uns, alles wäre aus Silber."

Er, Gabby und Del standen jetzt im Grab. Mando brachte die Laterne zum Grabstein und setzte sie nieder. „Das ist auch kein Grabstein, sondern nur eine Warntafel für Grabräuber", meinte er, um unsere Laune etwas aufzubessern.

Steve hatte die Bemerkung gehört und funkelte ihn wütend an: „Sollen wir ihm dann wenigstens den Ring abnehmen?"

„Nein!" schrie Mando auf, und wir alle mußten über ihn lachen.

„Sollen wir uns seinen Ring, seine Gürtelschnalle und seine Goldzähne holen?" fragte Steve noch einmal mit einem Seitenblick zu Gabby. Mando schüttelte heftig den Kopf und sah aus, als würde er jeden Moment in Tränen ausbrechen. Del und ich lachten; Gabby kletterte mit einem trübsinnigen Gesicht aus dem Loch heraus. Steve warf den Kopf in den Nacken und stieß ein kurzes, abgehacktes Lachen aus. Auch er stieg nun aus dem Grab. „Kommt, wir graben unseren Freund wieder ein, und dann nehmen wir uns den alten Mann vor."

Wir schaufelten die Erde wieder zurück. Die ersten Brocken polterten mit einem hohlen Dröhnen auf den Sarg. Es dauerte nicht lange, bis das Loch wieder voll war. Mando und ich legten die ausgestochenen Grassoden wieder an Ort und Stelle, so gut wir konnten. Als wir damit fertig waren, sah unser Werk einfach schrecklich aus. „Sieht fast so aus, als hätte er sich noch hier unten gegen sein Schicksal gewehrt", sagte Gabby.

Wir löschten die Laternenflamme und machten uns auf den Heimweg. Nebel strömte durch die leeren Straßen wie Wasser in einem Flußbett, und es war, als bewegten wir uns dicht unter der Oberfläche zwischen versunkenen Ruinen und schwarzem Seetang dahin. Draußen auf der Autobahn kam man sich nicht mehr so eingeengt vor, doch der Nebel fegte hart über die Straße, und es war kälter. So schnell unsere Beine es erlaubten, eilten wir nach Süden. Keiner von uns sagte ein Wort. Als wir uns aufgewärmt hatten, wurden wir ein wenig langsamer, und Steve begann zu reden. „Wißt ihr, daß sie damals solche silbrig aussehenden Plastikgriffe hatten, kann doch nur bedeuten, daß einige Zeit vorher die Menschen mit echten Silbergriffen an den Särgen beerdigt wurden – reichere Leute oder Leute, die vor 1984 gestorben sind, oder wer sonst noch darin liegen mag." Wir alle begriffen, daß dies nichts anderes war als der kaum verhüllte Vorschlag, schon in Kürze eine zweite Ausgrabungsexpedition zu unternehmen. Deshalb stimmte niemand dafür, wenngleich der Vorschlag, so gesehen, durchaus sinnvoll klang.

„Bloß ein gottverdammtes Plastikzeug", sagte Gabby zu Del. Er begann zu lachen, heftiger und heftiger, bis er sich auf Dels Schulter stützen mußte. „Wir haben uns also die Nacht um die Ohren geschlagen, um insgesamt fünf Pfund Plastik auszugraben. Plastik!"

Plötzlich zerschnitt ein Geräusch die Nacht – ein Heulen, ein an Gesang erinnernder greller Schrei, der tief anfing und immer höher und höher stieg und dabei immer lauter wurde. Kein lebendes Wesen konnte Ursache dieses Geräusches sein; es war etwas, das ich noch nie zuvor gehört hatte. Das Geräusch erreichte einen Höhepunkt an Lautstärke und Tonhöhe. Das Ganze erinnerte an die Todesschreie all jener, die durch Bomben ums Leben gekommen waren.

Wir lösten unsere dichte Formation auf und rannten einfach los. Der Lärm dauerte an und schien uns zu verfolgen.

„Was ist das?" wollte Mando wissen.

„Aasjäger!" zischte Steve. Und das Heulen schwoll an und war diesmal ganz nahe. „Lauft schneller!" trieb Steve uns an. Steine krachten hinter uns auf den Beton und auf das Bankett rechts und links vom Fahrdamm. „Verliert die Schaufeln nicht", hörte ich Del rufen. Ich hob einen anständigen Felsbrocken auf und war irgendwie erleichtert, daß wir nur von Aasjägern gejagt wurden. Hinter mir nichts als Nebel, Nebel und dieses Geheul, doch aus diesem weißen Nichts kamen die Felsbrocken recht zahlreich herangeflogen. Ich zielte mit meinem Stein auf einen dunklen Schatten und rannte hinter den anderen her, gehetzt von einem Heulen, das mindestens von einem Tier, wenn nicht gar von einem Menschen stammen konnte. „Henry!" rief Steve. Die anderen waren mit ihm unten am Straßendamm. Ich sprang ihnen nach und brach durch die Büsche. „Sammelt Steine!" befahl Steve. Wir führten seinen Vorschlag aus, drehten uns um und schleuderten sie alle gleichzeitig zurück auf die Straße. Als Antwort hörten wir ein wütendes Geschrei. „Wir haben einen erwischt!" stellte Steve fest. Aber Genaues konnten wir nicht in Erfahrung bringen. Wir kehrten wieder auf die Straße zurück und rannten weiter. Das Kreischen blieb allmählich hinter uns zurück, und schließlich waren wir in San Mateo Valley angelangt und auf dem Weg zur Basilone Ridge über unserem Heimattal. Hinter uns erklang immer noch das Geschrei, nun aber viel schwächer und vom Nebel gedämpft.

„Das muß eine Sirene gewesen sein", sagte Steve. „Sie nennen so ein Ding Sirene. Eine Lärmmaschine. Wir müssen Rafael danach fragen." Die Steine, die wir aufgesammelt hatten, warfen wir eher symbolisch hinter uns und trabten dann nach Onofre hinein.

„Diese widerwärtigen Aasjäger", stieß Steve hervor, als wir am Fluß entlangspazierten und allmählich zu Atem kamen. „Ich frage mich nur, wie die uns haben finden können."

„Vielleicht haben sie einen Spaziergang gemacht und sind nur zufällig auf uns gestoßen", vermutete ich.

„Das ist nicht sehr wahrscheinlich."

„Nein." Aber mir fiel keine einleuchtendere Erklärung ein, und Steve hatte auch nichts Besseres zu bieten.

„Ich gehe nach Hause", sagte Mando, und in seiner Stimme schwang Erleichterung mit.

„Na schön, tu das. Wir schnappen uns diese Trümmerratten ein anderes Mal."

Fünf Minuten später waren wir an der Brücke. Wir überquerten sie, und Gabby und Del gingen flußaufwärts weiter. Steve und ich blieben an der Weggabelung zurück. Er begann über die Nacht zu reden, er verfluchte die Aasjäger, den alten Mann und John Appleby gleich dazu, und es war nicht zu übersehen, daß sein Blut noch immer in Wallung war. Er hätte bis zum Sonnenaufgang reden können, doch ich war müde. Ich hatte nicht seine Energiereserven, und mir jagte auch in der Erinnerung dieser Lärm noch immer einen Schrecken ein. Sirene oder nicht, es klang mörderisch unmenschlich. Ich wünschte Steve eine gute Nacht und schlüpfte in meine Behausung. Ich tauchte meine Hände in den Wascheimer und spülte sie ab, aber sie fühlten sich noch immer schmutzig an und stanken nach Grab. Ich gab meine Reinigungsversuche auf und legte mich schmutzig, wie ich war, auf mein Bett und war schon eingeschlafen, ehe ich noch richtig warm geworden war.

Im Traum erlebte ich wieder den Moment, als wir damit begannen, das offene Grab zuzuschaufeln. Erdklumpen kullerten auf den Sarg und erzeugten ein gespenstisches, hohles Dröhnen; doch in meinem

Traum war dieses Geräusch ein Klopfen aus dem Sarg, das lauter und verzweifelter wurde, je schneller sich die Grube wieder mit Erde füllte.

Pa weckte mich mitten aus diesem Alptraum. „Heute morgen haben sie am Strand eine angespülte Leiche gefunden."

„Häh?" rief ich und sprang verwirrt aus dem Bett. Erschrocken wich Pa zurück. Ich beugte mich über den Wascheimer und spritzte mir kaltes Wasser ins Gesicht. „Was erzählst du da?"

„Ich habe gehört, daß man einen von diesen Chinesen gefunden hat. Du bist ja völlig verdreckt. Was ist mit dir los? Warst du heute nacht schon wieder draußen?"

Ich nickte. „Wir bauen uns ein Versteck."

Verwirrt und mißbilligend schüttelte Pa den Kopf.

„Ich habe Hunger", fügte ich hinzu und griff nach dem Brot. Dann nahm ich einen Becher vom Wandregal und tauchte ihn in den Trinkwassereimer.

„Wir haben nichts mehr außer Brot."

„Ich weiß." Ich brach einige Brocken von dem Laib ab. Kathryns Brot war gut, auch wenn es schon ein bißchen alt war. Ich ging zur Tür und öffnete sie, und das Dunkel unserer fensterlosen Hütte wurde von Sonnenlicht zerschnitten. Ich streckte meinen Kopf hinaus in die Luft; fahler Sonnenschein, die Bäume entlang des Flusses triefend naß. Im Innern der Hütte fiel das Licht auf Pas Nähtisch. Die alte Maschine glänzte von den langen Jahren ständigen Gebrauchs. Daneben stand der Herd, und darüber, gleich neben dem Ofenrohr, welches das Dach durchstieß, befand sich das Regal mit den Küchengeräten. Das und der Tisch, die Stühle, Kleiderschränke und Betten stellten unseren gesamten Besitz dar – die bescheidene Habe eines einfachen Mannes in einem einfachen Gewerbe.

„Du läufst jetzt besser zu den Booten hinunter", sagte Pa ernst. „Es ist schon spät, sicher sind sie schon dabei abzulegen."

Pa hatte recht; ich war wirklich spät dran. Immer noch auf meinem Stück Brot kauend, zog ich Hemd und Schuhe an. „Viel Glück!" rief Pa mir nach, als ich durch die Tür hinausstürmte.

Als ich die Straße überqueren wollte, wurde ich von Mando, der aus der anderen Richtung kam, angehalten. „Hast du schon von dem Chinesen gehört, der an den Strand gespült wurde?" wollte er wissen.

„Ja! Hast du ihn gesehen?"

„Ja! Pa ging runter, um ihn sich anzusehen, und ich bin einfach mitgegangen."

„Ist er erschossen worden?"

„Na klar. Vier Einschußlöcher mitten in der Brust."

„Mann!" Sehr viele wurden bei uns angetrieben. „Ich möchte nur gerne wissen, um was die da draußen so fanatisch kämpfen."

Mando zuckte mit den Schultern. In dem Kartoffelfeld auf der anderen Straßenseite rannte Rebel Simpson hinter einem Hund her, der eine Kartoffel ausgegraben hatte. Dabei stieß sie wütende Beschimpfungen aus. „Pa ließ einmal verlauten, daß dort draußen eine Art Küstenwache die Leute von hier fernhält."

„Ich weiß", sagte ich. „Ich frag mich nur, ob das wirklich der Grund ist." Große Schiffe tauchten ab und zu vor der langen Küste auf, gewöhnlich weit draußen am Horizont, manchmal auch etwas näher, und von Zeit zu Zeit wurden Leichen angetrieben, die von Kugeln durchlöchert waren. Doch was mich betraf, so war das alles, was wir über die Welt außerhalb unserer Grenzen sagen konnten. Wenn ich voller Wissensdurst darüber nachdachte, wurde meine Neugier manchmal so übermächtig, daß ich fast in Wut geriet. Andererseits war Mando sicher, daß sein Vater (der nur nachplapperte, was der alte Mann von sich gab) wußte, was das alles zu bedeuten hatte. Er begleitete mich hinaus zu den Klippen. Draußen auf See wurde der Horizont von einem breiten Wolkenband überlagert; es war die tägliche Nebelbank, die sich später, wenn der Wind sich drehte, auf das Land zuwälzen würde. Unten, nahe der Flußmündung, luden sie Netze in ihre Boote. „Ich muß an Bord", verabschiedete ich mich von Mando. „Bis nachher."

Als ich die Klippen zum Strand hinuntergeklettert war, war man gerade damit beschäftigt, die Boote zu Wasser zu lassen. Ich gesellte mich zu Steve, der beim kleinsten Boot, das noch auf dem Sand lag, mit anpackte. John Nicolin, Steves Vater, stapfte vorüber und funkelte mich dabei wütend an. „Ihr beide übernehmt heute die Angelruten. Für etwas anderes seid ihr sowieso nicht nütze." Er entfernte sich und brüllte den Insassen eines ablegenden Bootes einen letzten Befehl zu.

„Weiß er, daß wir heute nacht weg waren?"

„Ja." Steves Lippen kräuselten sich. „Ich bin über ein Trockengerüst gestolpert, als ich ins Haus schlich."

„Hat es Ärger gegeben?“

Er drehte den Kopf, um mir eine Schwellung vor seinem Ohr zu zeigen. „Was dachtest du denn?“ Er war nicht zum Reden aufgelegt, und ich half den Männern, das nächste Boot über den Strand zu ziehen. Das kalte Wasser, das mir über die Füße spülte, sorgte dafür, daß ich endlich hellwach wurde. Schließlich war das kleine Boot an der Reihe, und ich sprang hinein, als es in die Fahrrinne hinausgeschoben wurde. Wir ruderten nur mit halber Kraft, ließen uns mehr mit der Strömung treiben und überwanden die Brecher an der Flußmündung ohne Probleme.

Als alle Boote draußen und jenseits der Boje waren, die das Hauptriff markierte, lief alles wie gewöhnlich weiter. Die drei großen Boote begannen ihre Kreisfahrt, um das Beutelnetz auszubringen; Steve und ich ruderten nach Süden, die anderen Angelboote entfernten sich in nördlicher Richtung. Am südlichen Ende des Tales liegt eine schmale Bucht, die von einem Riffwall aus Beton nahezu vollständig ausgefüllt wird – Betonbucht nennen wir den Ort. Zwischen dem Betonwall und dem etwas größeren Riff auf der dem Strand abgewandten Seite verläuft ein Kanal, den die schnelleren Fische zur Flucht benutzen, wenn die Netze ins Wasser gebracht werden. Das Angeln ist gewöhnlich dann erfolgreich, wenn auch mit den Netzen gefischt wird. Steve und ich ließen unseren Anker über dem Hauptriff fallen und wurden von der Dünung hinüber in den Kanal und dicht vor die weißen Segmente des Betonriffs getragen. Dann mußten die Angeln klargemacht werden. Ich knotete das glänzende Metallstück, das mir als Köder diente, an die Angelschnur. „Sieht aus wie ein Sarggriff“, sagte ich zu Steve und hielt den silbern glänzenden Gegenstand hoch. Er lachte nicht. Ich ließ den Köder bis auf den Grund sinken, dann begann ich ihn langsam wieder nach oben zu drillen.

Wir angelten. Köder auf den Grund sinken lassen, dann das Drillen; und danach wurde der Köder wieder hinausgeschleudert. Gelegentlich bogen die Angelruten sich nach unten. Es folgten einige Minuten heftiger Gegenwehr, die vom Kescher beendet wurden. Anschließend wurde die Angel sofort wieder ausgeworfen. Nördlich von uns wurden Netze aus dem Wasser gezogen, in denen silbern glänzende Fische um ihre verlorene Freiheit kämpften.

Vor fünf Jahren, als ich zwölf Jahre alt war und Pa mich zum erstenmal bei John Nicolin angeheuert hatte, war Angeln eine ganz große Sache. Alles, was damit zu tun hatte, faszinierte mich – das Angeln selbst, die unterschiedlichen Launen des Meeres, das Zusammenwirken der Männer, der grandiose Anblick des Festlandes vom Meer aus. Doch seitdem hatte ich eine ganze Reihe von Tagen auf dem Wasser zugebracht, waren Unmengen von Fischen über die Bordwand gehievt worden.

Es schien, als hätte es schon tausend Tage wie diesen gegeben und als wäre der ganze Reiz verflogen. Für mich war es mittlerweile nicht mehr als ganz normale Arbeit.

Zwischen den jeweiligen Beutezügen ließ ich mich vom Schwanken des Bootes einlullen. Für eine Weile machte ich mich sogar lang und bettete den Kopf auf den Bootsrand. Die übrige Zeit kauerte ich mich über meine Angelrute und wachte nur auf, wenn sie gegen meinen Bauch schlug. Dann holte ich den Fisch heran, fing ihn mit dem Netz, zog ihn über den Rand, verpaßte ihm ein paar auf den Kopf, holte den Köder heraus, warf ihn wieder ins Wasser und versank sofort erneut in einen angenehmen Halbschlaf.

„Henry!"

„Ja!" erwiderte ich, richtete mich auf und sah automatisch nach meiner Angel.

„Wir haben schon ganz hübsch was an Fischen zusammen."

Ich betrachtete die Bonitos und Barsche in unserem Boot. „Etwa ein Dutzend."

„Ein guter Fang. Vielleicht kann ich heute nachmittag von zu Hause verduften", meinte Steve hoffnungsvoll.

Ich bezweifelte das, sagte aber nichts. Die Sonne war von Wolken verhüllt, und das Wasser war grau, es wurde empfindlich kühl. Die Nebelwand hatte sich in Bewegung gesetzt und näherte sich dem Festland. „Es sieht eher danach aus, als ob wir am Strand festhängen werden", sagte ich skeptisch.

„Ja. Wir müssen uns Barnard vornehmen; dieser alte Lügner bekommt von mir eine saftige Tracht Prügel."

„Klar doch."

Dann bissen bei uns beiden ziemlich dicke Brocken an, und wir hatten hinreichend damit zu tun, unsere Schnüre nicht zu verknoten. Wir waren immer noch beschäftigt, als das Quäken von Rafaels Signaltrompete über das Wasser hallte. Die Netze waren eingeholt worden, mit dem Fischen war es für heute vorbei. Wir stießen einen

Freudenschrei aus und hievten die Fische an Bord, dann klemmten wir die Ruder in die Dollhaken und pullten zurück.

Mit tatkräftiger Hilfe der ganzen Familie Nicolin und den anderen am Strand zogen wir das Boot auf den Sand und schleppten die Fische hinüber zu den Arbeitstischen. Kreischend und heftig flatternd stießen unaufhörlich die Möwen auf uns herab. Als das Boot leer und wieder an der Felswand vertäut war, wagte Steve sich zu seinem Vater, der sich um die Netze kümmerte.

„Darf ich jetzt gehen, Pa?" fragte Steve. „Hanker und ich müssen mit Tom noch Schularbeiten machen."

Das stimmte sogar.

„Nichts da", erwiderte der alte Nicolin und bückte sich, um das Netz zu inspizieren. „Du wirst uns erst mal mit dem Netz helfen. Und dann kannst du Mama und deinen Schwestern beim Säubern der Fische einen Teil der Arbeit abnehmen."

Anfangs hatte John seinen Sohn Steve zu dem Alten geschickt, damit er dort lesen lernte, denn er ging davon aus, daß damit Wohlstand und Ansehen der Familie zunehmen würden. Und als Steve endlich Gefallen daran fand, hielt sein Vater ihn davon ab, wann immer sich dazu eine Gelegenheit bot; er hatte damit eine weitere Waffe in der Schlacht gegen seinen Sohn in der Hand. John richtete sich auf, blickte Steve an; er war etwas kleiner als sein Sohn, dafür aber massiger; beide hatten das kantige Kinn, den braunen Haarwust, hellblaue Augen, eine gerade, lange Nase . . . Wütend funkelten sie sich an, John voller Erwartung, daß Steve ihm vor allen Männern am Strand widersprechen würde. Für einen kurzen Moment erwartete ich, daß es tatsächlich dazu kommen würde. Doch Steve wandte sich ab und stapfte hinüber zu den Arbeitstischen. Nachdem ich eine Weile gewartet und ihm Gelegenheit gegeben hatte, seine erste Wut zu schlucken, folgte ich ihm.

„Ich geh schon vor und sag dem Alten, daß du später kommst."

„In Ordnung", meinte Steve, ohne mich dabei anzusehen. „Ich komme, sobald ich kann."

Der alte Nicolin schenkte mir drei Barsche, die ich in einem Tragnetz, das ich später zurückgeben mußte, die Klippen hinaufschleppte. Die Ansammlung von Häusern in der zweiten Flußbiegung war nahezu verlassen. Eine Gruppe Kinder walkte Kleidungsstücke im Wasser durch, und etwas weiter stromauf hatten sich einige

Frauen um die Herde bei den Marianis versammelt. Hier oben, fern des Meeres, herrschte eine tiefe Ruhe.

Ich brachte Pa die Fische, und er stieg hungrig von seinem Schneidertisch. „Prima, prima. Ich muß sie sofort zubereiten. Einen für heute abend, und die anderen werden zum Trocknen aufgehängt." Ich sagte ihm, ich sei beim Alten, und er nickte, wobei er heftig an seinen Schnurrbartenden zupfte. „Wir essen, sobald es dunkel ist."

„Okay", entgegnete ich und machte mich auf den Weg.

Das Haus des alten Mannes befindet sich auf dem Gebirgskamm, der das südliche Ende unseres Tals darstellt. Es steht auf einem Fleck, der nur wenig größer ist als seine Grundfläche, etwa auf halber Höhe zum Gipfel des höchsten Berges der Gegend. In ganz Onofre gibt es kein Haus, von dem man eine schönere Aussicht hat. Als ich dort oben ankam, war das Haus, ein Holzkasten mit vier Zimmern und einem hübschen Panoramafenster, leer. Vorsichtig suchte ich mir meinen Weg durch das Gerümpel, das das Haus umgab. Zwischen all den Honigwaben, den Drahtzangen, den Sonnenuhren, den Gummireifen, den Regenfässern, den defekten Motoren, den Großvateruhren, Gasherden und Kisten voller Was-weiß-ich-was blinkten Glasscherben und Mause- und Rattenfallen, die er ständig anders auslegte, so daß es ratsam war, sich in acht zu nehmen, wo man hintrat. Drüben bei Rafaels Haus würde solches Zeug, wie es in Toms Hof herumlag, repariert und wieder in Gang gebracht, oder zumindest würden alle brauchbaren Teile abmontiert und weiterverwendet, hier jedoch diente das Zeug als Anschauungsmaterial für den Unterricht.

Ich folgte dem ausgetretenen Pfad, der über den Gebirgskamm verlief. Nicht weit vom höchsten Punkt des Grates, dem ich entgegenkletterte, machte der Pfad einen Knick und fiel in die Schlucht südlich davon ab, ein Canyon, der zu schmal war, um einem Fluß Platz zu bieten, in dem sich jedoch eine Quelle befand. Die Eukalyptusbäume hielten den Erdboden vom Gestrüpp frei, und auf einem weniger steilen Hang der Schlucht hatte der alte Mann seine Bienenkörbe aufgebaut, eine Ansammlung kleiner weißer Holzkuppeln. Ich entdeckte ihn zwischen den Gebilden, eingemummt in seinen Imkermantel und mit dem Imkerhut auf dem Kopf. Er bewegte sich ziemlich flink – jedenfalls für einen Hundertjährigen. Er huschte von Kuppel zu Kuppel, zog Holzladen heraus und betastete sie mit einer behandschuhten Hand, trat gegen eine andere Kuppel, drohte einer dritten mit erhobenem Zeigefinger und redete unaufhörlich. Trotz des Hutes, der sein Gesicht nahezu vollständig verhüllte, konnte ich das erkennen. Tom redete mit jedem und allem: mit Menschen, mit sich selbst, mit Hunden, Bäumen, mit dem Himmel, mit dem Fisch auf seinem Teller, mit Steinen, über die er stolperte . . ., selbstverständlich unterhielt er sich auch mit seinen Bienen. Er schob eine Lade zurück in den Korb und blickte sich um, wobei er müde seine Schultern sinken ließ; dann entdeckte er mich und winkte. Als ich mich näherte, fuhr er damit fort, seine Bienenkörbe zu inspizieren.

„Komm den Körben nicht zu nahe, sonst wirst du gestochen."

„Dich stechen sie doch auch nicht."

Er nahm den Hut ab und scheuchte eine Biene in ihren Korb zurück. „An mir gibt es mittlerweile auch nicht mehr allzuviel zu stechen, oder? Außerdem wollen sie mich auch gar nicht stechen; sie wissen schließlich, wer für sie sorgt." Wir ließen die Körbe hinter uns. Die langen weißen Haare über seinen Ohren wurden vom Wind nach hinten geweht, den Bart hatte er sich ins Hemd gesteckt. Der Nebel stieg auf und bildete schnell Wolkenfetzen. Tom massierte seinen mit Sommersprossen übersäten Schädel. „Laß uns aus dem Wind gehen, Henry, mein Junge. Es ist so kalt, daß die Bienen verrückt spielen. Du solltest mal hören, was für einen Unsinn sie reden. Als hätte ich sie ausgeräuchert. Hättest du Lust auf eine Tasse Tee?"

„Klar." Toms Tee war so stark, daß er durchaus eine Mahlzeit ersetzen konnte.

„Hast du deine Lektion gelernt?"

„Und wie. Sag mal, hast du von dem Toten gehört, der angeschwemmt wurde?"

„Ich war sogar unten und hab ihn mir angesehen. Ein Stück nördlich der Flußmündung hat er gelegen. Ein Japaner, schätze ich. Wir haben ihn hinten auf dem Friedhof bei den anderen begraben."

„Was, meinst du, ist mit ihm passiert?"

„Nun . . ." Wir betraten den Pfad zu seinem Haus. „Jemand hat ihn erschossen!" Er lachte gackernd über meinen Gesichtsausdruck. „Ich nehme an, er wollte den Vereinigten Staaten von Amerika einen Besuch abstatten. Doch die Vereinigten Staaten von Amerika sind gesperrt." Ohne besondere Vorsicht walten zu lassen, überquerte er seinen Hof, und ich folgte ihm dicht auf den Fersen. Wir betraten das Haus. „Offenbar hat jemand uns für tabu erklärt, wir sind so gut wie tot, Junge. Um uns herum sieht es ziemlich finster aus. Denk nur an die Schiffe, die dort draußen hin- und herdampfen. Ich habe keinen Fremden mehr gesehen – einen lebendigen Fremden, meine ich –, diese Toten geben keine besonders gesprächigen Informanten ab, heeh, heeh – seit jenem Tag damals. Das ist schon zu lange her, als daß alles ein Zufall sein könnte, nicht, daß es da nicht ein paar aufschlußreiche Begleitumstände gäbe. Aber darauf läuft es letztlich hinaus; wo sind sie? Denn irgendwo dort draußen müssen sie ja sein." Er füllte die Teekanne. „Meine Theorie läuft darauf hinaus, daß sie uns für tabu erklärten, um einem möglichen Streit wegen uns vorzubeugen und auch einer Vernichtung . . . Aber über diese Vermutung haben wir beide ja schon vor längerer Zeit ausführlich gesprochen, nicht wahr?"

Ich nickte.

„Und dennoch weiß ich nicht, über wen wir eigentlich reden, wenn man es genau nimmt."

„Die Chinesen, richtig?"

„Oder die Japaner."

„Dann glaubst du also, daß die sich dort draußen auf Catalina nur aufhalten, um Leute von hier fernzuhalten?"

„Nun, ich weiß, daß jemand auf Catalina ist, und zwar keiner von uns. Das weiß ich genau. Ich habe von hier oben Lichter die ganze Nacht hindurch blinken gesehen. Du hast sie auch gesehen."

„Habe ich", gab ich zu. „Es ist wundervoll."

„Ja, dieses Avalon muß mittlerweile ein richtig geschäftiger Hafen sein. Bestimmt hat man die Anlagen von der Seeseite her ausgebaut, mit einem vorgelagerten Damm oder so, wie das alte Alexandria, weißt du."

„Wir sollten nachschauen, wer auf Catalina ist."

Er schüttelte den Kopf und sah aus dem Fenster hinab auf die Brecher. „Wir kämen niemals zurück."

Gedankenverloren warf er einige Äste auf die Kohlen in der Feuerstelle, und wir saßen in gemütlichen Sesseln am Fenster und warteten darauf, daß das Wasser kochte. Tom verzog das Gesicht und zwang den zehntausend Falten darin eine neue Anordnung auf. *„Whatever happened to summertime"*, sang er, *„yes when the living was eee-sy."*

Ich warf mehr Äste aufs Feuer und zeigte keinerlei Reaktion auf die kleine Melodie, die ich schon so oft gehört hatte. Tom hatte viele Geschichten aus der alten Zeit erzählt, und er ließ sich nicht davon abbringen, daß unsere Küste in jener Zeit eine baumlose, wasserlose Wüste gewesen war. Doch indem ich aus dem Fenster auf den Wald und die sich auftürmenden Wolken blickte und spürte, wie das Feuer kalte Luft im Zimmer erwärmte, und mich dabei an das Abenteuer der vergangenen Nacht erinnerte, fragte ich mich, ob ich ihm Glauben schenken konnte. Mindestens die Hälfte seiner Geschichten konnte ich noch nicht einmal in seinen vielen Büchern überprüfen – und außerdem, war es nicht möglich, daß er mich völlig falsch zu lesen gelehrt hatte, so daß alles, was ich las, all das bestätigte, was er von sich gab?

Es wäre ganz schön schwierig, sich ein vollkommen stimmiges System auszuknobeln, sagte ich mir, während er ein Päckchen von seinem Tee – den er aus Pflanzen zusammenstellte, die er im Hinterland gesammelt hatte – in die Kanne fallen ließ. Und ich erinnerte mich an einen Tauschtreff, bei dem er auf Steve und Kathryn und mich zugerannt kam, betrunken und aufgeregt, und dabei stammelte: „Seht mal, was ich gekauft habe, seht doch, was ich da hab!" Er zerrte uns unter eine Straßenlaterne, um uns die zerfledderte Hälfte eines Lexikons zu zeigen, und er öffnete das Buch, und wir sahen ein Bild von einem schwarzen Himmel über weißem Grund, auf dem zwei vollkommen weiße Gestalten neben einer amerikanischen Flagge standen. „Das ist der Mond, seht ihr? Ich hab euch doch erzählt, daß wir dort waren, und ihr wolltet es mir nicht glauben."

„Ich glaube dir noch immer nicht", sagte Steve und lachte sich über die aufgebrachte Reaktion des Alten halb tot.

„Ich habe dieses Bild für vier Gläser Honig gekauft, um euch einen Beweis dafür zu liefern, und ihr glaubt mir immer noch nicht?"

„Nein!" Kathryn und ich bekamen fast einen Lachkrampf über die beiden – auch wir waren ziemlich betrunken. Doch er behielt das Bild – wenngleich er auch das Lexikon wegwarf –, und später erst sah ich die blaue Kugel der Erde am schwarzen Himmel, und sie war so groß wie der Mond an unserem Himmel. Eine geschlagene Stunde lang muß ich das Bild angestarrt haben. Demnach entspräche also eine seiner unglaublichsten Behauptungen den Tatsachen; und danach neigte ich gewöhnlich dazu, den Rest auch zu glauben.

„Na schön", sagte Tom und reichte mir eine Tasse mit seinem starken, wohlriechenden Tee. „Dann laß mal hören."

Ich verscheuchte alle ablenkenden Gedanken aus meinem Bewußtsein und konzentrierte mich auf die Buchseite, die auswendig zu lernen Tom mir als Hausaufgabe erteilt hatte. Ich genoß es, die Rolle des dreisten Satans zu spielen. Einige der Textzeilen eigneten sich bestens dazu, mit donnernder Stimme deklamiert zu werden:

„Lebt wohl, ihr seligen Gefilde, wo
Die Freude ewig wohnt: Willkommen Schrecknis
Der Unterwelt, willkommen tiefste Hölle,
Empfange deinen neuen Eigentümer,
Dem Ort und Zeit den Geist nie werden ändern.
Der Geist ist selbst sein eigner Ort und macht
Aus Himmel Hölle sich, aus Hölle Himmel.
Bin ich der gleich noch, was denn gebricht's
Wo oder was ich sei, und kaum geringer
Als jener, den der Donner größer machte?
Hier werden frei zum mindesten wir sein."

„Gut, gut, das reicht jetzt", sagte Tom und blickte zufrieden hinaus aufs Meer. „Das sind die besten Zeilen, die dieser Shakespeare je geschrieben hat, und mindestens die Hälfte klaute er von Vergil." Steif und mühsam erhob er sich und füllte den Teekessel wieder auf. Nachdem er ihn auf das Gitter über dem Feuer gestellt hatte, ging er zu einem seiner Bücherregale. Das Innere seines Hauses war seinem Hof überaus ähnlich – überall Gerümpel, nur waren es hier kleinere Gegenstände: gesprungene Porzellanteller, eine Kollektion von Lampen und Laternen, eine Maschine zum Musikmachen (ab und zu legte er eine Schallplatte auf, drehte diese mit seinem knochigen Finger und wies uns an, ganz dicht mit dem Ohr heranzukommen, um irgendein quäkiges Stück zu hören, und er sagte dann: „Das ist die Eroica! Hört euch das an!", bis wir ihn baten, still zu sein und uns endlich zuhören zu lassen); doch der Großteil der beiden Wände wurde von Bücherregalen eingenommen, die von Stapeln zerfledderter Bücher überquollen. Eine ganze Reihe von ihnen durfte ich nicht lesen. Doch nun brachte er eines herüber und warf es mir in den Schoß. „Wir machen jetzt mit dem Vorlesen weiter. Fang dort an, wo ich das Zeichen eingelegt habe, los."

Ich schlug das dünne, von der Feuchtigkeit aufgequollene Buch auf und begann zu lesen – eine Tätigkeit, die mir noch immer große Mühe und großes Vergnügen bereitete. „Die Gerechtigkeit an sich ist machtlos: Was von Natur aus herrscht, ist die Gewalt. Diese auf die Seite der Gerechtigkeit zu ziehen, so daß mit den Mitteln der Gewalt der Gerechtigkeit zur Macht verholfen wird – das ist das zentrale Problem der Staatsführung; wie wesentlich dieses Problem ist, erkennt man, wenn man sich das Übermaß an Egoismus vor Augen hält, von dem nahezu jeder Mensch geleitet wird . . ."

„He!" Es war Steve, der hereinstürmte wie der Satan in Gottes eigenes Schlafzimmer. „Ich bring dich auf der Stelle um!" brüllte er und drang auf den alten Mann ein.

Tom sprang auf. „Versuch's doch!" brüllte er zurück. „Das wagst du nie!" – und die beiden begannen mitten im Zimmer einen wilden Ringkampf, wobei Steve den alten Mann so weit von sich fernhielt, daß Toms wirbelnde Fäuste ihn nicht erreichten.

„Was fällt dir ein, uns eine Lüge nach der anderen aufzutischen?" fragte Steve und schüttelte den alten Mann wutentbrannt durch.

„Und was fällt dir ein, so einfach, ohne anzuklopfen, in mein Haus zu stürmen? Außerdem" – allmählich verging ihm wohl die Lust an diesem seltsamen Spiel –, „wann habe ich dich jemals angelogen?"

Steve schnaubte. „Wann hast du mal nicht gelogen? Machst uns weis, sie hätten ihre Toten in silberbeschlagenen Särgen beerdigt. Jetzt wissen wir, daß das geschwindelt war, denn gestern nacht waren wir oben in San Clemente und haben einen ausgegraben, und der war rundum aus Plastik."

„Wie bitte?" Tom schaute mich fragend an. „Was habt ihr gemacht?"

Ich berichtete von unserer Expedition nach San Clemente. Als ich zu den Traggriffen kam, fing er an zu lachen; er ließ sich in seinen Sessel fallen und konnte gar nicht mehr aufhören zu lachen, bis ich mit dem Angriff der Aasjäger schloß.

Steve hatte sich drohend vor ihm aufgebaut. „Du siehst nun, daß wir dich und deine Lügen durchschaut haben, oder?"

„Haaa haaaa haaa." Er hustete. „Überhaupt keine Lügen, Jungs. Nichts als die Wahrheit von Tom Barnard. Paßt mal auf, warum war das Plastikzeug an dem Sarg wohl silberfarben?" Steve schickte mir einen vielsagenden Blick. „Weil es gewöhnlich echtes Silber war, natürlich. Ihr habt lediglich jemanden ausgegraben, der als armer Schlucker gestorben ist. Seine Hinterbliebenen haben ihm einen billigen Sarg gekauft. Abgesehen davon, warum seid ihr überhaupt auf die Idee gekommen, Gräber zu öffnen?"

„Wir wollten an das Silber", erwiderte Steve.

„Da habt ihr aber Pech gehabt." Er holte sich eine frische Tasse Tee. „Wißt ihr, die meisten von ihnen wurden vor der Beerdigung in das Zeug eingewickelt. Setz dich, Steve, und trink eine Tasse Tee."

Steve zog einen niedrigen Holzstuhl heran und nippte an seinem Tee. Tom kauerte sich in seinen Sessel und wärmte seine knotigen Hände an seiner Teetasse. „Die ganz Reichen wurden sogar in Gold beerdigt", erzählte er leise. „Einer hatte sogar eine Maske aus Gold, die ausschließlich für ihn gemacht und über sein totes Gesicht gestülpt worden war. In seiner Grabkammer befanden sich goldene Statuen von seiner Frau, seinen Kindern und seinen Hunden – er hatte sogar Schuhe aus Gold. Außerdem waren da Mosaikbilder von wichtigen Ereignissen seines Lebens. Sie waren aus wertvollen Steinen zusammengesetzt und bedeckten die Wände der Grabkammer . . ."

„Jetzt hör aber auf", protestierte Steve.

„Das ist mein Ernst! Genauso war es. Du warst doch selbst oben und hast die Ruinen gesehen – willst du mir jetzt weismachen, sie hätten kein Silber für ihre Toten in die Gräber geworfen?"

„Aber warum?" meldete ich mich zu Wort. „Warum die goldene Maske und das andere Zeug?"

„Weil sie Amerikaner waren." Er nahm einen Schluck Tee. „Das war auch nur das Geringste von allem, glaubt mir nur." Er starrte einige Sekunden lang aus dem Fenster, und ein geistesabwesender Ausdruck trat in seine Augen. „Es wird Regen geben."

Nach einer weiteren Minute des Schweigens: „Warum seid ihr überhaupt so scharf auf das Silber?"

„Um es gegen andere Dinge einzutauschen", entgegnete Steve. „Um beim nächsten Tauschtreff alles zu bekommen, was wir haben wollen. Um an der Küste entlangzuziehen und es gegen Lebensmittel zu tauschen." Er sah den alten Mann flüchtig an, während dieser ihn eingehend betrachtete. „Um herumreisen zu können, wie du es früher getan hast."

Tom ignorierte diese Bemerkung. „Ihr könnt doch alles, was ihr wollt, mit dem bekommen, was ihr hier habt. Ich denke da zum Beispiel an euren Fischfang."

„Aber wir kommen nirgendwo hin! Man kann nicht mit einem Sack Fische auf dem Buckel herumreisen."

„Reisen könnt ihr sowieso nicht. Sie haben ja im Lande jede halbwegs wichtige Brücke gesprengt. Und selbst wenn ihr irgendwo hinkämt, würden die Leute dort euch euer Silber abnehmen und euch umbringen. Oder wenn sie tatsächlich ehrlich wären, dann würde euch irgendwann das Silber ausgehen, und ihr müßtet dort arbeiten, wo ihr gerade wärt."

Das Feuer knisterte, während wir schweigend dasaßen und unseren Gedanken nachhingen. Steve stieß einen langen Seufzer aus, blieb aber stur. Der alte Mann nahm einen Schluck Tee und fuhr fort: „Wir nehmen an dem Tauschtreff in drei Tagen teil, wenn das Wetter uns keinen Strich durch die Rechnung macht. Diesmal wandern wir weiter als jemals zuvor. Und wir werden dort mehr neue Leute kennenlernen als früher."

„Aasjäger inklusive", fügte ich hinzu.

„Ihr wollt euch doch hoffentlich nicht mit diesen jungen Aasjägern anlegen", sagte Tom.

„Zu spät", entgegnete Steve. „Schon passiert."

Nun war Tom es, der einen langen Seufzer ausstieß. „Zu oft ist es schon soweit gekommen. Es gibt so wenige Menschen, warum dann einen solchen Streit?"

„Sie haben damit angefangen."

Dicke Regentropfen prasselten gegen das Fenster. Ich sah ihnen zu, wie sie an der Scheibe herabliefen, und wünschte mir, mein Zuhause besäße ebenfalls ein Fenster.

„Ich will nicht, daß ihr beim Tauschtreff einen Streit anfangt", sagte Tom.

Steve schüttelte den Kopf. „Tun wir auch nicht, wenn man uns in Ruhe läßt."

Tom runzelte die Stirn und wechselte das Thema. „Hast du deine Lektion gelernt?"

Steve schüttelte den Kopf. „Ich mußte zuviel arbeiten . . ., tut mir leid."

Ich meldete mich zu Wort. „Weißt du, wie mir das vorkommt?"

„Wie dir was vorkommt?" fragte Tom.

„Die Küstenlinie hier. Mir kommt es so vor, als hätte es hier früher nichts als Berge und Täler bis hin zum Horizont gegeben. Dann ist

irgendwann ein Riese gekommen und hat einen geraden Strich gezogen, und alles, was westlich dieser Linie lag, ist abgebrochen und hat dem Meer Platz gemacht. Dort, wo der Strich über einen Berg verlief, entstand ein Kliff, und wo er ein Tal durchschnitten hat, dort gibt es Marschland und einen Strand. Doch stets ist es eine gerade Linie, seht ihr? Draußen auf dem Meer ragen keine Berge heraus, und es kommt auch kein Wasser herein und füllt die Täler auf."

„Es handelt sich um eine Falte in der Erdkruste", meinte Tom gedankenverloren. Er hatte die Augen geschlossen, als lese er im Geist in einem imaginären Buch. „Die Oberfläche der Erde besteht aus mächtigen Schollen, die langsam dahintreiben. Das ist die Wahrheit! Sehr, sehr langsam treiben sie – in eurem Leben haben sie sich vielleicht um zwei Zentimeter bewegt – in meinem wahrscheinlich schon vier, haha –, und wir befinden uns in direkter Nähe einer Falte, wo die Schollen aufeinandertreffen. Die Pazifikscholle treibt nach Norden, und das Land hier bewegt sich in südlicher Richtung. Deshalb haben wir hier eine gerade Linie. Und Erdbeben – ihr habt sie schon mal gespürt – entstehen, wenn zwei solcher Schollen aneinander vorbeitreiben und aneinander scheuern. Früher . . . es ist lange her, in uralten Zeiten, gab es mal ein Erdbeben, das jede Stadt an dieser Küste vernichtete. Gebäude fielen in sich zusammen wie damals an dem Tag. Feuer loderten auf, und es gab kein Wasser, um sie zu löschen. Für sehr viele Leute war es das Ende. Doch als das Feuer erloschen war . . ., kamen sie von überall. Sie hatten mächtige Maschinen bei sich und Baumaterial und bedienten sich aus den Trümmern. Einen Monat später waren alle Städte wieder aufgebaut, genauso wie sie vorher ausgesehen hatten, und man konnte tatsächlich nicht mehr feststellen, ob vorher ein Erdbeben stattgefunden hatte."

„Jetzt hör aber auf", sagte Steve.

Der alte Mann zuckte mit den Schultern. „Genauso war es aber nun mal."

Wir saßen da und betrachteten die Wasserläufe unten im Tal. Schwarze Regenvorhänge wurden über die weiß gischtende See geweht. Trotz der jahrelangen Arbeit, die im Tal geleistet worden war, trotz der rechteckigen Felder am Fluß und der kleinen Brücke, die darüber führte, trotz der Hausdächer aus Holz oder Dachziegeln, trotz der Telefonmasten – trotz all dieser Dinge war die Autobahn das wesentliche Zeichen dafür, daß Menschen in diesem Tal lebten ... Die Autobahn, von Rissen durchzogen und tot und teilweise weggebrochen und wertlos. Die riesigen Betonbahnen veränderten ihre Farbe von einem weißlichen hin zu einem nassen Grau, während wir sie betrachteten. Oft hatten wir in Toms Haus gesessen, Tee getrunken und auf die Landschaft hinausgeblickt – Steve und ich und Mando und Kathryn und Kristen, wenn wir Unterricht hatten oder einfach einen Regenschauer abwarteten, und oft hatte der alte Mann uns Geschichten von Amerika erzählt und auf die Autobahn gezeigt und die Automobile beschrieben, bis ich sie beinahe vor meinem geistigen Auge sehen konnte, wie sie hin- und herfuhren, riesige Maschinen aus Metall von jeder Farbe und Form, wie sie dahinjagten und aneinander vorbeihuschten und dabei um Haaresbreite schrecklichen Zusammenstößen entgingen.

Doch heute saß Tom nur da und gab tiefe Seufzer von sich, blickte ab und zu zu Steve hinüber und schüttelte gelegentlich den Kopf. Dabei trank er schweigend seinen Tee. Das drückte richtig auf meine Stimmung. Ich wünschte, er würde wieder eine Geschichte erzählen. Irgendwann würde ich durch den Regen nach Hause trotten, und Pa würde ein viel zu kleines Feuer angezündet haben, so daß die Hütte noch richtig kalt war, und lange nachdem wir unsere Mahlzeit aus Fisch und Brot verzehrt hätten, würde ich mich ganz dicht an die Glut hocken müssen, um mich in dieser zugigen Finsternis aufzuwärmen ... Unter uns lag die Autobahn da wie ein Wanderpfad für Riesen, grau im nassen Grün des Waldes, und ich fragte mich, ob jemals wieder Automobile darauf fahren würden.

II

Ein bevorstehender Tauschtreff lockte die meisten Bewohner von Onofre aus ihren Behausungen, um mitzuhelfen, die Karawane startbereit zu machen. Mehrere von uns standen auf der Straße am Startplatz unweit der Basilone Ridge. Einige stapelten Fische auf die Bootstrailer, andere rannten zwischen dem Sammelpunkt und dem Tal hin und her, um Dinge zu holen, die sie vergessen hatten, und wieder andere kämpften mit den Hunden, die sich wenigstens bei solchen Gelegenheiten als nützlich erwiesen, da sie zum Ziehen der

Bootstrailer eingesetzt wurden. Es war ziemlich mühevoll, sie alle vorschriftsmäßig anzuschirren. Bei den Trailern stritten die Leute sich um Laderaum. Die Trailer, leichte Metallgestelle auf zwei Rädern, waren erstaunlich tragfähig, jedoch war ihr Laderaum begrenzt. Daher drohte Tom jedem, der versuchte, seine kunstvoll gestapelte Ladung von Honiggläsern durcheinanderzubringen, Kathryn verteidigte ihre Brotlaibe mit ähnlichen Drohungen, und Steve organisierte ganze Trailerzüge für die Fische. In der Hauptsache nahmen wir Fische zu den Tauschtreffs mit – neun oder zehn Trailer voll, und zwar sowohl frische als auch getrocknete –, und meine Aufgabe bestand darin, Rafael, Steve, Doc und Gabby beim Beladen der Gestelle zu helfen.

Der Himmel über der Küste hatte die Farbe von saurer Milch angenommen, doch noch während wir die Autobahn verließen und landeinwärts durch das San Mateo Valley zogen, das nach Norden hin nächst liegende Tal, brach hier und da die Sonne durch, und ihre Strahlen ließen die grünen Hügel grell aufleuchten. Unsere Karawane zog sich immer mehr in die Länge, als die Straße schmaler wurde – es war ein uralter Asphaltstreifen, übersät mit Schlaglöchern, die wir mit Steinen aufgefüllt hatten, um schneller voranzukommen.

Steve und Kathryn wanderten Arm in Arm hinter der Wagenkolonne her. Ich saß auf der Ladefläche des letzten Trailers, ließ einen Fuß über den Asphalt schleifen und beobachtete die beiden. Kathryn Mariani kannte ich, so lange ich mich erinnern konnte, und genauso lange hatte ich vor ihr Manschetten gehabt. Die Marianis wohnten gleich neben Pa und mir, daher sah ich sie praktisch jeden Tag. Sie war das älteste von fünf Mädchen, und als ich noch jünger war, schien es, als kommandierte sie uns die ganze Zeit herum oder als hätte sie nichts anderes zu tun, als uns mit einem Klaps dafür zu bestrafen, daß wir Brot stiebitzt hatten oder durch die Getreidefelder geschlichen waren. Und außerdem war sie riesengroß – wenn sie mich mit einem Tritt ihres schweren Stiefels zu Fall brachte, was nicht selten geschehen war, funkelten die Augen in ihrem sommersprossigen Gesicht mich stets aus ungeahnten Höhen strafend an. Damals hielt ich sie für das bösartigste, gemeinste Mädchen unter der Sonne. Erst in den letzten beiden Jahren, als ich endlich so groß war wie sie, gelangte ich zu einem Blickwinkel, aus dem heraus ich erkennen konnte, daß sie richtig hübsch war. Im letzten Jahr hatten sie und

Steve sich zusammengetan, so daß die anderen Mädchen aufgeregt miteinander flüsterten und gespannt verfolgten, wann die beiden wohl würden heiraten müssen; wir waren uns dadurch auch nähergekommen, und ich lernte sie nicht nur als Vogelscheuche mit dem Knüppel kennen, als die ich sie früher betrachtet hatte. Nun machten wir unsere Scherze über die alten Zeiten.

„Ich denke, ich werd mich bei dem Brot vom ersten Wagen bedienen; da hat doch bestimmt niemand was dagegen."

„Wag es, und du bekommst von mir einen Tritt, der dich bis nach Onofre fliegen läßt – du kennst das ja noch von früher, nicht wahr, Henry?" Steve lachte wiehernd. Auf solchen Ausflügen war er immer viel gelöster. Seine Familie blieb zurück, und damit auch sein Vater, der tagaus, tagein die anderen Männer umherscheuchte, damit der Fang eingebracht wurde. Sobald die Hunde störrisch wurden und ihrem Unmut durch lautes Bellen Luft machten, rannte er nach vorne und trieb mit ihnen seine Scherze, bis sie ebenfalls zu lachen schienen und hechelnd über ihn herfielen und am liebsten den ganzen Tag im Geschirr gerannt wären, weil Steve so ansteckend lachen konnte. Eine ganze Reihe von den Hunden gehörte den Nicolins und verbrachte den wesentlichen Teil ihres Lebens damit, in den Klippen nach Ratten zu jagen. Steve hatte sie bestens abgerichtet; in seiner Nähe blieben sie mucksmäuschenstill, so daß er nachts sein Zuhause verlassen und wieder zurückkommen konnte, ohne daß sie ihn mit ihrem lauten Gebell begrüßten.

„Macht voran", feuerte ich sie an, als Steve zu Kathryn zurückging.

Gegen Mittag erreichten wir unser Ziel. Der Platz, auf dem der Tauschtreff stattfand, war eine Wiese, die mit vereinzelten Eukalyptus- und Eisenholzbäumen bestanden war. Als wir ankamen, war die Sonne herausgekommen, mehr als die Hälfte aller teilnehmenden Dorfgemeinschaften war bereits anwesend, und in dem gedämpften Licht unter den Bäumen standen bunte Zelte und Fahnen, Anhänger und Lastkarren und lange Tische. Scharen von Leuten in ihren besten Kleidern flanierten herum, von Holzfeuern aufsteigende Rauchwolken verloren sich in den Baumkronen. Die Hunde gebärdeten sich wie verrückt.

Wir suchten uns einen Weg durch die Menge zum Lagerplatz. Nachdem wir die Rinderleute aus dem Talega Cañon, die gleich neben uns kampierten, begrüßt hatten, sammelten wir den herumliegenden Kuhdung und schaufelten ihn in unsere Feuerstelle, dann entluden wir die Anhänger oder stellten sie so auf, daß sie als Tische dienen konnten. Ich half Rafael dabei, Schutzplanen über den Fischständen aufzuspannen. Der alte Mann stand da und starrte wie gebannt zu dem weißen Baldachin der Rinderleute hinüber. Er wies darauf und sagte zu Steve und mir: „Wißt ihr, damals, in den alten Zeiten packten die Menschen sich solche Dinger auf den Rücken und sprangen damit aus Flugzeugen, die Tausende Fuß hoch flogen. Dann schwebten sie gemächlich an diesen Stoffzelten nach unten."

„Und die Fische spielten am Strand Baseball", meinte Steve. „Du hast wohl ziemlich früh damit angefangen, diesen Tauschtreff zu feiern, was, Tom?" Tom protestierte, und wir lachten. Die Hunde wollten sich nicht beruhigen. Deshalb brachten wir sie hinter unser Lager, banden sie an den Bäumen fest und warfen ihnen Fischköpfe vor, damit sie sich endlich ruhig verhielten. Als wir wieder ins Lager zurückgekehrt waren, hatte das Feilschen bereits begonnen. Wir waren so gut wie die einzige Küstenstadt bei diesem Treff, deshalb wurden wir von allen Seiten bedrängt. Sogar die Aasjäger aus Laguna wollten mit uns handeln; sie konnten noch nicht einmal selbst Fische fangen, obwohl der Ozean ihnen fast die Füße naß machte.

„Ich bin an Ihren Münzen nicht interessiert, Lady", blieb Doc beharrlich. „Ich will Stiefel, Stiefel, hören Sie, und ich weiß genau, daß Sie welche haben."

„Nehmen Sie das Geld, und kaufen Sie sich die Stiefel woanders, ich habe keine mehr. Im blauen Buch steht, eine Dime für einen Fisch."

Doc schimpfte halblaut, nahm aber die Münzen an. Nachdem ich das Feuerholz vom Wagen geladen hatte, war meine Arbeit für diesen Tag beendet. Manchmal hatte ich Kleider zum Tauschen; ich bekam sie zerfetzt und löchrig von den Aasjägern und verkaufte sie dann wieder in heilem Zustand, nachdem Pa sie ausgebessert hatte. Doch diesmal hatte er kein einziges Stück zusammengenäht, da wir im letzten Monat nichts gehabt hatten, wofür wir alte Kleider hätten eintauschen können. Deshalb hatte ich den Tag zur freien Verfügung, wenngleich ich natürlich ständig die Augen offenhielt und zerschlissene Mäntel suchte – und die sah ich auch zahlreich, allerdings steckten noch die jeweiligen Eigentümer darin. Schließlich ging ich zu unserem Camp und ließ mich am Rand der Hauptpromenade in der Sonne nieder.

Auf der Promenade herrschte lebhafter Betrieb. Eine Frau in einem langen purpurroten Gewand balancierte eine Kiste mit Hühnern auf dem Kopf, als sie an uns vorbeischritt; ihr folgten zwei Männer in gleichen gelb und rot gestreiften Hosen und blauen langärmeligen Hemden. Eine andere Frau in einer ganzen Gruppe farbenfroh gekleideter Bekannter trug eine regenbogenfarbene Hose.

Es war nicht nur die Kleidung, die die Aasjäger von den übrigen abhob. Sie redeten auch sehr laut. Immer wenn ich ihnen zuhörte, glaubte ich eine Erklärung für diese Lautstärke gefunden zu haben: Wahrscheinlich versuchten sie mit ihren lauten Stimmen die Stille in den Ruinen zu übertönen. Tom erzählte oft, daß die Aasjäger durch das Leben in den Ruinen den Verstand verloren hatten, und eine ganze Reihe von ihnen, die an mir vorbeigingen, hatten einen Ausdruck in den Augen, der mich davon überzeugte, daß Tom recht hatte – einen so wilden und gierigen Ausdruck, als suchten sie nach etwas Aufregendem, was sie nirgends finden konnten. Ich betrachtete die jungen Aasjäger, die an mir vorbeikamen, etwas genauer und fragte mich, ob sie diejenigen waren, die uns aus San Clemente verjagt hatten. Zwei von ihnen stolzierten gerade vorbei, ganz in Weiß gekleidet und mit weißen Hüten auf dem Kopf. Ich mußte grinsen. Meine Bluejeans waren an den Knien unzählige Male geflickt, und mittlerweile war auch die blaue Farbe vollständig herausgewaschen. Alle Leute aus den neuen Städten und Dörfern trugen die gleiche Kleidung, Hinterwäldlerkluft, die mit Gebeten und der Nadel zusammengehalten wurde, manchmal auch neue Sachen aus Stoffresten oder Fellstreifen; diese Kleidung war wie eine Art Abzeichen, das verkündete, daß man gesund und normal war. Ich vermute, die Kleidung der Aasjäger diente ebenfalls als eine Art Abzeichen und signalisierte, daß ihre Träger reich und gefährlich waren. Dicht hinter einer Gruppe Schäfer folgten einige Aasjägerfrauen in Kleidern aus Spitze, wobei bei jedem Kleid mindestens sechs Meter Stoff verarbeitet worden waren, schätzte ich, von denen wenigstens zwei über den Erdboden schleiften. Was für eine Verschwendung!

Dann entdeckte ich Melissa Shanks, die unser Camp mit einem Korb voller Krabben verließ. Ich sprang spontan auf und lief ihr nach. „Melissa!“ rief ich. Als sie mich anschaute, brachte ich nur ein schwachsinniges Grinsen zustande. „Soll ich dir helfen, das Zeug zurückzubringen, das du für die Kneifer kriegst?“

Sie runzelte die Stirn. „Und wenn ich nur ein Päckchen Nadeln bekomme?"

„Nun, dann, hmmm, dann brauchst du sicher keine Hilfe."

„Stimmt. Doch zu deinem Glück suche ich nach einem halben Faß. Deshalb würde ich mich freuen, wenn du mitkommen würdest."

„Prima." Melissa arbeitete an den Öfen; sie war eine Freundin von Kristen, Kathryns jüngerer Schwester. Ich kannte sie nur von den Öfen und hatte sie woanders vorher noch nie gesehen. Ihr Vater, Addison Shanks, wohnte auf dem Basilone Hill, und sie hatten mit den anderen Leuten und dem Treiben im Tal eigentlich so gut wie gar nichts zu schaffen. „Bei so vielen Krabben solltest du dein halbes Faß aber kriegen", fuhr ich fort und warf einen Blick in ihren Korb.

„Ich weiß. Im blauen Buch steht, daß es möglich ist, doch ich werde dazu mein ganzes Verhandlungsgeschick einsetzen müssen." Sie warf ihre langen schwarzen Haare zurück, und sie glänzten in der Sonne so sauber und gepflegt, daß es aussah, als hätte Melissa Diamanten hineingeflochten. Sie war hübsch, hatte perlweiße Zähne, eine schlanke Nase, feine weiße Haut . . . Ich hakte mich bei ihr unter, und Arm in Arm schlenderten wir zwischen den Buden des Tauschtreffs umher und hielten Ausschau nach einem Küfer. Dabei gelangten wir auch zum Lager des Trabuco Cañon und waren uns einig, daß die dort lebenden Bauern gute Holzwerker waren.

Eine Rauchsäule stieg aus dem Trabuco-Camp auf, trieb durch die durch das Laubdach gefilterten Sonnenstrahlen, die den Rauch rosa färbten. Wir rochen Fleisch; sie brieten gerade eine Stierhälfte. Eine hungrige Schar hatte sich bereits im Lager versammelt, um an dem Festmahl teilzunehmen. Melissa und ich tauschten einige Krabben gegen ein Paar Rippen und aßen sie gleich im Stehen. Dabei beobachteten wir neugierig drei fein gekleidete Aasjäger, die sechs Rippen für eine Schachtel Sicherheitsnadeln verlangten. Ich wollte eine scherzhafte Bemerkung über das Trio machen, als mir einfiel, daß Melissas Vater Gerüchten zufolge auch mit den Aasjägern Handel trieb. Addison machte sehr viele Geschäfte bei Nacht oben im Norden, und niemand wußte mit Sicherheit, wie oft er auch mit Aasjägern zu tun hatte, wieviel er von ihnen stahl und in welchem Ausmaß er für sie arbeitete . . . Er selbst war so eine Art Aasjäger, der es vorzog, außerhalb der Ruinen zu leben. Gedankenverloren kaute ich mein Rindfleisch und begriff plötzlich, daß ich das Mädchen an meiner Seite so gut wie gar nicht kannte. Sie nagte ihre Rippe so sauber ab wie ein Hund den Knochen und sah zu dem brutzelnden Fleisch über dem Feuer. Sie seufzte: „Das tat gut, aber ich sehe keine Fässer. Ich glaube, wir sollten uns mal in den Lagern der Aasjäger umschauen."

Ich war einverstanden, obgleich das bedeutete, daß unsere Verhandlungen sich etwas schwieriger gestalten würden. Wir spazierten hinüber zum nördlichen Teil des Parks, wo die Aasjäger ihr Lager hatten. Dort war das Warenangebot völlig unterschiedlich zu dem, was wir bisher gesehen hatten: Es gab keine Lebensmittel außer Gewürzen und konservierten Köstlichkeiten, die von einigen Frauen angeboten wurden. Wir kamen an einem Mann in einem schimmernden blauen Anzug vorbei, der mit Werkzeugen handelte, die er auf einer Decke im Gras ausgebreitet hatte. Einige von den Werkzeugen waren verrostet, andere blitzten heller als Silber, jedes war von unterschiedlicher Form und Größe. Wir versuchten zu raten, wofür das eine oder andere Werkzeug wohl gedacht sei.

Wir wanderten weiter, an üppigen Auslagen von hellen Stoffen und glänzenden Schuhen vorbei und an großen rostigen Maschinen, die ohne Elektrizität überhaupt nicht funktionierten. An der Saatgutbörse auf der Grenze zwischen Aasjäger-Camp und unserem Lager herrschte wie üblich lebhafter Betrieb. Ich wollte hingehen und nachsehen, ob Kathryn schon mit dem Handel begonnen hatte, denn ihre Art, Saatgut zu erstehen, war eine wahre Kunst; doch bei der Menge von Interessenten konnte ich überhaupt nicht feststellen, ob sie da war, und plötzlich zog Melissa an meinem Arm. „Dort!" rief sie. Hinter der Saatgutbörse entdeckte ich eine Frau in einem roten Kleid, die Stühle, Tische und Fässer verkaufte.

„Da ist ja, was du suchst", meinte ich. Ich erspähte Tom Barnard auf der Hauptlagerstraße. „Ich gehe mal eben rüber zu Tom, um zu sehen, was er so treibt. Fang du schon mit dem Feilschen an."

„Na schön. Ich versuch's mal mit der Masche ‚arm und unschuldig', bis du wieder hier bist."

„Viel Glück." Sie sah überhaupt nicht unschuldig aus, und das entsprach wohl auch den Tatsachen. Ich ging zu Tom hinüber, der sich angeregt mit einem anderen Werkzeughändler unterhielt. Als ich neben ihm stehenblieb, legte er mir eine Hand auf die Schulter und setzte seine Unterhaltung fort.

„Aber Honig! Honig schützt vor allen Erkältungskrankheiten und allen Lungenleiden. Er befreit von Blähungen und schlechtem Mundgeruch, und dann schmeckt er zehnmal besser als Zucker. Er hilft Ihnen, so lange zu leben wie ich, und dann ist er frisch und natürlich und wird nicht aus sechzig Jahre altem synthetischem Abfall gewonnen. Hier, kosten Sie mal davon, stecken Sie mal den Finger rein. Ich hab den gesamten Tauschtreff darauf heißgemacht, ein Finger voll verpflichtet zu nichts."

Der Werkzeughändler tauchte zwei Finger in das Glas, das der alte Mann ihm hinhielt, und leckte danach den Honig ab. „Ja, das schmeckt gut –"

„Das will ich wohl meinen! Dann ist ein läppisches Feuerzeug, von dem ihr oben in O. C. Tausende habt, sicher nicht zuviel für zwei Gläser von diesem köstlichen Honig. Vor allem . . ." Tom schlug sich mit der flachen Hand gegen die Schläfe, um sein eingerostetes Gedächtnis auf Trab zu bringen. „Vor allem, wenn Sie die Gläser dazu bekommen."

„Die Gläser auch, hmmm."

„Na ja, ich weiß, das ist die reinste Verschwendung von mir, aber man weiß ja, wie wir Leute aus Onofre sind, großzügig bis zum Ruin. Wir würden sogar noch die letzte Hose weggeben, wenn die Leute sich nicht an unseren nackten Hintern stören würden."

„Okay, ist schon gut! Sie können aufhören, der Handel gilt. Geben Sie die Gläser her."

„Hervorragend, da haben Sie, was Sie wollen, junger Mann." Und er reichte ihm die Gläser. „Wenn Sie täglich von diesem Wunderelixier essen, dann werden Sie mindestens so alt wie ich."

„Wenn Sie nichts dagegen haben, will ich Sie darauf nicht festlegen", meinte der Aasjäger gut gelaunt. „Aber das Zeug schmeckt wirklich gut." Er holte ein Feuerzeug aus transparentem Plastik mit einer Metallkappe aus der Tasche und gab es dem alten Mann.

„Bis demnächst", verabschiedete sich Tom, verstaute das Feuerzeug sorgfältig in einer Hosentasche und zerrte mich hinter sich her. Unter dem nächsten Baum blieb er stehen. „Sieh es dir an, Henry. Ganz genau. Ein Feuerzeug für zwei kleine Gläser Honig. Ist das nicht ein Geschäft? Schau doch. War ich nicht ganz toll? Hier . . ." Er holte das Feuerzeug wieder heraus und hielt es mir vor die Nase.

Dann drückte er mit dem Daumen auf eine Seite. Er ließ die Flamme eine Sekunde lang brennen, dann löschte er sie.

„Hübsch ist es ja", meinte ich. „Aber du hast doch schon ein Feuerzeug."

Er schob sein Gesicht dicht an meines heran. „Bei solchen Dingen sollte man zugreifen, wann immer man sie in die Finger bekommen kann, Henry. Immer. Sie sind so mit das Wertvollste, was die Aasjäger anzubieten haben. Sie sind die größte Erfindung amerikanischer Technologie, das steht ohne Frage fest." Er griff sich über die Schulter und kramte in seinem Rucksack. „Da, nimm einen Schluck." Er hielt mir eine kleine Flasche mit einer bernsteinfarbenen Flüssigkeit hin.

„Du warst schon beim Schnapshändler?"

Er verzog sein Gesicht zu einem zahnlückigen Grinsen. „Das war mein erster Weg. Nimm einen Schluck. Hundert Jahre alter Scotch. Ein feiner Stoff."

Ich nahm einen Schluck und schnappte nach Luft.

„Nimm noch einen, der erste schafft erst mal Platz für mehr. Spürst du die Wärme im Bauch?" Ich spürte sie. „Ein edles Zeug."

Abwechselnd tranken wir, und ich machte ihn auf Melissa aufmerksam, die offensichtlich bei der Frau mit den Fässern wenig Erfolg hatte. „Schade", sagte Tom und bekam einen eindeutig lüsternen Blick. „Ein Pech, daß sie nicht mit einem Mann feilscht."

Ich gab ihm recht. „Sag mal, kann ich mir ein Glas Honig von dir leihen? Ich arbeite es in deinem Bienenstock ab."

„Na schön. Ich geb dir das kleine Glas. Nimm noch einen Schluck."

Mit brennendem Magen und summendem Kopf kehrte ich zu Melissa zurück. Langsam und betont sagte Melissa, als wiederhole sie die Worte bereits zum vierten Mal: „Wir haben sie erst heute morgen aus den Reusen herausgeholt. Es ist das beste Fleisch, das Sie bekommen können."

„Ich kenne das Fleisch", erwiderte die Frau unwirsch. „Aber es tut mir leid – Krabben sind nicht schlecht, aber das tut nichts zur Sache. Faßhälften sind nur selten zu finden. Davon haben Sie Ihr Leben lang, und ich bekomme dafür nicht mehr als eine Woche lang jeden Tag ein bißchen Krabbenfleisch."

„Aber wenn Sie nichts verkaufen, dann dürfen Sie am Ende alles wieder nach Hause karren", mischte ich mich in die Diskussion ein.

„Bergauf und bergab, und dauernd müssen Sie darauf achten, daß nichts vom Wagen fällt ... Im Grunde täten wir Ihnen einen Gefallen, wenn wir es Ihnen umsonst abnehmen würden – aber das haben wir ja gar nicht vor. Passen Sie auf – Sie bekommen noch ein Glas Barnard-Honig dazu und machen somit das Geschäft Ihres Lebens."

Melissa hatte mich wütend angefunkelt, weil ich in die Diskussion eingegriffen hatte, doch nun lächelte sie die Frau hoffnungsvoll an. Die Frau starrte auf das Honigglas, schien aber noch nicht ganz überzeugt zu sein.

„Im blauen Buch steht, daß ein halbes Faß zehn Dollar wert ist", fuhr ich fort. „Und diese Querläufer sind pro Stück zwei Dollar wert. Wir geben Ihnen sieben Stück, womit Sie bereits einen Gewinn von vier Dollar machen, das Glas Honig gar nicht mitgerechnet."

„Jedermann weiß, daß im blauen Buch nur Blödsinn steht", hielt die Frau mir entgegen.

„Seit wann? Es waren schließlich Aasjäger, die es zusammengestellt haben."

„Stimmt nicht – ihr wart es."

„Na schön, egal, wer es geschrieben hat, alle berufen sich darauf, und es wird nur dann darüber geschimpft, wenn man versucht, ein krummes Geschäft zu machen."

Die Frau zögerte. „Im blauen Buch steht tatsächlich, daß Krabben pro Stück zwei Dollar wert sind?"

„Jede Wette", sagte ich und hoffte gleichzeitig, daß kein Exemplar des Buchs aufzutreiben war.

„Gut", sagte die Frau. „Ich mag das Fleisch nun mal."

Als wir das Faß zu unserem Lager zurückrollten, hatte Melissa mein unhöfliches Benehmen längst vergessen. „O Henry", säuselte sie, „wie kann ich mich bei dir bedanken?"

„Ach", meinte ich, „ist nicht nötig." Ich stoppte das Faß, um eine Gruppe Schäfer vorbeizulassen, die einen großen Tisch auf den Köpfen trugen. Melissa schlang die Arme um mich und gab mir einen herzhaften Kuß. Einen Moment standen wir da und schauten uns tief in die Augen, ehe wir unseren Weg fortsetzten; ihre Wangen glühten vor freudiger Erregung, ihr Körper preßte sich warm gegen meinen. Als wir uns wieder in Bewegung gesetzt hatten, leckte sie sich schmatzend die Lippen. „Hast du getrunken, Henry?"

„Hhmmm – der alte Barnard hat mich ein paarmal nippen lassen."

„Ach ja?" Sie blickte über die Schulter zurück. „Dagegen hätte ich jetzt auch nichts einzuwenden."

Im Lager angekommen, ging Melissa sofort zu ihrer Freundin Kristen, und ich half beim Fischverkauf aus. Steve kam mit einer Zigarette vorbei, und im Licht der Sonne, das den Staub wie Gold funkeln ließ, rauchten wir sie. Danach machte ich ein Nickerchen von ein oder zwei Stunden hinten bei den Hunden.

Rafael weckte mich, als er kam, um den Hunden etwas zu fressen zu geben. Nur im Westen war der Himmel noch blau; Wolkenberge über uns erstrahlten im letzten Rest Sonnenlicht. Ich stand zu hastig auf. Als das Blut wieder in meinen Kopf zurückgeflossen war, schlenderte ich hinüber zum Feuer, wo einige Leute hockten und noch aßen. Ich ließ mich neben Kathryn nieder und bediente mich von der Suppe, die sie mir anbot. „Wo ist Steve?"

„Er ist bereits im Aasjägerlager. Er sagte, er sei für die nächsten ein oder zwei Stunden in der Mission Viejo eins."

„Aha", murmelte ich. „Warum bist du nicht bei ihm?"

„Du weißt ja selbst, wie das so ist. Erst einmal mußte ich sowieso hierbleiben und beim Kochen helfen. Doch selbst wenn ich weggekonnt hätte, kann ich mit Steve nicht die ganze Nacht aufbleiben. Ich meine, schaffen würde ich es schon, aber ich hätte wenig Spaß daran. Und überdies glaube ich, daß er bei solchen Gelegenheiten lieber allein ist."

„Nee."

Sie zuckte mit den Schultern. „Ich werd mich mal nach ihm umsehen."

„Wie gingen die Geschäfte an der Saatgutbörse?"

„Recht gut. Nicht so gut wie im Frühjahr, aber ich hab ein ansehnliches Paket Gerstenkorn bekommen. Es lief ganz gut – alle waren scharf auf die Gerste, denn in Talega gedeiht sie hervorragend, deshalb ging es ganz heiß hin und her, doch am Ende behielten wir die Nase vorn. Ich werde das obere Feld im nächsten Jahr dafür freihalten und mal schauen, wie das Zeug sich macht."

„Da werden deine Leute ganz schön zu tun haben."

„Die haben immer zu tun."

„Stimmt." Ich beendete meine Mahlzeit. „Ich denke, ich sehe mal nach Steve."

„Den müßtest du eigentlich leicht finden." Sie lachte. „Richte dich nach dem größten Lärm. Ich komme auch nachher hin."

Dort, wo die neuen Städte ihre Lager aufgeschlagen hatten, am südlichen Ende des Areals, war es dunkel und still bis auf die gespenstischen, durchdringenden Schreie der Trabuco-Pfauen in ihren Käfigen. Kleinere Feuer ließen die Bäume im Widerschein des Lichts flackern und tanzen, und Stimmen wehten von den düsteren Behausungen, die den Feuerschein abschirmten, zu mir herüber.

Im nördlichen Teil des Tauschtreff-Areals sah es anders aus. Mächtige Feuer loderten auf drei Lichtungen und ließen die farbigen Wimpel in den Ästen flattern. Laternen, die ein grelles weißes Licht abgaben, hingen in den Bäumen. Ich ging hinüber zum Lager der Mission Viejo. Ein Glas flog an mir vorbei, verspritzte irgendeine Flüssigkeit und krachte gegen einen Baum. Die hellen Plastikfarben der Aasjägerkleidung schillerten im Feuerschein, und jeder Aasjäger, Mann, Frau und Kind, hatte seine vollständige Schmucksammlung angelegt; sie trugen Halsketten aus Gold und Silber, Ohrringe, Nasenringe, Kettchen um Fußknöchel, Bauch und Handgelenke, und alle waren mit rot, blau und grün leuchtenden Edelsteinen besetzt.

Im Viejo-Camp hatte man lange Tischreihen aufgestellt. Die Bänke davor waren dicht mit Leuten besetzt, die tranken und sich unterhielten und der Jazzband am Ende des Lagers lauschten. Ich blieb stehen und hielt eine Weile Ausschau, entdeckte jedoch niemanden, den ich näher kannte. Dann schlug Steve mir auf den Arm und meinte grinsend: „Komm, laß uns den alten Mann ärgern; er ist drüben bei Doc und den restlichen alten Knackern."

Tom saß mit einigen anderen Oldtimern am letzten Tisch. Bei ihm waren Doc Costa, Leonard Sarowitz aus Hemet und George Wasweiß-ich aus Cristianitos. Die vier waren bei den Tauschtreffs ein vertrauter Anblick. Tom war bei weitem das älteste Mitglied dieser Gruppe. Er sah uns und machte auf der Bank neben ihm einen Platz für uns frei. Wir tranken von Leonards Glas; ich würgte und spuckte mir fast alles wieder aufs Hemd. Das löste bei den vier Oldtimern Gelächter aus. Schließlich schüttelte Leonard den Kopf. „Lenkt mich nicht vom Thema ab."

„Was meinst du damit?"

„Also, ich hab's gerade erklärt, Jungs, und auch ihr solltet es euch genau anhören – Tatsache ist doch, wenn Eliot sich gewehrt hätte wie ein echter Amerikaner, dann säßen wir jetzt nicht in dieser Scheiße."

„Welche Scheiße?" erkundigte sich Tom. „Was mich betrifft, so geht es mir im Augenblick wirklich nicht schlecht."

„Mach keine dummen Witze", bemerkte Doc säuerlich dazu.

„Jetzt hackt ihr schon wieder darauf herum", stellte Steve fest, rollte mit den Augen und griff nach dem Glas.

„Nun, ich zweifle nicht daran, daß wir eines Tages wieder die mächtigste Nation der Erde sein werden", fuhr Leonard fort.

„Moment mal", sagte Tom. „Es gibt gar nicht genug Amerikaner, um eine richtige Nation zu bilden, geschweige denn die mächtigste Nation der Welt. Und welchen Nutzen hätte es gehabt, wenn wir den Rest der Welt in die gleiche Lage gebracht hätten?"

Doc war dermaßen aufgebracht, daß er Leonard das Wort abschnitt und für ihn antwortete: „Was es genutzt hätte? Es hieße, daß es dort draußen auf dem Meer keine gottverdammten Chinesen gäbe, die uns die ganze Zeit beobachten und sofort mit Bomben schmeißen, sobald wir den Versuch unternehmen, mit dem Wiederaufbau anzufangen! Dort läge der Nutzen. Dieser Feigling Eliot hat Amerika richtig ins Verderben geritten. Jetzt hängen wir am Ende der Leiter, Tom Barnard, wir sind nicht mehr als die Affen im Zoo."

Steve stieß einen schrillen Pavianschrei aus und nahm grinsend einen Schluck aus seinem Glas.

„Wir waren schon auf der Verliererstraße, als die Bomben hochgingen", meinte Tom. „Es ist sowieso egal, was mit der übrigen Welt passiert ist. Wenn Eliot sich dazu entschlossen hätte, auf den roten Knopf zu drücken, dann wären noch mehr Menschen umgebracht und noch mehr Länder verwüstet worden. Für uns wäre überhaupt nichts dabei herausgesprungen. Abgesehen davon, waren es sowieso nicht die Russen oder die Chinesen, die mit der Bombe herumgespielt haben . . ."

„Was du nicht sagst", brummte Doc.

„Du weißt genau, daß es nicht so war! Es waren die verdammten Südafrikaner. Sie dachten, wir würden ihnen ihre Sklaverei madig machen."

„Die Franzosen!" rief George. „Es waren die Franzosen!"

„Nein, es waren die Vietnamesen", widersprach Leonard.

„Das stimmt nicht", erwiderte Tom. „Dieses armselige Land besaß nicht einmal mehr einen Feuerwerkskörper, nachdem wir damit fertig waren. Und wahrscheinlich war Eliot nicht unbedingt jemand, der auf Vergeltung aus war. Vermutlich starb er wie alle anderen in den ersten Minuten des Tages. Es war irgendein General in einem Flugzeug, der die Entscheidung traf, darauf kannst du deine Holzzähne verwetten. Und auch für ihn muß die Entwicklung ziemlich überraschend gewesen sein. Vor allem für ihn. Würde mich wirklich interessieren, wer es war."

Doc zuckte die Schultern. „Egal, wer es war, jedenfalls war er ein Feigling und ein Verräter."

„Er war ein anständiges menschliches Wesen", widersprach Tom. „Hätten wir gegen Rußland oder China zurückgeschlagen, wären wir Verbrecher und Mörder gewesen. Hätten wir reagiert, dann hätten die Russen ihr gesamtes Waffenarsenal in unsere Richtung in Marsch gesetzt, und in einem solchen Fall wäre in Amerika nicht eine einzige Ameise mehr am Leben geblieben."

„Ameisen hätten es überstanden", sagte George. Steve und ich beugten uns über den Tisch, lachten und bohrten uns gegenseitig die Finger in die Seite – wir „drückten auf den Knopf", wie der alte Mann es ausgedrückt hatte. Seltsam, daß das Drücken auf einen Knopf einen Krieg auslösen konnte . . . Tom starrte uns wütend an, daher setzten wir uns wieder gerade hin und tranken, um uns zu beruhigen.

„. . . über fünftausend Kernexplosionen und blieben am Leben", beendete Doc gerade seinen Satz. Bei jedem Treffen wurde die Zahl größer. „Wir hätten ruhig noch ein paar mehr abbekommen können. Unsere Feinde hätten davon auch noch einige verdient. Doch jetzt lassen sie uns nicht mehr hochkommen, verdammt noch mal!"

Barnard schüttelte nur den Kopf. „Als Arzt solltest du eigentlich nicht so destruktiv eingestellt sein, schon gar nicht anderen gegenüber, Ernest."

„Als Arzt weiß ich selbst nur zu gut, was sie uns angetan haben und immer noch antun", entgegnete Doc heftig. „Wir sind nichts anderes als Affen im Zoo."

„Komm, laß uns verschwinden", raunte Steve mir zu. „Jetzt streiten sie sich darüber, ob wir den Russen oder den Chinesen gehören."

„Oder den Franzosen", fügte ich hinzu, und wir erhoben uns so unauffällig wie möglich von der Bank. Ich nahm einen letzten Schluck von dem Schnaps des alten Mannes, und er gab mir einen kräftigen Klaps.

„Haut ab, ihr undankbaren Gesellen", schimpfte er. „Geschichte interessiert euch nicht, aber dafür habt ihr bloß Unsinn im Kopf."

„Wir lesen alles in den Büchern nach", sagte Steve. „Die sind glücklicherweise niemals besoffen."

„Hört sie euch an!" rief Tom anklagend, als seine Kumpane schallend lachten. „Ich hab ihm das Lesen beigebracht, und er nennt mich dafür einen Säufer."

„Kein Wunder, daß sie so wirr im Kopf sind, nachdem du ihnen das Lesen beigebracht hast", sagte Leonard. „Bist du sicher, daß du dabei die Bücher immer richtig herum gehalten hast?"

Als das Gespräch diese Wendung nahm, entfernten wir uns und schafften es irgendwie mit viel Gestolper bis zum Orangenbaum. Dabei handelte es sich um eine mächtige alte Eiche, eine von etwa einem halben Dutzend im Park, in deren Ästen Gaslaternen mit orangefarbenen Plastikschirmen befestigt waren.

Der Baum war das Wahrzeichen der Aasjäger aus dem Orange County und diente unserer Gruppe als Treffpunkt am späten Abend. Wir sahen niemanden aus Onofre, daher ließen wir uns im Gras unter dem Baum nieder, machten es uns bequem und bedachten die Vorbeigehenden mit lauten Scherzworten. Steve winkte einen Mann heran, der Schnaps in Gläsern verkaufte, und zahlte ihm zwei Dimes für ein Glas Tequila.

„Sieh mal, das ganze Silber", sagte Steve. Er wies auf eine der Aasjägerfrauen mit ihren schweren Halsketten. „Sieh dir das Zeug nur mal an!" Er nahm einen tiefen Schluck. „Teufel, dieses Volk ist reich. Meinst du nicht auch, daß sie hingehen können, wohin sie wollen? Egal, wohin? Daß sie das sein können, wozu sie gerade Lust haben? Wir müssen uns auch etwas von diesem Silber organisieren. Das Leben ist mehr, als an einem Fleck zu hocken und um sein Essen zu kämpfen, Henry. Das ist etwas für Tiere. Aber wir sind Menschen, Henry, vergiß das nicht, und Onofre ist für uns alle nicht groß genug; wir können nicht unser ganzes Leben dort verbringen und wie die Rinder Gras fressen. Gib mir noch einen Schluck, Henry, mein bester Freund, auf einmal überkommt mich ein mächtiger Durst nach mehr von diesem Zeug."

„Der Geist ist ein ganz eigener Ort", bemerkte ich würdevoll, als ich ihm das Glas reichte. Wir brauchten beide keinen Schnaps mehr, aber als Gabby und Rebel und Kathryn und Kristen auftauchten, halfen wir kräftig mit, ein weiteres Glas zu leeren. Zugunsten eines innigen Kusses vergaß Steve für einige Zeit seinen erträumten Silberschatz; Kathryns rote Haarflut verdeckte uns dabei die Sicht. Die Band begann wieder zu spielen: eine Trompete, eine Klarinette, zwei Saxophone, eine Trommel und eine Baßgeige, und wir sangen die Melodie kräftig mit: „Waltzing Mathilda" oder „O Susannah" oder „I've Just Seen a Face". Melissa fand sich ebenfalls ein und setzte sich neben mich. Ich sah sofort, daß auch sie getrunken und geraucht hatte. Ich legte einen Arm um sie, und über ihre Schulter hinweg zwinkerte Kathryn mir zu.

Sehr viel später machten wir uns auf den Heimweg zu unserem Camp. Auf halbem Wege stießen wir auf eine andere Gruppe, die aus dem Dickicht herauskam, und ich wurde grob zu Boden gestoßen. „Verdammt!" fluchte ich und kämpfte mich hoch. Laute Rufe ertönten, Kampfgeräusche, einige andere fielen hin, sprangen wieder auf, holten mit den Armen aus und machten ihrer Wut Luft: „Was soll das?" Die beiden Gruppen trennten sich und standen sich lauernd gegenüber. Im Licht einer Laterne in der Nähe erkannten wir in unseren Gegnern die Bande von San Clemente, die sich mit gleichen rot-weiß gestreiften Hemden ausstaffiert hatte.

„Oh", sagte Steve mit einer vor Langeweile triefenden Stimme, „die schon wieder."

Einer der Anführer der Bande, ein Spezialist, wenn es darum ging, möglichst zielsicher mit größeren Steinen zu werfen, trat ins Licht und grinste boshaft. Seine Ohrläppchen waren völlig zerfranst, da er die Angewohnheit hatte, bei seinen Kämpfen ein ganzes Sortiment Ohrringe zu tragen, doch nicht einmal das hatte ihn bisher stoppen können; er trug immer noch zwei goldene Ohrringe in seinem linken und zwei silberne in seinem rechten Ohr.

„Hallo, Puppengesicht", sagte Steve.

„Kleine Jungs sollten nachts lieber nicht nach Clemente kommen", meinte der Aasjäger.

„Clemente? Wo soll das denn sein?" fragte Steve mit leisem Spott. „Nördlich von uns gibt es doch nichts als Ruinen."

„Kleine Jungs könnten sich vor Angst in die Hosen machen. Vielleicht hören sie seltsame Geräusche", fuhr Puppengesicht fort, und seine Gefährten begannen im Chor einen stetig aufsteigenden Ton zu summen, dann sank er, und stieg gleich darauf wieder an: Es war der

Klang der Sirene, die wir in jener Nacht gehört hatten. Nachdem sie verstummt waren, sagte der Anführer: „Wir mögen Leute wie euch nicht in unserer Stadt. Das nächste Mal kommt ihr nicht so leicht davon . . ."

Steve reagierte mit seinem herausfordernden Grinsen. „Ihr habt wohl vor kurzem wieder ein paar frische Leichen gefunden, die ihr auffressen könnt, was?" fragte er die Aasjäger unschuldig. Wie eine Woge fielen sie über ihn her, und Gabby und ich mußten ihm zu Hilfe eilen. Als der Kampf nun in aller Heftigkeit entbrannte, rief er mit fröhlicher Stimme: „Geier! Aasfresser! Trümmerratten! Drecksäcke!", und ich mußte höllisch auf der Hut sein, denn sie waren uns zahlenmäßig überlegen und schienen an jedem Finger einen Schlagring zu haben . . .

Mit lautem Gebrüll stürzten die Sheriffs sich mitten ins Getümmel. „He! Was soll das? Aufhören – he!!" Ich fand mich ebenso wie eine Reihe anderer Kampfgefährten im Staub sitzend wieder. Nur mit Mühe kam ich wieder hoch und versuchte gerade zu stehen. „Ihr Grünschnäbel macht am besten, daß ihr schnellstens von hier verschwindet", meinte einer der Sheriffs. Er sah aus wie ein mächtiges Faß auf Beinen und war mindestens einen Kopf größer als Steve, den er am Hemd festhielt.

Wir stießen wieder zu den Mädchen – Kristen und Rebel hatten sich ebenfalls in das Getümmel gestürzt, doch die anderen hatten sich zurückgehalten – und trotteten die Promenade hinunter. Hinter uns stimmte die San-Clemente-Bande wieder das Sirenengeheul an.

„Verdammt noch mal!" schimpfte Steve und legte dabei einen Arm um Kathryn. „Wir waren gerade drauf und dran, den Kerlen zu zeigen, wo's langgeht." Kathryn hatte mit einem mißbilligenden Stirnrunzeln zugehört, doch jetzt mußte sie lachen.

„Es waren aber doppelt so viele wie ihr", meinte sie.

„O Katie, ist dir denn nicht klar, daß wir es genauso gewollt haben?" Wir kamen überein, daß wir sie ganz schön in die Enge getrieben hatten, und strebten in fröhlicher Stimmung unserem Lager entgegen. Melissa fand mich in der Gruppe und schlüpfte unter meinen Arm. Als wir uns dem Lager näherten, verlangsamte sie ihre Schritte, und wir blieben hinter den anderen zurück. Ihre Absicht ahnend, steuerte ich von der Promenade hinunter in ein kleines Wäldchen. Ich blieb stehen und lehnte mich an einen Lorbeerbaum.

„Du siehst gut aus, wenn du kämpfst", flüsterte sie, und dann küßten wir uns. Nach einigen langen Küssen drängte sie sich an mich, und ich rutschte am Stamm abwärts und scheuerte mir dabei den Rücken an der rauhen Rinde auf. Dann lag ich halb auf ihr, halb neben ihr. Wir küßten uns unaufhörlich, und ich konnte spüren, wie ihr Atem sich beschleunigte und sie kleine Keuchlaute ausstieß.

Doch plötzlich wich sie zurück. „Oh", seufzte sie, „Henry, ich hab meinem Vater versprochen, ich wäre gleich wieder da. Er sucht bestimmt nach mir, wenn ich nicht schnell wieder zurückkomme." Sie zog eine Schnute, die ich in der Dunkelheit nur undeutlich erkennen konnte, und ich lachte und küßte sie auf die vorgestülpten Lippen.

„Ist schon gut. Dann eben ein andermal." Ich war zu betrunken, um beleidigt zu sein. Immerhin hatte ich keine fünf Minuten vorher nicht einmal geahnt, daß es zu so etwas kommen würde, daher war es überhaupt nicht schwierig, wieder in diesen Zustand der Entspanntheit zurückzugleiten. Ich half ihr beim Aufstehen und zupfte mir ein Stück Rinde von der Schulter.

Ich begleitete Melissa bis ins Lager und verabschiedete mich von ihr mit einem flüchtigen Kuß nicht weit von der Behausung ihres Vaters.

Auf der Promenade vor unserem Camp bemerkte ich den alten Mann, der sich mit zwei Fremden in dunklen Mänteln unterhielt. Der alte Mann stellte ihnen Fragen, doch ich konnte kein Wort verstehen. Ich fragte mich, wer die beiden wohl sein mochten, und stolperte zu meinem Schlafplatz. Ich legte mich hin, alles schien sich um mich zu drehen, und ich sah zu den dunklen Ästen vor dem Sternenhimmel auf. Jede Nadel war deutlich zu erkennen wie ein Tuschestrich. Ich erwartete, jeden Moment in den Schlaf hinüberzugleiten. Doch dann ließ ein Geräusch mich hellwach werden; jemand zertrat trockene Blätter . . . Das Geräusch kam deutlich aus Steves Richtung. Ich lauschte, und es dauerte gar nicht lange, und ich hörte ein rhythmisches Atmen. „Ha, ha, ha . . .", ich erkannte Kathys Stimme sofort. So bald würde ich doch nicht einschlafen können. Nachdem ich eine Minute in die Dunkelheit gelauscht hatte, kam ich mir ziemlich seltsam vor, und indem ich mich nicht gerade bemühte, leise zu sein, erhob ich mich und ging nach vorne zum Feuer, von dem nur noch ein Häufchen glühender Holzkohle übrig war. Ich hockte mich nieder und beobachtete, wie der Wind sie zu einem hellroten Glühen anfachte.

Plötzlich tauchte der alte Mann im Lager auf und erschien mir noch betrunkener, als ich es war. Sein Haarschopf umwehte seinen Kopf wie eine schüttere Rauchwolke. Er bemerkte mich und setzte sich zu mir ans Feuer. „Hank", begann er, und seine Stimme klang ungewöhnlich erregt. „Ich habe gerade mit zwei Männern gesprochen, die nach mir gesucht hatten."

„Ich hab euch draußen auf der Promenade gesehen. Wer waren die beiden?"

Er starrte mich an, und der Feuerschein ließ seine Augen magisch aufglühen. „Hank, diese Männer kamen aus San Diego. Und sie behaupten, sie seien mit dem Zug von San Diego nach Onofre gelangt."

Wir saßen da und starrten uns beim matten Feuerschein wie gebannt an. Rote Glut schien in seinen Augen zu tanzen.

„Sie sind mit dem Zug hergekommen."

III

Ein paar Tage nach unserer Rückkehr vom Tauschtreff wurden Vater und ich von Regengeprassel auf unserem Dach geweckt. Wir aßen einen ganzen Laib Brot, zündeten ein großes Feuer an und hockten uns hin, um Kleider zu flicken, doch der Regen trommelte immer heftiger auf das Dach, und als wir zur Tür hinaussahen, konnten wir in dem Grau des heraufziehenden Tages den großen Eukalyptus kaum erkennen. Es sah so aus, als hätte das Meer beschlossen, an Land zu kommen und uns mitzunehmen, und die jungen Pflanzen wären die ersten, die zum Untergang verurteilt waren.

„Sieht so aus, als sollten wir die Regenplane ausrollen", meinte Pa.

„Ist wohl am besten." Beim Schein des Feuers tappten wir durch den Raum, holten unsere Regenkleidung hervor und unterhielten uns dabei angeregt. Über dem Prasseln des Regens konnten wir Rafaels Trompete ausmachen, die aus der Ferne zu uns drang und das Signal hoch-tief-hoch-tief-hoch-tief blies.

Wir zogen unser Regenzeug an, rannten nach draußen und waren innerhalb von Sekunden völlig durchnäßt. An der Brücke hatten sich einige Leute versammelt. Sie kauerten sich unter Decken und Schirme und warteten auf die Schutzplanen. Pa und ich rannten zu dem Badehaus neben dem Flußpfad, der nun selbst ein kleiner Fluß war, der mit dem großen um die Wette floß. Ab und zu mußten wir Dreier- und Vierergruppen ausweichen, die schwerfällig unter dem Gewicht der langen Planen dahintrotteten. Beim Badehaus waren die Familie Mendez, Mando und Doc Costa und Steve und Kathryn damit beschäftigt, die Zeltbahnen hervorzuholen und auf die Schultern derer zu laden, die sich als Helfer eingefunden hatten. Ich sprang unter das Ende einer solchen Rolle und folgte der Last, angespornt von Kathryns scharfer Stimme. Sie hatte ihre Mannschaft fest im Griff, daran konnte niemand zweifeln. Es regnete auf uns herab, als läge die ganze Welt unter einem Wasserfall.

Ich half mit, drei Zeltbahnen über die Brücke und hinaus auf die Felder zu schleppen, und dann wurde es allmählich Zeit, sie auseinanderzurollen und aufzuspannen. Mando und ich nahmen unsere Plätze an einem Ende einer solchen Rolle ein – lose aufgerollte Plastikfolie, die früher einmal durchsichtig, doch nun vom Schmutz blind geworden war – und bückten uns, um sie mit unseren Armen zu umschlingen. Regen prasselte auf das verlängerte Ende meines Rükkens und an meiner Hose hinab; mein Poncho flatterte um meine Schultern. Gabby und Kristen standen am anderen Ende unserer Rolle, und zu viert brachten wir sie am Hangende einiger Kohlkopfbeete in Position. Bei jedem Anheben entrollten wir die Plane ein Stück und stapften dabei durch die Bewässerungsgräben, in denen wir nun knöcheltief versanken. Als wir das Ende der Rolle erreicht hatten, waren die letzten Kohlköpfe gerade bedeckt. Ich stapfte zurück und sah, daß unter den Zeltplanen einige Pflanzen umgeknickt wurden. Es war ein armseliger Schutz, doch immerhin der beste, der uns zur Verfügung stand. Unterhalb unseres Standortes rollten winzige gebeugte Gestalten weitere Zeltbahnen aus; die Hamishs, die Eggloffs, Manuel Reyes und der Rest von Kathryns Farmbesatzung sowie Rafael und Steve. Hinter ihnen tobte der Fluß, eine braune Flut, die mit Baumstümpfen und entwurzelten Büschen gespickt war. Eine dünnere Wolke zog über uns hinweg, und für einen Moment veränderte sich das Licht, so daß alles unter dem dichten Regenschleier aufzuleuchten schien. Dann, genauso plötzlich, herrschte wieder gespenstisches Zwielicht.

Der alte Mann half am unteren Ende des Feldes dabei, die restlichen Zeltplanen in Position zu bringen. Notdürftig geschützt wurde er von seinem Schulterschirm, einem Plastikungetüm, das von zwei Stäben, die an seinen Schultern befestigt waren, über seinem Kopf aufgespannt wurde.

Gabby und Kristen gesellten sich zu uns. Gabby war gestürzt und von Kopf bis Fuß mit Lehm bedeckt. Dadurch leuchtete sein Grinsen unnatürlich weiß. Wir schnappten uns eine weitere Rolle und schleiften sie hangaufwärts. Der Wind fuhr in die Bäume auf der Bergkuppe über uns, und die Äste bogen sich und schlugen hin und her, als wäre der gesamte Berghang ein riesiges Tier, das sich unter wütendem Stöhnen gegen den Wind wehrte und aus dem Tal eine Wüste machte. Wasser floß über die bereits ausgebreiteten Zeltplanen. Auf dem Rückweg, nachdem wir die zweite Plane ausgebreitet hatten, glätteten Gabby und ich die Falten und sorgten dafür, daß die Plane sich in die Ackerfurchen schmiegte.

Tom kam herüber, um uns zu begrüßen. Sein beschirmtes Gesicht war genauso naß wie die Gesichter der anderen. „Gut, daß ich euch treffe. Kathryn sagt, sie braucht Hilfe beim Getreide." Wir vier eilten am Fluß entlang zu den Getreidefeldern und ruderten mit den Armen, um die Kälte aus unseren Knochen zu vertreiben. Kathryn rannte hin und her, stellte Helfergruppen zusammen, zerrte Zeltbahnrollen bergauf und wies auf die durchhängenden Stellen der Planen, die bereits ausgebreitet worden waren. Sie war ebenso schwarz vor Dreck wie Gabby.

Die Getreideschößlinge waren kaum zwei Handbreit hoch, und wir konnten nicht einfach die Zeltplanen darauf legen, sonst hätten wir sie abgeknickt. Alle paar Meter waren daher Zementblöcke aufgestellt worden, und an diesen mußten wir die Planen durch Ösen befestigen. Daher mußte die Stellung der Blöcke genau den Löchern in der Plane entsprechen. Ich sah, daß Steve und John Nicolin zusammenarbeiteten. Sie wuchteten die Zementblöcke herum und knüpften die Knoten. Jeder dort draußen triefte vor Schlamm. Kathryn hatte uns zum oberen Ende des Feldes geschickt, und als wir dort ankamen, fanden wir ihre beiden jüngsten Schwestern und Doc und Carmen Egloff vor, die sich mit einer der schmalsten Zeltplanen abmühten. „He, Dad, laß uns das Ding mal ausrollen", sagte Mando, als wir sie erreichten.

„Dann macht mal", erwiderte Doc müde. Wir ließen sie die Plane weiter entrollen, während wir sie an den Zementblöcken befestigten.

Kathryn hatte die Blöcke ein paar Wochen zuvor ausgelegt, und ich staunte, wie nahe sie an ihren vorgesehenen Positionen standen. Dennoch mußte jeder Block ein Stück verschoben werden. Es war in dem aufgeweichten Erdreich eine mühsame Herumwaterei, ehe sie richtig lagen. Endlich hatten wir die Plane befestigt und beeilten uns, die nächste in Angriff zu nehmen.

Als wir unsere dritte Zeltplane ausgelegt und befestigt hatten – besonders schnell war unsere Mannschaft nicht gerade –, waren die meisten der Getreidefelder abgedeckt. Wir wateten um unsere letzte Plane herum und hinunter zum Fluß, wo Kathryn auf uns wartete.

Fast die gesamte Rettungsmannschaft hatte sich beim überfluteten Drainagekanal versammelt; zwanzig von uns oder mehr beobachteten die Familien Mendez und Nicolin, wie sie um die Planen herumliefen, darunter krochen, hier straff zogen, dort etwas nachließen und dafür sorgten, daß das Wasser auch von den Planen ungehindert ablaufen konnte. Einige von uns begaben sich zum Badehaus, die anderen blieben unter ihren Schirmen stehen und unterhielten sich über die soeben beendete Rettungsaktion. Die Felder waren nunmehr glänzende, straff gespannte Plastikflächen, und der Regen, der auf die Planen prasselte, wurde wieder hochgeschleudert und zerstäubt, so daß über den Plastikflächen ein feiner, diffuser Wassernebel zu schweben schien. Ganze Wasserströme ergossen sich am Rande der Abdeckplanen in den Drainagegraben, ohne Erde oder unsere jungen Pflanzen mitzuführen. Es war ein tröstlicher Anblick.

Als alle Planen ausgebracht und befestigt waren, trotteten wir über die Brücke zum Badehaus. Im großen Hauptraum hatte Rafael ganze Arbeit geleistet; es war bereits angenehm warm, und von den Badebecken stieg dichter Wasserdampf auf. Man beglückwünschte ihn zu seinem „häuslichen Freudenfeuer“, wie Steve es ausdrückte. Während ich meine nassen Sachen abstreifte, bewunderte ich zum hundertsten Male das komplizierte System von Röhren und Sammeltanks und Pumpen, das Rafael konstruiert hatte und das dazu diente, das Badewasser aufzuheizen. Als ich endlich in die Vorwäsche stieg, war sie bereits voll besetzt. Das Becken für die Vorwäsche war das heißere der beiden, und der Raum war erfüllt vom wohligen Stöhnen und Seufzen nahezu verbrühter Badegäste. Meine Füße spürte ich nicht, aber mein übriger Körper brannte regelrecht. Der Metallboden des Badebeckens war kochend heiß, und die meisten von uns schwammen und planschten und diskutierten über das Unwetter. Rafael pumpte noch heftiger als sonst und grinste wie ein Fisch.

Im zweiten Badebecken, der Feinwäsche sozusagen, waren Holzbänke verankert. Es dauerte nicht lange, und die ersten hüpften hinüber und versammelten sich dort, um sich in der angenehmen Wärme zu entspannen. Das Dröhnen des Regens auf dem Blechdach übertönte ab und zu das angeregte Stimmengewirr der Badenden; der Lautstärkepegel des Dröhnens zeigte genau an, wie stark der Regen herunterrauschte, und als es immer lauter wurde, verstummten die meisten, um dem Lärm zu lauschen.

Der Feuerschein warf bizarre Schattenbilder vom Röhrensystem gegen die Decke des Raumes, und die Holzwände schimmerten feuerfarben. Die Badenden waren mittlerweile krebsrot vom heißen Wasser. Die Frauen waren wunderschön: Carmen Eggloff zum Beispiel, die Äste aufs Feuer legte und deren Rücken sich anmutig krümmte; die anderen Mädchen, die wie verspielte Robben zwischen den anderen umherschwammen; Kathryn, die vor mir stand, um sich mit mir zu unterhalten, stämmig und mit üppigen Rundungen an genau den richtigen Stellen und mit schimmernden Wassertropfen auf ihrer Sommersprossenhaut, Mrs. Nicolin, die tauchte und zu fliehen versuchte, als John sie in einem seiner seltenen Ausbrüche von Verspieltheit bespritzte. Ich saß in meiner gewohnten Ecke, hörte Kathryn zu und verfolgte interessiert das Geschehen um mich herum. Wir waren eine Herde von feuerhäutigen Tieren, naß und dampfend, langmähnig und so schön und edel wie stolze Pferde.

Die meisten von uns verließen das Becken, und Carmen verteilte ihren reichen Handtuchvorrat, als draußen eine Stimme erklang.

„Hallo! Hallo da drinnen!“

Die Gespräche verstummten. In der Stille – nur unterbrochen vom Prasseln des Regens auf dem Blechdach – konnten wir es besser verstehen: „Hallo, ihr da drinnen! Seid gegrüßt! Wir sind Reisende aus dem Süden! Amerikaner!“

Automatisch griffen die Frauen und die meisten Männer nach ihren Handtüchern oder Kleidern. Ich schlüpfte in meine nasse, dreckige Hose und folgte Steve zur Tür.

Rafael folgte uns, splitternackt, mit einer Pistole in der Faust. John Nicolin drängte sich zwischen uns hindurch, wobei er seine Shorts zuknöpfte, und stieß die Tür auf.

„Was führt euch her?" hörten wir ihn fragen. Die Antwort war nicht zu verstehen. Eine Sekunde verstrich, und Rafael öffnete die Tür erneut. Zwei Männer in Ponchos kamen vor John herein; sie schienen überrascht zu sein, als sie Rafael gegenüberstanden. Sie waren völlig durchnäßt und machten einen total erschöpften Eindruck. Der eine Mann war hager und hatte eine lange Nase und einen dünnen schwarzen Bart. Der andere war kleinwüchsig und stämmig und hielt unter seinem Poncho einen triefnassen Schlapphut in der Hand. Sie legten die Ponchos ab. Darunter kamen dunkle Mäntel und nasse Hosen zum Vorschein. Der kleinere der beiden gewahrte Tom und sagte: „Hallo, Barnard. Wir haben uns beim Tauschtreff kennengelernt, erinnern Sie sich?"

Tom nickte. „Ja." Sie schüttelten ihm die Hand und dann auch Rafael – ein recht witziger Anblick –, John, Nat, Steve und mir. Ohne es allzu auffällig anzufangen, sahen sie sich aufmerksam in dem Raum um. Alle Frauen waren bekleidet oder hatten sich zumindest in Badetücher gewickelt, wodurch als Anblick ein Raum übrigblieb, von einem Feuer erleuchtet und mit Dampf gefüllt, und darin ein paar nackte Männer, die zwischen uns, die wir teilweise bekleidet waren, wie Fische anmuteten. Der kleinere der beiden Männer deutete so etwas wie eine Verbeugung an. „Vielen Dank, daß Sie uns hereingebeten haben. Wir kommen aus San Diego, wie Mr. Barnard Ihnen gerne bestätigen wird."

Wir starrten sie an.

„Sind Sie mit dem Zug hergekommen?" fragte Tom.

Die beiden Männer nickten. Der Hagere fröstelte. „Die Wagen stehen etwa acht Kilometer von hier", erklärte er. „Wir haben unsere Leute dort zurückgelassen und sind den Rest des Weges zu Fuß gekommen. Wir wollten die Gleisanlage nicht weiter bauen, ohne vorher mit Ihnen gesprochen zu haben."

„Wir hatten gedacht, wir würden schneller vorankommen", fiel der Kleinere ein, „aber der Sturm hat uns doch ziemlich behindert."

„Warum sind Sie überhaupt trotz des Sturms losgegangen?" fragte John Nicolin.

Nach einem kurzen Zögern bequemte der Kleinere sich zu einer Antwort: „Wir ziehen es vor, bei bedecktem Himmel zu wandern. Auf diese Art und Weise können wir von oben nicht beobachtet werden."

John legte den Kopf schief und blickte verständnislos drein.

„Wenn Sie ebenfalls ins heiße Wasser springen wollen", meinte Tom, „dann nur zu."

Während der Kleinere den Kopf schüttelte, erwiderte der Größere: „Vielen Dank, aber . . ." Er blickte seinen Gefährten fragend an.

„Es scheint schön warm zu sein", meinte dieser.

„Stimmt schon", pflichtete der andere ihm nickend bei. Er wandte sich an Tom: „Wenn es Ihnen nichts ausmacht, dann wärmen wir uns am Feuer etwas auf."

„Aber klar doch. Tun Sie, was immer Sie wollen; fühlen Sie sich wie zu Hause."

John reagierte auf Toms Worte mit einem nicht gerade freundlichen Blick, dennoch geleitete er die beiden Männer zum Feuer, und Carmen legte noch mehr Holz auf. Steve stupste mich in die Seite. „Hast du das gehört? Ein Zug nach San Diego? Wir könnten hinfahren!"

„Schon möglich", erwiderte ich. Die Männer stellten sich unterdessen vor: Der größere hieß Lee, der kleinere Jennings. Jennings nahm seine Mütze ab, und widerspenstiges blondes Haar quoll hervor. Dann legte er Poncho, Mantel, Hemd, Stiefel und Socken ab. Er deponierte die Sachen auf dem Trockengestell, stellte sich ans Feuer und streckte seine Hände der Wärme entgegen.

„Wir arbeiten nun schon seit ein paar Wochen an den Gleisen nördlich von Oceanside", berichtete er. Lee machte es seinem Gefährten nach und zog sich ebenfalls aus. Jennings fuhr fort: „Der Bürgermeister von San Diego hat verschiedene Arbeitsgruppen organisiert, und unser Job besteht darin, bessere Transportmöglichkeiten zu den umliegenden Städten zu schaffen."

„Ist es wahr, daß San Diego eine Einwohnerzahl von etwa zweitausend Menschen hat?" fragte Tom. „Ich hab etwas Derartiges beim Tauschtreff aufgeschnappt."

„So etwa." Jennings nickte. „Und seit der Bürgermeister das Ganze richtig organisiert, haben wir schon eine Menge geschafft. Die Siedlungen liegen zwar recht weit verstreut, doch wir haben ein Eisenbahnnetz geschaffen, das sehr gut funktioniert. Es handelt sich ausschließlich um Draisinen, obwohl wir über Generatoren verfügen, die genügend Strom erzeugen. Einmal in der Woche haben wir einen Tauschtreff, und außerdem gibt es bei uns eine kleine Fischereiflotte und eine Miliz – alles Einrichtungen, die es vorher nicht gab. Natürlich sind Lee und ich besonders stolz auf das Erkundungsteam. So haben wir den Highway Nummer acht über die Berge bis hin zur Salton Sea freigeräumt und die Eisenbahngleise dort verlegt."

„Die Salton Sea muß mittlerweile doch sehr groß sein", sagte Tom.

Jennings überließ Lee die Antwort. Lee nickte. „Das Wasser ist jetzt wieder frisch, und es wimmelt dort von Fischen. Die Leute dort draußen haben sehr gute Fortschritte gemacht, wenn man bedenkt, wie wenig sie waren."

„Was führt Sie eigentlich hierher?" fragte John Nicolin.

Während Lee John ansah, ließ Jennings seinen Blick über die Zuhörerschar schweifen. Jeder im Raum wartete darauf, was er zu erzählen hatte. Das schien ihm zu gefallen. „Nun, wir fanden Schienen, die bis nach Oceanside reichten", erklärte er, „und die defekte Gleisanlage verlief weiter nach Norden, deshalb beschlossen wir, auch dieses Teilstück zu reparieren."

„Warum?" wollte John wissen.

Jennings blickte John selbstbewußt an. „Warum? Ich glaube, diese Frage sollten Sie dem Bürgermeister stellen. Es war seine Idee. Sicherlich" – er warf Lee einen Blick zu, als wollte er sich von ihm die Erlaubnis holen, weiterreden zu dürfen – „wissen Sie, daß die Japaner uns hier an der Westküste genauestens kontrollieren, oder?"

„Natürlich", meinte John.

„Ich denke dabei aber nicht an die Schiffe draußen auf dem Meer", sagte Jennings. „Ich meine vom Himmel aus. Durch Satelliten."

„Sie denken an Kameras?" erkundigte sich Tom.

„Sicher. Ihr kennt doch die Satelliten?"

Das taten wir. Tom hatte sie uns gezeigt, schnell dahineilende Lichtpunkte, die aussahen wie Sterne, die sich selbständig gemacht hatten. Und er hatte uns auch erzählt, daß sie Kameras mit sich führten, aber . . .

„Diese Satelliten verfügen über Fotoapparate, die Dinge erkennen können, die nicht größer sind als eine Ratte", sagte Jennings. „Die haben uns wirklich genau im Auge."

„Man kann hochschauen und ‚Geht zur Hölle!' rufen, und sie würden einem die Worte von den Lippen ablesen", fügte Lee mit einem freudlosen Lachen hinzu.

„Stimmt", sagte Jennings. „Und bei Nacht verwenden sie wärmeempfindliche Kameras, die Gegenstände so klein wie ein Dach identifizieren können, wenn darunter in einer regenlosen Nacht ein Feuer brennt."

Die Leute schüttelten ungläubig die Köpfe, doch Tom und Rafael schienen es zu glauben, und als die Leute das bemerkten, wurden einige zornige Bemerkungen laut. „Ich hab's dir ja gesagt", sagte Doc zu Tom. Nat und Gabby und zwei andere starrten wütend zum Dach hoch.

Ich hatte keine Ahnung, ob eine solche Überwachung irgendwelche konkreten Folgen hatte, jedoch hatte man dabei ein ganz schön unangenehmes Gefühl, so als würde man belauscht. Gleichzeitig war es jedoch auch faszinierend. John suchte bei Tom eine Bestätigung und sah ihn fragend an, und nach einem leichten Nicken sagte Tom: „Woher wissen Sie das? Und was hat das mit Ihrem Besuch bei uns zu tun?"

„Wir haben aus Catalina einiges gelernt", meinte Jennings ausweichend. „Aber damit ist die Geschichte noch nicht zu Ende. Offensichtlich gehört zur Politik der Japaner, daß unsere Gemeinden keine Verbindung untereinander bekommen. Sie wollen nicht, daß wir zusammenkommen und uns wieder vereinen. Als wir zum Beispiel die Schienen auf dem Highway acht verlegten" – er schüttelte sich bei dieser unangenehmen Erinnerung –, „bauten wir auch ein paar starke, stabile Brücken. Eines Abends kurz vor Sonnenuntergang ging es *rrrrummmms!* Sie jagten sie in die Luft."

„Wie bitte?" rief Tom.

„Sie machen aus so etwas keine spektakuläre Aktion", sagte Jennings. Lee schnaubte wütend. „Aber es ist wahr. Kurz vor Einbruch der Dämmerung – ein roter Blitz aus dem Himmel, und – bumms! – weg ist die Brücke. Es gibt nicht mal eine Explosion."

„Wird das Ziel verbrannt?" fragte Tom.

Lee nickte. „Durch enorme Hitze. Die Gleise schmelzen, das Holz verbrennt schlagartig. Manchmal breitet sich das Feuer aus, doch gewöhnlich geschieht es nicht."

„Wenn wir kampieren, dann möglichst weit weg von unseren Brücken", sagte Jennings kichernd. „Das können Sie sich bestimmt gut vorstellen." Doch niemand stimmte in sein Lachen mit ein. „Jedenfalls, als der Bürgermeister davon erfuhr, ging er vor Wut an die Decke. Er wollte um jeden Preis die Eisenbahnlinie wiederaufbauen, egal, ob sie weiter gesprengt würde oder nicht. Die Kommunikation mit anderen Amerikanern sei ein von Gott gewährtes Recht, verkündete er. Da sie uns gegenüber im Vorteil sind und uns beschießen, wann immer sie uns sehen, müssen wir eben dafür sorgen, daß sie uns nicht mehr sehen. Das war es, was er dazu meinte."

„Mittlerweile haben wir eine richtige Leichtbauweise entwickelt", fiel Lee voller Begeisterung ein. „Noch existieren die alten Grundpfeiler für Flußbrücken, und wir legen nur dicke Balken auf und darauf die Schienen. Die Draisinen sind leicht und brauchen keine allzu stabilen Brückenkonstruktionen. Sobald wir die Brücken überquert haben, bauen wir die Balken und Schienen wieder ab und verstecken sie im Gras, und nichts deutet mehr darauf hin, daß wir den Fluß überquert haben. Mit ein bißchen Übung haben wir es geschafft, die leichteren Flüsse innerhalb weniger Stunden zu überqueren."

„Natürlich klappte das nicht immer", fügte Jennings hinzu. „Einmal, in der Nähe von Julian, wurden die Brückenpfeiler von einem der roten Blitze bis auf den Flußgrund abgebrannt."

„Sobald sie sicher sein können, daß wir etwas in dieser Richtung planen, beobachten sie uns wahrscheinlich noch argwöhnischer", sagte Lee. „Wir wissen es nicht. Sie sind schlecht zu beurteilen. Unser Bürgermeister meint, sie wären sich nicht einig, wie man mit uns verfahren soll. Deshalb können wir keine Prognosen abgeben. Auf jeden Fall halten wir uns, wenn wir ein Lager aufschlagen, von den Brücken fern."

Die Tatsache, daß diese beiden Männer mit den Japanern einen regelrechten Kampf ausfochten, wenn auch nur indirekt, ließ jeden im Raum verstummen. Die Augen aller waren auf sie gerichtet, und Jennings badete geradezu in der allgemeinen Aufmerksamkeit.

Nach ein paar Sekunden kam John wieder auf seine ursprüngliche Frage zurück. „Nun, da ihr es bis hierher geschafft habt – was mag euer Bürgermeister von uns wollen?"

Lee fixierte John schärfer, doch Jennings antwortete unverändert freundlich: „Nun, euch guten Tag sagen, nehme ich an. Euch zeigen, daß wir schnell zusammenkommen können, falls es sich als notwendig erweisen sollte. Und dann hoffte er auch, daß wir euch dazu überreden könnten, einen Vertreter eurer Talgemeinschaft zu uns zu schicken, um über Handelsabkommen und ähnliches zu diskutieren.

Und dann wäre da noch das Eisenbahngleis, das weiter nach Norden ausgebaut werden könnte – dazu brauchen wir eure Erlaubnis und natürlich auch eure Mithilfe. Der Bürgermeister ist ganz wild darauf, die Schienen bis hinauf zum Los-Angeles-Becken zu verlegen."

„Ein Problem dort oben wären die Aasjäger", warf Rafael ein.

„Unser Tal hat keinen offiziellen Vertreter", sagte John.

„Dann eben jemand, der für euch alle spricht", schlug Jennings begütigend vor.

„Der Bürgermeister möchte auch über die Aasjäger reden", sagte Lee. „Ich gehe davon aus, daß ihr auf sie nicht sonderlich gut zu sprechen seid. Auch wir haben nicht viel für sie übrig. Es scheint so, als helfen sie den Japanern."

Steve hatte mich so oft angestupst, daß mir schon die Rippen weh taten; nun boxte er mich fast. „Hast du das gehört?" zischte er. „Ich wußte doch, daß diese Nachtratten etwas im Schilde führen. Von dort bekommen sie also ihr Silber."

Kathryn und ich gaben ihm zu verstehen, er solle schweigen, damit wir auch den Rest der Diskussion verfolgen konnten. Dann fehlte plötzlich etwas: das Getrommel auf dem Dach war verstummt. Wenigstens für einen Moment hatte es aufgehört zu regnen. Diejenigen, die möglichst trocken nach Hause gelangen wollten, erfuhren, daß Lee und Jennings einen oder zwei Tage lang bleiben wollten. Deshalb suchten einige Leute ihre Ponchos und Stiefel zusammen und machten sich auf den Heimweg. Tom lud die beiden Männer aus San Diego ein, bei ihm zu wohnen, und sie waren sofort einverstanden.

Pa kam zu mir herüber. „Hast du etwas dagegen, wenn wir jetzt nach Hause gehen und uns etwas zu essen machen?"

Da alles darauf schließen ließ, daß die Unterhaltung beendet war, meinte ich: „Gute Idee, dann laß uns gehen."

Unser Aufbruch erfolgte stiller und nachdenklicher als sonst. Die Fremden hatten uns so viel erzählt, wie wir es noch nicht einmal bei den Tauschtreffs zu hören bekamen, daß uns die Köpfe summten, und die Leute hatten sogar Schwierigkeiten, in dem Badehaus die trockene Kleidung zu finden, die manche dort aufbewahrten. Ich schaute mich um. Nach all den Projekten, von denen Lee und Jennings gesprochen hatten, erschien das Badehaus geradezu armselig. Pa und ich stiegen wieder in unsere immer noch feuchten Klamotten, da wir keine Ersatzkleidung im Badehaus deponiert hatten, und eilten am schäumenden Fluß entlang zu unserer Behausung. Als wir dort ankamen, hatte es wieder zu regnen begonnen. Wir entfachten ein Feuer und hockten auf unseren Betten, während wir getrockneten Fisch und Tortillas aßen und uns über die Männer aus San Diego und ihre Eisenbahn unterhielten.

„Vielleicht führen sie die Gleise bis zu unserer Brücke", sagte ich. „Ich wette, sie ist stark genug, und außerdem gibt es auch keine Möglichkeit, den Fluß dort zu überqueren, wo die alte Eisenbahnbrücke gestanden hat." Verbogene Schienen, die oberhalb des Flusses auf dem Kliff zu erkennen waren, markierten die betreffende Stelle. „Der Fluß ist dreimal so breit, wie er früher gewesen war, meint Tom."

„Das ist eine gute Idee", sagte Pa bewundernd. „Du hast richtig gute Ideen, Hank. Das solltest du ihnen mal erzählen."

„Vielleicht tu ich's." Ich schlief ein, träumte von Eisenbahnzügen und von Brücken, die aus nichts als Schienen bestanden.

Am nächsten Morgen, als ich von der Flut herausgeschwemmtes Grünzeug in unserem Garten aufsammelte, entdeckte ich Kathryn, wie sie sich auf dem Pfad unserer Behausung näherte. Sie war von oben bis unten mit Lehm und Erde beschmiert und hielt ein armseliges Sträußchen Getreideschößlinge in der Hand. Sie hatte sich darangemacht, die Zeltplanen wieder einzurollen, und wenn sie jetzt schon damit fertig war, dann mußten sie und ihre Mannschaft schon früh damit begonnen haben, wahrscheinlich schon vor Tagesanbruch. Und so hatte Kathryn sich ein Bild von der Zerstörung machen können. Daß sie wütend war, erkannte ich an ihrem Gang. Der Hund der Familie Mendez kam ihr laut bellend und zum Spielen aufgelegt entgegen, und sie holte fluchend mit dem Fuß aus. Der Hund wich dem bestiefelten Fuß aus und rannte jaulend in den Garten zurück. Ich beschloß, Kathryn guten Morgen zu sagen und weiterzugehen. Reden konnte ich ein anderes Mal mit ihr. Sie setzte immer noch fluchend ihren Weg fort.

Tom tauchte aus einer anderen Richtung auf. „Henry!" rief er. Ich winkte ihm zu, als er sich näherte.

Zwinkernd sah er mich an. „Henry, was hieltest du von einem Ausflug nach San Diego?"

„Was?" rief ich. „Aber eine ganze Menge! Wirklich?"

Er lachte und setzte sich auf das halbe Faß in unserem Garten. „Ich habe gestern abend mit John und Rafe und Carmen und den Männern aus San Diego gesprochen, und wir haben beschlossen hinzufahren und mit dem Bürgermeister zu verhandeln. Ich möchte dich mitnehmen, denn die anderen älteren Männer müssen allesamt arbeiten. Ich dachte, du hättest sicher nichts dagegen. Und mit deinem Pa werden wir uns schon einig."

„Ach ja?" sagte Pa und schaute um die Hausecke. Er grinste und kam mit zwei Eimern Wasser heran. „Worum geht es denn?"

„Nun, Sky", meinte Tom, „ich will deinen Jungen für eine Reise anheuern."

Pa setzte die Eimer ab und zupfte an seinem Schnurrbart, während Tom ihm von seinem Vorhaben erzählte. Sie feilschten über den Wert meiner wöchentlichen Arbeitsleistung, waren sich wohl darüber einig, daß es nicht viel war, hatten aber unterschiedliche Ansichten, wie wenig es wirklich war, und schließlich mietete Tom meine Dienste für den Betrag, den er auslegen mußte, um für meinen Vater eine Nähmaschine zu erstehen, die dieser bei einem Tauschtreff etwa zwei Monate vorher gesehen hatte. „Auch wenn die Maschine nicht mehr funktioniert – in Ordnung, Sky?" schloß Tom.

„Stimmt", sagte Pa. „Ich möchte, daß Rafe sie auseinandernimmt, wegen der Ersatzteile hauptsächlich."

Und Tom mußte auch noch mit John Nicolin wegen meines Fehlens beim Fischen verhandeln.

„He!" sagte ich. „Du mußt auch fragen, ob Steve mitkommen kann."

Tom sah mich an. „Na schön. Ich weiß zwar nicht, was John davon hält, aber du hast recht. Wenn ich dich frage, ob du mitkommen willst, dann muß ich auch Steve fragen. Wir werden sehen. Wenn du mit dem Fischen fertig bist, dann frag John doch mal, wann ich vorbeischauen kann, um mit ihm über die beiden Fremden aus San Diego zu reden. Und verrate Steve nichts davon, sonst fragt er seinen Vater wegen der Reise und nicht ich. Und das ist möglicherweise nicht so gut."

Ich war einverstanden, und kurz darauf rannte ich hinunter zu den Klippen und hatte den Kopf voll mit farbigen Bildern von San Diego. Am Strand verdrängte ich diese Eindrücke und verbrachte den Nachmittag mit meiner üblichen Arbeit beim Fischen. Als wir wieder an Land waren, meinte ich zu John: „Tom würde sich gerne mit Ihnen über die Männer von der Eisenbahn unterhalten. Er möchte wissen, wann es Ihnen recht wäre, daß wir mal vorbeikommen."

„Jederzeit, wenn ich nicht gerade hier unten zu tun habe", erwiderte John in seiner kurz angebundenen Art. „Sag ihm, er kann gleich heute abend kommen. Er kann mit uns essen. Du auch."

„Danke, Sir", erwiderte ich. Mit einem vielsagenden Zwinkern zu Steve verabschiedete ich mich und rannte nach Hause. Und jeder Schritt klang wie: nach San Diego! Nach San Diego!

AM SPÄTEN Nachmittag wanderten der alte Mann und ich am Fluß entlang hinunter zu den Nicolins. Die Luft roch nach nasser Erde und nassen Bäumen. Über uns segelten krächzende Krähen dahin und flatterten mit müden Flügelschlägen heimwärts. Natürlich waren wir in euphorischer Stimmung. Wir hüpften zwischen den Pfützen umher, machten unsere Witze und malten uns das Essen, das uns erwartete, in den schillerndsten Farben aus. Nachdem wir die Autobahn hinter uns gelassen hatten, konnten wir das Haus zwischen den Bäumen ausmachen.

Es war das größte Haus im Tal und stand auf einem ideal gelegenen gerodeten Landstreifen gleich hinter der höchsten Erhebung der Strandklippen. Das Gelände rund um das Haus war mit Canyongras bepflanzt worden, und das zweigeschossige, mit einem Ziegeldach versehene Gebäude stand auf dem grünen Rasen (deutlich getrennt von dem Vorratsschuppen und den Hundehütten und dem Hühnerstall) wie etwas, das aus der guten alten Zeit übriggeblieben war. Läden waren neben den Glasfenstern befestigt, über den Türen befanden sich breite Regenrinnen, und alles wurde von einem gemauerten Schornstein überragt. Rauch kräuselte sich aus dem Schornstein in den wasserblauen Himmel, und Lampen brannten hinter den Fenstern.

Ehe wir die Tür erreichten, wurde diese schon von Mrs. Nicolin aufgerissen, die uns zurief: „Hier herrscht eine furchtbare Unordnung, über die ihr gnädig hinwegsehen müßt, aber kommt rein."

„Danke, Christy", sagte Tom. „Mag das Haus auch nicht aufgeräumt sein, so siehst du doch hübsch aus wie immer."

„Ach, du Lügner", wehrte Mrs. Nicolin ab und strich sich eine schwarze Haarsträhne zurück. Doch Tom sagte die Wahrheit. Christy Nicolin hatte ein wunderschönes Gesicht, offen und freundlich, und sie war groß und schlank, obwohl sie sieben Kinder zur Welt gebracht hatte. Sie winkte uns herein und blickte dabei mit einem flehenden Ausdruck zur Decke, wie sie es immer tat, um uns klarzumachen, daß sie einen ganz fürchterlich anstrengenden Tag hinter sich hatte. „Sie haben mir versprochen, daß sie aufräumen. Den ganzen Nachmittag haben sie im Wohnzimmer gehockt und ein Butterfaß gebaut."

In dem Haus gab es ein Dutzend oder mehr Zimmer, doch nur das Speisezimmer verfügte über ein großes Panoramafenster, das nach Westen ging, so daß der Raum trotz Mrs. Nicolins Protest ständig benutzt wurde, wenn man etwas erledigen wollte, wozu besonders gute Lichtverhältnisse gebraucht wurden, vor allem dann, wenn es auf dem Hof zu naß war. In jedem Zimmer, durch das wir kamen, standen die feinsten Möbel, Betten, Tische und Stühle, die John und Teddy, Steves zwölfjähriger Bruder, nach Plänen von alten Möbeln gebaut hatten. Mir erschien das ganze Haus wie aus den Büchern, und als ich Tom das einmal sagte, meinte er, das Haus sähe von allen, die er kannte, noch am ehesten so aus wie die alten Häuser aus früheren Zeiten. „Nur hatten die damals keine Feuerstellen in der Küche, keine Regenfässer in der Diele, keine Holzwände, Böden und Decken in jedem Zimmer."

Als wir zum Speisezimmer gelangten, kamen die Kinder laut schreiend herausgerannt. Mrs. Nicolin seufzte ergeben und ließ uns eintreten. John und Teddy kehrten gerade Holzspäne zusammen. Tom und John schüttelten sich die Hand, etwas, das sie nur taten, wenn der eine den anderen in seinem Haus besuchte. Durch das große Westfenster hatten wir einen wundervollen Ausblick auf das Meer. Sonnenlicht drang herein und ließ die Zimmerwand erstrahlen und brachte den Holzstaub in der Luft zum Funkeln.

Ich ging durch die Küche, in der mir die appetitlichsten Wohlgerüche in die Nase stiegen, um Steve zu suchen. Er war hinter dem Haus und säuberte das neue Faß.

„Was ist los?" erkundigte er sich.

Ich beschloß, ihm alles zu gestehen, denn ich wußte nicht, wie ich es ihm in diesem Moment verheimlichen könnte. „Jennings und Lee haben Tom gefragt, ob er mit ihnen mitkommen will, um mit dem Bürgermeister zu reden. Tom will fahren und uns beide mitnehmen!"

Steve ließ das Faß ins Gras fallen. „Uns mitnehmen? Dich und mich?" Ich nickte. „Teufel! Nichts wie los!" Er sprang über das Faß und führte einen Freudentanz auf. Abrupt blieb er stehen und starrte mich an. „Wie lange werden wir fort sein?"

„Etwa eine Woche, meint Tom."

Seine Augen verengten sich, und sein Mund wurde zu einer schmalen Linie.

„Was ist los?"

„Ich hoffe nur, daß sie mich weglassen, das ist es. Verdammt! Ich fahre auf jeden Fall mit, egal, was er sagt." Er hob das Faß wieder hoch und klopfte die letzten Späne heraus.

Bald rief Mrs. Nicolin uns alle ins Eßzimmer und ließ uns an dem großen Eichentisch Platz nehmen: John und sie am Kopfende, ihre Großmutter Marie, die schon fünfundneunzig und etwas einfältig war, Tom, Steve und Teddy und Emilia, die dreizehn und sehr still war, dann ich und dann Virginia und Joe, die Zwillinge, und Carol und Judith, die Kleinsten der Familie. John zündete die Lampen auf dem Tisch an, während Mrs. Nicolin und Emilia aus der Küche das Essen hereinbrachten.

Emilia und Mrs. Nicolin brachten Teller auf Teller, bis nahezu die gesamte Tischfläche bedeckt war. Tom und ich stießen uns unter dem Tisch an. Einige Teller waren zugedeckt, und als John die Deckel abhob, stiegen Dampfwolken auf und verbreiteten den Duft von Huhn in einer roten Sauce. Es gab Weißkohlsalat in einer großen Holzschüssel und Suppe in einer Porzellanterrine. Da waren Platten mit Brot und Tortillas und Teller mit aufgeschnittenen Tomaten und Eiern. Außerdem Karaffen mit Ziegenmilch und Quellwasser.

Allein die Wohlgerüche machten mich schon betrunken. Wir reichten auf Mrs. Nicolins Anweisung hin die Teller um den Tisch, und als unsere Teller vollgeladen waren, begannen wir zu essen, und für einige Zeit herrschte gefräßige Stille, die nur gelegentlich vom Klirren des Bestecks und des Porzellans unterbrochen wurde. Tom schlang sein Essen so hastig herunter, daß er zwischen den Bissen sogar Zeit hatte, sich zu unterhalten und sich seinen Teller erneut vollzuladen. Ich selbst begann ebenfalls hastig, ließ es dann aber etwas langsamer angehen und kaute jeden Happen ausgiebig wegen des exquisiten Geschmacks. Allmählich wurde ich immer satter, aber ich konnte einfach nicht aufhören. John aß auch etwas langsamer und redete mit niemand Bestimmtem über die warme Strömung, die mit dem Regen des Vortages die Küste erreicht hatte. Tom schlang noch immer, und Virginia sagte: „Niemand will dir deinen Teller wegnehmen, Tom." Diesen Satz hörte er oft genug, aber er lachte Virginia freundlich an, und die Kinder stimmten in dieses Lachen mit ein.

„Nimm noch etwas Hühnerfleisch", drängte Mrs. Nicolin, „und auch noch Milch."

„Ich platze gleich", erwiderte ich. Die kleine Carol begann zu quengeln, und Emilia setzte sich neben sie, um sie mit Suppe zu füttern. Es wurde ziemlich laut, und Marie hörte es jetzt auch und krähte: „Macht das Fernsehen an!", woraufhin, wie sie wußte, alle zu lachen begannen.

Nachdem die Schlacht geschlagen war, unterhielten wir uns und vertilgten dabei nach und nach die Reste der Mahlzeit. Als Carol sich wieder beruhigt hatte, stand Emilia auf und fing an, die Schüsseln abzuräumen und in die Küche zu tragen. „Auch du bist heute an der Reihe", erinnerte Mrs. Nicolin Steve. Wortlos stand er auf und räumte die Teller ab. Als der Tisch fast abgedeckt war, wurden Beeren und Schlagsahne hereingebracht und noch ein Krug Milch. Tom gab mir heimlich einen Tritt. „Das sieht ja einfach himmlisch aus, Christy", lobte er die Gastgeberin in den höchsten Tönen.

Nachdem wir reichlich den Beeren und der Sahne zugesprochen hatten, durften die Kinder mit der Großmutter aufstehen und sich zurückziehen, und John, Mrs. Nicolin, Steve, Emilia, Tom und ich machten es uns in unseren Sesseln bequem und drehten sie so, daß wir aus dem Panoramafenster schauen konnten. John holte eine Flasche Brandy aus dem Schrank, und wir betrachteten unsere Spiegelbilder in der Fensterscheibe, während wir den Brandy genußvoll durch unsere Kehlen rinnen ließen. Wir boten einen komischen Anblick. Steve redete an diesem Abend überhaupt nicht, und Emilia beteiligte sich niemals an den Unterhaltungen, daher blieb die Konversation Tom und John überlassen, ab und zu bereichert durch eine Bemerkung von Mrs. Nicolin oder von mir. Plötzlich leerte John sein Glas mit einem Zug. „Was meinst du, was die Leute aus dem Süden wollen?" fragte er Tom.

Der alte Mann nahm einen Schluck von seinem Brandy. „Keine Ahnung, John. Das werde ich sicher erfahren, wenn ich mit ihnen gehe. Falls alles stimmt, was sie uns erzählen, dann werden sie hier bei uns nicht viel ausrichten können, zumal wir ja von den Asiaten beobachtet werden. Aber . . . da ist etwas, das sie uns nicht verraten. Als ich die Asiaten erwähnte, deren Leichen manchmal bei uns angetrieben werden, wollte Jennings dazu eine Bemerkung machen, doch Lee brachte ihn vorher zum Schweigen. Jennings wußte irgend etwas. Aber warum sie hier sind? Das weiß ich wirklich nicht."

„Vielleicht wollen sie nur etwas Neues sehen", meinte Steve.

„Möglich", erwiderte Tom. „Oder sie wollten testen, wozu sie in der Lage sind, so eine Art Probe ihrer Macht. Oder mit uns Handel treiben oder weiter nach Norden vordringen. Ich weiß es nicht. Deshalb möchte ich ja mit ihnen fahren und mich mal mit ihrem Bürgermeister unterhalten."

John schüttelte den Kopf. „Ich bin noch immer nicht sehr erbaut von der Idee."

Steve wurde merklich blässer. Tom meinte beiläufig: „Schaden kann es eigentlich nicht, und im Grunde können wir nichts anderes tun, um herauszufinden, was dort überhaupt vorgeht. Aber bei dieser Gelegenheit, wo wir schon davon sprechen, ich muß ein paar Leute mitnehmen, und ich dachte, daß die jüngeren hier am besten zu entbehren sind, deshalb dachte ich auch, daß Steve mich vielleicht begleiten könnte. Einen wie ihn kann ich gut brauchen . . ."

„Steve?" John starrte den alten Mann strafend an. „Nein." Er bedachte Steve mit einem Seitenblick und funkelte dann wieder Tom an. „Nein, er wird hier gebraucht; das weißt du selbst."

„Wenigstens eine Woche könntest du auf mich verzichten", platzte Steve heraus. „So dringend werde ich hier auch nicht gebraucht. Ich hole die Arbeit nach, wenn ich wieder zurück bin, bitte . . ."

„Nein." John sagte das mit der gleichen Stimme, mit der er auf dem Wasser immer seine Befehle gab. Im Zimmer nebenan, wo die Kinder spielten, wurde es auf einmal mucksmäuschenstill. Steve war aufgesprungen und fuhr jetzt zu seinem Vater herum, der immer noch entspannt in seinem Sessel saß. Steve hatte die Hände zu Fäusten geballt, und sein Gesicht war wütend verzerrt. „Steve", versuchte Mrs. Nicolin ihren Sohn zu beruhigen. John richtete sich halb auf, um zu seinem Sohn hochzublicken.

„Wenn du zurück bist, ist die warme Strömung vorbei. Ich brauche dich hier und jetzt. Die Fischerei ist unser Job, und sie ist das

Wichtigste in unserem Tal. Du kannst immer noch nach Süden gehen, von mir aus im Winter, wenn wir ohnehin nicht hinausfahren."

„Ich kann jemanden dafür bezahlen, für mich einzuspringen", flehte Steve verzweifelt. Doch John schüttelte nur den Kopf, wobei sein Mund sich wütend verzog. Ängstlich verkroch ich mich in meinem Sessel. So oft gab es zwischen ihnen derartige Situationen; so heftig stritten sie sich, daß ich jeden Tag mit einem großen Knall rechnete, mit dem alles enden würde. Für einen Augenblick glaubte ich, es wäre soweit; Steve ballte die Fäuste, und John war bereit, jeden Moment aufzuspringen . . . Doch auch diesmal steckte Steve zurück. Er wirbelte herum und rannte aus dem Eßzimmer. Wir hörten, wie die Küchentür aufgerissen und wieder zugeschlagen wurde.

Mrs. Nicolin stand auf und füllte Johns Glas nach. „Meinst du nicht, wir könnten Addison Shanks herholen, damit er für eine Woche seinen Platz einnimmt?"

„Nein, Christy. Seine Arbeit ist hier, das muß er endlich lernen. Andere Leute hängen von ihm ab." Er sah Tom an, nahm einen Schluck und meinte mit vorwurfsvoller Stimme: „Du weißt genau, daß ich ihn hier brauche, Tom. Wie kannst du herkommen und ihm solche Flausen in den Kopf setzen?"

Tom zuckte die Achseln. „Ich nahm an, du könntest ihn kurzfristig entbehren."

„Nein", sagte John ein letztes Mal mit allem Nachdruck. „Ich lasse mich auf nichts dergleichen ein, Tom . . ."

„Ich weiß. Ich weiß." Tom trank von seinem Brandy und warf mir einen unbehaglichen Blick zu. Ich machte es Emilia nach und tat so, als sei ich gar nicht da, und starrte unser Spiegelbild im schwarzen Fensterglas an. Wir waren eine ziemlich unglücklich aussehende Gruppe. Das Schweigen hielt an; wir hörten die Kinder am anderen Ende des Hauses lachen. Steve war längst weg, am Strand, vermutete ich. Ich stellte mir vor, wie er sich im Augenblick fühlen mußte, und mir kam fast das Essen wieder hoch. Mrs. Nicolin, ihr Gesicht ein einziger Ausdruck der Sorge, wollte unsere Gläser wieder nachfüllen. Ich schüttelte den Kopf, und Tom bedeckte sein Glas mit der Hand. Er räusperte sich. „Nun, ich denke, Hank und ich müssen jetzt gehen." Wir erhoben uns. „Ein köstliches Mahl, Christy", murmelte Tom, als er sich von Mrs. Nicolin verabschiedete. Sie wollte so tun, als sei nichts vorgefallen, doch Tom ging nicht darauf ein. Statt dessen meinte er: „Danke für das Essen, John. Es tut mir leid, daß ich davon angefangen habe."

John knurrte etwas und winkte ihm gedankenverloren zu. Wir standen da und starrten ihn an, einen großen Mann, der grübelnd in seinem Sessel saß, umgeben von seinem Hab und Gut . . . „Nicht schlimm", sagte er, als entließe er uns damit. „Ich verstehe schon, warum du es versucht hast. Wenn du wieder zurück bist, dann erzähl mir, wie es war."

Satt, aber niedergeschlagen, spazierten wir über den Flußpfad in Richtung Heimat. Tom murmelte vor sich hin und schlug nach den Ästen der Bäume neben dem Pfad. „Ich hätte es wissen müssen . . . da geht nichts . . . nicht zu ändern . . . wie ein grober Klotz . . ." Er erhob die Stimme: „Die Geschichte ist wie ein Keil in einem Spalt, und wir sind das Holz. Wir sind das Holz direkt unter diesem Keil, verstehst du, Junge?"

„Nein."

„Ach . . ." Und er begann wieder zu murmeln, diesmal klang es eindeutig zornig.

„Ich hab so viel verstanden, daß John Nicolin ein bösartiger alter Mistkerl ist . . ."

„Halt den Mund!" fuhr Tom mich an. Ich schwieg. Plötzlich blieb er stehen und griff nach meinem Arm, drehte mich heftig um. „Siehst du da?" rief er und wies über den Fluß auf das andere Ufer. „Genau dort. Die Nicolins waren soeben erst hergekommen, nur John und Christy und John junior und Steve. Steve war noch ein Baby, John junior war etwa sechs Jahre alt. Sie kamen aus dem Landesinneren, verloren nie ein Wort darüber, woher genau. Eines Tages half John an der Brücke. John junior spielte am Flußufer, auf einem Überhang, und . . . der Überhang brach ab und stürzte in den Fluß." Seine Stimme klang heiser. „Fiel, platsch!, in den Fluß, verstehst du? Es hatte nachts geregnet, der Fluß war gestiegen und reißend. Genau vor Johns Nase. Er sprang hinein und ließ sich bis ins Meer treiben. Fast eine Stunde schwamm er und sah sein Kind nie wieder. Er fand keine Spur mehr von ihm. Verstehst du?"

„Ja", sagte ich und fühlte mich beim Klang seiner Stimme unbehaglich. Wir setzten uns wieder in Bewegung. „Das bedeutet aber noch lange nicht, daß er Steve so dringend zum Fischen braucht, denn bestimmt will er nicht . . ."

„Schweig", sagte er wieder, diesmal nicht mehr so scharf wie beim erstenmal. Nach einigen Schritten meinte er, als redete er mit sich selbst: „Und dann haben wir den Winter überstanden wie die Ratten. Wir haben alles gegessen, was wir finden konnten."

„Von diesen Zeiten habe ich schon gehört." Es ärgerte mich, daß er sich wieder in der Vergangenheit verlor. Das war alles, was wir andauernd zu hören bekamen: die Vergangenheit. Die Erklärung für alles, was mit uns geschah, lag in unserer Vergangenheit. Ein Mann behandelte seinen Sohn wie ein gnadenloser Tyrann, und was war seine Entschuldigung? Die Vergangenheit.

„Das heißt noch lange nicht, daß du auch weißt, wie es wirklich war", sagte er zu mir und erschien mir leicht erbost. Als ich ihn in der Dunkelheit ansah, erkannte ich Spuren der Vergangenheit an ihm: die Narben, die eingefallene Gesichtshälfte, wo er keine Zähne mehr hatte, sein gekrümmter Rücken. Er erinnerte mich an einen der Bäume hoch oben auf den Bergen über uns, gebeugt vom stetigen Seewind, gespalten von Gewitterblitzen. „Junge, waren wir hungrig. Die Leute starben, weil wir im Winter nicht genug zu essen hatten. Da saßen wir in einem Tal, in dem es reichlich regnete und die Bäume wie Unkraut in die Höhe schossen, und wir konnten nichts Eßbares aus dem Boden holen, um am Leben zu bleiben. Wir konnten uns nur durch den Schnee graben und jedes winterschlafende Tier schlachten – stell dir mal vor, Schnee in dieser Gegend. Wir waren wie Wölfe. Solche Zeiten hast du niemals kennengelernt. Wir wußten noch nicht einmal, welchen Tag wir hatten und in welchem Jahr wir lebten! Rafe und ich brauchten vier Jahre, um das Datum eindeutig bestimmen zu können." Er verstummte, um sich zu sammeln und seine Erinnerungen zu ordnen. „Immerhin sahen wir die Fische im Fluß und taten alles mögliche, um sie in unsere Feuer zu locken. Wir besorgten uns ein paar Angelruten und Schnüre und Köder aus Orange County, Köder aus den Angelgeschäften." Er schnaubte und spuckte in den Fluß. „Angeln mit diesem lächerlichen Spielzeug, das bei jedem dritten Fisch zerbrach, das kaputtging, sobald man es benutzte . . ., es war eine verdammte Schande. John Nicolin sah das alles und fing an, Fragen zu stellen. Warum wir keine Netze benutzten? Wir haben keine Netze, erwiderten wir. Warum fischten wir nicht im Meer? Keine Boote, sagten wir. Er schaute uns an, als wären wir Narren.

Einige von uns gerieten in Wut und schrien ihn an, wo wir denn Netze herbekommen sollten? Wo?

Nun, Nicolin wußte die Antwort. Er ging nach Clemente und schaute in einem Telefonbuch nach, ausgerechnet da. Schlug einfach die Gelben Seiten auf." Er lachte, ein abrupter Ausbruch reinster Freude. „Er fand einige Spezialhandlungen für Fischgeräte, sammelte ein paar Männer um sich, machte sich auf die Suche. Der erste Laden war leer. Der zweite war an jenem Tag zerstört worden. Der dritte Laden war voller Netze, Stahlseile, schwerer Nylonschnüre – es war riesig. Und das war erst der Anfang. Wir benutzten die Telefonbücher und die Landkarten, um die Werften in Orange County ausfindig zu machen, denn die Häfen waren leer, und wir schafften ein paar Boote hierher."

„Und was war mit den Aasjägern?"

„Damals gab es noch nicht so viele davon. Und mit den wenigen gab es keinen Streit."

Damit log er, das wußte ich. Er ließ sich selbst aus der Geschichte raus, wie er es immer tat. Fast alles, was ich über Toms Vergangenheit wußte, hatte ich von anderen gehört. Und ich hatte sehr viele Geschichten über ihn gehört; älteste Bewohner des Tales hatten eine Menge Legenden um ihn gebildet. Ich hatte erfahren, wie er die Raubzüge ins Orange County angeführt hatte, wie er John Nicolin und die anderen durch seine alte Heimat und weiter geführt hatte. Er hatte damals den Aasjägern die Hölle heiß gemacht, erzählte man sich. Wann immer sie von Aasjägern bedrängt wurden, war Tom in den Ruinen verschwunden, und schon bald gab es keine Aasjäger mehr, von denen sie belästigt wurden. Es war in Wirklichkeit Tom gewesen, der Rafael mit Feuerwaffen vertraut gemacht hatte.

„Jedenfalls", sagte Tom jetzt zu mir, „regelte John Nicolin alles, was mit dem Fischen zu tun hat, und das war es, was die Leute in diesem Tal hatte überleben lassen. So kamen wir zusammen und wurden zu einer Stadt. Der zweite Winter nach seiner Ankunft war der erste Winter, in dem niemand an Hunger starb. Junge, du hast ja gar keine Vorstellung, was das bedeutet. Wir fraßen getrockneten Fisch, bis er uns zu den Ohren herauskam, aber niemand starb. Seitdem hat es auch schon harte Zeiten gegeben, aber nicht mit denen zu vergleichen, ehe John Nicolin zu uns stieß. Ich bewundere ihn. Wenn er nur seine Fische im Kopf hat und seinen Sohn nicht für eine Woche, von mir aus auch nicht einen einzigen Tag aus den Augen lassen will, dann ist das schade. So ist er nun mal, und das mußt du akzeptieren."

„Aber es ist doch gleichgültig, wie satt er wird, wenn er seinen Sohn dazu bringt, daß er ihn haßt!"

„Klar. Aber das liegt nicht in seiner Absicht. Denk nur an John junior. Vielleicht will John seinen Steve nur immer dort haben, wo er ihn im Auge behalten kann. Damit ihm nichts passiert. Wahrscheinlich ist diese ganze Fischfangsache auch nur eine Art Tarnung für seine Sorge. Was weiß ich."

Ich schüttelte den Kopf. Es war auf jeden Fall nicht fair, Steve zu Hause festzuhalten.

Wir hatten mein Zuhause erreicht. Feuerschein drang durch die Türritzen. „Steve wird ein andermal mitkommen", sagte Tom. „Aber wir – wir brechen in der nächsten Wolkennacht nach San Diego auf."

„Jawohl." In diesem Moment konnte ich für die ganze Sache nicht allzuviel Begeisterung aufbringen.

Tom klopfte mir auf die Schulter und verschwand zwischen den Bäumen. „Halt dich bereit!" rief er noch, als er in die Finsternis des Waldes untertauchte.

Die nächste wolkenverhangene Nacht ließ einige Zeit auf sich warten. Die warme Strömung brachte unter anderem auch klare Nächte mit, und ich verbrachte die Abende damit, die Sterne zu verfluchen. Tagsüber half ich beim Fischfang. Steve wurde von John angewiesen, in einem der Netzboote zu bleiben, deshalb kam ich in meinem Ruderboot stundenlang nicht mal in seine Nähe. Ich fühlte mich dabei einsam und ziemlich komisch – als würde ich ihn irgendwie verraten. Wenn wir zusammen arbeiteten, redete er nur über den Fischfang und blickte mir dabei nicht in die Augen, und ich wußte nicht, was ich zu ihm sagen sollte. Ich war unendlich erleichtert, als er drei Tage nach unserem traurigen Essen lachte und sagte: „Ausgerechnet dann, wenn du keinen klaren Himmel brauchen kannst, hast du ihn im Überfluß. Komm schon, laß ihn uns wenigstens dazu nutzen, wozu er gedacht war." Der Fischfang war geschafft, und in den letzten Stunden des Tages wanderten wir über den breiten Strand an der Flußmündung, wo sich die blauen Wellenkämme in weiße verwandelten. Gabby, Mando und Del kamen mit uns und brachten ihre Schwimmflossen mit, und wir liefen über den rauhen Sand in die Brandung. Das Wasser war warm wie selten. Wir nahmen jeder eine Flosse und schwammen durch die seichte Brühe hinaus zu der Stelle, wo die Brandung einsetzte. Dort draußen war das Wasser wie blaues Glas; ich konnte die sanft geschwungene Sandlandschaft auf dem Grund des Meeres deutlich erkennen. Es war ein Genuß, einfach bloß Wasser zu treten und die Wogen über meinen Kopf hinwegrollen zu lassen und auf die braunen Klippen und die grünen Wälder zurückzublicken. Ich ließ mich zurücktreiben, ritt mit den anderen auf den Wellen und war glücklich, daß sie mich nicht verstießen, weil ich als einziger die Gelegenheit hatte, nach San Diego zu gehen.

Als wir an den Strand zurückkamen, verabschiedeten sich die anderen von mir und ließen mich zurück. Ich hockte im Sand und kam mir ziemlich komisch vor.

Eine Gestalt erschien am Flußufer in dem schmalen Spalt in den Klippen, wo der Fluß sich ins Meer ergoß. Als die Gestalt sich näherte, erkannte ich Melissa Shanks. Ich erhob mich und winkte ihr zu; sie sah mich und kam auf mich zu.

„Hallo, Henry", begrüßte sie mich. „Warst du draußen schwimmen?"

„Ja. Was führt dich denn hierher?"

„Ach, ich hab nach Krabben gesucht." Es fiel mir nicht mal auf, daß sie keine Harke und keinen Eimer bei sich hatte. „Henry, ich hab gehört, daß du mit Tom nach San Diego willst?"

Ich nickte. Ihre Augen weiteten sich. „Himmel, muß das für dich aufregend sein", sagte sie. „Wann geht es denn los?"

„In der nächsten Nacht, wenn der Himmel mit Wolken bedeckt ist. Scheint so, als hätte das Wetter etwas gegen meine Reise."

Sie lachte und beugte sich vor, um mir einen Kuß zu geben. Als ich die Stirn runzelte, küßte sie mich erneut, und dann drehte ich den Kopf und erwiderte ihren Kuß.

„Ich kann gar nicht glauben, daß du diese Reise machst", murmelte sie verträumt zwischen unseren Küssen. „Es ist nur – nun, du bist eben der Beste für ein solches Abenteuer."

Ich begann mich schlagartig besser zu fühlen.

„Wie viele seid ihr denn?"

„Nur Tom und ich."

„Und was ist mit diesen Männern aus San Diego?"

„Oh, die gehen auch. Sie nehmen uns mit.“

„Nur die beiden, die hier waren?“

„Nein, unten an der Straße, wo sie die Eisenbahnschienen verlegt haben, wartet ein ganzer Trupp auf uns.“ Ich erklärte ihr, wie die Leute aus San Diego die ganze Sache aufgezogen hatten. „Deshalb können wir nur in einer Wolkennacht aufbrechen, damit die Japaner uns nicht sehen.“

„Mein Gott.“ Sie fröstelte. „Das klingt aber gefährlich.“

„O nein, das glaube ich nicht.“ Ich küßte sie erneut, drückte sie in den Sand, und dann küßten wir uns so lange, daß ich sie halb aus ihren Kleidern fummeln konnte. Plötzlich blickte sie sich um und lachte.

„Nicht hier am Strand“, sagte sie. „Von den Klippen aus kann uns doch jeder zusehen.“

„Nein, das kann er nicht.“

„O ja, das kann er doch, und du weißt das auch. Ich sag dir was.“ Sie richtete sich auf und strich ihre Baumwollbluse glatt. „Wenn du von San Diego zurückkommst, dann können wir uns vielleicht im Swing Cañon ein stilles Plätzchen suchen und ein wenig rein- und rausswingen.“

Swing Cañon war das Paradies für Verliebte; ich nickte und streckte eine Hand nach ihr aus, doch sie stand auf.

„Ich muß jetzt gehen, ehrlich, mein Pa wartet sicher schon auf mich.“ Sie hauchte einen Kuß auf ihren Zeigefinger, legte mir diesen auf die Lippen und lief dann lachend davon.

Teil zwei

San Diego

IV

DRAUSSEN beim großen Eukalyptusbaum warteten Jennings und Lee. „Da haben Sie aber mal einen kurzen Partner“, meinte Jennings scherzhaft zu Tom, doch ich hatte das Gefühl, daß Lee mich mit einem skeptischen Stirnrunzeln betrachtete.

„Mit euch nimmt er es allemal noch auf!“ rief Pa von der Tür mit offensichtlichem Ärger in der Stimme.

„Laßt uns endlich aufbrechen", sagte Lee knapp. Wir gingen zur Autobahn und machten uns nach Süden auf den Weg. Nicht lange, und das Tal lag hinter uns, und wir wanderten oberhalb des Pendleton-Strandes weiter.

Die Straße war in recht gutem Zustand; obwohl die Fahrbahn ziemlich brüchig und von Rissen durchzogen war, war sie frei von Bäumen und Sträuchern bis auf eine gelegentliche Ansammlung in einem besonders breiten Spalt, die dann eine richtige Hecke bildete. Das ebene Land, das die Autobahn durchschnitt, bestand aus einem schmalen Streifen zwischen steilen Bergen und den Klippen, der gelegentlich von tiefen Senken durchschnitten wurde. Gewöhnlich überspannte die Autobahn diese Senken, doch zweimal war die Brücke in die Senken eingebrochen, und wir waren gezwungen, ebenfalls hinabzuklettern, um die schwarzen, schäumenden Flüsse auf ihrem Grund, von Betonblock zu Betonblock springend, zu überqueren. Lee führte uns durch diese Hindernisse, ohne ein Wort zu verlieren. Es schien, als dächte er nur daran, so schnell wie möglich wieder nach San Diego zu kommen.

Ein kurzes Stück hinter der zweiten Lücke in der Autobahn blieb Lee stehen. Ich blickte ihm über die Schulter und erkannte zwischen den Bäumen eine Ansammlung halbzerfallener Gebäude. Lee legte seine Hände an den Mund und brachte dreimal hintereinander eine ganz passable Imitation eines Möwenschreis zustande, und aus der Richtung der Ruinen antwortete ein scharfer Antwortpfiff. Wir hielten auf das größte Gebäude zu und wurden auf halbem Wege plötzlich von einer Gruppe Männer umringt, die uns laut und erleichtert begrüßte. Sie führten uns ins Gebäude, wo ein kleines Feuer ein schwaches Licht abgab und Mengen von Rauch entwickelte. Die Männer aus San Diego – es waren insgesamt sieben – musterten Tom und mich eingehend.

„Dafür, daß ihr nichts Besseres als diese beiden Exemplare finden konntet, wart ihr aber verdammt lange weg", sagte ein untersetzter Mann mit einem beachtlichen Bauch. Er zupfte sich an seinem Bart und lachte trocken auf, seine kleinen, geröteten Augen blickten dabei jedoch überhaupt nicht amüsiert.

„Hat man in San Onofre keine Lust, sich ernsthaft mit unserem Bürgermeister zu unterhalten?" fragte der Mann neben ihm. Es war das erste Mal, daß ich hörte, wie jemand das „San" vor Onofre setzte;

bei den Tauschtreffs kannten die Leute unsere Heimat nur als Onofre, genau wie wir selbst.

„Jetzt reicht's", gebot Jennings der Diskussion Einhalt. „Dies dort ist Tom Barnard, einer der ältesten lebenden Amerikaner . . ."

„Das sieht man", warf der Untersetzte ein.

„Und einer der Chefs von Onofre. Und der Junge ist sein fähigster Assistent."

Tom verfolgte das Geplänkel ohne eine Gemütsbewegung; gelassen sah er den kleinwüchsigen Mann an und hielt dabei den Kopf etwas schief, als betrachte er einen besonders seltenen Käfer. Lee hatte sich nicht stören lassen. Er wickelte ein langes Seil auf und hielt nur inne, um seine Anweisungen zu geben: „Löscht das Feuer, und steigt auf die Wagen. Ich will bei Sonnenaufgang in San Diego sein."

Den Männern schien das nur recht zu sein. Sie sammelten ihre Siebensachen zusammen und löschten das Feuer, dann verließen wir das Gebäude und betraten hinter Lee einen Wald, der sich zum Meer hin erstreckte. Wir waren nur zwanzig oder dreißig Schritte gegangen, als Lee stehenblieb und eine Laterne anzündete.

Im Lichtschein sah ich ihren Zug: eine Plattform auf Rädern aus Metall mit einem langen Balken, der auf einem Klotz in der Mitte befestigt war. Die Männer warfen ihre Habseligkeiten auf den Wagen, hinter dem ich einen zweiten ausmachen konnte. Ich ging darauf zu und stieg dabei über die Eisenbahnschienen. Diese befanden sich in demselben Zustand wie die, welche unser Tal durchquerten – sie waren voller Beulen und verrostet, und getragen wurden sie von vermoderten Holzbalken im Erdreich. Tom und ich beobachteten interessiert, wie Vorschlaghämmer und Äxte, bündelweise Seile und Säcke voll klirrender Metallteile auf den beiden Plattformen verstaut wurden.

Schnell war alles aufgeladen, und wir kletterten hinter Lee und Jennings auf den ersten Wagen. Zwei Männer standen am Ende des Balkens; einer zog das hochstehende Ende herunter, wobei Lee ihm half, und knirschend setzten wir uns auf den rostigen Gleisen in Bewegung. Als dieses Balkenende unten war, hängte der kleinwüchsige Mann am anderen Ende sich mit seinem ganzen Gewicht an den nun hochstehenden Hebel. Die gegenüberstehenden Männer wechselten sich ab, und wir rollten los, gefolgt von dem anderen Wagen.

Wir ließen den Schatten der Bäume hinter uns, wo der Zug versteckt gestanden hatte, und gelangten auf eine strauchbewachsene Ebene. Hier stiegen die Berge einige Kilometer weit landeinwärts stetig an und ragten nicht so steil auf wie an der Küste, und was hier an Bäumen gedieh, wuchs zumeist in den zahlreichen Senken und Tälern. Von Zeit zu Zeit, wenn wir uns auf der Kuppe einer Anhöhe befanden, konnte ich den Ozean als eine silbergraue Fläche unter tiefhängenden Wolken erkennen. Wir überwanden einen Landstrich, den zu durchschreiten Steve und mich mindestens einen halben Tag gekostet hätte; wir befanden uns jetzt so weit im Süden, wie ich bisher nie gekommen war. Von nun an bewegte ich mich auf unbekanntem Gelände.

Die Wagenräder kreischten über die Schienen, und wir steigerten unser Tempo, bis wir schneller rollten, als ein Mann laufen konnte. Die vier untätigen Männer auf unserem Wagen saßen am Mittelklotz, oder sie lagen flach auf den Bäuchen und spähten nach vorn. Als wir einen Berg hinunterrollten, kamen wir sogar noch schneller vorwärts, und ich spürte irgendwie, daß ich stehen mußte, um die Geschwindigkeit richtig fühlen zu können. Ich konnte einfach nicht mehr sitzen. Ein kalter Wind wehte mir entgegen, die verrotteten Schwellen flogen unter mir so schnell dahin, daß ich keine mehr einzeln erkennen konnte! Die Männer sahen mich an wie einen Narren, aber das war mir egal. Der alte Mann grinste mich an. „Das ist doch die einzige Art, richtig vorwärts zu kommen, nicht wahr?“ Ich nickte heftig, war ich doch zu aufgeregt, um ein Wort hervorbringen zu können. Ich fühlte mich, als würden wir fliegen, ganz gleich, wie laut es unter uns knirschte und ratterte.

„Willst du mal?“ fragte Jennings vom hinteren Ende des Kreuzbalkens.

„Aber immer“, antwortete ich. Jennings trat beiseite, und ich ergriff das T, als es wieder hochstieg. Als ich den Balken dann nach unten drückte, spürte ich deutlich, wie der Wagen einen Satz nach vorn machte, der in keinem Verhältnis zu meiner Kraftanstrengung stand, und ich stieß wieder einen Freudenschrei aus. Ich arbeitete mit aller Kraft und sah, wie der Mann mir gegenüber mit einem wohlwollenden Grinsen seine Zähne entblößte. Er pumpte mindestens ebenso kräftig wie ich, und wir flogen in Richtung Pendleton wie in einem Traum. Mit Augen, die vom heftigen Fahrtwind zu tränen begannen, sah ich, wie die Schwellen unter uns vorbeihuschten, und plötzlich wußte ich, welches Lebensgefühl die Menschen in den alten Zeiten gehabt hatten. Ich kannte nun die Energie, die sie erzeugt hatten, jene wundervolle Steigerung menschlicher Fähigkeiten. Toms Bücher und seine Geschichten hatten mir davon erzählt, doch jetzt spürte ich es selbst mit meinen Muskeln und meiner Haut. Ich sah die Welt an mir vorbeifliegen, und es raubte mir fast den Atem.

„Mach mal ruhig etwas langsamer", meinte Lee nach einer Weile. „Wir haben noch einen weiten Weg vor uns."

Also fuhren wir etwas langsamer. Trotzdem, als einer der anderen Männer meinen Platz einnahm, schwitzte ich von der Anstrengung, und als ich untätig im Wind stand, begann ich zu frieren. Ich setzte mich und verkroch mich in meinen Mantel. Die Landschaft wurde hügeliger. Wenn es bergauf ging, mußten wir alle beim Pumpen mithelfen; bergab hingegen rollten wir so schnell, daß ich um keinen Preis hätte aufstehen und mich dem Wind aussetzen wollen.

Wir passierten einen Fetzen weißen Tuchs, der an einem Pfahl neben dem Wall hing, auf dem die Gleise verliefen. Lee sprang auf und betätigte die Bremse, und wir stoppten, wobei sich ein Schauer glühendroter Funken auf die Schwellen ergoß.

„Und jetzt kommt der schwierige Teil", verkündete Jennings und sprang vom Wagen. In der plötzlich einsetzenden Stille konnte ich vor uns das Tosen eilig fließenden Wassers hören. Tom und ich stiegen ebenfalls vom Zug und folgten den anderen Männern zu Fuß über die Gleise. Dort in einer Senke lag ein ansehnlicher Fluß, etwa halb so breit wie der Fluß in unserem Heimattal. Schwarze Pfähle ragten paarweise aus dem Wasser bis hinüber zur anderen Seite. Querbalken und Planken verbanden einige der Pfähle miteinander und berührten auch die Ufer auf beiden Seiten, doch es gab auch große Lücken, und alles sah ziemlich baufällig aus. Jeder Pfosten hatte an seinem Fuß einen deutlichen weißen Schaumkragen, was darauf hindeutete, daß der Fluß eine ziemlich starke Strömung hatte.

„Das ist unser Brückenfundament", erklärte Jennings Tom und mir, während Lee den Männern unten am Ufer seine Anweisungen gab. „Das ist alles, was von der alten Brücke übrig ist. Als sie damals abgebrannt ist, muß das Wasser noch höher gestanden haben."

„Ich vermute eher, daß die Bombe von Pendleton sie erwischt hat", meinte Tom. „Ich bezweifle, daß der Fluß jemals einen höheren Wasserstand hatte als jetzt."

„Da könnten Sie recht haben", mußte Jennings zugeben. „Jedenfalls sind die Pfeiler noch ganz gut in Schuß. Wir haben sie so weit abgetragen, daß sie alle auf einer Höhe sind, und haben Balken herbeigeschafft, die als Verbindungsstreben dienen. Dann brauchen wir jedesmal nur die Gleise aufzulegen und zu montieren. Wir schieben die Wagen rüber, bauen unsere Gleise wieder ab und verstecken sie am anderen Ufer. Das Ganze ist zwar recht mühselig, andererseits läßt sich von oben nicht feststellen, daß wir den Fluß überwinden können, wann immer wir wollen."

„Clever gemacht", meinte Tom.

Drei oder vier zusätzliche Laternen waren angezündet worden, und ihr Licht wurde mit Hilfe metallener Reflektoren auf die Materialstapel gerichtet. Die Männer machten sich im Dunkeln ans Werk, verfluchten Gott und alle Heiligen und schleiften die Balken aus dem Gebüsch hinunter zum Flußufer. Sie befestigten diese Balken an einem dicken, langen Seil, das sie oberhalb der Brückenpfeiler aus dem seichten Wasser gefischt hatten. Dieses Seil reichte unter Wasser bis zum anderen Ufer, lief dort durch eine Rolle und kam ebenfalls unter Wasser wieder auf unsere Seite zurück. Jennings erklärte uns dann das System mit dem Stolz des Erfinders: Die zehn Querbalken wurden ein Stück flußaufwärts von den Pfeilern zu Wasser gelassen und dann hinübergezogen. Danach wurde so viel Seil zugegeben, bis die Balken zwischen den Pfeilern trieben. Männer kletterten auf die Pfeiler – sie gelangten auf den schmalen Planken und Brettern hinüber, die ständig liegenblieben –, fischten dann die Balken aus dem Wasser und befestigten sie auf den Pfeilern.

Jennings Vortrag wurde von wüsten Flüchen der Männer am Ufer abrupt unterbrochen. Das Seil hing fest und ließ sich nicht mehr durch die Rolle ziehen. Sie diskutierten, was zu tun sei, doch Lee machte den Überlegungen schnell ein Ende: „Jemand muß rüberschwimmen und die Rolle klarmachen."

Die Männer waren von diesem Vorschlag nicht sonderlich angetan. Einer von ihnen, ein Mann vom zweiten Wagen, lachte spöttisch und wies mit dem Daumen auf mich: „Warum soll unser junger Kraftprotz das nicht machen?"

Ein kleinwüchsiger fetter Bursche unterstützte diesen Vorschlag lautstark, und Tom wollte protestieren, doch ich winkte ab. „Klar mache ich das", sagte ich. „Ich bin ohnehin wahrscheinlich der beste Schwimmer hier."

„Um so besser", erklärte Jennings. „Paß auf, Henry, wir sind schon mehrmals durch den Fluß geschwommen, aber leicht ist es nicht. Am besten ziehst du dich am Seil rüber; auf diese Weise wirst du nicht abgetrieben. Sieh zu, daß du auf die andere Seite kommst, mach die Rolle wieder funktionsfähig, und unsere Brücke steht in Null Komma nichts."

Also zog ich mich aus, und ehe es mir zu kalt wurde, sprang ich in den Fluß und klammerte mich an das dicke, glitschige Seil. Das Wasser war noch kälter als das Meer in der vergangenen Woche, und mein Herz klopfte wild, so daß ich kaum richtig durchatmen konnte. Da ich mich an dem Seil festhielt, konnte ich nicht richtig ausholen, und dann war das Seil ziemlich rutschig, so daß ich mich höllisch vorsehen mußte, als ich mich Hand über Hand daran entlangzog. Den Fluß zu überqueren dauerte doch länger, als ich mir anfangs ausgerechnet hatte, aber am Ende bohrten sich meine Knie in den weichen Schlick, und ich kletterte auf das andere Ufer. Als ich vollends auf dem Trockenen war, rief ich den anderen Männern hinüber, daß ich angelangt sei, und verfolgte das Seil bis zu der Rolle.

Wasserpflanzen hatten sich an dem Seil festgesetzt, und als ich das Geschlinge entfernt hatte, lief das Seil ungehindert durch die Rollen, und das Zugsystem funktionierte wieder. Ich war stolz auf meine Leistung, und die Männer brüllten Glückwünsche zu mir herüber. Doch während ich beobachtete, wie vorsichtig sie über die Planken und Bretter kletterten, wurde mir klar, daß es noch einige Zeit dauern würde, ehe die Brücke so weit wieder aufgebaut war, daß die Draisinen sie überqueren konnten. Unterdessen konnte ich naß und frierend dasitzen, mit dem Fluß zwischen mir und meinen Kleidern. Jennings hatte sicherlich gewußt, daß ich auch wieder würde zurückschwimmen müssen, hatte darüber jedoch kein Wort verloren. Es gab für mich keine andere Möglichkeit, als wieder ins Wasser zu steigen und mich zum gegenüberliegenden Ufer hinüberzuziehen. Ich verfluchte Jennings im stillen, teilte den anderen Männern brüllend meine Absichten mit, watete durch den Schlick, bis mir das Wasser bis zur Brust reichte, und begann mich am Seil entlangzuziehen.

Was ich nicht berechnet hatte, waren die zehn Balken, die nun in den Fluß gezogen worden waren und Hindernisse für mich darstellten. Ich mußte entweder über die Balken klettern oder darunter hinwegtauchen und die ganze Zeit darauf achten, daß mir das Seil nicht aus den Händen rutschte. Das Ganze wäre für mich noch nicht allzu schwierig gewesen, doch plötzlich trieb eine ausgewachsene entwurzelte Gebirgskiefer auf mich zu. Sie glitt über mich, und dann blieb sie am Seil hängen, und plötzlich fand ich mich unter die Wasseroberfläche gedrückt, wo ich mich in dem dichten Astwerk verfing. Eisiges Wasser drang mir in Mund und Nase. Ich zerrte mit meiner freien Hand an dem Ast über mir und erwog für einen kurzen Moment, das Seil loszulassen, doch dann hätte ich es mit den Brückenpfeilern zu tun bekommen, und ich hatte Angst, von der Strömung dagegen gedrückt zu werden. Der Baum hinderte mich am Auftauchen. Das Seil spannte sich unter dem zusätzlichen Druck. Verzweifelt zwängte ich mein Gesicht zwischen zwei Ästen zur Wasseroberfläche hindurch und konnte einen Mundvoll Luft schnappen. Ich wechselte meinen Griff am Seil, drückte den Baumstamm mit der Linken hoch und zerrte gleichzeitig das Seil nach unten. Der Baum rutschte darüber hinweg und blieb hängen; er wurde immer noch von dem Seil gehalten, jedoch konnte ich jetzt wenigstens neben dem Baum ungehindert Wasser treten und mich am Seil festhalten. „Verdammter Mist!" schimpfte ich.

„He!" brüllten sie vom Ufer. „Irgendwelche Schwierigkeiten da draußen?"

„Es ist nichts!" antwortete ich. „Alles klar!" Doch nun zogen sie das Seil ein und mich gleich mit. Das kam mir ganz gelegen. Ich begriff nun auch, warum keiner der Männer besonders begierig gewesen war, durch den Fluß zu schwimmen. Wenn der Baum mich vom Seil abgedrängt hätte, wäre ich sicher ans andere Ufer gelangt, doch ich wäre in Gefahr gewesen, mit den Pfeilern unliebsame Bekanntschaft zu machen, und der anschließende Fußmarsch am Flußufer entlang zu den Männern wäre eine schreckliche Strapaze geworden. Ich zog mich ein Stück weiter, doch die Männer hievten das Seil noch schneller ein, und nicht lange danach kniete ich wieder im Uferschlick. Am Ufer hüllten sie mich in eine Wolldecke, und nachdem ich mich abgetrocknet hatte, gaben sie mir eine frische Decke, in die ich mich wickeln konnte, um mich hinzusetzen und auszuruhen.

Während ich mich aufwärmte, bauten sie die Brücke zusammen. Die Balken wurden auf den Pfeilern befestigt, die Gleise wurden auf die Balken geschoben, und Bolzen wurden durch Öffnungen in den Gleisflanschen in dafür vorgesehene Löcher in den Balken getrieben. Die Gleise lagen dichter zusammen als die beiden Pfeilerreihen, doch nicht sehr viel. Schwarze Gestalten krochen über die Konstruktion und tauchten als Schattenrisse in manchmal gefährlichen Situationen vor dem hellen Schein von Laternen auf; einmal beobachtete ich, wie eine dieser Gestalten eine Planke, die sie hatte auflegen wollen, ins Wasser fallen ließ. Der Mann knickte ein und sackte auf Hände und Knie, um nicht hinterherzustürzen. Die Planke wurde von der Strömung mitgerissen.

„Als sie das zum erstenmal machten, hatten sie sicherlich jede Menge Probleme", sagte Tom zu mir, als er sich zu mir setzte und seine klammen Hände um den Glaszylinder einer Laterne legte. „Ich glaube, daß die Gleise die Wagen tragen, aber ich möchte nicht derjenige gewesen sein, der die erste Probefahrt unternahm."

„Auf mich machen sie den Eindruck, als wüßten sie, was sie tun", sagte ich.

„Jaja. Harte Arbeit, und das bei Nacht. Zu schade, daß sie die Brücke nicht zusammenbauen und so stehenlassen können."

„Daran habe ich auch schon gedacht. Ich kann einfach nicht glauben, daß die . . ." Ich wußte nicht, wie ich sie nennen sollte. „Daß sie Bomben ausgerechnet auf eine so kleine Brücke werfen."

„Ich weiß." Im diffusen Licht war Toms Gesichtsausdruck ernst. „Aber ich glaube nicht, daß diese Leute lügen oder diese Strapazen wegen nichts und wieder nichts auf sich nehmen. Ich vermute, wer immer da oben lauert, achtet darauf, daß jegliche Verbindungen, die der Kommunikation dienen, radikal unterbrochen werden, so wie Jennings es uns geschildert hat."

Jennings schlenderte lässig über ein Gleis, sprang dann auf den Uferstreifen und kam zu uns herüber. „Wir sind fast fertig", verkündete er. „Ihr solltet jetzt rübergehen. Wir machen die Wagen so leicht wie möglich und kommen nach, obwohl es nur eine Vorsichtsmaßnahme ist, versteht ihr."

„Tun wir." Tom nickte und half mir beim Aufstehen. Ich zog meine Kleider an. Dann wickelte ich mich wieder in die Decken, denn mir war noch immer kalt. Wir überquerten die Brücke auf dem flußabwärts gelegenen Gleis, setzten dabei unsere Füße mit größter Sorgfalt, jederzeit gewärtig, uns auf die Knie fallen zu lassen und uns am Gleis festzuklammern. Die Balken fühlten sich solide und stabil an, als ich auf ihnen entlangging, allerdings waren sie vielfach verzogen und schief, und das Gleis lag nicht überall auf.

Am Südufer versammelten wir uns bei den Laternen, und die Männer, die sie hielten, richteten ihren Schein auf den ersten Wagen. Lee und ein anderer Mann pumpten ihn behutsam herüber. Die Gleise ächzten und quietschten, als der Wagen über einen nachgebenden Balken rollte; ansonsten gaben sie keinen Laut von sich und bogen sich nur unwesentlich unter dem Gewicht der Draisine durch. Es war ein seltsamer Anblick mitten im Strom, eine dunkle Masse auf einer fadendünnen Doppelspur.

Das Bild erinnerte an eine Spinne, die auf ihren Netzfäden spazierengeht. Als die Männer das letzte Stück zum rettenden Ufer gerollt waren, seufzten die Wartenden erleichtert auf. Sie gingen dann zurück und holten den zweiten Wagen. Danach zogen sie die Bolzen heraus und hievten die Gleise auf unser Ufer. Lee achtete mit nervtötender Sorgfalt darauf, daß sie ordentlich aufgestapelt wurden, so daß man die Brücke bei der nächsten Fahrt nach Norden noch schneller würde aufbauen können. „Sehr einfallsreich“, lobte Tom. „Sehr clever und sehr gefährlich, aber ganz hervorragend gelöst.“

„Für mich sah das alles ziemlich einfach aus“, meinte ich dazu. Kurz darauf wurde das Seil durch die Rollen am gegenüberliegenden Ufer gezogen, und die Ladeflächen der beiden Draisinen wurden erneut vollgepackt. Wir bestiegen mit unserer alten Besatzung wieder den ersten Wagen, und schon waren wir unterwegs. „Die nächste Brücke ist viel einfacher“, tröstete Jennings uns, als wir den Anstieg hinaufpumpten und die Bergkuppe hinter uns brachten.

Ich bot mich freiwillig an, mich an den Pumpenhebel zu stellen, denn ich fror immer noch. Diesmal pumpte ich am vorderen Ende und konnte beobachten, wie die Berge hinter uns zurückblieben – übrigens damals für mich ein mehr als seltsamer Anblick –, und kehrte dem Wind den Rücken zu. Und wieder empfand ich es als geradezu berauschend, mit einer derartigen Geschwindigkeit durch die Landschaft zu eilen, und ich stieß ein lautes Lachen aus.

„Der Junge schwimmt und pumpt wie ein guter Widerstandsmann“, stellte Jennings fest. Ich wußte nicht, was er damit meinte, doch die anderen Männer auf dem Wagen nickten zustimmend, und die, die gerne redeten, pflichteten ihm bei.

Als ich mich hinreichend aufgewärmt hatte, wurde ich müde. Abgelöst wurde ich durch den kleinwüchsigen Mann mit dem dicken Bauch. Er gab mir einen freundlichen Klaps auf die Schulter und schickte mich zum hinteren Teil der Plattform. Dort hockte ich mich mitsamt meiner Decke hin, und nach einer Weile nickte ich ein.

Ich erwachte, als der Wagen anhielt. „Sind wir schon beim nächsten Fluß?"

„Nein", sagte Tom ruhig. „Sieh dort." Er zeigte hinaus aufs Meer.

Ein vollkommen verdeckter Mond ließ die Wolken ein wenig aufleuchten, und darunter schimmerte die Meeresoberfläche in einem fleckigen Grau. Ich sah sofort, worauf Tom zeigte: ein schwaches rotes Licht mitten in einem riesigen schwarzen Klotz. Ein Schiff. Ein riesiges Schiff, das so mächtig erschien, als wäre es nur wenige Meter vom Ufer entfernt, obwohl es sich auf halbem Weg zwischen den Klippen und dem nebeltrüben Horizont befand. Es war so schwierig, seine Entfernung von uns und seine enorme Größe zu erfassen, daß ich zu träumen glaubte.

„Laternen aus!" befahl Lee. Die Laternen wurden gelöscht. Niemand redete. Das riesige Schiff glitt wie ein Geist nach Norden, und seine Fahrt war ebenso widersinnig wie seine Größe und seine Position. Es war sehr schnell, und bald schon verschwand es hinter dem Hügel, den wir gerade überwunden hatten, außer Sicht.

„In bewohnten Gegenden wagen sie sich normalerweise nicht so dicht ans Festland heran", erklärte Jennings uns mit einer Stimme, in der eine unterschwellige Drohung mitschwang. „Das war ein seltener Anblick."

Wir nahmen unsere Fahrt wieder auf, und nachdem wir ein weiteres Fähnchen neben dem Gleis passiert hatten, gelangten wir ans Ufer des nächsten Flusses. Dieser war breiter als der erste, doch die Pfeiler bildeten eine ununterbrochene Reihe von Ufer zu Ufer, und auf den meisten befand sich auch noch eine weitgehend unversehrte Plattform. Die Männer aus San Diego machten sich sofort ans Werk und verlegten die Gleise auf den Plattformen, während Tom und ich beim Wagen und seinen wärmenden Laternen blieben. Es war mittlerweile noch kälter geworden, und wir hatten uns in mehrere Decken eingepackt und atmeten kleine Dampfwolken aus. Um uns warm zu halten, standen wir irgendwann auf und halfen mit, die Ausrüstung über die Brücke zu schleppen. Als die Wagen das andere Flußufer erreicht hatten und die Brücke wieder zerlegt worden war, machte ich es mir zwischen zwei Taurollen im Windschatten bequem und schlief ein.

Als ich wieder aufwachte, wurde es allmählich hell, und alle Männer halfen mit, uns über eine steile Erhebung hinwegzupumpen.

Wir rollten durch eine Ruinenlandschaft. Aber diese Ruinen glichen nicht denen in Orange County, wo dichtes Unterholz und Betontrümmer auf zerstörte Gebäude hinwiesen – hier waren es glatte Fundamente zwischen den Bäumen, wiederaufgebaute Häuser und größere Bauwerke hier und da. Gesäuberte Ruinen sozusagen. Der kleinwüchsige Mann zeigte uns die Gegend, wo er wohnte, und wir ratterten landeinwärts daran vorbei. Die Bergrücken, über die wir fuhren, wechselten sich mit Marschen ab, die sich zum Strand hin öffneten, so daß unsere Gleise sich in einem stetigen Rhythmus hoben und senkten. Die Marschen überquerten wir auf mächtigen Dämmen, die von Tunneln durchstochen wurden, so daß die Marschflüsse sich ins Meer ergießen konnten. Doch dann kamen wir an eine Marsch, über die kein Damm hinwegführte. Zwischen uns und dem Bergrücken am anderen Ufer lag ein breiter Fluß, der sich durch eine flache Dickichtlandschaft hindurchschlängelte. An insgesamt drei Stellen brach er durch die Stranddünen und strömte ins Meer.

Die Männer stoppten die Draisinen, um die Landschaft zu betrachten. „San Elijo", sagte Jennings zu Tom und mir. Die Sonne lugte durch die Wolken, und in der Dämmerung flatterten Hunderte von Vögeln aus dem blaßgrünen Ried hoch und segelten über den messingfarben erleuchteten Fluten des sich schlängelnden Flusses. Ihre Schreie überlagerten das Tosen der Brandung an der Wasserlinie des breiten Strandes.

„Wie wollt ihr da rüberkommen?" fragte Tom. „Dazu müßtet ihr eine ungemein lange Brücke bauen, meint ihr nicht?"

Jennings lachte verhalten. „Wir umrunden ihn. Wir haben auf der Straße feste Gleise verlegt. Hier unten scheinen sie" – damit zeigte er mit einem Daumen himmelwärts – „nichts dagegen zu haben."

Also folgten wir den Gleisen um die nördlichen Ausläufer der Marsch und überquerten den Fluß an einer Stelle, wo er nicht mehr war als ein tiefer Bach. Dazu benutzten wir eine feste Brücke, ähnlich der unseren zu Hause.

„Habt ihr feststellen können, wie weit von San Diego entfernt ihr an eurer Eisenbahn bauen könnt, ohne sie mißtrauisch zu machen?" fragte Tom, als wir die Brücke überquerten.

Lee öffnete den Mund zu einer Antwort, doch Jennings kam ihm zuvor, und Lee preßte ungehalten die Lippen aufeinander. „Lee hat eine Theorie entwickelt, daß es sehr strenge Grenzen bei alldem gibt, was wir tun können, ehe sie sich einmischen – es geht darum, die alten Counties möglichst klar voneinander zu trennen. Wolltest du das sagen, Lee?"

Während er die Augen vieldeutig verdrehte und dabei nickte, grinste Lee Jennings trotzdem fröhlich an.

„Was mich betrifft, so weiß ich nicht, ob ich nicht eher mit dem Bürgermeister übereinstimme", fuhr Jennings fort und ignorierte Lees spöttische Miene. „Der Bürgermeister meint, es gäbe kein System in dem, was sie tun; es sind Verrückte, meint er, die uns aus dem Weltall beobachten und genau überwachen, was wir können und was wir nicht können. Wir sind nicht mehr als lästige Fliegen für die Götter, meint er."

„Genau! Das sind Irre da oben."

Lee schüttelte den Kopf. „Da steckt mehr dahinter. Es ist eine Frage, wieviel sie sehen können. Dabei werden sie in ihrer Reaktion durch bestimmte Regeln eingeengt. Ich nehme an, es gibt eine Charta der Vereinten Nationen oder so etwas Ähnliches, die den Japanern dort draußen vorschreibt, was sie tun können und sollen. Tatsächlich . . ." Doch an dieser Stelle brachte er sich selbst zum Verstummen und runzelte die Stirn, als hätte er schon zuviel gesagt.

„Oh, keine Frage, daß sie über Kameras verfügen, die einen einzelnen Menschen auf diese Entfernung scharf abbilden können", widersprach Jennings gut gelaunt. „Deshalb ist es keine Frage, wieviel sie sehen können. Die Frage lautet eher, wieviel bemerken sie. Nun, wir haben an der Gleisstrecke im Norden Änderungen vorgenommen, die wir nicht verbergen können. Die Brücken sind noch immer dieselben, doch wir haben zum Beispiel den Gleiskörper von jeglichem Grünzeug befreit. Deshalb könnten unsere Bemühungen, die Brücke heimlich auf- und wieder abzubauen, reine Zeitverschwendung sein. Wir sind nicht unsichtbar, wie ich dem Bürgermeister erklärte, aber ich weiß noch nicht einmal, ob er überhaupt zugehört hat. Wir sind lediglich unauffällig. Möglicherweise untersuchen die

Wächter aufmerksam jedes Foto, das sie auf den Tisch bekommen, vielleicht haben sie auch Maschinen, die nach Veränderungen suchen, das wissen wir nicht. Diese Strecke nach Norden dürfte ein recht guter Test für ihre Wachsamkeit sein."

Wir rollten durch einen dichten Nadelwald. Die Sonne zerschnitt die Schatten und brachte den Tau zum Funkeln. Die Luft erwärmte sich, und trotz meiner Faszination, mit der ich mir die Gegend ansah, fühlte ich mich wieder schläfrig. Zwischen den Bäumen standen gruppenweise Häuser aus der alten Zeit; Rauch kräuselte sich aus vielen Schornsteinen.

Die Gleise führten zu einem Dorf ähnlich unserem, außer daß es mehr Häuser hatte und diese dichter beieinanderstanden, und außerdem waren viele von ihnen noch in der alten Zeit gebaut worden. Das Kreischen unserer Bremsen scheuchte Hühner auf und stachelte Hunde zu wildem Gebell an. Einige Frauen und Männer tauchten aus einem großen Haus nicht weit von den Gleisen auf. Unsere Männer sprangen von den Wagen und begrüßten die Dörfler. Bei Tageslicht wirkten sie alle verdreckt und triefäugig, doch das schien niemandem etwas auszumachen.

„Willkommen in San Diego!" sagte Jennings zu uns, als er Tom vom Wagen half. „Oder genaugenommen in University City. Habt ihr Lust, mit uns zu frühstücken?"

Wir nahmen diese Einladung dankbar an, und ich stellte fest, daß ich genauso hungrig war wie müde. Wir wurden mit den Leuten bekannt gemacht, die aus dem Haus getreten waren, und folgten ihnen ins Innere.

Hinter der Haustür befand sich eine Eingangshalle, zwei Stockwerke hoch, die mit rotem Teppich ausgelegt war. Die Wände waren mit Tapeten geschmückt, und von der Decke hing ein gläserner Kerzenleuchter herab. Die Treppe an einer Wand war ebenfalls mit einem Teppich bedeckt und besaß einen Handlauf aus polierter Eiche. Ich war von der Pracht wie betäubt und fragte: „Ist dies das Haus des Bürgermeisters?"

Die Männer brachen in schallendes Gelächter aus. Ich spürte, wie meine Wangen glühten. Jennings legte freundschaftlich einen Arm um meine Schultern. „Wir lachen nicht über dich, es ist nur so . . ., nun ja, wenn du das Zuhause unseres Bürgermeisters erst einmal zu sehen bekommst, wirst du unser Gelächter verstehen. Dies hier ist mein Haus. Kommt herein, macht euch frisch, und lernt meine Frau kennen. Und dann feiern wir eure Ankunft mit einer richtig deftigen Mahlzeit."

NACH dem Frühstück verschliefen Tom und ich den größten Teil des Tages auf einer alten Couch in Jennings Gästezimmer. Spät am Tag kam Jennings hereingestürmt und weckte uns. „Jetzt aber schnell! Ich habe mit dem Bürgermeister gesprochen – er hat euch zum Dinner und zu einer Besprechung eingeladen, und er mag es nicht, wenn man ihn lange warten läßt."

„Nun sei doch still, und laß sie fertig werden", wiegelte Jennings' Frau ab, als sie uns über seine Schulter hinweg betrachtete. Sie war ihm erstaunlich ähnlich, klein, dick und gut gelaunt. Als wir endgültig marschbereit waren, scheuchte Jennings uns nach draußen. Lee und der kleinwüchsige Mann standen bereits auf einer der Draisinen bereit. Wir stiegen ebenfalls auf, und sie pumpten uns nach Süden. Bei Tageslicht erwies sich der rundliche Mann als überaus gesellig; er stellte sich uns als Abe Tonklin vor.

Wir ratterten über Gleise, die auf der Betondecke einer anderen Fernstraße verlegt waren, geschützt von einem Baldachin aus Tannenzweigen, Eukalyptus und Eichen. Der Wagen huschte durch einen flirrenden Wechsel aus Schatten und Sonnenstrahlen, und ab und zu kamen wir an einer großen Lichtung im Wald vorbei, die mit Getreide bewachsen war.

Jennings versuchte das Geräusch der Schienen zu übertönen: „Wir sind fast da." Wir gelangten auf die Kuppe eines Hügels, und vor uns erstreckte sich von rechts nach links ein See. Es sah aus, als wäre eine Marschlandschaft ähnlich der unseren im Norden überflutet worden. Hier und da ragten riesige Gebäude aus der Oberfläche des Sees, Wolkenkratzer, und davon mindestens ein Dutzend. Einer von ihnen, etwas weiter links, sah aus wie eine völlig gleichmäßig umlaufende runde Mauer. Und in der Mitte des Sees ruhte ein Stück Autobahn auf Betonpfeilern über dem Wasser. Ein weißes Haus stand auf dieser Plattform. Über dem Haus konnte ich eine kleine amerikanische Fahne erkennen, die im Wind knatterte. Ratlos vor Verwunderung schaute ich Tom an. Toms Augen waren weit aufgerissen. Ich nahm die Szenerie begierig in mich auf. Von bewaldeten Hügeln eingeschlossen, von der tiefstehenden Sonne erleuchtet, waren der langgestreckte See und seine phantastische Kollektion von ertrunkenen Betonriesen das beeindruckendste Zeugnis der alten Zeit, das ich jemals erblickt hatte. Sie waren so groß! Und wieder einmal spürte ich – es war wie eine Hand, die mein Herz umklammerte! –, wie es gewesen sein mußte . . .

„Das ist nun wirklich das Haus des Bürgermeisters", sagte Jennings.

„Bei Gott, das ist ja Mission Valley!" rief Tom.

„Stimmt", bestätigte Jennings mit einem Stolz in der Stimme, als hätte er das alles mit eigenen Händen geschaffen. Tom schüttelte den Kopf und lachte unsicher. Die Schienen hörten plötzlich auf, und Lee brachte den Wagen mit dem üblichen schrillen Kreischen zum Stehen. Wir stiegen hinunter und folgten den Männern über die Autobahn. Sie führte direkt in den See und verschwand darin. Das Stück Straße, das sich mitten im See auf Stelzen aus dem Wasser erhob, befand sich genau auf einer Linie mit dem Stück, auf dem wir standen, und in einem Einschnitt zwischen den Felsen am gegenüberliegenden Ufer des Sees konnte ich erkennen, wie das Betonband wieder aus dem See hervortrat. Und plötzlich begriff ich, daß das auf Stelzen ruhende Straßenstück in der Mitte des Sees die letzten Überreste einer Brücke waren, die einmal das ganze Tal überspannt hatte. Anstatt die Straße in das Tal hinab- und auf der anderen Seite wieder hinaufzuführen, hatten sie sie für rund zwei Kilometer auf Stelzen gelegt, von Berghang zu Berghang – um ihren Autos eine solche Berg- und Talfahrt zu ersparen! Ich war sprachlos; ich starrte die Reste des Bauwerks an; ich hatte noch nicht einmal eine Vorstellung von der Denkweise, die eine solche Brücke hervorbringen könnte. Es war unfaßbar.

„Bist du okay?" fragte mich Lee.

„Häh? Ja klar. Ich betrachte nur den See."

„Das ist ein Anblick, nicht wahr? Vielleicht können wir am Morgen darauf eine kleine Segelpartie unternehmen." So freundlich war Lee zu mir noch nie gewesen, und ich erkannte, daß mein Staunen ihn offensichtlich belustigte.

Dort, wo die Straße im See versank, befand sich ein Schwimmdock, an dem eine Reihe Ruderboote und kleine Motorboote vertäut waren. Lee und Abe führten uns zu einem der größeren Ruderboote. Wir stiegen ein, und Abe ruderte uns zur Autobahninsel. Während wir uns unserem Ziel näherten, konnte ich das abgebrochene Ende der Autobahn erkennen, das in der tiefstehenden Sonne gelblich schimmerte. Verrostete Metallstäbe ragten aus dem Beton und waren in alle Richtungen verbogen. Wir ruderten zwischen den schlanken Betonsäulen, die die Plattform trugen, hindurch, und unsere Bugwelle schlug plätschernd dagegen.

Die Plattform über uns war Teil einer Kreuzung gewesen, und schmalere Rampen zweigten von diesem in nord-südlicher Richtung verlaufenden Stück ab und wanden sich dem Talgrund entgegen. Diese gebogenen Nebenstraßen dienten uns jetzt als willkommene Anlegestelle. Wir trieben zur östlichen Zufahrtsrampe und wurden von einigen Männern, die sich zu unserer Begrüßung eingefunden hatten, an Land gezogen. Vom Bug des Bootes aus bestiegen wir eine schmale, hölzerne Gangway und erreichten auf ihr die Betonrampe. Die rote Sonne hing zwischen zwei Pfeilern, und der Wind zauste unsere Haare. Aus dem Haus über uns hörten wir Gelächter und Stimmen und das Klirren von Geschirr.

„Wir sind spät dran", sagte Lee. „Beeilen wir uns." Wir gingen die Rampe hinauf und gelangten auf der geräumigen Nord-Süd-Plattform an, wo wir die darauf erbauten Häuser begutachten konnten. Das große weiße Haus stand am Nordende, und die Traube kleinerer Häuser, jedes davon etwa so groß wie meine eigene Behausung, war am südlichen Ende in Form eines Hufeisens angeordnet. Etwa zur Hälfte war das große Haus nur eine Etage hoch, und auf dem Dach dieses Teils, der uns zugewandt war, befand sich eine Veranda mit blauem Geländer. Dort standen einige Männer und beobachteten uns. Jennings winkte ihnen, als wir uns näherten. Ich hielt mich dicht neben Tom; plötzlich war ich jetzt doch ein wenig nervös.

Abe trennte sich von uns und gesellte sich zu einer Gruppe von Männern, die am westlichen Geländer der Straße stand. Die Sonne versank in dem Einschnitt, wo die Berge sich am Westende des Sees trafen. Lee und Jennings führten Tom und mich in das große Haus. Über eine breite Treppe gelangten wir nach oben, wo wir durch einen dämmrigen Korridor gingen und in ein Zimmer traten, in dem eine Reihe Stühle und ein Klavier standen.

Der Bürgermeister hielt sich bei einer Gruppe Männer am Geländer auf und sah unserer Ankunft entgegen. Er war hoch gewachsen, hatte breite Schultern und eine athletische Brust. Seine Unterarme strotzten vor Muskeln, und unter seinen schlichten Wollhosen mach-

1991

ten seine Beine denselben Eindruck. Einer seiner Männer half ihm, in einen einfachen blauen Mantel zu schlüpfen. Sein Kopf schien für seinen Körper etwas zu klein zu sein.

„Jennings, wer sind diese Männer?“ fragte er mit hoher, kratziger Stimme. Unter seinem schwarzen Schnurrbart verbarg sich ein kleiner Mund, ein fliehendes Kinn. Doch nachdem er seinen Kragen gerichtet hatte, betrachtete er uns mit einem Ausdruck kritischer Intelligenz in seinen blaßblauen Augen.

Jennings stellte Tom und mich vor.

„Timothy Danforth“, antwortete der Bürgermeister. „Bürgermeister dieser schönen Stadt.“ Im Aufschlag seiner Jacke steckte als Abzeichen eine kleine amerikanische Flagge. Er schüttelte uns allen die Hand; als ich an der Reihe war, drückte ich so fest zu, wie ich es nur vermochte, doch ebensogut hätte ich meine Kraft an einem Stein versuchen können. Er hätte meine Hand wie Brotteig zerquetschen können. Tom meinte später, allein schon sein Händedruck hätte ihn zum Bürgermeister machen können. Er meinte zu Tom: „Ich hörte, Sie seien nicht der gewählte Anführer von Onofre?“

„Onofre hat keinen gewählten Führer“, sagte Tom.

„Aber Sie bekleiden doch eine Führungsposition, nicht wahr?“ erkundigte sich der Bürgermeister.

Tom zuckte mit den Schultern und trat an das Geländer. „Sie haben hier eine schöne Aussicht“, meinte er gedankenverloren und blickte nach Westen, wo die Sonne von den dunkler werdenden Bergen halbiert wurde.

Der Bürgermeister fixierte ihn mit zu Schlitzen verengten Augen. „Es ist immer schön, wenn man mal mit einem Nachbarn zusammenkommt“, sagte er plötzlich. „Wenn es Ihnen recht ist, dann feiern wir dieses Zusammentreffen mit einem Festmahl hier draußen. Der Abend ist sicherlich schon warm genug, um draußen sitzen zu können.“ Er lächelte, und sein Schnurrbart vibrierte, doch dabei behielten seine Augen stets ihren scharfen, prüfenden Ausdruck. „Sind Sie etwa derjenige, der noch die alten Zeiten kennt?“ Dabei hatte seine Stimme einen Tonfall, als hätte er gefragt: Sind Sie einer von denen, die früher im Paradies gelebt haben?

„Wie haben Sie das erraten?“ wollte Tom wissen.

Die Männer auf der Terrasse lachten, doch Danforth starrte Tom nur bewundernd an. „Es ist mir eine Ehre, Sie kennenzulernen, Sir.

Von Ihrer Sorte sind nicht mehr viele übrig, vor allem nicht in einer so guten Verfassung. Sie sind für uns alle ein Ansporn."

Tom hob seine buschigen Augenbrauen. „Tatsächlich?"

„Ein Ansporn", bekräftigte der Bürgermeister. „Ein Denkmal sozusagen. Eine Erinnerung an das, wonach wir in diesen schweren Zeiten streben. Ich glaube, daß Oldtimer wie Sie viel besser verstehen, wonach wir streben."

„Und das wäre?" fragte Tom.

Glücklicherweise oder vielleicht auch ganz bewußt konzentrierte der Bürgermeister sich auf seine kleine Rede und überhörte Toms Frage. „Nun nehmen Sie schon Platz!" forderte er uns auf, als hätten wir uns bis jetzt dagegen gewehrt. Auf der Terrasse standen einige runde Tische unter kleinen Bäumen in großen Pflanztrögen. Als wir an einem Tisch am Geländer Platz nahmen, beobachteten Danforths kleine Augen Tom eingehend und verstohlen von der Seite.

Fünfundzwanzig oder dreißig Tische waren auf dem Autobahnstück unter uns aufgestellt worden, und in der hereinbrechenden Dämmerung des frühen Abends tauchten weitere Boote auf. Die Berge im Süden hatten leuchtendgrüne Kuppeln, jedoch war das der letzte Rest Tageslicht. Irgendwo im Haus begann ein Generator zu summen, und überall auf der Insel flackerten elektrische Glühbirnen auf. Die kleinen Häuser am südlichen Ende, die Räume im Haus hinter uns: Alles erstrahlte in einem grellweißen Licht. Mädchen in meinem Alter oder jünger eilten über die Terrasse und brachten Teller und Silberbesteck aus dem Haus. Eines der Mädchen stellte einen Teller vor mich und schenkte mir ein freundliches Lächeln. Ihr Haar leuchtete golden im grellen Lichtschein, und ich erwiderte das Lächeln. Männer und Frauen erschienen auf der östlichen Rampe. Sie waren wie die Aasjäger mit hellen Mänteln und farbenfrohen Kombinationen bekleidet, doch das störte mich nicht. In San Diego waren die Verhältnisse offensichtlich nicht so wie bei uns. Hier unten vermischten sich die besten Eigenschaften von Aasjägern und Neustädtern, dachte ich bei mir. Eine der helleren Lampen war auf die Flagge gerichtet, und jeder auf der Insel stand stramm, als das rotweißblaue Tuch eingezogen wurde.

An unserem Tisch saßen Tom und ich, Jennings, Lee, der Bürgermeister und drei seiner Männer, die uns flüchtig vorgestellt wurden. Ben war der einzige Name, den ich behalten konnte. Jennings erzählte dem Bürgermeister von dem Ausflug nach Norden, wobei er den Aufbau der beiden Brücken mitsamt sämtlichen Schwierigkeiten auf dem Weg schilderte. Er machte aus den Reparaturarbeiten eine äußerst schwierige Unternehmung, und ich vermutete, daß wir später als geplant zurückgekehrt waren. Vielleicht übertrieb Jennings aber auch aus alter Gewohnheit. Das tat er ganz bestimmt, als er auf meine Mithilfe zu sprechen kam. Daß er mich als Helden dastehen ließ, machte mich verlegen, und ich errötete, bemerkte allerdings auch mit einer gewissen Genugtuung, daß das hellblonde Mädchen, das bei uns servierte, sich stets in Hörweite hielt. Die anderen Männer beglückwünschten mich zu meinem Heldenmut, und Tom stieß mich unter dem Tisch vielsagend an.

„Was ist die kürzeste Zeit, die man braucht, um mit dem Zug Onofre zu erreichen?" fragte der Bürgermeister Lee. Tom und ich stießen uns diesmal gegenseitig an: Erstens nannte der Bürgermeister unser Tal nicht mehr San Onofre, sondern Onofre, so wie wir es immer taten, und zweitens schien er genau zu wissen, welchen von seinen Männern er fragen mußte, um eine eindeutige, klare Antwort zu erhalten.

Lee räusperte sich. „Vergangene Nacht brauchten wir von unserem Haltepunkt bis nach University City etwa acht Stunden. Schneller schaffen wir es nicht, es sei denn, wir lassen die Brücken stehen."

„Das dürfen wir nicht." Danforths Gesicht verhärtete sich.

„Ich glaube auch nicht. Hinzu kommen noch fünfzehn Minuten bis nach Onofre. Der Weg dorthin ist in gutem Zustand."

„Und dahinter auch", fügte Jennings hinzu, woraufhin Tom neugierig aufschaute. Der Bürgermeister schüttelte ungehalten den Kopf.

„Darüber reden wir nach dem Essen", bestimmte er.

Nachdem die Mädchen die Tische mit Tellern, Gläsern, Leinenservietten und Besteck, das aussah wie echtes Silber, gedeckt hatten, brachten sie große Glasschüsseln voll Kopfsalat und Garnelen herein. Tom untersuchte die Garnelen eingehend, piekte eine mit der Gabel auf und hielt sie sich dicht vor die Augen. „Woher bekommen Sie die?" fragte er.

Der Bürgermeister lachte. „Haben Sie Geduld bis nach dem Segen, und Ben wird es Ihnen erzählen."

Nachdem sie serviert hatten, kamen die Mädchen wieder heraus und blieben still stehen, und der Bürgermeister erhob sich von seinem Platz und ging zum Geländer, so daß man ihn auch von unten sehen konnte. Wir alle senkten die Köpfe. Er humpelte, wie ich feststellen konnte; sein linker Fuß ließ sich kaum beugen. Der Bürgermeister sprach feierlich: „Herr im Himmel, dankbar nehmen wir die Speisen an, die Du uns geschenkt hast, auf daß wir stark sind für den Dienst an Dir und an den Vereinigten Staaten von Amerika. Amen." Alle stimmten in das „Amen" mit ein.

Wir begannen mit dem Salat. Von unten klangen Stimmengewirr und Tellerklirren herauf. Dann wandte Ben sich an Tom: „Die Garnelen bekommen wir aus dem Süden."

„Ich dachte, die Grenze wäre geschlossen."

„Oh, das ist sie auch. Endgültig. Wenn auch nicht die alte Grenze. Tijuana ist im Augenblick ein Paradies für Ratten und Katzen. Etwa zehn Kilometer weiter südlich befindet sich die neue Grenze. Sie besteht aus Stacheldrahtzäunen und aus einem planierten Geländestreifen, der auf beiden Seiten etwa dreihundert Meter breit ist. Hinzu kommen Wachtürme und Suchscheinwerfer bei Nacht." Als er einen weiteren Happen von seinem Teller aufpickte, nickten die anderen Männer ihre Bestätigung. „Dort, wo der Zaun den Strand erreicht, wurde ein Damm angelegt, und auf dem Meer kreuzen Wachboote. Doch es sind mexikanische Boote. Die Japaner bewachen die Grenze bis zur Küste, aber danach haben die Mexikaner das Sagen. Und die nehmen ihren Job nicht allzu genau."

„Die Japaner aber auch nicht", warf Danforth ein.

„Stimmt. Jedenfalls schwimmen draußen die mexikanischen Wachboote herum, und es ist relativ einfach, sich an ihnen vorbeizuschleichen, und wenn man sie erst einmal hinter sich hat, dann verkaufen einem die Fischer auf ihren Booten, was man will."

„Was wollen die Mexikaner dafür?"

„Waffenteile, vorwiegend Einzelteile von Gewehren. Souvenirs, Schrott."

„Die Mexikaner scheinen den Schrott zu lieben", sagte Danforth, und seine Männer lachten. „Aber eines Tages verkaufen wir ihnen etwas anderes. Wir bringen sie dorthin zurück, wohin sie gehören. Wir sorgen dafür, daß es wieder so wird, wie es früher war." Er hatte zugesehen, wie Tom sein Essen hinunterschlang; nun, da Tom fertig war, fragte er: „Haben Sie schon in der alten Zeit hier draußen gelebt?"

„Die meiste Zeit oben im Orange County. Ich habe hier unten die Schule besucht."

„Es hat sich einiges verändert, nicht wahr?"

„Kann man wohl sagen." Tom hielt bereits Ausschau nach dem nächsten Gang. „Alles ist verändert." Er war immer noch unhöflich, allerdings mit Absicht, wie ich vermutete; ich konnte mir jedoch nicht vorstellen, was er damit bezweckte.

„Ich nehme an, Orange County war in der alten Zeit ziemlich zugebaut."

„Etwa so wie San Diego. Vielleicht sogar noch mehr."

Der Bürgermeister stieß einen erstaunten Pfiff aus. Er war offensichtlich beeindruckt. Nachdem jeder seinen Salat verzehrt hatte, wurden die Schüsseln abgetragen und durch Suppenterrinen, Fleischplatten, Brotkörbe, Gemüseschüsseln und Obstschalen ersetzt. Immer wieder wurden neue Schüsseln hereingetragen, wodurch ich reichlich Gelegenheit bekam, dem blonden Mädchen zuzulächeln. Vor uns standen Hühnerfleisch und Kaninchenbraten, Lammschultern und ganze Truthähne, Fisch und Rinderbraten – Teller für Teller, Schüssel für Schüssel wurde aufgetragen, und die mit Deckeln geschlossenen wurden für uns zum Begutachten geöffnet. Als die Mädchen alles serviert hatten, war unser Tisch mit einem Festmahl beladen, das Mrs. Nicolins Abendessen daneben wie die mageren Mahlzeiten erscheinen ließ, die mein Vater und ich täglich zu uns zu nehmen pflegten. Nahezu überwältigt, versuchte ich mich zu entscheiden, womit ich anfangen wollte. Es war schwierig. Ich nahm etwas Muschelsuppe, während ich darüber nachdachte.

„Hören Sie", sagte Danforth, als wir bereits den ersten Gang hinter uns hatten, „die Japaner gehen demnächst in Ihrer alten Heimat an Land."

„Tatsächlich?" erwiderte Tom und lud Kaninchenbraten auf seinen Teller. Die Menge an Speisen auf dem Tisch schien ihn nicht sonderlich zu beeindrucken. Ich wußte genau, daß ihn alles im Zusammenhang mit den Japanern interessierte, doch er war darauf bedacht, es nicht zu zeigen.

„Sie haben in Onofre bisher noch keinen gesehen, oder? Oder sonst irgendwelche Hinweise auf ihre Aktivitäten?"

Tom schüttelte den Kopf und gönnte dem Bürgermeister lediglich einen kurzen Blick.

„Sie haben offensichtlich besonderes Interesse daran, sich die Überreste des alten Amerika anzusehen", meinte der Bürgermeister.

„Sie?" fragte Tom mit vollem Mund.

„Meistens Japaner, aber auch Angehörige anderer Nationalitäten. Doch die Japaner, die den Auftrag haben, unsere Westküste zu bewachen, stellen den größten Besucheranteil."

„Und wer bewacht die anderen Küsten?" fragte Tom, als wolle er nachprüfen, wieviel seine Gastgeber zu wissen vorgaben.

„Kanada ist für die Ostküste zuständig, die Mexikaner sitzen vor der Golfküste. Den Japanern gehören hier die der Küste vorgelagerten Inseln sowie Hawaii. Am einfachsten ist es für die reichen Japaner, nach Hawaii zu gelangen und von dort hierher, doch man erzählte uns, daß auch Touristen anderer Nationalitäten es versuchen."

„Woher wissen Sie das alles?" erkundigte sich Tom und hatte große Mühe, seine Gespanntheit zu unterdrücken.

Danforth warf sich stolz in die Brust. „Wir haben Männer nach Catalina geschickt, um zu spionieren."

Nun konnte Tom die Fassade der Gleichgültigkeit nicht mehr aufrechterhalten, ganz gleich, wie heftig er dem Essen zusprach: „Und was ist passiert? Hat man uns rundum eingekesselt?"

Wütend stocherte der Bürgermeister mit der Gabel auf seinem Teller herum. „Die Russen waren es. Zumindest haben wir es so gehört. Das ist natürlich offensichtlich. Wer sonst hatte zweitausend Neutronenbomben zur Verfügung? Die meisten Länder konnten sich noch nicht einmal die Silos leisten, in denen die Dinger versteckt wurden, ehe es zum großen Knall kam."

Tom blinzelte, und ich wußte auch, warum; dies war dieselbe Erklärung, die er uns in seiner Geschichte von Johnny Pinecone geliefert hatte, und von der hatte ich immer angenommen, daß sie seiner Phantasie entsprungen war. Es war schon seltsam.

„Und so haben sie uns geschafft", sagte der Bürgermeister. „Wußten Sie das nicht? Sie versteckten die Bomben in Chevrolet-Kombis, parkten die Fahrzeuge mitten in den zweitausend größten Städten. Dann gingen die Bomben alle gleichzeitig hoch. Es gab keine Warnung. Keine Raketen, die man ja kommen sieht."

Tom nickte, als wäre endlich ein Rätsel für ihn gelöst worden.

„Nach dem Tag", fuhr Ben fort, da es schien, als regte die Erinnerung den Bürgermeister zu sehr auf, „traten die Vereinten Nationen in

Genf zusammen. Alle hatten furchtbare Angst vor der Sowjetunion, vor allem natürlich die Nationen, die über Kernwaffen verfügten. Die Russen schlugen vor, uns für den Rest des Jahrhunderts völlig zu isolieren, um jeglichen Streit über unser Gebiet von vornherein zu vermeiden. Wir wurden sozusagen aus der übrigen Welt herausgelöst. Es war eine ganz eindeutige Strafaktion, aber wer wollte sich dagegen wehren? Und so stehen wir da, wo wir jetzt sind."

„Interessant", gab Tom zu. „Aber ich habe während der letzten fünfzig Jahre eine ganze Reihe von unterschiedlichen Vermutungen gehört." Er widmete sich wieder seiner Mahlzeit. „Mir kommt es so vor, als befänden wir uns in derselben Situation wie die Japaner nach Hiroshima. Sie wußten noch nicht einmal, welcher Schlag sie getroffen hatte. Sie glaubten zum Beispiel, daß wir Magnesium auf ihre Eisenbahnschienen geworfen und ein gigantisches Feuer entfacht hätten. Traurig. Und uns ergeht es nun nicht anders."

„Was ist Hiroshima?" fragte der Bürgermeister.

Tom gab darauf keine Antwort. Ben schüttelte den Kopf, als er Toms Einwände hörte. „Wir haben Männer nach Catalina geschickt, und zwar für einige Monate. Und – nun, ich bringe Sie morgen rüber zu Wentworth. Er wird es Ihnen erklären."

„Genug Geschichte", ergriff der Bürgermeister wieder das Wort. „Wichtig ist unser Hier und Jetzt. Die Japaner in Avalon werden allmählich zugänglicher. Reiche Japaner wollen Amerika besuchen und sich alles ansehen. Das scheint für sie der letzte Schrei zu sein. Sie kommen nach Avalon und setzen sich mit Leuten in Verbindung, die sie aufs Festland bringen. Diese Leute, einige von ihnen sind Amerikaner, bringen sie durch die Kette der Küstenwache und setzen sie in Newport Beach oder Dana Point an Land. Soweit wir gehört haben, warten auf Hawaii Hunderte auf eine solche Möglichkeit."

„Das haben Sie schon mal gesagt", meinte Tom schulterzuckend.

Ein ärgerlicher Ausdruck glitt kurz über das Gesicht des Bürgermeisters und war gleich wieder verschwunden. Als die Schüsseln vom Tisch abgetragen wurden, stand er auf und beugte sich über das Geländer. „Sagt der Kapelle Bescheid, sie sollen anfangen zu spielen!" rief er nach unten. Die Leute bedankten sich mit lauten Rufen, und er humpelte an uns vorbei ins Haus. Ich warf einen Blick über das Geländer und sah unter uns weißgedeckte Tische, beladen mit Speisen und Geschirr. Auf dem Autobahnstück nicht weit entfernt begann eine Blaskapelle einige flotte Polkas zu spielen, und der Bürgermeister erschien und ging von Tisch zu Tisch. Er kannte dort unten jeden der Anwesenden. Nachdem die Leute ihre Mahlzeit beendet hatten, standen sie auf und gingen hinüber zu der Kapelle, um zu tanzen. Um uns herum waren der See und die Ufer dunkel: Wir stellten eine Insel des Lichts dar, die wie ein Juwel in der Finsternis funkelte. Unter uns schienen die Leute eine Menge Spaß zu haben, dagegen herrschte bei uns auf der Terrasse, nachdem der Bürgermeister sich zurückgezogen hatte, allgemeine Langeweile.

Dann tauchte Danforth wieder in der hohen Glastür auf und brach bei unserem Anblick in ein belustigtes Gelächter aus. „Warum geht ihr nicht runter und tanzt mit? Das ist ein Fest! Mischt euch unters Volk, und Ben und ich unterhalten uns noch ein wenig mit unseren Gästen aus dem Norden."

Gut gelaunt standen die Männer und Frauen von ihren Plätzen auf und gingen ins Haus. Jennings und Lee gingen mit ihnen, und nur Ben blieb zurück, um sich mit dem Bürgermeister und uns zu unterhalten.

„Ich habe eine ganz exquisite Flasche Tequila in meinem Arbeitszimmer", verriet uns Danforth. „Lassen Sie uns einmal davon einen Schluck versuchen."

Wir folgten ihm durch einen Korridor zu einem holzgetäfelten Zimmer, das von einem mächtigen Schreibtisch beherrscht wurde. Wir nahmen in bequemen Sesseln Platz, die vor dem Schreibtisch in einem Halbkreis arrangiert waren. Danforth nahm eine schlanke Flasche von einem Regalbrett, auf dem dicht an dicht andere Flaschen standen, und schenkte jedem von uns ein Glas Tequila ein. Nervös ging er dann hinter dem Schreibtisch auf und ab und starrte dabei auf den Teppich. Es war still. Von dem Fest draußen war nichts zu hören. Schließlich brachte der Bürgermeister einen Trinkspruch aus: „Auf die Freundschaft unserer Gemeinden."

Tom hob sein Glas und trank.

Ich nahm ein paar Schlucke von dem Tequila. Er war ziemlich scharf.

Der Bürgermeister machte einen nachdenklichen Eindruck. Er fuhr fort, weiterhin langsam auf und ab zu gehen. Er hob das Glas und fixierte Tom. „Was meinen Sie zu der Weltlage?"

Tom zuckte die Achseln. „Ich habe eben erst davon erfahren. Sie wissen eine ganze Menge mehr, als wir jemals gewußt haben.

Gesetzt den Fall, es entspricht alles den Tatsachen. Wir wissen, daß dort draußen auf Catalina irgendwelche Asiaten sind. Gelegentlich werden ihre Leichen an unserem Strand angetrieben. Darüber hinaus wissen wir nur das, was man bei unseren Tauschtreffs daherredet. Und das ändert sich jedesmal."

„Waren unter den angetriebenen Leichen auch Japaner?" wollte Danforth wissen.

„Wir nennen sie Chinesen."

Der Bürgermeister schüttelte den Kopf. „Es sind Japaner."

„Dann nimmt die Küstenwache also diese illegalen Gruppen unter Beschuß, die bei uns an Land gehen wollen?" äußerte Tom seine Vermutung.

Erneut schüttelte der Bürgermeister den Kopf. „Die Küstenwache wird bestochen. Die waren es ganz bestimmt nicht." Er nahm einen Schluck aus seinem Glas. „Wir waren es."

„Warum denn das?"

„Wir waren es!" sagte der Bürgermeister und erhob plötzlich die Stimme. Er humpelte zum Fenster, zerrte an den Vorhängen. „Wir stechen in Newport und Dana Point in See, und zwar in nebligen Nächten, wenn wir einen Tip bekommen haben, daß sie zu uns unterwegs sind, und dann überfallen wir sie und töten so viele wie möglich."

Tom starrte auf das Glas in seiner Hand. „Warum?" fragte er schließlich.

„Warum?" Das Kinn des Bürgermeisters schien mit seinem Hals zu verschmelzen. „Weil wir hier kein Zoo sind – deshalb!" Wieder begann er hinter seinem Schreibtisch umherzuwandern. Ohne Warnung ließ er seine Faust auf die Tischplatte krachen. „Sie haben unser Land vernichtet", sagte er mit einer gequetschten, hohen Stimme, die so ganz anders klang als noch kurz vorher. „Sie haben es getötet!" Er räusperte sich. „Daran können wir jetzt nichts mehr ändern. Aber sie dürfen nicht herkommen, um unsere Ruinen zu ihrer Belustigung zu besichtigen. Nein. Nicht solange noch Amerikaner am Leben sind. Wir sind keine Tiere im Käfig, die man besichtigen kann." Mit zitternder Hand griff er nach der Tequilaflasche und füllte sein Glas wieder auf. „In diesem Zookäfig hat niemand etwas zu suchen. Wenn es sich herumspricht, daß von einem Besuch in Amerika niemand lebend zurückkommt, dann unterlassen sie solche Besuche in Zukunft. Dann gibt es für den Abschaum, der nördlich von euch lebt, keine Kunden mehr." Er trank hastig. „Wußtet ihr, daß es in Orange County Aasjäger gibt, die für die Japaner regelrechte Safaris organisieren?"

„Das überrascht mich nicht", meinte Tom.

„Mich schon. Diese Leute sind der reinste Abschaum. Sie verraten die Vereinigten Staaten." Er sprach diese Feststellung aus wie ein Todesurteil. „Wenn jeder Amerikaner sich der Widerstandsbewegung anschließen würde, dann könnte niemand mehr an unseren Küsten landen. Man ließe uns in Ruhe, und wir könnten endlich mit dem Wiederaufbau beginnen. Doch wir müssen in unseren Widerstandsbemühungen allesamt zusammenhalten."

„Ich wußte gar nicht, daß es eine Widerstandsbewegung gibt", warf Tom ein.

Erneut schlug der Bürgermeister mit der geballten Faust auf den Tisch. Er beugte sich vor und rief: „Um euch das zu erklären, dazu haben wir euch hergebracht!" Er straffte sich und ließ sich in seinen Sessel fallen. Plötzlich herrschte wieder eine unheimliche Stille. „Erzähl's ihnen, Ben."

Ben richtete sich auf und begann voller Begeisterung: „Als wir zur Salton Sea kamen, hörten wir zum erstenmal davon. Von der amerikanischen Widerstandsbewegung. Gewöhnlich nennen sie diesen Verein nur die Résistance. Das Hauptquartier befindet sich in Salt Lake City, und Organisationszentren sitzen in den Räumen des alten Strategischen Luftwaffenkommandos unter Cheyenne, Wyoming, und unter dem Mount Rushmore. Überall im Land gibt es ähnliche Organisationen, doch sie gehören alle zu einer großen Gruppe, und sie haben alle ein gemeinsames Ziel: Amerika wiederaufzubauen." Er ließ die letzten Worte regelrecht auf der Zunge zergehen.

„Amerika wiederaufzubauen", hauchte der Bürgermeister. Ich spürte, wie es auf meiner Wirbelsäule kribbelte. Bei Gott, sie standen mit der Ostküste in Verbindung! New York, Virginia, Massachusetts. Der Bürgermeister griff nach seinem Glas und trank. Ben kippte seinen Drink in einem Zug hinunter, als tränke er auf das eben Gesagte, und auch Tom und ich tranken. Für einen kurzen Augenblick schien der Raum von einem gemeinsamen Gedanken erfüllt zu sein. Ich spürte, wie mir der Alkohol in den Kopf stieg, gleichzeitig mit der Neuigkeit über die Widerstandsbewegung, womit Steves und mein Traum plötzlich Wirklichkeit wurde. Es war eine berauschende

Mischung. Danforth erhob sich wieder und betrachtete die eingerahmte Landkarte an der Seitenwand seines Arbeitszimmers. Voller Pathos sagte er: „Um Amerika wieder groß zu machen, es wieder dazu zu machen, was es vor dem Krieg war, nämlich die beste und größte Nation der Welt. Das ist unser Ziel." Er wies mit dem Finger auf Tom. „Wir wären längst wieder an diesem Punkt, wenn wir uns gegen die Sowjets aufgelehnt hätten. Wenn Präsident Eliot – dieser Verräter und Feigling! – sich nicht geweigert hätte, uns zu verteidigen. Aber wir werden es schaffen. Wir arbeiten hart daran, wir beten darum, und wir verstecken unsere Waffen vor den Satelliten. Soweit wir gehört haben, erfinden sie in Salt Lake und Cheyenne neue Waffen. Und eines Tages . . ., eines Tages greifen wir die Welt an wie ein hungriger Tiger . . ." Seine Stimme kippte wieder über in jenes keifende, heisere Quieken, von dem ich nichts verstehen konnte. Er hatte sich von uns abgewandt und redete einige Zeit mit dieser Stimme vor sich hin.

Während er mit den Knöcheln auf die Tischplatte schlug, erhob der Bürgermeister wieder seine Stimme, die diesmal entspannt und eindringlich klang. „Darüber wollte ich mit Ihnen reden, Barnard. Die größte Widerstandsgruppe an dieser Küste hat sich um Santa Barbara gesammelt, soweit wir davon gehört haben. Einige von denen haben wir draußen an der Salton Sea getroffen. Wir müssen mit ihnen Verbindung aufnehmen und eine gemeinsame Front gegen die Japaner auf Catalina und den Inseln vor Santa Barbara gründen. Unsere erste Aufgabe wird darin bestehen, Orange County und Los Angeles von sämtlichen Japanern und von den Verrätern, die ihnen als Führer dienen, zu säubern. Deshalb brauchen wir Onofre als Verbündeten in der Résistance."

„Ich kann nicht für das ganze Tal sprechen", schränkte Tom ein. Beinahe hätte ich lautstark protestiert, und mein Mund formte schon die Worte: Natürlich machen wir mit! Ich biß mir jedoch auf die Lippen und schwieg. Tom machte eine vage Geste. „Das klingt . . ., nun, ich weiß nicht, ob wir mitmachen wollen oder nicht."

„Ihr müßt mitmachen", sagte der Bürgermeister mit Nachdruck und schüttelte die Faust. „Das ist wichtiger als eure individuellen Wünsche. Sagt ihnen, daß sie das Land wieder zu dem machen können, was es vorher war. Sie können dabei mithelfen. Eine neue Pax Americana, Automobile und Flugzeuge, Raketen zum Mond,

Telefone. Ein geeintes Land." Abrupt klang seine Stimme kühl und leidenschaftslos. „Kehrt in euer Tal zurück, und teilt euren Leuten mit, daß sie entweder der Résistance beitreten oder sie bekämpfen."

„Diese Denkweise zeugt aber nicht gerade von nachbarschaftlicher Freundschaft", stellte Tom fest.

„Nehmt es, wie ihr wollt! Sagt es euren Leuten nur."

„Ich werde darüber sprechen. Doch sie wollen auch wissen, was ihr im einzelnen von ihnen erwartet."

Der Bürgermeister schaute Tom lange mit seinen hellen Augen an. „Ich hätte eigentlich erwartet, daß ein Oldtimer wie Sie vor Freude über eine Widerstandsbewegung aus dem Häuschen gerät."

„So leicht gerate ich heute nicht mehr aus dem Häuschen", sagte Tom. „Ich bin auch nicht mehr der Jüngste."

Der Bürgermeister wandte sich an Ben. „Diese Herren haben es verdient, noch etwas von unserer Party mitzubekommen, ehe sie sich zur Nachtruhe zurückziehen, meinst du nicht auch?" Ben nickte und lächelte uns an. „Ich weiß, daß ihr eine anstrengende Nacht hinter euch habt", fuhr Danforth fort, „aber ich hoffe, daß eure Energie noch ausreicht, euch wenigstens für ein Viertelstündchen unter die Leute draußen zu mischen."

Damit waren wir einverstanden.

„Ehe wir wieder zurückgehen, muß ich euch noch ein kleines Geheimnis zeigen." Wir erhoben uns und folgten ihm aus dem Zimmer. Er ging durch den Korridor zu einer anderen Tür und holte einen Schlüssel aus seiner Weste. „Dies ist der Schlüssel zu einer vollständig neuen Welt." Er entriegelte die Tür, und wir betraten hinter ihm den Raum, der nichts enthielt als Maschinenteile, die auf drei Tischen verstreut waren. Auf dem größten Tisch stand eine Metallkiste, so groß wie eine Seekiste, die mit Bedienungsknöpfen, Schaltern, Anzeigeinstrumenten und Skalen versehen war, und mit zwei Öffnungen, aus denen Drähte herausragten.

„Ein Kurzwellensender?" erkundigte sich Tom.

„Genau", bestätigte Ben und schien sich sichtlich über Toms schnelle Auffassungsgabe zu freuen.

„Wir haben einen Mann von der Salton Sea hergebeten, um das Ding zu reparieren", flüsterte der Bürgermeister. „Und wenn das geschafft ist, dann stehen wir mit dem ganzen Land in Verbindung. Mit jedem Teil der Résistance. Das wird der Beginn einer neuen Ära."

Eine Weile standen wir da, betrachteten die Kiste, dann verließen wir auf Zehenspitzen das Zimmer. Nachdem der Bürgermeister die Tür verriegelt hatte, schlenderten wir hinaus auf das Autobahnstück, wo die Kapelle noch immer spielte. Augenblicklich war der Bürgermeister von jungen Frauen umringt, die mit ihm tanzen wollten. Tom entfernte sich zum westlichen Geländer, und ich suchte den Tisch mit den Getränken auf. Der Mann hinter dem Tisch erkannte mich; er hatte mitgeholfen, unser Boot festzumachen, als wir zur Insel gerudert waren. „Alle Getränke gehen auf Kosten des Hauses", verkündete er und reichte mir einen Tequila-Punsch. Ich nahm ihn entgegen und wanderte damit um die Tanzfläche herum. Die Musik, das elektrische Licht, das grell vom Beton reflektiert wurde, die gespenstischen, verfallenen Wolkenkratzer, die stumm aus dem Wasser ragten – diese unglaubliche Neuigkeit über die amerikanische Widerstandsbewegung –, all das versetzte mich in einen Zustand heftigster Erregung. Ich stand wahrlich an der Grenze zu einer neuen Welt. Ich drängte mich durch die Menge zu Tom, der am Geländer stand und ins Wasser starrte. „Tom, ist das nicht riesig? Ist das Ganze nicht wunderbar?"

„Ich muß mir das alles durch den Kopf gehen lassen, Junge", erwiderte er leise.

Deshalb schlenderte ich zur Kapelle, die im Augenblick eine Pause eingelegt hatte. Doch diese dauerte nicht lange. Das Mädchen, das mit dem Bürgermeister tanzte, war die hübsche Blondine, die bei uns am Tisch serviert hatte. Als sie einer anderen Tänzerin Platz machte, eilte ich über die Tanzfläche und nahm sie schwungvoll in den Arm.

„Tanz auch mal mit mir", bat ich sie. „Ich komme aus dem Norden."

„Ich weiß", erwiderte sie und lachte. „Daß du nicht zu den Jungs aus dieser Gegend zählst, ist wohl eindeutig klar."

„Aus dem eisigen Norden komme ich", sagte ich, während ich sie unbeholfen durch eine Polka führte. Die Pirouetten machten mich etwas benommen. „Aus der Welt der Gletscher und Eisbrüche, aus dem barbarischen Norden bin ich hierhergekommen, um mit dem Bürgermeister zu reden, dem Propheten eines neuen Zeitalters."

„Er ist wirklich wie ein Prophet, nicht wahr? Wie in der Kirche. Mein Vater sagt immer, er hätte San Diego zu dem gemacht, was es ist."

„Das glaube ich glatt. Hat er viele Veränderungen durchgesetzt, als er sein Amt übernahm?"

„Oh, er ist schon Bürgermeister, solange ich mich erinnern kann. Seit ich zwei Jahre alt war, sagte Daddy irgendwann mal."

„Das ist aber schon lange her."

„Vierzehn Jahre . . ."

Ich küßte sie flüchtig, und wir tanzten drei oder vier Nummern lang, bis meine Benommenheit wieder zunahm und ich Probleme hatte geradezustehen. Sie begleitete mich zu den Tischen, und wir setzten uns und unterhielten uns. Ich quatschte drauflos wie der größte Lügner von ganz Kalifornien, und das Mädchen lachte unaufhörlich. Später tauchten auch Jennings und Tom wieder auf, und es paßte mir gar nicht, sie wiederzusehen. Jennings erklärte, er wolle uns unser Nachtquartier am anderen Ende der Plattform zeigen. Widerstrebend sagte ich dem Mädchen gute Nacht und folgte den beiden Männern leicht schwankend. Jennings verfrachtete uns in einen der Bungalows am Südende der Plattform, und ich redete noch drei oder vier Minuten auf den schweigenden Tom ein, ehe ich einschlief. „Eine neue Zeit, Tom, das sage ich dir. Eine neue Welt!"

V

GEWEHRSCHÜSSE weckten uns am nächsten Morgen. Nachdem wir aus den Betten gesprungen und zur Tür unseres kleinen Bungalows geeilt waren, um hinauszuschauen, sahen wir, daß der Bürgermeister und einige von seinen Männern Schießübungen veranstalteten, indem sie auf Teller schossen, die einer von ihnen auf den See hinausschleuderte. Etwa einer von je drei Tellern zerplatzte zu weißen Splittern. Der Rest durchschnitt die funkelnde Wasseroberfläche des Sees und verschwand in der Tiefe. Tom schüttelte mißbilligend den Kopf, als er den Verlauf dieser Übungen verfolgte. „Die müssen irgendwo jede Menge Munition gefunden haben", murmelte er. Jennings, der sich etwas abseits hielt und seine Gefährten bei ihren Schießversuchen beobachtete, wandte sich um und entdeckte uns in der Bungalowtür. Er kam zu uns herüber und ließ uns an einem der Tische vor dem großen Haus Platz nehmen. Dort, in Schwaden von Pulverdampf, nahmen wir unser Frühstück ein, das aus Milch und Brot bestand.

Zwischen den einzelnen Schüssen hörte ich die amerikanische Flagge in der Morgenbrise knattern. Ich sah ihr zu, wie sie über dem Haus flatterte, und beobachtete die Schießübungen. Der Bürgermeister war ein guter Schütze; er schoß nur selten daneben, was vielleicht dadurch zu erklären war, daß er ziemlich oft an die Reihe kam. Die anderen Männer hätten ihre Teller ebensogut gleich stapelweise im See versenken können.

Als wir unsere Mahlzeit beendet hatten, reichte der Bürgermeister sein Gewehr einem seiner Männer und humpelte zu uns herüber. Im Sonnenlicht wirkte er etwas kleiner als im Schein der Laternen und elektrischen Glühbirnen.

„Ich lasse Sie zu Jennings Haus über La Jolla zurückkehren, damit Sie auch noch mit Wentworth reden können."

„Wer ist das denn?" fragte Tom mißtrauisch.

„Er ist unser Gemeindeschreiber. Er kann Ihnen über die Lage, die Ben und ich Ihnen gestern abend dargestellt haben, noch sehr viel mehr erzählen. Wenn Sie sich mit ihm unterhalten haben, bringen Jennings und Lee und deren Mannschaft Sie mit dem Zug wieder zurück in den Norden." Er ließ sich uns gegenüber auf einem Stuhl nieder und stützte seine kräftigen Unterarme auf den Tisch. „Wenn Sie wieder zu Hause sind, sollten Sie Ihren Leuten all das erzählen, was Sie gestern abend von mir gehört haben."

„Eines will ich jetzt ganz klar wissen", meinte Tom. „Sie wollen, daß wir uns der Widerstandsbewegung anschließen, von der Sie in letzter Zeit gehört haben: Was bedeutet das für uns konkret?"

Danforth blickte Tom unbewegt in die Augen. „Jede Stadt in der Résistance muß ihren Teil beisteuern. Nur so haben wir die Chance, am Ende siegreich zu sein. Zum einen müssen wir die Möglichkeit haben, unsere Schienen auch in Ihrem Tal zu verlegen. Und ihr könntet wesentlich besser als wir die Küste überwachen und Überfälle auf Eindringlinge durchführen, weil ihr nicht so weit vom Schuß seid. Oder wir könnten bei euch eine Art Basislager einrichten, je nachdem, wie wir in Zukunft agieren wollen."

„Und wenn wir nicht wollen?"

Der Bürgermeister biß die Zähne zusammen. Er ließ Toms Frage einige Sekunden lang unbeantwortet in der Luft hängen. „Ich werde aus Ihnen nicht schlau", beklagte sich Danforth. „Überbringen Sie nur den Leuten in Ihrem Tal meine Botschaft."

„Ich werde ihnen erzählen, was ich von Ihnen gehört habe, und wir informieren Sie umgehend von unserer Entscheidung."

„Na schön. Wir sehen uns dann demnächst." Er schob seinen Stuhl zurück, erhob sich und humpelte in das weiße Haus.

„Ich glaube, er hat Ihnen alles gesagt, was er zu sagen hatte", meinte Jennings nach einer längeren Zeit des Schweigens. „Wir können uns jetzt auf den Weg machen." Er brachte uns zu unserem Bungalow, und als Tom seine Schultertasche geholt hatte, wanderten wir über die Rampe hinunter zu unseren Booten. Lee und Abe warteten auf dem Schwimmdock, und wir bestiegen ein Boot und hielten auf das nördliche Seeufer zu. Es war ein wunderschöner Tag, keine Wolke stand am Himmel, und es wehte kaum Wind. Wir bestiegen danach einen anderen Zug als den, mit dem wir hergekommen waren, der auch auf anderen Schienen fuhr; er brachte uns am Seeufer entlang nach Westen. Danach ratterten wir auf einer Autobahn entlang, die sich durch eine Senke zur Ostseite eines Berges schlängelte. Ehe wir die Senke verließen, bremste Lee die Draisine ab. „Wir müssen zu Fuß nach La Jolla weiter", erklärte Jennings. „Die Schienen reichen nicht bis dorthin."

„Und Straßen gibt es auch nicht", fügte Lee hinzu.

Wir sprangen vom Schienenwagen und setzten unseren Weg auf einem Pfad fort, der bergan durch den dichten Wald führte. Dieser Wald glich eher einem Dschungel: Farne, Schlingpflanzen und Lianen bildeten zwischen den Bäumen ein dichtes Geflecht, und jeder moosbewachsene Ast befand sich mit zehn anderen Ästen in einem verbissenen Kampf um ein paar jämmerliche Sonnenstrahlen. Tannen und Fichten rangen mit Bäumen, die ich noch nie zuvor gesehen hatte, um genügend Lebensraum.

Wir kamen über eine Kuppe, und dahinter sah es ganz anders aus. Dort, wo der Berghang in die Ebene überging und eine Landzunge bildete, die ins Meer hineinragte, waren alle Bäume gefällt worden. Auf dieser freien Fläche standen ein paar alte Gebäude, die von kleinen Holzhäusern umgeben waren. Die Betonwände der alten Gebäude hatte man mit Holz ausgebessert, so daß einige massive Dachbalken besaßen, andere hatten breite Kamine, wieder andere orangefarbene Ziegeldächer. Die meisten Häuser waren weiß gestrichen, und die alten Betonbauten erstrahlten in hellen Blau-, Gelb- oder Orangetönen. Als wir an der Westflanke des Berges hinunterstiegen, entdeckten wir zwischen den Bäumen das kleine Dorf als malerische Idylle vor dem dunklen Hintergrund des Ozeans. Wir traten aus dem Wald heraus, und der schmale Pfad weitete sich zu einer geraden Straße, die mit dichtem Gras bewachsen war.

„Farbe", meinte Tom. „Eine gute Idee. Aber was ich bisher an Farbe gesehen habe, war steinhart."

„Wentworth kann sie wieder flüssig machen", meinte Jennings. „Genauso macht er es auch mit alter Tinte."

„Wer ist dieser Wentworth?" erkundigte ich mich.

„Kommt mit, und ihr werdet ihn kennenlernen", sagte Jennings.

Am anderen Ende der grasbewachsenen Straße, nicht weit über einer kleinen Bucht, stand ein niedriges Gebäude aus braunen Steinen. Eine Mauer aus gleichen Steinen umgab das Anwesen, und Pechkiefern stützten sie von beiden Seiten ab. Wir schritten durch ein hohes Holzportal, das von einem geschnitzten Tiger geschmückt wurde. Innerhalb der Mauer wechselten sich Grasflächen mit Blumenrabatten ab. Jennings schaute durch die offene Tür des Gebäudes und bedeutete uns, ihm zu folgen.

Die Wand des ersten Raumes war mit Fenstern versehen und wirkte aufgrund der offenstehenden Tür mindestens ebenso hell wie der Vorhof. Ein halbes Dutzend Kinder und drei oder vier Erwachsene arbeiteten an niedrigen Tischen. Sie kneteten einen reinen weißen Teig, bei dem es sich dem Geruch nach nicht um Brot handeln konnte. Ein Mann mit einer schwarzen Metallbrille und einem graumelierten Bart blickte von einem Tisch auf, an dem er den Arbeitenden Anweisungen gegeben hatte, und kam zu uns herüber.

„Jennings, Lee", sagte er und wischte sich die Hände an einem Handtuch ab, das er sich um den Bauch geknotet hatte. „Was führt euch denn hierher?"

„Douglas, dies ist Tom Barnard, ein Gemeindeältester aus Onofre Valley, oben an der Küste. Wir haben ihn auf dem neuen Schienenstrang hergebracht. Tom, das ist Douglas Wentworth, der Büchermacher von San Diego."

„Büchermacher", wiederholte Tom. Er schüttelte Wentworth die Hand. „Es freut mich, einen Büchermacher kennenzulernen, Sir."

„Sie interessieren sich für Bücher?"

„Ja. Ich war mal Rechtsanwalt und mußte sehr viel lesen. Jetzt bin ich froh über jedes Buch, das ich finde."

„Besitzen Sie denn eine umfangreiche Sammlung?" fragte Wentworth neugierig.

„Nein, Sir. Fünfzig Bände oder so, aber ich tausche mit den Nachbarn."

„Aha. Und du, junger Mann, liest du auch?" Seine Augen hinter den Brillengläsern musterten mich.

„Ja, Sir. Tom hat es mir beigebracht."

Mr. Wentworth lächelte. „Es ist geradezu erfrischend zu erfahren, daß in San Onofre die Literatur gepflegt wird. Wollen Sie sich nicht mal unseren Betrieb ansehen? Ich kann Sie herumführen. Sicherlich interessieren Sie sich für unsere kleine Druckerei."

„Es ist uns ein Vergnügen", meinte Tom.

„Lee und ich werden etwas zu essen besorgen", sagte Jennings. „Wir sind bald wieder zurück."

„Wir warten hier auf Sie", sagte Tom. „Vielen Dank, daß Sie uns hergebracht haben."

„Bedanken Sie sich beim Bürgermeister."

„Knetet weiter, bis es richtig geschmeidig ist", wies Wentworth seine Lehrlinge an, „dann fangt schon an, das Wasser auszudrücken. Bis zum Pressen bin ich wieder zurück."

Er führte uns in einen anderen Raum mit großen Fenstern. „Dort drüben steht mein ganzer Stolz. Eine von Hand betriebene Druckpresse." Er wies auf ein Gerät, das fast den gesamten hinteren Teil des Raumes einnahm. Am auffälligsten war eine übergroße Gewindespindel mit einer mächtigen Flügelschraube.

„Ich hab schon davon gehört, aber gesehen habe ich so eine Maschine noch nicht", sagte Tom staunend.

„Die ist für die feineren Druckarbeiten. Leider haben wir zuwenig Papier, und dann kannte sich anfangs niemand mit dem Bleisatz aus. Doch wir haben auch einige Erfolge zu verzeichnen. Zum Beispiel dies hier." Er nahm ein voluminöses, in Leder gebundenes Buch von einem Regalbrett neben der Maschine. „Natürlich nur die King-James-Bibel, obgleich mir die Wahl schwergefallen wäre, hätte ich eine Jerusalem-Bibel zur Verfügung gehabt."

„Wunderbar!" meinte Tom und nahm das Buch in die Hand. „Ich meine . . ." Er schüttelte hilflos den Kopf. Ihm fehlten die Worte. „Allein der Satz muß eine ungeheure Arbeit gewesen sein."

Wentworth nickte und nahm das Buch wieder an sich. „Dabei

verfügten wir bereits über ein Exemplar dieses Buchs. Doch das ist ja nicht das Wesentliche."

„Sie drucken auch neue Bücher?"

„Ich muß gestehen, daß ich das am liebsten tue. Wir veröffentlichen Bedienungsanleitungen, Almanache, Reiseberichte, Memoiren . . ." Er sah Tom mit funkelnden Augen an. „Wir fordern alle Überlebenden des Krieges auf, ihre Erlebnisse niederzuschreiben und uns zur Verfügung zu stellen. Das ist unser Beitrag zu einer allgemeinen Geschichtsschreibung."

Tom runzelte die Stirn, sagte aber nichts.

„Du mußt es tun", drängte ich ihn. „Du kennst so viele Geschichten aus der alten Zeit."

„Ein Geschichtenerzähler?" fragte Wentworth. „Dann sollten Sie erst recht mein Angebot annehmen."

„Nein, danke", erwiderte Tom verlegen.

Ich schüttelte ratlos den Kopf. Wie kam es, daß jemand, der so gerne redete, nichts über sein eigenes Leben erzählen wollte?

„Überlegen Sie es sich", fuhr Wentworth fort. „Ich glaube, alle Einwohner von San Diego würden es lesen, natürlich nur die, die lesen können. Und da die Leute von der Salton Sea mit uns Kontakt aufgenommen haben . . ."

„Sie stehen mit Ihnen in Verbindung?" unterbrach Tom ihn.

„Ja. Vor zwei Jahren kam eine Gruppe von ihnen her. Seitdem haben Lee und Jennings dafür gesorgt, daß dorthin eine Schienenverbindung gebaut wurde. Wir haben Bücher hintransportiert und erfuhren, daß die Leute sie noch weiter nach Osten schickten. Ihre Berichte könnten demnach fast auf dem gesamten Kontinent Verbreitung finden."

„Sind Sie überzeugt, daß die Kommunikation so weit reicht?"

Wentworth zuckte die Achseln. „Wer weiß. Ich besitze ein Buch, das in Boston gedruckt wurde. Keine schlechte Arbeit. Demnach dürfte es so gut wie sicher sein, daß ein Buch von Ihnen auch bis nach Boston gelangen könnte."

„Ich überlege es mir", sagte Tom in einem Ton, mit dem er ausdrückte, daß diese Angelegenheit damit für ihn erledigt war.

„Kommen Sie, ich zeige Ihnen, was wir bisher gedruckt haben", sagte Wentworth und ging mit uns in einen anderen Raum. Auch dieser war mit großen Fenstern versehen, die viel Licht hereinließen.

Es war die Bibliothek. Hohe Regale standen an den Wänden, gefüllt mit alten und neuen Büchern.

„Es ist nicht gerade überwältigend", meinte Wentworth, als er die sehnsuchtsvollen Blicke Toms bemerkte. „Und in diesem Regal stehen die Bücher, die hier gedruckt wurden."

Tom betrachtete das Regal, auf das Wentworth wies. Vorwiegend handelte es sich um Ordner mit hektographierten Blättern. Auf einem Regalbrett standen in Leder gebundene Bücher, die den alten ähnlich waren.

Tom zog ein Buch nach dem anderen heraus. „‚Praktische Anwendungsmöglichkeiten der Zeituhr von Westinghouse-Wäschetrocknern.' Von Bill Dangerfield", las Tom laut vor und lachte.

„Ich glaube, dein Freund ist eine Weile beschäftigt", meinte Wentworth zu mir. „Möchtest du einmal unsere Bildergalerie sehen?"

Viel lieber hätte ich mir wie Tom die Bücher angesehen, aber ich wollte nicht unhöflich sein, deshalb nickte ich. Am Ende eines Korridors gelangten wir in einen saalähnlichen Raum. An der Wand hingen Bilder von allen möglichen Tieren, gezeichnet in kräftigen schwarzen Strichen.

„Dies sind Illustrationen für ein Buch über die Tierwelt rund um San Diego." Ich mußte ein sehr überraschtes Gesicht gemacht haben, denn einige dieser Tiere kannte ich nur aus Toms zerfleddertem Lexikon: Affen, Antilopen, Elefanten . . . „In San Diego gab es viele zoologische Gärten, deren Tiere während des Krieges in die Wildnis fliehen konnten. Dort haben sie sich dann an das fremde Klima anpassen können, und mittlerweile sind sie fast überall anzutreffen."

„He!" machte Tom sich bemerkbar und winkte Wentworth mit einem gedruckten Buch zu.

„Was haben Sie gefunden?" erkundigte sich Wentworth gut gelaunt.

„‚Ein Amerikaner fährt um die Welt'", las Tom vor. „‚Bericht über eine Reise um die Erde in den Jahren 2030 bis 2039.' Von Glen Baum."

Wentworth lachte erfreut. „Das ist unser Meisterstück. Glen ist schon ein brillanter Erzähler."

„Aber entspricht das denn der Wahrheit? Ein Amerikaner unternahm eine Reise um die Erde und kehrte vor acht Jahren erst zurück?"

Wentworth lächelte Tom zu. „Glen segelte 2030 nach Catalina, das ist sicher. Und er tauchte in einer Herbstnacht im Jahr 2039 wieder in San Diego auf." Er zwinkerte, und zwischen den beiden Männern schien etwas hin- und herzugehen, von dem ich nichts bemerkte, denn Tom lachte schallend. „Den Rest finden Sie zwischen beiden Buchdeckeln."

„Ich hatte keine Ahnung, daß so etwas noch immer geschrieben wird", sagte Tom. „Wie schön. Wo ist denn dieser Glen Baum jetzt?"

„Im letzten Herbst machte er sich auf den Weg zur Salton Sea. Vor seinem Aufbruch nannte er mir noch den Titel seines nächsten Buchs: ‚Über Land nach Boston.' Es wird sicher so interessant wie das, was Sie da in der Hand halten." Er stand auf. Am Ende des Ganges unterhielt sich Jennings mit der Frau in der Druckerei. Wentworth führte uns zurück in die Bibliothek.

Dort kramte Wentworth in einer Kiste auf dem untersten Brett eines Regals. „Wir haben noch einige Exemplare von dem Buch. Nehmen Sie es mit nach San Onofre, mit den besten Empfehlungen der New Tiger Press." Er reichte Tom eines der in Leder gebundenen Bücher.

Tom strahlte. „Danke, Sir, vielen Dank. Ich bin überwältigt."

„Wir freuen uns über jeden neuen Leser."

„Ich gebe es auch meinen Schülern", versprach Tom und strahlte über das ganze Gesicht, als hätte er einen Silberbarren geschenkt bekommen.

Jennings und Lee kamen herein. „Essenszeit", rief Jennings. Offensichtlich war es in San Diego üblich, mitten am Tag eine Mahlzeit einzunehmen. „War es interessant?" Tom und ich nickten und zeigten ihm unser Buch.

„Und noch etwas", sagte Wentworth und griff in eine andere Kiste. „Hier ist ein noch völlig leeres Buch für den Fall, daß Sie Ihre Erinnerungen doch niederschreiben wollen." Er schlug das Buch auf und zeigte uns die leeren weißen Seiten. „Schreiben Sie es voll, und wir setzen es dann."

„Das kann ich nicht", wehrte Tom ab. „Sie haben uns schon genug geschenkt."

„Bitte, nehmen Sie es." Wentworth reichte es ihm. „Es verpflichtet Sie zu nichts."

„Dann danke ich", sagte Tom und packte die beiden Bücher in seine Schultertasche.

„Sollen wir draußen essen?" fragte Jennings und hielt einen Laib Brot hoch.

„Ich muß zu meiner Klasse zurück", erklärte Wentworth. „Aber ihr könnt es euch auf dem Hof bequem machen."

Er wandte sich um und verschwand wieder im vorderen Raum, wo seine Schüler immer noch den Papierbrei kneteten.

Nach der Mahlzeit in der salzigen frischen Luft auf dem Hof marschierten wir über den Mount Soledad zum Schienenstrang zurück und pumpten den Wagen steile Berge hinab nach Norden. Nach ein paar Kilometern bat Tom Lee zu bremsen. „Was dagegen, wenn wir uns mal auf den Klippen umsehen?"

Jennings blickte sorgenvoll, und ich sagte: „Tom, wir können zu Hause noch oft genug auf die Klippen steigen und Ausschau halten."

„Aber nicht so wie hier." Tom sah Jennings bittend an. „Ich möchte es ihm zeigen."

„Na schön", ließ Jennings sich erweichen.

Wir stiegen also wieder vom Wagen und wanderten durch dichten Wald nach Westen in Richtung Küste. Nicht lange, und wir stießen auf eine Ansammlung mächtiger Gesteinsbrocken. Es waren Betontrümmer früherer Bauwerke. Einige Mauern standen noch. Klötze, so groß wie unser Haus, ragten aus dem Dickicht empor. Jennings gab uns einige Erklärungen zu diesem Ort, bis Tom mich am Arm zurückhielt und die beiden Männer aus San Diego bat, doch schon vorauszugehen. Kaum war Jennings außer Hörweite, da meinte Tom säuerlich: „Es ist alles falsch, was er sagt."

Danach wanderte ich in den Ruinen herum. In der Nähe mußte eine Bombe explodiert sein. Die Mauern waren stellenweise verbrannt. Im Gras glitzerten Glassplitter. Ich sah verrosteten Metallschrott, Plastikfetzen, zersplitterte Holzbretter, den Brustkorb eines Skeletts. Rafael hätte seine Freude gehabt, doch mich bedrückte der Anblick schon nach kurzer Zeit.

Nördlich von mir sah ich Tom zwischen den Trümmern umherwandern. Er zupfte an seinem Bart herum, als wollte er ihn ausreißen. Dabei murmelte er vor sich hin. Als ich näher kam, sah ich, daß die Falten in seinem Gesicht sich noch vertieft hatten. Nie zuvor hatte ich ihn derart verzweifelt erlebt.

„Was ist das hier für ein Ort, Tom?"

Er wandte den Blick ab, zog an seinem Bart. Dann atmete er zischend aus. „Das war eine Schule. Meine Schule."

Schockiert überließ ich Tom sich selbst und ging nach Westen über die Reste einer Straße hinein in ein Dickicht, wo halbverfaulte Holzbalken die Standplätze von alten Häusern markierten. Häuser, in denen wahrscheinlich Menschen gelebt hatten. Ich setzte mich am Rand eines tiefen Einschnitts, der zum Meer hin abfiel, ins Gras. Mein Standort mußte sehr hoch liegen, denn ich konnte das Meer unter mir kaum erkennen. Eine Träne lief mir über die Wange, und ich hatte schreckliches Heimweh.

Tom riß mich aus meinem Grübeln. Ich ging mit ihm nach Süden, wo die anderen auf den Klippen auf uns warteten. Tief unter uns lag der Ozean. Weit draußen konnte ich auch den Horizont sehen.

Links schoben sich Mount Soledad und La Jolla ins Meer hinaus und versperrten den Ausblick nach Süden. Im Norden wichen die Klippen zurück, beschrieben einen weiten Bogen bis hin zu den grünen Pendleton Hills, und dort, wo die Berge ans Meer und an den Himmel stießen, dort war unser Tal, unser Zuhause. Tom hatte sich hingesetzt und ließ die Beine über die Felskante baumeln. „Der Strand ist mindestens doppelt so breit", meinte er mit belegter Stimme. „Man sollte es nicht zulassen, daß die Welt sich in nur einer Lebensspanne so sehr verändert. Es ist zu schlimm." Er blickte zu mir hoch. „Stunden habe ich hier zugebracht und das Panorama genossen. Jetzt sehen die Klippen hier ganz anders aus."

Ich wußte nicht, was ich darauf erwidern sollte. Voller Unbehagen wanderte ich am Klippenrand auf und ab und ließ meine Blicke schweifen. Die Sonne versank im Wasser, Stück für Stück, bis nur noch ein grünes Schimmern am Horizont übrigblieb. Und das wurde vom Wind verweht. Jennings und Lee kamen auf den Klippen auf uns zu, winzige Gestalten, die mit den Armen ruderten.

„Wir sollten lieber zurückfahren!" rief Jennings, als sie näher kamen. „Meine Frau wartet sicher schon mit dem Essen auf uns."

„Lassen Sie dem alten Mann noch eine Minute", bat ich.

Wenig später erhob sich Tom, als wäre er aus tiefem Schlaf aufgewacht. Der Abendstern leuchtete über dem Meer am Himmel wie eine Laterne.

„Vielen Dank, daß Sie uns den Weg gezeigt haben", sagte Tom.

„Es war uns ein Vergnügen“, erwiderte Jennings. „Aber jetzt nichts wie ab nach Hause.“

„Wir umgehen das Ruinenfeld in südlicher Richtung“, sagte Lee, „und nehmen die Straße, die . . .“ Er atmete zischend ein.

„Ist was?“ rief Jennings.

Lee zeigte nach Norden, in Richtung Pendleton.

Ein weißer Blitz fiel aus dem Himmel, tauchte hinab in die Berge im Norden und verschwand.

„O nein!“ flüsterte Jennings gepreßt.

Wieder ein Blitz aus dem Himmel. Wie eine Sternschnuppe raste er der Erde entgegen, nur wurde er nicht langsamer und zerplatzte auch nicht. Er beschrieb eine schnurgerade Flugbahn und brauchte keine drei Lidschläge Zeit, um von seinem höchsten Punkt hinabzustürzen und lautlos hinter der Küstenlinie zu verschwinden.

„Pendleton“, sagte Lee. „Sie reißen unsere Gleise auf.“ Er begann mit leiser Stimme zu fluchen.

Jennings trat gegen einen morschen Baumstumpf, bis er in der Mitte auseinanderbrach. „Dieses gottverfluchte Volk! Warum können die Schweine uns nicht in Ruhe lassen?“ brüllte er.

Drei weitere Lichtblitze fielen vom Himmel, jeder weiter nach Norden als der vorhergehende, und folgten der Biegung der Küste.

„Woher kommt das?“ fragte ich und stellte verwundert fest, daß meine Stimme zitterte. Ich glaube, ich hatte Angst, daß es sich bei diesen Erscheinungen um Bomben handelte.

„Flugzeuge“, antwortete Jennings grimmig. „Oder Satelliten oder Catalina oder auf der anderen Seite der Erdkugel. Wie zum Teufel sollen wir das wissen?“

„Sie haben Pendleton unter Beschuß“, meldete Lee mit bitterer Stimme. Jennings bearbeitete die Büsche und Sträucher weiter mit den Füßen, wobei er in einem fort fluchte.

„Jetzt haben sie aufgehört.“ Tom wies zum Himmel. In der Dunkelheit konnte ich seinen Gesichtsausdruck nicht erkennen, und nach Lees und Jennings' wilden Rufen klang seine Stimme ruhig. Wir suchten den Himmel nach einem weiteren Blitz ab. Nichts.

„Ziehen wir los“, krächzte Lee schließlich. Langsam stapften wir hintereinander durch das Unkraut am Klippenrand. Auf halbem Weg zurück zum Schienenstrang meinte Jennings, der vor mir ging: „Dem Bürgermeister wird das überhaupt nicht gefallen.“

Jennings hatte sich nicht getäuscht. Dem Bürgermeister gefiel es wirklich nicht. Er unternahm höchstpersönlich einen Ausflug nach Norden, um sich das Ausmaß der Schäden anzusehen, und als er mit seinen Assistenten in Jennings' Haus eintraf, machte er uns klar, wie wenig Freude ihm das alles bereitete.

„Die Schienen sind stellenweise zerschmolzen!" rief er und schlug mit der Faust auf den Tisch. Er humpelte durch den Raum, schüttelte die Fäuste und brüllte Lee und Jennings seine Wut über die Japaner in die reglosen Gesichter. Ich blieb hinter Tom in Deckung. „Sogar die Erde ist verbrannt! Die Bäume sind vernichtet!" Er fuchtelte mit dem Zeigefinger vor Lees Gesicht herum. „Sicher habt ihr beim Bau irgendwelche Spuren hinterlassen, die auf den Satellitenbildern zu erkennen waren. Ich mache euch dafür verantwortlich!"

Lee preßte die Lippen aufeinander, und ich sah, daß einige Begleiter des Bürgermeisters sich offensichtlich über die Abreibung freuten, die Lee und Jennings bekamen.

Jennings trat jedoch mutig vor. „Die Strecke verläuft vorwiegend im Schutz des Waldes. Sie kann demnach von oben nicht eingesehen werden. Außer den Gleisen haben wir nichts angerührt. Ich schwöre, daß von alldem nicht das Geringste zu bemerken war."

Jennings fuhr mit seinen Beteuerungen fort, und als er den Bürgermeister endlich überzeugt hatte, wurde dieser nur noch wütender. „Spione!" zischte er. „Jemand in Onofre muß den Aasjägern von Orange County Informationen gegeben haben, und die wiederum haben die Japaner informiert . . ." Wieder krachte seine Faust auf den Tisch.

„Woher wissen Sie, daß die Spione nicht hier in San Diego hokken?" fragte Tom.

Danforth und Ben und die anderen Männer des Bürgermeisters starrten Tom an.

„Es gibt in San Diego keine Spione", entschied Danforth. „Jennings, sagen Sie Thompson Bescheid, und segeln Sie mit Lee und diesen beiden die Küste hinauf. Geht in Onofre von Bord, und dann kehren Sie zu Fuß zurück und machen sich ein Bild von den Schäden. Ich möchte wissen, wie lange es dauert, bis die Route wieder befahrbar ist."

„Ja, Sir."

Kurz darauf verließen der Bürgermeister und seine Männer das

Haus, ohne mir oder Tom Lebewohl zu sagen. Tom winkte mich nach draußen. „Dann kehren wir also auf dem Seeweg zurück", meinte er mit einem Achselzucken.

AM NÄCHSTEN Tag trieb eine Wolkenwand auf die Küste zu. Jennings und Lee hatten sich bereits mit Thompson verabredet, daher packten wir, so schnell es ging, und verabschiedeten uns von Mrs. Jennings. Wir pumpten unseren Handwagen über steile Hügel hinweg zur Küste und weiter nach Norden zum Del Mar River. An seinem Ufer befand sich ein langes, hölzernes Dock, an dem mehrere Segel- und Ruderboote vertäut waren. Unser Handwagen beschleunigte seine Fahrt, und unter lautem Quietschen fuhren wir in einem weiten Bogen auf das Dock zu. Dort brachte Lee den Wagen zum Stehen.

Für einen kurzen Moment drang die untergehende Sonne durch die schwarze Wolkenwand und sandte einen dünnen Lichtstrahl zur Erde. In seinem grünlichen Licht sah ich zwei Männer auf einer großen Schaluppe am Ende des Docks. Es war ein fast zehn Meter langes Schiff, ausladend und mit flachem Rumpf. Vor dem Mast war das Bootsinnere mit einer Persenning abgedeckt, während hinter dem Mast einige Sitzbänke zu erkennen waren.

„Sieht ganz nach einem Sturm aus", äußerte ich meine Vermutung, denn der Wind frischte auf, und die Wolken waren schwer vom Regen.

„So wollen wir es auch", sagte Jennings. „Zur Not haben wir entlang der Küste einige Ankerplätze. Außerdem ist Thompson diese Route schon mindestens tausendmal gefahren. Diesmal wird es noch einfacher sein, denn bei diesem Wetter brauchen wir nicht mit japanischen Landekommandos zu rechnen."

„Wir müssen los!" brüllte ein Mann von der Schaluppe zu uns herüber. „Die Ebbe setzt ein!"

Jennings machte uns mit dem Rufer bekannt, der Thompson hieß, sowie mit seinen beiden Matrosen Handy und Gilmour. Tom und ich setzten uns auf die Bank gleich hinter dem Mast. Unser Gepäck verstauten wir unter der Persenning, während Jennings und Lee hinter uns Platz fanden. Die beiden Matrosen schoben die Ruder in die Dollhaken. Die Männer auf dem Dock lösten die Leinen und stießen uns hinaus in die Strömung. Die Matrosen ruderten gemütlich und ließen die Hauptarbeit von der Strömung verrichten. Ein kleines

Dinghi, das mit einem Seil an unserer Schaluppe befestigt war, tanzte in den Wellen auf und ab. Enten beobachteten uns neugierig aus dem Uferschilf, als wir vorbeitrieben. Wir gelangten zu einer Stufe, über die der Fluß sich schäumend ins Meer ergoß. Die Matrosen ruderten nun mit aller Kraft, um uns durch die Brandung zu bringen, und als das kabbelige Wasser hinter uns lag, zogen sie die Ruder ein und hißten die Segel. Thompson trimmte die Segel von seinem Sitz im Heck aus, und wir wendeten und segelten an der Küste entlang. Der Wind blies aus Südwesten, so daß wir recht flotte Fahrt machten.

Bald darauf ging die Sonne unter, und das Land war unter der dichten Wolkendecke kaum noch zu erkennen. Tom und ich hatten uns in jeden Fetzen Tuch gehüllt, den wir finden konnten. Die Wolkendecke schien immer tiefer herabzusinken, bis wir durch einen schmalen Korridor klarer Luft zwischen Wasser und Wolken dahinsegelten. Tom döste von Zeit zu Zeit ein, wobei sein Kopf hin und her rollte.

Nach zwei Stunden streckte ich mich zwischen zwei Sitzbrettern auf einer Taurolle aus und versuchte ebenfalls, etwas zu schlafen. Doch es ging nicht. Ich schloß die Augen und ließ das Erlebte noch einmal Revue passieren. Ich war in einer völlig neuen Welt, in einer Welt, in der Amerikaner alles tun konnten, was sie wollten, und in der sie für etwas kämpfen konnten, wenn jemand ihren freien Willen einschränken wollte . . ., einer Welt, die so ganz anders war als die Welt unseres kleinen Tals, für dessen Bewohner es nichts Wichtigeres gab als die Tauschtreffs.

Ich muß schließlich doch eingeschlafen sein, denn als ich die Augen wieder aufschlug, segelten wir durch Nebel. Es war keine dichte weiße Milchsuppe, sondern ein Gewimmel tanzender Schwaden auf dem Wasser. Ich hielt meine Hand über den Bootsrand ins Wasser und stellte fest, daß es deutlich wärmer war als die Luft. Tom saß immer noch neben mir, inzwischen hellwach, und blickte hinüber nach Steuerbord.

„Woher wissen die eigentlich, wo wir sind?“ fragte ich und lutschte das Salz von meinen klammen Fingern.

„Thompson bleibt so nahe unter Land, daß er die Brandung hören kann. Sobald wir eine Flußmündung passieren, ändert sich dieser Klang, und Thompson weiß, um welche Flußmündung es sich handelt.“

Ich nickte anerkennend. „Dann muß er hier aber schon ziemlich oft unterwegs gewesen sein. Hoffentlich vertut er sich nicht und landet mit uns im Delta des Pulgas River."

„Daran sind wir schon vorbei", beruhigte mich Tom. „Er meinte, wir seien nur noch etwa fünfzehn Kilometer von Onofre entfernt."

Demnach hatte ich ja ziemlich lange geschlafen, was ich als einen Segen empfand, denn so hatte ich wenigstens einige Stunden lang nicht gefroren. Die Männer unterhielten sich halblaut und hatten die Kragen ihrer Jacken hochgeschlagen oder sich wollene Schals um den Hals geschlungen. Thompson hielt wachsam Ausschau und achtete auf die anrollenden Wellen.

„Was ist das für ein Geräusch?" fragte Tom plötzlich.

Ich hörte nichts Ungewöhnliches, doch Thompson lauschte angestrengt, dann nickte er. „Ein japanischer Kreuzer. Er kommt näher."

Wir lauschten auf das tiefe Dröhnen eines Motors. Thompson drehte bei . . . Eine schaumgekrönte Welle wusch über den Bug und ließ uns zum Stillstand kommen. Das Hauptsegel flatterte kurz, dann hing es schlaff durch. Wasser lief über die Persenning und tropfte mir in den Schoß. Ein weißer Lichtkeil bohrte sich durch den Nebel. Unser Schiffchen tanzte mitten in diesem blendenden Lichtkegel, und am Rande des Lichtkreises konnte man den Rumpf eines riesigen Schiffs erkennen. Mein Herz raste, ich drängte mich an Tom und starrte ihn angsterfüllt an. Wir waren erwischt!

„Radar", flüsterte Tom.

„Refft die Segel!" rief eine Stimme. „Steht alle auf, und nehmt die Hände hoch!" Wie ich später erfuhr, wurde die Stimme mechanisch verstärkt. Sie hatte einen metallischen Klang, der mich vor Angst fast vergehen ließ. „Ihr seid gefangen!"

Ich sah nach hinten. Lee hatte ein Gewehr in der Hand und zielte in den Lichtkegel hinein. Zack! Der Lichtfleck über uns erlosch unter lautem Klirren von Glas. Gleichzeitig spuckte das Heck unseres Bootes Feuer, denn jeder von unserer Besatzung begann auf das japanische Schiff zu schießen. Tom riß mich nach unten. Das Gewehrfeuer wurde von einem lauten Donner übertönt, und plötzlich war der gesamte vordere Teil der Schaluppe verschwunden. Zersplitterte Planken und eisiges Seewasser spülten über uns hinweg. „Hilfe!" schrie ich. Ich rollte mich über den Bootsrand, als der Mast brach und auf mich stürzte.

Danach kann ich mich an kaum etwas erinnern. Lichtstrahlen trafen meine Augen. Salzwasser drang mir in den Mund. Verwirrte Rufe, dann rauhe Hände, die mich unter den Armen packten. Ich wurde metallene Stufen hinaufgezerrt, wobei ich mir die Knie schmerzhaft an den Kanten stieß. Ich spuckte Wasser, würgte. Ein stählernes Deck, eine grobe, trockene Decke.

Ich befand mich auf dem japanischen Schiff.

Als ich das begriff, versuchte ich mich von den Händen loszureißen, die mich festhielten. Zwecklos. Stimmen redeten auf mich ein: *mishi kawa tonatu ka* und so weiter. „Hilfe!" schrie ich. Ich zitterte und würgte, als hätte mir jemand mit voller Wucht in den Magen geboxt, doch das wahre Ausmaß der Katastrophe ging mir erst auf, als die japanischen Seeleute anfingen, mir meine nassen Kleider auszuziehen und mich in Decken einzuwickeln. Jemand streifte mir den Hemdsärmel über den Arm. Ich haute ihm mit der Faust auf die Nase. Er quiekte erschrocken. Dann packten sie mich zu mehreren und schleppten mich in einen Raum am Ende des Decks. Dort setzten sie mich auf eine Bank. Ich lehnte mich zurück und weinte.

Oben im Bug konnte ich beobachten, wie Matrosen immer noch das Wasser absuchten. Dabei leuchteten sie mit einem neuen Suchlicht herum und riefen in einen Verstärkerkasten. Ich spürte das Vibrieren der Maschinen. So hoch über dem Wasser war der Nebel nahezu undurchdringlich. Die Japaner hatten auch kleine Motorboote, mit denen sie auf dem Wasser herumflitzten, doch auch dort blieb die Suche erfolglos.

Sie hatten meinen alten Freund Tom getötet. Dieser Gedanke ließ mich aufschluchzen. Welche Gefahren hatte er in den langen Jahren überstanden, und jetzt mußte er wegen einer armseligen Küstenpatrouille ertrinken . . .

Als die Männer nach einiger Zeit ihre Suche aufgaben, hatte auch ich mich wieder etwas erholt und dank der dicken Decken aufgewärmt. Doch mein Herz war eiskalt. Dafür, daß die Männer Tom hatten sterben lassen, würden sie bezahlen müssen.

Eine Tür in der hinteren Wand des verglasten Raumes ging auf, und herein kam der Kapitän des Schiffes. Seine Uniform war mit goldenen Streifen auf den Schultern geschmückt, und sein Gesicht und seine Hände waren etwas dunkler als der braune Mantel, den er trug. Sein

Gesicht sah genauso aus wie die Gesichter der Toten, die manchmal an unseren Strand getrieben wurden. Japaner hießen sie, wie ich erfahren hatte. Zwei weitere Offiziere in braunen Anzügen, aber ohne goldene Streifen oder Knöpfe, standen hinter ihm.

Sie alle waren Mörder! Ich starrte den Kapitän wütend in die ausdruckslosen Augen.

„Wie fühlst du dich?" fragte der Kapitän in einem Englisch, das so seltsam klang, wie ich es noch nie gehört hatte.

Ich starrte ihn weiter an.

„Hast du dich von dem Schlag auf den Kopf erholt?"

Ich schwieg und starrte ihn immer noch an. Nach einiger Zeit nickte er. Ich werde sein Gesicht nie vergessen, seine dunklen, fast schwarzen Augen, seine schwarzen Haare, die so kurz geschnitten waren, daß es aussah, als hätte er eine Bürste auf dem Kopf. Insgesamt war es eine Teufelsfratze, und ich hatte Mühe, mir nicht anmerken zu lassen, daß ich Angst hatte.

„Es scheint dir wieder ganz gutzugehen." Einer seiner Offiziere gab ihm ein dünnes Brett, auf dem einige Bögen Papier festgeklemmt waren. Er nahm einen Bleistift aus einer Halterung. „Dann verraten Sie mir doch mal, junger Herr, wie Sie heißen."

„Henry. Henry Aaron Fletcher."

„Und woher kommst du?"

„Amerika", antwortete ich trotzig. „Aus den Vereinigten Staaten von Amerika."

Der Kapitän nickte. „Hübsch."

Einige Matrosen in blauen Jacken kamen herein und sprachen mit ihm. Er schickte sie zurück an ihre Plätze und wandte sich wieder mir zu.

„Kommst du aus San Diego? San Clemente? Newport Beach?" Ich gab keine Antwort, und er fuhr fort: „San Petro? Santa Barbara?"

„Das ist doch weit im Norden", meinte ich spöttisch. Am liebsten hätte ich mich auf diesen Kerl gestürzt.

„Stimmt. Aber direkt an der Küste gibt es keine Ansiedlungen. Daher mußt du aus dem Norden oder dem Süden kommen."

„Spione!" schimpfte ich. „Hinterlistige Spione! Sie sollten sich schämen, Mister, uns zu belauern. Sie sind doch Seemann, Mister. Schämen Sie sich nicht, daß Sie unbewaffnete Leute bei Nacht überfallen und umbringen? Männer, die Ihnen nichts getan haben?"

Der Kapitän verzog den Mund. „Von unbewaffnet kann wohl keine Rede sein. Ihr habt auf uns geschossen und einen meiner Männer verwundet. Außerdem glaube ich, daß deine Gefährten an Land geschwommen sind. Sonst hätten wir sie nämlich gefunden."

Ich dachte an das kleine Dinghi, das wir hinter uns hergezogen hatten, und sprach ein stummes Gebet.

„Ich muß eine Antwort bekommen, bitte. Kommt ihr aus San Diego?"

Ich schüttelte den Kopf. „Aus Newport Beach."

„Aha." Er schrieb etwas auf. „Aber ihr wart auf dem Rückweg von San Diego?"

Solange ich log, konnte ich ihm ruhig alles mögliche erzählen. „Wir waren unterwegs nach San Clemente und haben es verfehlt."

„Ihr habt San Clemente verfehlt? Ich bitte dich, die Stadt liegt einige Kilometer südlich."

„Ich sagte doch, wir haben den Ort verfehlt."

„Aber ihr seid doch nach Norden gefahren."

„Wir wußten, daß wir zu weit gesegelt waren, und wir wollten umkehren. Im Nebel ist es schwierig, sich zu orientieren."

„Na schön, warum wart ihr dann auf dem Wasser?"

„Was meinen Sie denn, warum?"

„Nun, um unseren Patrouillen aus dem Weg zu gehen, glaubst du sicher. Dabei ist uns egal, was an der Küste vor sich geht. Was habt ihr in Newport Beach gemacht?"

Ich dachte schnell nach. „Nun . . ., wir hatten ein paar Japaner bei uns, die sich die alte Mission ansehen wollten."

„Japaner betreten das Festland nicht", entgegnete der Kapitän in scharfem Ton.

Ich hatte ihn aufgeschreckt. „Natürlich tun sie das", widersprach ich. „Sie leugnen das nur, weil es Ihr Job ist, das zu verhindern. Aber sie tun es die ganze Zeit, und Sie wissen es!"

Er starrte mich an, dann beriet er sich kurz mit seinen Offizieren.

Er kritzelte auf dem Blatt Papier auf dem Brett herum und fragte mich: „Wie alt bist du?"

„Weiß ich nicht. Mein Pa kann sich nicht erinnern."

Das erschien ihm seltsam. „Niemand weiß das?"

„Tom nimmt an, daß ich sechzehn oder siebzehn bin."

„Wie viele Leute waren in eurem Boot?"

„Zehn."

„Und wie viele Menschen leben in eurer Ansiedlung?"

„Sechzig."

„Sechzig Menschen in Newport Beach?" staunte er.

„Hundertsechzig, meine ich." Ich verfing mich in meinem eigenen Lügennetz.

Er rümpfte die Nase und ließ dann das Brett sinken. „Kannst du die Japaner beschreiben, die ihr in Newport Beach getroffen habt?"

„Sie sehen genauso aus wie Sie", entgegnete ich.

Er schürzte die Lippen. „Und die waren heute nacht bei euch auf dem Boot, als wir es versenkten?"

„Stimmt. Und sie kamen mit einem Schiff so groß wie dieses. Warum haben Sie es nicht aufgehalten? Ist das nicht Ihr Job?"

Er winkte mürrisch ab. „Wir können nicht jede Landung verhindern."

„Vor allem dann, wenn Sie dafür bezahlt werden, sich zurückzuhalten, nicht wahr?"

Wieder verzog er angewidert das Gesicht.

Die Tränen stiegen mir in die Augen. „Sie sagen, daß Sie nur hier sind, um die Küste zu bewachen, dabei bombardieren Sie unsere Eisenbahngleise und bringen uns um, während wir nur nach Hause zurückwollten." Und dann begann ich wieder zu weinen. Ich konnte nichts dafür. Mir war kalt, und Tom war tot, und mein Kopf tat furchtbar weh.

Seine Hand berührte meine Schulter. „Komm", sagte er, „leg dich auf die Bank, und ruh dich noch etwas aus." Die Offiziere hoben meine Beine hoch, hüllten sie in ein paar Decken. Ich war viel zu müde, um nach ihnen zu treten. Die Hände des Kapitäns waren klein und kräftig. Und dann entdeckte ich den Ring am linken Ringfinger des Kapitäns. Er war aus rotem Gold und hielt einen geschliffenen roten Diamanten. Buchstaben waren in die Fassung des Steins eingraviert, und ich konnte sie entziffern, als der Kapitän die Hand für einen kurzen Moment nicht bewegte: „Anaheim High School 1976."

Ich zuckte zurück und stieß mir den Kopf an der Kabinenwand. „Ganz ruhig, junger Mann. Regen Sie sich nicht auf. Wir unterhalten uns in Avalon weiter."

Er trug einen amerikanischen Ring. Einen Klassenring, wie viele Aasjäger sie bei unseren Tauschtreffs trugen, um anzuzeigen, aus welchen Ruinen sie stammten. Ich zitterte bei dem Gedanken, was meine Entdeckung möglicherweise zu bedeuten hatte. Wenn der Kapitän eines Schiffs, das fremde Besucher von unserer Küste fernhalten sollte, selbst nach Orange County ging und sogar einen Ring trug, den er nur von einem Aasjäger bekommen haben konnte, dann bewachte niemand die Küste ernsthaft. Demnach war alles ein mieser Betrug, und Tom war wegen nichts und wieder nichts getötet worden.

Ein anderer Gedanke ließ mich hellwach werden. Der Kapitän hatte davon gesprochen, sich mit mir weiter zu unterhalten. Sie nahmen mich mit nach Catalina! Um mich dort zu foltern oder in ein Gefängnis zu werfen oder mich zum Sklaven zu machen. Niemals mehr würde ich nach Onofre zurückkehren. Die Vorstellung, diese Kerle zu begleiten, ließ mein Herz wie rasend klopfen, daß ich schon glaubte, es würde mir die Rippen zertrümmern. Catalina! Ich hatte eine grauenvolle Angst bei dem Gedanken, nach Catalina gebracht zu werden. Das hieße, daß ich meine Heimat nie wiedersehen würde.

Der Kapitän und seine Männer standen unter einer kleinen roten Lampe über der Tür in der hinteren Wand. Salzkristalle verzerrten ihre undeutlichen Spiegelbilder in den großen Fenstern.

Oben im Bug waren zwei Matrosen damit beschäftigt, die Suchlampe zu befestigen. Ansonsten war das Deck leer. Nebel hüllte uns ein, kalt und weiß. Das Meer war unsichtbar, aber dem Rauschen nach zu urteilen, schätzte ich, daß wir etwa fünf bis sechs Meter über dem Wasser waren. Das Schiff vibrierte ab und zu, doch hatten wir noch keine Fahrt aufgenommen. Sie hatten mir jeden Kleiderfetzen abgenommen, um ihn zu trocknen. Um so günstiger für mich.

Der Kapitän kam zu mir zurück. „Fühlst du dich jetzt besser?"

„Ja. Ich werde allmählich müde. Ich glaube, ich muß schlafen."

„Ah. Wir legen dich in eine der Kojen."

„Nein! Noch nicht. Mir wird sicher schlecht, wenn ich jetzt aufstehen muß. Lassen Sie mich ruhig hier liegen." Ich machte mich ganz schlaff und bemühte mich, einen möglichst erschöpften Eindruck zu machen.

Der Kapitän betrachtete mich.

„Warum tun Sie das überhaupt?" fragte ich trotz meines Vorsatzes, sowenig wie möglich zu reden. „Warum kommen Sie um die halbe Welt hierher, um uns zu kontrollieren?"

„Die Vereinten Nationen haben uns dafür die Verantwortung übertragen."

Dann stimmte es also, was sie uns in San Diego erzählt hatten. Jedenfalls ein Teil davon. „Über die Vereinten Nationen weiß ich Bescheid", meinte ich. „Aber es gibt keinen Vertreter Amerikas, der unsere Interessen wahrnehmen kann. Alles, was sie tun, ist ungesetzlich."

„Sie sind alles, was wir haben, junger Herr. Ohne sie käme Krieg und Verwüstung über uns alle."

„Demnach schaden Sie uns, um sich selbst zu nützen."

„Schon möglich." Er starrte mich an, als wäre er überrascht, daß ich überhaupt argumentieren konnte. „Aber es könnte auch sein, daß dies auch für euch die beste Politik ist."

„Das ist es nicht. Ich lebe dort. Ich weiß es. Sie unterdrücken uns. Sie behindern uns."

Er nickte kurz. „Wobei? Und das genau ist der Teil, den du noch nicht kennengelernt hast, mein tapferer junger Freund."

Ich stellte mich schlafend, und er kehrte zu seinen Offizieren unter der roten Lampe zurück. Er sagte etwas zu ihnen, und sie lachten.

Ich wickelte mich aus den Decken und rannte durch die offene Tür hinauf zum Bug. Der Kapitän hatte wohl schon damit gerechnet, daß ich etwas Derartiges beabsichtigte. „He!" brüllte er und sprang hinter mir her. Aber er hatte sich verschätzt. Ich sah nur noch sein verblüfftes Gesicht, als ich vor ihm durch die Türöffnung entwischte – ich war zu schnell für ihn. Kaum war ich draußen, da rannte ich zur Reling und hechtete an den erschrockenen Matrosen vorbei in den Nebel.

VI

Nach einem langen Sturz klatschten meine Arme und mein Gesicht auf die Wasseroberfläche, und mein Körper wurde von dem Aufprall durchgeschüttelt. Als ich die eisige Kälte des Wassers spürte, schrie ich innerlich auf, war ich doch plötzlich überzeugt, einen großen Fehler gemacht zu haben. Der Aufschlag hatte mir die Luft aus den Lungen getrieben. Als ich zur Oberfläche hochschoß, um nach Luft zu schnappen, wurde ich von einer Welle überrollt und atmete

Wasser ein. Ich war sicher, daß mein Husten und Würgen meine Position an die Japaner verraten würde, die sicherlich schon Boote ausgesetzt hatten und nach mir suchten.

Ich begann von den lauten Rufen und dem gedämpften Schein der Suchlampen wegzuschwimmen und wurde von einer weiteren anrollenden Welle überspült. Für ein paar Sekunden ließ mich mein Orientierungssinn vollkommen im Stich, und ich geriet in Panik. Niemals würde ich bei dieser Dunkelheit meinen Weg zur Küste finden. Doch die Dünung war ein zuverlässiger Richtungsweiser, wie ich sehr schnell feststellte, als die Wellen mich stetig in eine Richtung schoben. Der Seegang kam von Süden, soviel hatte ich in der Schaluppe bemerkt, und ich brauchte mich nur davon anschieben zu lassen. Hielt ich mich dabei ein wenig nach rechts, dann würde ich direkt auf die Küste zuschwimmen.

Das Problem war also gelöst. Doch die Kälte schockte mich etwas. Ich spürte bereits, wie sie sich in meinen Körper fraß, und war fast versucht, mich bei den Japanern bemerkbar zu machen, damit sie mich retteten und ich ins Warme gelangte. Doch als ich das Gesicht des Kapitäns wieder vor mir sah, besann ich mich eines anderen. Nein, ich wollte fliehen und war bereit, es darauf ankommen zu lassen.

Um mich gegen die Kälte zur Wehr zu setzen, schwamm ich so kräftig, wie ich konnte, wobei ich hoffte, daß ich den Bug des Schiffes bereits umrundet hatte und mich stetig davon entfernte. Nachdem ich auf kein Hindernis traf, beruhigte ich mich allmählich und verfiel in einen etwas mäßigeren und stetigen Schwimmrhythmus.

Ich kannte nur vier Arten zu schwimmen: Kraulen, Rückenschwimmen, Seitenschwimmen und eine Art Froschtreten. Beim Kraulen kam ich am schnellsten voran, und es hielt mich am besten warm. Daher tauchte ich mit dem Gesicht ins Wasser – was mir einiges Unbehagen bereitete, aber dauernd den Kopf hochzuhalten war einfach zu ermüdend – und ruderte los. Allerdings machte der Wind sich unangenehm bemerkbar, indem er eisig in meine Arme schnitt, wenn ich sie aus dem Wasser hob. Schon bald wurde dieses Gefühl so unangenehm, daß ich auf meinen Froschstil umschaltete, nur um die Arme unter Wasser halten zu können. Das Wasser war zwar immer noch sehr kalt, aber ich hatte mich schon etwas daran gewöhnt, und dann war es immer noch besser, als meine nackten, nassen Arme in den Wind zu halten. Nach einigen Froschtritten begann ich wieder zu kraulen und steigerte mein Tempo.

Dann ließ ich mich einige Zeit einfach von der Strömung tragen.

Wenn ich mich auf den Rücken legte und mich nur mit Beinstößen vorwärts bewegte, kehrte wieder etwas Wärme in meine Füße zurück. Ich konnte sie kaum spüren. Doch nur mit Beinstoß zu schwimmen war eine ziemlich langsame Fortbewegungsart.

Ich drehte mich wieder auf den Bauch und verlegte mich aufs Kraulen. Meine Arme wurden allmählich steif. Ich fragte mich, wie lange ich mich schon auf diese Weise vorwärts kämpfte und wie lange ich wohl noch aushalten mußte.

Zug, Zug, Zug, Zug, Zug. Manchmal fiel es mir leicht, meinen Geist völlig auszuschalten und nur zu schwimmen. Alle hundert Züge ging ich in einen anderen Schwimmstil. Lange Zeit verstrich. Als ich mich einmal im Froschstil vorwärts bewegte, bemerkte ich, daß sich der Nebel hob und sich in die tiefhängende Wolkendecke verwandelte, unter der wir in der Schaluppe dahingesegelt waren. Vielleicht hieß das, daß die Küste nicht mehr weit war. Wahrscheinlich war auch der Mond aufgegangen. Kleine Schneeflocken umtanzten mich und tauchten lautlos im Wasser unter. Dieser Anblick ließ mich die Kälte noch viel deutlicher spüren, und ich hätte am liebsten geweint, wenn ich damit nicht zuviel Kraft vergeudet hätte. Wenn ich doch nur Toms Schwimmflossen gehabt hätte!

Meine Gedanken schienen allmählich einzufrieren. Sie wurden träge und wirr. Meine Arme konnte ich vor Schmerzen kaum mehr rühren. Rückenschwimmen fiel mir schwer, Kraulen war eine Qual, und der Froschstil war auch nicht einfacher. Selbst sich mit der Strömung treiben zu lassen stellte mehr und mehr ein Problem dar. Meine Arme waren schwer wie Eisenholz, und meine Bauchmuskeln brauchten Ruhe. Wenn sie sich verkrampften, dann würde ich ertrinken. Aber ich konnte nichts anderes tun, als weiterzuschwimmen. So tauchte ich dann mein taubes Gesicht ins Wasser und wühlte mich schwerfällig kraulend weiter in Richtung Festland.

Der Zeitpunkt kam, als ich drauf und dran war, meinen Kampf gegen das Meer aufzugeben. Wenn ich es mir recht überlegte, hatte ich einen tödlichen Fehler gemacht. Denn auf Catalina zu sein wäre bei weitem nicht so schrecklich gewesen wie dieser nächtliche Kampf ums nackte Überleben. Wäre ich doch nicht so übereilt von

Bord gesprungen! Wenn ich mich auf den Rücken legte, konnte ich mich treiben lassen und brauchte nur darauf zu achten, daß ich kein Wasser schluckte, wenn die Wellen über mich hinwegrollten. Nur am Rande nahm ich wahr, daß die Wellen ständig höher wurden. Hatte das nicht etwas Bestimmtes zu bedeuten? Ich war zu kalt, zu verfroren, und ich dachte nicht mehr so, wie normale Menschen denken. Ich bestand nur noch aus Reaktionen und Reflexen auf irgendwelche simplen Reize.

Kalte Finger strichen mir über den Rücken, die Beine entlang, und ich kreischte auf.

Seetang, glatt und blättrig. Ich wehrte mich gegen das im Wasser treibende Dickicht und gewann aus meinem Erschrecken etwas Kraft. Dann, als ich von einer Woge hochgehoben wurde, hörte ich es: das Donnern sich brechender Wellen. Ich hatte es geschafft.

Und plötzlich entwickelte ich wieder Energie. Als ich erneut von einer Welle hochgehoben wurde, hielt ich Ausschau, und da war sie, eine schwarze, mächtige Masse, wuchtig unter der dichten Wolkendecke. „He!" brüllte ich. „Hallo!"

Ich geriet wieder in einen Seetanghaufen, doch diesmal machte es mir nichts aus. Während ich mich daraus befreite und ein weiterer Wellenkamm mich hochsteigen ließ, verriet mir das deutliche Rauschen der Brandung, daß meine Not beendet war.

Ich konnte erkennen, daß die Wellen sich schon weit vor dem Ufer hochbuckelten und zu weißem Gischt zerplatzten. Und ich erkannte mit Besorgnis, daß es nicht einfach werden würde, an Land zu gehen.

Eine Woge erfaßte mich, hob mich auf ihren Kamm und riß mich mit. Immer schneller jagte ich auf das Ufer zu, immer lauter wurde das Getöse der Wassermassen um mich herum, und ich begriff allmählich, daß diese Welle mich mit elementarer Wucht aufs Festland oder auf ein Riff schleudern würde. Ich holte tief Luft, tauchte unter und kämpfte mich aus dem Wellentunnel heraus. Trotzdem wurde ich noch ein Stück mitgerissen und hatte Mühe, wieder in sicheres Gewässer zurückzugelangen.

Haltlos schluchzend schwamm ich ein Stück ins Meer hinaus, um mich zu orientieren und nicht von einem Brecher überrascht zu werden. Die Vorstellung, auf ein Riff geschleudert zu werden, war furchtbar. Das hatte mir gerade noch gefehlt, dabei wäre ich am liebsten geradewegs auf den Strand zugeschwommen, um endlich wieder festen Boden unter den Füßen zu haben. Wassertretend hielt ich Ausschau und überlegte, was zu tun wäre.

Schließlich wartete ich auf die richtige Welle, wie ich es vom Brandungsschwimmen in Onofre gewöhnt war. Wenn ich die richtige erwischte, dann würde sie mich bis auf das sichere Ufer tragen. Doch in der Dunkelheit hatte ich Schwierigkeiten, die richtige Welle auszumachen. Ich versuchte, den Rhythmus herauszufinden, in dem die Brecher anrollten, aber es war vergebens.

Plötzlich fühlte ich mich hochgehoben und davongetragen. Ich legte mich auf den Bauch, als ich spürte, wie die Welle anrollte und meine Füße hochhob. Dann begann ich heftig mit den Armen zu rudern, um mich auf dem Wellenkamm zu halten, bis ich spürte, wie ich immer schneller durch das Wasser glitt. Ich war auf dem höchsten Punkt der Woge, als sie umkippte und mich hinabstürzen ließ. Mit der Brust schlug ich auf dem Wasser auf. Ein Riff unter mir wäre mein Ende gewesen, aber ich hatte Glück und rutschte ein Stück über nassen Sand. Ich kämpfte mich hoch, kam auf die Beine und stolperte vorwärts. Dann erfaßte mich gleich der nächste Brecher, warf mich um und ließ mich Wasser schlucken.

Instinktiv rollte ich mich zusammen, wie ich es vom Brandungsschwimmen her gewohnt war, und überließ mich völlig den Wassermassen, die mich schließlich auf den Strand warfen. Als ich zur Ruhe kam, versuchte ich wieder aufzustehen. Oh, wie gut das tat, wieder auf festem Boden zu laufen!

Ich rannte die letzten Schritte bis zur Flutgrenze, dann ließ ich mich in den Sand fallen. Der Strand war mit einer dünnen Schicht tauender Hagelkörner bedeckt. Meine Bauchmuskeln entspannten sich endlich, und ich fing an zu würgen und mich zu übergeben. Ich hatte doch mehr Wasser geschluckt, als mir bewußt war, und es dauerte seine Zeit, bis mein Körper sich davon befreit hatte.

Ich hatte es also geschafft. Heil und gesund. Doch ich hatte keine Zeit, diesen Sieg zu feiern, denn nun ergaben sich bereits neue Probleme. Es hatte aufgehört zu schneien, aber da war immer noch ein heftiger Wind, der mir durch Mark und Bein ging. Ich kroch über den Strand zu den Klippen, die ihn zum Land hin abschirmten. Ein schmaler Strand, die Klippen dreimal so hoch, wie ich groß war – es mußte sich um den Strand bei Pendleton handeln. Am Fuß der Klippen war der Wind nicht so schlimm, und ich ging hinter einem

Felsbrocken in Deckung. Dann begann ich mich mit klammen Fingern abzutrocknen, indem ich mir das Wasser vom Körper wischte. Dabei sah ich mich um.

Der Strand erstreckte sich in beiden Richtungen, bedeckt mit schwarzen Seetanghaufen. Einer der Haufen erschien mir etwas regelmäßiger geformt als die anderen. Als ich aufstand, um ihn besser beobachten zu können, hatte ich das Gefühl, als würde der Wind vom Meer durch mich hindurchblasen. Trotzdem, dieser Seetanghaufen – ich stolperte um meinen schützenden Felsbrocken herum und ging auf das Gebilde zu. Beim Näherkommen konnte ich den schwarzen Haufen deutlicher ausmachen, und meine Vermutung wurde bestätigt. Es war ein Boot, das man fast bis zum Fuß der Klippen auf den Strand gezogen hatte. „O ja", murmelte ich. Es war weiter entfernt, als es mir auf den ersten Blick erschienen war, doch schließlich erreichte ich es und setzte mich in seinem Windschatten in den Sand.

Zwei Ruder lagen im Boot und nichts sonst, daher konnte ich mir nicht sicher sein, aber ich war dennoch überzeugt, daß es sich um das Dinghi handelte, das wir mit unserer Schaluppe im Schlepp hatten. Sie hatten es also geschafft. Und Tom war sehr wahrscheinlich noch am Leben!

Ich hingegen war so gut wie tot. Es war anzunehmen, daß meine Gefährten sich irgendwo in der Umgebung aufhielten – die Schlucht hinauf vermutlich –, aber ich konnte ihnen nicht folgen. Ich war zu schwach und durchfroren, um überhaupt stehen zu können. Ich kippte sogar gegen das Dinghi, als ich dasaß und nachdachte. Mir war klar, daß ich ziemlich angeschlagen war. Aber ich wollte nicht sterben, nachdem ich die Strapaze auf mich genommen hatte, den weiten Weg zum Ufer zu schwimmen, daher kniete ich mich hin. Zu schade, daß sie außer den Rudern nichts im Boot zurückgelassen hatten. Ich stolperte über den Strand auf einen großen Haufen Seetang zu. Unendlich langsam sank ich davor in die Knie und begann, die obere Schicht wegzuziehen, bis ich auf die ersten trockenen Blätter stieß. Die Trockenheit erschien mir richtig warm. Ich packte mir trockenen Seetang in den Arm und stolperte mit meiner Last zum Boot zurück. Dort ließ ich den Seetang einfach fallen.

Indem ich eines der Ruder als Hebel ansetzte, schaffte ich es nach hartem Kampf, das Dinghi auf einer Seite anzuheben und umzukippen.

Danach schleppte ich einen großen Sandstein zum Bug, hob diesen an und rollte den Stein darunter. Hätte ich mir die ganze Sache etwas besser überlegt, dann hätte ich das Boot stehen gelassen und den Seetang hineingeworfen, doch damals dachte ich noch nicht soweit voraus. Ich stopfte den Seetang durch die Lücken zwischen Erdboden und Dollbord und wand mich anschließend ebenfalls hindurch.

Als ich unter dem Boot lag, wäre ich am liebsten liegengeblieben, wo ich gerade lag, denn ich war völlig fertig. Aber ich zitterte immer noch wie ein frierender Hund, daher tastete ich in der Dunkelheit herum und bedeckte mich mit dem Seetang. Anschließend zog ich auch den Sandstein weg und lag nun in einem warmen Bett, in dem ich vor dem eisigen Wind geschützt war. Es dauerte dennoch ziemlich lange, bis ich das Gefühl hatte, nicht mehr so schrecklich zu frieren. Schließlich empfand ich meine Lage sogar derart beneidenswert, daß ich am liebsten unter dem Boot liegengeblieben wäre und überhaupt keine Lust hatte, darunter hervorzukriechen.

Doch mir war völlig klar, daß ich Tom und die Männer aus San Diego finden mußte, ehe sie weiterzogen und ich sie nicht mehr einholen konnte. Sicher hatten sie ebenfalls irgendwo vor dem Schnee Schutz gesucht und würden am Morgen aufbrechen. Ich hob das Dollbord des Dinghis ein Stück an und sah einen schmalen Streifen grauen Himmels. Darunter Sand, die Klippen und düstere Wolken. Ein trauriger Tag.

Als ich unter dem Boot hervorkroch und der Wind sich wieder auf mich stürzen konnte, fegte er die über Nacht aufgestaute Wärme in wenigen Augenblicken aus meinem Körper. Im Licht der Morgendämmerung konnte ich etwas mehr erkennen als im Laufe der Nacht. Der Strand war öde und leer. Ich kippte das Boot auf die Seite und wickelte mich, so gut es ging, in die Seetangranken. Sie boten besseren Schutz vor dem Wind, als ich zu hoffen gewagt hatte.

Der Fluß hatte eine V-förmige Schlucht in die Klippen gegraben, die fast bis zum Strandniveau herunterreichte, so daß ich im Flußbett in die Schlucht vordringen konnte und mich nicht durch dichtes Buschwerk schlagen mußte.

Die Schlucht stieg allmählich an, und ich stieß auf Wasserfälle. Auf allen vieren kletternd, überwand ich sie, und als ich zur dritten

Felswand kam, war ich so schwach, daß ich glaubte, dort wäre meine Wanderung zu Ende. Dicht neben dem herabrauschenden Wasser hochsteigend, gelang es mir nach langem Bemühen, die Felskante zu erreichen. Ich watete durch das Wasser und ging dann neben dem Fluß weiter. Dabei machte ich mir keine Hoffnungen mehr, meine Gefährten jemals wiederzusehen.

In diesem Stadium stolperte ich in ihr Lager. Ich umging ein Dornendickicht und lief beinahe mitten ins Lagerfeuer hinein, das mit seinen grellgelben Flammen zu der grauschwarzen Umgebung einen scharfen Kontrast bildete.

„He!" rief jemand, und plötzlich sprangen einige Männer auf. Lee hatte angriffsbereit ein Beil in der Faust.

„Da seid ihr ja", sagte ich. „Ich bin's."

„Henry!"

„Henry! Henry Fletcher, bei Gott!" Das war Toms Stimme. Ich fand ihn zwischen den anderen. Er stand direkt vor mir.

„Tom", brachte ich nur heraus. Arme stützten mich. „Wie schön, dich zu sehen."

Er umarmte mich. Lee zog ihn von mir weg, um mir einen Wollmantel überzuziehen. Tom lachte gackernd. „Henry, Henry. Junge, bist du okay?"

„Mir ist kalt."

Jennings warf Holz aufs Feuer. Qualm stieg auf, und ich mußte husten und wäre beinahe gefallen.

Lee half mir, mich hinzusetzen. Die anderen starrten mich an. Sie hatten sich aus Ästen eine kleine Hütte gebaut mit einem Fußboden aus Brennholz. Davor loderte ein Feuer, das genug Hitze abstrahlte, um feuchtes Holz zu trocknen.

„Henry – bist du an Land geschwommen?"

Ich nickte.

„Himmel, Henry, wir haben dich gesucht, fanden aber keine Spur von dir! Du mußt an uns vorbeigeschwommen sein."

Sie legten mich in die Nähe des Feuers und trockneten mich mit Hemden ab. Ich war so froh. Endlich konnte ich mich ausstrecken. Allmählich drang die Hitze, die das Feuer abstrahlte, in mich ein und beschleunigte meinen Puls. Noch nie zuvor hatte ich mich so wohl gefühlt. Als meine Beine richtig trocken waren, wickelte Lee sie in eine Decke.

„Woher habt ihr die ganzen Kleider?“ konnte ich endlich hervorbringen.

„Wir hatten einiges ins Dinghi gepackt“, antwortete Jennings.

Tom strahlte mich an, legte mir einen Arm um die Schultern. „Junge, du ahnst gar nicht, wie sehr ich mich freue, dich wiederzusehen!“

„Zu schade, daß wir dich in der Dunkelheit verfehlt haben“, sagte Jennings. „Du hättest durchaus mit uns rudern können. Das hätte uns einige Mühe erspart.“ Thompson und die anderen lachten heiser.

„Ich wurde von den Japanern aufgefischt“, erzählte ich ihnen.

„Wie bitte?“ rief Jennings.

So gut ich konnte, schilderte ich ihnen meine Begegnung mit dem Kapitän und das Verhör. „Als ich dann erfuhr, daß ich nach Catalina gebracht werden sollte, sprang ich über Bord.“

„Und bist dann hergeschwommen?“

„Ja. Am Strand fand ich dann das Dinghi, kippte es um und suchte darunter Schutz. Ich dachte mir, daß ihr hier sein würdet. Aber wie habt ihr es denn schaffen können, mit dem Boot hierherzukommen?“

Jennings ergriff das Wort. „Als die Schaluppe absoff, stiegen wir alle ins Dinghi, außer Lee, der fiel ins Wasser. Wir ruderten ein Stück weg und zogen Lee aus der Suppe, dann warteten wir auf dich. Als Thompson berichtete, er hätte gesehen, wie du den Mast auf den Kopf bekommen hast, nahmen wir an, du wärest ertrunken, und ruderten an Land.“

Ich rutschte so nah wie möglich ans Feuer heran und rollte mich zusammen. Als meine wollene Kleidung die Hitze aufnahm und speicherte, war ich glücklich und zufrieden. Ich hörte die Stimmen der Männer und wollte nicht einmal wissen, worüber sie sich unterhielten. Ich fühlte mich ganz einfach wohl.

Während des Tages weckte mich Tom einige Male, um zu sehen, wie es mir ging, und wenn ich dann irgend etwas murmelte, ließ er mich gleich weiterschlafen. Als ich das erste Mal für längere Zeit erwachte, war es Nacht. Es hatte aufgehört zu schneien. Wir fachten das Feuer an und versammelten uns darum. Der letzte Laib Brot wurde aus Thompsons Bündel ausgepackt. Kathryns Brot hat mir nie besser geschmeckt als dieses feuchte, fade Zeug. Dazu holte Tom ein paar Dörrfische aus seiner Schultertasche und verteilte sie an uns. Lee reichte jedem seinen Becher, nachdem er etwas Wasser erhitzt hatte.

Als ich Toms Schultertasche sah, fiel mir etwas ein. „Hast du die Bücher noch, die Wentworth dir mitgegeben hat?"

„Klar. Die sind noch nicht mal naß geworden."

Über der Schlucht frischte der Wind auf, und ich konnte die Wolken am Himmel dahinjagen sehen. Die Männer aus San Diego berieten sich und entschieden, das Dinghi für den Fall, daß der Wind sich zu einem Sturm steigerte, liegenzulassen und an den Gleisen entlangzuwandern. Sie hatten an der Strecke einige Lebensmitteldepots eingerichtet und schienen sich wegen ihres Überlandmarsches keine großen Sorgen zu machen. Tom und ich würden sie begleiten oder in Richtung Norden weiterziehen; Onofre, so versicherte Lee uns, sei nur ein paar Kilometer weit entfernt.

Ich setzte mich hin und schlief wieder, bis das erste fahle Licht eines stürmischen Morgens heraufdämmerte. Es schneite wieder, doch die matschigen Flecken tauten sofort. Ein Blick in die Gesichter der Männer verriet mir, daß sie genauso verfroren und hungrig waren wie ich. Lee erhob sich, um noch etwas Brennholz zu zerkleinern.

Als Lee zurückkam, warf er das Holz, das er gesammelt hatte, ins Feuer und schimpfte über den aufsteigenden Qualm. „Laßt uns weiterziehen", sagte er mit knarrender Stimme, „das Wetter wird sowieso nicht besser, und noch einen Tag will ich hier nicht festhängen."

Thompson war einverstanden, und wir machten uns fertig für den Abmarsch. Jennings lieh mir seine Unterhose, ein dickes weißes Ungetüm, daß mir bis über die Füße hing und leicht klamm war. „Damit und mit diesem Mantel wirst du nicht frieren."

„Danke, Mr. Jennings."

„Nichts zu danken. Schließlich waren wir es, die dich im Stich gelassen haben. Da hast du ein wirklich wildes Abenteuer erlebt."

Wir wanderten die Schlucht hinauf, bis sie sich zu einer kleinen Senke auf der bewaldeten Hochebene abgeflacht hatte. Dort blieben wir stehen. Wasser tropfte von den Baumästen, und der Wind heulte.

Wir verabschiedeten uns eilig von den Männern aus San Diego. „Wir kommen bald wieder nach Onofre, damit ich auch meine Kleider abholen kann", versprach Jennings mir.

„Und dann will der Bürgermeister auch wissen, wie Sie sich entscheiden", meinte Lee zu Tom.

Wir versprachen, uns für ihren Besuch bereitzuhalten, und nach einigen gegenseitigen Segenswünschen verschwanden sie zwischen den Bäumen. Tom und ich schlugen eine nördliche Richtung ein. Schon bald stießen wir auf die rissigen Überreste einer schmalen Asphaltstraße, und Tom meinte, wir sollten ihr folgen.

Die Straße bestand nur noch aus kurzen Asphaltabschnitten und weichem Waldboden. Wir kamen nur langsam voran, und schon bald konnte ich meine Füße nicht mehr spüren. Tom sorgte dafür, daß ich immer in seinem Windschatten ging, und stützte mich mit seinem rechten Arm. Schließlich gelangten wir zu einem weitläufigen Landstrich, der nur mit etwa hüfthohen Büschen bewachsen war. Die Wolken über uns stürmten in wildem Galopp über den Himmel, doch wenigstens fiel kein Schnee mehr.

„Schnee im Juli", fluchte Tom halblaut. Er ging wieder neben mir auf der dem Wind zugewandten Seite. „In dieser Gegend hat es früher nie geschneit. Und nur sehr selten geregnet. Und jetzt wechselt die Meerestemperatur nahezu täglich. Verrückt. Irgend etwas hat das Weltklima total durcheinandergebracht. Ich frage mich, ob wir nicht sogar eine neue Eiszeit ausgelöst haben. Damit würden wir es ihnen zeigen, was, Junge? Wenn sie uns im Krieg fertiggemacht haben, dann geschähe ihnen so etwas recht. Das wäre wie eine Rache nach dem Tode, was, Henry?" In einem fort redete er derartigen Unsinn, um mich damit auf andere Gedanken zu bringen. Doch schließlich drang die Kälte auch ihm in die Knochen und forderte ihren Tribut. Er senkte den Kopf, legte einen Arm um meine Hüfte, und so trotteten wir stetig weiter. Unsere Wanderung schien nie zu Ende gehen zu wollen. Einmal hob ich den Kopf und sah das Meer, das in diesem Moment so grün wie der Wald war, mit weißen Schaumkronen auf den Wellen. Danach zog ich wieder das Kinn auf die Brust.

Schließlich meldete Tom sich wieder: „Dort oben ist der Hügelkamm, auf dem mein Haus steht. Wir haben es bald geschafft."

„Sehr schön."

Dann eilten wir wieder zwischen Bäumen dahin und überquerten den Hügelkamm. Ich wollte schneller vorankommen, doch meine Füße schienen wieder verschwunden zu sein, und ich stolperte alle nasenlang. Wäre der alte Mann an meiner Seite nicht gewesen, dann wäre ich sicherlich ein dutzendmal gestürzt.

„Laß uns zu mir gehen", bat ich. „Zu deinem Haus komme ich sowieso nicht mehr rauf."

Selbst das Tal schien immer breiter zu werden und sich vor uns zurückzuziehen, und es wurde ein beschwerlicher Marsch, als wir es durchquerten. Wir eilten am hohen Eukalyptus an der Ecke vorbei zur Haustür. Niemals zuvor habe ich mich mehr gefreut, die alte Baracke wiederzusehen. Schneematsch löste sich und rutschte vom Dach, als wir durch die Tür ins Haus stürmten wie längst verschollen geglaubte Reisende. Pa hatte geschlafen. Mit einem überraschten Ausdruck im Gesicht umarmte er mich und zupfte an seinem Schnurrbart. „Du siehst ja schrecklich aus“, sagte er zu mir. „Was ist mit deinen Kleidern passiert?“

Tom und ich lachten, und dann begannen wir zu erzählen. Am Ende verstummten wir beide gleichzeitig.

„Das klingt ja so, als hättet ihr die tollsten Abenteuer erlebt“, meinte Pa.

„Ja“, sagte Tom und brach in ein gackerndes Gelächter aus. Er schob sich das letzte Stück Brot in den Mund und nickte. „Das war wirklich ein tolles Ding.“

Teil drei

Die Welt

VII

NACHDEM Tom nach Hause gegangen war, schlief ich für den Rest des Tages und die ganze folgende Nacht wie ein Toter. Als ich am nächsten Morgen erwachte, stellte ich fest, daß der Sturm aufgehört hatte. Die Sonne schien vom Himmel, als wäre sie niemals von Wolken verhüllt gewesen. Pa hörte mich stöhnen, und er ließ seine Nähnadel sinken. „Soll ich heute morgen Wasser holen?“

„Nein, ich mach's schon. Ich hab nur schrecklichen Muskelkater, mehr nicht.“

Als ich aus dem Haus trat und mit den Eimern den Pfad hinablief, stach mir das Sonnenlicht in die Augen. Unten am Fluß setzte ich mich ins Gras und genoß die Idylle. Alles sah so vertraut und fremd zugleich aus. Vor meiner Reise nach Süden war Onofre für mich mein Zuhause gewesen, ein Ort, den ich kannte. Die Häuser, die Brücken und Wege, die Felder und die Latrinen, dies alles gehörte dazu wie die Klippen, die Bäume und der Fluß. Doch nun sah ich alles unter einem ganz neuen Aspekt. Zum Beispiel den Pfad, auf dem ich hergekommen war. Er war entstanden, weil die Leute, die als erste in dieses Tal gekommen waren, es so gewollt hatten. Desgleichen die Brücke. Sie war von Menschen erdacht und gebaut worden. Und das galt für jedes künstliche Gebilde im Tal. Ich versuchte die Brücke so wie früher zu sehen, als Teil einer Welt, die so ist, wie sie immer gewesen war, doch das funktionierte nicht mehr. Wenn man sich grundlegend geändert hat, dann kann man nicht mehr zurück.

Als ich vom Fluß zurückkehrte, wobei meine Arme vom Gewicht der schweren Wassereimer wieder zu schmerzen begannen, wurde ich von hinten ziemlich grob angestoßen. „Autsch!"

„Du bist also wieder da!" Es war Steve, der seine Zähne in einem breiten Grinsen entblößte. „Wo hast du dich denn rumgetrieben?"

„Ich bin gestern abend erst zurückgekommen!" rechtfertigte ich mich.

Er nahm mir einen Eimer ab. „Dann erzähl doch mal."

Gemeinsam stiegen wir den steilen Pfad hinauf. „Mann, dich hat's aber ganz schön erwischt. Du humpelst ja", stellte Steve fest. Ich nickte und schilderte ihm meine Erlebnisse bei der Fahrt mit der Eisenbahn und im Haus des Bürgermeisters. Steve runzelte die Stirn, als er sich das Haus des Bürgermeisters vorzustellen versuchte, doch ich war sicher, daß er es nicht ganz schaffte. Allein mit Worten konnte man so etwas nicht beschreiben. Als ich ihm dann von unserer Heimreise erzählte, von meinem Kampf gegen den Ozean, stellte er in unserem Garten den Eimer hin, packte mich bei den Schultern, schüttelte mich und lachte schallend. „Einfach über Bord gesprungen! In einem Sturm! Tolle Sache, Henry. Gut gemacht!"

„Gut? Es war verdammt hart." Dabei massierte ich meine Arme, während er um den Eimer herumtanzte. Trotzdem gefiel mir das.

Er blieb stehen und sah mich fragend an. „Demnach gehen diese Japaner in Orange County wirklich an Land?"

Ich nickte.

„Und der Bürgermeister von San Diego will, daß wir ihm helfen, das zu unterbinden?"

„Stimmt ebenfalls. Aber Tom scheint von dieser Idee nicht besonders angetan zu sein."

„Ich wußte schon immer, daß man den Aasjägern nicht trauen

kann", meinte Steve und starrte nach Norden. „Aber daß sie den Japanern helfen, ist einfach widerwärtig. Das zahlen wir denen heim. Wir, die amerikanische Widerstandsbewegung!" Er schüttelte die Faust.

„Jedenfalls sind wir ein Teil davon."

Beiläufig fragte Steve: „Kommst du heute mit zum Fischen?"

„Ich glaube nicht. Meine Arme sind noch so steif, daß ich sie kaum bewegen kann."

„Nun, ich muß bald am Strand sein", sagte Steve. „Aber erzähl mir doch noch mehr von diesem Bürgermeister."

Wir unterhielten uns über meinen Ausflug, und auch Pa kam in den Garten, um zuzuhören. Nachdem Steve sich schließlich verabschiedet hatte, legte ich mich in den Garten und entspannte mich. In der Nacht schlief ich tief und traumlos.

Am nächsten Morgen ging ich mit Steve hinunter zur Flußmündung. Die Männer an den Booten unterbrachen ihre Arbeit und kamen heran, um sich meinen Bericht anzuhören. Als John sich näherte, gingen wir schnell an unsere Arbeit, bis er wieder außer Sicht war.

Rafael wollte mehr über die Japaner wissen. Daher redete ich in einem fort, während wir die Netze ausbrachten. John kam vorbeigerudert und befahl Steve, hinauszufahren und die Angeln auszuwerfen. Mit einem bedauernden Blick in unsere Richtung stieg er ins Dinghi und entfernte sich.

Danach begann die übliche Routine. Wir brachten die Netze aus, zogen sie ein Stück über Grund und holten sie wieder ein, wobei meine Arme sich jedesmal mit heftigen Schmerzen meldeten. Dann wurde wieder ein Stück gerudert, und die Arbeit mit den Netzen ging von vorne los. Und als ich vom Meer aus auf unsere kleine Ansiedlung schaute, wurde mir unausweichlich klar, daß mein Abenteuer wohl ein für allemal beendet war. Und das tat mir leid.

Nach dem Fischen trafen Steve und ich die ganze Bande oben auf den Klippen. Kathryn umarmte mich, und Del, Gabby und Mando schlugen mir auf den Rücken und bestaunten meine Blessuren. Kristen und Rebel kamen von den Backöfen herüber, und ich mußte meine Geschichte innerhalb von zwei Tagen ein drittes Mal erzählen.

Ich versuchte zwar, meinen Bericht etwas farbiger zu gestalten, doch Steve, der die Geschichte schon zum drittenmal hörte, starrte nur gelangweilt in den Wald. Als ich auf San Diego zu sprechen kam, erzählte ich auch von La Jolla, da ich annahm, daß Steve diesen Teil der Geschichte noch nicht kannte. Ich beschrieb die zerstörte Schule und die Werkstatt, wo sie Bücher druckten, und diesmal verfolgte Steve meinen Bericht mit erwachendem Interesse.

„... und nachdem er uns alles gezeigt hatte, gab er Tom zwei Bücher – ein leeres, um etwas darin niederzuschreiben, und ein anderes, das sie gerade gedruckt hatten, mit dem Titel" – ich legte eine kleine Pause ein, um die Spannung zu erhöhen – „‚Ein Amerikaner fährt um die Welt'."

„Ein Amerikaner fährt um die Welt", wiederholte Mando und ließ jedes Wort auf der Zunge zergehen.

Ich erzählte ihnen, was ich darüber wußte. „Dieser Mann ist nach Catalina gesegelt und von dort um die ganze Welt zurück nach San Diego."

„Wie denn?"

„Keine Ahnung. Das steht in dem Buch, und ich habe es noch nicht gelesen."

„Meinst du, Tom hat es bereits durch?" erkundigte sich Mando.

„Das würde mich nicht wundern. Er liest sehr schnell."

Steve stand auf. „Henry, von deinem nächtlichen Bad habe ich ja schon ausführlich gehört. Ich gehe mal rauf und sehe zu, ob ich dem alten Mann das Buch abschwatzen kann."

„Steve", rief Kathryn ungehalten, aber ich schnitt ihr das Wort ab. „Klar, geh nur."

„Ich muß es einfach lesen. Wenn ich es bekomme, dann können wir es morgen früh ja gemeinsam lesen."

Wir sahen ihm nach, wie er davonrannte. Ich fuhr mit meiner Geschichte fort, hatte aber plötzlich keine rechte Lust mehr.

Es war schon kurz vor Sonnenuntergang, als ich endete. Gabby und Del machten sich auf den Nachhauseweg. Mando und Kristen folgten ihrem Beispiel. Auf der Autobahn eilte Mando an Kristens Seite und ergriff ihre Hand. Ich hob erstaunt die Augenbrauen, was Kathryn in schallendes Gelächter ausbrechen ließ.

„Ja, bei denen ist irgend etwas im Gange."

„Das muß sich während meiner Abwesenheit entwickelt haben."

„Ich glaube, schon vorher, aber sie treiben es jetzt etwas offener."

„Gibt es sonst noch was Neues?"

Sie schüttelte den Kopf.

„Und wie ging es mit Steve?“

„Och . . ., nicht so besonders. Es paßte ihm nicht, daß du und Tom nicht da waren. Es gab einige Spannungen zwischen ihm und John. Die beiden . . .“

„Ich weiß. Die werden sich schon wieder beruhigen.“

Aber sie schüttelte den Kopf. „Die Männer aus San Diego kommen doch sicher noch einmal her. Und außerdem weiß ich nicht, wie er reagiert, wenn er das Buch gelesen hat.“ In ihrem Gesicht lag ein ängstlicher Ausdruck, und das wunderte mich, denn so hatte ich Kathryn noch nie erlebt.

„Es ist doch nur ein Buch“, versuchte ich einen schwachen Einwand.

Sie schüttelte den Kopf. „Paß mal auf, er wird sicher auch so eine Weltreise machen wollen.“

„Wie will er das denn schaffen?“

„Allein der Wunsch reicht doch schon.“ Sie klang niedergeschlagen, und ich wollte schon fragen, was zwischen ihr und Steve vorging, aber das war nicht meine Sache. „Wir sollten nach Hause gehen“, schlug sie vor. Die Sonne versank bereits hinter den Bergen. Ich folgte ihr auf dem Flußpfad und betrachtete ihren Rücken und das zerzauste Haar. Auf der anderen Seite der Brücke legte sie einen Arm um meine Schultern und drückte mich ganz fest. „Ich bin froh, daß du da draußen nicht ertrunken bist.“

„Ich kenne dieses Gefühl.“

Sie lachte und rannte davon. Und wieder fragte ich mich, was zwischen ihr und Steve los war.

An diesem Abend tauchte Steve wutschnaubend bei mir auf. „Er wollte mir das Buch nicht geben! Er sagte, ich solle morgen wiederkommen.“

„Wenigstens läßt er zu, daß wir es lesen.“

„Das will ich ihm auch geraten haben. Wenn er es nämlich nicht rausrückt, dann haue ich ihm eins auf die Nase. Ich kann kaum erwarten, das Buch endlich zu lesen. Du doch auch, oder?“

„Ich bin mindestens genauso scharf darauf“, gab ich zu.

Als wir am nächsten Tag vor Toms Haus auftauchten, waren Mando, Kristen und Rebel bereits da. „Rück es raus!“ keuchte Steve, als wir durch die Tür stürmten.

„Nun, ich weiß nicht so recht", murmelte Tom und sah sich im Zimmer um. „Eigentlich müßte Henry derjenige sein, der es als erster lesen darf. Immerhin war er dabei, als ich es geschenkt bekam."

Damit sprach er einen heiklen Punkt an. Steve reagierte erbost. Er fand nichts Witziges dabei, doch Tom hielt seinem Blick stand und spielte den Unschuldigen.

„Na schön", meinte der alte Mann. „Ich hab einige Zeit an meinen Bienenstöcken zu tun. Ich leihe dir das Buch, aber da auch die anderen es lesen wollen, mußt du ihnen daraus laut vorlesen, bis ich wieder zurückkomme. Danach können wir uns ja noch über die Ausleihmethode einigen."

„Abgemacht", sagte Steve. „Gib's her."

Tom verschwand in seinem Schlafzimmer und tauchte mit dem Buch in der Hand wieder auf. Mit einem wilden Schrei stürzte Steve sich auf ihn, und sie rangen miteinander, bis er es endlich an sich gebracht hatte. Tom suchte seine Imkerutensilien zusammen, und kaum war er gegangen, setzte sich Steve ans Fenster. Wir machten es uns bequem, und er begann:

EIN AMERIKANER FÄHRT UM DIE WELT

Bericht über eine Reise um die Erde in den Jahren 2030 bis 2039

von GLEN BAUM

Ich wurde in La Jolla geboren, in einem verwüsteten Land, und ich wuchs auf, erfuhr nichts von der Welt und ihren Wegen, doch ich wußte, daß sie dort draußen existierte und daß ich davon ferngehalten wurde. Am Abend meines dreizehnten Geburtstages stand ich auf dem Gipfel des Mount Soledad und blickte hinaus auf die endlose Weite des Ozeans. Am westlichen Horizont flackerten schwache Lichtpunkte wie rote Sterne, die wie ein Sternbild auf dem schwarzen Schatten in der Finsternis geordnet waren, den ich als die Insel San Clemente kannte. Unter diesen roten Lichtern lebten die nie gesehenen Fremden, deren Aufgabe es war, mich von der Welt fernzuhalten, als wäre mein Land ein Gefängnis. Plötzlich empfand ich die Situation als unerträglich, und ich beschloß an diesem Tag und Ort, daß ich den Fesseln entfliehen würde, die mich einschränkten, und über die Erde wandern würde, um mir anzusehen, wonach mir der

Sinn stand. Ich würde die Welt so entdecken, wie sie wirklich war, mir ansehen, welche Veränderungen seit der großen Verwüstung stattgefunden hatten, dann zurückkehren und schließlich meinen Landsleuten berichten, was ich alles gesehen hatte.

Nach einigen Wochen des Nachdenkens und der Vorbereitung stand ich mit meiner zu Tränen gerührten Mutter und einigen Freunden am Ende des Scripps-Piers. Die kleine Schaluppe, die einst meinem Vater gehört hatte, tanzte ungeduldig auf den Wellen. Ich küßte meine Mutter zum Abschied, versprach, daß ich in vier Jahren wieder zurückkommen würde, und stieg die Pierleiter hinunter in mein kleines Gefährt. Es war kurz nach Sonnenuntergang. Mit Furcht im Herzen löste ich die Leine und segelte hinaus in die Dunkelheit.

Es war eine klare Nacht, der Santa-Ana-Wind blies stetig von Steuerbord, und ich machte gute Fahrt in nordwestlicher Richtung. Ich wollte zuerst nach Catalina segeln anstatt nach San Clemente, da auf Catalina angeblich zehnmal so viele Fremde leben sollten wie auf San Clemente. In meinem Boot hatte ich einen guten dicken Mantel und ein Paket mit Brot und Käse von meiner Mutter. Es war das einzige, was ich von La Jolla mitnahm und was mir von Nutzen sein konnte. Ich durchquerte den Kanal in zehn Stunden.

Als ich mich der steilen Küste von Catalina näherte, wurde der schwarze Himmel im Osten bereits durch den ersten grauen Schimmer aufgehellt. Ich segelte zum südlichen Ende der Insel, wo ich an Land gehen wollte, um von da aus zu Fuß nach Avalon zu gelangen. Unglücklicherweise entpuppte sich die westliche Seite von Catalina als so felsig, daß an eine Landung nicht zu denken war. So etwas kannte ich noch nicht einmal von der Küste um San Diego. So trieb ich denn im grauen Morgenlicht auf der Leeseite der Insel, als zu meiner Überraschung ein Segel an einem Mast aufgezogen wurde, den ich bisher nicht bemerkt hatte. Augenblicklich wollte ich hinaus aufs Meer fliehen, doch das andere Boot holte auf und kreuzte meinen Kurs. Ich erkannte, daß die einzige Person an Bord des anderen Bootes ein Mädchen mit schwarzem Haar war. Sie lenkte ihr Boot längsseits zu meinem und starrte mich neugierig an.

„Wer bist du?" rief sie schließlich.

„Ein Fischer von Avalon."

Sie schüttelte den Kopf. „Wer bist du?"

Ich überlegte kurz, dann entschied ich mich für eine Überrumplungstaktik. „Ich komme vom Festland und bin unterwegs nach Avalon und hinaus in die Welt!“

Sie bedeutete mir, ich solle mein Segel reffen, was ich tat. Sie machte es ebenfalls, und unsere Boote trieben aufeinander zu. Obgleich ihre Haut weiß war, wiesen ihre Gesichtszüge auf orientalische Herkunft hin. Ich fragte sie, ob es einen Strand gäbe, wo ich an Land gehen könne.

Sie bejahte, meinte jedoch, daß alle Strände bewacht würden, und zwar von Wächtern, die jeden Fremden ohne Papiere gleich ins Gefängnis warfen.

Dieses Problem hatte ich nicht vorausgesehen, und ich wußte mir keinen Rat. Dann fragte ich das Mädchen: „Würdest du mir bitte helfen?“

„Ja“, entgegnete sie. „Und mein Vater wird dir Papiere besorgen. Komm, steig in mein Boot, deines müssen wir zurücklassen.“

Widerstrebend kletterte ich in das Boot des Mädchens, mein Päckchen in der Hand. Ehe wir lossegelten, hackte ich mit einem Beil ein Loch in den Boden meines Bootes und vergoß heimlich eine Träne, da es ja das letzte Andenken an meinen Vater war.

Als wir das südliche Ende der Insel umrundeten und uns Avalon näherten, befahl mir das Mädchen – Hadaka war ihr Name –, ich solle mich zwischen den Fischen im Rumpf ihres Bootes verstecken. Ich tat, was sie mir befohlen hatte. Und da lag ich nun, so tot wie die Fische über mir, als sie stoppte und vor der Einfahrt in den Hafen von Avalon auf japanisch ausgefragt wurde, und dann kam ich endlich nach Avalon.

Als Hadaka das Boot vertäut hatte, sprang ich auf und tat so, als sei ich ihr Helfer. „Laß die Fische liegen“, meinte sie. „Komm schnell mit zu mir nach Hause.“ Wir gingen eine steile Straße hinauf, vorbei an Marktständen, die soeben geöffnet wurden. Niemand schien Notiz von mir zu nehmen. Als wir das Ende der Straße erreicht hatten, schlüpften wir schnell durch ein Tor und gelangten in den Garten ihres Hauses. Im Osten erhob sich die Sonne über dem amerikanischen Kontinent und schien auf uns herab. Ich hatte mein Heimatland verlassen und zum erstenmal in meinem Leben den Fuß auf fremde Erde gesetzt.

„Nun, das war Kapitel eins", sagte Steve. „Er ist jetzt auf Catalina."
„Lies weiter!" rief Mando. „Los!"
„Schluß", meinte Tom von der Tür. „Es ist spät, und ich brauche Ruhe." Er hustete. „Steve, du kannst das Buch so lange haben, wie du brauchst, um es den anderen laut vorzulesen!"
„Okay", sagte Steve. „Das gefällt mir sowieso am besten."
„Dann verschwindet jetzt nach Hause", scheuchte Tom uns davon. Steve rannte voraus den Pfad hinunter und schwenkte das Buch triumphierend über dem Kopf. Ich blickte in Richtung Catalina, aber Wolken verhüllten die Insel. Wie sehr ich mich doch danach sehnte, auch einmal dorthin zu segeln! Am Fuß des Hügels verabredeten wir uns für den nächsten Nachmittag, um mit der Lektüre fortzufahren.
„Am besten treffen wir uns bei den Backöfen", schlug Kristen vor. „Kathryn möchte morgen eine volle Ladung backen."
„Nach dem Fischen dann." Steve nickte und eilte davon.

Doch am nächsten Tag mußte Steve seinem Vater noch bei den Booten und den Netzen zur Hand gehen. Wie erstarrt stand er da, als könnte er nicht fassen, was sein Vater von ihm verlangte. Ich stieß ihn heimlich an und meinte: „Keine Sorge, ich sag den anderen, daß du etwas später kommst." Danach eilte ich zu unserem Treffpunkt.
Oben bei den Backöfen waren die Mädchen fleißig bei der Arbeit. Unter Kathryns Anleitung kneteten sie den Teig, formten daraus Tortillas und Brotlaibe und ordneten sie auf den Backblechen an. Ich teilte ihr mit, daß Steve etwas später kommen würde. „Mando und Del sind auch noch nicht aufgetaucht."
„Männer kommen immer zu spät", meinte eines der Mädchen. „Henry, wo ist denn deine Freundin Melissa?" fragte sie in der Hoffnung, mich in Verlegenheit zu bringen.
„Ich hab sie seit meiner Rückkehr noch nicht gesehen", erwiderte ich lässig.
Nach einer Weile tauchten Mando und Del auf, und das Gespräch drehte sich um die diesjährige Ernte. Kathryn machte sich große Sorgen. Der Sturm, der mich nicht hatte umbringen können, hatte auf den Getreidefeldern schwer gewütet.
Schließlich kam auch Steve. Er umarmte Kathryn und schwenkte

sie einmal herum. „Du siehst ja fürchterlich aus!" rief er. „Weiß wie ein Mehlsack."

„Und du stinkst nach Fisch!" konterte sie.

„Wie du meinst. Es ist Zeit für Kapitel zwei dieses tollen Buchs."

„Aber erst müssen wir die Bleche in die Öfen schieben", sagte Kathryn. „Du kannst ja dabei helfen."

Steve machte sich gehorsam ans Werk, und wir anderen folgten seinem Beispiel. Als wir das erledigt hatten, setzten wir uns im Kreis zusammen, und Steve holte das Buch hervor und fuhr mit der Geschichte fort.

Kapitel II: Die internationale Insel

Zwischen zwei Rosensträuchern mit gelben Blüten stand eine hochgewachsene weiße Frau mit einer Gartenschere in der Hand. Obwohl sie sich nicht sehr ähnlich sahen, war sie eindeutig Hadakas Mutter. Als sie mich gewahrte, klapperte sie ungehalten mit der Schere. „Wer ist das denn?" rief sie, und Hadaka senkte den Kopf. „Hast du schon wieder einen mit nach Hause gebracht?"

„Ich hab ihn dabei erwischt, wie er am verbotenen Strand an Land gehen wollte, und wußte sofort, daß er vom Festland kommt . . ."

„Schweig! Das habe ich schon mal gehört."

Ich ergriff das Wort. „Ich bin Ihnen und Ihrer Tochter überaus dankbar, daß Sie mir das Leben gerettet haben."

„Das ist Wasser auf die Mühlen deines Vaters", schäumte Hadakas Mutter. Dann zu mir: „Niemand hätte Sie getötet, wenn Sie nicht zu fliehen versucht hätten."

Sie klapperte wieder mit der Schere. „Kommt schon rein, und wascht euch." Sie rümpfte die Nase, als ich an ihr vorbeiging. In einem gekachelten Raum wusch ich mich unter einer Dusche, die Wasser von eiskalt bis kochendheiß spendete, ganz so, wie man es sich wünschte. Mrs. Nisha (so lautete der Name der Familie) brachte mir einige Kleidungsstücke und einen summenden Rasierer, dessen Gebrauch sie mir erklärte. Als ich diese Prozedur hinter mir hatte, stand ich vor einem richtigen Spiegel, bekleidet mit einer grauen Hose und einem hellblauen Hemd: ein Kosmopolit.

Hadakas Vater regte sich über meine Anwesenheit sehr viel weniger auf als seine Frau. Mr. Nisha schüttelte mir die Hand und lud mich in seinem harten Englisch ein, sein Gast zu sein. Er war Japaner, wie ich vielleicht noch nicht mitgeteilt habe, und er sah Hadaka sehr ähnlich, obwohl seine Haut dunkler war.

„Ich besorge Papiere", meinte er, nachdem Hadaka ihm die Geschichte meiner Ankunft erzählt hatte. „Ich besorge Papiere, Sie arbeiten einige Zeit für mich. In Ordnung?"

„In Ordnung."

Er stellte mir mindestens hundert Fragen, und nachdem ich die beantwortet hatte, weitere hundert. Mr. Nisha arbeitete bei der japanischen Regierung der Kanalinseln, und zwar in der Abteilung, die für die dort lebenden Amerikaner zuständig war. Dort hatte er Mrs. Nisha kennengelernt, die vor zwanzig Jahren den Kanal genauso überquert hatte wie ich. Mr. Nisha hatte seine Finger auch noch in einem ganzen Dutzend anderer Geschäfte, von denen die meisten illegaler Natur waren. Doch das erkannte ich erst nach etwa einer Woche. Am ersten Abend jedenfalls versicherte ich ihm, daß ich ihm in jeder Hinsicht zu Diensten sein wollte. Nach unserem Gespräch bereiteten sie mir ein Nachtlager in ihrem Gartenhaus.

Innerhalb einer Woche besaß ich Papiere, die bezeugten, daß ich auf Catalina geboren war und für die Japaner arbeitete. Danach konnte ich mich überall frei bewegen, und Mr. Nisha ließ mich mit Hadaka zum Fischen aufs Meer hinausfahren und wies mir einige Gartenarbeiten zu. Nach dieser Probezeit ließ er mich schwere braune Pakete mit Fremden in den Straßen von Avalon tauschen, oder ich mußte Japaner vom Flughafen in die Stadt bringen und dabei die verschiedenen Kontrollstellen umgehen.

Derartige Aktivitäten waren in Avalon nicht unüblich. Auf der Insel wimmelte es von Angehörigen aller Nationalitäten und Völker, und da die Vereinten Nationen verfügt hatten, daß die Insel nur von Japanern benutzt werden durfte und dann auch nur zu dem Zweck, die amerikanische Küste abzusperren, war es offensichtlich, daß viele Besucher sich dort illegal aufhielten. Beamte wie Mr. Nisha gab es jedoch in großer Zahl auf allen Ebenen, sowohl auf Catalina als auch auf den Hawaii-Inseln, die als eine Art Tor für West-Amerika dienten. Fast jeder in der Stadt besaß Papiere, die seinen Aufenthalt bestätigten, und es war unmöglich festzustellen, wessen Papiere gefälscht oder gekauft waren.

Der alte Teil Avalons war weitgehend erhalten geblieben, wie man mir erzählte. Weiße Häuser standen an den Berghängen, die die kleine Bucht einrahmten, welche als Hafen diente. Hinzu kamen Neubauten, die die Hügel landeinwärts bedeckten. Alles natürlich im japanischen Stil. Auf der Insel gab es Betonstraßen, gesäumt von niedrigen Steinmauern, die durch parkähnliche Grundstücke hindurchführten. Dort standen großzügige Häuser, in denen die Beamten der Vereinten Nationen und der japanischen Regierung wohnten. Die größten Wohnhäuser, so hörte ich, lägen im östlichen Teil der Insel San Clemente. Deren Lichter waren es, die ich in der Nacht gesehen hatte, in der ich mich entschloß, eine Reise um die Welt zu unternehmen.

Einige Wochen verstrichen. Ich fuhr in einem Auto über die weißen Straßen und prallte einmal beinahe gegen eine Mauer. Wenn man über die Straßen fährt, dann erzeugt man allein durch die schnelle Bewegung einen Sturm, und alles bewegt sich etwas zu schnell für die Reflexe.

Ich sah riesige Flugmaschinen. Jets, die unter lautem Getöse auf dem Flughafen starteten und landeten. Sie waren wie Pelikane. Und wenn sie starteten, geschah das mit einem Lärm, der einem die Ohren betäubte. Als ich Mr. Nishas Vertrauen gewonnen hatte, fragte er mich eines Tages, ob ich nicht eine Gruppe von fünf Japanern nach San Diego begleiten wolle. Sie wären einzig und allein zu diesem Zweck auf die Insel gekommen. Da Mr. Nisha den Preis, den er für diesen Ausflug verlangte, mit mir teilen wollte, war ich einverstanden.

So war ich dann eines Nachts mit einem Motorboot nach San Diego unterwegs. Ao, der Pilot des Bootes und der einzige, der außer mir Englisch sprach, versicherte mir, daß keines der Patrouillenboote uns aufhalten würde. Er wüßte, wo sie lägen. Wir gingen in Point Loma an Land. Dann führte ich die japanischen Geschäftsleute über einen alten, verlassenen Friedhof und zeigte ihnen anschließend die Ruinen eines Leuchtturms. Den Tag über versteckten wir uns in einem der verlassenen Häuser, und die Japaner verbrachten die Stunden damit, die Stadt mit ihrer gezackten und halbzerstörten Skyline zu fotografieren. Als wir nachts wieder nach Avalon zurückkehrten, war ich mit dem Verlauf unseres Unternehmens recht zufrieden.

Danach führte ich noch vier weitere Expeditionen nach San Diego.

Eines Nachts wagte ich es sogar, ein Stück den Mission River hinaufzufahren. Der Mission ist einer der wildesten und gefährlichsten Flüsse, die man sich vorstellen kann. In dieser Nacht war das Meer so glatt wie ein Tisch, doch es hatte am Tag zuvor heftig geregnet, und der Fluß ergoß sich in einem riesigen Wasserfall ins Meer. Einer meiner Kunden stürzte, vom Gewicht seiner Kamera aus dem Gleichgewicht gebracht, über Bord, und ich mußte ihm nachspringen. Es machte mir große Mühe, ihn und mich selbst wieder in Sicherheit zu bringen.

Danach hatte ich begreiflicherweise nicht mehr soviel Lust, weitere Expeditionen aufs Festland zu führen. Außerdem hatte ich dank Mr. Nishas Großzügigkeit eine ganz hübsche Summe Geld zusammenbekommen. Zwei Nächte nach meiner Unglücksfahrt fand in einer der feudalen Häuser am Ortsrand der Insel eine Party statt, und der Mann, dessen Leben ich gerettet hatte, teilte mir in seinen wenigen englischen Worten mit, daß er mich als Diener anstellen und nach Japan mitnehmen wolle.

Ich ging mit Hadaka hinaus in den Garten, und wir setzten uns an einen erleuchteten Springbrunnen, der leise vor sich hin plätscherte. Wir blickten hinüber zur Landmasse des Kontinents, und ich erzählte ihr von dem Angebot. Mit einem geschwisterlichen Kuß – wir hatten ein- oder zweimal Küsse ganz anderer Art getauscht . . .

„Das kann ich mir gut vorstellen!" krähte Rebel, und alle lachten. Kathryn imitierte Steves Vorlesestimme: „Und ich bereitete mich darauf vor, meiner Mutter zu Hause mitzuteilen, daß ihre Enkel nur zu einem Viertel japanisch sein würden . . ."

„Keine Unterbrechungen!" rief Steve, aber wir konnten uns vor Lachen kaum halten. „Ich mache sofort weiter!", und er las.

. . . wir hatten ein- oder zweimal Küsse ganz anderer Art getauscht – meinte Hadaka, daß es für alle Beteiligten am besten wäre, wenn ich diese Gelegenheit wahrnehmen würde, denn ich stellte für die Nishas eine Gefahr dar, sollte jemand herausfinden, daß meine Papiere gefälscht waren. Mr. Nisha würde in einem solchen Fall große Schwierigkeiten bekommen.

Deshalb kehrte ich in das Haus zurück, suchte meinen Wohltäter, Mr. Tasumi, auf und teilte ihm mit, daß ich sein Angebot annehmen würde. Kurz danach verabschiedete ich mich von meiner Familie in Catalina. Als ich meine Mutter und meine Freunde in San Diego verließ, hatte ich ihnen wahrheitsgemäß versprechen können, daß ich wieder zurückkommen würde, aber was sollte ich den Nishas sagen? Ich küßte Mutter und Tochter, umarmte Mr. Nisha und fuhr in trauriger Stimmung zum Flughafen, um dort zu meinem elftausend Kilometer langen Flug über den Pazifischen Ozean zu starten.

„Das war Kapitel zwei", sagte Steve. „Er ist jetzt unterwegs."

„Lies doch weiter", bat Mando.

„Nicht jetzt. Ich schätze, es ist Zeit zum Abendessen."

„Tom will morgen abend in der Kirche eine große Stadtversammlung abhalten", verriet Carmen uns. „Wußtet ihr das?"

Wir hatten keine Ahnung gehabt und einigten uns darauf, noch vor der Versammlung zusammenzukommen und gemeinsam ein weiteres Kapitel zu lesen.

„Worum geht es bei der Versammlung?" erkundigte sich Steve.

„Um San Diego", antwortete Carmen.

„Tom wird die Frage zur Diskussion stellen, ob wir den Leuten in San Diego helfen sollen, gegen die Japaner zu kämpfen", sagte ich. „Ich hab euch doch davon erzählt."

„Ich werde dasein", versicherte uns Steve mit Nachdruck, und mit diesen Worten entfernte er sich.

VIII

GEWÖHNLICH hielten wir unsere großen Versammlungen in Carmens Kirche ab, einem schmalen, scheunenähnlichen Gebäude auf der Weide der Egloffs. Doch diesmal war sie zu klein, denn Tom und Carmen hatten jeden Bewohner des Tales bedrängt, sich einzufinden, daher mußte das Badehaus als Versammlungsort herhalten. Pa und ich gingen schon sehr früh hin, um Tom beim Anfachen des Feuers zu helfen. Tom schien die Versammlung nicht in dem Maße herbeizusehnen, wie ich es erwartet hatte. Dafür konnte ich vor Aufregung kaum still halten. Heute abend würden wir der Widerstandsbewegung beitreten und endlich auch ein Teil Amerikas werden!

Die Leute diskutierten und scherzten, als sie dem Badehaus zustrebten, und ich sah zwischen den Bäumen gelegentlich Laternen aufblitzen. Steve und seine Geschwister trafen ein, und wir setzten uns auf die Plastikplanen. Und dann strömten die Leute aus allen Richtungen herbei. Zuerst kamen die Simpson- und Mendez-Kinder mit ihren Vätern im Schlepptau, die in eine angeregte Unterhaltung vertieft waren. Rafael, Mando und Doc waren über den Fluß herbeigekommen, gefolgt von Add und Melissa Shanks. Ich winkte Melissa zu, und sie beantwortete meinen Gruß, wobei ihre schwarzen Haare im Wind flatterten.

Als sich alle Bewohner des Tales eingefunden hatten, standen wir dicht gedrängt wie Sardinen in der Dose. Alle waren aufgeregt wie selten, denn in so großer Zahl kamen wir nur zu Weihnachten zusammen.

„Also paßt mal auf", sagte Tom heiser. Er begann mit einem Bericht über unsere Fahrt nach San Diego. Als ich mich im Raum umsah, kam es mir unendlich lange vor, seitdem Lee und Jennings hereingekommen waren und von ihrer neuen Eisenbahnlinie erzählt hatten. So viel hatte ich in dieser Zeit erlebt, daß ich kaum fassen konnte, daß dies alles nur in wenigen Wochen geschehen sein sollte.

So wie Tom erzählte, erschienen die Bewohner San Diegos wie Narren und Verschwender, also nicht viel besser als Aasjäger. Deshalb mußte ich ihn von Zeit zu Zeit unterbrechen, um meine Meinung kundzutun. Ich berichtete von den elektrischen Batterien und Generatoren, von dem defekten Funkgerät, vom Büchermachen und von Bürgermeister Danforth. Wir diskutierten vor den anderen, aber ich dachte, sie müßten auch meine Meinung erfahren, denn Tom war gegen die Leute aus dem Süden. Als ich mich über den Bürgermeister äußerte, widersprach mir Tom. „Er lebt im Luxus, Henry, weil er jede Menge Männer hat, die nichts anderes tun, als seine Anweisungen auszuführen, mehr nicht. Daher hat er auch die Macht, Männer in andere Städte an der Küste zu schicken, um mit den Leuten dort Verbindung aufzunehmen."

„Mag schon sein", lenkte ich ein. „Aber dann erzähl auch, was er im Osten gefunden hat."

Tom nickte. „Er behauptet, daß seine Männer bis nach Utah vorgedrungen sind und daß alle Städte im Landesinneren sich zu einem Bund zusammengeschlossen haben, der sich die Amerikanische Résistance nennt. Diese Bewegung, so heißt es, will Amerika wieder vereinen."

Alle schwiegen, nur von der Wand hörte man John Nicolins Stimme. „Und?"

„Und", fuhr Tom fort, „er möchte, daß wir in diesem großen Plan mitwirken und gemeinsam mit San Diego gegen die Japaner auf Catalina kämpfen." Danach berichtete er von dem langen Gespräch mit dem Bürgermeister. „Wir wissen jetzt, woher die toten Orientalen kommen, die an unserem Strand angeschwemmt werden. Offensichtlich statten sie unserem Kontinent immer noch Besuche ab. San Diego will nun unsere Hilfe bei dem Bemühen, sie ein für allemal zu vertreiben."

„Was verstehen diese Leute denn unter Hilfe?" fragte Mrs. Mariani.

„Nun . . ." Tom zögerte, und Doc ergriff das Wort.

„Sie möchten in unserer Flußmündung vor Anker gehen und sie zu einem Stützpunkt für eventuelle Angriffe ausbauen."

Gleichzeitig meldeten Recovery Simpson, Del und Rebels Vater sich zu Wort. „Wir hätten dann also endlich die Waffen und die Leute, um etwas gegen unsere derzeitige Bewachung zu unternehmen?"

Eine hitzige Diskussion setzte ein, aus der ich mich vollkommen heraushielt. Im großen und ganzen standen auf der einen Seite die Jäger, die zum Widerstand neigten, und auf der anderen Seite die Farmer, die am liebsten alles so lassen wollten, wie es war, und insofern eher gegen einen Beitritt plädierten. Wahrscheinlich würde Nicolins Entscheidung den Ausschlag geben, wie unsere Gemeinschaft in Zukunft handeln würde.

Doc war der erste, der entgegen meinen Erwartungen handelte. Er war so alt wie Tom und hatte immer die Meinung vertreten, daß Amerika von denen verraten worden war, die nicht hatten kämpfen wollen. Bei ihm war ich mir sicher gewesen, daß er für einen Beitritt zum Widerstand stimmen würde. Statt dessen meinte er: „Es ist schon einige Zeit her, da wurden die Leute im Gabino Cañon von den Bewohnern des Cristianitos Cañon um Beistand im Kampf gegen den Talega Cañon gebeten. Es ging um die Brunnen auf der Sohle des Four Cañon. Sie machten mit, und als der Kampf beendet war, gab es bei den Tauschtreffs keinen Gabino Cañon mehr, sondern da waren nur noch Cristianitos. Das zeigt, daß die großen Städte alle kleineren in ihrer Umgebung schlucken. Henry wird euch erzählen, daß dort unten Hunderte von Menschen leben . . ."

„Aber wir sind doch mehr als nur einen Cañon von den Leuten entfernt", hielt Steve ihm entgegen. „Hinzu kommt, daß wir wirklich gegen die Japaner kämpfen sollten. Jede Stadt muß sich dem Widerstand anschließen, sonst ist die ganze Sache sinnlos." Einige Leute nickten. Steves Meinung hatte Gewicht. Seine Stimme konnte die Leute beeinflussen.

„Kilometer sind keine Entfernung mehr, wenn der Zug tatsächlich fährt", sagte Doc. Demnach war er gegen ein solches Bündnis. Ich wollte ihn schon fragen, wie er seine bei den Tauschtreffs oft lautstark vertretene Meinung so einfach über den Haufen werfen konnte, als Tom seine Stimme erhob. „He! Einer nach dem anderen!"

Rafael nutzte die kurze Stille. „Wir sollten uns gegen die Japaner wehren, wo immer wir es können. Sie behindern uns, und sie halten uns von der restlichen Welt fern, indem sie unsere Gleise und Brücken bombardieren."

„Daß es solche Angriffe gibt, wissen wir nur aus Berichten der Leute in San Diego", sagte Doc. „Woher wissen wir, ob sie die Wahrheit sprechen?"

„Natürlich stimmt es, was sie erzählen", meinte Mando überheblich. „Henry und Tom haben gesehen, wie sie die Gleise bombardierten."

„Schon möglich", gab Doc zu. „Aber das heißt nicht, daß alles andere unbedingt stimmen muß. Vielleicht wollen sie uns Angst einjagen, damit wir um ihre Hilfe bitten. Der Bürgermeister von San Diego wird sich sofort als Bürgermeister von Onofre fühlen, kaum daß wir uns mit ihnen verbündet haben."

„Was sollte er uns schon antun können?" fragte Recovery. Die anderen Jäger nickten. „Es würde doch nur heißen, daß wir es mit einer weiteren Stadt zu tun haben, wie wir es von den Tauschtreffs mit den anderen Städten gewöhnt sind."

Doc zerpflückte dieses Argument sofort. „Eben nicht! San Diego ist sehr viel größer als wir, und die wollen nicht nur Handel treiben. Wie du selbst gesagt hast, Cov, sie verfügen über eine Menge Gewehre."

„Die werden niemals auf uns schießen", hielt Cov ihm entgegen. „Außerdem sind sie achtzig Kilometer weit weg."

In diesem Moment löste John Nicolin sich von der Wand und trat vor. „Wir sollten arbeiten. Wir sollten für Lebensmittel sorgen, wir sollten mehr Häuser bauen und all das verbessern, was wir bereits haben, mehr Kleider und bessere Medizin auf den Tauschtreffs erwerben. Wir brauchen mehr Boote und Ausrüstungsgegenstände, Brennholz, alles mögliche. Wir müssen uns darum kümmern, daß alles funktioniert. Und das ist dein Job, Rafael. Nicht der Kampf gegen Leute, die millionenmal stärker sind als wir. Wenn wir kämpfen, dann nur für uns und für dieses Tal. Nicht für jemand anderen und schon gar nicht für eine Idee wie die von einem neuen Amerika!" Er sprach es aus, als wäre es etwas Widerliches, und funkelte dabei Tom an. „Amerika ist untergegangen. Es ist tot. Hier in diesem Tal sind wir, dann gibt es andere Leute in San Diego und in Orange und in Pendleton und auf Catalina. Aber mit denen haben wir nichts zu tun. Das Tal sind wir, und das Tal ist unser Leben. Und einzig allein dafür sollten wir all unsere Energie einsetzen."

Danach war es im Badehaus sehr still. Schließlich meldete Rafael sich wieder zu Wort. „Unser Tal ist nicht groß genug, um diese Haltung einzunehmen, John. Alle Menschen, mit denen wir Handel treiben, sind von uns abhängig, und wir sind von ihnen abhängig. Und wir alle gemeinsam werden von den Leuten auf Catalina an der langen Leine gehalten. Das kannst du nicht leugnen. Wir haben nicht die Freiheit, wirkliche Fortschritte zu machen."

John schüttelte den Kopf. Neben mir stand Steve und zitterte am ganzen Leib. Er hatte die Hände zu Fäusten geballt, so daß seine Knöchel schneeweiß waren. Ich wußte wohl, daß er mit seinem Vater so gut wie niemals einer Meinung war. Doch bisher hatte er es nicht gewagt, sich mit ihm in der Öffentlichkeit anzulegen. Jetzt aber sprang er auf, das Gesicht gerötet. „Wir sind alle Amerikaner, ganz gleich, aus welchem Tal wir kommen", sagte er hastig. „Das ist nun mal so, und das können wir nicht leugnen. Wir wurden in einem Krieg geschlagen und bezahlen immer noch auf vielfältige Weise dafür, aber eines Tages werden wir wieder frei sein." John starrte ihn wütend an, doch Steve ließ sich nicht zum Schweigen bringen. „Wenn wir diese Freiheit irgendwann einmal wiedererlangt haben werden, dann nur, weil es Leute gab, die auf jede erdenkliche Art und Weise dafür gekämpft haben."

John starrte seinen Sohn wütend an. Eine unbehagliche Pause setzte ein, weil alle begriffen, was da im Augenblick vor sich ging –

nämlich daß John seinem Sohn Steve einfach das Recht absprach, sich an dieser Diskussion zu beteiligen.

„Wie steht es mit dir, Addison?" fragte Tom.

Add stand an der Wand, Melissa saß zu seinen Füßen. Er strich ihr über die glänzenden Haare und betrachtete uns aufmerksam. Nun senkte Melissa den Kopf und biß sich auf die Unterlippe. Wenn es stimmte, daß Addison mit den Aasjägern Geschäfte machte, dann würde er Schwierigkeiten bekommen, wenn wir uns an den Raubzügen in Orange County beteiligten. Doch er zuckte die Achseln und erwiderte unsere Blicke, als machte es ihm nicht das geringste aus. „Mir ist es eigentlich völlig egal, wie hier entschieden wird."

„Ja, Add, warum bist du dann überhaupt hergekommen?" wollte Marvin wissen.

„Moment mal." Es war mein Pa, der jetzt aufstand. „Es ist doch wohl kein Verbrechen, an dieser Versammlung teilzunehmen, ohne eine feste Meinung zu haben, oder?"

Addison nickte zustimmend. Das war typisch Pa; wenn er schon mal etwas sagte, dann kam meistens nur warme Luft.

Als nächstes meldete sich Carmen zu Wort. Mit ihrer Predigerstimme sagte sie: „Sich an dem Kampf der Menschen in San Diego zu beteiligen ist sinnlos. Besucher von Catalina zu töten bringt uns nicht die Freiheit. Ich bin nicht gegen den Kampf an sich, wenn er für uns etwas Gutes bewirkt, aber das, was die im Süden vorhaben, ist nackter Mord. Und Mord hat noch nie zu etwas Gutem geführt, daher bin ich gegen das Bündnis." Sie sah den alten Mann auffordernd an. „Aber, Tom, bisher hast du uns noch nicht verraten, wie du darüber denkst."

Tom stand von seinem Sitzplatz am Feuer auf. „Was ich an diesem Danforth nicht mag, ist die Tatsache, daß er versuchte, uns auf seine Seite zu ziehen, ob wir es nun wollen oder nicht."

„Wie das denn?" fragte Rafael.

„Er meinte, wir wären entweder für ihn oder gegen ihn. Und das verstehe ich als Drohung."

„Aber was wollen sie denn tun, wenn wir ihr Angebot ablehnen?" wollte Rafael wissen. „Kommen die dann mit einer Armee und setzen uns die Pistole auf die Brust?"

„Keine Ahnung. Waffen haben sie jedenfalls genug. Und Männer, um damit zu schießen."

Rafael schnaubte. „Dann bist du also dagegen, daß wir mit ihnen gemeinsame Sache machen?"

„Ich glaube, ja", sagte Tom langsam, als wäre er sich nicht ganz sicher. „Ich glaube, wir sollten uns die Entscheidung offenhalten, bis wir wissen, was sie im einzelnen vorhaben. Ich möchte nicht, daß wir ein willenloser Ableger von San Diego werden, der tun oder lassen muß, was die im Süden uns vorschreiben."

„Das können die doch gar nicht", warf Recovery ein. „Es geht doch nur um ein Bündnis, einen Interessenvertrag."

„Hoffst du", kam von John Nicolin.

Cov begann sich mit John anzulegen. Und bald schwirrten wieder die Argumente durch den Raum.

Tom brachte schließlich die Diskutierenden zum Schweigen. „Ruhe jetzt! Niemand hat mehr neue Argumente. Wir haben alles gehört. Deshalb können wir, glaube ich, abstimmen. Wer dafür ist, sich mit San Diego zu verbünden und dem amerikanischen Widerstand beizutreten, der soll die Hand heben."

Rafael, die Simpsons, die Mendezes, Marvin und Job Hamish, Steve, Mando, Nat Eggloff, Pa und ich, wir hoben die Hände und sorgten dafür, daß auch Gabbys kleine Brüder und Schwestern ihre Hände hoben. Sechzehn Stimmen bekamen wir zusammen.

„Und wer ist dagegen?"

Tom, Doc Costa, Carmen, die Marianis, die Shankses, die Reyes, und John Nicolin ging zu seiner Familie und zog die Arme von Teddy und Emilia, Virginia und Joe, Carol und Judith und sogar Marie hoch, als wäre sie auch ein Kind, was sie hinsichtlich ihrer geistigen Fähigkeiten im Grunde auch war. „O Mann", klagte Rafael; aber so hieß die Regel. Alle stimmten ab. Demnach waren dreiundzwanzig Stimmen dagegen. Bei den Erwachsenen allein war der Unterschied nicht so groß, aber am Ergebnis änderte sich nichts.

„Okay", sagte Tom. „Wenn sie wieder herkommen, dann werde ich Lee und Jennings mitteilen, daß wir ihnen nicht helfen werden."

„Aber jeder einzelne kann tun, was er für richtig hält", ließ Addison Shanks sich vernehmen, als wolle er nur auf ein Grundrecht aufmerksam machen.

„Natürlich", bestätigte Tom und sah Add mit einem seltsamen Ausdruck an. „So wie immer. Wir haben nur entschieden, daß wir mit San Diego kein offizielles Bündnis schließen, mehr nicht."

„Das ist gut", sagte Add, verabschiedete sich und ging mit Melissa hinaus.

Die Versammlung war beendet, und ich schlenderte mit Steve und Gabby durch das Badehaus. Steve ging seinem Vater aus dem Weg. In dem Gedränge entdeckten wir Del, der uns zuwinkte, und nachdem wir Mando und Kathryn ein Zeichen gegeben hatten, gingen wir ebenfalls hinaus.

Schweigend wanderten wir über den Flußpfad und folgten dabei dem Licht einer Laterne, die jemand zur Versammlung mitgebracht hatte und die ihm jetzt den Heimweg leuchtete. Meine Gefährten waren nur als dunkle Schatten zu erkennen, und es dauerte einige Zeit, ehe jemand etwas sagte.

Es war Gabby. „Ist ein solcher Quatsch zu fassen?" fragte er erbost.

„Rafael hatte recht", meinte Steve bitter. „Was werden die in San Diego jetzt von uns denken und auch im ganzen Land, wenn die hören, was hier geschehen ist?"

„Es ist doch vorbei", versuchte Kathryn ihn zu trösten.

„Für dich", sagte Steve. „Du hast es ja so gewollt. Aber wir . . ."

„Für alle", beharrte Kathryn. „Es ist für alle vorbei."

Aber Steve wollte das nicht einsehen. „Das wünschst du dir, aber es wird niemals vorbei sein."

„Was meinst du damit?" fragte Kathryn. „Immerhin wurde abgestimmt. Und das reicht mir. Ich gehe nach Hause."

„Warum haust du nicht ab?" fauchte Steve wütend. Kathryn blieb noch einmal stehen und funkelte ihn an. Dann eilte sie ohne ein weiteres Wort auf die Brücke zu. „Du bist hier nicht der Chef im Tal!" rief Steve ihr nach. „Und ich auch nicht! Das wird niemand von uns jemals sein!"

Nach längerem Schweigen meinte Mando: „Wir hätten dafür stimmen sollen."

Del lachte. „Taten wir doch. Wir waren zu wenige."

„Und nun?" fragte Gabby, der wie immer versuchte, Steve anzustacheln. „Was willst du tun, Steve?"

Steve stampfte über die Straße und fletschte die Zähne wie ein hungriger Wolf. „Wir könnten losziehen und unsere Hilfe anbieten."

„Wie bitte?" fragte Gabby gespannt.

„Nur wir. Ihr habt ja gehört, was Add am Ende sagte. Jeder kann tun, was er will. Und Tom stimmte zu. Also können wir mitkämpfen."

„Aber wie?"

„Welche Art von Hilfe wollen sie denn von uns? Sie brauchen Führer für Orange County. Und darin sind wir besser als alle anderen in Onofre."

„Ich weiß nicht." Del hatte Bedenken.

„Wir können das genauso gut wie jeder andere!" wiederholte Steve.

Ängstlich wandte ich ein: „Vielleicht sollten wir uns doch lieber der Entscheidung der Mehrheit beugen."

„Quatsch!" rief Steve. „Was ist mit dir los, Henry? Hast du Schiß vor den Japanern? Erst haust du ab nach San Diego, und jetzt willst du uns vorschreiben, was wir tun sollen?"

„Nein!" brüllte ich. Sicher, ich hatte Angst, aber ich wußte nicht, wie ich mich gegen Steves Vorwürfe wehren sollte. „Ich will kämpfen", fügte ich schwach hinzu.

„Und was tun wir?"

„Nun . . ., wir könnten Jennings fragen, ob er Führer gebrauchen kann. Eigentlich habe ich darüber noch nicht nachgedacht."

„Ich aber", sagte Steve. „Und genau das werden wir tun."

„Nachdem ihr mit Tom gesprochen habt", meinte Gabby und legte die Marschrichtung fest.

„Richtig. Danach. Henry und ich werden es tun."

„Ich mache mit", entschied Del.

„Ich auch!" rief Mando. „Ich will auch mitmachen. Ich war genausooft in Orange County wie ihr."

„Du bist auch dabei", beruhigte Steve ihn.

„Und ich", meldete sich Gabby.

„Und du, Henry?" drängte Steve. „Machst du auch mit?"

Um uns herum nichts als Schatten, gepeitscht vom nächtlichen Wind. Der Mond glitt hinter eine Lücke in den Wolken, und ich konnte die hellen Flecken der Gesichter meiner Freunde sehen, bleich wie Brotteig. Wir standen im Kreis und legten unsere schwieligen Hände zusammen. „Ich bin dabei", sagte ich.

ALS ich den alten Mann das nächste Mal bei seinen Bienenstöcken sah, überhäufte ich ihn mit Vorwürfen, denn wenn er sich für den Widerstand ausgesprochen hätte, dann wäre die Abstimmung wahrscheinlich anders ausgefallen. Dann hätte ich auch Steve gegenüber nicht nachgeben müssen, uns heimlich mit San Diego zu verbünden.

„So ein Mist“, sagte ich. „Die ganzen Jahre hast du uns von Amerika erzählt. Wie groß es einmal war. Und jetzt haben wir die Chance, dafür zu kämpfen, da stimmst du gegen diese Idee. Ich begreif das nicht. Das widerspricht doch allem, was du uns je beigebracht hast.“

„Das tut es nicht. Sieh mal, Amerika war wie ein riesiger Wal, der durch die Meere schwimmt und alle anderen Fische, die kleiner sind, auffrißt. Wir haben praktisch die ganze restliche Welt geschluckt, Junge, und deshalb hat die Welt sich zusammengeschlossen und dem ein Ende gemacht.“

„Komisch, wenn wir bei den Tauschtreffs mit Doc und Leonard und George diskutieren, dann redest du genauso. Aber wenn wir unter uns sind, dann schilderst du Amerika, als wäre es Gottes eigenes Land. Abgesehen davon wissen wir doch genau, daß wir klein gehalten werden. Wir müssen uns wehren, Tom, das weißt du selbst.“

Er schüttelte den Kopf. „Carmen hat wie immer den Nagel auf den Kopf getroffen. Ihr Hauptargument war, daß sich an unserer Situation recht wenig ändert, wenn wir ein paar von diesen dämlichen Touristen umbringen. Catalina würde immer noch von den Japanern besetzt sein, die Satelliten würden uns weiterhin beobachten, und wir könnten uns noch immer nicht frei bewegen. Nicht einmal die Touristen würden ausbleiben. Die wären dann nur noch besser bewaffnet und eher bereit, uns irgendwelchen Schaden zuzufügen.“

„Wenn die Japaner wirklich versuchen, die Leute von uns fernzuhalten, dann können wir doch die Besucher töten, die sich bei uns einschleichen.“

„Schon möglich, aber das System bleibt erhalten.“

Nun glaubte ich, ihn in die Enge getrieben zu haben. „Das gleiche Argument hätte man auch gegen die Revolution bringen können. Die Leute aus Pennsylvanien hätten doch sagen können, daß sie nach ihrem Befreiungskampf lediglich ein Teil New Yorks sein würden. Doch da beide Gemeinschaften zum selben Land gehörten, haben sie sich miteinander verbündet.“

„Junge, dieser Vergleich hinkt. Zur Zeit der großen Revolution hatten die Engländer Menschen und Waffen, und wir verfügten über Menschen und Waffen. Auch heute stehen uns Menschen und Waffen zur Verfügung, allerdings besitzt unser Feind Satelliten, Interkontinentalraketen, Schiffe, die uns schon von Hawaii aus unter Beschuß nehmen können, Laserstrahlen und Atombomben und wer weiß was noch alles. Wir hätten nicht die geringste Chance."

„Nun, ich weiß nicht", murmelte ich. „Ich meine, jede Revolution fängt klein an. Wenn du für den Widerstand gestimmt hättest, hätten wir uns etwas überlegen können. Dafür hast du mich jetzt in eine ziemlich blöde Situation gebracht."

„Wie das denn?" fragte er und blickte von seiner Arbeit auf.

Ich begriff, daß ich schon zuviel gesagt hatte. „Nun, in unseren Diskussionen", wich ich aus. Dabei fand ich einen Ausweg. „Da wir nun dem Widerstand nicht beitreten werden, bin ich der einzige, der Gelegenheit hatte, bis nach San Diego zu gelangen. Steve, Gabby und Del finden das ganz schön mies."

„Sie werden schon noch eines Tages dorthin kommen", beruhigte mich Tom. Ich atmete auf, da er offensichtlich keinen Verdacht geschöpft hatte. Aber ich kam mir schon ziemlich beschissen vor, weil ich ihm etwas verheimlichte. Mehr noch, von jetzt an würde ich ihn immer wieder anlügen.

Bei alldem war mir nicht ganz wohl, denn seine Argumente klangen eigentlich einleuchtend, wenngleich ich davon überzeugt war, daß seine Schlußfolgerungen nicht ganz zutrafen. Weil ich nämlich wollte, daß sie falsch waren.

Er wandte sich wieder seinen Bienenkörben zu und meinte dabei: „Wie ich höre, wird heute unten bei den Marianis aus dem Buch vorgelesen, das wir mitgebracht haben – wie kommt es, daß du noch nicht dort bist?"

„Wie bitte?" rief ich. „Warum hast du mir das nicht eher gesagt?"

„Sie wollten erst anfangen, wenn das Brot fertig ist."

„Aber das Backen sollte doch schon am frühen Nachmittag erledigt sein!" hielt ich ihm entgegen.

„Und welche Zeit haben wir jetzt?" fragte er und blickte kurz zum Himmel.

„Ich mach mich auf die Socken", erklärte ich. „Bis später."

Ich rannte den Berghang hinunter, nahm durch den Wald eine Abkürzung, dann über die Kartoffelfelder und gelangte zum Kräutergarten der Marianis. Sie saßen bereits alle auf der Wiese zwischen den Backöfen und dem Fluß: Steve, Kathryn, Kristen, Mrs. Mariani,

Rebel, Mando, Rafael und Carmen. Steve las vor, und die anderen blickten kaum auf, als ich mich, wie ein Hund hechelnd, ins Gras fallen ließ. „Er ist jetzt in Rußland", flüsterte Mando.

„Mist!" schimpfte ich halblaut. „Wie ist er hingekommen?"

Steve ließ sich nicht stören, sondern las weiter:

Im ersten Jahr nach dem Krieg waren sie gegenüber den Vereinten Nationen sehr offen, um so zu beweisen, daß sie mit dem Angriff nichts zu tun hatten. Sie gaben der UN eine Liste aller Amerikaner in Rußland, und danach drängte die UN unnachsichtig darauf zu erfahren, wo wir uns aufhielten und wie es uns erging. Wäre das nicht geschehen, dann würde ich jetzt nicht Englisch sprechen. Sie hätten uns vereinnahmt oder gar getötet."

Johnsons Worte bewirkten, daß ich mir die winterlich gekleideten, harmlos aussehenden Sowjets, die mit uns im Abteil saßen, etwas genauer anschaute. Einige beobachteten uns verstohlen, als sie hörten, daß wir uns einer fremden Sprache bedienten, die anderen schliefen oder sahen zum Fenster hinaus. Draußen wurde die große graue Stadt Wladiwostok durch Wälder abgelöst. Der Zug raste über die Schienen, trotzdem, so meinte Johnson, würde die Fahrt mehrere Tage dauern.

Wir hatten uns nur kurz die Hand geschüttelt, ehe wir unter den wachsamen Blicken der Zugbegleiter eingestiegen waren, und hatten unsere Rollen möglichst perfekt gespielt. Doch nun fragte ich ihn, wo er wohnte, was er früher erlebt hatte und welchem Gewerbe er nachging.

„Ich bin Meteorologe", erzählte er. „Ich studiere das Wetter, beziehungsweise ich hab es früher getan. Mittlerweile arbeite ich mit dem Doppler-Schirm, einem der letzten Produkte der amerikanischen Forschung, und sage Wetteränderungen und Stürme voraus."

Natürlich interessierte mich das brennend, und ich fragte ihn, ob er mir eine Erklärung dafür geben könne, daß das Wetter seit dem Krieg an der Küste Kaliforniens so kalt geworden war. Johnsons Gesicht hellte sich auf, als er über sein Fachgebiet reden konnte.

„Das ist eine schwierige Frage. Man ist sich einig, daß der Krieg das Wetter beeinflußt hat, doch warum dies geschehen konnte, ist noch unklar. Man schätzt, daß an jenem Tag im Jahr 1984 rund 3000 Neutronenbomben auf dem Gebiet der Vereinigten Staaten explo-

dierten. Glücklicherweise für die Überlebenden kam es nicht zu einer langfristigen Strahlenverseuchung, jedoch wurden in der Stratosphäre, der höchsten Luftschicht, Turbulenzen erzeugt, wodurch der die Erde umlaufende Jetstream abgelenkt wurde. Wetter ist allerdings eine so komplexe Angelegenheit, daß niemals nur ein einziger Faktor für sein Entstehen verantwortlich ist. Der Jetstream hat sich verändert, aber auch die tropischen Stürme ziehen auf anderen Bahnen. Doch auch hier bleibt die Frage nach der Ursache offen. Dann sind da die Staubwolken in der Stratosphäre, hervorgerufen durch die Bomben und durch das Feuer, welche dafür sorgten, daß die Welttemperatur insgesamt um einige Grad absank. Die großen Schneeflächen in der Sierra Nevada und in den Rockies bildeten Gletscher, welche wiederum das Sonnenlicht reflektieren und für weitere Abkühlung sorgen . . ., hinzu kommen die veränderten Strömungen des Pazifiks . . . Sie sehen, es ist vieles anders geworden."

„Mir scheint, daß das kalifornische Wetter sich am meisten verändert hat", sagte ich.

„O nein", widersprach Johnson. „Überhaupt nicht. Kalifornien hat eine ganze Menge mitbekommen, kein Zweifel, aber auch andere Gegenden der Welt wurden ähnlich stark beeinflußt. Zum Beispiel gibt es in Chile jetzt heftige Regenfälle, wodurch der Sand der Anden ins Meer hinabgespült wird. Tropische Hitze während des Sommers in Europa, Trockenperioden während der Monsunzeit – oh, ich könnte noch eine ganze Menge Phänomene aufzählen. Dadurch wurden schlimmere Schäden und Leiden ausgelöst, als Sie sich vorstellen können."

„Da seien Sie mal nicht so sicher."

„O doch. Nun, es ist nicht nur das triste Weltreich der Sowjets, das die Welt seit dem Krieg zu solch einem traurigen Ort gemacht hat; das Wetter hat dazu einen ganz hübschen Teil beigetragen. Zum Glück ist auch Rußland davon nicht verschont worden."

„Wie das?"

Er schüttelte den Kopf und wollte sich dazu nicht äußern.

Zwei Tage später – immer noch in Sibirien trotz unserer schnellen Fahrt – sah ich dann, was er meinte.

Am Morgen hielten wir uns im Gang auf, und ein Trio mißtrauischer Kontrolleure verlangte unsere Reisepapiere. Die Tatsache, daß ich kein Wort Russisch sprach, kam ihnen verdächtig vor, und ich redete in Japanisch und einem Pseudo-Japanisch auf sie ein, um sie davon zu überzeugen, daß ich tatsächlich aus Tokio kam, wie meine Papiere dokumentierten. Glücklicherweise waren unsere Papiere echt, und sie setzten ihren Rundgang fort.

Wir sahen zum Fenster hinaus, als der Zug mitten in einem endlosen sibirischen Wald plötzlich stehenblieb. Soweit das Auge blicken konnte, erstreckten sich bewaldete Hügel und Ebenen, und nirgendwo war eine Spur von einer menschlichen Behausung zu entdecken. Wir lehnten uns aus dem Fenster und blickten zum Zuganfang. Im Westen bildeten die Wolken, die vorher grau gewesen waren, eine kompakte schwarze Wand. Als Johnson das gewahrte, beugte er sich noch weiter aus dem Fenster und bat mich: „Halten Sie meine Beine fest." Als er wieder im Korridor stand, lag auf seinem ansonsten mißgelaunten Gesicht ein angespanntes Grinsen. Er neigte sich zu mir und flüsterte: „Ein Tornado!"

Nach ein paar Minuten kamen Zugbegleiter in unseren Wagen und befahlen uns auszusteigen.

„Das hilft auch nicht viel", erklärte Johnson. „Ich bleibe lieber im Zug." Nichtsdestoweniger gesellten wir uns zu den Leuten vor der Tür.

„Warum verlangten sie es dann?" fragte ich und versuchte dabei, im Westen etwas zu erkennen.

„Oh, weil einmal ein Zug von einem solchen Sturm gepackt und durch die Gegend geschleudert wurde. Alle Insassen kamen ums Leben. Aber wenn man dicht neben dem Zug steht, dann sind in einem solchen Fall die Überlebenschancen auch nicht größer."

Das beruhigte mich herzlich wenig. „Sind diese Tornados denn eine häufige Erscheinung?"

Johnson nickte. „Das ist die Wetterveränderung in Rußland, die ich gemeint habe. Im Landesinneren ist es zwar wärmer geworden, dafür müssen sie sich mit Wirbelstürmen herumschlagen."

Die Zugbegleiter führten uns zu einer Lichtung neben den Schienen am Zugende. Schwarze Wolken bedeckten den Himmel, und ein kalter Wind fuhr heulend durch die Bäume. Er wurde immer heftiger, und die ersten Äste wurden losgerissen und flogen über unseren Köpfen dahin. Indem wir die Beine etwas spreizten, um besseren Stand zu haben, konnten wir uns unterhalten, ohne daß die anderen uns belauschen konnten. Allerdings konnten wir unsere eigenen Stimmen kaum verstehen.

„Ich glaube, vor uns liegt Karimskoje", sagte Johnson. „Hoffentlich wird die Stadt von dem Tornado heimgesucht."

„Sie hoffen das?" fragte ich überrascht.

„Ja", zischte er. In dem gedämpften grünlichen Licht funkelten seine Augen plötzlich fanatisch. „Das ist die Vergeltung, verstehen Sie? Hier rächt sich die Erde an Rußland!"

„Aber ich dachte, Südafrika hätte die Bomben gelegt."

„Südafrika", wiederholte er wütend und packte meinen Arm. „Wie können Sie nur so naiv sein? Woher haben die denn die Bomben bekommen? Dreitausend Neutronenbomben? Südafrika, Argentinien, Vietnam, Iran – im Grunde ist es gleichgültig, wer sie in die USA gebracht und dann gezündet hat, das werden wir sowieso niemals erfahren –, aber es war Rußland, wo sie hergestellt wurden. Rußland hat ihren Einsatz vorbereitet, und Rußland hat den meisten Nutzen davon gehabt. Die ganze Welt weiß das und sieht zu, wie das Land von den verheerenden Tornados heimgesucht wird. Das ist die Vergeltung, sage ich Ihnen. Da geht es los!"

Ich blickte in die Richtung, in die er zeigte, und sah, daß die schwarze Wolke an einem Punkt zur Erde sank und einen schwarzen Schlauch ausbildete. Der Wind zerrte an uns, zerzauste meine Haare, und dabei konnte ich ein Dröhnen ausmachen und spürte, wie der Boden erzitterte.

„Er bewegt sich in unsere Richtung!" rief Johnson mir ins Ohr. „Sehen Sie doch, wie dick er ist!"

Am Fuß des langen schwarzen Schlauchs konnte ich erkennen, wie Bäume entwurzelt und umhergeschleudert wurden. Das Dröhnen wurde lauter; einige Russen auf der Lichtung fielen auf die Knie und begannen zu beten. Johnson drohte ihnen mit der Faust, verfluchte sie mit einem zur Grimasse des Hasses verzerrten Gesicht. Der Wirbel mußte Karimskoje erreicht haben, denn nun flogen Trümmer durch die Luft, Teile von Dächern, wahrscheinlich auch Menschen. Ein Teil der Stadt schien vollkommen vernichtet zu werden. Johnson führte einen Freudentanz auf.

Ich jedoch beobachtete weiterhin den Tornado. Der schwarze Schlauch schien über die Erde zu hüpfen. Er schlängelte sich hoch, sauste dann wieder nach unten und schlug eine breite Schneise durch die Wälder. Zu meiner großen Erleichterung schien es, als würde er nördlich an uns vorbeiziehen. Als ich mir dessen gewiß sein konnte, wurde ich von Johnsons Begeisterung angesteckt. Ich hatte soeben miterlebt, wie eine Stadt vernichtet wurde. Aber die Sowjetunion war für die Vernichtung meines Landes verantwortlich – das hatte Johnson gesagt, und ich glaubte ihm.

Ein Schatten fiel auf das Buch, und Steve verstummte. Wir blickten hoch. John Nicolin stand da, die Hände in die Hüften gestützt.

„Du mußt mir helfen, am Boot den Kiel auszuwechseln", sagte er zu Steve.

Steve befand sich immer noch in den Wäldern Sibiriens, wie ich an seinem Blick erkennen konnte. Er erwiderte: „Ich kann nicht, ich lese gerade . . ."

John riß ihm das Buch aus der Hand und klappte es zu. Steve sprang auf, hielt sich aber zurück. Sie funkelten sich an.

John warf das Buch ins Gras. „Wenn ich deine Hilfe nicht brauche, dann kannst du deine Zeit vergeuden, wie du willst. Ansonsten hast du zu gehorchen."

„Ja", sagte Steve. Er sah auf das Buch hinab und bückte sich, um es aufzuheben. John ging davon. Steve untersuchte das Buch auf Grasflecken, wobei er unseren Blicken auswich. Ich konnte mir vorstellen, wie Steve sich jetzt fühlte, nachdem alle Zeuge dieser Szene geworden waren.

„Nun, damit wäre die heutige Lesung wohl beendet", sagte Steve und bemühte sich um einen scherzhaften Ton.

„Ich muß sowieso nach Hause zum Abendessen", sagte Mando. „Aber ich möchte schon hören, wie es weitergeht."

„Wir sagen dir rechtzeitig Bescheid, wann wir uns wieder treffen", versprach Kathryn. Mando verabschiedete sich von Kristen und trabte über die Brücke. Kathryn erhob sich. „Ich sehe mal nach den Tortillas", meinte sie. Sie beugte sich vor und gab Steve einen Kuß auf die Stirn. „Jetzt guck nicht so trübsinnig, jeder muß irgendwann mal arbeiten."

Steve bedachte sie mit einem bitteren Blick und erwiderte nichts darauf. Die anderen begleiteten Kathryn, und ich stand ebenfalls auf.

„Hör mal, Henry, du triffst doch Melissa ab und zu, ja?" wandte sich Steve an mich.

„Gelegentlich."

„Es geht um folgendes", begann Steve zögernd. „Wenn wir den

Männern aus San Diego anbieten, sie nach Orange County zu führen, dann müssen wir über die Gegend etwas mehr wissen als bisher. Sonst nehmen sie unser Angebot nämlich gar nicht erst an. Aber wenn wir ihnen nun zeigen könnten, wo die Japaner an Land gehen, dann nehmen sie uns ganz bestimmt mit."

„Schon möglich."

„Nun, da du mit Melissa befreundet bist, warum fragst du Addison nicht einfach, ob er uns dabei behilflich sein könnte?"

„Wie bitte? Ich kenne Add so gut wie gar nicht. Und seine Geschäfte in Orange County sind seine Sache. Niemand stellt ihm darüber Fragen."

„Aber", sagte Steve und starrte verlegen zu Boden, „es würde uns enorm helfen."

Ich krümmte mich innerlich, als ich ihn so sah. Wir schwiegen, und Steve schlug sich mit dem Buch rhythmisch gegen den Oberschenkel.

„Ein Versuch schadet doch nichts, oder?" fragte er flehend.

„Ja, ja", meinte ich zweifelnd.

„Versuch's doch einfach mal, okay?" Er sah mir immer noch nicht in die Augen. „Ich möchte so gerne nach Norden gehen – kämpfen, weißt du?"

Ich fragte mich, gegen wen er wirklich kämpfen wollte – gegen die Japaner oder gegen seinen Vater. Aber ich konnte es einfach nicht ertragen, ihn so jämmerlich vor mir stehen zu sehen.

„Ich frage Add. Mal sehen, wie er reagiert", versprach ich, gab mir aber keine Mühe, den zweifelnden Unterton aus meiner Stimme zu verdrängen.

Steve ignorierte dies. „Prima!" Er lächelte mich an. „Wenn er uns etwas erzählt, dann werden die in San Diego uns sicher bei sich aufnehmen."

IX

EINES Abends saß ich draußen in Pas Garten und betrachtete den Himmel, als ich oben auf dem Gebirgskamm ein Feuer gewahrte. Das mußte in Toms Garten sein. Ich rief ins Haus: „Ich bin bei Tom!", wartete gar nicht erst die Antwort meines Vaters ab und rannte los.

Als ich meine Abkürzung durch den Wald nahm, schienen die Flammen mich zwischen den Bäumen herbeizuwinken.

Auf dem Kamm traf ich Rafael, Addison und Melissa, die Nachbarn von Basilone Hill. Sie standen auf der Straße und tranken aus Weinkrügen. Toms Gartenfeuer lockten die Leute immer an. Steve, Emilia und Teddy Nicolin waren bereits im Garten und warfen Holz in die Flammen. Ich grinste. Toms Feuer auf dem Kamm bot einen richtig heimeligen Anblick. Wir begrüßten uns und arrangierten die Stühle und Hocker um das Feuer und applaudierten begeistert, als John und Mrs. Nicolin mit einer Flasche Rum und einem großen Stück Butter, eingewickelt in Papier, in unserer Mitte erschienen. Als auch Carmen und Nat und die Marianis sich einfanden, war die Party schon in vollem Gange. Niemand erwähnte die Versammlung, aber als ich mich umsah, mußte ich wieder daran denken. Steve nickte unauffällig zu Melissa hin und machte mir ungeduldige Zeichen, ich möge doch endlich an die Arbeit gehen.

Melissa unterhielt sich mit den Mädchen der Marianis, daher widmete ich mich meinem Becher mit heißem, gebuttertem Rum und starrte ins Feuer. Wir saßen in einem Halbkreis, tranken und dachten nach, und die Kinder krabbelten zwischen unseren Füßen herum und hatten ihren Spaß dabei, kleine Äste in die Flammen zu werfen.

Nach einiger Zeit stieß Steve mich an. Wieder machte er mich auf Melissa aufmerksam, die auf der anderen Seite des Feuers saß. Ich schüttelte den Kopf, doch wenig später umrundete ich das Feuer und setzte mich zu ihr. Sie schlang einen Arm um mich, und als ich ihre kleine Hand auf meiner Hüfte spürte, schien der Rum in meinem Bauch verrückt zu spielen. Wir schlenderten auf den Schrottplatz und küßten uns gierig. Ich wunderte mich immer wieder, wie einfach das mit Melissa lief.

„Willkommen daheim", sagte sie. „Du hast mir noch nicht von deinem Ausflug erzählt – bisher kenne ich es nur vom Hörensagen. Willst du nicht nachher mit zu uns nach Hause kommen und mir davon berichten? Daddy wird natürlich auch dasein, aber vielleicht geht er gleich ins Bett."

Ich erklärte mich schnell einverstanden und dachte dabei mehr an die Küsse als an die Informationen, die ich mir von Add besorgen sollte. Als mir das einfiel, beglückwünschte ich mich selbst. Das ließ sich ja einfacher an, als ich erwartet hatte. „Ich seh mal nach, ob es noch Rum gibt", sagte ich.

Kurz darauf tauchte Addison bei uns auf. „Wir gehen", sagte er polternd zu Melissa.

„Es ist noch zu früh", widersprach sie. „Darf Henry mitkommen? Ich möchte von seiner Reise hören und ihm unser Haus zeigen."

„Natürlich", meinte Addison unbestimmt. Ich winkte Steve und Kathryn zum Abschied zu und kam mir bei Steves überraschtem Gesichtsausdruck richtig toll vor. Wir drei machten uns in Richtung Hügelkamm auf den Weg. Add ging voraus und schien sich nicht um uns zu kümmern. Daher sah er auch nicht Melissas Arm, den sie um meine Hüfte geschlungen hatte.

Das Haus der Shanks war eines der älteren Bauwerke, von Addison erbaut, als noch kaum jemand in Onofre lebte. Er hatte einen elektrischen Leitungsturm als Rahmenkonstruktion für seine Behausung benutzt, daher war das Haus in der Grundfläche klein, aber hoch und so kräftig wie ein Baumriese.

„Komm rein", forderte Addison mich freundlich auf und holte einen Schlüssel aus der Tasche, um die Tür aufzuschließen. Er riß ein Streichholz an und entzündete eine Laterne. Kurz darauf erfüllte der Geruch nach brennendem Waltran den Raum. Kisten und Werkzeuge waren an einer Wand aufgestapelt, doch es waren keine Möbel zu sehen. „Wir wohnen oben", informierte mich Melissa, als Add uns zu einer steilen Leiter in einer Ecke des Raums führte. Sie kicherte und drückte mit der Hand gegen mein Gesäß, als sie mir nach oben nachstieg, und ich stieß mir beinahe den Kopf an einer Querstrebe des elektrischen Turmes.

Niemand aus Onofre hatte je die zweite Etage betreten, soweit es mir bekannt war. Dabei gab es nichts Besonderes zu sehen: in einer Ecke die Küche, helle Holztische, eine alte Couch und einige Sessel. Alles Gegenstände von den Aasjägern. Eine zweite Leiter, die zu einer Falltür hinaufführte, ließ auf eine weitere Etage schließen. Add stellte die Laterne auf den Herd, öffnete die Fenster und schlug die Läden zurück. Danach hatten wir eine Aussicht in alle vier Himmelsrichtungen: Wohin man sah, nur dunkle Baumwipfel. „Sie haben aber viele Fenster", sagte ich mit leicht rumgetränkter Stimme.

Add nickte. „Setz dich", forderte er mich auf.

„Ich ziehe mich um", meinte Melissa und stieg auf der Leiter in die nächste Etage.

Ich ließ mich in einem der großen Polstersessel gegenüber der Couch nieder. „Woher haben Sie all das Glas?" fragte ich und hoffte, daß ich auf diesem Umweg auf mein eigentliches Anliegen zu sprechen kommen würde. Doch Add wußte, daß mir klar war, woher er das Glas hatte, und grinste mich verschlagen an.

„Oh, wie man halt so daran kommt. Hier, trink noch etwas Rum. Mein Stoff ist etwas besser als der von Nicolin."

Ich hatte eigentlich schon genug Rum intus, doch ich ließ mich nicht zweimal bitten.

„Komm, setz dich auf die Couch", sagte Add und nahm mir das Glas ab, als ich umzog. „Von hier ist die Aussicht schöner. Wenn es klar ist, dann kannst du bis Catalina blicken. Wenn nicht, dann hast du immer noch einen herrlichen Meerblick. Das Meer wäre ja beinahe zu deinem zweiten Zuhause geworden, wie ich hörte."

„Mein letztes Zuhause dürfte wohl eher zutreffen."

Er lachte. „Ja, davon war die Rede." Er nahm einen Schluck aus seinem Glas.

In diesem Moment kam Melissa herunter, bekleidet mit einem weißen Hauskleid, das ihre Brüste zusammendrückte. Sie holte sich ebenfalls ein Glas Rum, setzte sich dann neben mich auf die Couch und preßte sich gegen meinen Arm und mein Bein. Es machte mich nervös, doch Add zeigte uns nur ein zufriedenes Grinsen. Ihm schien es zu gefallen, wie gemütlich wir beieinander hockten.

„Der Rum ist gut, nicht wahr?" meinte Melissa. Ich nickte zustimmend. „Wir haben zwei Dutzend Krabben dafür gegeben. Wir holen uns immer nur den allerbesten Rum."

„Ich wünschte, wir würden auch mit San Diego Handel treiben", sagte Add verdrießlich. „War San Diego wirklich so groß, wie Tom es beschrieben hat?"

„Klar", bestätigte ich. „Vielleicht sogar noch größer."

Melissa legte ihren Kopf auf meine Schulter. „Hat es dir dort gefallen?"

„Ich denke schon. Es war eine tolle Reise."

Sie begannen mich nach Einzelheiten auszufragen. Wie viele kleine Städte es dort gebe? Wo die Eisenbahnschienen verliefen? Ob der Bürgermeister beliebt war? Als ich von der morgendlichen

Schießübung des Bürgermeisters berichtete, mußten sie lachen. „Tut er das jeden Morgen?“ erkundigte sich Add und erhob sich dabei, um uns nachzuschenken.

„Offensichtlich.“

„Dann müssen die aber eine Menge Munition haben“, murmelte Add in der Küche. „He, die Flasche ist schon leer.“

„Müssen sie wohl“, sagte ich. Sicher kämen wir auch bald auf die Aasjäger zu sprechen. Ich entspannte mich allmählich. „Die haben dort unten sämtliche Kaufhäuser für Boots- und Jagdartikel durchsucht.“

„Hmm. Moment, ich muß mal runter und eine neue Flasche holen.“

Kaum war sein Kopf auf der Treppe verschwunden, lagen Melissa und ich uns schon in den Armen, und wir küßten uns. Ich schmeckte den Rum auf ihrer Zunge. Ich legte eine Hand auf ihren Oberschenkel, und sie zog das Kleid hoch, so daß ich nackte Haut berührte.

Adds Stiefel polterten auf der Leiter, und Melissa löste sich von mir und strich das Kleid glatt. Ich trank von meinem Rum und drückte mich verkrampft in eine Couchecke. Als Add schließlich mit der Flasche auftauchte, hatte ich mich etwas abgeregt, obgleich mein Herz immer noch wie verrückt raste.

Wir tranken noch etwas. Melissa ließ ihre Hand auf meinem Knie liegen. Add spazierte durch den Raum und blickte aus den Fenstern. Er öffnete sie nacheinander, um zu lüften, wie er sagte.

„Wird Ihr Haus denn nie von einem Blitz getroffen?“ fragte ich.

„Klar“, antworteten die beiden gleichzeitig und lachten. „Dabei fliegt manchmal sogar die halbe Wand weg. Wenn ich dann nachschaue, sind die Bretter fast alle versengt.“

„Habt ihr denn keine Angst, hier gebraten zu werden?“

„Nein“, winkte Add ab. „Wir sind gut geerdet.“

„Und was heißt das?“

„Daß der Blitz über die Eckpfosten direkt in den Erdboden fährt.“

Add beschäftigte sich weiter mit den Fenstern. Schließlich hatte er sie so gestellt, wie es ihm vorschwebte, und er stand neben der Couch und sah auf mich herab.

„Hinter was, glaubst du, ist der Bürgermeister von San Diego denn her?“ fragte er mich.

„Keine Ahnung“, antwortete ich.

„Will er etwa die ganze Küste unter seine Kontrolle bekommen?“

„Das glaube ich nicht. Er will nur, daß die Japaner vom Festland wegbleiben, mehr nicht."

„Aha. Das hast du auch schon bei der Versammlung gemeint. Aber das kann ich mir nicht vorstellen."

„Und warum nicht?"

„Weil es keinen Sinn ergibt. Wie viele Männer arbeiten für ihn?"

„Das kann ich nicht genau sagen."

„Haben sie irgendwelche Funkanlagen?"

„He, woher wissen Sie das denn? Sie verfügen über ein großes altes Funkgerät, aber das funktioniert nicht. Sie erzählten, sie wollten jemanden von der Salton Sea holen, der es reparieren kann."

„Wer sagte das?"

„Die Leute in San Diego. Der Bürgermeister."

„Sehr interessant."

Nach all diesen Fragen hatte ich den Eindruck, daß jetzt der richtige Zeitpunkt gekommen war, selbst ein paar Fragen anzubringen. „Add, woher haben Sie eigentlich all das Glas?"

„Nun, das meiste bekam ich bei den Tauschtreffs." Er tauschte mit Melissa einen Blick, den ich nicht verstand.

„Von den Aasjägern?"

„Klar. Die verkaufen doch Glas, oder?"

Ich beschloß, einen erneuten Vorstoß zu wagen. „Verhandeln Sie direkt mit den Aasjägern, Add? Ich meine, auch außerhalb der Tauschtreffs?"

„Nein. Warum fragst du?" Er grinste immer noch, aber seine Augen blickten wachsam.

„Ich hab keinen besonderen Grund. Ich war nur neugierig." Plötzlich hatte ich das Gefühl, er wußte genau, was ich dachte.

„Nein", wiederholte er. „Mit denen will ich nichts zu tun haben. Ich fange Krabben unterhalb von Trestles, deshalb bin ich öfter dort oben, aber das ist auch schon alles."

„Man erzählt über uns nur Lügen", meinte Melissa pathetisch.

„Nicht schlimm", meinte Addison und grinste wieder. „Jeder muß seinen Senf dazugeben. So ist das nun mal."

„Stimmt", gab ich zu. So war es wirklich. Die Leute erzählten sich die wildesten Sachen über Addison Shanks, aber offensichtlich stimmte nichts davon. Nun gut, dann mußte Steve eben selbst sehen, woher er seine Informationen für die Leute in San Diego bekam.

Addison ging hinüber zur Kochecke und blickte auf eine große Sanduhr. „Es war nett mit dir, aber nun ist es schon spät geworden. Wir müssen ins Bett, denn wir haben morgen früh sehr viel zu tun."

„Okay, Daddy", sagte Melissa bereitwillig.

„Bring Henry nach unten, und sag ihm gute Nacht. Henry, du kannst uns ja noch mal besuchen, wenn du Lust hast." Ich stand auf, schwankend, aber zugleich auch erwartungsvoll, und Add schüttelte mir die Hand. „Paß auf dich auf."

„Tu ich. Ich danke für den Rum." Ich folgte Melissa nach unten und dann hinaus in die Nacht. Wir küßten uns. Ich lehnte mich gegen die nach innen gewölbte Wand ihres Hauses, damit ich nicht umfiel. Dabei schob ich dem Mädchen ein Knie zwischen die Beine, und sie preßte sich an mich. Dann gab sie mir einen Kuß und löste sich von mir.

„Er wartet sicher. Ich gehe lieber rauf."

„Oh."

„Gute Nacht, Henry."

Ein Kuß auf die Nase, und sie war weg. Ich stieß mich von der Wand ab und stolperte über die kleine Lichtung in den Wald. Dort befanden sich einige Fundamente von alten Häusern, die dort einmal gestanden hatten. Ich ließ mich auf einer niedrigen Mauer nieder und beobachtete zwischen den Bäumen hindurch den Shanks-Turm. In einem der erleuchteten Fenster erkannte ich Melissas Silhouette. Dann ging die Laterne in der Küche aus, dann flackerte sie wieder auf – einmal, zweimal, dreimal und ein viertes Mal. Das kam mir seltsam vor.

Rechts von mir hörte ich einen Zweig knacken. Da waren irgendwelche Leute unterwegs. Ich duckte mich. Nördlich vom Haus bewegten sich mindestens zwei Leute und gaben sich kaum Mühe, leise zu sein. Leute aus dem Tal hätten niemals einen solchen Lärm gemacht. Ohne lange darüber nachzudenken, robbte ich hinter einen Baumstamm, so daß ich die Haustür der Shanks gut erkennen konnte. Schatten näherten sich dem Haus. Ich zählte insgesamt drei Gestalten. Sie gingen direkt auf die Tür zu und riefen etwas zur zweiten Etage hinauf.

Es war Melissa, die sie einließ. Während sie sich noch im Parterre aufhielten, eilte ich schon zum Haus und drückte mich an die Außenwand.

Ich konnte ihre Stimmen hören, konnte aber nicht verstehen, worüber sie sprachen. Ich erinnerte mich daran, daß ich neben der Tür aufgenagelte Holzsprossen gesehen hatte, mittels derer man bis auf das Dach des Hauses steigen konnte. Sprosse für Sprosse schob ich mich höher. Als ich mich dicht unter einem der Fenster der ersten Etage befand, verharrte ich und lauschte.

„Sie haben ein Funkgerät", sagte Addison gerade. „Er meinte, es funktioniert noch nicht, aber sie wollen jemanden von der Salton Sea kommen lassen, der es reparieren soll."

Sie hatten mich ausgehorcht! Mein Gesicht brannte vor Scham. Und noch schlimmer war, daß Addison und Melissa mich ausgetrickst hatten, um mich abzulenken. Das war gemein!

Und dann hörte ich Melissas Stimme. „Er weiß nicht mehr als die anderen Farmer."

„Aber er kennt die Bücher", korrigierte Addison sie. „Und er wollte irgend etwas wissen. Er fragte nach Glas. Oder über Orange County? Wahrscheinlich. Vielleicht war er auch nur neugierig. Jedenfalls ist er nicht so dumm wie die anderen."

„Ach, er ist schon in Ordnung", meinte Melissa. „Nur Rum verträgt er nicht so gut."

Einer der Aasjäger bewegte sich durch das Zimmer, und ich konnte seine Gestalt vage ausmachen, als er an meinem Fenster vorbeiging. Wenn die mich schnappten . . . Plötzlich hatte ich schreckliche Angst.

Sie unterhielten sich weiter über San Diego und die Leute dort, und Addison und Melissa gaben ihnen alles weiter, was ich ihnen erzählt hatte. Ich kam mir vor wie ein Narr.

„Unsere Freunde auf der Insel wollen in Kürze noch ein paar Leute und eine Menge Waren rüberbringen", meinte der mit der nasalen Stimme. „Wir müssen erfahren, wieviel Danforth weiß und was er unternehmen könnte, falls er Genaueres hört. Vielleicht sollten wir die Landestelle verlegen."

„Sie haben keine Ahnung", meinte Add. „Und Danforth ist ein Quatschkopf. Wenn sie wirklich an Dana Point herankämen, dann würden sie die Leute aus Onofre nicht um Hilfe bitten."

„Vielleicht wollen sie nur einen ordentlichen Hafen hier an der Küste einrichten", sagte der Mann über mir. Er sah in meine Richtung. „Las Pulgas hat zu viele Sandbänke und ist zu weit entfernt."

„Schon möglich. Aber wir brauchen uns wohl keine Sorgen zu machen.“

Der Nasale schien dem zuzustimmen. „Danforth kann den richtig guten Leuten sowieso nicht viel befehlen, wie ich hörte. So toll scheint er als Führer doch nicht zu sein.“

Sie unterhielten sich nun über Danforth und seine Männer, und ich stand zitternd auf meiner Sprosse. Wenn sie soviel wußten, dann mußten sie überall Spione haben! Was waren wir doch für dumme Anfänger!

„Wir sollten jetzt verschwinden“, riet der Nasale. „Ich will um drei in Dana Point sein.“ Er fuhr fort, aber ich war bereits auf dem Weg nach unten. Auf der Erde verharrte ich und drückte mich an die Hauswand. Es war durchaus wahrscheinlich, daß sie mich entdeckten, wenn ich davonlief. Die kürzeste Strecke bis zum Wald hatte ich auf der Westseite des Hauses. Ich schlich dorthin. Waren sie schon auf dem Weg die Leiter hinunter? Ich nahm es zu meinen Gunsten an und startete. Ein Fuchs hätte die freie Fläche bis zu den ersten Bäumen nicht schneller überqueren können.

Ich lag kaum in Deckung, da traten die Aasjäger auch schon vor das Haus. Melissa stand in der Tür und winkte ihnen zum Abschied zu. Ich wartete noch etwas ab, dann machte ich mich auf den Weg hinunter zum Fluß. Letztlich hatte ich doch mehr Informationen bekommen als sie, und außerdem hielten sie mich für einen Dummkopf, was sich später vielleicht als Vorteil für mich erweisen konnte.

Wenn die Aasjäger doch nur darüber gesprochen hätten, wann die Landung der Japaner stattfinden sollte . . . Aber es würde wohl bald geschehen, und zwar in Dana Point, und das war für Steve ja eine durchaus wertvolle Information. Und ich könnte ihm wieder eine Geschichte erzählen, die ihn vor Neid erblassen ließ. Es war mir gleichgültig. Ich würde die Shanks bloßstellen – Steve zeigen, wozu ich in der Lage wäre – die Japaner schnappen – Melissa das Kleid ausziehen – in jeder Hinsicht triumphieren . . .

„Gut, Henry“, sagte Steve, nachdem ich ihm von meinen nächtlichen Erlebnissen berichtet hatte. „Jetzt müssen wir in Erfahrung bringen, wann die Japaner in Dana Point landen, sonst haben wir überhaupt nichts in der Hand. Meinst du, das könntest du herausbekommen?“

„Wie soll ich das denn anfangen?" wollte ich wissen. „Add wird es mir sicher nicht unter die Nase reiben. Warum kümmerst du dich nicht darum?"

Er machte ein beleidigtes Gesicht. „Du bist es schließlich, der Melissa und Add am besten kennt."

„Wie ich schon bemerkte, hilft uns das nicht weiter."

„Nun – dann beobachten wir sie", schlug er vor.

„Das wäre eine Möglichkeit."

Wir fischten schweigend weiter. Die gleißende Sonne brannte auf uns herab. Heiße Tage wie diesen liebte ich – die Berghänge dampften, Wasser und Himmel zeigten ein strahlendes Blau, doch an diesem Tag achtete ich kaum darauf. Steve überlegte, wie wir Add ausspionieren könnten, und er legte sich schon zurecht, was er zu Lee und Jennings sagen wollte, damit sie sich von uns nach Orange County führen ließen. Als wir zur Flußmündung zurückruderten, machte ich eine Beobachtung. „Du kannst damit aufhören, Pläne zu schmieden – dort am Strand steht Jennings und unterhält sich mit deinem Pa."

„Wirklich?"

„Ja. Erkennst du ihn denn nicht?" Selbst auf diese Entfernung täuschte ich mich nicht. Lee war allerdings nirgendwo zu sehen. Jennings führte wie üblich das Wort. Als ich ihn so sah, erschien mir unser ganzer Plan plötzlich dumm und lächerlich. „Steve, ich bin immer noch der Meinung, daß unsere Idee, uns heimlich mit den Leuten in San Diego zusammenzutun, nicht besonders gut ist. Was werden die anderen im Tal sagen, wenn sie das erfahren?"

„Die erfahren nichts. Komm schon, Henry, laß mich nicht hängen. Du bist doch mein bester Freund, oder?"

„Ja, schon. Aber das heißt doch nicht . . ."

„Das heißt, daß du mir jetzt helfen mußt. Erst mal müssen wir hören, was da geredet wird." Er ruderte, als nähme er an einem Rennen teil, bis das Boot knirschend auf den Sand glitt.

Wir sprangen raus und zogen es mit der nächsten Welle vollends aufs Trockene. „Schnapp dir die Fische, geh möglichst dicht an ihnen vorbei, und sieh zu, was du verstehen kannst", wies Steve mich an. „Ich komme nach, und anschließend versuchen wir, einen Sinn in das Gehörte zu bekommen."

Ich hob zwei Felsbarsche an den Kiemen hoch und schleppte sie gemütlich über den Strand hinüber zu den Arbeitstischen. Dabei kam ich in Jennings' Nähe. Er wandte sich um und winkte mir zu. „Hallo, Henry! Dir scheint es ja wieder ganz gut zu gehen, was?"

„Ja, Mr. Jennings. Wo ist denn Mr. Lee?"

„Der? Nun . . ." Seine Augen verengten sich „Diesmal ist er nicht mitgekommen. Er läßt grüßen." Die beiden Männer in Jennings Begleitung grinsten.

„Ich verstehe." Das war schade, dachte ich.

„Wir wollten deinen Freund Tom besuchen, aber er ist krank und liegt im Bett. Er meinte, wir sollten mit Mr. Nicolin reden."

„Und das tun wir gerade", bemerkte John, „deshalb verschwinde, Henry."

Ich brachte die Barsche zu den Arbeitstischen und begrüßte die Mädchen. Auf dem Rückweg zum Boot ging ich an Steve vorbei und hörte, wie John sagte: „Sie haben kein Recht, uns zu drängen, Mister. Wir wollen damit nichts zu tun haben."

„Na schön", lenkte Jennings ein, „aber wir brauchen die Gleise, und die verlaufen genau durch Ihr Tal."

„In den Bergen gibt es auch eine Strecke. Nehmen Sie die doch."

„Das will der Bürgermeister nicht."

Und dann war ich außer Hörweite. Ich griff nach einem Bonito und einem weiteren Barsch und eilte zurück. Steve war gerade an ihnen vorbei.

„Barnard wollte nicht mit mir reden", sagte Jennings. „Tat er das deshalb, weil er eine Zusammenarbeit mit uns ablehnt?"

„Tom hat mit der Mehrheit der Leute gegen ein Bündnis mit Ihnen gestimmt, so sieht das aus."

An den Arbeitstischen fragte Mrs. Nicolin: „Worüber diskutiert dieser Mann mit John?"

„Wir sollen ihnen gestatten, die Schienen in unserem Tal zu benutzen und so weiter."

„Aber die sind doch völlig zerstört, vor allem am Fluß."

„Ja. Sagen Sie mal, stimmt es, daß der alte Mann krank ist?"

„Ich hab so was gehört. Geh doch mal rauf und sieh nach."

„Geht es ihm schlecht?"

„Weiß ich nicht. Aber wenn ein alter Mensch krank wird . . ."

Steve stieß mich von hinten an, und ich machte mich wieder auf den Weg zum Boot.

„Dem Bürgermeister wird das aber nicht gefallen", sagte Jennings gerade. „Eigentlich uns allen nicht. Wir Amerikaner müssen in Zeiten wie diesen zusammenhalten, begreifen Sie das nicht? Henry, wußtest du, daß euer Ausflug nach San Diego umsonst war?"

„Hmmm . . ."

„Du weißt, um was es hier geht?"

John scheuchte mich mit einer wütenden Geste weg. „Ihr Jungen seht zu, daß ihr wegkommt", befahl er.

Steve gehorchte und stieg mit mir den Klippenrand hinauf. Von oben sahen wir hinab auf die Flußmündung. Jennings redete noch immer. John hatte die Arme vor der Brust verschränkt. Nicht mehr lange, und er würde Jennings packen und in den Fluß werfen.

„Dieser Typ ist ein Narr", stellte Steve fest.

Ich schüttelte den Kopf. „Ich glaube nicht. Der alte Mann ist krank. Ich werde ihn mal besuchen."

„Warte noch", bremste Steve mich. „Wenn der Typ mit Pa fertig ist, dann fangen wir ihn ab und erklären ihm unseren Plan."

„Jennings", korrigierte ich ihn in scharfem Ton. „Sein Name lautet Jennings. Das solltest du dir merken, wenn du mit ihm redest."

Steve musterte mich von Kopf bis Fuß. „Das weiß ich."

Wütend eilte ich auf dem Klippenpfad weiter. Unten bei den Tischen entfernte John sich von den Männern aus San Diego und rempelte dabei einen mit der Schulter an. Er wandte sich um, sagte etwas, und dann blieben die Besucher aus San Diego stehen und sahen sich vielsagend an. Jennings machte eine Bemerkung, und dann setzten sie sich auf dem Weg die Klippen hinauf in Bewegung. „Komm, wir verstecken uns", meinte Steve.

Wir gingen zwischen den Bäumen südlich des Nicolinschen Hofs in Deckung. Nicht lange, und Jennings und seine Männer tauchten auf und kamen auf uns zu.

„Folgen wir ihnen", meinte Steve. „Wir müssen mit ihnen an einem Ort reden, wo niemand uns beobachten kann."

„Na schön, aber dann erschrecke sie wenigstens nicht." Als sie sich zwischen den Bäumen nach Süden entfernt hatten, schlichen wir ihnen nach und verharrten alle paar Schritte.

Schließlich trat Steve hinter einem Baum hervor und rief: „He! Bleiben Sie stehen! Warten Sie!"

Plötzlich war es im Wald totenstill, und die Männer waren nirgendwo zu sehen.

„Mr. Jennings!" machte auch ich mich bemerkbar. „Ich bin's, Henry! Wir müssen mit Ihnen reden!"

Jennings trat auf den Waldweg, wobei er eine Pistole in seiner Jackentasche verstaute. „Warum hast du das nicht sofort gesagt?" fragte er. „Ihr solltet die Leute im Wald nicht so erschrecken."

„Entschuldigung", murmelte ich und sah Steve dabei vorwurfsvoll an. Er hatte glühendrote Wangen.

„Was wollt ihr?" erkundigte sich Jennings ungeduldig.

„Wir wollen dem Widerstand beitreten", platzte Steve heraus. „Nicht alle im Tal sind dagegen, Ihnen zu helfen. Vielleicht überlegen die Leute im Tal es sich sogar noch anders, wenn einige von uns Sie unterstützen."

Einer von Jennings' Männern lachte spöttisch, doch dieser brachte ihn mit einer Handbewegung zum Schweigen. „Ein guter Gedanke, mein Freund. Aber wir brauchen vordringlich die Erlaubnis, durch dieses Tal weiter nach Norden vordringen zu können, und die könnt ihr uns kaum verschaffen."

„Das nicht, aber wir können Sie führen, wenn sie oben in Orange County sind. Wir kennen Aasjäger, die auf unserer Seite stehen. Von denen werden wir erfahren, wann und wo die Japaner an Land gehen werden."

Als er Jennings' zweifelnde Miene sah, fügte er hinzu: „Es gibt dort Aasjäger, die wiederum Aasjäger kennen, die mit den Japanern Geschäfte machen. Und das mögen sie nicht. Die würden sich freuen, wenn etwas gegen die Fremden unternommen wird. Und wir kennen dort oben die Gegend wie unsere Westentasche."

Jennings nickte. „Solche Informationen könnten wir gut gebrauchen. Na schön, dann werden wir dafür sorgen, daß wir in Zukunft die eine oder andere Neuigkeit von euch erfahren."

„Wir wollen aber noch mehr tun", sagte Steve entschlossen. „Wir wollen Sie führen. Wir waren schon oft genug in der Gegend, und wenn Sie wirklich dort oben etwas vorhaben, dann kann es Ihnen nur helfen, wenn Sie sich dort schnell bewegen können. Wir wollen mit Ihnen kämpfen. Und wir teilen Ihnen mit, wann die Landungen stattfinden sollen."

„Das ist ein anständiges Angebot", knurrte Jennings. „Aber diesem Mann dort unten würde es nicht gefallen, wenn ihr euch hinter seinem Rücken mit uns verbündet."

„Davon wird er nie etwas erfahren, und wenn wir bewiesen haben, daß unsere Entscheidung die richtige war, dann kommen vielleicht auch die anderen Leute zu euch."

Jennings blickte mich fragend an. „Ist das so, Henry?"

„Klar, Mr. Jennings", beeilte ich mich zu versichern.

„Vielleicht, vielleicht", murmelte Jennings nachdenklich. Er blickte mich direkt an. „Weißt du denn schon, wann die Japaner das nächste Mal an Land gehen?"

„Bald", antwortete Steve. „Sie kommen bald. Wir wissen auch schon, an welcher Stelle. Den genauen Zeitpunkt erfahren wir in den nächsten Tagen, denke ich."

„Na schön. Wenn ihr also Genaueres wißt, dann kommt zur Wiegestation, wo wir mit unseren Gleisarbeiten aufgehört haben. Dort werden sich einige Männer von uns aufhalten. Ich fahre zurück nach Süden. Wenn dem Bürgermeister die Idee gefällt, dann richten wir dort einen Stützpunkt ein und bringen Waffen hin. Übrigens, das Gleis haben wir wieder repariert. Ihr wißt doch, wo die Wiegestation ist?"

„Das wissen wir", sagte Steve.

„Na prima. Dann lassen wir es einstweilen dabei. Was aber im einzelnen geschieht, hängt allein vom Bürgermeister ab. Er möchte den Japanern schaden, wo immer er kann."

„Wir auch", schloß Steve sich an. „Das schwöre ich."

„In einer Woche erwarten wir euch", sagte Jennings.

Steve nickte, und Jennings bedeutete seinen Männern, nach Süden weiterzumarschieren.

„Es war nett, mit euch zu reden, Freunde. Es tut gut zu wissen, daß wenigstens ein paar Amerikaner in diesem Tal leben."

„Das sind wir alle. Sie werden es sehen."

„Auf Wiedersehen", fügte ich hinzu.

Wir sahen ihnen nach, wie sie zwischen den Bäumen verschwanden. Dann schlug Steve mir auf die Schulter. „Wir haben es geschafft, Henry! Wir dürfen mitmachen!"

„Sieht ganz danach aus", erwiderte ich. „Aber du hast sie angelogen! Wir haben doch keine Ahnung, wie wir das genaue Datum erfahren sollen!"

„Ach, Henry, stell dich nicht an. Irgend etwas mußte ich denen doch sagen. Du tust zwar, als wärest du dagegen, dabei macht es dir genausoviel Spaß. Du bist sowieso der schnellste und klügste Widerstandskämpfer. Du wirst es schon herausbekommen."

Dann erinnerte ich mich an den alten Mann, und jedes Gefühl der Siegesgewißheit verflog. Wir befanden uns noch immer im Wald zwischen dem Haus der Nicolins und der Concrete Bay. Wenn ich mich landeinwärts hielt, dann würde ich auf diesem Weg auf Toms Hügelkamm gelangen.

„Ich besuche mal den Alten", beschloß ich.

„Und ich muß wieder zurück in die alte Tretmühle", klagte Steve. „Aber ich . . . Warte mal einen Moment . . ."

Doch ich war bereits losgerannt und trabte zwischen den Bäumen in Richtung Hügelkamm.

Toms Hof machte mit dem wuchernden Unkraut, dem schadhaften Zaun und dem überall herumliegenden Schrott immer einen ungepflegten Eindruck. Doch nun, als ich zum Gebirgskamm hinaufstieg, betrachtete ich das alte, verwitterte Haus mit dem großen Panoramafenster, in dem sich der blaue Himmel widerspiegelte, mit liebevollen, vielleicht auch wehmütigen Blicken. Es sah verlassen aus und erweckte den Eindruck, als wäre sein kranker Eigentümer, dem ich einen Besuch abstatten wollte, schon seit mindestens zehn Jahren tot.

Kathryn trat ans Fenster, entdeckte mich und winkte. Sie erwartete mich bereits an der Tür, als ich durch den Vorgarten ging.

„Wie geht's ihm?" fragte ich betont lässig. „Was fehlt ihm überhaupt?"

„Er schläft endlich. Die letzte Nacht muß schlimm gewesen sein. Er hatte einen bösen Husten. Seine Bronchien müssen völlig zu sein."

Ich studierte Kathryns Gesicht und sah, daß das reizende Sommersprossenmuster von sorgenvollen Linien gefurcht war.

„Wer ist da draußen?" rief Tom aus dem Schlafzimmer. Dann hustete er krampfhaft.

„Ich bin es, Tom", antwortete ich. Ich trat an die Tür seines Krankenzimmers. „Ich hörte, du bist krank."

„Bin ich auch." Er saß im Bett und lehnte sich an die Wand. Seine Haare und sein Bart waren strähnig und verschwitzt, sein Gesicht erschreckend blaß. „Komm herein."

Der Raum war voller Bücher. Ein Tisch und ein Stuhl standen darin, auf beiden je ein Bücherstapel. Dazu ein oder zwei Stapel Schallplatten. Und an der Wand unter einem schmalen Fenster hing eine Sammlung von sich bereits an den Rändern aufrollenden Fotografien.

„Wahrscheinlich hast du dich während unseres Heimwegs durch den Sturm erkältet", sagte ich.

„Eher hättest du dir so etwas fangen müssen, wenn ich es recht bedenke. Du hast viel mehr gefroren."

„Wir haben beide gefroren." Ich erinnerte mich daran, wie er immer auf der dem Wind zugeneigten Seite gegangen war und mich gestützt hatte.

„Jemand zu Hause?" erklang eine Stimme von der Haustür. Doc kam mit einem schwarzen Koffer in der Hand hereingestürmt. Kristen folgte ihm.

„Was hast du denn hier zu suchen?" protestierte Tom. „Laß mich in Ruhe, Ernest, hörst du?" Er zog die Decke bis zum Kinn.

Doc kam mit einem breiten Grinsen auf ihn zu. „Halt den Mund, und leg dich hin!" befahl er. Er stellte den Koffer auf das Bett und holte sein Stethoskop heraus.

„Ernest, das ist nicht nötig. Ich hab nur einen Schnupfen."

„Mund halten", fauchte Doc. „Du gehorchst jetzt, oder ich haue dir das Ding um die Ohren." Er hielt das Stethoskop hoch.

„Damit jagst du mir keine Angst ein." Aber Tom legte sich trotzdem hin und ließ sich von Doc den Puls fühlen und abhorchen. Außerdem schob Doc ihm ein Thermometer in den Mund.

Nach einiger Zeit holte er es wieder heraus und betrachtete es. „Tief einatmen", befahl er und hörte erneut Toms Brust ab.

Tom atmete ein- oder zweimal, hielt die Luft an, bis er rot anlief, dann hustete er, lange und hart.

„Tom", sagte Doc in die folgende Stille, „du kommst mit zu mir. Du mußt ins Hospital."

Tom schüttelte den Kopf.

„Widersprich mir nicht", warnte Doc. „Du mußt ins Hospital, alter Junge. Wahrscheinlich hast du eine Lungenentzündung. Wenn du nicht mitkommst, dann muß ich hierher umziehen. Was meinst du, wie Mando das fände?"

„Der fände es prima!"

„Ich aber nicht."

Tom forschte aufmerksam in Docs Gesicht. Ich konnte sehen, wie es in Tom arbeitete, wie er sich zu einer Entscheidung durchzuringen versuchte. „Lungenentzündung, ja?" fragte er.

„Richtig." Doc wandte sich zu uns um. „Geht mal einen Moment nach draußen."

Kathryn, Kristen und ich gingen hinaus in den Vorgarten. Kristen erzählte uns, wie sie Doc gesucht hatte. Kathryn und ich starrten hinaus aufs Meer.

Doc sah aus der Tür. „Wir brauchen Hilfe", meinte er. Wir gingen hinein. „Kathryn, such ein paar von seinen Sachen zusammen, ein paar Nachthemden und so weiter, du weißt schon. Henry, er möchte auch ein paar Bücher mitnehmen; frag ihn, welche."

Ich betrat wieder das Schlafzimmer, wo Tom vor der Wand mit den Fotografien stand und eine mit der Hand glattstrich. „Entschuldigung", sagte ich. „Welche Bücher soll ich denn einpacken?"

Er wandte sich um und ging langsam zum Bett. „Ich zeig's dir." Wir begaben uns in seine Bibliothek am Ende des Flurs, und er sah sich zwischen den Büchern um. Ein Stapel unweit der Tür enthielt alle Bände, die er mitnehmen wollte. Er hockte sich hin und reichte sie mir nacheinander zu. „Große Erwartungen" war der einzige Titel, den ich entziffern konnte. Als meine Arme vollgeladen waren, hörte Tom auf. Dann griff er nach einem weiteren Buch.

„Da. Das ist für dich."

Er reichte mir das Buch, das Wentworth uns geschenkt hatte, das Buch mit den leeren Seiten.

„Was soll ich damit? Ich dachte, du wolltest dort deine Geschichten aufschreiben."

„Ich möchte, daß du das machst."

„Aber ich kenne keine Geschichten!"

„Doch, das tust du."

„Nein! Abgesehen davon kann ich auch gar nicht schreiben."

„Einen Teufel kannst du! Ich habe es dir doch beigebracht!"

„Ja, aber nicht für ein Buch. Ich weiß nicht, wie man Bücher schreibt."

„Es ist ganz einfach. Du fängst einfach an und schreibst, bis die Seiten voll sind." Er zwängte mir das Buch unter den Arm.

„Tom", protestierte ich, „du solltest das doch tun!"

„Ich kann es nicht. Ich hab's versucht. Du wirst sehen, daß die ersten Seiten herausgerissen sind. Es geht nicht."

Doc kam herein. „Henry, du kannst die Bücher nicht tragen. Gib sie Kristen; sie hat eine Tasche."

„Schön, und was trage ich nun?"

„Du und ich, wir schnappen uns Tom, junger Mann, kannst du dir das nicht denken? Oder sieht er aus wie jemand, dem man einen langen Marsch durchs Tal zumuten kann?"

Ich erwartete schon, daß Tom ihm dafür eine Ohrfeige gab. Doch der alte Mann war müde und niedergeschlagen. „Ich hatte keine Ahnung, daß du eine Bahre besitzt, Ernest."

„Besitze ich auch nicht. Wir nehmen einen deiner Sessel."

„Wenn ihr meint. Das klingt nach harter Arbeit." Er ging ins Wohnzimmer. „Der dort am Fenster ist am leichtesten." Er trug ihn selbst vors Haus und nahm dann darauf Platz.

„Pack die Bücher in Kristens Tasche", wies Doc mich an.

„Uff", stöhnte Kristen, als ich sie hineinstapelte. Dann half ich Kathryn bei der Suche nach Toms Nachthemden. Neugierig betrachtete ich die Fotografie, vor der Tom gestanden hatte; sie zeigte das Gesicht einer Frau. Kathryn raffte das Kleiderbündel zusammen, und wir gingen hinaus. Der alte Mann starrte aufs Meer hinaus. Ein Unwetter schien sich zusammenzubrauen, und am Horizont türmten sich weiße Wolken auf und verschwanden wieder.

„Fertig?" fragte Doc.

Tom nickte, ohne uns anzusehen. Doc und ich stellten uns rechts und links von ihm auf und hoben den Sessel an Armlehnen und Sitzfläche an. Tom drehte den Kopf, um zu seinem Haus zurückzublicken, als wir langsam den Bergpfad hinuntergingen. Mit trauriger Miene meinte er: „Abtritt des letzten Amerikaners."

„Da sei mal nicht so sicher", entgegnete ich. „Man kann nie wissen."

Er kicherte glucksend.

Ihn den steilen Bergpfad hinunterzutragen war eine ziemlich waghalsige Angelegenheit, doch unten auf dem Talgrund kam er mir schwerer vor. An der Brücke legten wir eine kurze Rast ein.

„Ich weiß immer noch nicht, was ich mit dem leeren Buch tun soll", sagte ich. „Behalte es lieber, Tom, vielleicht willst du etwas aufschreiben, während du dich bei Doc auskurierst."

„Nein, nein. Es gehört jetzt dir. Schreib es voll. Deshalb hab ich es dir geschenkt. Schreib deine eigene Geschichte auf."

„Aber ich hab keine Geschichte."

„Doch. ‚Ein Amerikaner daheim'."

„Aber das ist doch nichts. Außerdem, wie?"

„Schreib einfach so, wie du sprichst. Erzähl die Wahrheit."

Ich wußte nicht, was er damit meinte, aber mittlerweile hatten wir das Haus der Costas schon fast erreicht.

Es erhob sich vor uns als schwarzer Schatten vor dem Hintergrund aus Bäumen und Wolken. Mando kam heraus und begrüßte uns. „Wie geht's dir, Tom?" fragte er munter. Ohne darauf zu antworten, versuchte Tom aufzustehen und aus eigener Kraft das Haus zu betreten. Er schaffte es nicht, und Kathryn und ich trugen ihn hinein. Mando führte uns zu dem Eckraum, den sie das Hospital nannten. Wir packten Tom in das Bett. Dort lag er dann, verzog leicht mißbilligend den Mund. Doc kümmerte sich um ihn.

„Er ist richtig krank, was?" fragte Mando.

„Dein Dad meint, er hätte eine Lungenentzündung", sagte Kathryn.

„Dann bin ich froh, daß er hier ist. Setz dich, Henry, du siehst erschöpft aus."

„Das bin ich auch." Während ich mich hinsetzte, reichte Mando uns Becher mit Wasser. Er war immer ein gewissenhafter Gastgeber, und als Mando und Kristen nicht zu uns herübersahen, lächelten Kathryn und ich amüsiert, als wir ihm zusahen, aber nicht lange, denn wir waren doch sehr besorgt. Mando und Kristen redeten in einem fort, und Mando zeigte uns ein paar von seinen Tierzeichnungen.

„Und du hast diesen Bären tatsächlich selbst gesehen, Mando?"

„Ja wirklich – Del kann es bestätigen, er war dabei."

Kathryn nickte in Richtung Tür. „Komm mal mit nach draußen", bat sie mich.

Wir nahmen auf der Holzbank im Garten der Costas Platz. Kathryn stieß einen tiefen Seufzer aus. Lange schwiegen wir.

Mando und Kristen kamen heraus. „Pa meint, wir sollten Steve herholen, damit er aus dem Buch vorliest", sagte Mando. „Das würde Tom sicher gefallen."

„Die Idee ist nicht schlecht", sagte Kathryn.

„Ja. Wir versuchen's mal." Hand in Hand liefen sie den Pfad hinunter. Wir sahen ihnen nach, bis sie verschwunden waren, dann saßen wir wieder schweigend da.

Kathryn verscheuchte eine Fliege. „Er ist viel zu alt für so etwas."

„Nun, er war auch schon früher krank." Doch mir war klar, daß es dieses Mal etwas völlig anderes war.

Sie gab keine Antwort. Ihre Haare flatterten im böigen Wind.

„Für mich ist er alterslos", sagte ich. „Alt, klar, aber irgendwie – unwandelbar. Es macht mir angst, wenn er krank ist so wie jetzt! Er ist ein Greis!"

„Über hundert Jahre!" Kathryn schüttelte den Kopf. „Unglaublich."

Die Zeit verstrich, bis Kathryn wieder zu reden begann. „Steve ist seit einiger Zeit innerlich so angespannt, daß ich Angst habe, daß er eines Tages noch durchdreht. Dauernd streitet er mit seinem Vater. Und dann dieser Quatsch mit der Widerstandsbewegung. Wenn ich nicht allem voll zustimme, was er so erzählt, dann legt er sich mit mir an. Allmählich reicht mir das."

Ich wußte nicht, was ich darauf sagen sollte.

„Kannst du denn nicht mal mit ihm reden, Henry? Kannst du ihn nicht von seiner Idee mit dem Widerstand abbringen?"

Ich schüttelte den Kopf. „Seit meiner Rückkehr läßt er darüber mit sich nicht diskutieren."

„Ja, ich weiß. Aber auch wenn du für den Widerstand bist, so braucht man deswegen noch lange nicht verrückt zu spielen."

Ich nickte.

„Dann finde einen anderen Weg, Henry, womit sich seine Begeisterung dämpfen läßt. Bitte, Henry." Sie legte mir eine Hand auf den Arm. „Es macht ihn unglücklich und mich traurig. Wenn ich wüßte, daß du auf ihn einwirkst, ihn etwas zu bremsen versuchst, dann wäre mir viel wohler."

„O Kath, ich weiß nicht." Doch ihre Hand drückte meinen Oberarm, und ihre Augen waren feucht. Das war also Kathryn, das Mädchen, das mich früher herumkommandiert hatte und mich jetzt anflehte, ihr zu helfen. „Ich werde mit ihm reden", versprach ich. „Ich tue mein Bestes."

„Oh, danke. Ich danke dir. Ganz gleich, was du sagst, auf dich hört er mehr als auf jeden anderen."

Ich verspürte den Drang, Kathryn zu gestehen, daß ich überhaupt nichts tun könne, weil ich auf Steves Seite stünde. Aber ich schwieg. Und ich spürte, wie sich in mir etwas verkrampfte und einen dumpfen Schmerz auslöste.

Steve tauchte unten auf dem Pfad auf, Mando, Kristen und Gabby im Schlepptau, und winkte uns mit dem Buch zu. „Hallooo!" rief er fröhlich. „Ahoi da oben!"

Wir standen auf und erwarteten ihn vor dem Haus der Costas.

„Doc tippt auf Lungenentzündung", sagte Kathryn.

Steve verzog das Gesicht und schüttelte sorgenvoll den Kopf. „Dann wollen wir ihm ein wenig Gesellschaft leisten."

Als wir wieder im Hause waren, löste sich der Knoten in meiner Magengrube allmählich, und als Steve und Tom ihren üblichen Disput begannen, stimmte ich in das Lachen der anderen mit ein.

„Was hast du denn im Krankenhaus zu suchen, du alter Faulenzer? Hast du schon eine Krankenschwester gebissen?"

„Nur, um zu verhindern, daß sie mich baden", entgegnete Tom mit einem schwachen Lächeln.

Mando war ganz versessen auf „Ein Amerikaner fährt um die Welt", schlimmer noch als Steve, und nun drängte er, daß endlich aus dem Buch vorgelesen würde. Steve saß am Fußende von Toms Bett, und Kathryn hockte auf dem Boden zwischen Steves Beinen, so daß er ihr den Nacken kraulen konnte, während er vorlas. Gabby, Doc und ich saßen auf Stühlen, die wir aus der Küche geholt hatten, und Mando und Kristen hatten sich auf das andere, freie Bett verzogen, wo sie – wieder händchenhaltend – saßen und lauschten.

Steve begann mit Kapitel sechzehn: „Eine symbolische Rache ist besser als gar keine". Baum war mittlerweile in Moskau. Er wollte sich die große Maiparade ansehen, der alle Tyrannen aus dem Kreml persönlich beiwohnten. Dabei hatte er ein Paket Feuerwerkskörper in einem Abfalleimer auf den Roten Platz geschmuggelt. Als nun die Parade in vollem Gange war, gingen die Feuerwerkskörper los und ließen die Regierung der Sowjetunion geschlossen unter ihren Stühlen in Deckung gehen. Dieser Schabernack, ein kleines Echo von dem, was Rußland Amerika angetan hatte, bereitete Baum mindestens genausoviel Genugtuung wie der Tornado. Allerdings mußte er die Hauptstadt dann schnellstens verlassen, weil die Suche nach dem Urheber mit höchster Dringlichkeitsstufe eingeleitet wurde. Was er im nächsten Kapitel alles erlebt und selbst unternehmen mußte, um nach Istanbul zu gelangen, hätte den stärksten Neger umgehauen. Ein Abenteuer jagte das nächste. Doc verdrehte die Augen und lachte an einigen Stellen verhalten, zum Beispiel als Baum auf der Krim ein Tragflächenboot stahl und es über das Schwarze Meer lenkte, während er von sowjetischen Kanonenbooten verfolgt wurde.

„Warum lachen Sie die ganze Zeit?" wollte Steve von Doc wissen. Er ärgerte sich, daß Baums Flucht über den Bosporus so wenig Achtung gezollt wurde.

„Ich hab keinen besonderen Grund", sagte Doc hastig. „Es ist nur sein Stil. Er klingt so kühl und lässig, wenn er über die verrücktesten Dinge berichtet."

Doch im nächsten Kapitel, „Das versunkene Venedig", lachte Doc wieder. Steve ärgerte sich und verstummte.

„Nun mal langsam", sagte Doc, der Steves harscher Kritik zuvorkam. „Er berichtet, der Meeresspiegel sei um zehn Meter höher gewesen, als es früher der Fall war. Dabei ist bei uns ganz klar zu erkennen, daß wir die gleiche Wasserhöhe haben wie früher. Wahrscheinlich ist der Pegel sogar gesunken."

„Er ist geblieben", meldete sich Tom zu Wort.

„Na schön, dann müßte es in Venedig aber genauso aussehen wie früher, denn alle Meere sind untereinander verbunden", erklärte Doc. „Im Grunde sind die großen Wasserflächen dieser Erde ein einziger Ozean mit einer gemeinsamen Wasseroberfläche."

„Sie meinen also, Glen Baum wäre ein Lügner", kam Kathryn auf den Punkt. Ihr schien diese Vorstellung nicht unlieb zu sein. „Das hieße, daß das ganze Buch ein Produkt der Phantasie ist!"

„Das ist es nicht!" rief Steve, und Mando nickte zustimmend.

Doc hob eine Hand. „Das behaupte ich gar nicht. Ich weiß nicht, was alles in dem Buch den Tatsachen entspricht und was nicht. Vielleicht hat er ein paar Episoden hereingebracht, um seinen Bericht etwas spannender und lebhafter zu gestalten."

„Laßt uns weiterlesen", warf ich ein. „Ich will wissen, wie es weitergeht."

Steve fuhr fort. Im gleichen Maße, wie seine Stimme härter klang und er sein Vorlesetempo steigerte, wurden die Abenteuer Glen Baums temporeicher. Er befand sich genauso in Gefahr wie vorher, nur war es diesmal etwas anders als sonst. Während des Kapitels „In Tortuga", in dem Baum mit einem Fallschirm aus einem abstürzenden Flugzeug über der Karibischen See absprang, zusammen mit einigen anderen, die dann ein Rettungsfloß aufbliesen, verließ Doc das Hospital und ging in die Küche. Dabei wandte er sein Gesicht ab, um sein breites Grinsen vor Steve und Mando zu verbergen. Die Männer auf dem aufblasbaren Floß starben nacheinander weg, Opfer eines schrecklichen Durstes und von Angriffen riesiger Schildkröten, bis nur noch Baum übrig war und an einem Dschungelstrand in Mittelamerika landete. Das Ganze hätte richtig dramatisch sein können, doch Tom fing in seinem Bett an zu lachen, und wir konnten hören, wie Doc in der Küche losprustete, danach brach auch Kathryn in schallendes Gelächter aus, und Steve schlug das Buch mit einem lauten Knall zu und hätte beinahe Kathryn getreten, als er aufsprang.

„Ich lese euch nicht mehr vor, Leute", beschwerte er sich. „Ihr habt keine Achtung vor Literatur."

Woraufhin Tom so heftig lachen mußte, daß er wieder einen Hustenanfall bekam. Daher stürmte Doc herein, warf uns alle hinaus, und damit war diese Vorlesesitzung zu Ende.

Am nächsten Abend kamen wir wieder, und Steve erklärte sich lustlos bereit, weiter vorzulesen. Nicht lange, und „Ein Amerikaner fährt um die Welt" war bald zu Ende, und wir machten mit „Große Erwartungen" weiter, und dann verteilten wir die Rollen, um „Viel Lärm um nichts" zu lesen, und nahmen uns auch andere Bücher vor. Doch Tom hustete immer noch, und er wurde schwächer und dünner und blasser. Die Tage vergingen in öder Gleichförmigkeit, und ich hatte keine Lust, mich an den Scherzen auf den Booten zu beteiligen oder mir das in Erinnerung zu rufen, was ich gelesen hatte. Nichts erschien mir interessant genug, und Toms Zustand verschlechterte sich von Tag zu Tag, bis ich ihn an manchen Abenden gar nicht mehr anzusehen wagte, wie er da auf dem Rücken lag und von unseren Besuchen kaum etwas mitbekam.

MORGENS stand ich schon in aller Herrgottsfrühe auf, ehe die Boote hinausfuhren, und sah nach ihm. Meistens schlief er noch. Die Nächte waren schlimm, erzählte Doc. Tom wurde kranker und kranker, stand praktisch schon auf der Schwelle des Todes, wehrte sich aber, den letzten Schritt zu tun.

Am Sonntag ging ich in die Kirche. Da traf ich Leute, die man – so wie mich – höchst selten dort sah: Rafael, Gabby, Kathryn und, ganz hinten in einer Ecke, Steve. Carmen schloß an ihr letztes Gebet noch eine Bitte für Toms Gesundheit an. Und ihre Stimme sagte uns, daß alles wieder gut werden würde.

In der darauffolgenden Woche machte die innere Anspannung die Leute streitsüchtig. Mando fand kaum noch Schlaf und lag sich mit Doc wegen Kleinigkeiten in den Haaren. Ihm war es gleichgültig, ob wir noch weiter Bücher lasen oder daraus vorlasen. Er wollte in Ruhe gelassen werden. An den Backöfen unterhielten sich die Frauen mit leisen Stimmen. Bei den Booten erzählte niemand mehr einen Witz. Als ich Gabby einmal beim Holzsammeln half, gerieten er und ich beinahe in einen handgreiflichen Streit darüber, wie wir einen abgestorbenen Eukalyptusbaum zur Zweimann-Säge tragen sollten. Später begegnete ich Mrs. Mariani und Mrs. Nicolin, die sich bei den Latrinen stritten. Niemand hätte mir geglaubt, wenn ich früher etwas Derartiges behauptet hätte. Unglücklich lief ich weiter.

X

Ich zerbrach mir den Kopf, aber ich hatte keine brauchbare Idee, wie ich Addison den Zeitpunkt herauslocken könnte, zu dem die Japaner wieder einmal an Land kommen würden. Als ich das nächste Mal mit Steve beim Fischen war, konnte ich das Problem nicht mehr übergehen.

„Sie sind unten bei den Ruinen der Wiegestation", sagte Steve, als wir uns außer Hörweite der anderen Boote befanden. „Ich war dort. Sie scheinen in den Ruinen ein ständiges Lager einzurichten. Jennings hat das Kommando."

„Dann sind sie also da. Wie viele sind es denn?"

„Fünfzehn oder zwanzig. Jennings fragte nach dir. Und er wollte wissen, wann die Japaner landen. Wann und wo. Ich sagte ihm, wir wüßten, wo, und würden bald erfahren, wann genau."

„Warum hast du so etwas behauptet?" wollte ich wissen. „Erst einmal ist es doch möglich, daß die Japaner überhaupt nicht erscheinen."

„Aber du sagtest doch, daß die Aasjäger darüber gesprochen hätten."

„Stimmt, aber wer weiß schon, ob sie sich nicht geirrt haben?"

„Wenn du so an die Sache herangehst, dann können wir bei gar nichts ganz sicher sein. Aber wenn die Aasjäger Add schon soviel verraten haben, dann heißt das, daß Add Bescheid weiß. Deshalb wird er auch wissen, wann sie an Land gehen. Ich habe Jennings nur gesagt, was er schon weiß, nämlich, daß wir ihm in Kürze Bescheid sagen werden."

„Das hast du ihm weisgemacht."

„Du hast nicht widersprochen", gab er den Vorwurf zurück. „Jetzt tu nur nicht so, als hättest du mit der Sache nichts zu tun!"

Ich warf meinen Haken auf der anderen Seite des Bootes aus. „Schön, ich war dabei, das heißt aber nicht, daß ich es für eine gute Idee halte. Sieh doch mal, Steve, wenn wir dabei erwischt werden, wie wir diesen Leuten helfen, nachdem dagegen gestimmt wurde – was sollen wir unseren Leuten sagen? Wie sollen wir das rechtfertigen?"

„Mir ist egal, was die Leute reden." Ein Fisch schnappte nach seinem Haken, und er zog die Leine schnell ein. „Wenn sie es erfahren, meine ich. Niemand kann uns davon abhalten, das zu tun, was wir für richtig halten, schon gar nicht, wenn wir um unser Leben kämpfen. Diese Feiglinge!" Er hievte den Bonito ins Boot und schlug ihm auf den Schädel, als wäre er einer der Feiglinge, die er meinte. „Was soll das überhaupt? Willst du mich jetzt hängenlassen? Ausgerechnet jetzt, wo die Männer aus San Diego hier sind und auf uns warten?"

„Nein. Ich steige nicht aus. Ich bin mir nur nicht sicher, ob wir das Richtige tun."

„Wir tun das Richtige, und du weißt es. Denk an das, was du während der Versammlung vorgebracht hast. Du hattest mit allem vollkommen recht. Und jetzt sollten wir uns dringlicheren Angelegenheiten zuwenden. Wir müssen unbedingt den genauen Termin herausbekommen, und da du Addison und Melissa Shanks am besten kennst, ist das deine Aufgabe."

„Hmmm." Allmählich erwies es sich als äußerst nachteilig, daß ich Steve nicht die ganze Wahrheit gesagt hatte, nämlich wie Add und Melissa mich an der Nase herumgeführt hatten . . . Ich spürte, wie ein Fisch an der Angel ruckte, zog jedoch zu heftig am Haken, so daß der Fisch nicht richtig zubiß.

„Du mußt."

„Ist ja gut, ich mach's ja!" rief ich. „Und jetzt laß mich in Ruhe. Du hast ja selber auch keine Idee, wie ich das drehen soll. Darum dräng mich nicht!"

Wir fischten schweigend weiter und beobachteten unsere Haken. Am Ufer ragten die Berge auf, deren Hänge im Licht der Nachmittagssonne grün leuchteten.

Steve wechselte das Thema. „Ich hoffe, wir versuchen in diesem Winter wieder mal, einen Wal zu fangen. Ich denke, wenn er nicht allzu groß ist, dann dürften wir damit Glück haben. Natürlich müßten wir mit mehr als nur einem Boot auf die Jagd gehen."

„Dafür kannst du mich abschreiben", sagte ich knapp.

Er schüttelte den Kopf. „Ich weiß nicht, was in dich gefahren ist, Henry. Seit du zurück bist . . ."

„Nichts ist in mich gefahren." Und bitter fügte ich hinzu: „Das gleiche könnte ich auch von dir behaupten."

„Warum das denn? Nur weil ich meinte, wir könnten mal wieder auf Waljagd gehen?"

„Nein, zum Teufel!" Beim einzigen Mal, als wir versucht hatten, einen der grauen Wale bei ihrer Wanderung an der Küste entlang zu fangen, waren wir mit unseren Fischerbooten hinausgefahren und hatten einen mit einer Harpune erwischt. Es war ein exzellenter Wurf von Rafael, wobei er eine Harpune benutzt hatte, die er selbst hergestellt hatte. Danach standen wir in unseren Booten und sahen zu, wie die Schnur, die an der Harpune befestigt war, aus dem Boot herausgezogen wurde, bis sie zu Ende war. Unser Fehler war gewesen, daß wir die Schnur in eine Öse am Bug des Bootes geknüpft hatten. Der Wal riß das Boot einfach mit. Der Bug wurde unter Wasser gezogen, und weg war der Kahn. Und wir konnten unsere Kameraden aus dem kalten Wasser ziehen, aber keinen Wal. Außerdem hatte die Leine Manuels Arm aufgerissen, so daß er beinahe verblutet wäre. John hatte gemeint, daß Wale für unsere Boote zu groß seien, und da ich in einem Boot gesessen hatte, das nicht weit von dem gesunkenen trieb, stimmte ich ihm zu.

Aber das war es nicht, woran ich dachte. „Du treibst es noch so weit", sagte ich langsam, „bis es deinem Vater eines Tages zu bunt wird. Ich hab keine Ahnung, was du dir vorstellst . . ."

„Du weißt überhaupt nichts von dem, was ich denke", unterbrach er mich in einem Ton, der mir klarmachte, daß er über dieses Thema kein Wort mehr verlieren wollte. Er preßte die Lippen aufeinander, und ich wußte, daß er jeden Moment explodieren würde. In diesem Moment spürte ich einen Fisch an meiner Angel, und ich konnte das Thema wie selbstverständlich fallenlassen. Aber offensichtlich befand ich mich da auf einer interessanten Spur. Vielleicht legte er es darauf an, daß John ihn eines Tages aus dem Tal jagte und er dann wirklich frei wäre . . .

Es war ein schwerer Barsch, und ich brauchte ziemlich lange, bis ich ihn endlich im Boot hatte. „Sieh doch, dieser Fisch ist nicht viel länger als mein Arm, und ich habe es kaum geschafft, ihn einzuholen. Wale sind aber mindestens zweimal so lang wie dieses Boot!"

„Oben in San Clemente fangen sie aber diese Ungetüme", sagte Steve. „Bei den Tauschtreffs bekommen sie dafür eine Menge Silber. Hat Tom nicht mal gesagt, daß man aus einem Wal jede Menge Öl herausholen kann?"

„Weiß ich nicht."

„Natürlich weißt du das! Was soll dieses dämliche ‚Ich weiß nicht'? Weißt du, was ich weiß? Daß dieses Tal allmählich vor die Hunde geht!" Steve schnaubte, und wir kümmerten uns wieder um unsere Angeln.

Wir fingen noch einige Fische, dann ruderten wir in die Flußmündung hinein. Steve fing von neuem von seinem Lieblingsthema an: „Vergiß nicht, was wir Jennings versprochen haben. Du wolltest doch auch gegen die Japaner kämpfen. Überleg nur mal, was sie dir und Tom und den anderen in diesem schrecklichen Sturm angetan haben."

„Ja." Nun, Kathryn, dachte ich, ich hab's ehrlich versucht. Aber ich mußte es mir gegenüber auch eingestehen: Steve hatte recht. Auch ich wollte, daß die Japaner aus unserem Meer verschwanden.

Wir überwanden die Brandungslinie in der Mündung und ließen uns von einer sanften Dünung ein Stück den Fluß hinauftragen. „Dann mach dich gefälligst an Melissa heran, und sieh zu, was du aus ihr herausbekommen kannst. Sie hat was für dich übrig, sie wird dir schon helfen."

Zwei Tage dachte ich darüber nach, wie ich es am besten anfangen sollte, was mir einige Stunden lang den Schlaf raubte. Dann stand ich eines Morgens noch vor Sonnenaufgang auf und stieg rauf zu den

Costas. Doc war bereits wach, saß in der Küche, trank Tee und starrte die Wand an. Ich klopfte ans Fenster, und er ließ mich rein. „Er schläft jetzt", meinte er erleichtert. Ich nickte und leistete ihm Gesellschaft. „Er wird immer schwächer", fuhr Doc fort und starrte in seinen Tee. „Ich weiß nicht . . . Das Wetter bei eurer Rückkehr aus San Diego war wirklich schlimm. Du bist ja noch jung und steckst so etwas weg, aber Tom . . ., er tut so, als wäre er nicht viel älter als du. Hoffentlich lehrt ihn das, sich in Zukunft ein bißchen mehr vorzusehen. Wenn er am Leben bleibt . . ."

„Sie sollten sich das auch zu Herzen nehmen", meinte ich. „Sie sehen furchtbar müde aus."

Er nickte.

„Wenn die Schienen nicht zerstört worden wären, hätten wir mit dem Zug zurückkommen können", fuhr ich fort. „Diese Schweine . . ."

Doc sah mich an. „Durchaus möglich, daß er das nicht überlebt . . ."

„Ich weiß."

Er trank von seinem Tee. In der Küche wurde es heller, als die Sonne aufging. „Wahrscheinlich gehe ich erst mal ins Bett."

„Gehen Sie nur. Ich bleibe hier, bis Mando aufsteht, und passe auf."

„Vielen Dank, Henry." Er erhob sich und verließ schlurfend den Raum.

AM NACHMITTAG stieg ich zum Basilone Hill hinauf, um Melissa zu besuchen. Als ich die Lichtung, auf der der Turm stand, erreichte, sah ich Addison, der gemütlich auf dem Dach des Hauses hockte, seine Pfeife rauchte und mit den Fersen gegen die Hauswand schlug. Als er mich gewahrte, hörte er damit auf, doch er lächelte weder, noch nickte er mir zu. Unter seinem forschenden Blick wurde mir unbehaglich zumute. „Ist Melissa da?" rief ich.

„Nein. Sie ist unten im Tal."

„Bin ich nicht!" rief Melissa und kam von Norden her auf die Lichtung. Es war die dem Tal abgewandte Seite . . . „Ich bin wieder da!"

Add nahm die Pfeife aus dem Mund. „Ich sehe es."

„Was ist los, Henry?" fragte Melissa mich lächelnd. Sie trug eine an den Knien ausgebeulte Hose und eine ärmellose hellblaue Bluse. „Sollen wir zum Hügelkamm hinaufsteigen?"

„Das wollte ich dich gerade fragen."

„Daddy, ich gehe mit Henry ein bißchen spazieren. Ich bin bis zum Dunkelwerden wieder zurück."

„Falls ich dann nicht hier bin", meinte Add, „sehen wir uns beim Abendessen."

„Gut." Sie wechselten einen undeutbaren Blick. „Ich stelle es dir warm."

Melissa ergriff meine Hand. „Komm, Henry." Und wir drangen in den Wald oberhalb ihrer Behausung ein.

Während sie bergauf vorauseilte und zwischen den Bäumen umhersprang, rief sie mir über die Schulter Fragen zu. „Was hast du in letzter Zeit getrieben, Henry? Ich hab dich lange nicht gesehen. Warst du noch mal in San Diego?"

Wenn ich daran dachte, was sie in jener Nacht den Aasjägern erzählt hatte, konnte ich kaum ein Lächeln unterdrücken. Mir war klar, daß sie mich wieder ausquetschen wollte. Daher war jede Antwort, die ich ihr gab, eine glatte Lüge. „Ja, ich war allein in San Diego. Ich bin heimlich hingegangen. Ich traf dort eine ganze Menge Leute."

„Wirklich?" rief sie. „Wann war das denn?" Als Spionin war sie keine Leuchte. Aber als ich sie so gewandt und geschmeidig zwischen den Bäumen umherhüpfen sah, hätte ich ihr, Spionin oder nicht, doch liebend gerne den Nacken gekrault.

Ein Stück weiter oben machten die Bäume Mesquitesträuchern und ein paar zähen Wacholderbüschen Platz. Wir folgten einem kleinen Bachlauf bis hinauf zum Kamm, wo wir im Wind standen. Die obere Kante des Kammes war so gleichmäßig geformt wie der Rücken eines Fisches. Wir gingen an dieser Trennlinie entlang und unterhielten uns über die Aussicht aufs Meer und nach San Mateo Valley. „Der Swing Cañon liegt gleich hinter diesem Ausläufer", meinte ich und zeigte in die Richtung vor uns.

„Tatsächlich?" fragte Melissa. „Willst du dorthin?"

„Ja."

„Dann los." Wir küßten uns, um diesen Entschluß zu besiegeln, und es gab mir einen kleinen Stich. Warum konnte sie nicht so sein wie die anderen Mädchen, zum Beispiel die von den Marianis oder von den Simpsons? . . . Während wir unseren Weg auf dem Hügelkamm fortsetzten, stellte Melissa mir weiterhin eine Menge Fragen, auf die ich mit Lügen antwortete. Nach dem Cuchillo Peak, der höchsten Spitze der Basilone Kette, fielen einige Ausläufer vom Hauptkamm ins Tal ab. Der kurze, tiefe Cañon, der von den ersten beiden Ausläufern gebildet wurde, war der Swing Cañon: Von unserem Standort aus konnten wir den schmalen Fluß auf seinem Grund erkennen, der sich in Kathryns Felder ergoß. Auf dem Hintern rutschten wir den steilen Abhang hinab und suchten uns dann einen Weg durch das Mesquitedickicht. Dabei wurde Melissa nicht müde, mich mit Fragen zu löchern. Ich war verblüfft, wie offensichtlich sie dabei vorging; doch ich glaube, wenn ich nicht längst über ihre wahren Absichten Bescheid gewußt hätte, wäre mir überhaupt nichts aufgefallen. Oberflächlich betrachtet, sprach aus ihr nichts anderes als eine ausgeprägte Neugier. Daher entschloß ich mich, auch meine Fragen etwas direkter zu stellen.

„Hast du schon von den Japanern gehört, die von Catalina herüberkommen und sich ansehen, was von Orange County noch übrig ist?" fragte ich.

„Andeutungsweise", gab sie zu. „Aber nichts Genaues. Erzähl doch mal."

„Ich würde schon gerne dabeisein, wenn sie bei uns an Land gehen", sagte ich. „Als ich mich mit dem japanischen Kapitän unterhielt, der mich aus dem Wasser gefischt hat, sah ich, daß er so einen High-School-Ring an der Hand trug, wie die Aasjäger sie verkaufen."

„Tatsächlich?" fragte sie erstaunt. Mädchen, du übertreibst fürchterlich, hätte ich am liebsten gesagt.

„Ja! Ich glaube, alle Kapitäne der japanischen Küstenwache werden auf die eine oder andere Weise bestochen, in bestimmten Nächten Touristen an Land gehen zu lassen. Ich würde gerne mal dabeisein. Vielleicht treffe ich sogar meinen Kapitän wieder."

„Aber warum?" wollte Melissa wissen. „Willst du ihn erschießen?"

„Nein, natürlich nicht. Ich will nur Klarheit über ihn, ob er solche Landgänge aktiv unterstützt, wie ich annehme."

„Ich glaube, das wirst du nie herausbekommen", meinte Melissa. „Ich würde dir ja gerne helfen, aber ich will mit alldem nichts zu tun haben."

„Schön", sagte ich beiläufig, „vielleicht kannst du mir aber doch behilflich sein."

Wir hatten das Ende des Cañons erreicht, setzten uns hin und küßten uns lange und ausgiebig. Danach spazierten wir zu dem Schaukelbaum, der nahe bei der Quelle des Baches stand, der durch den Cañon floß. Die Quelle bildete erst einen kleinen Teich, ehe das Wasser an einer Stelle in den Cañon hinabstürzte. Am Rande des Teichs befand sich ein ebener Platz, umgeben von jungen Baumschößlingen. Diese Stelle galt als bevorzugter Treffpunkt für Liebespaare. Wir ließen uns im dämmrigen Licht nieder, küßten uns, streckten uns dann auf dem weichen Nadelpolster aus und küßten uns wieder. Wir preßten uns aneinander, rollten über knisterndes Laub.

Ich war erregt; aber . . ., aber ich konnte nicht verdrängen, was ich über Melissa wußte, und sie dabei liebkosen. Ich streichelte und küßte sie und überlegte gleichzeitig, wie ich meinen Wunsch formulieren sollte, eine Landung der Japaner zu beobachten, ohne allzuviel über meine wahren Absichten zu verraten. Ich zerbrach mir den Kopf, wie ich sie dazu bringen könnte, Addison nach dem genauen Datum der nächsten Landung der Japaner zu fragen. Es war eine seltsame Situation.

„Vielleicht kannst du mir wirklich helfen", murmelte ich zwischen zwei Küssen, als wäre mir gerade etwas eingefallen.

„Wie denn?" erkundigte sie sich.

„Könnte dein Dad nicht einen seiner Bekannten fragen? Ich weiß, viel hat er mit den Leuten aus Orange County nicht zu tun, aber du sagtest doch, er kennt einen oder zwei davon etwas besser . . ."

„Das habe ich nicht gesagt!" widersprach sie heftig und wich vor mir zurück. „So etwas habe ich niemals behauptet. Daddy macht seine Geschäfte völlig allein." Sie richtete sich auf. „Außerdem, warum willst du eigentlich nach Orange County? Ich begreif das nicht. Warst du etwa nur bei uns, um meinen Vater auszuquetschen?"

„Nein, natürlich nicht. Ich wollte dich sehen", beteuerte ich.

„Um mich zu bitten, daß ich ihn danach frage", meinte sie wenig überzeugt.

Ich rutschte an ihre Seite, liebkoste ihren Nacken. „Sieh doch mal, wenn ich keine Gelegenheit mehr bekomme, noch einmal mit dem japanischen Kapitän zusammenzutreffen, dann werde ich wohl mein ganzes Leben lang vor ihm Angst haben. Ich hab ja seinetwegen schon richtige Alpträume. Und ich weiß genau, daß Add mir über die Japaner Informationen besorgen kann."

„Das kann er nicht", widersprach sie wütend. „Du bist nur hergekommen, um dich mit mir über meinen Dad zu unterhalten. Laß ihn mit Orange County und mit den Japanern in Ruhe, klar? Stelle ihm keine lästigen Fragen, und verwickle ihn nicht in irgendwelche Schwierigkeiten." Sie strich sich die Blätter aus dem Haar. „Er hat in diesem verdammten Tal schon genug Probleme."

Ich stand unsicher auf und ging zu dem Schaukelbaum. Ich hatte ein richtig schlechtes Gewissen, als ich sie in ihrer natürlichen Schönheit neben dem Teich knien sah. Aber dann fiel mir wieder ein, wie sie in jener Nacht über das Tal und seinen dämlichsten Bewohner namens Henry Aaron Fletcher zu den Aasjägern gesprochen hatte . . ., knirschend biß ich die Zähne zusammen.

Der Schaukelbaum stand am Rande des Cañons. Jemand hatte vor längerer Zeit ein langes Seil an einen der stärksten Äste geknüpft. An diesem Seil konnte man weit hinaus über den steilen Canyon schaukeln. Wütend ergriff ich das Seil und trat von der Kante zurück. Dann umklammerte ich den Strick über einem der in unterschiedlicher Höhe eingeknüpften Knoten und lief auf die Abbruchkante am Rand des Cañons zu, um danach in den leeren Raum hinauszuschwingen. Ich konnte die gegenüberliegende Wand des Cañons sehen, deren oberer Rand vom Licht der untergehenden Sonne in Gold getaucht war. Darunter, im Schatten, wiegten sich die Baumwipfel. Ich drehte mich langsam und achtete darauf, daß ich bei meiner Landung nicht gegen den mächtigen Baumstamm krachte. Einmal hatte Gabby im betrunkenen Zustand den Abstand falsch berechnet und war mit dem Rücken auf ein abgebrochenes Astende geprallt. Danach hatten wir alle geglaubt, er würde uns unter den Händen ersticken . . .

„Laß uns in Zukunft mit diesem Quatsch in Ruhe, verstehst du, Henry?"

„Klar doch."

„Ich mag dich, aber ich lasse es nicht zu, daß du Daddy auf die Leute dort ansprichst. Wir haben schon genug Ärger. Also laß es!" Ihre Stimme klang sorgenvoll und gequält, daß ich ihr am liebsten meine Wut ins Gesicht gebrüllt hätte: Ihr seid doch selbst nicht besser als die Aasjäger, du falsche Schlange! Ich hab doch selbst erlebt, wie ihr für diese Kerle spioniert! Aber ich biß die Zähne zusammen, knurrte nur ein zerquetschtes „Ja!“ und nahm Anlauf für den nächsten Schwung. Wieder und wieder schwang ich hinaus und hätte damit am liebsten nie mehr aufgehört, so frei und unbeschwert fühlte ich mich in diesen Sekunden.

Melissa kauerte am Teich, hielt ihre Haare mit einer Hand zurück und beugte sich vor, um direkt aus der Quelle zu trinken. „Ich haue ab“, sagte ich rauh.

„Ich schaffe es nicht allein über den Hügelkamm.“ Sie sah mich nicht an.

Ich überlegte, ob ich ihr sagen sollte, sie könne ja in die Schlucht hinabsteigen und das Tal umgehen, dabei brauche sie keine Hilfe, aber ich besann mich eines Besseren.

Auf dem Heimweg gab es nicht viel zu bereden. Es war eine schwierige Kletterei, als wir uns die steile Canyonwand hinaufkämpften, und Melissa ließ sich von mir nur helfen, wenn sie absolut nicht weiter konnte. Je länger ich darüber nachdachte, wie sie mich behandelte, desto wütender wurde ich. Und wenn ich daran dachte, daß ich auf sie scharf gewesen war . . .! Ich war ein Narr – und die Shanks waren nichts Besseres als Diebe, Aasjäger, Spione!

Als wir den Basilone Hill erreicht hatten, sah Melissa mich kühl an. „Ich brauche deine Hilfe nicht mehr“, erklärte sie. „Du kannst in dein Tal zurücklaufen, wohin du gehörst.“

Wortlos machte ich auf dem Absatz kehrt und rannte den Abhang hinunter. Dabei hörte ich, wie sie lachte. Schäumend vor Wut, verharrte ich hinter einem Baum und wartete eine Weile. Dann setzte ich den Weg zu den Shanks fort und richtete es so ein, daß ich mich ihrer Behausung von der anderen Seite näherte. Ich erreichte eine Lücke zwischen den Bäumen und konnte das Haus und das umliegende Gelände gut überblicken. Addison stand an der Tür und unterhielt sich angeregt mit Melissa. Sie zeigte nach Süden zum Tal, lachte, und Addison nickte. Er war mit seinem langen, schmierigen braunen Mantel bekleidet, und als er sein Gespräch mit Melissa beendet hatte, öffnete er die Tür und schickte sie ins Haus. Dann verschwand er im Wald und entfernte sich in nördlicher Richtung. Ich wartete noch einen Moment, dann folgte ich ihm. Es gab zwischen den Bäumen so etwas wie einen Pfad, offensichtlich von

Addison selbst geschaffen. Auf Zehenspitzen huschte ich hinter dem Mann her, achtete auf Äste und darauf, Melissas Vater nicht zu nahe zu kommen. Wenn ich ihn sehen konnte, schlug ich mich seitlich in die Büsche. War der Abstand wieder groß genug, wagte ich mich hervor und rannte ein Stück von Baum zu Baum, um mich dann wieder zu verstecken und Luft zu holen. Es war genauso, als würde ich irgendein Tier verfolgen, nur war es kein Tier, und außerdem war diese Jagd weitaus spannender.

Schließlich gelangte Addison ans Ufer des San Mateo. Ich versteckte mich hinter einem Baum – diesmal war es ein Eukalyptus, der für meine Zwecke eigentlich zu dünn war – und überlegte, was er wohl vorhaben mochte. Er sah sich nach allen Seiten um, blickte sogar in meine Richtung, und ich kauerte mich nieder und hielt meinen Kopf hinter dem Stamm, so daß ich ihn nicht mehr sehen konnte. Keuchend blieb ich in geduckter Stellung und wagte nicht, meinen Kopf hochzurecken. Hatte er mich gehört? Ich machte mich so flach wie möglich, hielt die Luft an und versuchte, einen hastigen Blick auf mein Opfer zu erhaschen.

Kein Add. Ich ging in die Hocke, sah keine Spur von ihm, doch dann hörte ich das Brummen eines Motors draußen auf dem Fluß. Add tauchte wieder auf, immer noch am Ufer, hielt Ausschau in Richtung Meer und winkte dann. Ich blieb in meinem Versteck. Bald gewahrte ich ein kleines Boot mit drei Männern darin. Es gab keine Ruder, sondern das Boot verfügte über einen Motor, der am Heck angebracht war. Der Mann in der Mitte war ein Japaner. Der Mann am Bug stand auf, als sie sich dem Ufer näherten. Und er sprang heraus und half Add, das Boot mit einer Leine an einem Baum festzubinden.

Während die anderen Männer aus dem Boot kletterten, kroch ich katzengleich von Baum zu Baum und rutschte schließlich bis zu einer Pechtanne, die nur ein paar Fuß von der Landestelle entfernt aufragte. Unter ihren niedrig hängenden Ästen und hinter ihrem Stamm war ich so gut wie unsichtbar.

Der Japaner – der entfernt meinem Kapitän ähnlich sah, er war nur etwas kleiner – griff in das Boot und zog einen weißen Stoffsack heraus, der oben zugebunden war. Diesen reichte er Add. Sie stellten Add einige Fragen, und Add beantwortete sie. Ihre Stimmen konnte ich hören, doch ich konnte nicht verstehen, worüber sie sprachen!

Ich fluchte in Gedanken. Noch näher heranzugehen wagte ich nicht. Das Rauschen des Flusses war zwar laut genug, um ihre Unterhaltung für meine Ohren unverständlich zu machen, doch vielleicht würde ihnen ein anderes Geräusch auffallen. Demnach war also die ganze Mühe, die ich aufgeboten hatte, daß Addison mich nicht entdeckte, umsonst gewesen. Soviel Pech konnte man einfach nicht haben. Da stand Add und beredete sicherlich mit dem Japaner, wann er mit ihrem nächsten Besuch rechnen konnte, und da war ich, keine vier Bootslängen entfernt, und hatte nichts davon. Am liebsten hätte ich angefangen zu heulen.

Gelegentlich lachte einer der Aasjäger und machte eine scherzhafte Bemerkung zu Addison, so daß ich sogar ganze Sätze ausmachen konnte. „Es ist nicht schwer, Narren an der Nase herumzuführen", sagte einer von ihnen. Add brach darüber in schallendes Gelächter aus. „Das alles bekommen wir in ein oder zwei Monaten zurück", sagte der andere Mann und zeigte auf den Sack in Addisons Hand. „Jedenfalls geht es jetzt zurück zu unseren Huren!" meinte der erste, offensichtlich erfreut. Der Japaner beobachtete seine Gefährten bei ihrem Gespräch, lachte jedoch kein einziges Mal über ihre Scherze. Er stellte Add noch einige Fragen, und Add beantwortete sie.

Und dann, vor meinen Augen, bestiegen die drei Männer wieder ihr Boot. Add band die Leine los, warf sie zu den Männern ins Boot, stieß das Boot in den Fluß und beobachtete sie, wie sie abtrieben. Sie waren sofort außer Sicht, doch ich konnte noch hören, wie sie den Motor starteten. Und das war es dann. Ich hatte überhaupt nichts erfahren, was ich nicht schon vorher gewußt hatte. Ich drückte mein Gesicht in die Kiefernnadeln und zermalmte ein paar zwischen den Zähnen.

Add wartete noch ein oder zwei Minuten, dann marschierte er an mir vorbei. Ich blieb einen Moment liegen, dann folgte ich ihm. Plötzlich war Add nirgendwo mehr zu sehen. Ich verlangsamte mein Tempo und überlegte sogar, ob es überhaupt noch Zweck hatte, wenn ich ihm bis nach Hause folgte. Aber was sollte ich sonst machen? Allein nach Onofre zurückzumarschieren würde mir auch keinen Spaß machen.

Ich bemerkte ihn nicht, bis er mich mit seiner Schulter rammte und zu Boden schleuderte. Er zog ein Messer aus seinem Gürtel und schien sich auf mich stürzen zu wollen. Ich rollte zur Seite weg, trat gegen seinen Arm mit dem Messer, drehte mich noch mal, trat dann gegen sein Knie, kämpfte mich auf die Füße, duckte mich und hieb ihm meine gefalteten Hände, so schnell ich konnte, ins Genick. Er krachte gegen einen Baum und blieb benommen daneben liegen; schnell riß ich ihm den Sack aus der Hand und sprang zurück außer Reichweite seines Messers. Den schweren kleinen Sack hielt ich hoch wie einen Totschläger und wich hastig zurück.

„Bleiben Sie ja dort liegen, sonst haue ich ab, und Sie sehen den Sack nie wieder", sprudelte ich hervor. „Ich bin schneller als Sie, und Sie werden mich niemals fangen. Niemand kann mich im Wald einholen." Und ich lachte über den Ausdruck seines Gesichtes, denn es stimmte, und er wußte es.

Mit seiner freien Hand massierte er seinen Nacken und starrte mich mit haßerfülltem Funkeln in den Augen an. „Was willst du?" fragte er.

„Nicht viel. Ich will auch diesen Sack nicht, obwohl er schwer ist. Wahrscheinlich ist da eine ganz hübsche Menge Silber drin oder vielleicht sogar noch wertvolleres Zeug, was?"

Er starrte auf den Sack, richtete sich halb auf, woraufhin ich gleich drei Schritte rückwärts machte. „Ich schätze, Tom, John, Rafael und all die anderen wären ganz wild darauf, sich diesen Sack einmal anzusehen und sich anzuhören, was ich ihnen dazu erzählen kann."

„Was willst du?" krächzte er.

Ich erwiderte seinen haßerfüllten Blick ohne Furcht. „Ich mag nicht, wie Sie mich benutzt haben", sagte ich. „Ich möchte einmal dabeisein, wenn die Japaner in Orange County landen. Ich will jetzt wissen, wo und wann die nächste Landung stattfindet."

Verwirrt sah er mich an und ließ das Messer ein Stück sinken. Dann grinste er, in seinen Augen immer noch ein Funkeln des Hasses, und ich fröstelte. „Du hängst doch mit den anderen Jungen zusammen, nicht wahr? Mit dem jungen Nicolin und dem Mendez und den anderen."

„Nein, ich bin allein."

„Hast mich wohl ausspioniert, was? Und ich wette, daß John Nicolin keine Ahnung hat."

Ich hob den Sack an. „Sagen Sie, wann und wo, Add, oder ich laufe damit ins Tal, und Sie können sich dort nie wieder blicken lassen."

„Einen Teufel werde ich."

„Wollen Sie es darauf ankommen lassen?"

Er fletschte die Zähne. Ich gab keinen Millimeter nach. Ich beobachtete, wie er nachdachte.

Dann grinste er auf eine Weise, die ich nicht begriff. „Sie gehen diesen Freitagabend in Dana Point an Land. Um Mitternacht."

Ich warf ihm den Sack zu und rannte davon. „Freitagabend!" sang ich und rannte durch den Wald, und endlich spürte ich auch den Knoten in meinem Magen nicht mehr.

DOCH der Knoten blieb nicht lange fort. Im Tal lief ich sofort zu den Nicolins, wo Mrs. Nicolin mir erklärte, Steve sei mit Kathryn unterwegs. Mit einem unbehaglichen Gefühl bedankte ich mich. Stritten sie sich schon wieder? Versuchte Kathryn, ihm unser Vorhaben auszureden? Egal, wo ich nachschaute, ich fand die beiden nicht. Ich hatte auch keine Vorstellung, wo sie sich aufhalten könnten.

Das war am Mittwochabend. Zweimal noch suchte ich das Haus der Nicolins an diesem Tag auf, doch niemand tauchte auf. Und je länger ich auf Steve wartete, desto seltsamer kam mir die ganze Angelegenheit vor. Was würde Kathryn sagen, wenn sie von meiner Rolle in diesem Spiel erführe? Sie würde sicher denken, daß ich sie belogen, daß ich ihr Vertrauen mißbraucht hatte. Wenn ich andererseits Steve nichts von dem bevorstehenden Besuch der Japaner verriet – nun, ich wagte gar nicht, mir auszudenken, was dann geschehen würde, wenn er davon erfahren sollte. Ich würde sicherlich meinen besten Freund verlieren.

Nach meinem zweiten Besuch bei den Nicolins ging ich nach Hause und legte mich ins Bett. Es war ein so ereignisreicher Tag gewesen, daß ich sicherlich Schwierigkeiten beim Einschlafen haben würde – dachte ich. Als ich jedoch unter meiner Decke lag, fielen mir sofort die Augen zu. Trotzdem wachte ich etwa zwei Stunden später wieder auf und verbrachte den Rest der Nacht damit, mich unruhig in meinem Bett herumzuwälzen und darüber nachzudenken, was ich jetzt tun sollte.

Am nächsten Vormittag eilte ich wieder zum Haus der Nicolins. Steve stand gerade davor und schrie seine Mutter an, die aus der Tür sah. Wahrscheinlich ging es wieder um John, vermutete ich. Er hatte sicherlich wieder etwas gesagt oder getan, was Steve hatte in Wut geraten lassen . . . Innerlich wehrte sich bei mir alles dagegen, meinen Weg fortzusetzen. Ich wollte lieber abwarten, bis Steve sich beruhigt hatte. Als er schließlich in Richtung Klippen davonmarschierte, näherte ich mich ihm.

„Was ist los?" fragte er, als er mich gewahrte.

„Ich kenne das Datum!" rief ich. Sein Gesicht hellte sich auf. Ich erzählte ihm alles. Danach erfaßte mich ein kurzer Schauder. Ich hatte es ihm gesagt. Eigentlich hatte ich es nicht richtig gewollt. Die Entscheidung lag allein in der Tatsache, daß ich es getan hatte.

„Das ist ja super", sagte er. „Einfach spitze. Jetzt haben wir sie! Warum hast du es mir nicht eher verraten?"

„Ich hab's doch erst gestern erfahren", wehrte ich mich.

Er schlug mir auf den Rücken. „Komm, das erzählen wir den Leuten aus San Diego. Viel Zeit haben wir nicht mehr – einen Tag, he! Wahrscheinlich müssen sie noch ein paar Männer zusätzlich herkommen lassen."

Nun, da ich es ihm mitgeteilt hatte, war ich unsicherer als je zuvor, ob es richtig gewesen war. Es war dumm, aber es war so. Ich zuckte die Achseln und meinte: „Lauf hin und sag's ihnen, ich benachrichtige Gabby, Del und Mando, wenn ich sie sehe."

„Nun . . .", er legte den Kopf schief und beäugte mich prüfend, „. . . klar, wenn du es so willst."

„Komm heute nacht zu mir, und erzähl mir, was sie meinten."

„Okay, ich komme."

In der Nacht frischte der Wind noch auf. Die Zweige und Äste des Eukalyptus ächzten und knarrten, und seine Blätter wurden durch die Luft gewirbelt.

„Rate mal, wer bei ihnen im Camp war?" begann Steve seinen Bericht. „Rate mal!"

„Keine Ahnung. Lee?"

„Nein, der Bürgermeister! Der Bürgermeister von San Diego!"

„Tatsächlich? Was hat der denn hier zu suchen?"

„Er will gegen die Japaner kämpfen. Er hat sich richtig gefreut, als ich ihm sagte, wir könnten ihn und seine Männer zu einer Landestelle führen. Er schüttelte mir die Hand, und dann haben wir Whisky getrunken und uns unterhalten."

„Das kann ich mir vorstellen. Hast du ihm denn gesagt, wo die Stelle ist?"

„Natürlich nicht! Hältst du mich für einen Narren? Ich meinte, Genaueres würden wir erst morgen erfahren und daß wir es ihm sagen, wenn wir gemeinsam losziehen. Auf diese Weise sind sie gezwungen, uns mitzunehmen, klar? Genaugenommen habe ich ihnen gesagt, daß nur du weißt, wo die Japaner an Land gehen, und daß du es niemandem verraten würdest."

„Oh, prima. Und warum sollte ich das?"

„Weil du ein ziemlich mißtrauischer Bursche bist, ist doch klar, und weil du nicht möchtest, daß die Japaner Wind davon bekommen, daß wir Bescheid wissen."

Das brachte mich zu einer Überlegung, der ich vorher keine Beachtung geschenkt hatte: Die Japaner konnten doch von Add erfahren, daß wir über ihre Pläne Bescheid wußten. Möglicherweise kam es gar nicht zu einer Landung. Und noch eine Möglichkeit ging mir durch den Kopf: Add konnte mir auch ein falsches Datum genannt haben. Aber darüber schwieg ich. Ich wollte jetzt keine Probleme mehr zur Sprache bringen. Ich sagte nur: „Die halten uns sicher für völlig verrückt."

„Überhaupt nicht. Der Bürgermeister war mit uns sehr zufrieden."

„Kann ich mir vorstellen. Wie viele Männer waren bei ihm?"

„Fünfzehn, vielleicht zwanzig."

„War Jennings dabei?"

„Klar."

„Was ist mit Lee? War Lee bei ihnen?"

„Ich hab ihn nicht gesehen."

Das mit Lee machte mir Sorgen. Mir gefiel nicht, wie er plötzlich aus der Gruppe verschwunden war. „Gabby und Del wissen, was läuft", sagte ich nach einer Weile. „Del ist am Freitag mit seinem Vater drüben im Talega Cañon, um ein paar Kälber zu kaufen. Deshalb kann er nicht mitmachen."

„Und Gabby?"

„Er kommt."

„Gut. Henry, was hältst du davon? Jetzt gehören wir zum amerikanischen Widerstand!"

„Das stimmt." Ich bemühte mich, mein Zittern zu unterdrücken.

Viel Schlaf bekam ich in dieser Nacht nicht. Und der nächste Tag war der längste, an den ich mich erinnern kann. Der Santa-Ana-Wind blies und schien die ganze Welt zum Verdorren zu bringen. Nachdem ich wie jeden Morgen meinen Fisch und mein Brot hinuntergewürgt hatte, wurde ich so unruhig, daß ich irgend etwas tun mußte.

Daher sagte ich zu Pa: „Ich gehe mal den alten Mann besuchen, und anschließend arbeiten wir am Baumhaus weiter, deshalb komme ich erst spät wieder zurück."

Draußen herrschte ein ungewisses Zwielicht. Ich überquerte die Brücke und stieg hinauf zu den Costas. Von dort oben konnte ich auf das Tal hinabblicken, das von einer seltsam strahlenden Helligkeit erfüllt war.

Mando erwartete mich schon an der Tür. „Gabby hat mir alles erzählt, und ich gehe mit, hörst du?"

„Klar", sagte ich und ging hinein. Der Santa Ana ließ die Ölfässer gespenstisch dröhnen. Ich sah ins Krankenzimmer, wo eine Lampe brannte. Tom lag auf dem Rücken, den Kopf auf einem Kissen etwas hochgelegt.

Er schlug die Augen auf und sah mich an. „Henry", begrüßte er mich. „Wie schön."

Es war heiß und stickig in dem Zimmer. Ich trat ans Bett und nahm in einem Sessel Platz.

Toms Bart und seine Haare waren verfilzt, und die grauen und weißen Locken sahen wächsern aus. Sein Gesicht war schmaler, als ich es je gesehen hatte. Er sah alt und krank aus, und ich dachte, daß er sterben würde. Er stützte sich auf die Ellbogen. „Schieb das Kissen so zurecht, daß ich aufrecht sitzen kann", bat er. Ich hielt ihn fest, während ich das Kissen zusammendrückte. Danach lehnte er sich mit dem Kopf gegen ein Ölfaß. „Hast du schon angefangen, das Buch, das ich dir gegeben habe, vollzuschreiben?" fragte er.

„O Tom, ich weiß doch nicht, wie man das macht. Ich hab's noch nicht mal aufgeschlagen."

„Es war aber mein Ernst", bekräftigte er.

„Das weiß ich. Aber was soll ich schreiben? Dabei weiß ich doch noch nicht mal, wie man richtig buchstabiert."

„Buchstabieren", wiederholte er spöttisch. „Das ist doch nicht das Wichtigste. Shakespeares sechs bekannte Unterschriften haben insgesamt vier verschiedene Schreibweisen. Auch Grammatik ist nicht wichtig. Schreibe so, wie du reden würdest. Klar?"

„Aber . . ."

„Kein Aber, Junge. Ich hab dir Lesen und Schreiben nicht umsonst beigebracht."

„Ich weiß. Aber ich kenne keine Geschichten."

„Wenn du schreibst, fällt dir alles wieder ein. Streng dein Gedächtnis an!"

Er verstummte, und wir lauschten dem Heulen des Windes. Ein Ast polterte gegen die Außenwand. Seine Hände krampften sich in die Decke über seinen Beinen.

„Hast du Schmerzen?" fragte ich.

„Nein." Immer noch knetete er die Decke. Er seufzte einige Male. „Du denkst doch, ich bin schon ziemlich alt, was, Junge?" Seine Stimme klang schwach.

Ich starrte ihn an. „Du bist sehr alt."

„Ja. Ich hab ein ganzes Leben in der alten Zeit verbracht. An dem Tag, als es geschah, war ich fünfundvierzig – demnach bin ich jetzt hundertacht Jahre alt, stimmt's?"

„Ja, stimmt. Du weißt es ja am besten."

„Und so alt sehe ich auch aus." Er atmete tief ein, hielt die Luft an und atmete wieder aus. Mir fiel auf, daß er noch kein einziges Mal gehustet hatte. Ich wollte darüber eine Bemerkung machen, als er fortfuhr: „Was wäre, wenn ich es nicht bin?"

„Was?"

„Wenn ich gar nicht so alt bin. Wenn ich mein Alter ein wenig . . . gestreckt hätte."

„Aber . . . wie soll das denn gehen?"

Er starrte mich mit flehenden braunen Augen an. „Ich war achtzehn, als die Bomben explodierten, Henry. Zum erstenmal sage ich dir die Wahrheit. Ich muß es einfach, solange ich es noch kann. Es geschah, als ich achtzehn war und ich durch die Sierra wanderte. Deshalb bin ich jetzt . . ., jetzt . . ." Er blinzelte ein paarmal, dann schüttelte er den Kopf.

„Einundachtzig", sagte ich mit einer Stimme, so trocken wie der Wind.

„Einundachtzig", wiederholte er verträumt. „Alt genug, und das ist die Wahrheit. Aber in der alten Zeit war ich nur ein Junge wie du. Das andere stimmt alles nicht. Das wollte ich dir noch sagen, ehe ich abtrete."

Ich starrte ihn an, stand auf, ging umher und blieb am Fußende seines Bettes stehen und starrte ihn wieder an. Er wich meinem Blick aus.

„Ich dachte, du solltest wissen, was ich getan habe", meinte er entschuldigend. „Nun, es ist schon wichtig, jemanden zu kennen, der in der alten Zeit gelebt hat – das ist sehr wichtig."

„Aber wenn du das doch gar nicht erlebt hast . . ."

„Ich hab's erfunden. Sicher, ich war da, hab in der alten Zeit gelebt. Nicht lange, und ohne damals alles zu verstehen, aber ich war da. Ich habe euch nicht richtig angelogen. Ich hab nur ein wenig dazu erfunden."

Ich wollte es nicht glauben. „Aber warum?" rief ich.

Er schwieg lange, und nur der Wind heulte sein Lied. „Ich weiß nicht, wie ich es erklären soll", sagte er müde. „Vielleicht, um die Erinnerung an eine Vergangenheit aufrechtzuerhalten, die für uns sehr viel bedeutet. Um den Geist wachzuhalten, den Überlebenswillen. Wie dieses andere Buch. Möglich, daß Glen Baum wirklich eine Reise um die Welt gemacht hat. Genauso ist es aber auch möglich, daß Wentworth sich das alles ausgedacht und in seiner Werkstatt niedergeschrieben hat. Aber es ist eigentlich egal. Wir brauchen das alles, selbst wenn es eine Lüge ist, verstehst du das?"

Ich schüttelte den Kopf und brachte kein Wort hervor.

Seine Stimme war kaum zu hören, als er murmelte: „Setz dich her, Junge." Ich ließ mich in meinen Sessel fallen. „Hör gut zu. Ich will dir erzählen, wie es war an jenem Tag, als die alte Welt unterging. Ich kam damals aus den Bergen. Ich wollte allein durch die Berge wandern. Ich hatte nicht den blassesten Schimmer, daß die Bomben explodiert waren, kannst du dir das vorstellen?" Er schüttelte den Kopf, als könnte er es immer noch nicht fassen. Und ich begriff, daß er mir Dinge erzählte, über die er noch mit niemandem sonst geredet hatte. „Es war ein herrlicher Tag, und ich wanderte über den Pinchot Pass, doch während der Nacht verdeckte Rauch die Sterne. Ich wußte nichts, aber ich ahnte etwas. Und dann kam ich ins Tal, und in Owens Valley rannten sie wie wahnsinnig herum und erzählten es mir – und dann verlor auch ich den Verstand –, o Henry, ich hoffe, daß du so etwas niemals erleben mußt. Ich war kaum älter als du, und alle waren tot, alle, die ich kannte. Mir brach das Herz, und manchmal glaube ich, daß ich mich davon niemals richtig erholt habe . . ." Er schluckte krampfhaft.

„Hör auf, Tom! Du brauchst nicht darüber zu reden."

„Ich muß", wiederholte er. „Anfangs glaubte ich es nicht. Aber es fuhren keine Busse mehr, da wußte ich es. Ich hatte Mühe, per

Anhalter und zu Fuß nach Hause zu kommen, und als ich dort eintraf, lag alles in Schutt und Asche, die ganze Stadt. Ich hatte Angst vor der Strahlung, deshalb habe ich bei meinem Zuhause gar nicht nachgesehen. Ich zog in die Berge, und dort lebte ich vom Plündern und Rauben. Dann fand ich eine Hütte, und mir wurde klar, daß ich mich damit abfinden mußte, daß meine Familie tot war. Die Strahlung war mir mittlerweile gleichgültig, ich glaube, ich habe gar nicht mehr daran gedacht. Also kehrte ich zurück nach Orange County. Und dort . . ., oh, oh . . ." Seine Hände zuckten wie im Fieber. „Ich kann es nicht sagen", keuchte er. „Es war . . . schlimm. Ich kam her. Kahle Berge, ich war überzeugt, die ganze Welt war vernichtet. Ich sah Menschen, die am Strand lagen und starben. Und ich hoffte, nur uns hätte es erwischt und Rußland und Europa und China. Daß die anderen Länder irgendwann Hilfe schicken würden, ha ha." Er erstickte fast und umklammerte meine Hand. „Aber niemand wußte etwas. Niemand wußte mehr als das, was er sehen konnte. Ich sah kahle Berge. Mehr wußte ich nicht. Und ich wußte, daß ich dort leben könnte, wenn ich mich davor in acht nahm, daß irgendwer, der kurz vor dem Verhungern stand oder wahnsinnig genug war, mich umbrachte. Ich fand dieses Tal, und ich wußte, es wäre zu schaffen. Und nie mehr setzte ich einen Fuß nach Orange County."

Ich drückte seine Hand; ich wußte, daß er seitdem noch einmal dort gewesen war.

Als wollte er mir sofort widersprechen, sagte er: „Bis auf den heutigen Tag nicht mehr. Es ist dort schrecklich. Du hast sie ja bei den Tauschtreffs schon gesehen, diese Aasjäger. Irgend etwas stimmt mit ihnen nicht, es muß sie in den Wahnsinn getrieben haben, inmitten all der Ruinen zu leben. Du mußt dich von dort fernhalten, Henry. Ich weiß, daß du des Nachts schon mal dort warst. Aber hör auf mich: Geh niemals wieder hin, niemals!" Er hatte sich aufgerichtet und starrte mich mit glühenden Augen an. „Dort herrscht das Böse! Versprich mir, daß du niemals hingehen wirst, Junge!"

„Ach, Tom . . ."

„Versprich es mir, Henry. Du bekommst, was du brauchst, doch hier von den Aasjägern. Dafür sind sie da. Henry, bitte, versprich es mir, daß du niemals dorthin gehst!"

„Na schön", lenkte ich ein. „Ich verspreche es." Ich mußte das sagen, um ihn zu beruhigen.

Er kippte nach hinten in sein Kissen. „Gut. Dann bleibt dir das erspart. Aber ich habe es gesehen."

Die Situation war für mich so schlimm, daß ich schnell das Thema wechselte. „Aber ich denke, dir hat es nicht geschadet, auf lange Sicht jedenfalls nicht. Denn du bist nach vielen Jahren immer noch hier."

„Neutronenbomben. Kurzzeitstrahlung. Klar, aber ich weiß es nicht genau. Die Erde wird uns rächen, aber das ist kein Trost. Rache ist kein Trost. Nichts wird mehr so sein wie früher. Wir wurden ermordet! Diejenigen von uns, die noch übrig waren, waren so hungrig. Wir kämpften gegeneinander und beendeten das Werk der anderen. Das war das schlimmste. In dem Jahr danach starben mehr Menschen, als durch die Bomben ums Leben gekommen waren. Und immer mehr starben, bis es so aussah, als sollte eines Tages kein einziger Mensch mehr am Leben sein. Die Amerikaner hatten sich in ihrem Hochmut so weit von der Erde entfernt, daß sie nicht einmal mehr wußten, wie sie von der Erde leben konnten. Man bekämpfte sich, tötete sich gegenseitig. Es kam soweit, daß einem ein wahrer Freund wichtiger war als die ganze übrige Welt. Bis nur noch so wenige übrig waren, daß man gar nicht mehr zu kämpfen brauchte. Alle waren tot. Ich sah den Tod öfter über die Straße wandern, als du dir vorstellen kannst, Henry. Dann kamen die Stürme, das Wetter wurde immer schlechter. Es gab einen Winter, der ganze zehn Jahre dauerte. Die Leiden wurden unerträglich.

Es kam so weit, daß man, wenn man ein menschliches Gesicht sah, in dem sich der Wahnsinn noch nicht festgesetzt hatte, am liebsten auf diesen Menschen zugestürzt wäre und ihn umarmt hätte. Das waren Jahre der Einsamkeit, wie man sie niemals für möglich gehalten hätte. Man braucht andere Menschen; denn je mehr Menschen zusammen sind, desto einfacher ist es für sie, genug Lebensmittel zu beschaffen. Damals ließen wir uns hier nieder . . ., es war ein Anfang. Wir waren nicht mehr als ein Dutzend. Jeder Tag war ein harter Kampf. Wir dachten nur an Essen . . ., das war das wichtigste."

„Bitte, Tom. Du machst nur deine Stimme kaputt, wenn du so weiterredest!" Er schwitzte, und seine Stimme war manchmal nicht mehr als ein Krächzen. Doch nun ließ er sich nicht mehr beruhigen. Mit einem Blick verurteilte er mich zum Schweigen und setzte seinen Bericht fort.

„Vor den Bomben waren wir trotz aller Fehler und schlechten Eigenschaften immer noch die führende Nation, der Mittelpunkt der Welt gewesen, und deshalb haben sie uns getötet. Aus Neid mordeten sie uns hin. Es war der reinste Völkermord, Junge. So etwas hat es auch früher schon gegeben. Wir haben es zum Beispiel mit den Indianern so gemacht. Und genau das ist wahrscheinlich auch mit uns geschehen. Ich finde nach und nach Erklärungen dafür, aber sie reichen nicht aus. Jedenfalls ist es immer noch besser, die Begründung dort zu suchen, als anzunehmen, daß die anderen Völker uns aus purem Neid getötet haben. Denn das haben wir nicht verdient, so etwas verdiente keine Nation. Wir haben uns in vielen Dingen geirrt, haben sicherlich viele Fehler gemacht, aber so etwas haben wir bei Gott nicht verdient!"

„Tom, beruhige dich! Bitte!"

„Aber sie werden es büßen", flüsterte er. „Wirbelstürme, ja, und Erdbeben und Flutkatastrophen und Dürreperioden und Feuer und sinnlosen Mord. Sieh mal, ich mußte noch einmal hin, um es mir anzusehen! Ich mußte es sehen. Und überall war Rauch, und alles war dem Erdboden gleichgemacht. Mein Zuhause. Nur ein paar Blocks weiter stand alles noch. Denn es war genau der Mittelpunkt, die Stelle Null, das magische Königreich meiner Jugend. Die Main Street war voller Trümmer, überall nur tote Menschen, Ruinen, der Hauch des Todes . . ."

„Bitte, Tom!"

„Aber ich blieb am Leben. Ich rannte vor dem Bösen davon, ich weiß nicht, wann oder wie, und ich kam in dieses Tal. Und ich lernte zu überleben. Damals, in der alten Zeit, hatte ich überhaupt nichts gelernt. Schulbuchweisheiten. Unsinn. Dummes Zeug. Ich starb fast bei dem Versuch, etwas Richtiges zu lernen. Zwanzig Jahre brauchte ich dazu. Aber ich habe es geschafft, Junge. Ich hatte Glück. O Henry, begreifst du jetzt, warum ich euch belog? Ich wollte nicht, daß ihr es erfahrt. Ich wollte euch vor dem totalen Nichts bewahren. Ich wollte, daß ihr das, was ihr zur Verfügung hattet, als etwas Wertvolles, Sinnvolles, Erstrebenswertes seht, damit ihr sagen konntet, wir sind Menschen, wir sind ein Volk. Henry, Henry . . ."

„Ja, Tom! Beruhige dich doch, ich bitte dich!" Ich war aufgesprungen, hielt ihn bei den Schultern, erschüttert über diesen Gefühlsausbruch. Er wand sich, wollte weiterreden, aber ich legte ihm eine

Hand auf den Mund. „Du regst dich zu sehr auf. Leg dich wieder hin, bitte. Wenn Doc jetzt hereinkäme, dann wäre er böse auf dich. Du hast noch nicht die Kraft, dich derart aufzuregen."

„Henry, paß auf", flüsterte er.

„Jaja, ist ja gut. Komm zur Ruhe, ruhig."

Endlich schien er mich zu hören. Er lehnte sich zurück. Ich wischte ihm den Schweiß von der Stirn und setzte mich wieder hin. Ich fühlte mich, als hätte ich einen meilenweiten Lauf hinter mir. „Okay", sagte er. „Ich bin wieder ganz ruhig. Aber das mußtest du erfahren."

„Ich weiß, daß du überlebt hast. Das haben wir jetzt hinter uns, und das ist es ja, was mir längst klar ist. Mehr will ich gar nicht wissen", erklärte ich, und ich meinte es auch so.

Er schüttelte den Kopf. „Aber du mußt." Er entspannte sich. „Ich spiele lieber wieder den braven Jungen. Dann braucht Doc nicht mit mir zu schimpfen", sagte er leise.

Ich hatte immer noch Angst, mein Herz pochte wie ein Dampfhammer. „Denk daran, du mußt mit deiner Kraft haushalten."

Er schüttelte den Kopf. „Ich bin müde." Der alte Mann musterte mich. „Du wirst doch nicht mehr dorthin gehen, nicht wahr? Du hast es versprochen."

„Ach, Tom", meinte ich. „Eines Tages muß ich es vielleicht, das weißt du doch."

Er sackte auf das Kissen zurück und starrte zur Decke. Nach einiger Zeit begann er zu reden. „Wenn man etwas lernt, das wichtig genug ist, um es weiterzugeben, dann scheint das ganz einfach zu sein. Alles ist so klar, wenn ich betrachte, was ich alles erlebt habe. Aber es geht nicht. Man kann nicht lehren, was die Welt, die Erfahrung gelehrt hat."

Teil vier

Orange County

XI

DRAUSSEN war es dunkel, und der Wind heulte. Ich stand bei der Holzbank im Garten und beobachtete, wie der Wind an den Kartoffelpflanzen zerrte, und spürte, wie er auf mich einstürmte.

„Fertig?“ fragte Steve scharf, und ich zuckte zusammen. Mando und Gabby standen hinter mir. Unmöglich, in dem Wind zu hören, wenn jemand sich anschlich.

„Sehr lustig“, schimpfte ich.

„Dann los.“

Mando mußte noch etwas erledigen. „Ich muß dafür sorgen, daß Pa wach bleibt und nach Tom sieht.“

„Tom ist wach“, sagte ich. „Er kann deinen Vater rufen, wenn er ihn braucht. Wenn du ihn jetzt weckst, was willst du ihm denn antworten, wenn er dich fragt, was du vorhast?“

Mando sah mich unsicher an.

„Laßt uns endlich losziehen“, drängte Steve. „Wenn ihr mitwollt, heißt das.“

Wortlos setzte sich Mando in Bewegung, den Pfad hinunter ins Tal. Wir folgten ihm. Im Wald war von dem heftigen Wind kaum etwas zu spüren. Nur die Baumstämme knarrten und ächzten. Wir marschierten über den Basilone und schlugen einen Bogen um das Haus der Shanks. Dann an den überwucherten Fundamenten vorbei hinauf zur Autobahn, wo wir doch deutlich schneller vorankamen. Bald schon waren wir im San Mateo Valley und an der Stelle vorbei, wo ich Add ausgefragt hatte. Steve stoppte, und wir warteten ab, wozu er sich entschied.

Er überlegte. „Wir sollen mit ihnen dort zusammentreffen, wo die Autobahn den Fluß überquert.“

„Dann sollten wir uns beeilen“, meinte Gabby. „Denn bis da haben wir noch ein gutes Stück vor uns.“

„Okay . . .“

Wir blieben dicht zusammen, so daß wir uns trotz des Windes untereinander verständigen konnten. Ein Büschel Präriegras tanzte über die Straße, und Mando erschrak. Steve und Gabby lachten. Mando sagte nichts, sondern setzte eilig seinen Weg fort. Wir folgten ihm zum San Mateo River. Dort war niemand.

„Sie werden uns sehen und sich bemerkbar machen“, vermutete ich. „Sie brauchen uns, und sie wissen, daß wir über die Straße kommen. Wahrscheinlich haben sie sich versteckt.“

„Stimmt“, sagte Steve. „Vielleicht sollten wir über den Fluß . . .“

Ein heller Lichtstrahl erfaßte uns, und eine Stimme erklang zwischen den Bäumen: „Bleibt stehen!“

Wir blinzelten ins grelle Licht. Ich fühlte mich an die Nacht auf dem Meer erinnert, als wir von dem japanischen Schiff entdeckt wurden.

„Wir sind's!" rief Steve. Gabby kicherte. „Aus Onofre."

Das Licht ging aus, und ich war für kurze Zeit so gut wie blind. Ich hörte über dem Heulen des Windes ein Rascheln.

„Gut." Eine Gestalt erhob sich auf der Seeseite der Autobahn. „Kommt hier herunter."

Wir tasteten uns den Abhang hinab, rempelten uns gegenseitig an. Eine Menge Männer umringten uns. Als wir unten angekommen waren, standen wir zwischen Büschen, die uns bis zu den Hüften reichten. Einer der Männer bückte sich und machte die Klappe einer Gaslaterne einen Spaltbreit auf. Im schwachen Schein erkannte ich Timothy Danforth, den Bürgermeister von San Diego.

„Ihr seid zu viert, ja?" fragte er mit seiner lauten Stimme. Bei ihrem Klang fühlte ich mich wieder in sein Haus zurückversetzt, und Steve antwortete: „Ja, Sir."

Weitere Männer kamen heran. „Kommen noch mehr?" wollte der Bürgermeister wissen.

„Nein, Sir", antwortete Steve. „Das sind alle."

„Na schön. Jennings, geben Sie diesen Männern Waffen."

Einer der Männer, den ich jetzt auch als Jennings erkannte, beugte sich über eine große Leinentasche, die auf der Erde stand.

„Ist Lee hier?" fragte ich.

„Lee mag solche Unternehmungen nicht", ließ Danforth sich vernehmen. „Außerdem ist er in solchen Dingen nicht besonders gut. Warum willst du das wissen?"

„Er ist immerhin jemand, den ich kenne."

„Du kennst mich, nicht wahr? Und Jennings, oder?"

„Klar. Es hat mich nur interessiert, mehr nicht."

Jennings gab jedem von uns eine Pistole. Meine war groß und schwer. Ich kauerte mich hin und betrachtete sie im Licht der Laterne. Schwarzer Lauf aus Metall, schwarzer Plastikgriff. Es war das erste Mal, daß ich außerhalb eines Tauschtreffs eine Pistole in der Hand hatte. Jennings reichte mir auch ein Ledersäckchen, das mit Patronen gefüllt war.

„Achtung, Männer!" Wäre der Wind nicht gewesen, dann hätte man die Stimme des Bürgermeisters sicher bis nach Onofre hören können. Er kam zu mir herübergehumpelt, und ich mußte zu ihm hochschauen. „Und jetzt sag uns, wo die Japaner an Land gehen werden, und wir brechen sofort auf."

„Das können wir erst sagen, wenn wir dort sind", erklärte Steve.

„So geht das nicht!" widersprach der Bürgermeister. Steve sah mich an. Der Bürgermeister fuhr fort: „Wir müssen wissen, wie weit entfernt sie an Land gehen, damit wir entscheiden können, ob wir die Boote nehmen oder nicht." Aha, dachte ich, demnach hatten sie also Boote benutzt, um an Onofre vorbeizukommen. „Ihr habt Waffen, und ihr macht bei dem Überfall mit. Ich begreife eure Vorsicht, aber wir stehen alle auf derselben Seite. Ich gebe euch darauf mein Wort. Also laßt mal hören."

„Sie landen in Dana Point", verkündete ich.

Jetzt war es heraus. Wenn sie uns jetzt zurücklassen würden, dann könnten wir nichts dagegen tun. Wir starrten den Bürgermeister an, der meinen Blick ausdruckslos erwiderte.

„Und wann?"

„Um Mitternacht."

„Und von wem hast du das erfahren?"

„Von Aasjägern, die die Japaner nicht leiden können."

Schweigen. Danforth blickte zu einem Mann, den ich wiedererkannte – es war Ben, sein Assistent.

„Dann wollen wir uns besser auf den Weg machen", entschied Danforth. „Wir gehen zu Fuß."

„Bis Dana Point brauchen wir zwei Stunden", sagte Steve. Seine Stimme zitterte vor Erwartung.

Als wir alle wieder im heißen Wind auf der Straße standen, setzten sich die Leute aus San Diego nach Norden in Bewegung. Wir folgten ihnen. Ein paar Männer verschwanden hinter und neben uns. Sie hatten alle Arten von Waffen bei sich, sogar eine kleine Kanone mit einem dreibeinigen Gestell.

Der Wind heulte, und die Sterne funkelten am wolkenlosen schwarzen Himmel. Gelegentlich tauchten Scouts im Laufschritt neben uns auf und machten dem Bürgermeister Meldung. Wir vier hielten uns dicht hinter Danforth und lauschten, als er mit seinen Leuten über alles mögliche diskutierte. Dann erreichten wir eine Anhöhe, wo eine Ziegelsteinmauer zusammengebrochen war. Wir stiegen über die Trümmer und befanden uns in San Clemente.

„Ich schätze, der Wind wird sie etwas aufhalten", sagte Danforth zu Ben und war sich offensichtlich nicht bewußt, daß er eine Grenze überschritt, eine Grenze, die niemals zu überschreiten ich Tom versprochen hatte . . . „Ich möchte bloß wissen, wieviel sie den Patrouillen zahlen, damit man sie durchläßt." Steve sog jedes Wort des Bürgermeisters gierig in sich auf. Zügig marschierten wir durch San Clemente hindurch bis zu dem großen Sumpf, der San Clemente von Dana Point trennt.

Von der Südseite des Sumpfes aus konnten wir Dana Point recht gut erkennen. Es war eher eine Reihe von vorgeschobenen Felsnasen, nicht so hoch wie die Klippen in San Diego, aber für diesen Teil der Küste recht beachtlich. Die Landmasse stand als wuchtiger schwarzer Schatten vor dem Sternenhimmel. Nirgendwo war ein Licht zu sehen. Unterhalb der Felsbastion erstreckten sich Sümpfe und kleine Inseln, Bäume und Ruinen, abgeschirmt durch einen Felsdamm, der einem schmalen Wasserstreifen Schutz bot. Ein- oder zweimal hatten wir dort während unserer Angelfahrten Schutz vor einem Sturm gesucht. Der Hafenkai war von unserem Standort aus nicht zu sehen, doch Steve beschrieb ihn dem Bürgermeister so detailliert wie möglich.

„Demnach werden sie sicherlich dort an Land gehen", schlußfolgerte der Bürgermeister.

„Ja, Sir."

„Und was ist mit dem Sumpf? Er sieht eher aus wie ein richtiger Fluß. Gibt es eine Stelle, wo man ihn überqueren kann?"

„Die Uferstraße verläuft über eine Brücke, die sich über den Sumpf und das Flußdelta spannt." Steve sagte das so stolz, als hätte er die Brücke selbst gebaut. „Ich war schon mal dort."

„Sehr gut. Dann nichts wie hin."

Die Straße, die von der Autobahn zur Brücke führte, war verschwunden, deshalb mußten wir in eine Schlucht hinabsteigen, den schmalen Fluß auf ihrem Grund überqueren und auf der anderen Seite wieder hinaufsteigen. Dabei wurde mir die Pistole immer hinderlicher. Mando erging es nicht anders. Aber Danforth trieb uns weiter zur Eile an. Auf der Uferstraße eilten wir über den Sand und gingen einen Schritt schneller. Es war genauso, wie Steve es beschrieben hatte. „Woher weiß er das alles?" raunte Gabby mir zu, aber ich konnte nur mit den Schultern zucken. Steve hatte auf eigene Faust nächtliche Ausflüge gemacht, das wußte ich wohl. Daß er aber sogar bis hierher vorgedrungen war, wunderte mich, zumal er mir gegenüber niemals etwas hatte darüber verlauten lassen.

Auf der Brücke wurden wir das erste Mal seit unserer Ankunft in San Clemente von der vollen Wucht des Windes getroffen. Er fegte über die Brücke, so daß wir uns kaum aufrecht halten konnten, und er drückte das Wasser in kabbeligen Wellen gegen die Brückenpfeiler. Wir hielten uns nicht lange auf, hatten die Brücke schnell hinter uns gebracht und befanden uns schließlich unter der Felsbarriere von Dana Point, geschützt vor der Wucht des Windes.

Unter den Felsnasen erstreckte sich eine sumpfige Ebene, die einmal der Hafen gewesen war. Nur der Kanal hinter dem Felsdamm war frei von dem Sand und Geröll, die die restliche kleine Bucht bedeckten. Wir kraxelten hinunter zum Strand gegenüber dem Felsdamm, keinen Steinwurf davon entfernt. Brecher schäumten über den Felsdamm und machten ihn im Licht der Sterne deutlich erkennbar. Der Kai endete fast genau gegenüber, so daß wir uns praktisch an der Einfahrt des ehemaligen Hafens postiert hatten.

„Wenn sie hier landen, dann müssen sie durch diesen Sumpf dort waten", meinte Jennings zum Bürgermeister.

„Meinen Sie, die kommen da herein?" fragte der Bürgermeister und wies zu dem Kanal, der unter einem Felsvorsprung endete.

„Schon möglich, aber wenn die Brandung nicht so stark ist, wie zum Beispiel heute nacht, dann wüßte ich nicht, warum sie das alles nicht umgehen und gleich zum Strand segeln sollten." Jennings zeigte dorthin zurück, woher wir gekommen waren. Er meinte den breiten Strand, der sich vom Hafen in südlicher Richtung bis zur Brücke erstreckte.

„Aber wenn sie nun doch hier landen?" fragte Ben.

„Selbst wenn sie hier landen", sagte Jennings, „dann müssen sie bei uns vorbei, falls sie in dem Tal bis zur Mission hinaufwandern, was ich annehme." Er zeigte auf das nördliche Ende des Kanals. „Allerdings, wenn wir hierbleiben und sie gehen am Strand an Land, dann können sie landeinwärts flüchten. Aber wir wollen sie am Wasser in der Falle haben."

„Stimmt", sagte Ben.

Danforth nickte. „Dann zurück." Fluchend wühlten wir uns wieder durch das Buschwerk in der Schlucht. Dann zurück auf die Straße, die zur Brücke führte. Der Bürgermeister rief uns zusammen.

„Wir müssen uns gut verstecken, denn sicher kommen die Aasjäger, um ihre Besucher zu begrüßen. Daher verstecken wir uns in Gebäuden oder auf Bäumen. Wir gehen davon aus, daß sie hier am Strand landen, doch der ist ziemlich groß, so daß wir wahrscheinlich den Standort wechseln müssen, sobald sie in Sicht sind." Er führte uns von der Straße zum Strand hinunter. „Seht zu, daß ihr keine Spuren hinterlaßt! Und nun, die Hauptstreitmacht dort hinter diesen Wall!" Einige Männer entfernten sich in die Richtung, in die sein Finger zeigte, und gingen hinter einer eingestürzten Ziegelmauer in Dekkung. „Seht zu, daß ihr euch gut tarnt." Er ging nach Süden hinunter zum Strand. „Eine andere Gruppe dort drüben zu der Bauminsel. Damit haben wir sie gut im Kreuzfeuer. Und ihr aus Onofre . . ." Er kam zurück, ging an der ersten Mauer vorbei, erreichte einen Haufen Zementblöcke. „Dorthin. Dies war die Latrine. Räumt ein paar Brokken beiseite, und hockt euch dahinter. Falls unsere Besucher doch versuchen, in den Hafen zu gelangen, dann müßt ihr sie aufhalten."

Mando und ich legten unsere Pistolen ab und kletterten in das überwucherte Gewirr aus Zementblöcken, wobei wir ein paar davon beiseite räumten, um Platz für uns zu schaffen.

„So ist es gut", lobte Danforth uns. „Wir wollen hier nicht zuviel verändern. Möglicherweise sind sie hier schon früher mal an Land gegangen und würden Verdacht schöpfen. Versteckt euch mal. Ich will sehen, ob man euch bemerkt." Wir kletterten über die Trümmer und drückten uns in die Türöffnung. Zwei der Mauern waren genau an der Ecke, an der sie zusammenstießen, geborsten. Durch den Riß konnten wir den Strand und das Wasser gut überblicken.

„Prima. Einer von euch stellt sich so auf, daß er den Strand ständig im Auge hat."

„Wir haben einen Spalt entdeckt", meldete Steve und schob sich halb durch den Riß.

„Okay. Das wäre auch eine ideale Schießscharte. Bleibt auf jeden Fall in eurem Versteck. Sie verfügen über Nachtferngläser und werden sich sorgfältig umschauen."

Die restlichen Männer aus San Diego zogen sich auf ihre verschiedenen Positionen zurück. Der Bürgermeister sah sich noch einmal nach allen Seiten um, vergewisserte sich, daß alle ihr Versteck gefunden hatten; dann blickte er auf seine Armbanduhr und rief: „Okay, bis Mitternacht dauert es noch zwei Stunden, aber es ist möglich, daß die

Aasjäger schon früher auftauchen. Sobald ihr etwas bemerkt, bleibt in Deckung. Wenn wir mit dem Schießen anfangen, dann ist das für euch das Zeichen, ebenfalls zu feuern. Sollten wir getrennt werden, dann treffen wir uns an der Brücke, über die wir gerade hergekommen sind, und durchqueren San Clemente dann gemeinsam. Ihr wißt, welche Stelle ich meine?"

„Klar", sagte Steve. „Die große Brücke."

„Gut, Männer. Ich werde mich bei der Hauptgruppe aufhalten." Er schüttelte jedem von uns die Hand. „Eines noch – wir warten mit dem Feuern, bis sie alle auf dem Strand stehen. Denkt daran, okay? Nur dann . . .", er reckte eine geballte Faust hoch, „. . . jetzt bekommen wir endlich die Gelegenheit, es ihnen zu besorgen!" Dann humpelte er durch den weichen Sand hinunter zu der eingestürzten Mauer am Strand.

Niemand war zu sehen. Steve stand am Spalt und sah hinaus aufs Wasser. „Ich übernehme die erste Wache."

Wir anderen machten es uns so bequem wie möglich und richteten uns auf eine lange Wartezeit ein. Ich zählte die Patronen in meinem Ledersäckchen. Zwölf Stück waren es. Meine Pistole war geladen, demnach konnte ich theoretisch achtzehn Japaner töten. Ich war gespannt, wie viele an Land kommen würden.

An die Zementblöcke gelehnt, döste ich irgendwann ein und träumte, eine grüne Flasche käme auf mich zugerollt. Ich schreckte auf, mein Herz raste. Aber es tat sich nichts.

„Ich wünschte, sie kämen endlich", flüsterte Mando.

„Psst", machte Steve. „Quatscht nicht. Es ist bald soweit."

Wenn sie überhaupt erscheinen, dachte ich. Über uns funkelten die Sterne an einem samtschwarzen Himmel. Ich verlagerte mein Gewicht auf die andere Gesäßhälfte. Auf den Klippen heulten zwei Kojoten.

Plötzlich straffte sich Steve und gab uns mit der Hand ein Zeichen. Er beugte sich vor und zischte: „Aasjäger!" Wir sprangen auf und starrten durch den Riß im Mauerwerk.

Dunkelheit. Dann machte ich vor dem weißen Leuchten der Brandung einige Gestalten aus, die am Strand herumliefen. Eine Weile hielten sie sich in der Nähe der Mauer auf, hinter der sich die Männer aus San Diego versteckt hatten, dann bewegten sie sich nach Norden, bis sie sich zwischen uns und dem Wasser befanden. Ihre Stimmen waren so laut, daß wir sie verstehen konnten. Einer von ihnen bückte sich und ließ dicht über dem Strand ein Feuerzeug aufflackern, und von der kleinen Flamme wurden einige Hosenbeine beleuchtet. Die Aasjäger hatten sich in Schale geworfen; im Licht der Flamme schimmerte golddurchwirktes rubinrotes und himmelblaues Tuch. Der Mann mit dem Feuerzeug entzündete fünf oder sechs Laternen und ließ sie zusammen mit einigen dunklen Säcken und Kisten am Strand stehen. Eine der Laternen hatte einen grünen Glaszylinder. Ein anderer Aasjäger nahm diese und eine weiße Laterne, ging zum Wasser und schwenkte die Laternen über dem Kopf hin und her und ein- oder zweimal auch über Kreuz. Im Licht der Laternen konnten wir auch von den anderen Leuten am Strand etwas mehr erkennen. Silber funkelte an ihren Ohren und Händen, an den Handgelenken und um die Hüften. Weitere tauchten auf und schleppten trockenes Buschwerk und dickere Äste herbei, und nach einigen vergeblichen Versuchen fachten sie ein Feuer an. Sobald die ersten Äste Feuer gefangen hatten, schlugen die Flammen hoch. Im Feuerschein waren nun sämtliche Personen zu erkennen, die zu der Gruppe gehörten. Es waren fünfzehn, soviel zählte ich.

„Ich kann dort draußen kein Boot erkennen", flüsterte Steve. „Man sollte doch meinen, wenn sie schon Signale geben, müßte irgendwo ein Boot zu sehen sein."

„Es ist zu dunkel", flüsterte Mando, „und bei dem grellen Feuerschein kann man erst recht nichts erkennen."

„Psst", zischte Steve.

„Seht doch", kam es von Gabby. Er zeigte über Steves Schulter, doch ich hatte bereits entdeckt, was er meinte: Ein schwarzer Buckel wölbte sich aus dem Meer, nicht weit vom Ende des Landungskais. Wellen brachen sich an dem Gebilde und ließen uns seine Form erkennen.

„Es taucht aus dem Wasser auf!" sagte Gabby gepreßt. „Es ist überhaupt nicht hergesegelt."

„Runter!" befahl Steve, und wir kauerten uns hin. „Es ist ein Unterseeboot!"

Der Mann am Strand schwenkte jetzt die grüne Laterne. Das Feuer knatterte im Wind.

„So schleichen sie sich also an der Küstenwache vorbei", staunte Gabby.

„Sie schlüpfen unter den Patrouillen hindurch.“ Steve konnte es nicht fassen.

„Meint ihr, die aus San Diego sehen es auch?“ fragte Mando.

„Psst“, machte Steve wieder.

Eine der Lampen des Unterseebootes leuchtete auf und riß ein schmales schwarzes Deck aus der Dunkelheit. Gestalten stiegen durch eine Klappe auf das Deck, und im Wasser neben dem Schiff wurden große Gummiflöße aufgeblasen. Andere Gestalten sprangen vom Schiff auf die Flöße. Das Feuer der Aasjäger wurde von Rudern reflektiert, als sich die Flöße dem Strand näherten. Aasjäger wateten ins Wasser und halfen, die Flöße weiter auf den Strand zu ziehen. Männer sprangen von den Flößen herunter und luden Säcke und Kisten ab. Aasjäger reichten ihnen Gläser mit bernsteinfarbenem Inhalt, und als die Japaner tranken, hörten wir die heiseren Begrüßungsrufe der Aasjäger. Die Japaner wirkten so rund und dick, als trüge jeder von ihnen zwei Mäntel übereinander. Einer sah meinem Kapitän sehr ähnlich.

Ich trat von dem Spalt zurück. „Wenn der Überfall beginnt, sind wir zu weit von ihnen entfernt.“

„Nein, das werden wir nicht sein. Sieh doch, da kommt noch ein Floß mit Männern.“

Ich hatte meine Bedenken. „Wir sollten aus diesem Bau verschwinden und uns zu den Bäumen dort drüben zurückziehen. Wenn die erst mal wissen, aus welcher Richtung die Schüsse kommen, dann sitzen wir hier in der Falle.“

„Wie wollen die das denn herausbekommen? In dieser Dunkelheit?“

„Keine Ahnung. Jedenfalls sollten wir hier nicht bleiben.“

Ein weiteres Floß glitt auf den Strand. Die dicken Japaner stiegen aus und sahen sich um. Die Beleuchtung des Unterseebootes erlosch, doch es blieb an seinem Platz. Kisten wurden vom letzten Floß heruntergehievt, und die Aasjäger drängten sich heran, als die Kisten aufgehebelt wurden. Ein Aasjäger in rotem Mantel hielt ein Gewehr aus der Kiste hoch, damit seine Gefährten es sehen konnten.

Plötzlich krachten Schüsse. Die Männer aus San Diego eröffneten das Feuer. Aus meiner Position konnte ich nur die Reaktion unserer Opfer am Strand beobachten. Sie ließen sich in den Sand fallen, die Laternen verlöschten sofort, das Feuer wurde auseinandergetreten.

Von da an konnte ich nicht mehr viel erkennen, doch die Feuerblitze zeigten uns, daß vom Strand zurückgeschossen wurde. Ich zielte gerade mit meiner Pistole und wollte abdrücken, als ein dumpfer Knall ertönte und wir plötzlich in einer Wolke öligen Gases hockten. Wir husteten, unsere Augen tränten und schmerzten, ich hatte Angst, daß das Gas sie mir aus den Höhlen fraß. Als der Wind die Wolke zum Strand abtreiben ließ, ertönte wieder ein dumpfes Dröhnen, und das Knallen unserer Waffen wurde von einem stetigen Rattern von Gewehrfeuer überlagert, das vom Strand auf uns gerichtet wurde. Obwohl meine Augen tränten, erkannte ich, daß es japanische Gewehre waren, die uns unter Beschuß nahmen. Ich hustete und würgte, dann hob ich meine Pistole, um zum erstenmal selbst zu schießen. Ich betätigte den Abzug, und meine Pistole gab nur ein leises Klicken von sich.

Der Lichtstrahl eines Suchscheinwerfers durchdrang die Dunkelheit und leuchtete eine Stelle südlich von uns aus. Unweit davon stand die Mauer, hinter der die Männer aus San Diego hockten. Das ganze Gebiet explodierte. Gewehrfeuer erklang in den Straßen hinter uns, und eine neue Gaswolke wallte über dem Strand auf. Die Japaner und die Aasjäger vom Strand marschierten auf uns zu. Sie trugen Helme und schossen aus ihren Maschinengewehren. Unsere Latrine wurde getroffen, Zementbrocken regneten auf uns herab.

„Nichts wie weg von hier!" brüllte Steve. Wir schwangen uns über die hintere Mauer des Baus. Dann hinein in eine mit Geröll und Abfall übersäte Straße, die parallel zum Strand verlief. Wir stolperten über fauliges Holz, stürzten, rafften uns wieder auf, rannten weiter. Von dem Giftgas lief mir der Schleim aus der Nase. Ich warf die Pistole weg. Einen Lidschlag später war die ganze Umgebung taghell erleuchtet. Am Himmel über uns versprühte eine Leuchtkugel grelles Licht, in dem man auch den kleinen Fallschirm erkennen konnte, an dem die Lichtquelle hing. Dabei sah ich zum Wasser hinunter und konnte erkennen, daß einige Männer auf dem Deck des Unterseebootes standen und mit einer dort befestigten Kanone auf uns schossen.

„Zur Brücke!" brüllte Steve. „Zur Brücke!" Wir kraxelten über Abfall und Geröll, umgestürzte Bäume, Treibholz. Mando stürzte, und wir zogen ihn hoch. Kugeln pfiffen um uns durch die Luft, und ich rannte so tief gebückt, daß mir der Rücken weh tat. Und wieder

erstrahlte am Himmel eine Leuchtkugel. Sie erleuchtete uns den weiteren Fluchtweg, machte uns aber gleichzeitig auch für unsere Verfolger sichtbar. Daher mußten wir auf allen vieren weiterkriechen. Vom Meer her wurden wir mit Maschinengewehrfeuer beschossen, hinter uns hörten wir in unregelmäßigen Abständen Explosionen dröhnen. Mit einem ohrenbetäubenden Krachen stürzte ein Gebäude an der Straße in sich zusammen. Dieser Schuß kam vom Unterseeboot. Wir wühlten uns aus einem Trümmerhaufen heraus und rannten weiter. Eine Leuchtkugel blendete uns erneut. Wir ließen uns fallen und warteten ab, bis auch sie aufs Meer hinausgetrieben war. Ein demoliertes Gebäude auf einem Berg flog in die Luft, dann wurden drei Redwoodbäume in einen Splitterregen verwandelt. Wir suchten hinter einem Eukalyptusbaum Deckung.

„Was meinst du", fragte Gabby, „ob die aus San Diego abhauen konnten?" Niemand gab darauf eine Antwort. Mando trug immer noch seine Pistole. Wir waren noch ein Stück von der Brücke entfernt, und ich wollte sie hinter mich bringen, ehe das Unterseeboot sie unter Beschuß nahm. In Dana Point krachten immer noch die Gewehre und Pistolen, als wäre dort eine richtige Schlacht im Gange. Es war auch gut möglich, daß dort unten nur auf Schatten geschossen wurde. Denn so wie ich die Leute aus San Diego einschätzte, hatten sie sich längst aus dem Staub gemacht. Eine Gaswolke trieb auf uns zu. Ich fiel hin, schürfte mir die Hand, den Ellbogen und das Knie auf. Wir schafften es bis zur Brücke.

Niemand war da.

„Wir müssen hier warten!" rief Steve.

„Geht schon rüber!" befahl ich.

„Sie werden nicht wissen, daß wir hier waren! Dann warten sie . . ."

„Das werden sie nicht", meinte Gabby bitter. „Die sind längst weg. Unseren Posten bekamen wir nur zugewiesen, um die Verfolger aufzuhalten."

Steve starrte Gabby mit offenem Mund an. Eine neue Leuchtkugel erhellte die Szene, und ich duckte mich am Geländer.

„Lauft schon los, ehe sie die nächste Leuchtkugel hochschießen!" rief Gabby gehetzt. Er rannte los, ohne auf uns zu warten. Wir folgten ihm. Die nächste Leuchtkugel. Aber wir mußten weiterlaufen, denn vom Unterseeboot aus wurde auf uns geschossen. Die Kugeln trafen das Geländer, heulten uns um die Ohren oder zischten einfach in die Luft. Wir erreichten das andere Ende der Brücke und warfen uns flach auf den Boden. Das Unterseeboot deckte die Brücke ein. In den Bergen landeinwärts ertönte ein lauter werdendes Heulen. Es war eine Sirene, mit der die Aasjäger Alarm gaben. Aber gegen wen kämpften sie überhaupt? Dunkelheit, ferne Explosionen, Sirenengeheul. Auch das Unterseeboot stellte das Feuer ein, doch mein Kopf summte so sehr, daß ich nicht mehr richtig hören konnte. Steve kam zu mir, schrie mir etwas ins Ohr: „Zurück durch die Straßen . . .!" Was er noch meinte, konnte ich nicht mehr verstehen. Wir rannten weiter, doch jemand auf dem Unterseeboot mußte uns gesehen haben, denn von dort wurde wieder auf uns geschossen. Wir kämpften uns durch die Trümmer auf der Küstenstraße. Das Unterseeboot behielt seine Position in der Flußmündung bei. Wir verließen die Küstenstraße und nahmen eine andere, die ebenfalls nach San Clemente führte. Mando fiel etwas zurück. Er humpelte. „Beeil dich!" schrie Steve.

Mando schüttelte den Kopf. „Ich kann nicht", sagte er schwach. „Mich hat's erwischt."

Wir legten eine Pause ein und betteten ihn vorsichtig auf den Erdboden. Er weinte und preßte die linke Hand auf seine rechte Schulter. Ich zog seine Hand weg und spürte, wie meine Hand von seinem Blut benetzt wurde.

„Hilf mir ihn tragen", krächzte Gabby. Ich spürte, wie Mandos Blut mein Hemd näßte. Steve nahm seine Pistole wieder an sich, und wir liefen weiter. Während einer kurzen Rast meinte ich: „Wir müssen dafür sorgen, daß er nicht mehr blutet." Es lief mir schon in meinem Ärmel am Arm hinab. Wir legten ihn hin, und ich riß mein Hemd in Streifen. Es war nicht leicht, eine Kompresse auf dem Einschußloch anzubringen. Mando starrte mich mit einem Gesichtsausdruck an, den ich nicht definieren konnte. Er sprach kein Wort. „Wir sind ja bald zu Hause", meinte ich krächzend. Und wir stolperten weiter.

Die Durchquerung von San Clemente war ein Alptraum. Die Straßen waren zum Teil mit Schutt in voller Breite blockiert. Sirenen heulten, und jeden Moment rechneten wir mit einem Hinterhalt der Aasjäger. Gabby und ich trugen Mando, während Steve mit entsicherter Pistole die Vorhut bildete. Ab und zu erklang ein Schuß in einer der Nebenstraßen. Einmal tauchten vor uns drei Aasjäger auf, die uns angriffslustig beobachteten. Steve stürmte auf sie zu, hob seine Pistole und schoß. Sie gingen augenblicklich zu Boden, und Steve schrie uns an, wir sollten schnell weiterkommen. „Nun macht schon!" brüllte er. Wir hoben Mando wieder auf und wankten weiter, bis uns alle Kräfte verließen und wir mitten auf der Straße stehenblieben.

Erneut schlichen Aasjäger durch die Nacht heran und zwangen uns, in Deckung zu gehen. Während wir uns in einer Ruine zusammendrängten, tat ich für Mando, was in meinen Kräften stand. Sein Atem ging flach und hastig. „Wie geht es dir, Mando?" Keine Antwort. Steve fluchte. Ich nickte Gabby zu, und wir hoben Mando wieder hoch. Ich überließ Steve meinen Platz als Träger und sicherte weiter unseren Heimweg.

Irgendwie schafften wir es bis zum südlichen Ende von San Clemente, indem wir uns durch den Wald unterhalb der Autobahn schlugen. Aasjäger trieben sich auf der Autobahn herum, und manchmal hörte ich Schüsse oder ihre Rufe, und gelegentlich konnte ich sie auch sehen. Der einzige Weg über den San Mateo River führte jedoch über die Autobahn. Wir hingen fest. Irgendwie wußte ich, daß Gabby recht gehabt hatte mit seiner Vermutung, daß die Männer aus San Diego sich längst davongemacht hatten. Von denen würde sich keiner blicken lassen und uns helfen. Gabby hielt Mando im Schoß. Mandos Atem ging gurgelnd. „Wir müssen ihn schnellstens nach Hause bringen", sagte Gabby und sah zu mir hoch.

„Schafft ihn so nahe wie möglich an die Straße, und haltet euch bereit, mit ihm über die Brücke zu spurten", erklärte ich meinen Gefährten. „Ihr startet, wenn ich euch ein Zeichen gebe." Doch eine Reihe von Explosionen erklang auf der Autobahn über uns, und als sie verstummt waren, trat Stille ein. Von den Aasjägern war nichts mehr zu hören. Die Stille wurde von einem Geräusch unterbrochen, das sich von Süden her näherte. Es war das Schnurren eines Fahrzeugs. Ich kroch hinauf zur Straße, um Ausschau zu halten. Dann sprang ich auf die Straße und winkte. „Rafael! Rafael! Hierher!" schrie ich mir die Lunge aus dem Leib.

Rafael rollte auf mich zu. „Himmel, Henry! Fast hätte ich dich erschossen!" Er saß in dem kleinen Golfwagen, der immer in seinem Vorgarten stand und von dem er sagte, er könne ihn jederzeit in Gang setzen, wenn er nur die richtigen Batterien dafür hätte.

„Ist schon gut", winkte ich ab. „Mando ist verwundet. Er hat einen

Treffer abbekommen." Gabby und Steve tauchten auf, die Mando zwischen sich trugen.

Rafael atmete zischend aus. „Legt ihn hinten rein."

Eine Kugel schrammte in unserer Nähe über den Asphalt. Rafael griff in seinen Wagen und holte ein Metallrohr hervor, das, von Stäben gehalten, schräg auf einer Bodenplatte stand. Er stellte das Ding auf die Straße und warf eine handgroße Bombe oder Granate hinein. Die Röhre gab ein seltsam hohles Geräusch von sich, und ein paar Sekunden später erfolgte nicht weit von der Stelle, von der auf uns geschossen worden war, eine Explosion. Während Gabby und Steve Mando in dem Wagen verstauten, warf Rafael weiterhin Granaten in die Röhre, und schon bald schoß niemand mehr auf uns. Wir sprangen in den Wagen und fuhren los.

„Bergauf müßt ihr aussteigen und schieben", sagte Rafael. „Uns alle zu transportieren schafft der Karren nicht. Hier, Steve, nimm das, und halte Ausschau nach Verfolgern." Er reichte Steve ein Gewehr.

Nachdem wir den Wagen eine steile Anhöhe hinaufgeschoben hatten, rollten wir endlich ins San Mateo Valley hinunter. Dabei heulten immer wieder die Sirenen der Aasjäger, und ich konnte drei verschiedene Heultöne identifizieren. Ich nahm Mandos Kopf auf den Schoß und flüsterte ihm zu, wir wären bald zu Hause. Vor der Basilone-Kette gab Rafael uns wieder ein Zeichen. „Ihr müßt wieder schieben", meinte er bedauernd. Als wir den Hügelkamm erreicht hatten, begann Steve zu brüllen: „Das werde ich ihnen heimzahlen!" Er sprang vom Wagen und verschwand in der Dunkelheit, das Gewehr in der Faust.

„Warte!" rief ich ihm nach, doch Rafael gab mir einen Stoß.

„Laß ihn laufen!" Zum erstenmal klang seine Stimme wütend. Er lenkte den Wagen zu seinem Haus, sprang hinaus und kam mit einer Bahre zurück. Wir legten Mando darauf. Seine Augen waren noch offen, aber er hörte mich nicht. Blut sickerte ihm aus dem Mundwinkel. Wir rannten durch den Wald, um so schnell wie möglich zu den Costas zu gelangen. Ich stolperte und fluchte, und Gabby übernahm mein Ende der Bahre, als er sah, daß ich nichts erkennen konnte. Wir erreichten das Faßhaus, aber ich konnte nicht aufhören zu weinen. Rafael legte sich sein Ende der Bahre aufs Knie und trommelte mit beiden Fäusten gegen die Tür, als wolle er sie einschlagen.

„Komm raus, Ernest, und rette deinen Jungen!" rief er.

FAST schien es mir, als hätte Doc damit gerechnet, daß eines Tages jemand vor seiner Tür stehen und ihm seinen schwerverletzten Sohn bringen werde. Als er die Tür aufriß, sagte er kein Wort. Er kam heraus, hob Mando von der Bahre hoch und trug ihn sofort durch die Küche hinüber ins Hospital.

Wir folgten ihm. Im Hospital legte er Mando in das zweite Bett. Bei dem Geräusch wachte Tom auf, erkannte uns und setzte sich auf. Mit einer Schere schnitt Doc Mandos Jacke und sein Hemd auf und bedeutete Gabby, ihm die Hose auszuziehen. Mando hustete gurgelnd. Im grellen Licht der Lampen, die Rafael aus der Küche hereinholte, sah Mandos Körper bleich und fleckig aus. Unterhalb seiner Achselhöhle befand sich ein kleines Loch mit einem blutigen Rand. Rafael stolperte fast über mich, als er zwischen Küche und Hospital hin- und hereilte. Ich hatte mich hingehockt, lehnte mich an die Wand und stützte den Kopf auf meine verschränkten Arme. Doc hatte nur Augen für Mando. „Holt Kathryn her!" befahl er. Gabby lief hinaus.

Tom fragte: „Wie geht es ihm?"

Doc tastete Mandos Lippen ab, fühlte ihm den Puls an Hals und Handgelenk. Dabei murmelte er vor sich hin. „Mittleres Kaliber, hat die Lunge gestreift." Er wischte mit einem feuchten Tuch das Blut von Mandos Brustkorb. Mando würgte, und Doc drehte seinen Kopf, griff ihm in den Mund und zog die Zunge heraus. Ein Plastikding, das Doc von einem Regal hinter sich nahm, fixierte die Zunge. Eine Plastiksperre hielt Mandos Mund offen . . .

„Wo ist Steve?" fragte Tom.

Ich starrte wortlos auf den Boden. Rafael antwortete aus der Küche: „Er ist draußen geblieben, um ein paar von den Aasjägern zu erwischen."

Tom rutschte hin und her und hustete. „Halt dich still", sagte Doc. Mando atmete schnell und flach. Doc wischte ihm helles Blut von den Lippen. Ich starrte zu Boden und wagte nicht, den Blick zu heben. Jeder Atemzug verursachte mir Schmerzen, als hätte ich den Schuß abbekommen.

Kathryns Beine betraten den Raum, bogen die Bodenbretter leicht durch. Gabbys Beine folgten.

„Ich brauche Hilfe", sagte Doc.

„Ich bin bereit", gab Kathryn ihm mit ruhiger Stimme Bescheid.

„Wir müssen eine Kanüle zwischen diese Rippen schieben und das Blut und die Luft aus der Brusthöhle absaugen. Hol ein sauberes Glas aus der Küche, und fülle es mit Wasser." Kathryn ging hinaus und kam wieder zurück. „Ich fürchte, es dringt Luft ein, die aber nicht mehr ausströmt. Unterdruck. Hier, leg die Kanüle und das Heftpflaster weg, und halte ihn fest. Ich muß dort den Einschnitt machen."

Ich preßte mir die Hände auf die Ohren. Ich wollte nichts hören, nichts sehen. Nur den Fußboden . . . Das Glas wurde auf den Fußboden gestellt, ein durchsichtiger Plastikschlauch tauchte ins Wasser. Ich blickte hoch. Kathryns breiter Rücken versperrte mir die Sicht auf Mando. Ich fröstelte.

Sie sah über die Schulter auf mich herab. „Wo ist Steve?"

„Im Norden."

Sie verzog das Gesicht, wandte sich wieder ihrer Arbeit zu.

Mit einem verzweifelten Ausdruck in den Augen beugte sich Doc über Mando. „Wir brauchen Sauerstoff." Er klopfte auf Mandos Brust, und es klang sehr flach. Mandos Atem ging schneller. „Wir müssen die Blutung stoppen. Wir müssen durch die Wunde eine weitere Kanüle schieben . . ." Tom fragte Gabby, was passiert war, und Gab erklärte es ihm in ein oder zwei Sätzen. Tom gab dazu keinen Kommentar. Der Wind ließ nach, und ich konnte Docs Schere klappern hören.

Er wischte sich den Schweiß von der Stirn. „Festhalten. Und jetzt steck das andere Ende ins Glas, und reich mir schnell das Heftpflaster."

Doc sah mit einem bitteren Lächeln zu Tom. Tom erwiderte das Lächeln, doch dann sah er weg, seine Augen füllten sich mit Tränen. Ich spürte eine Hand auf meiner Schulter. Es war Rafael.

„Komm mit in die Küche zu Gabby, Henry. Du kannst hier sowieso nichts tun."

Ich schüttelte seine Hand ab und vergrub mein Gesicht in meiner Armbeuge. Als Rafael sich entfernt hatte, blickte ich wieder hoch.

Kathryn legte ihr Ohr auf Mandos Brust. „Sein Herz klingt ganz leise."

Mando zuckte. Seine Füße waren blau. Er hörte auf zu atmen.

„Nein", murmelte Doc, und mit Kathryns Hilfe drehte er Mando aus der Seitenlage auf den Rücken. „Halt die Schläuche", sagte er und legte seinen Mund und die Hände auf Mandos Mund und die

Nase. Er atmete ein, drückte Mandos Nasenlöcher zu, dann richtete er sich auf und drückte hart auf Mandos Brust. Mandos Körper verkrampfte sich. „Henry, halte seine Beine fest!" befahl Kathryn. Ich erhob mich schwerfällig und griff nach Mandos Schienbeinen. Ich spürte, wie sie zuckten, sich anspannten, erschlafften. Doc atmete in ihn hinein, drückte auf seine Brust. Blut rann durch die Schläuche. Doc hörte auf. Wir starrten Mando an; seine Augen waren geschlossen, der Mund offen. Kein Atem. Kathryn tastete nach dem Puls. Gabby und Rafael standen in der Tür. Schließlich ergriff Kathryn über Mando hinweg Docs Arm; lange standen wir so.

„Er ist tot", flüsterte Doc.

Ich ließ Mandos Beine los, hatte Angst, sie noch länger zu berühren. Aber es war Mando, es war Armando Costa. Sein Gesicht war weiß; es sah spitz aus wie das Gesicht eines kranken Bruders von Mando, nicht wie das Gesicht des Jungen, den ich kannte. Aber er war es. Kathryn holte ein Laken aus einem Schränkchen an der Wand und breitete es über ihn. Sie deckte auch Mandos Gesicht zu. Ich erinnerte mich an den Ausdruck darin, als ich ihn durch San Clemente geschleppt hatte. Selbst das war leichter zu ertragen gewesen als das hier. Kathryn kam um das Bett herum und zog Doc zur Tür.

„Wir müssen ihn begraben", meinte Doc entschlossen. „Kommt, wir tun es am besten gleich." Kathryn und Rafael versuchten ihn zu beruhigen, aber er ließ sich nicht davon abbringen. „Ich will es hinter mich bringen. Holt die Bahre, damit wir ihn zum Friedhof tragen können."

Tom hustete. „Bitte, Ernest. Warte wenigstens bis morgen. Wir müssen Carmen herholen . . ."

„Das Grab können wir heute schaufeln!" blieb Doc bei seinem Entschluß. „Ich will es hinter mich bringen."

„Klar, aber es ist schon spät. Bis wir fertig sind, ist heller Tag. Dann können wir ihn auch hintragen und im Kreise der Leute aus dem Tal begraben. Warte bis zum Tag."

Doc massierte sein Gesicht mit beiden Händen. „Na schön. Dann laßt uns wenigstens das Grab ausheben."

Rafael hielt ihn zurück. „Das tun Gabby und ich", sagte er. „Bleib doch hier."

Doc schüttelte den Kopf. „Ich will es machen. Ich muß, Rafael."

Rafael warf Tom einen Blick zu, dann meinte er: „Na schön. Dann komm halt mit uns."

Er und Gabby halfen Doc in seinen Mantel und seine Schuhe und folgten ihm dann durch die Tür nach draußen. Ich bot mich an, sie zu begleiten, doch als sie erkannten, daß mit mir nicht viel anzufangen war, hießen sie mich, im Haus zu bleiben. Ich sah ihnen von der Haustür aus nach, wie sie zum Fluß hinunterstolperten. Als sie nicht mehr zu sehen waren, wandte ich mich um. Kathryn saß am Küchentisch und weinte. Ich ging hinaus und setzte mich in den Vorgarten.

Der Wind erstarb, als der Tag heraufzog. Es wurde heller. Unter dem grauen Himmel schienen alle Dinge gleich weit entfernt zu sein.

Ich saß auf dem Erdboden. Meine Knie, die Ellbogen und die Hände schmerzten dort, wo ich mich gestoßen hatte. Es war unmöglich, daß Mando tot war, und das war mir für einige Zeit ein Trost. Dann hörte ich Kathryn in der Küche herumhantieren – und da wußte ich, daß es Wirklichkeit war. Doch diesen Gedanken konnte ich nicht lange ertragen.

Die Sonne stand knapp eine Handbreit über den Bergen, als Doc und Gabby auf dem Pfad zurückkamen, Marvin und Nat Eggloff hinter ihnen. Rafael war im Tal unterwegs und weckte die Leute. Marvin nickte mir zu, und sie gingen ins Haus. Dort redeten sie mit Kathryn. Sie schrie Tom an. „Leg dich hin! Stell dich doch nicht wie ein Narr an! Was Beerdigungen angeht, so reicht es ja wohl für heute!"

Sie kamen heraus. Mando lag, in ein Laken gehüllt, auf Rafaels Bahre. Unsicher erhob ich mich. Jeder nahm einen Griff der Bahre in die Hand. Es waren drei auf jeder Seite. Wir trugen ihn hinunter zum Fluß. Leute, die Rafael informiert hatte, schlossen sich uns an. Als ich einmal zurückblickte, sah ich, wie John Nicolin mit seiner gesamten Familie außer Marie und den Babys herbeieilte. Mein Pa kam an meine Seite und legte einen Arm um mich.

Am Ende des Tales befanden wir uns im Schatten. Carmen erwartete uns vor ihrem Haus und führte uns zum Friedhof. Sie hatte ihre Gebetsrobe angelegt und trug die Bibel. Auf dem Friedhof war eine frische Grube ausgehoben worden. Auf der einen Seite erhob sich ein Haufen dunkler, feuchter Erde, auf der anderen Seite befand sich das Grab von Mandos Mutter Elisabeth. Wir legten die Bahre auf ihr Grab, und die Leute bildeten einen großen Kreis. Nat und Rafael hoben Mandos Körper mitsamt dem Tuch an und legten ihn in einen Sarg, der doppelt so groß war wie er. Nat hielt den Deckel fest, während Rafael den Sarg zunagelte.

Danach trat John vor und half den Männern, die Stricke um den Sarg zu legen. Er, Rafael, Nat und mein Pa ergriffen die Stricke und hoben den Sarg über die Grube. Auf Johns knappen Befehl hin senkten sie den Sarg ab. Als er in der Grube stand, zogen sie die Stricke heraus. John sammelte sie ein und reichte sie Nat. Dabei biß er so hart auf die Zähne, daß seine Wangenmuskeln aussahen, als hätte er den Mund voller Kieselsteine.

Carmen trat an den Rand des Grabes. Sie las etwas aus der Bibel vor. Sie hieß uns zu beten, und in dem Gebet sagte sie etwas über Mando und wie gut er immer gewesen war. Ich öffnete die Augen, und Gabby starrte mich von der anderen Seite des Grabes anklagend an. Ich kniff die Augen gleich wieder zu. „Seinen Geist legen wir in Deine Hände.“ Sie nahm einen Erdbrocken und hielt ihn über das Grab; in der anderen Hand hielt sie ein kleines silbernes Kreuz. Beides ließ sie in die Grube fallen. Rafael und John schaufelten die Erde in die Grube, und ein dumpfes Poltern drang heraus. Mando war noch dort unten, und ich hätte fast geschrien, sie sollten aufhören, sie sollten ihn herausholen. Dann dachte ich, daß durchaus ich es hätte sein können, der da im Grab lag. Die Kugel, die Mando getroffen hatte, hätte ebensogut mich treffen können oder einen der anderen. Es war der schrecklichste Gedanke, den ich je in meinem Leben gehabt hatte, und das kalte Grauen ließ mich innerlich erstarren. Gabby kniete neben Rafael und schob die Erde mit beiden Händen in die Öffnung. Doc wandte sich ab, und Kathryn und Mrs. Nicolin geleiteten ihn zum Haus der Eggloffs. Aber ich stand nur da und starrte; ich starrte und starrte, und ich schäme mich, es niederzuschreiben, aber ich war plötzlich froh. Ich war froh, daß nicht ich es war, der dort unten lag. Ich war so glücklich, noch am Leben zu sein und die Welt sehen zu können.

Der Schlaf entwirrt den Knoten menschlicher Sorge nicht, ganz gleich, was die großen Dichter sagen. Auch sie irren sich sehr oft. Schlaf ist nichts anderes als eine Art Aussteigen aus der Zeit. Man kann im Schlaf alle Probleme lösen, die einen belasten, doch kaum wacht man auf, ist alles genauso wie vorher.

Nichtsdestoweniger schlief ich nach der Beerdigung den ganzen Tag bis in den Abend. Dann weckte mich der Schrei der Cañoneule – Steves Erkennungssignal. Zweifellos saß er draußen unter dem Eukalyptusbaum und wartete auf mich. Ich setzte mich auf, entdeckte ihn als Schatten vor dem Baumstamm. Pa nähte wieder. Ich zog mir die Schuhe an. „Ich bin kurz weg." Pa sah mich an, tadelte mich mit seinen Blicken. Ich trug immer noch die zerfetzten Kleider, die ich in der vergangenen Nacht getragen hatte.

Ich hatte einen Wolfshunger und brach mir auf dem Weg nach draußen ein großes Stück Brot ab. So ging ich zu Steve hinaus. Schweigend standen wir unter dem Baum. Er trug eine vollgepackte Tasche über der Schulter.

Als ich das Brot vertilgt hatte, fragte ich: „Wo warst du?"

„In San Clemente, bis zum späten Nachmittag. Was für ein Tag! Ich habe die Aasjäger aufgestöbert, die uns gejagt haben, und sie unter Beschuß genommen, bis sie nicht mehr wußten, wer überhaupt hinter ihnen her war. Einige habe ich erwischt. Dann bin ich nach Dana Point zurückgekehrt, aber mittlerweile waren alle verschwunden. Deshalb . . ."

„Mando ist tot."

„Ich weiß."

„Wer hat es dir gesagt?"

„Meine Schwester. Ich schlich mich rein, um meine Sachen zu holen, und sie erwischte mich, als ich gerade verschwinden wollte."

Lange standen wir da. Steve atmete schwer. „Ich glaube, ich muß los."

„Was meinst du?"

„ . . . komm, du mußt mir helfen." Meine Augen gewöhnten sich allmählich an die Dunkelheit, und als mir der erschöpfte Klang seiner Stimme bewußt wurde, konnte ich auch sein Gesicht erkennen, verschmutzt, zerkratzt, verzweifelt. „Bitte."

„Wie?"

Er setzte sich in Richtung Fluß in Bewegung.

Wir gingen zu den Marianis, hielten uns im Schutz der Öfen. Steve stieß einen Eulenruf aus.

Wir warteten lange. Doch schließlich ging die Tür auf, und Kathryn kam heraus. Sie trug dieselbe Hose wie in der vergangenen Nacht, dafür aber ein anderes Sweatshirt. Steves Fingernägel kratzten über die Ofenziegel. Sie wußte, wo er sie erwartete, und kam auf uns zu.

„Dann bist du also zurückgekehrt." Sie starrte ihn mit schiefgelegtem Kopf an.

Steve schüttelte den Kopf. „Ich wollte mich nur verabschieden." Er räusperte sich. „Ich . . ., ich hab dort oben ein paar Aasjäger getötet. Sie werden uns sicher überfallen. Wenn du ihnen beim nächsten Tauschtreff mitteilst, ich wäre es gewesen, aber ich hätte mich aus dem Staub gemacht, dann lassen sie euch in Ruhe."

Kathryn starrte ihn an.

„Nach allem, was gewesen ist, kann ich nicht hierbleiben", sagte Steve.

„Doch, du könntest bleiben."

„Ich kann nicht."

An seinem Ton erkannte ich, daß er wirklich wegging. Auch Kathryn wußte es. Sie verschränkte die Arme vor der Brust und sah mich an. „Laß uns mal eine Weile allein, Henry."

Ich nickte und ging zum Fluß. Dabei überlegte ich, was er ihr wohl sagen mochte, was sie darauf erwiderte. Versuchte sie etwa, ihn von seinem Vorhaben abzubringen?

Ich war froh, nichts davon zu wissen. Allein der Gedanke daran tat mir weh. Ich sah Docs Gesicht vor mir, als er seinen Sohn betrachtete, einen lebenden Teil seiner Frau. Und nun ruhte er in der Erde. Was wäre, wenn auch der alte Mann heute nacht stürbe? Was wäre dann mit Doc? . . . Was mit Tom?

Ich saß da und stützte meinen Kopf in die Hände, aber das stoppte nicht meine Gedanken.

Steve tauchte auf und blickte über den Fluß. Ich stand auf.

„Laß uns ein Stück gehen", sagte er mit belegter Stimme. Er wanderte auf dem Pfad flußabwärts zum Meer. Wir redeten nicht, und ich erinnerte mich kurz daran, wie es gewesen war, wenn wir ähnlich wie heute durch die Nacht gewandert waren. Wie Brüder. Aber das war Vergangenheit.

Er lief den Klippenpfad hinunter, ohne darauf zu achten, wohin er trat. Mit traumwandlerischer Sicherheit fand er den richtigen Weg. Dicht über dem Wasser hing die Sichel des Mondes. Ich folgte Steve zu den Booten.

Einige Fischerboote hatten Bohrungen im Kiel, in die man einen kleinen Segelmast stecken konnte. Steve suchte eines der Boote aus.

Wortlos schleiften wir es, indem wir es hin und her schaukelten, zum Wasser. Als es im seichten Wasser schwamm, blieben wir stehen. Steve stieg hinein, um den Mast einzusetzen, und ich hielt das Boot fest.

„Du segelst also nach Catalina, genau wie der Kerl in dem Buch, nicht wahr?" fragte ich.

„Stimmt."

„Du weißt, daß das Buch voller Lügen ist?"

Er ließ sich nicht dabei stören, das Segel auszurollen. „Das ist mir gleichgültig."

Der Mast stand, und er begann ihn zu verkeilen. Ich wollte nicht so einfach herausplatzen und ihn bitten, doch zu bleiben. „Ich dachte, du wolltest für den Rest deines Lebens für Amerika kämpfen."

Er hielt inne. „Glaube nicht, daß ich das nicht tue", sagte er bitter. „Du hast ja gesehen, was passiert, wenn man kämpft. Wir können nichts tun. Aber wo man vielleicht etwas bewirken kann, das dürfte Catalina sein. Ich schätze, dort gibt es längst eine ganze Menge Amerikaner, die genauso denken wie ich."

Auf alles hatte er eine Antwort. Ich drehte das Heck des Boots und schickte mich an, es ins Meer hinauszustoßen.

„Ich bin davon überzeugt, daß der Widerstand dort am stärksten ist", fuhr er fort. „Glaubst du nicht? Ich meine . . ., kommst du mit?"

„Nein."

„Aber du solltest es tun. Es wird dir leid tun, es nicht getan zu haben. Dieses Tal liegt doch völlig abseits. Dort draußen ist die Welt, Henry!" Er zeigte nach Westen.

„Nein." Ich beugte mich über das Heck. „Nun komm schon, soll ich dir jetzt helfen oder nicht?"

Er schürzte die Lippen und zuckte mit der Schulter. Dabei sah ich auch, wie müde er war. Es würde ein langer Segeltörn. Aber ich würde nicht mitkommen, und ich würde es auch nicht begründen. Er hatte sowieso nicht erwartet, daß ich ja sagen würde.

Er raffte sich auf, sprang aus dem Boot, um mir beim Schieben zu helfen. Schnell geriet das Boot ins Schwimmen. Wir starrten uns über das Boot hinweg an, und er streckte mir seine Hand entgegen. Ich ergriff sie. Wir wußten nicht, was wir sagen sollten. Er sprang ins Boot und legte die Ruder in die Haken.

Ich schob das Boot in die Gezeitenströmung, und er begann zu rudern. Er überwand die Brandung. Nicht mehr lange, und er würde das Segel aufziehen können.

„Viel Glück!" rief ich.

Er ruderte weiter.

Der nächste Brecher verbarg das Boot vor meinem Blick. Ich watete aus dem Fluß und fröstelte. Vom Strand aus konnte ich beobachten, wie er die Flußmündung hinter sich ließ. Bald tanzte sein Boot jenseits der hohen Brecher. Er würde mich nicht mehr hören, es sei denn, ich brüllte mir die Lunge aus dem Leib. „Tu dort drüben auch für uns was Gutes", sagte ich, aber ich redete mit mir selbst.

Ich stieg die Klippen hinauf, Wasser tropfte aus meinen Hosenbeinen. Die Nacht war wolkenlos, und der untergehende Mond schien über das Wasser und markierte die Entfernung zum Horizont. Es war eine Nacht, in der man sehen konnte, wie unermeßlich groß die Welt ist. Die Wälder, die Klippen, das Meer, das alles war so riesig, daß ich mir vorkam wie eine Ameise. Und dort draußen war eine andere Ameise in einem Ameisenboot.

Der winzige Fleck von Steves Segel verließ den schmalen Streifen Mondlicht auf dem Wasser und verschwand. Nun war er nur noch einer der Schatten zwischen den Lichtflecken auf dem schwarzen Wasser, doch sosehr ich meine Augen auch anstrengte, ich wußte nicht, welcher Schatten er war. Was mich betraf, so hatte das Meer ihn verschluckt. Doch ich wußte, daß es nicht so war. Das kleine Boot war irgendwo dort draußen, unterwegs nach Avalon.

XII

MEINE Fähigkeit, mich elend zu fühlen, war recht ausgeprägt. Ich stellte fest, daß ich für Tage in Selbstmitleid versinken konnte. Und genau das tat ich auch.

Ich verbrachte viel Zeit am Strand. Ich konnte es nicht ertragen, mit anderen Menschen zusammenzusein. Einmal versuchte ich, mich wieder am Fischen zu beteiligen, doch das war keine gute Idee. Die Leute behandelten mich zu grob. Ein anderes Mal stieg ich hinauf zu den Backöfen, doch machte ich mich sehr schnell wieder aus dem Staub. Die arme Kristen sah aus, daß es mir ins Herz schnitt.

Und auch den alten Tom konnte ich nicht besuchen, er war zu krank, und das erfüllte mich mit Verzweiflung. Jeder sah mich mit fragenden Blicken an. Aus jeder Miene sprach eine Anklage. Einige versuchten, mich zu trösten oder so zu tun, als sei nichts gewesen, was eine Lüge war. Alles hatte sich verändert. Daher wollte ich mit ihnen nichts mehr zu tun haben. Unser Strand war genau der richtige Ort, um sich von allem zurückzuziehen. Tagelang konnte man durch den Sand wandern, ohne einer Menschenseele zu begegnen.

Aber – was hätte ich zu meiner Verteidigung auch sagen sollen? Natürlich hätte ich mich von Anfang an weigern können, mich auf den Plan irgendwie einzulassen. Ich hätte mich gleich von Anfang an dagegen wehren sollen. Doch auch nachher, als ich schon eingeweiht war und im Grunde ja mitmachte, hätte ich mein Wissen über die Landung der Japaner für mich behalten können, und niemandem von uns wäre das Geringste zugestoßen. Ich hatte es sogar in Erwägung gezogen und hätte es beinahe auch getan. Aber ich hatte es mir anders überlegt. Ich hatte meine Entscheidung getroffen, und dann gerieten die Dinge ins Rollen – Mandos Tod, Steves Flucht. Demnach war es meine Schuld. Ich war verantwortlich für das Weglaufen eines Freundes und den Tod eines anderen. Und für wer weiß wie viele Tode, die in dieser Nacht noch gestorben wurden, von Leuten, die mir fremd waren, die aber genauso Familien und vielleicht Freunde hatten, die jetzt um sie trauerten wie ich um Mando. Alles war in meinem Kopf entstanden, war meine Entscheidung gewesen. Wie ich mir wünschte, mich anders entschieden zu haben! Aber die Vergangenheit läßt sich nicht verändern.

Wäre ich etwas klüger gewesen, dann wäre Mando nicht gestorben. Nicht nur klüger – sondern ehrlicher. Ich hatte Kathryn belogen und betrogen, Tom, Pa – das ganze Tal, als ich mich nicht an das Ergebnis der Abstimmung hielt. Jeden hatte ich hintergangen außer Steve, und der war jetzt auf Catalina. Was war ich doch für ein Narr gewesen! Da hatte ich gedacht, ich sei so clever, als ich den Termin und den Ort aus Addison herausgekitzelt und die Männer aus San Diego zu dem Überfall geführt hatte.

Dabei waren wir es gewesen, die in einen Hinterhalt geraten waren. Kaum betrachtete ich es von dieser Seite, war es mir völlig klar! Diese Männer hatten sich nicht einfach nur verteidigt – nein, sie waren auf uns vorbereitet gewesen! Und wer anders als Addison

Shanks konnte sie gewarnt haben! Er wußte, daß wir von der Landung Wind bekommen hatten, und er brauchte das nur den Aasjägern mitzuteilen, und sie konnten sich auf uns vorbereiten.

Zudem hatten die aus San Diego uns weit nach Norden postiert, als sie sich verschanzt hatten, so daß wir, falls etwas schiefging, als letzte die Brücke erreichen und die Aufmerksamkeit des Feindes auf uns lenken würden, während sie selbst fliehen konnten. Wir waren praktisch die Nachhut, die ihren Rückzug sicherte.

Demnach waren wir zweimal ausgetrickst worden. Und ich war ein unglaublicher Idiot gewesen. Und dieser mein Schwachsinn hatte Mando das Leben gekostet.

Nachdem ich zwei Tage lang am Strand herumgelaufen war und darüber nachgedacht hatte, regte sich meine Neugier, und ich stieg zum Basilone Hill hinauf, um die Shanks zu besuchen. Ich wußte nicht, was ich ihnen hätte sagen sollen, sondern ich wollte sie einfach nur sehen. Wenn ich ihnen in die Augen blickte, dann wüßte ich, ob ich mich mit meiner Vermutung geirrt hatte, daß sie die Aasjäger gewarnt hatten.

Ihr Haus war abgebrannt. Niemand war zu sehen. Ich stieg über die verkohlten Bretter, die von der Südwand noch übrig waren, und stocherte in der Asche herum. Staub wirbelte auf. Sie waren schon lange weg. Ich stand in der Mitte dessen, was einmal ihr Vorratsraum gewesen war, und betrachtete die schwarzen Klumpen auf dem Erdboden. Kein Metall. Es sah so aus, als hätten sie alle Gegenstände von Wert eilig herausgeholt, ehe sie das Haus anzündeten. Sie mußten bei ihrem Umzug nach Norden Hilfe gehabt haben. Nachdem Addison gehört hatte, daß ich am Leben geblieben war, hatte er sich bestimmt entschlossen, sich nach Norden zu verziehen und zu den Aasjägern zu stoßen.

Die Nordwand stand noch. Sie war schwarz verkohlt und drohte jeden Moment einzustürzen. Ich fühlte mich so leer wie immer. Es war ein gutes Haus gewesen. Es hatten zwar keine guten Menschen darin gewohnt, aber das Haus war stabil gewesen. Und als ich da so zwischen den Trümmern stand, konnte ich noch nicht einmal ein Gefühl des Hasses gegen Addison oder Melissa aufbringen. Besonders lustig war es sicher nicht gewesen, ein so gemütliches Heim den Flammen anheimzugeben und zu fliehen. Waren sie wirklich so schlecht? Sie arbeiteten mit den Aasjägern zusammen, na und? Das taten wir auf die eine oder andere Art alle. Und den Japanern bei ihrer Landung behilflich zu sein, war das so schlimm? Add und Melissa wollten halt etwas anderes als ich. In gewisser Hinsicht waren sie sogar besser als ich. Wenigstens haben sie ihre Versprechen eingehalten; sie wußten, zu wem sie hielten.

Niedergeschlagener als je zuvor trottete ich ins Tal zurück. Bei Doc machte ich halt: Tom war krank, schlief und sah aus wie der leibhaftige Tod; Doc saß hohlwangig am Küchentisch, allein, und starrte die Wand an. Ich lief hinunter zum Fluß, überquerte die Brücke, sah beim Badehaus nach. John Nicolin war da, aber er ging wortlos an mir vorbei.

ABER der alte Mann blieb am Leben.

Er lebte. Ich wollte es kaum glauben. Ich denke, jeder war überrascht, sogar Tom selbst. Doc ganz bestimmt. „Ich hab es nicht für möglich gehalten", erzählte er mir, als ich ihn an einem wolkenverhangenen Vormittag besuchte. „Ich mußte mir die Augen reiben und mich kneifen. Ich stand gestern auf, und da saß er am Küchentisch und jammerte: ‚Wo ist mein Frühstück, wo ist mein Frühstück?' Natürlich ist seine Lunge im Laufe der Wochen freier geworden, aber ich war mir nicht sicher, ob das ausreichte. Und da saß er nun und quengelte."

„Genau", ließ Tom sich aus dem Schlafzimmer vernehmen, „wo bleibt mein Tee? Habt ihr denn keine Achtung mehr vor den Wünschen eines greisen Patienten?"

„Wenn du ihn heiß willst, dann halte jetzt den Mund", rief Doc zurück und grinste. „Und wie wäre es mit einem Stück Brot dazu?"

„Klar doch!"

Ich ging ins Krankenzimmer, und dort saß Tom in seinem Bett und blinzelte mich an wie ein Vogel, der aus dem Nest gefallen ist. Meine Stimme klang heiser. „Wie geht es dir?"

„Ich hab Hunger."

„Das ist ein gutes Zeichen", bemerkte Doc hinter mir.

„Dafür braucht man aber einen anständigen Koch", sagte Tom.

Doc schnaubte. „Laß dir von dem nichts vormachen, so nörgelt er nämlich schon die ganze Zeit herum. Offensichtlich gefällt ihm das. Nicht mehr lange, und er bleibt nur hier, weil ihm mein Essen so gut schmeckt."

Tom stürzte sich auf das Brot wie ein Verhungernder. Als er es vertilgt hatte, entblößte er in einem seligen Lächeln seine Zahnlükken. Ich spürte, wie sich auch mein Mund zu einem Grinsen verzog.

„Ja, ja", meinte Tom, „ich bin zäh wie ein Tiger. Aber jetzt muß ich erst mal ein Nickerchen machen." Er hustete ein- oder zweimal, dann verkroch er sich unter seiner Decke und war so schnell eingeschlafen, als hätte man ihn ausgeknipst wie eine Lampe.

Das war ja bestens. Etwa zwei Wochen blieb Tom noch in Docs Obhut, dann klopfte eines Tages Rebel an unsere Tür und fragte mich, ob ich nicht Lust hätte mitzuhelfen, Tom und seine Siebensachen wieder hinauf in sein Haus zu transportieren. Natürlich war ich dazu bereit, und wir gingen, uns angeregt unterhaltend, über die Brücke. Die Sonne schien hinter den dahinziehenden Wolken Verstecken zu spielen, denn immer wieder tauchte sie auf und schickte ihre wärmenden Strahlen zur Erde. Auf dem Pfad, der von Docs Haus hinunterführte, kamen uns Kathryn und Gabby, Kristen und Del und Doc entgegen und amüsierten sich köstlich über Toms Ausgelassenheit, der die Spitze der Prozession bildete.

Kathryn reichte mir Toms Bücher. Es war ein schwerer Stoffsack, und als wir auf der Brücke waren, tat ich so, als wollte ich sie ins Wasser werfen. Tom drohte mir daraufhin mit seinem Spazierstock. Und dann hatten wir das Tal hinter uns und stiegen auf der anderen Seite die Anhöhe hinauf. Niemals hätte ich es für möglich gehalten, daß es noch einmal einen solchen Tag geben sollte, doch nun erlebte ich ihn direkt mit.

Oben bei seinem Haus angekommen, wurde der alte Mann geradezu tollkühn. Mit einer dramatischen Geste trat er gegen die Tür, doch sie blieb geschlossen. „Ein stabiles Schloß, seht ihr?" Er blies in den Staub auf dem Tisch und den Stühlen, bis die Luft voll davon war. Eine kleine Pfütze glänzte auf dem Boden und wies auf ein neues Leck im Dach hin. Tom machte einen Schmollmund. „Diese Behausung ist aber sehr, sehr heruntergekommen. Als Reparatur- und Servicetrupp seid ihr gefeuert!"

„He, he!" rief Kathryn. „Wenn wir dir noch einmal helfen sollen, dann mußt du uns ab sofort einen anständigen Lohn bezahlen." Wir öffneten alle Fenster, und der Wind blies durch das Haus. Gabby und Del jäteten Unkraut, und Tom, Doc und ich gingen zum Hügelkamm hinauf, um nach den Bienenstöcken zu sehen. Tom fluchte bei ihrem

Anblick, aber so schlecht sahen sie gar nicht aus. Wir entfernten den gröbsten Schmutz und kehrten auf Docs Geheiß wieder ins Haus zurück. Weißer Qualm kräuselte sich aus dem Schornstein. Das große Panoramafenster wurde geputzt, und Gabby balancierte mit Hammer und Nägeln auf dem Dach herum und flickte die undichte Stelle. Rebel nahm den Kessel vom Herd, und wir versammelten uns im Wohnzimmer zu einer Tasse von Toms aromatischem Tee.

„Cheers", sagte Tom und hielt seinen dampfenden Becher hoch, und wir taten es ihm nach und hoben ebenfalls unsere Becher und riefen: „Cheers! Cheers! Cheers!"

Als ich an dem Abend nach Hause kam, teilte Pa mir mit, daß John Nicolin sich erkundigt hätte, warum ich denn nicht mehr zum Fischen käme. Mein Fang hatte bisher den Hauptanteil an unserer Verpflegung ausgemacht, und Pa machte sich ernste Sorgen. Gleich am nächsten Tag fing ich wieder mit dem Fischen an, und danach war ich jeden Tag auf dem Wasser zu finden, wenn das Wetter dies erlau bte.

Wenn ich mit dem Boot draußen war, und das Netz rutschte mir aus den klammen Fingern, dann fiel mir öfter ein saftiger Fluch ein, den Steve bei einer solchen Gelegenheit ausgestoßen hätte, und ich sehnte mich danach, ihn wieder bei mir zu haben und seine Stimme zu hören. Und wenn ich vom Fischen zurückkam, dann war da keine Truppe, die auf den Klippen saß und auf mich wartete. Um nicht immer an früher erinnert zu werden, unterließ ich es, die Klippen hinaufzuklettern, sondern ich umrundete die Klippen auf dem Strand und wandte mich dann erst landeinwärts. Am nächsten Tag atmete ich dann tief durch, zwang mich dazu, aufzustehen und meine Stiefel anzuziehen, und dann ging ich wieder zum Fischen. Doch ich tat es rein automatisch und dachte mir nichts dabei.

Es lag auch nicht daran, daß die Männer in den Booten zu mir unfreundlich waren. Im Gegenteil – Marvin gab mir immer die besten Fische, die ich nach Hause mitnehmen durfte, und Rafael unterhielt sich öfter mit mir als je zuvor. Er lud mich sogar ein, ihn und seine Familie mal zu besuchen . . . Und so waren sie alle, sogar John von Zeit zu Zeit. Doch nichts davon bedeutete mir etwas. Ich war leer, innerlich gestorben. Mein Herz war so kalt wie meine Finger am Ende eines Tages auf dem Wasser, kalt und störrisch und taub.

Irgendwie kam Tom dahinter. Eines Tages, als ich nach dem Fischen über den Klippenpfad hinaufstieg, wartete Tom oben bereits auf mich.

„Du kommst aber in letzter Zeit ganz schön herum", stellte ich fest.

Er überging diese Bemerkung und drohte mir scherzhaft mit einem knotigen Finger. „Was liegt dir auf der Seele, Junge?"

Ich krümmte mich innerlich. „Nichts, was meinst du überhaupt?" Ich senkte den Kopf und starrte auf meinen Beutel Fische, doch Tom packte meinen Arm und schüttelte ihn.

„Was belastet dich?"

„Ach, Tom." Was sollte ich antworten? Er wußte sowieso, was es war. „Du weißt doch Bescheid. Ich hab dir mein Wort gegeben, daß ich nicht mehr dorthin gehen würde, und ich hab's trotzdem getan."

„Ach, zum Teufel damit."

„Aber sieh doch, was passiert ist! Du hattest recht. Wäre ich nicht dorthin gegangen, dann wäre all das nicht geschehen."

„Wie kommst du denn darauf? Sie wären auch ohne dich losgezogen."

Ich schüttelte den Kopf. „Nein, ich hätte es verhindern können." Ich erklärte ihm, welche Rolle ich bei der Sache gespielt hatte. Er nickte dazu.

Als ich fertig war, meinte er: „Nun, das ist schlimm." Wir gingen nebeneinander über den Flußpfad. „Aber nachher ist man immer klüger. Wie hättest du denn wissen sollen, was passiert?"

„Ich wußte es aber! Du hast es mir gesagt! Außerdem habe ich gespürt, daß etwas Derartiges auf uns zukam."

„Nun hör mal zu, Junge . . ." Er verstummte, runzelte nachdenklich die Stirn, dann schnippte er mit den Fingern. „Hast du schon damit begonnen, das Buch zu schreiben?"

„Um Gottes willen, Tom!"

Er stieß mich vor die Brust, daß ich beinahe gestürzt wäre. „He! Diesmal könntest du mir vielleicht zuhören!"

Das saß. Mit großen Augen lauschte ich seinen Worten. „Ich weiß nicht, wie lange ich dieses Selbstmitleid bei dir noch ertragen kann. Mando ist tot, und das war zum Teil deine Schuld. Doch diese Sache wird dir noch lange in den Knochen hängen, wenn du nicht versuchst, sie niederzuschreiben und daraus zu lernen, wie ich es dir schon einmal empfohlen habe."

„Ach, Tom . . ."

Und er stieß mich wieder vor die Brust. „Hör mir ein einziges Mal zu!" rief er, und in diesem Moment wurde mir klar, daß er ernsthaft wütend war.

„Ich höre dir immer zu. Das weißt du."

„Dann tu auch gefälligst, was ich sage. Schreib deine Geschichte auf. Alles, woran du dich erinnerst. Indem du es niederschreibst, verstehst du es auch. Und wenn du das hinter dir hast, dann kennst du auch Mandos Geschichte. Schreib auch die auf, denn das ist das Beste, was du für ihn noch tun kannst, klar?"

Ich nickte und mußte schlucken. „Ich versuch's."

„Versuch es nicht nur, sondern tu es!" Ich sprang zur Seite, damit er mich nicht noch ein drittes Mal knuffte.

So DACHTE ich darüber nach. Ich holte das Buch aus dem Regal und blätterte die leeren Seiten durch. Es waren sehr viele. Mir war klar, daß ich diese vielen Seiten niemals würde vollschreiben können. Es würde einfach zu lange dauern.

Aber ich dachte darüber nach. Die Leere spürte ich immer noch in mir. Und als die Tage kürzer und die Nächte in unserer Hütte länger wurden, stellte ich fest, daß die Erinnerungen immer noch in meinem Geist vorhanden waren.

Ehe ich jedoch einen Bleistift in die Hand nehmen konnte, verkündete Kathryn, daß es Zeit sei, den Mais zu ernten. Wenn sie entschied, daß es soweit war, dann arbeiteten wir alle von Tagesanbruch bis zum Hereinbrechen der Nacht. Und so war ich dann jeden Tag mit meiner Sense auf dem Feld, schnitt die Halme ab, bündelte sie und trug sie zu den Heumieten. Dann kamen die Kolben in Körbe, die ich am Silo hinter dem Haus der Marianis ablud.

Das schlechte Wetter im Sommer hatte einen Teil unserer Ernte verdorben. Deshalb waren wir schnell fertig, und danach waren die Kartoffeln an der Reihe. Kathryn und ich arbeiteten dabei zusammen. Seit der Nacht bei Doc hatten wir nur sehr wenig Zeit miteinander verbracht, und anfangs fühlte ich mich in ihrer Nähe unbehaglich, doch sie schien mir in keiner Hinsicht für irgend etwas die Schuld zu geben. Wir arbeiteten und unterhielten uns über die Kartoffeln. Mit Kathryn zu arbeiten war eine erschöpfende Angelegenheit. Morgens schien es ganz in Ordnung, denn sie arbeitete so eifrig, daß sie mehr leistete, als sie hätte leisten müssen, doch das Problem war, daß sie in diesem Tempo den ganzen Tag weitermachte, so daß auch ich weitaus mehr tat, als von mir erwartet wurde.

Nach der Ernte feierten wir ein wenig im Badehaus. Niemand war zu ausgelassen, denn es war eine schlechte Ernte, aber wenigstens hatten wir es hinter uns. Kathryn saß neben mir auf den Stühlen auf der Wiese vor dem Badehaus, um den Sonnenuntergang zu beobachten. Rebel und Kristen gesellten sich zu uns. Am anderen Ende der Wiese kickten Del und Gabby einen Fußball zwischen sich hin und her. Die Flammen des Feuers waren vor dem gelben Himmel kaum auszumachen. Rebel ärgerte sich über die Kartoffelernte, sie weinte sogar ein wenig, und Kathryn versuchte sie aufzumuntern. „Krankheiten und Unwetter sind Dinge, mit denen man leben muß. Nächstes Jahr wollen wir mal etwas von dem Zeug ausprobieren, das wir von den Aasjägern bekommen haben. Mach dir keine Sorgen, es dauert ziemlich lange, Ackerbau und Viehzucht zu erlernen."

„Niemand wird Hunger leiden müssen", fügte ich hinzu.

„Aber mir hängt der Fisch schon zum Halse heraus", schimpfte Rebel. Die Mädchen lachten sie aus.

„So wie du ihn verschlingst, hätte ich das niemals gedacht", sagte Kristen.

Kathryn trank gemütlich von ihrem Whisky. „Was hast du denn in der letzten Zeit getrieben, Henry?"

„Ich schreibe in dem Buch, das Tom mir gegeben hat", log ich, um mal zu hören, wie das klang.

„Wirklich? Schreibst du über das Tal?"

„Klar."

Sie hob die Augenbrauen. „Über . . ."

„Auch darüber."

„Hmmm." Sie starrte in die Flammen. „Schön, prima. Vielleicht hat dieser Sommer doch noch sein Gutes. Aber gleich ein ganzes Buch schreiben? Das muß wirklich hart sein."

„Das ist es", versicherte ich ihr. „Es ist fast nicht zu schaffen. Aber ich kämpfe mich durch."

Die drei Mädchen waren beeindruckt.

Daher ließ ich es mir noch einmal durch den Kopf gehen. Ich nahm das Buch erneut aus dem Regal und legte es auf ein Schränkchen an meinem Bett neben die Lampe und die Tasse und ein Buch mit Shakespeare-Dramen, das Tom mir einmal zu Weihnachten geschenkt hatte. Und ich dachte darüber nach, wann alles angefangen hatte; es war so lange her . . . Die Zusammenkünfte mit unserer Truppe, die Planung des Sommers. Es würde eine Grabschändung sein, hatte Steve gesagt, und ich war aufgewacht . . .

Also begann ich, es niederzuschreiben . . .

Die Arbeit ging nur langsam voran. Ich und Schreiben sind zwei grundverschiedene Dinge. Jeden Abend hörte ich schon sehr zeitig auf. Aber gleich am nächsten oder am übernächsten Abend fing ich wieder an. Es ist schon erstaunlich, wie schnell die Erinnerung alles preisgibt, wenn man ihr nur heftig genug zusetzt. Manchmal, wenn ich mit dem Schreiben aufhörte, war es so, als erwachte ich aus einer Trance. Erstaunt stellte ich dann fest, daß ich in unserer Hütte saß, der Schweiß lief mir in Strömen herunter, meine Hand war steif, meine Finger wund, und mein Herz schlug heftig unter dem Ansturm der Gefühle aus früheren Zeiten. Und wenn ich dann tagsüber im Boot saß und an den Netzen arbeitete oder die Köder meiner Angel auswarf, ertappte ich mich dabei, wie ich mir Dinge ins Gedächtnis zurückrief und bereits überlegte, wie ich sie zu Papier bringen sollte. Und da wußte ich, daß ich das Buch zu Ende bringen würde, ganz gleich, was es mich kosten würde. Ich war besessen.

Die Tage verstrichen. Je weiter ich mit der Geschichte über den Sommer vorankam, desto weiter rückte sie zeitlich von mir weg, und desto weniger begriff ich sie. Ich war völlig ratlos. Eines Tages regnete es, und Pa und ich arbeiteten den ganzen Nachmittag hindurch. Wir hatten anfangs die Tür offengelassen, um mehr Licht zu haben, doch es war zu kalt, selbst wenn im Ofen ein Feuer brannte, und außerdem trieben Regentropfen herein, wenn der Wind drehte.

Wir hatten die Tür zugemacht und die Lampen angezündet. Pa beugte sich über die Jacke, die er gerade nähte. Seine Hände bewegten sich schnell und zielsicher. Stich saß an Stich. Die Kreuzstiche waren ein perfektes X, der Faden hatte stets die gleiche Spannung, so daß sich keine Naht kräuselte. Ich hatte seiner Näharbeit noch nie zuvor solche Beachtung geschenkt. Seine schwieligen Finger waren so geschmeidig wie Tänzer.

Pa seufzte. „Hoffentlich scheint bald wieder die Sonne. Der Sommer fehlt mir schon sehr.“

Ich schnalzte mit der Zunge. Es war schon bedrückend, am Tag beim Schein einer Öllampe im Haus sitzen zu müssen. Meine Laune verdüsterte sich, als ich mich umsah und den ärmlichen Anblick unserer Behausung in mich aufnahm.

Plötzlich hatte ich eine Idee. Ich richtete mich ruckartig auf. „Was ist los?“ wollte Pa wissen.

„Ich hab eine Idee.“ Ich zog meine Stiefel an, schlüpfte in die Jacke.

„Es regnet aber ziemlich heftig“, gab Pa zu bedenken.

„Es ist nicht weit.“

„Okay. Sei vorsichtig.“

Ich eilte über die Brücke und rannte zum Haus der Shanks auf dem Basilone Hill. Und wie ich es mir gedacht hatte, lag halb vergraben in der Asche an der Nordwand des Hauses ein rechteckiges Stück Glas, dessen Kanten etwa Armlänge hatten. Es war eines ihrer vielen Fenster. Eine Ecke war fleckig, als sei es im Feuer angeschmolzen, aber es war mir egal. Ich nahm die Scheibe und kehrte schnell nach Hause zurück. Unterwegs klopfte ich an die Tür von Rafaels Werkstatt. Er war allein, schwarz vor Schmiere. „Rafael, können Sie mir helfen, dieses Fenster in die Wand unseres Hauses einzusetzen?“

„Klar“, meinte er und sah hinaus in den Regen. „Jetzt gleich?“

„Nun ...“

„Wir wollen lieber auf besseres Wetter warten. Wir müssen nämlich anständiges Licht haben, wenn wir es ordentlich machen wollen.“

Widerstrebend erklärte ich mich einverstanden.

Zwei Tage später hatten wir in unserer Südwand ein Fenster. Und das Licht strömte herein und verwandelte jedes Staubkorn in pures Silber. Ach ja, Staub hatten wir auch eine Menge.

Dank Rafael hatten wir sogar schöne Fensterbänke. Er betrachtete das wellige Stück an der Ecke. „Tja, ist wahrscheinlich angeschmolzen, sieht aber trotzdem prima aus.“ Damit warf er sich seinen Beutel mit dem Werkzeug über die Schulter und zog von dannen. Pa und ich führten im Haus einen Freudentanz auf.

Kurz danach gesellte ich mich zu der kleinen Gruppe, die den letzten Tauschtreff des Jahres besuchte. Tauschtreffs im Winter waren ganz anders als die im Sommer. Es waren weniger Leute da, und es wurden weniger Waren getauscht. Diesmal fiel ein feiner Nieselregen, und alle hatten es eilig, ihren Handel abzuschließen und schnell nach Hause zurückzukehren. Diskussionen über Preise arteten schnell in Streit aus, und manchmal kam es sogar zu handgreiflichen Auseinandersetzungen. Die Sheriffs hatten alle Hände voll zu tun. Immer wieder hörte ich ihre dröhnenden Stimmen. „Los, macht euren Handel klar, und seht zu, daß ihr weiterkommt!"

Ich rannte von Bude zu Bude und versuchte mein Bestes, ein paar alte Kleider für meinen Pa zu erstehen. Alles, was ich anbieten konnte, waren einige Abalone und zwei Flechtkörbe.

In der Nähe eines Feuers, das im Lager der Aasjäger brannte, fand ich endlich eine Aasjägerfrau, die bereit war, mir für meine Schätze ein Bündel alter Kleider zu überlassen.

Nachdem wir alles Stück für Stück ausgezählt hatten, meinte sie: „Wie ich hörte, habt ihr Leute aus Onofre es den Kerlen im Süden ja ganz schön besorgt."

„Wie das denn?" Ich konnte ein Beben meiner Stimme gerade noch unterdrücken.

Sie lachte hämisch und entblößte einen Mund voller brauner Zahnstümpfe. „Spiel mir ja nicht den Einfaltspinsel vor, du albernes Bürschchen."

„Das tue ich gar nicht", wehrte ich mich. „Was sollen wir denn angeblich mit den Leuten aus San Diego gemacht haben?"

„Von wegen angeblich! Überlegt euch schon mal, was ihr antwortet, wenn sie bei euch auftauchen und euch fragen, warum ihr deren Bürgermeister umgebracht habt!"

Ich mußte mich setzen. „Erzählen Sie uns doch mal, was Sie wissen."

„Nun", begann sie, glücklich, tratschen zu können, „es heißt, daß ihr den Bürgermeister und seine Männer in einen japanischen Hinterhalt gelockt hättet."

Ich nickte, damit sie fortfuhr.

„Aha. Er gibt's also zu. Die meisten wurden getötet, der Bürgermeister eingeschlossen. Die sind ziemlich wütend. Wenn sie sich nicht so uneins wären und im Augenblick nur darum stritten, wer seinen Platz einnimmt, dann würden sie mit euch abrechnen. Aber da im Augenblick in San Diego jeder Bürgermeister werden will, haben sie anderes zu tun."

Sie hielt inne und musterte mich. „He, Bürschchen, du bist doch okay?"

„Ja, ja." Ich wickelte das Bündel zusammen, bedankte mich und machte mich auf den Weg nach Onofre, um den anderen die Neuigkeiten zu überbringen.

Ein paar Tage später wollten wir zum Fischen hinausfahren, doch der Seegang erwies sich einfach als zu hoch. Als ich mein Schreibpensum erledigt hatte, wanderte ich hinauf zu den Klippen, und dort saß der alte Mann unter einem Felsvorsprung, wo er vor dem Wind geschützt war.

„Hallo!" begrüßte ich ihn und platzte dann gleich mit der Frage heraus, die sich mir beim Schreiben aufgedrängt hatte. „Tom, warum hast du uns all diese Lügen über Amerika erzählt?"

Er räusperte sich. „Wer behauptet, daß ich gelogen habe?"

Ich stand vor ihm und starrte ihn an.

„Na schön." Er klopfte einladend mit der flachen Hand auf den Sand neben sich. Aber ich weigerte mich, mich hinzusetzen. „Es war ein Teil deines Geschichtsunterrichts. Wenn deine Generation die Geschichte dieses Landes vergißt, dann habt ihr keine Richtung, in die ihr blicken könnt. Ihr habt nichts, dem nachzustreben sich für euch lohnt. Sieh doch, es gab in der alten Zeit viel, an das man sich erinnern sollte!"

„Aus deinem Mund klang es, als wäre es das goldene Zeitalter gewesen. Als lebten wir zur Zeit nur in einem Trümmerfeld."

„Nun . . ., in vieler Hinsicht stimmt das ja auch. Und darüber muß man sich klar sein . . ."

Ich schnippte mit den Fingern vor seiner Nase. „Aber nein! Du hast auch gesagt, daß die alte Zeit schrecklich war. Daß wir nun ein besseres Leben führen als je zuvor!"

„Klar", gab er widerstrebend zu, „auch das stimmt. Ich wollte dir erklären, wie es früher war. Ich hab nicht gelogen – nicht viel jedenfalls und nicht bei den wichtigen Dingen. Nur ganz selten mal, um dir einen Eindruck davon zu geben, wie es damals war, wie man sich fühlte."

„Aber du hast uns sehr viel Widersprüchliches geschildert", warf ich ihm vor. „Onofre sei primitiv und rückständig, doch wir sollten uns auch nicht nach der alten Zeit sehnen, weil sie im Grunde schlecht war. Damit hatten wir überhaupt nichts mehr, worauf wir hätten stolz sein können. Du hast uns verwirrt."

Er blickte an mir vorbei hinaus aufs Meer. „Na schön", lenkte er ein. „Vielleicht habe ich das wirklich getan." Seine Stimme klang plötzlich streitlustig. „Ich bin kein alter Weiser, mein Junge. Ich bin genauso ein Narr wie ihr."

Ich ließ mich neben ihm in den Sand fallen. Tom warf ein paar Kiesel hinunter auf den Strand. Er seufzte. „Wenn ich mal sterbe, möchte ich auf dem Mount Whitney begraben werden."

„Wie bitte?"

„Ja. Wenn ich mein Ende kommen fühle, dann möchte ich landeinwärts zum Mount Whitney marschieren. Bis zum Gipfel ist es ein Spaziergang, aber es ist der höchste Berg der Vereinigten Staaten. Entschuldige, der zweithöchste. Dort oben steht eine kleine Steinhütte, und dort könnte ich dann bleiben und auf die Welt hinabsehen, bis ich sterbe. So wie es die alten Indianer machten."

„Ach ja", meinte ich. „Eine nette Art abzutreten." Ich wußte nicht, was ich sonst dazu hätte sagen sollen. Als ich ihn ansah, kam er mir unendlich alt vor, obgleich ich ja nun wußte, daß er keine Hundertacht, sondern nur achtzig Jahre alt war.

Schön, er war wirklich alt, auch mit achtzig, und er würde sicherlich bald sterben. Oder zu seiner Wanderung zum Mount Whitney aufbrechen. Eines Tages würde ich auf seinen Berg hinaufsteigen und sein Haus leer vorfinden. Vielleicht läge ein Zettel auf dem Tisch, eine Nachricht. „Bin zum Mount Whitney." Wahrscheinlich nicht mal das. Aber ich wüßte Bescheid. Würde er überhaupt die sechzig Kilometer nach Norden schaffen bis zu seinem Geburtsort Orange?

„Um diese Jahreszeit hat es keinen Zweck loszuziehen", sagte ich. „Zuviel Schnee und Eis. Du wirst wohl warten müssen."

„Ich hab's nicht eilig."

Wir lachten, und der Ernst der Situation verflog. Ich dachte wieder an unseren eigenen katastrophalen Marsch nach Orange County. „Ich kann überhaupt nicht fassen, daß wir etwas derart Dämliches gemacht haben", sagte ich, und meine Stimme zitterte vor Wut und Trauer.

„Es war dumm", pflichtete er mir bei. „Ihr Jungen wart mit eurer Jugend und schlechten Lehrern zu entschuldigen, doch der Bürgermeister und seine Männer, sie waren verdammte Narren."

„Aber wir dürfen nicht aufgeben“, sagte ich und schlug mit der Faust in den Sand. „Wir können nicht einfach den Kopf in den Sand stecken und den toten Mann markieren.“

„Das stimmt. Vielleicht wäre es ein erster Schritt, das Land gegen Eindringlinge von außen abzuschirmen.“

Ich schüttelte den Kopf. „Das ist unmöglich. Dazu ist die andere Seite uns zu haushoch überlegen.“

„Und nun? Es kam doch von dir, daß wir uns nicht totstellen sollen.“

„Nein, richtig.“ Ich zog die Beine an und schaukelte vor und zurück. „Wir müssen uns überlegen, wie wir Widerstand leisten können, und zwar wirkungsvoll. Vielleicht können die Städte, die bei den Tauschtreffs zusammenkommen, etwas vereinbaren. Vielleicht sollten wir uns gemeinsam auf den Weg nach Catalina machen und die andere Seite überraschen. Vielleicht sogar die Insel für einige Zeit besetzen.“

Tom pfiff leise.

„Nur für kurze Zeit, meine ich“, fügte ich hinzu. Die Idee war mir erst kurz vorher gekommen, und irgendwie reizte sie mich. „Mit Hilfe der Funkanlagen dort könnten wir der ganzen Welt mitteilen, daß wir da sind und keine Lust haben, eingesperrt zu sein.“

„Die Welt per Rundfunk zu informieren hat wahrscheinlich keine Wirkung. Vielleicht ist die sogenannte übrige Welt nur ein intaktes Finnland, und sie antworten mit einem freundlichen ‚Hallo, Brüder‘ und mehr nicht.“

„Aber ein Versuch lohnte sich doch“, beharrte ich. „Wie du schon sagtest, wir wissen ja gar nicht, was wirklich in der Welt vorgeht. Und wir werden es niemals wissen, wenn wir nicht irgend etwas versuchen, um unseren Horizont zu erweitern.“

Er schüttelte den Kopf und sah mich an. „Das würde eine Menge Leben kosten. Leute wie Mando, Leute, die, wenn sie nicht auf der Strecke geblieben wären, das Leben in unseren Städten hätten verbessern können.“

Ich mußte ihm im stillen recht geben. Pläne wie die meinen liefen letztendlich auf Chaos und Vernichtung hinaus.

Tom kicherte und legte mir einen Arm um die Schultern. „Ärgere dich nicht, Henry. Wir sind Amerikaner, und es war lange nicht ganz klar, was wir überhaupt unternehmen sollen.“

„So kommt es mir auch vor", sagte ich düster. „Seit Shakespeares Zeiten nicht, was?"

Er räusperte sich, ließ den Arm sinken, rutschte ein Stück von mir weg. „Übrigens", begann er und betrachtete mich unbehaglich, „ich muß noch etwas korrigieren . . ., hmmm . . . Shakespeare war kein Amerikaner."

„O nein", keuchte ich. „Du machst Witze!"

Tom scharrte unruhig mit den Füßen. Er sah so unglücklich aus, wie ich ihn noch nie erlebt hatte, und er wagte es nicht, mir in die Augen zu sehen. Er blickte an mir vorbei, und Erleichterung entspannte sein Gesicht. „Sieh doch, das ist John, nicht wahr?"

Auf den Klippen oberhalb der Concrete Bay spazierte eine Gestalt, die Hände in den Taschen vergraben. Es war wirklich John Nicolin. Er näherte sich uns und sah hinaus aufs Meer. Er war oft auf den Klippen zu sehen, vor allem dann, wenn die Brandung uns nicht erlaubte, mit unseren Booten hinauszufahren. Als er auf uns zukam, flatterten seine Hosenbeine im Wind, und seine graumelierte Mähne wurde vom Wind zerzaust. Als er uns bemerkte, zögerte er, dann kam er heran. „Freut mich, daß es dir schon bessergeht", meinte er beiläufig zu Tom.

„Danke. Ich fühle mich ganz gut." Tom schien sich genauso unbehaglich zu fühlen wie John. „Schöner Tag, nicht wahr?"

John zuckte die Achseln. „Die Brandung gefällt mir nicht."

Eine lange Pause. John trat von einem Fuß auf den anderen. „Ich hab dich in den letzten beiden Tagen nirgendwo gesehen", sagte Tom. „Ich bin bei deinem Haus vorbeigegangen, und deine Frau meinte, du wärest unterwegs."

„Stimmt." John hockte sich neben uns. „Ich wollte mit dir darüber reden. Auch mit dir, Henry. Ich hab mir die Gleise angeschaut, die die Männer aus San Diego benutzt haben."

Toms Augenbrauen hoben sich. „Wie kommt's?"

„Nun, nach dem zu urteilen, was Gabby Mendez erzählt, haben sie unsere Jungs als Deckung für ihren Rückzug benutzt. Und jetzt stellt sich heraus, daß ihr Bürgermeister getötet wurde. Meine Freunde in Pendleton haben das bestätigt. Dort unten kämpfen drei oder vier Gruppierungen um die Macht des Bürgermeisters. Wenn sich die Lage dort beruhigt hat, dann könnte das heißen, daß wir bald Schwierigkeiten bekommen. Rafael und ich meinten nun, wir sollten die Gleise endgültig zerstören. Ich hab mir die Gleisanlage am ersten Fluß angesehen, und ich glaube, daß Rafael die Pfeiler, auf denen die Schienen liegen sollen, ohne Probleme sprengen kann."

„Donnerwetter", sagte Tom.

John nickte. „Ziemlich drastisch, ich weiß, aber ich glaube, es wäre der einzig richtige Schritt. Ich wollte mir erst einfach Rafael schnappen und gleich losziehen, aber . . ."

Das wäre nichts anderes als das, was Steve und ich getan hatten. Tom hüstelte. „Du willst deswegen keine Versammlung einberufen?"

„Ich denke doch. Aber erst einmal möchte ich wissen, wie du darüber denkst."

„Die Idee ist ganz gut", gab Tom zu. „Wenn sie annehmen, wir hätten an dem Hinterhalt mitgewirkt, und falls diese superpatriotische Gruppe die Kontrolle bekommt . . ., ja, das ist doch eine gute Idee."

John nickte zufrieden. „Und du, Henry?"

„Ich bin derselben Meinung. Vielleicht können wir die Schienen irgendwann mal brauchen. Viel später, meine ich", fügte ich schnell hinzu, „aber ansonsten halte ich das für eine gute Idee."

„Gut", sagte John. „Wir sollten beim Tauschtreff mit ihnen reden, wenn sich die Gelegenheit ergibt. Und die anderen vor ihnen warnen."

„Moment mal", bremste ihn Tom. „Wir müssen erst eine Versammlung abhalten und abstimmen. Wenn wir genauso zu Werke gehen wie unsere Jungs, dann enden wir eines Tages so wie die Leute in San Diego."

„Stimmt", mußte John zugeben.

Ich spürte, wie ich errötete. John sah mich an. „Ich mache dir keinen Vorwurf."

Ich scharrte mit den Füßen im Sand. „Das sollten Sie aber. Ich bin genauso daran schuld wie alle anderen."

„Nein." Er straffte sich und biß auf seine Unterlippe. „Es war Steves Plan; seine Handschrift erkenne ich überall." Seine Stimme klang plötzlich härter. „Der Junge wollte von Anfang an, daß alles nach seiner Pfeife tanzt. Kaum war er auf der Welt, da ging es schon los. Wie hatte er früher geschrien, wenn wir ihm nicht sofort seine Wünsche erfüllten!" Er zuckte die Achseln. „Wahrscheinlich glaubst du, daß es meine Schuld war. Daß ich ihn praktisch von zu Hause vertrieben habe."

Ich schüttelte den Kopf, obwohl er nicht ganz unrecht hatte.

John ließ seinen Blick zu Tom wandern, doch der hob nur die Schultern. „Ich weiß wirklich nicht. Die Menschen sind so, wie sie sind. Sie kommen mit ihren Anlagen und Wünschen zur Welt, und niemand kann ihnen deshalb einen Vorwurf machen."

„Hmmm", machte John mit zusammengepreßten Lippen. Er war davon nicht überzeugt, obgleich ihn das von aller Schuld befreite und obwohl er etwas Ähnliches kurz vorher selbst gesagt hatte. Und was seinen eigenen Sohn betraf, der sein ganzes Leben lang in seiner Obhut gewesen war . . . Ich konnte in seinem Gesicht lesen, wie seine Gedanken sich überstürzten. Ein Ausdruck des Schmerzes verdüsterte seine Augen, und er straffte sich. „Nun, das ist jetzt vorbei", meinte er. „Ich hab für Philosophie sowieso nicht viel übrig, das wißt ihr ja." Und damit war das Thema abgeschlossen.

Das letzte Kapitel

Als das Jahr zu Ende ging, kamen die Stürme immer regelmäßiger, bis praktisch jede Woche einer über die schneebedeckten Gipfel zu uns herabrauschte und das Tal durchschüttelte.

Wenn wir mit den Booten hinausfuhren, dann war uns während des Fischens schrecklich kalt, und wir fingen nicht besonders viel. Die meisten Tage verbrachte ich am Tisch unter dem Fenster, wo ich schrieb oder las oder den schwarzen Wolken nachsah. Während der Unwetter rannen die Regentropfen an der Scheibe herab und bildeten Tausende von Rinnsalen, die ineinanderflossen und sich wieder verzweigten. Das Dach tickte oder klopfte oder dröhnte unter dem Ansturm der Wassermassen. Hinter mir arbeitete Pa an seiner neuen Nähmaschine, und ihr Schnurren störte mich in meiner Untätigkeit auf und brachte mich dazu, einen oder zwei Sätze zu schreiben. Doch ich kam nur mühsam voran, und es gab sehr viele Stunden, in denen ich mich damit begnügte, auf meinen Bleistiften herumzukauen und nachzudenken und dem Regen zuzusehen.

Beim ersten Dezembersturm schneite es. Es war ein richtiges Vergnügen, in unserem warmen Haus zu sitzen, aus dem Fenster zu sehen und die Schneeflocken bei ihrem lautlosen Tanz zu beobachten. Pa sah mir über die Schulter. „Das wird ein harter Winter." Ich war nicht davon überzeugt. Wir hatten genug zu essen, auch wenn es nur Fisch war, und mehr Feuerholz wurde jeden Tag im Badehaus getrocknet. Nach all dem Regen war ich froh, Schnee zu sehen. Dann rannte ich hinaus und sprang über die weißen Schneewehen, oder ich pappte Schneebälle zusammen und bewarf damit unsere Nachbarn . . . ich liebte den Schnee. Am darauffolgenden Tag stand die Sonne an einem blaßblauen Himmel, und der Schnee war bis zum Mittag völlig weggeschmolzen. Doch das nächste Unwetter brachte wieder Schnee mit und kältere Luft und eine dickere Wolkendecke, und dann dauerte es schon vier Tage, bis die Sonne wieder hervorkam und die weiße Decke auftaute. Von Woche zu Woche wurde es kälter.

Und von Woche zu Woche fiel es mir schwerer, meine Geschichte weiterzuschreiben. Ich verlor mich darin – ich hörte auf, sie zu glauben, sie für wahr zu halten –, ich schrieb einige Kapitel und mußte anschließend in den Wald laufen und das dicke, nasse Nadelpolster unter meinen Füßen spüren. Doch ich schrieb weiter. Die Wintersonnenwende ging vorbei, dann Weihnachten, dann Neujahr, ich besuchte die Partys und so weiter, doch ich kam mir vor wie in einem Nebel, und anschließend konnte ich mich nicht daran erinnern, mit wem ich geredet oder was ich gesagt hatte. Das Buch war mein ein und alles – und dennoch fiel es mir so furchtbar schwer!

Doch der Tag kam, an dem die Geschichte endlich auf dem Papier war. Es war ganz schön viel geworden. Alles war vorbei, Mando und Steve waren nicht mehr. Dann hörte ich auf und suchte mir einen besonders stillen Tag aus, um nachzulesen, was ich geschrieben hatte. Das machte mich so wütend, daß ich mein Werk beinahe verbrannt hätte. Da waren nun eine Menge Dinge geschehen, Dinge, die unser aller Leben verändert hatten, und dennoch konnte dieser Wust von Wörtern auch nicht annähernd wiedergeben, wie es wirklich gewesen war, welche Gedanken, welche Gefühle wir dabei gehabt hatten.

IM WINTER versammeln sich die Aasjäger in einigen der alten, großen, halbverfallenen Häuser. Ein Dutzend oder mehr finden sich dort zusammen, als wären es Fuchsbauten. Am Abend benutzen sie die benachbarten Häuser als Feuerholz und fachen große Lagerfeuer in den Vorgärten an, dann trinken und tanzen sie zu alter Musik, sie streiten sich und kämpfen und heulen und schleudern Juwelen zu den Sternen hinauf und in den Schnee. Ein einzelner Mann, ausgerüstet mit langen Schneeschuhen, die ihn über die Wehen hinwegtragen, kann sich zwischen den hellen, lärmenden Ansiedlungen problemlos bewegen. Er kann sich wie ein Wolf zwischen den Bäumen verstecken und sie beobachten, wie sie in ihren langen bunten Jacken herumspringen. Niemand stört ihn dabei. Ihre Sommerbauten stehen ihm offen. Und dort gibt es auch Bücher, ja, Mengen von Büchern, manchmal ganze Bibliotheken. Ein Mann kann sich damit beladen, bis seine Schneeschuhe knietief einsinken, und dann damit zurückkehren, ein Aasjäger ganz anderer Art, in sein Heimatland, seinen eigenen Bau.

ENDE Januar unterspülte ein besonders heftiger Regensturm die Seitenwand des Gartenschuppens der Familie Mendez (sie nannten das Bauwerk Scheune), und sobald der Regen aufhörte, kamen die nächsten Nachbarn – die Marianis, die Simpsons, Pa und ich sowie Rafael als Ratgeber – und halfen ihnen, die Wand zu sichern.

Der Garten war so kalt und matschig wie der Meeresgrund, und es gab keinen Fleck festen Bodens, auf den man einen Stützbalken hätte setzen können, um die Wand gerade zu halten, während wir darunter arbeiteten. Schließlich wies Rafael uns an, den Schuppen mit der mächtigen Eiche, neben der er stand, zu verbinden. „Ich hoffe, der Rahmen wurde gut zusammengenagelt", machte Rafael seine Witze, als wir wieder unter die schiefe Wand krochen. Gabby und Del gruben die andere Seite aus, und wir ertranken praktisch im Schlamm. Als wir endlich Balken kreuzweise am Fundament unter die Wand geschoben hatten, waren alle vier Familien reif für das Badehaus. Rafael war schon vorausgegangen, so daß das Feuer schon loderte, als wir hinkamen, und das Wasser dampfte. Wir zogen uns aus und sprangen in den Bottich für die erste grobe Wäsche.

„Ich schlage vor, daß du das Seil einfach zwischen Eiche und Schuppen gespannt läßt", riet Rafael dem alten Mendez. „Dann brauchst du nämlich nie nachzuprüfen, ob die Balken halten oder nicht." Mendez fand das gar nicht witzig.

Ich wälzte mich hinüber in den Bottich mit dem sauberen Wasser und trieb mit ihm, Mrs. Mariani und den anderen in den heißen

Fluten. Kathryn und ich setzten uns auf eine der Holzinseln und unterhielten uns. Sie fragte mich, ob ich noch schreibe. Ich erzählte ihr, daß ich fast fertig wäre, daß ich jedoch aufgehört hätte, weil ich es so schlecht fände.

„Du kannst das gar nicht beurteilen", sagte sie. „Schreib's zu Ende."

„Ich denke, das tue ich sowieso."

Wir redeten über die Regenstürme, den Schnee, den Zustand der Felder. „Ich frage mich, wie Doc zurechtkommt", sagte ich.

„Tom ist sehr oft bei ihm. Sie sind schon fast wie Brüder."

„Schön."

Kathryn schüttelte den Kopf. „Trotzdem – Doc ist völlig fertig, mußt du wissen." Sie sah mich an. „Lange macht er es nicht mehr."

„Ah." Ich wußte nicht, was ich darauf sagen sollte. Nach einer längeren Pause meinte ich: „Denkst du eigentlich noch an Steve?"

„Sicher." Sie musterte mich. „Du nicht?"

„Ja. Aber ich muß es auch, wegen des Buchs."

Unter meinem tadelnden Blick zuckte sie die Achseln, und ihre Brustwarzen schienen auf der sprudelnden Wasseroberfläche zu tanzen. „Du würdest es mit oder ohne Buch. Wenn du so wärest wie ich. Aber das ist vorbei, Henry. Es ist Vergangenheit."

Sie reichte über die Holzinsel und strich mit dem Finger über die Muskeln meines Oberarms. Ich hob die Augenbrauen und rutschte grinsend von meinem Sitz, um herumzuschwimmen und mit ihr zu ringen. Sie packte meine Haare. „Henry!" rief sie lachend und drückte meinen Kopf unter Wasser. Prustend kam ich wieder hoch. Sie lachte immer noch und zeigte auf die Freunde um uns herum.

„Und?" meinte ich und tauchte ab für einen geheimen Unterwasserangriff, doch sie stand auf, watete davon und lockte mich zu den Randsitzen, wo die anderen Platz gefunden hatten. Danach unterhielten wir uns mit Gabby und Kristen und später auch mit dem alten Mendez, der uns für unsere Hilfe bei seiner Scheune dankte.

Als Rafael verkündete, daß die Holzmenge für diesen Tag verbrannt war, stiegen wir aus den Bottichen und trockneten uns ab, und während wir uns anzogen, sah ich mich um, da stand Kathryn an der Tür und blickte mich an. Ich folgte ihr nach draußen. Die kalte Abendluft ließ meine Hände und meinen Kopf augenblicklich abkühlen. Kathryn stand auf dem Pfad zwischen zwei Bäumen. Ich holte sie ein und umarmte sie. Wir küßten uns. Es gibt Küsse, in denen liegt eine ganze Zukunft; das lernte ich damals. Als wir uns wieder voneinander lösten, kamen ihre Mutter und ihre Schwestern schnatternd aus dem Badehaus. Ich ließ sie ganz los. Sie war überrascht, nachdenklich, erfreut. Wenn wir Sommer gehabt hätten – doch es war Winter, überall lag Schnee. Und der Sommer näherte sich schon. Sie lächelte mich an, und mit einer letzten Berührung ging sie zu ihrer Familie und sah sich nur einmal zu mir um. Als sie nicht mehr zu sehen war, ging ich durch die Dämmerung nach Hause und hatte den Kopf voller neuer Ideen.

An einigen Nachmittagen saß ich vor dem Fenster und betrachtete das Buch – es lag zugeklappt in der Mitte des Tisches. An einem dieser Tage segelten Schneeflocken zwischen den Bäumen lautlos dem Erdboden entgegen, legten sich auf Äste und Zweige. In diese Idylle hinein trampelte jemand auf Schneeschuhen, bekleidet mit einem Pelzmantel. Er hatte einen Stab in der Hand, um leichter das Gleichgewicht halten zu können, und als er zwischen den Bäumen hindurchstapfte, regneten ihm kleine Lawinen auf den Kopf und den Rücken herab. Der alte Mann, dachte ich. Wahrscheinlich hat er Fallen aufgestellt. Doch er kam zum Fenster und winkte mir zu.

Ich zog meine Schuhe an und ging hinaus. Es war kalt. „Henry!" rief Tom.

„Was ist los?" fragte ich, als ich das Haus umrundete.

„Ich hab nach meinen Fallen gesehen und bin Neville Cranston über den Weg gelaufen. Er ist ein alter Freund von mir. Den Sommer verbringt er in San Diego, und im Winter zieht er sich nach Hemet zurück, und er war gerade unterwegs nach Hemet, denn, wie er sagt, ist er dieses Jahr sehr spät dran."

„Das ist aber traurig", sagte ich höflich.

„Nein, hör doch zu! Er kam gerade aus San Diego, verstehst du mich? Und weißt du, was er mir erzählt hat? Daß der neue Bürgermeister da unten unser Frederick Lee ist!"

„Wie bitte?"

„Lee ist der neue Bürgermeister von San Diego. Neville erzählte, daß Lee mit diesem Danforth dauernd Streit hatte, denn er wollte sich Danforths Kriegsplänen nicht anschließen."

„Deshalb haben wir ihn nicht mehr zu Gesicht bekommen!"

„Genau. Offensichtlich gab es eine Menge Leute, die hinter Lee standen, doch sie konnten nichts tun, solange Danforth und seine Männer über alle Gewehre und Pistolen verfügten. Neville meinte, der ganze letzte Herbst wäre ein einziger Machtkampf gewesen, doch vor zwei Monaten hätten Lees Anhänger eine allgemeine Wahl erzwungen, die Lee dann gewann."

„Wer hätte das gedacht." Wir starrten uns an, und ich mußte grinsen. „Das sind aber gute Neuigkeiten, nicht wahr?"

Er nickte. „Und ob das gute Neuigkeiten sind!"

„Zu schade, daß wir die Schienen gesprengt haben."

„Ich weiß nicht, ob ich so weit gehen würde, aber gute Neuigkeiten sind es auf jeden Fall. Nun . . ." Er schwenkte einen der Stöcke über dem Kopf. „Für ein Schwätzchen ist mir das Wetter doch zu schlecht. Ich mach mal, daß ich weiterkomme." Und pfeifend verschwand er zwischen den Bäumen und hinterließ eine tiefe Doppelspur. Und ich wußte, daß ich das Buch beenden konnte.

DAS Buch lag auf dem Tisch, der Mond stand voll am Himmel. Ich ging ins Bett, ohne das Buch anzusehen, doch ich konnte nicht schlafen. Ich dachte die ganze Zeit daran und redete in Gedanken mit den Seiten. In mir hörte ich eine Stimme, die alles perfekt vorsagte, viel besser, als ich es je gekonnt hätte: Diese Stimme ratterte lange, imaginäre Abschnitte herunter, und erzählte alles in allen Einzelheiten und mit höchster Eleganz und schilderte es so, wie es tatsächlich gewesen war. Ich dachte, daß mich der Geist eines Dichters besuchte, um mir vielleicht zu erklären, wie ich meine Geschichte erzählen sollte.

Irgendwann stand ich dann auf und beendete meinen Bericht. Das Haus war kalt, das Feuer im Herd heruntergebrannt. Ich zog meine Hose an und Socken und ein dickes Hemd und legte mir eine Decke um die Schultern. Mondlicht drang durch das Fenster und verwandelte unsere rohen Holzmöbel in feines, beinahe lebendiges Schnitzwerk. Das Licht war so hell, daß ich dabei schreiben konnte. Ich saß am Tisch unter dem Fenster und schrieb, so schnell meine Hand den Stift führen konnte, obgleich das, was ich schrieb, nicht im entferntesten dem glich, was die Stimme mir gesagt hatte, als ich noch im Bett lag. So perfekt schreiben würde ich niemals können.

Fast die ganze Nacht verstrich. Meine linke Hand bekam einen

Krampf vom Schreiben, und ich war ruhelos. Der Mond tauchte zwischen den Bäumen unter, und das Licht wurde schlechter. Ich beschloß, einen Spaziergang zu machen. Ich zog meine Stiefel und meinen schweren Mantel an und schob das Buch und ein paar Bleistifte in die geräumige Manteltasche.

Draußen war es noch kälter. Der Tau im Gras funkelte, wenn das Mondlicht darauf fiel. Auf dem Klippenpfad mußte ich mich bei jedem Schritt vorsehen, denn die Stufen waren halb mit Schneematsch, halb mit Schlamm bedeckt. Unten am Strand war jeder anrollende Brecher deutlich zu hören. Die Salzgischt schimmerte weiß in der Luft, und deshalb und wegen des hellen Mondes war kaum ein Stern zu erkennen. Da war nur ein schwarzer Himmel, der um den Mond herum weiß war. Ich ging bis zu einer Stelle an der Flußmündung, wo ein regelmäßig geformter Sandhügel von Fluß und Meer umspült wurde. Dort ließ ich mich nieder. Ich holte das Buch hervor und schlug es auf; und hier sitze ich in diesem Moment und schreibe beim Licht des alten, fetten Mondes die letzten Zeilen.

Ich weiß, daß ich jetzt an dem Punkt des Buches angekommen bin, an dem der Autor noch einmal alles zusammenfaßt und dann erklärt, was das alles zu bedeuten hat, doch zum Glück habe ich nicht mehr allzuviel Platz zur Verfügung. Darüber bin ich sehr froh. Der alte Mann sagte mir, wenn ich erst mal am Ende des Buches angelangt wäre, dann würde ich auch verstehen, was alles passiert ist, doch er hat sich wieder geirrt, dieser alte Schwindler. Jetzt habe ich mir all die Mühe gemacht und meine Erlebnisse niedergeschrieben, und nun weiß ich nicht im mindesten, was das alles für einen Sinn hatte. Außer, daß fast alles, was ich weiß, falsch ist, vor allem das ganze Zeug, daß ich bei Tom gelernt habe. Ich werde alles noch einmal durchgehen und dann entscheiden müssen, was Lüge und was Wahrheit ist. Ich habe das mit den Büchern, die ich fand, bereits getan, und mit den Büchern, von denen er gar nicht weiß, daß ich sie mir von ihm ausgeliehen habe, und ich hab schon eine ganze Reihe von Dingen herausgefunden. Ich hab zum Beispiel erfahren, daß Europa niemals zum amerikanischen Weltreich gehört hat, so wie er es behauptete – daß sie niemals ihre Toten in goldenen Rüstungen begraben haben – daß wir nicht die erste und einzige Nation waren, die in den Weltraum vorgedrungen ist – daß wir keine Autos gebaut haben, die fliegen und auf dem Wasser schwimmen konnten. Alles Lügen – diese und hundert weitere Fakten, die Tom mir genannt hatte. Alles Lügen.

Ich sage Ihnen, was ich weiß: Die Flut kommt, und die Wellen schieben sich flußaufwärts. Zuerst sieht es so aus, als würde jede Woge das gesamte Flußwasser landeinwärts drücken, denn alles bewegt sich in diese Richtung. Kleine Wellen lecken die Ufer hinauf, spülen über harten Sand und steuern ihren Teil zu dem Wellengewirr auf der Flußoberfläche bei. Eine Zeitlang sieht es sogar so aus, als drücke die Flut das Wasser bis hinter die erste Biegung. Doch unter den weißen Schaumkronen strebt der Fluß unbeirrbar dem Meer entgegen, und am Ende verharrt die Flutwelle auf dieser Gegenströmung, wird zu kabbeligem Wasser, unschlüssig, in welche Richtung es weiterfließen soll, und plötzlich wird diese Unruhe zum Meer hin getragen, bis sie von der nächsten einlaufenden Welle zugedeckt wird, und der Kreislauf beginnt wieder von vorne.

Niemals wiederholt sich das Muster. Begreifen Sie, was ich meine? Verstehst du mich, Steve Nicolin? Man soll sich lieber an das halten, was von Dauer ist, als nach etwas Neuem zu suchen. Aber viel Glück für dich, Bruder. Kämpfe dort draußen auch für uns.

Kim Stanley Robinson

Unter den jungen Science-fiction-Autoren, die in den achtziger Jahren in Erscheinung traten, ist Kim Stanley Robinson zweifellos eine der ganz großen Begabungen. 1952 in Waukegan im US-Staat Illinois geboren, studierte Robinson an den Universitäten von San Diego und Boston englische Literatur, ehe ihn eine Gastprofessur an ein kalifornisches College führte. Und dort, an der amerikanischen Westküste, entstand dann auch das Zukunftsbild jener Gruppe von Überlebenden in Orange County, mit dem Robinson Kritiker und Leser auf Anhieb überzeugte. Der namhafte SF-Kollege Algis Budrys fühlte sich durch die atmosphärische Dichte und ausgefeilte Charakterisierung im Erstlingsroman „Das wilde Ufer" gar an Werke von John Steinbeck und Mark Twain erinnert. „Der Roman basiert auf einer erstklassigen SF-Idee", schrieb Budrys, „auf einem Zukunftsentwurf, der eindeutig im Bereich des Möglichen liegt und bislang noch nie so detailfreudig und stimmig dargestellt wurde."

Dem mit dem Locus Award ausgezeichneten „Das wilde Ufer" ließ Robinson 1985 den Roman „Icehenge" folgen, der ebenfalls in einer postatomaren Zukunftswelt spielt. Das Buch, in dem die Ereignisse aus der Sicht dreier Personen völlig unterschiedlich dargestellt werden, zeigt deutlich den Einfluß des überragenden SF-Autors Philip K. Dick, über den Robinson einst seine Dissertation verfaßt hatte. Doch trotz dieser Orientierung an einem Meister des Genres hat Robinson längst zu einem eigenen Stil gefunden, was er auch mit „Goldküste", seinem 1988 erschienenen dritten Roman über eine kalifornische Zukunftsgesellschaft, nachhaltig unter Beweis stellte.

Albert Einstein – das Genie unseres Jahrhunderts

Vier Redakteure auf den Spuren des Begründers der Relativitätstheorie

**War schon beim Sechsjährigen klar:
„Aus dem wird mal etwas Besonderes!"**

Nein, daß am 14. 3. 1879 in Ulm ein Genie auf die Welt gekommen war, konnte wirklich niemand ahnen. Im Gegenteil: Der kleine Albert entwickelte sich beängstigend langsam, „und mit der Sprache ging es so schwer, daß die Umgebung befürchtete, er würde nie sprechen lernen", erinnerte sich später Einsteins Schwester Maja.

Einsteins Familie war nicht das Milieu, in dem Erfolg und Genialität bereits existierten. Vater Hermann, ein Elektrotechniker, war ebenso gutmütig wie beruflich erfolglos. Er gab seinem Sohn aber wichtige Grundsätze mit auf den Weg: Sei skeptisch! Glaube nichts, was du nicht siehst! Mißtraue jeglicher Autorität!

Mit fünf Jahren hatte der kleine Albert seine erste nachhaltige Begegnung mit der Physik: Die Nadel eines Kompasses faszinierte ihn, und er wollte wissen, warum sie stets nach Norden zeigt. Zu dieser Zeit bekam Einstein den ersten Unterricht, von einer Lehrerin, die ins Haus kam. Ihr gegenüber leistete er sich noch heftige Ausbrüche an Jähzorn. Doch als er ein Jahr später in München in eine katholische Volksschule kam, mußte er sich einem strengen Lehrer beugen, der die Kinder mit Schlägen auf die Finger zur Räson brachte.

War Einstein wirklich der schlechte Schüler, für den er heute so oft gehalten wird? Nein. Er galt zwar anfangs nur als „mittelmäßig begabt", hatte später aber vor allem in Mathematik, Physik und Chemie sehr gute Noten.

Der Grund für die anfängliche Fehleinschätzung seiner Erzieher: Albert konnte nicht mit schnellen Antworten dienen. Er war langsam, aber dafür gründlich, was offenbar nicht zählte. Jeden Satz, den er bis zum siebten Lebensjahr hörte, „sprach er leise, mit Lippenbewegung, noch einmal vor sich hin", notierte später seine Schwester. Bis zu diesem Zeitpunkt war also nicht abzusehen, daß aus dem unauffälligen Jungen einmal etwas Besonderes werden sollte. Mit zwölf Jahren aber entdeckte Einstein die Faszination der Mathematik. Seine Eltern mußten ihm mathematische Lehrbücher besorgen, und tagelang war er in die Probleme und ihre Lösungen vertieft.

Im Jahre 1894 zog Einsteins Familie nach Mailand, wo ein Schwa-

ger lebte. Dort wagte der Vater beruflich einen neuen Anfang. Albert sollte in München bleiben und das Gymnasium beenden – doch die Schule mit ihrer Strenge und dem militärischen Ton war ihm zutiefst verhaßt. Deshalb verließ er schon ein halbes Jahr später nicht nur das Luitpold-Gymnasium, sondern auch Deutschland, und entging so dem drohenden Militärdienst.

Die Eltern schickten den Sechzehnjährigen nach Zürich, wo er das Polytechnikum besuchen sollte. Doch bei der Aufnahmeprüfung (1895) fiel er durch. Ein Jahr später wurde er aber aufgenommen – der Besuch eines Internats in Aarau hatte ihm ein glänzendes Abitur ermöglicht und eine Zeit beschert, die – in seiner Erinnerung – zu den schönsten seines Lebens zählte.

Er war ein großer Forscher – aber warum wurde er zur Kultfigur?

„Alles ist relativ“ – das hat Einstein zwar nie gesagt, doch war genau dies die Botschaft, die seine Entdeckung so überaus populär gemacht hat. In der Krisenatmosphäre der zwanziger Jahre wurde die Relativitätstheorie mit dem Relativismus der Werte zusammengebracht. Alles ist relativ – also auch die Wahrheit. Trefflich ließ sich so an Stammtischen wie auch in gelehrten Zirkeln gegen verordnete absolute Wahrheiten zu Felde ziehen. Auch Literatur, Kunst und Theater wurden von den Schockwellen dieser geistigen Revolution erfaßt. Sicherlich: Mit diesem „Zeitgeist“ allein ist der Mythos Einstein nicht zu erklären. Aber erst vor dem geschichtlichen Hintergrund einer Zeit, in der geistige Umbrüche gleichsam in der Luft lagen, kann man wirklich begreifen, warum ausgerechnet dieser große Entdecker zur Kultfigur wurde.

Albert Einstein war buchstäblich über Nacht berühmt geworden. Bis zum November 1919 interessierte sich außer einer erlesenen Gruppe von Wissenschaftlern kaum jemand für die Relativitätstheorie. Das änderte sich schlagartig, als britische Forscher den kühnen Gedankenentwurf erstmals experimentell überprüften. Als sie Sterne auf ihrer Bewegungsbahn hinter der Sonne während einer Sonnenfinsternis beobachteten, erkannten sie: Schwerkraft krümmt Lichtstrahlen – so, wie Einstein das behauptet hatte.

Damit war der Vater der Relativitätstheorie der erste Forscher, der – durch ein Experiment überprüft – an den Grundfesten der Physik gerüttelt hatte!

Die neuen Ideen, an der Grenze des normalen Menschenverstands, erweckten ehrfürchtige Schauer. „Hier war etwas, das die Phantasie fesselte", sucht Einstein-Biograph Ronald Clark das Phänomen im ersten Nachkriegsjahr zu deuten. „Die Augen der Menschen schauten von der Erde, die mit Gräbern und Blut bedeckt war, hinauf in den Himmel." Plötzlich war da etwas, das die Kriegswunden zu heilen versprach.

Der Wirbel um die Relativitätstheorie kannte keine Grenzen. Knaben wurden „Albert" und Zigarren „Einstein" genannt, und wer Erfolg bei fremden Frauen hatte, den hieß man einen „relativen Ehemann". Selbst auf den Titelseiten der Illustrierten prangte Einsteins ungekämmter Gelehrtenkopf. Dutzende und aber Dutzende englischsprachiger Einstein-Artikel sind aus dieser Zeit archiviert, aber kaum eine deutsche Zeitung befaßte sich anfangs mit diesem Mann aus Ulm.

Das zeigt: In Wahrheit entstand der Einstein-Mythos in den USA und wurde erst später von uns importiert. Einstein war der Medienstar der amerikanischen Presse und ein Guru der gelehrten Zeitgenossen. Als in den Apriltagen des Jahres 1921 die „Rotterdam" im Hafen von New York festmachte, notierte ein Reporter der „New York Times": „Der Mann auf dem Deck sieht wie ein Künstler aus, doch tatsächlich ist er einer der bedeutendsten Denker Europas. Einstein, das ist ein Charlie Chaplin mit der Stirn von Shakespeare." Mit dieser widersprüchlichen Charakterisierung ist schon ein weiterer Grund für den „Mythos Einstein" angesprochen. Sein Ruhm läßt sich erst aus den vielen extremen Gegenpositionen heraus verstehen, die Einstein in sich verkörperte: Einerseits wirkte er ähnlich ungeschickt wie sein Freund Charlie Chaplin im Film „Lichter der Großstadt" (zu dessen Premiere Einstein als berühmtester Gast in Hollywood erschien). Andererseits aber erschien er selbstsicher und vital.

Auf die Frage, wie er reagiert hätte, wenn die Sonnenfinsternismessungen seine Theorie nicht bestätigt hätten, antwortete Einstein im Brustton der Überzeugung: „Dann hätte es mir leid um den Herrgott getan; aber meine Theorie ist richtig."

Ausgangspunkt für die Entwicklung dieser Theorie war für Einstein

Einstein als Sechsjähriger mit seiner Schwester Maja und als Professor bei seiner Lehrtätigkeit

unten: In zweiter Ehe heiratete Einstein 1919 seine Cousine Elsa.

die Frage: „Wenn ich Gott wäre, hätte auch ich die Welt auf diese Art und Weise eingerichtet?" Diese kindliche Natürlichkeit seiner Fragen war der Kern seiner Genialität. „Er war ein Meister des Fragens", meint Carl Friedrich von Weizsäcker. „Und ein gleichsam unbewußter Meister: Er konnte nicht anders als direkt fragen."

Widersprüchlich auch, daß Einstein einerseits eine Theorie entwickelt hat, an der noch heute Fachleute schwer zu knacken haben: Weltweit erscheinen immer noch jedes Jahr bis zu tausend Artikel und Bücher zu diesem Komplex. Andererseits folgte sein wissenschaftliches Werk dem Prinzip „höherer Einfachheit".

„Eine Theorie", so Einstein, „muß nicht unbedingt richtig sein, aber sie muß schön sein." Die Gleichung $E=mc^2$ *ist nicht nur im mathematischen Sinne eine wunderschöne einfache Formel.*

Eine extreme Gegenposition stellte auch die oft hilflos-ungeschickte, die rührend menschliche Auflehnung dieses kosmopolitischen Gelehrten gegen rassistische Unmenschlichkeit dar. Im Januar 1933 kehrte der jüdische Genius von einer Amerikareise nicht wieder nach Berlin zurück. Hitler hatte gerade die Macht übernommen. Und nun schlug eine zweite Sympathiewelle über diesem „Vertreter des besseren Deutschlands" zusammen. Paradox, daß gerade der Faschismus den Ruhm des Juden Einstein verstärkte.

Und nicht weniger paradox, daß ausgerechnet der leidenschaftliche Pazifist Einstein dafür sorgte, daß am Ende des Zweiten Weltkriegs Atomwaffen eingesetzt wurden. Damit verlor Einstein, dessen Herz für die Schwachen, Ungeliebten und Unterdrückten schlug, gleichsam seine Unschuld. Das Vorbild für Millionen Menschen wurde zur tragischen Figur, zu einem modernen Prometheus, der das atomare Feuer brachte . . .

Die Fortentwicklung der neuen Physik, die Quantenmechanik, bekämpfte Einstein erst geistreich, dann störrisch. „Seit die Mathematiker die Relativitätstheorie aufgegriffen haben", resignierte er schließlich ironisch, „verstehe ich sie selbst nicht mehr."

Diese Haltung brachte den großen Physiker schließlich so weit, wie Louis de Broglie (Physik-Nobelpreis 1929) schrieb, „sein wissenschaftliches Leben in trauriger Isolation zu beschließen und – paradox genug – anscheinend weit zurück hinter den Vorstellungen seiner Zeit."

Hatte Einstein ein abnormes Gehirn?

Wissenschaftliche Neugier oder die Chance, sich in den Annalen der Heilkunde zu verewigen, war wohl die Triebfeder zweier Forscher an der Berkeley-Universität in Kalifornien, als sie Gewebeproben aus dem Gehirn des größten Physikers seit Newton untersuchten. Außer einer erhöhten Anzahl an Gliazellen, so hielt die Neurologin Marian Diamond in ihrem Bericht fest, haben sich keine Unterschiede zu ähnlichen Proben von Toten (die zu ihren Lebzeiten als durchschnittlich intelligent bezeichnet wurden) gefunden.

Diese Erkenntnis ist das Ergebnis einer abenteuerlich anmutenden, jahrzehntelangen Irrfahrt von gut drei Pfund Zellmasse, verpackt in verschiedenen Einmachgläsern. Zwischendurch standen sie in einem Karton für Apfelwein, lieblos aufbewahrt hinter einem Getränkekühlschrank. In den Pressearchiven finden sich nach 1986 keine weiteren Hinweise über den Verbleib der Proben.

Vieles bleibt mysteriös. So auch die Frage, wer die Erlaubnis gab, Albert Einsteins Gehirn zu untersuchen. Im schriftlichen Nachlaß des Physikers findet sich kein Hinweis darauf, sein Gehirn der

Amerikanische Forscher zeichneten 1950 Einsteins Gehirntätigkeit auf.

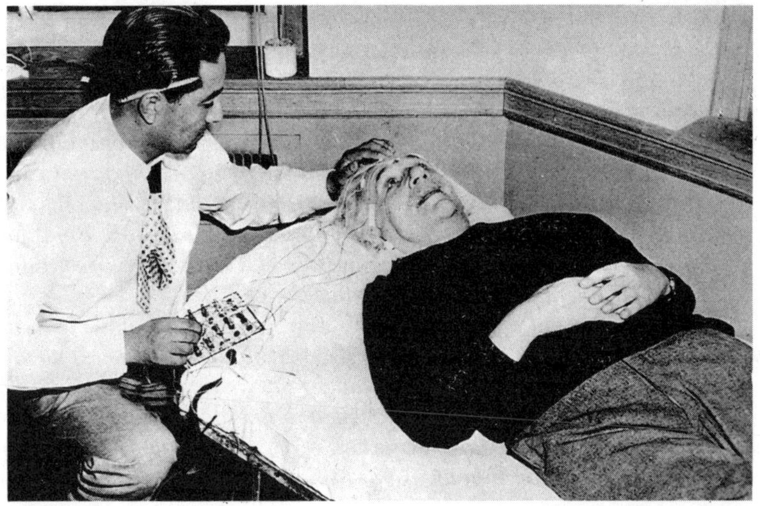

wissenschaftlichen Forschung zur Verfügung zu stellen. Das bietet Raum für Spekulationen.

Da taucht im Todesjahr 1955 zum erstenmal Thomas Harvey auf, der seinerzeit im Krankenhaus von Princeton als Pathologe arbeitete. Es scheint sicher, daß er den Toten am 18. April, wenige Stunden nach dem Exitus, obduzierte und das Gehirn entnahm. Seinem Versprechen, Forschern Proben davon zukommen zu lassen, ist Harvey erst dreißig Jahre später nachgekommen. Der Pathologe flüchtete sich auch immer wieder in die Erklärung, er werde schon bald seine Forschungen veröffentlichen.

Dazu ist es – soweit heute bekannt – nicht gekommen. Aber was will man denn erfahren? Die Biologen und Mediziner mögen noch so sehr an der Gehirnmasse des Genies herumforschen, eine Antwort auf die Frage nach seiner Genialität werden sie kaum erhalten. Auch der Hinweis auf die um 73 Prozent höhere Anzahl an Gliazellen, gefunden im „Bereich 39" von Einsteins linker Gehirnhälfte, führt nicht zum Ziel. Ähnliche Auffälligkeiten sind auch bei anderen Menschen gefunden worden, die nicht zu den Genies gezählt werden.

Um der Genialität eines Menschen auf die Spur zu kommen, müssen neben den kognitiven Fähigkeiten auch die psychologischen Abläufe erfaßt werden, bei denen verschiedene Sektionen des Gehirns auf vielfältige, bisher noch unerforschte Weise zusammenspielen. Das Denken als eine energetische Materie, als ein Messen von Gehirnströmen zu erfassen, das mit Kurvenbildern anschaulich gemacht wird, muß scheitern. Aber selbst wenn die Neuropathologen die Stellen des menschlichen Gehirns lokalisieren könnten, die einen Isaac Newton, einen Charles Darwin, einen William Shakespeare von ihren Zunftkollegen unterscheiden, dann ist allenfalls auf die Fähigkeit hingewiesen, Außergewöhnliches zu leisten. Bei aller Genialität Einsteins sind die Gemeinsamkeiten mit seinen unauffälligen Mitmenschen größer als die Unterschiede.

Am besten hat Albert Einstein selbst den Schleier um seine Genialität fortgerissen: „Ich habe keine außergewöhnliche Begabung, ich bin nur etwas skeptischer und vielleicht auch etwas neugieriger als andere Leute. Der normale Erwachsene denkt nicht über die Raum-Zeit-Probleme nach. Alles, was darüber nachzudenken ist, hat er nach seiner Meinung bereits in der frühen Kindheit getan. Ich dage-

gen habe mich derart langsam entwickelt, daß ich erst anfing, mich über Raum und Zeit zu wundern, als ich bereits erwachsen war. Naturgemäß bin ich dann tiefer in die Problematik eingedrungen als ein gewöhnliches Kind."

Ist Einsteins Relativität mehr als ein Hirngespinst?

Vielleicht, liebe Leser, geht es einigen von Ihnen wie mir. „Was soll ich bloß mit dem anfangen?" habe ich manchmal gestöhnt, wenn mir mal wieder ein zerzauster Herr Einstein aus einem Druckwerk entgegenblickte. Die Vorstellung, daß ein Vater nach einem langen Flug durchs All jünger als sein leibhaftiger Sohn aussehen könnte, hielt ich für ein Hirngespinst. Kurz: Ich habe mich immer hartnäckig geweigert, Albert Einsteins Entdeckungen zu begreifen.

Als ich aber für diesen Artikel zu recherchieren begann, wurde mir schnell klar: Dieser Mann war alles andere als ein Weltraumträumer – im Gegenteil. Der Realist Albert Einstein hat gründlicher als jeder andere unsere so schwer durchschaubare Wirklichkeit beschrieben. Aus seinen hochfliegenden Theorien ist längst Praxis geworden. Die umwälzendsten technischen Neuerungen dieses Jahrhunderts laufen exakt nach seinen Formeln ab.

Einsteins ebenso berühmte wie schwer vorstellbare Formel $E=mc^2$, nach der die Energie ein Produkt aus Masse und dem Quadrat der Lichtgeschwindigkeit ist, sagt ganz schlicht und einfach folgendes:

Einstein erkannte: Leerer Raum kann sich krümmen. Körper und Lichtstrahlen bewegen sich auf kürzesten, sogenannten geodätischen Bahnen. Dieses Prinzip ergibt sich aus Einsteins Formeln.

Der gußeiserne Leuchter an meiner Zimmerdecke ist nichts anderes als ein Stück erstarrte Energie. Wenn ich ihn extrem stark beschleunigte und dann zerschmetterte, löste er sich in einen gigantischen Lichtblitz auf. Schon ein Kilo Eisen besitzt die Energie von 25 Milliarden Kilowattstunden, womit sich der Strombedarf der Stadt München ein ganzes Jahr lang bequem decken ließe.

Genau solche „spukhaften" Umwandlungen finden, wenn auch nur in kleinstem Maßstab, in den riesigen Beschleunigerringen statt. In der Atomforschungsanlage DESY in Hamburg werden auf einer Kreisbahn von 6,3 Kilometer Länge stecknadelkopfgroße Pakete von Elektronen und Protonen auf fast 50 000 Runden pro Sekunde beschleunigt. Dabei wird beobachtet, daß Materie mit wachsender Geschwindigkeit tatsächlich immer mehr an Masse zulegt, wie es Einstein in seiner Jahrhundertformel vorhergesagt hat.

Je schneller die Teilchen kreisen, desto „gewichtiger" werden sie. Aufgrund ihrer Trägheit müssen sie mit immer höheren Spannungen an den Magneten der „Rennbahn" in die Kurve gezwungen werden. Das läßt den Stromverbrauch in astronomische Höhen schießen. DESY verbraucht manchmal soviel Strom wie ganz Hamburg.

Wenn die Teilchen fast 99,9 Prozent der Lichtgeschwindigkeit erreicht haben, läßt man sie frontal zusammenprallen. In einer gewaltigen Explosion, einer Art Urknall, zerstrahlt die Masse in Licht. Aus dem Nichts entstehen dann für kurze Zeit weitgehend unbekannte Elementarteilchen, mit deren Erforschung die Physiker Stück für Stück zu entschlüsseln versuchen, was die Welt im Innersten zusammenhält.

Ohne diese Teilchenrennbahnen wäre Einstein vielleicht schon lange wieder in der Vergessenheit versunken. So aber ließ sich sogar das Phänomen der Zeitdehnung nachweisen. In der Atomforschungsanlage CERN bei Genf wurden Myonen erzeugt, die normalerweise nach 1,5 Mikrosekunden wieder verschwunden sind. Als diese Myonen 99,7 Prozent der Lichtgeschwindigkeit erreicht hatten, machten die Forscher eine sensationelle Entdeckung: Die superschnelle Bewegung ließ die Lebensdauer dieser Quanten auf das Zwölffache ansteigen! Damit war experimentell bewiesen: Die Zeit muß sich der einzigen absoluten Größe im Kosmos, der Lichtgeschwindigkeit, unterordnen. Je schneller ein Körper, desto langsamer tickt eine

Albert Einstein verulkt die Fotografen.

darauf befindliche Uhr, wenn diese mit der Zeit eines sich langsamer bewegenden Beobachters verglichen wird. Das freilich hat für künstliche Satelliten Konsequenzen – sie hinken hinter der Erdzeit her.

Dieses Zeitdilemma soll ein neues Satellitennavigationssystem lösen. Das Global Positioning System (GPS) besteht aus 24 Satelliten, die auf sechs Bahnen in 20 000 Kilometer Höhe die Erde umkreisen. Jeder Kunstmond enthält eine Atomuhr und einen Radiosender. Durch Anpeilen von jeweils vier Satelliten kann ein Fahrzeug auf der Erde jederzeit seine Position, seinen Kurs und seine Geschwindigkeit ermitteln.

Einsteins Ideen als Basis für Instrumente von unvorstellbarer Präzision. Unkorrigiert würden die Borduhren pro Tag um 40 000 milliardstel Sekunden von den Erduhren abweichen. Das aber ist für globale Navigationsräume viel zuviel. Denn wenn ein Standort bis auf drei Meter genau ermittelt werden soll, darf die Zeittoleranz nicht mehr als 10 milliardstel Sekunden betragen. Diese Zeitschlucht läßt sich nur mit Hilfe der Einsteinschen Gleichungen überbrücken.

Geleitet von dem neuen Peilsystem GPS, werden Flugzeuge selbst im dichtesten Nebel sicher landen können. Auch Autofahrer sollen später davon profitieren, um besser durch überfüllte Städte zu finden.

Alle diese Beweise hätten Einstein freilich kaum beeindrucken können. Ohne je ein Experiment unternommen zu haben, hatte nie auch nur der leiseste Zweifel an ihm genagt, er könnte sich mit seinen kühnen Geistesexpeditionen auf dem Holzweg befinden . . .

Illustrierter Anhang:
„Albert Einstein – das Genie unseres Jahrhunderts.
Vier Redakteure auf den Spuren des Begründers der Relativitätstheorie"
Eine Kurzfassung der Beiträge von Martin Tzschaschel (S. 374–375), Joseph Scheppach (S. 375–379), Wolfgang Stegers (S. 379–381), Wolfgang C. Goede (S. 381–383), erschienen in „P.M." 4/1991 unter dem Titel „Da kommt einer, nennt sich Einstein und denkt sich einfach die Relativität aus!"